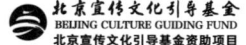

北京宣传文化引导基金资助项目

生活启蒙

刘汀 著

北京出版集团
北京十月文艺出版社

目录

1	第一章	青铜
67	第二章	雪拥蓝关
111	第三章	瓷器
159	第四章	海上来信
200	第五章	竹简
253	第六章	暮雨晨风
298	第七章	故纸
364	第八章	时间扭曲
423	第九章	芯片
473	第十章	明月照我

第一章　青铜

1

一页薄薄的证明书让丛牧之知道，死了三十多年的人还能再死一次，而活着的人，也可以因此重活一次。

接到显示为内蒙古移动的电话时，已是晚上10点，丛牧之正戴着耳机，在工作室的电脑前看三星堆最新的考古发掘视频，那是2021年的一件文化大事。白天的直播没赶上，她一直在整理手头这部纪录片的素材，熬到现在，也没有想出满意的解决方案，索性暂停，点开视频看回放：《直击三星堆》。随着镜头的推移，观众以考古工作者的视角一点点进入坑位，神秘的三星堆文明的面纱又被掀开一角。

"这些骗子晚上也不休息吗！"她皱着眉，果断摁断来电，心里仍在感叹现在的摄影仪器真是先进，微距镜头和显微镜头的运用，让那些重见天日的文物纤毫毕见。那个电话又拨过来，丛牧之看了一眼，把手机抛在一边，"也许不是骗子，是推销课外班的，只有他们才会这么执着"。她想。恍惚中，她感到世界微微晃动了一下，也可能是她自己的短暂眩晕。有一只鸟从天空中俯冲下来，巨大的双翅遮天蔽日，钻入她的身体之中，后来又幻化成一个孩童的模样，脚底生出火焰，如同一枚火箭从她眼前直冲云霄。这种眩晕带来的幻觉已经有段时间没出现了，但是三十多年来，它始终没有完全消失过。

她定定神，注意力回到电脑屏幕上，挖掘仍在继续，似乎那些古老的器物在沉睡几千年之后，已经失去了继续藏身地下的耐心，想要和同一片土地上的子孙后代来一场全方位的对话，同时又担心人们的承受能力，只是一点一点、小心翼翼地显露自己的面目。嗯，这倒是挺像家长要跟孩子坦承自己过去的样子。

丛牧之之所以关注这个话题，是因为她几年前拍过一部纪录片《神树》，主角便是当时三星堆已出土的文物，尤其是那尊青铜铸造的体形最大的"神树"，更是整部片子的核心意象。她的野心很大，《神树》只是开端，接下来还有《玉龙》《鱼盆》等多个选题，她试图以此对中国大地上的文明史进行一次角度特殊的梳理。"我们现在经历的一切，或许，都起源于祖先对一粒种子、一块石头的凝视，当经过沧海桑田，人们再一次回望过去，会蓦然发现，从来就没有一成不变的历史，更没有什么既定的未来。"这是《神树》的第一句解说词，也是丛牧之试图沟通过去和现在的努力。然而，那部片子播出后反响平平，后续几集被无限期搁置，最终变成了往事一桩。但对丛牧之来说，《神树》始终是她最珍视的作品之一。

视频画面中的白色防护服时常让她走神——2020年春天之后，几乎所有事物都被白色笼罩了，她已经形成了条件反射，第一感觉是，那些"大白"是去给三星堆人做核酸检测的。甚至偶尔会脑洞大开：万一从古老物件中测出新冠病毒，是不是就离找出这次疫情的起源不远了？

她调低电脑声音，捡回手机，到网上找出《神树》，画面已显露出时光的痕迹——她一直在疑惑，为何那些用电子格式保存的文件，过几年之后再看，仍然能一眼就看出它们已然发旧？连片子中的青铜器也似乎比电视直播中的青铜器更显古老——片子内容无比熟悉，她无须去看，只是用全部身心去细听解说词。词是她写的，配音的是业界大腕左中右，人称老左，浑厚的男中音一出来，沧桑感、历史感便立刻充斥于每个听众的耳膜之内，让屏幕上那尊拙朴的青铜器物，瞬间接通千年时空，如春天的草木，焕发出一种新生的光彩：三星堆神树通体由青铜铸造，是中国古代青铜工艺的集大成者。这棵树，是中国宇宙树最具典型意义和代表性的伟大的实物标本，它根植大地，却上通苍穹，我们的祖先借助它的枝叶，和头顶的浩瀚宇宙，实现了神秘的交流。每一次听到这个声音，不管她的情绪多么糟糕、波动，都能立刻平静下来，因此，她的片子几乎都是老左配的音。可惜，老左前年因突发心肌梗死去世了，他给她配音的最后一部片子，是《瓷之梦》。这之后，她感觉自己新拍的片子失去了魂，那些解说词和画面变得干瘪无味，仿佛是汇报用的PPT。当然了，工作室的春景和雅男并不这么认为，他俩始终不理解丛牧之对老左声音的迷恋和执着，就算是丛牧之自己，也是在老左故去之后，才渐渐体会出这其中的隐秘。

2016年春，丛牧之从央视纪录片频道辞职，跟两个伙伴组成了"新文"纪录片工作室，开始自主拍片。说是自主，其实仍然隶属央视纪录国际传媒公司。这源于那些年央视纪录片频道的改革，形式有点儿像分家单过，但根儿上还是属于同一个血脉。一棵参天大树长到一定程度，就得靠地下盘根错节、天上分枝散叶来养活自己，要不哪儿来的营养和眼界呢？他们就是这其中的一小片叶子，多了点儿自由，也多了些风险——能不能活下去、活好，全靠自己的活儿干得怎么样。说起来，刚成立工作室那会儿，她和春景、雅男相当理想主义，绷着劲儿要做中国的海蒂·霍尼曼之类的。他们甚至规划了好几条主题线，打算每个人跟一条，三年后至少有十部响当当的片子。现实是，还不到三个月，他们凑的那点儿启动资金就花光了，连从传媒大学招的实习生的补助都发不出来。《神树》是他们的第一个项目，作为当头炮不难理解：这个题材太有内容了，不但关涉中国古代文明史，而且民间也对三星堆遗址有各种各样的传言，比如说它是外星人在地球的基地等，所以它天然地包含着过去和未来、地球和宇宙这些最宏大又最切身的因素。他们的拍摄思路也很新颖：根据现有的考古成果，以想象的方式，重构三星堆人可能的日常生活片段，不纠结现在考古界众说纷纭的青铜铸造技术问题，而三星堆文明的来源、各种器物的功能作用等这种抓眼球的谜题，则作为一个又一个的小钩子，铺设在片子的暗处。

因为是工作室的第一个项目，三个人齐上阵，用了一个月时间把当地开放的素材全都拍回来了，也完成了大部分的专家采访。接下来，丛牧之主抓《神树》，雅男和春景则分别开了新组：一个拍《流行文化四十年》，主要追踪四十年间影视、音乐和日常生活变迁；一个拍《互联网史记》，模仿司马迁，以纪传体方式把中国进入互联网时代以来的种种人物和大事做一次梳理。所有项目都有一个基本切入点：日常。关注点永远是最具代表性的生活细节，越普通越好，越微观越好。"见微知著，一叶落而知天下秋，我们就是从满树繁花中摘取一枚落叶，让观众把这片叶子夹在日记本中，永久珍藏。"这是三个人离职单干时达成的统一战线。他们摩拳擦掌，准备大干一场，不想原来总公司答应的注资因为政策变动夭折了，几个人只得把个人积蓄全投到项目里。更重要的是，新政策规定，为了提前预控各种风险，各工作室所有项目的回购都必须先过总台的选题会，选题会不过的项目，不负责回购。而他们先期启动的三个项目，本来信心满满，哪知最后除了《互联网史记》，其他都没过选题会。《神树》被拒的理由是：挖掘尚未完成，观点争议太多，不宜大肆宣传。片子只能无奈地在一个地方台播出，然后上线了一家新型的视频网站，成了海量互联网资料中的一枚小贝壳。

之前那个鼓动他们单干的领导曾拍着胸脯说，你们放心大胆地拍，只要我在一天，你们的片子都百分百回购。哪想到才几个月，领导就调到某中央大报去当总编了。也不能说领导不仗义，毕竟人家说的是"只要我在一天"，现在不在台里了，奈之若何？再说，被新政策逼得几乎关门的工作室，可不止他们一家，一个人惨，叫惨，一群人惨，那叫行业悲剧。

困境不是绝境，解决也不难，毕竟他们在这个行业里摸爬滚打近十年了，总有自己的人脉和资源，只要把姿态放低一点儿，大钱赚不到，活下去还是没问题。于是，他们火速自降身价和姿态，把之前拒绝的几个项目重新盘活，一切向"经费"看齐。说是项目，其实大都是那种软广纪录片。好在行活干起来都有流程，只要四平八稳地拍出来、播出去，收入便有保证。这之后，他们便开始了这种把行活和自己想拍的东西交替着进行的工作方式，春景偶尔喝多自嘲：我们这就是用当婊子赚的钱来立牌坊。雅男哼一声说，本来就是笑贫不笑娼的时代，矫情什么？

几年下来，不但艺术片不好拍了，行活也不好干了。大环境已天翻地覆，短视频、新媒体洪水般席卷而来，他们拼尽全力，不过是在大浪之中撑住一叶扁舟。现在手头的几个项目，都由于各种原因进入了瓶颈期。半年前的工作会上，大家复盘了一下，只有云州项目最具救活的可能性，这段时间便集中精力搞这个。看三星堆考古挖掘视频前，丛牧之正盯着黄思元的画像犯愁——这个大名鼎鼎的海盗，看起来一点儿也不像电影里的那种凶神恶煞，反而有一种文艺气息。但是，他的眼里藏着一丝冷漠的神情，让人看了一凛。她在心里问：老黄，片子怎么办？你有啥想法？黄思元就是云州项目的"主角"，他默然不语。

考古的视频一关，黄思元那张脸便又从屏幕底层跃上来。这时，他眼神里又多了一丝嘲弄：尔等小儿，真乃愚蠢。丛牧之哼了一声，点了几下鼠标，给他画上了两撇八字胡，海盗便立刻成了一个喜剧演员，有点像那个总在电视上出现的对岸的谁谁谁。

云州是东南某省的一个临海城市，经济发达，这些年又赶上了国家的海上丝绸之路战略，自信感满满，觉得自己的实力和名声不匹配，就想着也打打文化牌，搞搞宣传，找来找去，终于找到一个能拿出来说事的传奇人物，要投资一百万拍个纪录片，而且因为前期经费要花出去，特别着急。为了生存，丛牧之他们有点儿饥不择食，几乎没做前期评估工作，就以最快的速度签约，拿到了订金，启动项目。等坐下来查完了资料，问题来了，那个所谓的历史名人其实是一个海盗——尽管是明朝时的海盗，也不算是大问题，只是把一个海盗树立为一座城市的文化偶像，不只有难度，而且有风险。多年来在主流媒体工作的经验，早就锻炼出他们敏感而敏锐的神经，什么样的题材里埋了什么样的雷，他们嗅一嗅鼻子就能闻出来。

　　闻出来也不难，怎么排雷才是考验。毁约不拍，不但预付款要退回去，还得赔偿违约金；继续拍，又风险极大，很有可能鸡飞蛋打。他们把顾虑跟对方提了提，对方一摆手说，这就是我们花钱找你们的原因嘛，创作的事你们负责，我们不管，我们只要这个片子在央视播出，最好是央一。也不能说人家没诚意，选题会都是他们找了关系加了塞儿才通过的。他们三个连夜商量，最后决定两手准备，第一是让对方追加预付款到百分之五十，否则宁可退出项目；第二是先通过熟人，去探探总台对这类片子的最新审查尺度，别等拍完了再出一堆颠覆性的意见，那就更是骑虎难下了。过选题是一回事，最终播出可是另一回事。对方答应得也是干脆，说预付款没问题，但真到打钱的时候却一拖再拖。拖的理由听起来都很充分：第一次是主管领导换人了，新领导更热衷于搞一台晚会，把两岸的歌唱明星请来站台；第二次是赞助的企业资金链出问题了，钱一直没到位；第三次是对工作室提供的发票不满意。钱拖着，可他们的活儿不能拖，要不近十个人都得大眼瞪小眼，无所事事。管他呢，先干起来再说，反正，除了这个项目，也没其他可做。世界上有两种稻草，一种是压死骆驼的最后一根，另一种则是救命的，只不过不到最后一刻，你根本分不清自己手里的是哪种。

　　搜集资料，开会出方案，出大纲，然后三个人分头写脚本，原计划六集，他们后来整合成五集。最终的可行性方案也简单直接：不涉及历史人物黄思元的海盗经历，主要讲他对家乡的贡献——虽然那贡献的一大部分是靠他当海盗时抢来的金银财宝完成的。但不管怎么说，这个人当年确实在很大程度上带动了云州的建设，而且由于他的存在，这一带沿海的捕鱼业、海运业得到了发展。换句话说，黄思元在海上是海盗，在岸上就成了本地渔船和商队的保护伞，只要拿着他开具的通行证从云州码头出海，不但保证不被抢，甚至还能帮你抵御其他海盗。久而久之，附近几个码头的航运全都转到了云州，一时间海岸桅杆如林，每日都有近百艘货船进港出港。在很长一段时间里，连官府都对这里的百姓忌惮三分，黄思元一定程度上代替了官府。正由于此，此地人渐渐开始跟着黄思元搞起了走私贸易，把内陆的丝绸、瓷器、烟叶运到海外，赚取白银，或者换回东南亚的香米、菠萝、杧果等。云州很快从一个小码头，发展成一个商贾云集的海边城市，连基督教堂都建起两座，卷发碧睛的洋人走街串巷，向当地人传播上帝福音后，坐在街头的小吃店里，满头冒汗地喝一碗生滚粥。不过，那时云州人是不会信上帝的，他们更相信那个真正有实力的人。所以，云州城最有名的建筑是后来人们给黄思元建的一座庙，叫思王庙，既合了黄思元的名字，又有怀思之意。

不过，兴盛期不过十年，黄思元就在一次内斗中被人用火枪打死，尸体挂在烈日下的桅杆上，暴晒了三天三夜，尸臭味传到几里外，引得一些野狗日夜在码头狂吠梭巡。黄思元一死，部下群龙无首，开始互相厮杀，之前对他们束手无策的官府趁机离间，很快就把这伙盘踞海岸十余年的海盗剿灭了。不久，倭寇又开始连番袭扰，官府抵御无力，百姓只得不断向内陆退缩。这座小城迅速萧条，仿佛大梦一场，醒来时只剩浩荡海潮，曾经的繁华热闹已被海浪吞噬得无影无踪。

数百年过去，当中国开始改革开放，尤其是沿海地区的对外开放之后，小城里那些早已蠢蠢欲动许多年的冒险基因，井喷一样翻涌上来，无数年轻人摇着小舢板下海讨生活，在他们祖先穿行过的海面上打鱼捞虾。很快，更大胆的人集资购买柴油机轮船，突突突驶向更远更深的海域，或者在沿海各地区之间倒买倒卖各种货物，云州重焕生机，又一次热闹起来。再然后，由于国家经济形势的好转，海外贸易剧增，这里逐渐成为东南沿海地区的重要贸易港口，小城人口也由八十万人剧增到两百多万人，开启了真正意义上的繁华。尽管它只是一个地级市，经济总量却比西部一个省级城市的两倍还高。钱有了，官员们当然希望获得政治认同，好走向更广阔的空间，让这方水土在整个中国的社会版图中获得更多的关注度。他们腰包鼓鼓，到各地去开会、旅游、投资，但是外地人跟他们说的第一句话常常是：云州？没听过啊，我只知道泉州、福州。"我们的名声和我们的实力不匹配啊！"他们感叹。这怎么行？于是，市政府计划用五年的时间，投资两千万元，打造出云州市的几张文化名片，丛牧之他们的这个项目，只不过是其中一张名片上的一行小字。

但是，一周后，可行性方案被云州方面推翻了，就在他们第三次答应付剩余预付款的头一天。丛牧之他们觉得对方是故意的，就是为了继续拖延付钱，好把这个项目拖黄，可是对方负责接洽的人连连保证并非如此，他们也着急。所以，这一天丛牧之和雅男、春景三个人都在工作室加班，可惜加到现在，还是没找到解决办法。

给黄思元涂了半天鸦，然后一键清除，屏幕上那个人的眼神重回漠然，仿佛这是一件跟他毫无关系的事。丛牧之扭了扭僵硬的脖子，又看看雅男和春景，他们一个在手机上飞快地打着字，一个在摆弄一台照相机，都是没什么进展的样子。做了个深呼吸，丛牧之关掉电脑，招呼他俩说："走吧，在这儿也憋不出好点子，我请你们去喝一杯。"

两人分别嗯了一声，整理了东西，一起离开了工作室。丛牧之没关电脑，她就想跟屏幕上的黄思元较劲，你不是嘲笑我们吗？那我就让你一个人在这儿冷静冷静。

在附近小酒吧吃了点儿东西，喝了几杯之后，酒意和牢骚一起上来,春景气鼓鼓地说哪怕剩下的钱一分不要,也不给他们干了。雅男在盘算,万一这个项目真黄了,还有哪个项目可以接上,可是半天也列不出一个。

丛牧之的脑子晕晕的,像被什么东西卡着,难以正常运转,但又有一种只要转起来,就能把一切都解决的感觉。

这时,那只鸟又一次俯冲而来,但这回,并未飞入她的身体,而是从她的头顶一掠而过。她恍惚看见,鸟爪上似乎抓着什么东西。

从酒吧出来时,已经凌晨1点多,仲春末的夜晚,虽然凉意仍在,但温热气息已潜伏到了各处。外面的小街上,站着许多喝醉的年轻人。男生女生都叼着烟卷,一副不知愁滋味的样子,或者是一副以青春为愁的样子。喝多的正扶着栏杆或路边的树呕吐,旁边是他们见怪不怪的朋友,淡定地吐着烟圈,偶尔像想起一只蚊子那样想起自己的朋友,伸手拍一下他的背,手下的人又是干呕几声。

就在雅男和春景坐上车,一前一后跟她说再见时,丛牧之突然说,不到最后的时刻,我们不能放弃,云州项目肯定还有救。

他俩愣了愣,觉得她说的可能是醉话,招招手,出租车开走了。

2

丛牧之回到家,先蹑手蹑脚去熊仔的房间看看,他睡得很熟,身体蜷着,被子蹬在一边。

熊仔是丛牧之的儿子,今年十二岁,小学六年级。

丛牧之有一种分裂的感觉,就是她和熊仔之间有着亲密无间的亲子关系,她无法判断这种关系是天然的还是后天形成的,但是同时,她又感到自己对儿子的理解永远慢半拍,在许多事情上,总是他在前面,回过头招呼她快一点儿。从还是个小婴儿时起,熊仔便和其他孩子略有不同,少有大多数孩童的叽叽喳喳、顽皮捣蛋,而是显得很安

9

静。受那些育儿自媒体的影响，她一度担心他发育有问题，甚至怀疑过他有自闭症倾向，但是，不停骨碌碌转的眼睛，又表明他始终处在好奇甚至思索之中，何况除此之外，他的日常行为跟其他孩子区别不大。他只是话少，常常只说最必要的词语，主要是表示肯定和否定的词——嗯、好、不用、可以，辅之以摇头或点头。随着渐渐长大，熊仔花在围棋和自己喜欢的课程上的时间渐渐超过了学习之外的其他事，丛牧之在网上瞎看，又有人说这种孩子是天才，因为他们有着超出一般人的专注力。有一段时间，他大半天哪儿都不去，只是跟电脑下棋，沉浸在一块棋盘上的黑白两色之中。现在，他又开始痴迷天空、宇宙、星球，当然主要是看一些科普读物和视频，也有丛牧之收藏的各种天文题材纪录片。如果在春暖花开或者秋高气爽之时，丛牧之突然有空也有心情，便带熊仔一起去踏青，或者跟一个小团队去骑行。他这时候会突然话多起来，跟丛牧之说一路他逐渐摸索到的电脑下棋的套路，以及自己针对它的套路的可能办法。当然，作为一种回应，丛牧之也把能讲给儿子的话都说给他，那些话像投掷在棉花上的小石子，只换来一声"嗯"。最开始，她以为儿子并不喜欢这种分享，于是停住嘴，他却又会看着母亲的眼睛，那里面浮现出小小但确凿的疑问："然后呢？"她就只好继续说下去。熊仔可能是一个特别温柔的黑洞，吸纳而不是吞噬一切。她无数次想，他不过十二岁的脑袋里，到底装着一个怎样的世界？他每天在想什么，他感受到的事物跟她感受到的，究竟有多大差别？

她偶尔会直接问这个问题，熊仔轻轻耸一下肩膀，说："我在想，火星上到底有没有人，如果有，他们长什么样儿。"她不以为怪，甚至感到某种宽慰，因为她知道那就是熊仔的世界，那个世界比自己所处的世界要丰富、有趣。

只是这宽慰并非与生俱来，而是经过多年的生活磨炼才形成的。更早的时候，在熊仔三四岁时，她心里仍偶尔冒出那个疑问：孩子该不会是真有什么问题吧？这种疑问第一次产生，是熊仔三岁时，她带他去参加一个亲子课程。那个课程一直在她朋友圈里的妈妈们那里流传，说是特别好，每次报名都火爆异常。还是雅男托了个朋友的关系，她才能抢到一节试听课。

如果抛开熊仔去看，那的确是她所见过的最好的亲子课程，每项活动的设计都合理且巧妙，充分地尊重了这个年龄段孩子的特点，甚至很有艺术性。老师温柔可亲，循循善诱，但也有着必要的坚定。一开始，老师让孩子们手拉着手围成一圈，通过亲密的身体接触消除陌生感，找到群体认同。这个阶段大家做得都不错，孩子们很快熟络，课堂气氛一下子就调动起来。接着，老师让他们自由组队，两个家庭一组，共同完成一项任务。熊仔拉着一个女孩的手不放，而那个女孩希望跟一个看起来稍大一点的女孩一组，两个人争执不下。按照老师课前的叮嘱，丛牧之和女孩妈妈都没有去干涉，等着两个孩子自己协商解决。但是突然，熊仔毫无征兆地爆发出刺耳的尖叫。是尖叫，不是哭闹，甚至都不能算尖叫，仿佛一个音高超高的歌手在秀海豚音。最开始，大家还以为是音箱被静电干扰所发出那种尖锐而轻的噪声，但很快发现，这钢针一般细而锐利的声音来自熊仔的口腔。众人听得目瞪口呆。

老师试图帮小朋友们解决这个困境，她走过去，笑着蹲下身，并没有制止熊仔，而是耐心地等他停止。差不多有一分钟，他停下来了。这是丛牧之此生度过的最漫长的一分钟，她耳朵里像有只刺猬在翻滚，胸口则如石锤重击。她在想，熊仔怎么了？她想去安抚他，帮他，但发现自己束手无策。

老师拉着熊仔的手，温柔地说：

"你叫熊仔，对不对？你唱得真棒，虽然我不知道是什么歌，但它听起来真是太特别了。"

老师穿着一件紫色的裙子，胸口处别着一枚鸟形胸针，是一个服装品牌的logo。丛牧之有印象，这个品牌好像叫"始祖鸟"。熊仔在老师说话的同时，伸出右手把那枚胸针扯了下来。他劲头很大，老师被他扯得身体一歪，裙子撕了一个小口。他拿着胸针微笑起来，老师则被他的举动吓得叫了一声，抚胸深呼吸，但很快冷静下来。丛牧之回过神，赶紧过去给老师道歉，让熊仔把胸针还给老师。老师恢复了微笑的状态，小声说，没事没事，熊仔你喜欢就送给你了，老师还有。

丛牧之不记得熊仔此前有过类似的举动，他的尖叫声更是让她震惊。在家里，在小区跟其他同龄的小朋友玩，在室内游乐场，熊仔从未发出过如此锐利的声音，那不像是人类发出的声音，而像是某种机器的鸣叫。他从小就不爱哭泣，偶尔哭一下，声音也轻如蜂鸣，不是刚才那般尖锐。即便多年后的此刻回想起来，熊仔的尖叫都会立刻在她的大脑皮质响起——像是一块巨大玻璃上几乎看不见的裂纹，裂纹没有声音，但仿佛蕴藏着让人悚然的力量。

丛牧之想，一定有什么东西刺激到他了，让他感觉到了恐惧或者兴奋。在熊仔从离开她的子宫到三岁的一千多天里，每件事都是新鲜的、陌生的，她多少习惯了孩子不时带来的小意外，只是这次更突然，她一时间没能找到其中的逻辑关系。老师试图继续上课，但周围的其他家长则表现出了明显的戒备。熊仔依然握着那枚胸针，怔怔地看着它。她迅速抱起熊仔，逃跑一样冲出了那间画满了迪士尼公主和各种卡通小动物的教室。那些母亲的目光刺伤了她，她们全都把自己的孩子搂在怀里，像看怪物一样看着熊仔，仿佛他随时会变身，然后用血盆大口吞掉她们的儿子或女儿。那些孩子并不晓得凝结在空气中的各种心思，他们正挣扎着从母亲的怀里挣脱，也去老师身上掳取一枚胸针或别的什么。还有一两个，则模仿熊仔尖叫，只不过他们的叫声无法穿透房顶，而是直入人的耳朵。惊恐的母亲们不由自主地捂住了他们的嘴巴。

砰地关上门的一瞬间，丛牧之仿佛能听见教室里所有人松了一口气,整个房间的空气开始重新流动起来。她深呼吸,告诉自己冷静。

她抱着熊仔下楼,从商场出来,到了一个屋檐下。这是一间老北京炸酱面馆,最近正在装修,近几日由于雾霾严重,所有的施工都暂停了。他们就坐在工人们为了防止尘土飞扬围起的挡板旁,脚边散落着破碎的水泥板和土块、砖头,地上还有一个半米深的土坑,里面浮动着一层白色的塑料袋和包装纸。

她问熊仔刚才怎么了,是不是哪里不舒服。

熊仔摊开手掌,掌心是那枚胸针,一只鸟的骨架形状。他的手并没有比胸针大多少。

她想不明白,这枚胸针到底有什么特别,让他如此敏感和着迷。

她问他是不是喜欢它,他点点头,又摇摇头。

因为它的样子吗?她又问。

他笑了一下,说:它想飞走。

可以给妈妈看看吗?她商量着,担心他再次尖叫起来。熊仔乖巧地递给了她。

她拿过胸针仔细端详起来,三四厘米长,两端跟一般的胸针没有什么区别,中间的logo部分是镂空设计,倒过来看,那只鸟又像一朵云。一朵毫无规则的云。仅此而已。

这次事件记忆深刻,但熊仔的应对,则让她并未对熊仔产生过分的担心,尽管那尖叫声仿佛来自另一个空间,时常在她脑海之中回荡,比如熬夜剪片子熬到头昏脑涨时,比如在高原拍空镜缺氧时,比如她跟余作真吵架吵到眼冒金星时,熊仔的尖叫就会细丝一般从脑仁最深处抽离,穿过她的大脑皮质、头骨、头皮,变成一根头发直直地竖立起来,犹如天线。

那只鸟或者那朵云也许契合了熊仔梦中的什么东西,她想,每个人的心里总有一些我们无法从现实里一一对应的隐秘,孩子也一样。她自己也有,她不想承认也不想触碰的某些事物,可是,在意识的最深层里，她又无时无刻不受它们驱使。

余作真的解释更简单——他只是想尖叫而已，人类的无意识中潜伏着很多原始冲动，不要总是想给所有行为都找到日常的理由，人从诞生的一刻起，就受制于过去。从这个意义上说，熊仔比我们更接近本来的人，他仍葆有原初的冲动。丛牧之不置可否。

谜底是熊仔自己揭开的，五岁生日，丛牧之和余作真难得一起得空，打算好好陪陪熊仔，去郊区转转或者去游乐场。问熊仔，他歪着脑袋想了半天，说：我想去科技馆。科技馆？余作真搞不清是哪儿，但丛牧之很清楚，就是中国科学技术馆，在鸟巢附近，那里面有一个主展厅和一个儿童科学乐园，还有几个特效影院，是京城遛娃的最好去处之一。她带熊仔去过两次。

好，那就去科技馆。主展厅的展览和科学互动器材定期会有些变化，也有几年不变的，主要设计目的都是让孩子们亲身体验一些基本的科学原理，带有一定的互动性，所以每天人都不少。余作真玩得比熊仔还兴致勃勃。后来，熊仔说去看4D电影，查了一下，主要放一些科教片，但做成了4D效果。

就是在这里，丛牧之理解了熊仔几年前的那次尖叫，理解了他对那只鸟的感受。这部片子是讲史前文明的，地球如何演变、生物如何进化，在侏罗纪晚期，部分翼龙进化为最初的鸟类。当那只巨大的4D复原鸟类振翅向丛牧之飞来时，她感觉旁边的熊仔紧紧地握住了自己的手。

原来如此，她心里一下释然了。

几年后，丛牧之为了《神树》去四川拍三星堆。当她在博物馆里看见那株青铜神树时，尖叫声再次穿云破雾，从记忆中穿越时空抵达，只是这一次不再带有疑惑，反而让某些迷惘的感觉更清晰了。她在想，那枚胸针的图案不是一朵云，就是一只鸟，或者说那是一朵云，但同时更是一只鸟。

那只鸟此刻正站在几千年前铸造的青铜神树枝头上，墨绿色的锈迹昭示着沧海桑田，它分身为九，九九归一。作为一个纪录片导演，她做过一些功课，她知道所谓九，就是无穷无尽，是最大，也是虚空。所以，那不是一只鸟，那是所有的鸟。而这只鸟其实不是鸟，是太阳，又称金乌。九只鸟就是九个太阳。研究者认为，这棵树是三星堆人与神沟通的器物，它能把人间和天上联系起来，仿佛一个信号接收器、发射器、翻译器。

整个拍摄和采访过程中，她的注意力都向那棵树、那些鸟倾斜。一个专家说，三星堆神树反映了古代人对太阳和太阳神的崇拜，它是可以通灵、通神、通天的，人们借由神树，跟宇宙中的神秘力量进行沟通，甚至实现能量交换。还有一个专家提出问题：神树上为何是九只鸟，而《山海经》等神话传说里，至少在后羿射日的传说里，天上有十个太阳，另一个太阳到哪里去了呢？他的解释是，天地间本有十个太阳，都化身为鸟，栖息于神树之上，每天一只鸟飞跃天际，作为值守之日，十日轮流，如此循环往复。这样说来，后来演变成后羿射日的神话，是先民们对上天特别是太阳的情感和认知的变化——当那些轮流值班的太阳突然间同时出现，人类无法忍受干旱和灼热，不得不让自己的英雄射掉九个。她也在资料中看到类似说法，后羿射日的神话所反映的是古代的某个大干旱时期，人们对长期酷热的一种反应，因为无力解释自然现象，于是幻想着十个太阳同时挂在天上，后有英雄出现，射落九颗，那九颗就坠落在青铜神树上。这是两种逻辑。

能不能再引申一下呢，熊仔的尖叫可以顺势推导为与太阳有关？她不免想起，熊仔在两岁左右，有一段时间迷恋看太阳，每当外出，经常直勾勾盯着太阳看，她和母亲赶紧让他把头低下，或者用遮阳帽挡住强光。他的脑袋不断要绕过遮挡物，重新去看向太阳。但是很多育儿书也告诉她，孩子们对自己感兴趣的事物是很执着的，而对什么感兴趣，却又因人而异。她就听一个朋友讲，他家的孩子迷恋袜子——他的袜子从来不丢掉,而是收集起来,从一岁到二十岁,摆满整个衣橱。

三星堆充满了未解之谜,他们这部片子的本意就是带观众走进三星堆,破解出土文物的谜题,揭示几千年前的人们是如何生活、如何看待生活的。在片子的最后,她写了这样一段解说词:"三星堆留给我们的,绝不仅仅是数以万计的文物,更是祖先对我们提出的疑问:我们是否能够想象他们的生活,是否能够理解他们的喜怒哀乐?这个答案,关系到我们能否确认自身。"在之前的草稿里,她还写了另一段:"如果魏晋风骨、唐诗宋词、元曲明清小说,是我们文化上的父亲,那和中原文明迥异的三星堆,所代表的又是什么呢?是我们的另一个从未降临的父亲,还是真的来源于外星文明?"

那棵几千年前被铸造出来的神树,此刻依然树干挺直、枝叶茂盛,九只金乌仿佛九个密码,等待着人们去破译。《神树》因为工作室的困境匆匆收尾,有些镜头、采访都没有完成,本计划的三集,勉强凑成了上下集,卖到一个地方台播出了。反响自然谈不上,好在价位还好,收回了成本略有盈余。这是丛牧之职业生涯的一个遗憾,也在她心里埋下了疑问。这疑问无关三星堆,而是关于熊仔并且越过熊仔,抵达那个叫余作真的男人那里。这时候,她还不会知道,余作真也并非答案。

3

熟睡的熊仔,怀里抱着一只蓝色的熊。房间里,堆满了各种各样的熊。

怀里那只是他最近迷恋的一个,余作真前年年底买给他的。余作真去欧洲出差,回来时在阿姆斯特丹的机场看到了这只蓝色的熊,尽管行李已经超重,他还是果断地买下它,花了近七十欧元的邮寄费用寄回国内。但这也是丛牧之最不喜欢的一个,每次看见它,她就会想起那件让她难受甚至恶心的事。余作真这个几乎完美的形象，瞬间变成一堆人形污物。更让她绝望的是，当她有一天再也忍不住，跟他当面对质这件事时，余作真竟然毫无愧色，还说了一句"存在即合理"，人不能成为道德的奴隶。

熊仔是一个偶然。那时候，丛牧之硕士还没毕业，刚刚搬到余作真在医院附近租的房子里，两人开始同居。熊仔突然而至，丛牧之对是否生下他有过犹豫，因为她总觉得自己背靠的是虚空，缺少那种坚实的现实感，所以更不敢成为一个新生命的依靠。那时，她还不明白因何如此，但已经能清晰地感觉到这一点，她怕自己承担不了作为母亲的责任——不是经济、能力，而是精神。她老觉得自己还缺少一个必要的成年礼，还没有拿到做母亲的资格证。

是余作真用行动稳定了她的心——他直接求婚，不，是直接拿着户口本和身份证跟她去了民政局，领了结婚证。

"我们为什么要拒绝一个孩子？顺其自然，他来了，就来了。放心吧，一切都有我呢。"余作真抚摸着丛牧之日渐隆起的肚子说。

丛牧之很快体验到了作为母亲的幸福感，因为怀孕雌性激素分泌旺盛，两个乳房鼓胀，整个人的皮肤都变得细嫩。她感觉身体里充满一种温暖的水，不是血液，是水，仿佛在给全部的细胞洗泡泡浴。什么毕业论文和毕业作品，都先给这个小家伙让位吧。他们早早知道了是个男孩，去医院做产检，余作真在B超室看一眼就能看出来。

就是在硕士毕业典礼那天，丛牧之诞下了熊仔，仿佛他才是母亲的毕业证。

熊仔最早的乳名是嘻嘻。余作真说，如果是双胞胎就更好了，一个叫嘻嘻一个叫哈哈，合起来嘻嘻哈哈，不亦快哉。

又十二个月后，嘻嘻改名为熊仔。契机起源于抓周，嘻嘻越过丛牧之和余作真精心准备的书本、尺子、钱包、笔等物件，直接爬到玩具堆里，把一只黄色的维尼熊抱在了怀里，另一只手抓了一个小小的星球仪玩具。

"你将来是要做动物学家吗?"丛牧之笑着对儿子说,"还是想当宇航员?"

"他可能只想当一只快乐的熊。"余作真哈哈大笑,接着说,"不如以后改名叫熊仔吧,反正也生不了龙凤胎了。"

嘻嘻对着父亲笑了一下,然后说:"爸爸。"这是他第一次喊爸爸,或者第一次喊出了与爸爸类似的发音。两周前,他刚喊了妈妈。

余作真兴奋异常,抱起嘻嘻猛亲几口说:"以后你就叫熊仔了,little bear。"

虽然有姥姥帮忙,他们还是过了几年极其忙乱的生活,所有的行程表都因熊仔重新排了一遍:每当夜深人静,熊仔终于消耗完能量睡着后,丛牧之和余作真两个人累瘫在床上,什么都不想做,快速地也睡着了。睡眠如此珍贵,因为你不知道熊仔什么时候会因为大小便或要喝奶而醒来。在丛牧之孕期的时候,两个人都洋溢着要亲热的冲动,然而产后两个人有机会亲热了,却毫无兴致了。他们的感情,也因此进入到一个新的阶段,丛牧之对余作真的依赖,似乎渐渐转移到了熊仔身上。对此,余作真一方面感觉到了轻松,一方面又有些失落,但是他从来不是一个耽于此类情绪的人,很快就从工作中找到了新的充实感和成就感。他们之间仍保有恋人般的亲密,只是这种亲密已经从一条直线变成了间隔线,断断续续的。她总是对生产时的一件小事耿耿于怀。从产房回到病房,余作真去看她,给她带了她最喜欢的哈根达斯。而丛牧之听从母亲和其他人的叮嘱,不敢吃凉的,余作真对这些禁忌嗤之以鼻,有些强硬地让丛牧之把冰激凌吃完了:放心,我只相信科学。结果,也说不准是不是冰激凌的原因,丛牧之刚刚开始分泌的奶水回去了,熊仔饿得哇哇叫,只好换上奶粉。没有让儿子出生之后的第一口饭吃到自己的奶,是丛牧之极大的遗憾,这个责任,她只能记在余作真头上。

丛牧之洗漱完毕，轻轻地躺在熊仔的旁边，手臂环着他瘦弱的肩膀。由于裸露在被子外面，熊仔的肩头微凉，皮肤上有一层极其细密的鸡皮疙瘩。丛牧之感到安心极了，大概从六岁起，熊仔就跟她分房睡，这个天生就冷静克制的孩子，似乎对什么都不太依恋，连她这个母亲也不例外。倒是丛牧之，随着熊仔的成长，她对儿子的依赖却越来越深，也不是那种一定要时时刻刻看见的黏糊，而是每当她最缺乏激情和信心，对现实最迷惑而无助的时候，只要看见儿子，内心就会没来由地生出一种笃定感。就如此刻这样，躺在他身边，触碰到他的肌肤，浮躁的心便立刻安定下来，甚至荡漾着无法言说的喜悦——多巴胺在快速分泌？她不懂为何如此，似乎他不是她的儿子，而是她的父亲，是给她最多安全感和依靠感的人。而他其实什么都没有做，只是存在。"存在即意义。"每念及此，丛牧之对余作真日渐深重的冷漠，就会温软下来，他毕竟和她生了这样一个儿子，顺着想下去，他毕竟给过她真正的爱。爱太奇怪了，没有固定的保质期，有的爱几个世纪都丝毫不变，有的爱不知不觉就已变质。余作真的解释是：爱其实是一种精神上的过敏反应，但是有时候，一个人也会对自己的过敏源脱敏。

丛牧之嗅到了儿子身上特有的男孩味道，那是一种轻微的汗味，其中包含着某种难以描述的生命力。这种味道让她感到困意袭来，她恍惚间想起十几岁时在某个男孩身上闻过的味道，相似，却又不同。

就在浸染着迷蒙的回忆和此刻的幸福感之中即将睡着之时，丛牧之突然清醒，一条新闻在脑海里闪现了一下，她想到了云州项目的解决方案。看了看手机，凌晨3点。定定神，她确认自己并非在梦中——许多次梦里，她都以为自己醒来了，所忧心之事得到彻底解决，或者所憎恨的事物充斥于每一个角落，总之就是梦把她的快乐和痛苦推到了极致。所以她每一次醒来都必须想办法确证一下，没错，此刻她醒着，并非是梦中梦。

丛牧之起身，到客厅打开笔记本，把修改了不知多少稿的云州项目方案，重新整理了一遍。云州的项目在绞刑架上起死回生。她立刻给雅男和春景发消息，说明天一早到工作室开会，同时她把新方案也发给了云州的负责人和总公司的几个相关人士。尽管一切尚未定论，但她凭借自己多年的职业经验判断，这个方案在云州和央视都会顺利通过的。人们最愿意接受折中，这就是现实——那种谁都不满意但谁都能接受的状态。

做完这一切，窗外晨曦已露，她感到兴奋，也不想再睡了，索性泡了一杯挂耳咖啡，就着书桌的灯光慢慢啜饮。她并不想思考什么，只是试图放空，但她的手无意中碰到了挂在胸前的一枚坠饰。那是一只小猫头鹰，拇指肚般大小，雕刻得十分精细。这是余作真送给她的结婚三周年纪念礼物，这也是到现在为止，她和他之间最为深刻的联系。

只是，她立刻像被烫了一样放手，她太清楚了，这枚坠饰里蕴藏着她既不能舍弃又不敢触碰的火焰。就像神话中被封存在瓶子里或圣物中的魔鬼，她白天黑夜地佩戴着它，但永远不敢放出来。内心的焦躁涌起，她只好再次回到儿子旁边，躺在那里，等着越来越亮的天光透过窗帘渗透到房间中。再好的遮光窗帘，也无法百分之百地抵挡光的穿越，因此，天总会亮的。她的心思飘荡在这个再熟悉不过的房间中，床头是一个书架，第一排是英文读物，熊仔从小就喜欢的牛津树系列；第二排是他的课本和练习册；第三排是一些有关天文、人工智能甚至考古的科普读物。书架的旁边，则是康朴乐的学习桌，她感觉到，桌面被调得有些过高。她不止一次把桌面的高度降低，但是熊仔总会悄悄再调高，那会让他写字、看书的姿态怪异，两只肩胛骨耸立起来，像猫的耳朵。那是不健康的姿势，但是他总用这种方式来学习，好像他肩周的部分只有支棱起来，才是舒服的。衣柜在另一侧墙角，里面的衣服叠得整齐，而且分门别类地放着，没有任何凌乱——但这并不是一个处女座的衣柜，熊仔是天秤座，却有着处女座一样的强迫症式的精细，就连进门时脱下的鞋子，他也一定要鞋尖朝外摆得整整齐齐才行。可是，有一些东西他从来不会整理，非常随意和散漫地放着，比如围棋的棋子、某些乐高玩具的模块等。

熊仔起床时，丛牧之迷迷糊糊，但没有真正醒过来，似乎也不能算睡着，是一种混沌的状态。她想起来给熊仔煎个鸡蛋，但熊仔让她继续睡，他自己去门口的快餐店吃早餐，然后上学。她便嗯了一声，继续徜徉在混沌中。昨晚喝的酒加上熬夜，到此刻才联合起来做出反应，身体表现出明显的宿醉感受，疲乏，头是沉的。她这次真正睡着了。

十点半，丛牧之赶到工作室时，雅男和春景到了好一会儿了。幸好她睡下前定了闹钟，否则一定会迟到更久。他们已经看过新方案，所做的判断跟丛牧之预料的差不多，这应该是目前所能想到的最优方案了，无论是对云州还是对他们工作室而言。

云州的回应简单而直接，并没有说这个方案好坏，而是直接把预付款的剩余部分打了过来。如果按照第二套方案来执行，其实拍摄成本要节约不少，这么说，工作室的利润空间反而更大。其实丛牧之的方案并不复杂，就是把云州的海洋文明区分成两部分，历史上继续讲黄思元的故事，当然范围主要局限在航路拓展和海外贸易方面，同时在现代时期增加另一个人物，此人名叫刘胜英，是一个国际著名的帆船手，拿过世锦赛的金牌，是下一届奥运会女子帆船金牌的有力争夺者。刘的母亲是云州人，她的童年也是在云州度过的。刘胜英最著名的事件，是她在一年前一人一舟横穿太平洋的壮举。那一次她遭遇了罕见的大风暴，信号失踪了两天，最后竟然奇迹般穿越风暴，抵达对岸。尽管时间比预期晚了两天，没有创造新的吉尼斯世界纪录，但全世界的媒体都关注了她这次孤身远航。

接下来，三个人火速进行了分工，周期已经不长了，云州项目必须尽快完成，而且不能在一棵树上吊死，他们还得同时去接洽新项目。所以，最终决定由春景带队去拍刘胜英，丛牧之坐镇大本营，一边修改脚本、写解说词，一边剪辑之前拍的素材。雅男负责这个项目所要用到的动画特效和资料，同时寻找新项目。

只要忙起来，那些吵扰心神的事情就会自动退避三舍。丛牧之最喜欢的就是这种感觉，像一个人一旦全力去奔跑，便会忽略掉身边的一切风景，眼中只有前方。

4

一个月后，丛牧之在机房里剪之前到云州拍的老码头和元王庙的镜头。片名最终定为《云与海》，项目已到后期，只差一些动画演示的部分还在调整，动画做好，嵌进来，电视台和几个网站同步播出。

屏幕上是一片奇特的混合物，如果缩小到百分之一的比例，搬进北京的798艺术区，你一定会把它当成某种先锋的现代艺术装置。她实在搞不懂当地人的脑回路，比如，码头上的台阶是几百年前的石条，上面沾满了无数闯海人的足迹，祖先们风尘仆仆从此处走向波涛不断的远海和异域，有人在此挥汗垂泪，有人在此抛洒热血。除了人类的痕迹，数不胜数的鱼虾蟹在上面堆积过，它们身上的黏液带着海洋深处的矿物质，把石条中的某些石英石浸染成了红褐色，时间一久，这些石条变得斑驳陆离、五彩斑斓，仿佛是教堂穹顶上的彩色玻璃。对大多数有类似情况的其他地方来说，人们要么是把整个码头围起来进行保护，要么是利用它的历史价值招揽游客，当然都少不了一定程度的修缮。而所谓的修缮，也不过是修旧如旧或者顶多用仿制品替换原物，总之是尽可能恢复"原貌"，好让人们游览时感觉身临其境。但云州码头却把崭新的石条和古老的石条同时拼接了起来，一根老石条连接一根新石条，远观如特制的钢琴键。再比如码头上曾经固定过无数船只的生铁锚，锚还是那个锚，铁锈如蜂巢，可拴着锚的铁链则是新的，阳光下亮闪闪地提醒你：这不是历史，是现在。不只如此，几乎每一处古老遗物的旁边,都有一处全新的现代物品跟它并置,像是刻意制造的对立,但又少了整体性和真正的匠心。

丛牧之熬了一个通宵,眼睛干涩如正午的沙漠,她赶紧滴了几滴眼药水,让结膜和眼球湿润起来。对于他们这种整天对着显示器,一秒钟一秒钟剪片子的人来说,没一个眼睛好的,近视眼早已是标配,结膜发炎发红也是常事。眼科医生叹着气跟她说:你的干眼症,大概是七十岁人的状态。

她身体斜靠在椅子上,歪着头休息。这批办公椅,是春景力排众议高价购买的,真皮,可折叠,按照人体力学设计,扳一下操纵杆能放成一把躺椅。春景提出买椅子的时候,她和雅男都投了反对票,三把椅子近一万块,对于他们刚开张的小工作室而言,可不是个小数目。但春景说,如果工作室不出这笔钱,他就用自己的第一个月工资买给大家,如此,她和雅男也不好再说什么。椅子买回来,两个人才知道春景这个决定实在正确,对他们这些常年伏案的颈椎、腰椎病患者而言,坐着确实舒服,更重要的是他们实在太经常熬通宵,有了折叠椅,可以在凌晨躺下睡两个小时。这两个小时,就是他们一整天最好的能量补充。春景戏称他们是三个铁人,而雅男则改装了一句广告语:充电五分钟,通话俩小时。

外卖送来一杯星巴克的中杯美式和一块小蛋糕,丛牧之边吃边把昨天剪的样片过了一遍,大致有了样子,她心中稍定。这时,她才有空看下微信,除了一大堆工作消息、儿子的日常消息之外,还有一个陌生人申请加好友。丛牧之看了一眼那人的微信名"秋天是收获的季节",不认识,就没理。几分钟,有电话打了过来,还是一个陌生号码。

迟疑了一下,丛牧之懒懒地接通,那边的前两句话一个字也没听清,但她迅速反应过来,那应该是老家林东镇的音调。这奇特的音调一直潜藏在她记忆的深处,自从母亲去世后,她很少听谁讲起过。但曾有很长一段时间,她自己的梦话都是这种声调的。这是余作真告诉她的。

那时候,他们刚同居不久,有一天半夜,余作真急慌慌地把她摇醒。

"之之,你是不是做噩梦了?"

"什么?"丛牧之迷迷糊糊地说,"也许……可能……是吧。"

"你在说梦话。"

"哦,那可能做梦了。"

丛牧之搭了一句,心下有些烦躁,说梦话又不是什么了不得的大事,至于大半夜把我弄醒。她翻了个身继续睡去。似乎并没有进入深度睡眠,她这次清楚地感到确实在梦中,因为她发现自己置身于高中的校园里,周围都是穿着红蓝校服的同学。一个高个子男生,留着"郭富城"头,骑着一辆单车飞驰而来,到她身边,一甩头发,说:丛牧之,你太厉害了,这次考试作文满分啊。他叫高晓军,是隔壁班的。她闻到他身上有一种特殊的气息,像是烧水时即将响边的水所氤氲出的淡淡水汽。然后,他们竟然如蒙太奇一样站到了操场上,全体同学没有做广播体操,而是在整齐地大声背诵《木兰辞》。

丛牧之再次被余作真摇醒。

他带着恐惧和兴奋混杂的表情,用力地抓着丛牧之的胳膊,另一只手得意扬扬地摇着手机。

丛牧之想发火,但嘴里却爆出了一句:雄兔脚扑朔,雌兔眼迷离;双兔傍地走,安能辨我是雄雌?

余作真愣了一下,继而兴奋地大叫,就是这样,你就是这么说梦话的,我录下来了,不信你听。余作真点开手机,放录音。

丛牧之听见自己的声音——她其实不太确定那是自己的声音,但又清楚地知道那的确是自己的声音,作为一个纪录片行业的学生,她早就习惯了自己的声音被话筒或扩音器、修音软件等变形后的样子,但每一次突然听见,仍然感到别扭和陌生——她竟然没听清自己说的到底是什么。她狠狠地揉了揉脑袋，双手紧紧捂住耳朵，每当这么做的时候，会有短暂的眩晕，耳朵里就会荡漾着一种轻微的轰鸣声，不是耳鸣，是耳道被封闭后，血液在血管里流动时所产生的轻微震动发出的声音，有时候，这种微鸣甚至是尖锐的，像电子设备靠近话筒时的电磁声。等她松开耳朵，便想起来了，那几句就是《木兰辞》里的话，只不过是用老家的声调背诵的。就是说，她的梦话是用老家话说的，而在现实生活里，她已经许多年没有这样讲过话了。大三时，他们考普通话，她的成绩是一级乙等，差一点儿就达到了播音员水平的一级甲等。在传媒大学里，她甚至在选修的播音系的课里，都拿了高分。

"梦话都是这样的，梦是灵魂的语言，幼稚。"丛牧之回了余作真一句。

余作真仍没从发现新奇事物的兴奋中抽离，又说道：

"太有意思了，搞得我都想转到神经科了。"

余作真在协和医学院读外科，此时是博士三年级，但已经在做副主治医师，甚至已经主刀过几次不太大的外科手术了。从开始谈恋爱时起，余作真就说要送给丛牧之一件最为独特的礼物，到现在也没送。丛牧之幻想着，那也许是一枚结婚戒指，余作真虽然不是那种特别会搞日常浪漫的人，却经常有让人意想不到的突发奇想。有一次，他骑摩托骑了三十多里，到传媒大学把丛牧之叫出来，然后又载着她骑了三十多里回到协和医学部。他给丛牧之找了一个白大褂、一枚口罩，带着她摸进了医院的临时停尸间。丛牧之搞不清他要干什么，哆哆嗦嗦地问：

"你不会要杀了我吧？"

余作真哈哈大笑，说：

"杀人可比救人无趣多了。我今天看到一件特别美的东西，心里就想着第一时间跟你分享。"

结果，他所谓的那件特别美的东西，是一具尸体。一个女人的尸体。

那是一个十八岁的少女，因为感情所困，自己吞食了安眠药，没有抢救过来。

余作真掀开一层薄薄的白色床单，那个雪白的少女躯体就袒露在更加惨白的白炽灯灯光下了，因为失血，少女的嘴唇变成了深紫色，但是她身体上仍有两点红，是乳头。那的确是一具无比美丽的身体，哦，不，现在只能说是美丽的躯体了。

丛牧之看着，心里突然酸涩至极，眼泪滚落下来。

"太可惜了，这么美的女孩子。"

余作真盖上床单，说：

"你们文科生太容易感伤，不像我，在医院里见多了生老病死，几乎很少触景生情了。"

"你们医生都是铁石心肠。"丛牧之回了一句。

余作真耸耸肩说：

"所谓的医者仁心，就得铁石心肠，做手术的时候，我们面前就是一具肉体，不能动感情，任何感情的波动都会影响手术的效果。你知道吗，前几天我导师做的一台手术，要在一个小拇指肚大小的洞里缝合血管，你必须精准到一针也不能错，而且必须在十分钟内完成，否则病人的心脏停止跳动太久，会引起脑死亡。"

丛牧之无话可反驳，想了想说：

"医生的确伟大，只是我们这样来看死者，是不是不太……道德？"

余作真哼了一声，说：

"看看，这就是我说的矫情。美是超越道德的，人不能做道德的奴隶，如果今天没有人来欣赏这个女孩子的美，明天一早，她就会被推进焚烧炉化成灰烬了，就永远消失了，不存在了。现在，她至少在我们的眼睛里，在我们的记忆里。这对她来说，不是最大的道德吗？"

丛牧之不再说什么，她悄悄掀开被单的一角，又看了看那张年轻而美丽的脸。她心里想,所以说,人真的是由灵魂和肉体两部分组成的吧,否则怎能会一死,肉体就会变得如此冷冰冰的?

回去的路上,她伏在余作真的背上,摩托车飞驰,北京的深夜安静里躁动着喧嚣。她不知不觉流泪了,泪水浸湿了余作真后背的衣服。她的心一直沉溺在奇特的悲伤情绪里,但脑海中却幻灯片一样出现摩托车倾倒,两个人飞出去撞在路边隔离桩上的场景。那是惨烈的景象,他们肢体残破,血肉横飞,没有任何美感。她还在想,如果自己也毫发无损地死去,余作真会不会带另一个女孩子来看自己的尸体?但转瞬,她又感到这想法的可笑:我活着都没有什么打动人心的美,遑论死了呢?

女孩的面容像一片湖水中的叶子,始终荡漾在她的脑海里,除非年深日久,叶子腐烂,否则会一直在此漂浮。即便是腐烂也无法真正让她消失,只不过是无形地融入湖水中了。

之后几天,她对余作真的这次行动郁闷而愤恨,觉得他几乎把自己平静的心给毫无理由地搅乱了,她没法好好睡觉,也没法思考问题,简直像一具行走的尸体——连比喻都逃不开这个意象。但是几个月后,她的想法彻底来了个一百八十度大转弯。央视来单位挑实习生,她跟雅男都报名了,面试时考官让他们对一部片子做阐释,那是获得奥斯卡奖的《入殓师》,讲给死人整容的入殓师故事的。丛牧之分享了自己和余作真的这次行动,当然,是作为"我朋友的故事"讲述的。这个故事打动了所有评委,他们说:其实我们不是要同学们讲出多深刻的道理,做纪录片,看似只是客观去拍摄这世界上的人、事、物,但本质上仍然是关注人对它们的感受。再客观的纪录片,所反映的也是创作者的眼界和审美。取景器就是你的世界观和方法论。

丛牧之和雅男幸运地得到了三个实习名额中的两个,另一个是南京艺术学院的春景,他们后来成了同事,又成了创业伙伴。如果没有那次深夜停尸房探访,她可以肯定,自己拿不到这个名额。

纷至沓来的回忆仿佛不同宇宙的叠加，只需要一瞬间，只需一个微小的细节触动，那些需要漫长的时间和无数心力才安放好的过往，就会全部重新翻涌一遍。

5

陷入回忆的丛牧之让对方以为信号出了问题，那边挂断后，又拨了过来。

这回，丛牧之接通了，问对方是谁，有什么事。

那个人再三确认她就是丛聪之后，开始说：

"聪啊，我是你姑姑啊。"

"姑姑？"她嘟囔了一句。

"林东的姑姑。"那边又说。

终于记起来了，是姑姑丛长娟，也是现在还生活在老家的唯一丛家人。她们已太多年没有联系了。

"啊，姑姑，你好吗？"

丛牧之条件反射般问出这句话，眼睛仍然没有离开屏幕。片子里，是刚刚修缮一新的元王庙。黄思元虽然因内斗死了，但岸上的百姓对他的供奉却一直延续了下来，对生活在海浪之畔的人们来说，似乎总要供奉点儿什么才能心安。云州这里，渔民们供奉的神祇五花八门，最多的当然还是妈祖，但许多村落或小城也都有自己的拜祭对象。比如黄思元这类历史人物，经过漫长的传说和无数的民间演绎，逐渐有了部分神性，演变成了人们的保护神。因此，元王庙的香火一直存续了下来，尽管有时旺盛些，有时几乎湮灭，但只要还有人出海讨生活，还有村落在口口相传着思元王打海盗的故事——真是令人哭笑不得，在某些村子，这个曾经的海盗竟然演化成打海盗的民族英雄——就有人去拜祭，祈祷他保佑他们平安顺遂。更何况，随着生活的稳定，许多人开始带着狂热的心情去追根溯源，但凡能找到一个历史名人，哪管好坏，立刻认祖归宗，拉一伙同姓人举行祭祖大典，浩浩荡荡，仿佛自己家就这样成了名门望族。一些黄姓后人，找来找去找到了黄思元，像发现了富矿，年年拜祭，几成传统。

聊了几句之后，姑姑的老家话已经不需要在头脑里进行普通话的转换，丛牧之就能立刻听懂了，但是她所说的内容却又令她发蒙：姑姑说她收到了父亲丛长海的一张死亡证明书。丛牧之的第一反应是姑姑在开玩笑，或者有人在跟姑姑开玩笑，但姑姑严肃地否定了这两种猜测。她说她去派出所问过了，这张死亡证明上警察局的戳是真的，派出所的许所长还转弯抹角地跟开证明的派出所通了话，人家确认了这张证明。

"你回来一趟吧，"姑姑说，"因为你爸的事，家里那几间老房子一直没拆，居委会和土地管理部门来找过好几回了，宅基地要重新划分。"

"姑姑，我最近在赶一个项目，太忙了，没时间回去。要不你跟我姑父来趟北京吧，我给你们出路费，你们顺便旅旅游，我们也好些年没见了。"

她听见姑姑捂住了电话，小声在跟旁边人嘀嘀咕咕，过了一会儿，话筒传来声音：

"聪啊，姑姑去过北京，去年你姑父看病，我们在北京待了一个多月呢。没敢打扰你。现在出门也不方便，一不小心被隔离了就麻烦了，你啥时候有空啥时候回来吧。这回你爸的死亡证明来了，人家派出所能把他户口销了，你爸当年的老房子可能说话就拆了。还有，除了这个，人家还一起寄来一个小箱子，我没打开，里面说不定有你爸留下的东西。你回来拿走，留个念想也好。"

丛牧之哦了一声，说自己找时间回去看他们。她心里觉得有些好笑：自己都没见过这个叫丛长海的人，而且从小母亲就告诉她，父亲早就死了，怎么又突然来了一个死亡证明？难不成他又死了一次？

她感到十分虚弱，像是熬了几个大夜班，忽然间被明晃晃的阳光一照，甚至有些眩晕。低血糖？脑海里浮现出三个字，又被她立刻否定，半个小时前她才吃了一块好利来的蛋糕，不至于。现在，她的脑袋像一个被极速拨动的拨片，嗡嗡抖动，仿佛非要和什么东西同频不可。有些东西在蠢蠢欲动，如火山下的岩浆，不过，她现在完全有能力压制它。丛牧之强迫自己的注意力随视线回到电脑屏幕上，她又一次看见了黄思元的像，不过这回不是画像，而是雕像。

元王庙在破败了半个世纪后，又被人集资修缮一新。黄姓族人里有几个闯海后流落到南洋，也就是如今的新加坡、马来西亚、泰国等地，几代人辛苦劳作、经商，终于发了财，成了大商人。80年代之后国家落实华侨政策，加上大陆经济的高速发展，也吸引着他们回来投资建厂，陆陆续续有人告老还乡、落叶归根。再后来，进入21世纪，他们的后代也几乎都是在大陆出生、上学，重新成了本地人。带着认祖归宗的心，他们出钱重修元王庙，竟然还成了一个景点。游客们不知道也不在乎历史，只晓得宣传手册上说这是一个抗击海盗的英雄，便跟着导游进去走走看看。

丛牧之一帧一帧地拉着元王庙的素材，那些雕梁画栋，那些木质的雕像和器具，时间痕迹让人难以忽视——崭新的时间，制造期不超过两年。还有一些影像资料，是他的后人们，身穿长袍大褂，头戴特制的帽子，郑重其事地在那里三跪九拜，其实，他们身上的衣服都是穿帮的。黄思元是明朝人，可这些人的衣服不清不明，一看就是从某些旅游项目公司或者影视城租来的，不过对他们来说，是不是和像不像也根本不重要，他们只是要这个形式而已。

丛牧之的目光最后又定在黄思元的雕像上。她觉得这个雕像似曾相识，当然了，对于做了这么久片子的她来说，有关黄思元的各种画像、雕像见过不下百次，有熟悉感理所当然，但此刻的熟悉感并非是见多了的熟悉感，而是一种仿佛在记忆深处早早见过的莫名熟悉感。

思虑了好久，她恍然大悟，并非自己之前见过，而是这个雕像大概是参考了中学教科书上的孔子、李白、苏轼之类的一大堆古人肖像所雕刻，几乎可以说是这些人的集合体。她的熟悉感来源于此处，令她哑然失笑，刚才那通电话带来的冲击，瞬间被替代了。

关掉电脑，窗外太阳已经很高，今天是个晴朗的天气。

丛牧之身体后靠，拿起手机，上面的通话记录却让姑姑的话重新在耳畔回响。

如此说来，在她寻找、渴盼、痛恨、诅咒他的那些时间里，丛长海并没有死亡，只是失踪。

她对这个人的印象已经模糊到无，更谈不上感情，所有的不过是因长久的缺失造成的想象性填充。她觉得用她某次采访一个文艺学教授的话来说更准确：父亲对她而言更像是一个符号，并非实体，甚至这个符号之所以存在，也是因为从生理学上讲，每个人必须得有一个父亲，然后才能有自己。

"人不是孙悟空，没办法从石头缝里自己蹦出来。"

所以，对丛牧之来说，他早早死了跟最近死了，又有什么分别呢？死就是死，如果不是他的死亡证明，而是活生生的人出现，那自然不一样。她回去又如何？拿到那张死亡证明，不过是把三十多年前就该做的事推迟了而已。是的，在她心里，在她的现实生活中，丛长海早就死了，不是符号性死亡，而是生理性和社会性的死亡。许多次，比如在填表格中的家庭关系一栏或者被人问起不得不回答时，她都毫不犹豫地说：他死了。对方会表现或表演出某种含有悲切和同情的遗憾，轻轻地啊一声，有的还会说声对不起。她心里这时多数是冷笑的，对不起，干吗要说对不起？没什么对不起的。而且你们的这声对不起，也是跟好莱坞电影学的吧？中国人谈起死亡时才不是这样呢，中国人会说：解脱了，或者是不用活着受苦了，享福去了。再不济，也只是说：那你妈受苦了。

但是那个文艺学教授也说过，想象性的事物有时候会发挥比实际存在的事物更大的效果。她不太懂这句话，他给她举了一个卫生纸短缺的博弈论的例子，她更糊涂了。教授最后告诉她说：一个孩子，从小在一个非常有爱的家庭长大，父母对他很好，他也喜欢父母。突然有一天，人们告诉他，他并非是父母亲生的，你觉得他的心里会发生怎样的变化？哪怕人们说的这句话是谎言，假的，可除非去做DNA验证，百分之百地确认他们的血缘关系，否则这个孩子再也不能像以前那样生活了。她有点儿懂了。就像人们去医院，如果医生说你身体里长了个肿瘤，很危险，是癌症，你一定会非常恐惧、焦虑。但如果有一个你更信任的医生说，狗屁，哪有什么瘤子，不过是个囊肿，吃几天药就下去了。你则会瞬间感到天高云淡，放松下来。

所以，就算是符号性的父亲，她也不可能做到无动于衷。丛牧之给自己留了几分钟时间，刻意去记忆中捞了几网有关丛长海的事，除了她当年的那些秘而不宣的感受，只捞上来一些模模糊糊的传闻，再无其他。她冷哼一声，立刻又感到自己胸口有些发闷，赶紧到窗口去，对着外面深呼吸。可惜，窗外也没有多少新鲜空气，都是汽车尾气的味道。似乎应该回老家一趟，不过不是现在，至少要等这个项目上线，更何况她跟余作真的事，也得有个结论才行。唉，这个丛长海啊，死得真不是时候。

6

余作真是一个好医生，更可以说是一个优秀的医生，如果从那些被他挽救的病人角度来看，甚至是个伟大的医生。不管是回念起十几年前他们初识，还是两个人的婚姻渐入陌路的此刻，丛牧之都毫不否认余作真作为男人的魅力。他就像荒野中某个动物种族里那个既聪明又漂亮而且力量十足的一个,不是王者,却能获得所有同类的喜爱。只是,人的生活毕竟和动物的不同,生命的认知和情感的需求是不断变动的,大多数时候,人不愿意接受更不愿意承认这种变化,极端一点,把变化看作不道德的。所以,当我们无法接受对方时,总会站在一个制高点上指责说:你变了。这也是丛牧之越来越对人充满怀疑的一点:你看我们的诗词歌赋,我们的历史人文,几乎每一样都在歌颂、强调、追求永恒,要么是肉体的长生不老,要么是爱情的海枯石烂。年轻时,她跟所有人一样,把这些理解为它们是因为美好而永恒,现在她的想法彻底反转了,她觉得,人之所以这么狂热地追求这些,就是因为不可得,因为不存在,因为不长久。

几年前,余作真升任部门副主任兼协和医学院的教授,无论是在业界还是在一般的社会认知中,都属于精英阶层。每天匆匆转场于实验室、手术室和会议室,很少在家里,被丛牧之戏称"三室大夫"。在大众媒体上,他也算是不大不小的红人。他很早就开了微博,跟网友分享医疗科普和各种医疗史中的故事,甚至是他所经历的医疗事故,最火的时候,吸引了上百万粉丝。自从丛牧之给了他"三室大夫"的称号,他竟真的把微博名和微信名都改成了这个。他最红的那段时间,几十家医药厂、医疗器械厂找来,要跟他深度合作,开出的价码都超过七位数,但三室大夫都拒绝了。丛牧之很不理解,虽然他们当时的生活并不困顿,但为什么要拒绝那么高的回报呢?又不是让你去杀人放火,也不用你违反法律或职业道德。

因为要付出代价。余作真说。

这也叫代价?丛牧之反驳他,不过是变相地提一提他们的产品而已,软广告,现在哪个有点影响力的人不做?

余作真耸耸肩——真是的,她讨厌他耸肩,那会让她觉得自己特别幼稚,他不好说出来,只能用这个动作来蔑视她——接着说,就是因为代价太小而回报太高了,像一个巨大的诱饵。但是所有的诱饵后面都藏着钩子，钩子的后面是你不知道的东西，有时是毒药，有时是炸药。毒药死我一个，炸药尸横遍野。

丛牧之冷哼一声，假清高。

等对金钱最渴望的那个阶段一过，丛牧之又对余作真的选择暗地佩服。网上的网红医生不止余作真一个，大部分都在最红的阶段火速出书、讲课，继而是拍片子、带货，全方位变现，只有余作真仍然坚持科普和讲医学故事。他积累了许多铁杆粉丝，他们对他的行动了如指掌，有一些人遇到病痛，常常会到他的微博下写点儿什么，倾诉出来，还有的直接找他借钱、看病。钱他偶尔会借，但病不看，严肃地告诉粉丝：看病请到医院挂号，走正规渠道。

丛牧之比网友清楚，余作真做的比这多得多。有一次，他们认真核算了一下，因为没有记账，也只是个大概，这些年余作真帮患者垫付的医药费就高达二十多万元，当然绝大部分钱都没有还，因为他援助的都是真正走投无路的患者，来自外地农村。作为回报，他每年都会收到全国各地寄来的土特产，核桃、红薯、枸杞、水果，等等。余作真全拿到科室里，让同事们甚至保洁和护工自取。

相对那点儿钱来说，这样的回报太高了，高处不胜寒。他说。

所以他是一个充满爱心和情感的人？一万个人里有九千九百九十九个都会这么想，但丛牧之是第一万个，因为只有她无数次体验过那种爱心和情感，又同时受过它背面的戕害。即便拿余作真对患者的援助来说，也绝非是无差别的，在无私的奉献和爱心背后，是严密的精心计算。余作真会对向自己求助的患者做出评估，如果是有希望通过治疗痊愈的，他会建议病人砸锅卖铁全力救治，甚至自己掏腰包帮忙；如果是风险极大，不管投入多少医疗资源也很难达到预期的，他则劝说病人直接放弃，在有限的生命里赶快去享受快乐。

"活着，幸福地活着，好好活着，哪怕只活一天，也是值得的，而不是躺在病床上受苦。"他经常这样跟病人说。所以，在成千上万声赞扬的同时，也有不少人说他是个冷血机器人，对生命本身毫不尊重。他资助过的那些人，都是有很大希望活下来的，而另外一些觉得希望渺茫的，他一分钱也不会给。从这些情况看，他又真的像台机器，只有计算，没有感情。对了，他还公开支持安乐死和堕胎，并因此被人攻击。

那年母亲老年痴呆症严重，余作真几次跟丛牧之商量，把岳母送到养老院去。他觉得，他们根本没有时间照顾她，何况还有一个孩子。丛牧之罕见地发怒了，骂他冷血，不懂得感恩。她给他讲母亲如何含辛茹苦把她养大，如何离开老家过来帮他们带熊仔。

余作真说，这些我都知道，我对妈充满感激，但是我只想让她过得更好些。可你知道吗？一旦妈因为找不到回家的路而流落街头，她会经历什么？人不能成为道德的奴隶，对生命的尊重，有一个前提就是这个生命是有尊严的。你这么做只是愚孝，愚孝是大不孝。

放你妈的屁，我永远不会让妈流落街头，永远。丛牧之声嘶力竭地喊。

余作真不跟她吵，只是看着她，表情有点儿轻蔑。

她明白他的意思：你现在只有情绪，但你的理智清楚，你根本无法保证。

妈的！这个男人是对的，她无法保证能永远照顾好母亲，她也不能否认自己有许多时刻，对母亲的病产生过怨念，甚至脑海里在一瞬间飘过"要是她和父亲一样消失得无影无踪就好了"。随即，她又不断咒骂和批判自己，这种情绪交错搞得她筋疲力尽。

一起生活十余年——他们已分居，但结婚前就同居了，丛牧之对这个人生活中的一切都了如指掌，但就是看不透他本身。这不矛盾，好像他们之间隔着一层薄如蝉翼的玻璃，彼此能看清对方的每个毛孔，但并不在同一个空间。最初的时候，那层玻璃太薄了，薄到可以忽略不计——就像某些安全套所宣称的，让你感受到和对方的亲密无间——并且那时精神的渴求和满足从双方的躯体中溢出，弥漫在每一处空气中，他们无暇顾及也根本不在乎那层接近于无的隔膜。他们没想到的是，随着生活的继续，隔膜像手掌上的茧子，越磨越厚而不是越磨越薄，他们在以肉眼不可见、肉心不可感的速度分离。疼痛来自，他们自身都跟这层膜黏在一起了，像一块贴了十年的膏药，再想揭下来，非得掉层皮不可。

她对他仍然充满欣赏和钦佩，这种心态非但没因婚姻走向失败而消失，反而更加浓烈了。她无数次在暗夜里神伤之后，又感到自己的幸运，她不得不想，老天爷或许没有给自己一个白头偕老的人，至少给过自己一个值得爱的人。刚结婚不久，有段时间，她也曾深感不安：条件这么好的一个男人，怎么可能不被别的女人惦记？那么多惦记着他的女人里，比自己漂亮、优秀的人比比皆是，他怎么可能不动心？她也神经质地察看他的手机，旁敲侧击地打探，到他开会的地方搞突然袭击，但全都无功而返。那么是他的保密工作做得太好了，一点儿把柄都没留下？这在余作真看来完全是无理取闹，几乎是一种犯罪。那是他们的感情第一次出现危机，两个人都焦头烂额，但都咬着牙不提离婚的事，不舍得，也没理由。直到余作真这个大胆的家伙又一次用极为特殊的方式，让她理解了他的想法和感受，两个人才彻底平和下来。

有一天傍晚，两人在大吵一架之后，疲惫地靠在沙发上冷战。其实都不算吵架，因为几乎只有丛牧之一个人喊，多年如是，余作真只是一声不响地看着她，偶尔摇头或说句简短的话，没有任何情绪。他从来只是陈述，仿佛她是他面前因病入膏肓而崩溃的病人，而他是那个冷静到冷漠的大夫。丛牧之吐沫横飞，却很少正眼看余作真，她怕跟他对视。他的眼神里有太多的东西，有时候冷得像手术刀，仿佛随时能把她的筋肉剔掉，只剩一副狰狞的白骨；有时候，那里面又充满让人沉溺的温柔，像一个慈爱的父亲在看自己闹脾气的小女儿；有时候，他眼睛里荡漾着笑意，让丛牧之感到她嘶吼般的语言是在跟他打情骂俏；还有时，他像个孩子般无辜而单纯，每一次眨眼都像是一次天真的审判。不管是哪种，都会让丛牧之感到自己的争吵特别没必要，也特别不值得。所以她从不看他，像一个盲人那样对着虚无指责和争论。

他们吵完后静坐了一会儿。余作真站起身说，他晚上有台大手术，要回医院了。丛牧之恨得咬牙切齿，不管吵到何种地步，他都能冷静地做手术，把一个濒死的人救回来，而她哪怕生一点儿气，都要消耗大半天才能缓过劲儿。

"晚上你在家等我电话，千万别出去。"

他丢下一句没头没尾的话，走了。

她不想出去，也出不去。她的眼睛肯定红肿，见不得人。干吗要等你电话，你是谁！她这么想着，却不自觉地看了一眼手机还有几格电，三格，够了。充电器就在旁边，但她懒得去插到排插上。

丛牧之一直蜷缩在沙发上，耳朵里始终有声音轻微地震荡着，那是下午争吵时她自己声嘶力竭吼叫的声音，这再一次让她情绪烦躁。余作真已经走了两个多小时了，她还无法把自己从这种情绪中解救出去，像一个困在流沙里的人，越挣扎就越下沉。这期间她点了一杯外卖咖啡，什么都没加，每次吵完架她都喝纯咖啡，意式浓缩——她觉得自己简直有病。只有这时候她丝毫不觉得苦，反而尝出了咖啡的香味，好像吵架时超常分泌的唾液，让味蕾更加敏感了一样。

电话响了，并不是通话，而是视频。丛牧之有点儿发愣。

她接通视频，那边并没有余作真，而是一片曲线优美的沙丘。再细看，那并非沙丘，而是一个人的腹部，皮肤在镜头下浮现细小的颗粒状，像是沙子。美丽的腹部。很容易就能判断出来，这是一个经常锻炼的女性腹部，线条匀称，甚至能隐约看出肌肉的分布，尽管光线不理想，镜头还晃来晃去的，它仍给她带来不小的美的震撼。

搞什么，故技重施吗？丛牧之嘟囔了一句。

接着，一把手术刀出现在镜头里，然后轻轻地划开了沙丘，血肉像浪花一样翻涌出来。

啊！丛牧之惊叫着从沙发上站起来，余作真，你在干什么？

她听到了余作真的声音，不过不是说给她的，而是说给手术助手的：4号加长，注意止血。血压有变化吗？心率呢？肾上腺素准备好，对，0.25毫克，备用，防心脏偷停。

他在做手术，他是不小心碰到了手机吗？他到底在干吗？这个家伙疯了吗？

她哆哆嗦嗦地看完了整场手术，身上围着毛毯，还是觉得冷，特别是腹部，凉丝丝的。她感到肚子有些疼，像痛经那种，但位置不太对，应该是胃部的痉挛，她用手使劲顶着疼痛的部位，疼痛似乎减轻了些。

余作真的声音和手术刀划开皮肤、脂肪、膈的声音交错传来，还有手术室里所有人的喘息声——除了那个被全身麻醉的病人，再就是呼吸机规律的起伏声，丛牧之第一次知道，手术刀和不同部位接触时的声音都是不同的，皮肤是轻微的嗞嗞声，好像缓缓地撕一张八十克胶版纸；脂肪的声音又多了钝感，仿佛是七十克轻型纸裂开了；而划开隔膜则像撕玻璃纸，声音要更清脆些。丛牧之有轻微的反胃，不严重，不至于吐出来，她知道这是胃痉挛的连锁反应。

也许我应该走开，或者把手机关掉。她想。但她没动。

也许我应该找摄像机录下来，这简直可以做很多纪录片的素材。她想，但她没动。

也许我应该倒杯红酒，然后好好地欣赏一下他精湛的手术技术。她想，但她没动。

也许我应该报警，告诉警察有个变态正在直播手术。她想，但她没动。

也许我应该去医院，把这一切告诉医院。她想，但她没动。

她一动不动，连眨眼的频率都变慢了，她觉得这一刻，她看着的不是那具正在经历手术的躯体，而是余作真的眼睛——病人的五脏六腑，就是余作真眼睛里复杂的情感，她终于可以直视这一切了。

一块发黑发青的肿瘤被切下来，丢进托盘里。

"像不像几颗葡萄？"余作真声音轻松地说。看来手术很成功，他的口气里有些许的得意和兴奋。丛牧之知道，他这句话其实是说给自己听的。

旁边有助手回答说："比昨天那个大多了。"

"深秋的葡萄。"丛牧之回答了他一句。他当然听不到，他那头肯定静音了。

终于到了缝合阶段，那双她无比熟悉的手，曾成千上万次抚摸过她的头发、额头、下颌、双颊、颈部、胸部、腹部（哦，腹部）、大腿、小腿、脚趾，还有两腿之间隐秘之处的手，戴着淡蓝色的手术手套，正把刚才逐一切开的八十克胶版纸、七十克轻型纸和玻璃纸缝合起来。那完美的腹部，多了一条匍匐进肉里的蝎子，它的几十只脚深深地扎进皮肤，因为失血，那皮肤也白得像纸，至少两百克的铜版纸。

丛牧之发现自己泪流满面，泪水是凉的，想来已经流淌下来很久了。她抽纸巾擦了擦，发现手也是凉的，习惯性地把手伸进毛衣里，放在胸口暖暖。还好，这里仍然能找到热，心跳也渐渐平缓。

镜头开始移动，手术台，整理间，一整套术后清理的流程，然后到了空荡荡的楼道，最后是略显阴暗的楼梯间。她看见一支烟点起来——他开始抽烟了？那双手没有了手套的遮挡，全部呈现在她眼前，可又因为戴了几个小时的手套，那双手被闷得粉白细嫩，淡蓝色的烟雾不成形状地萦绕着手指，仿佛高高的山峰被压在了一个平面上。

镜头举起来，是余作真带着胡楂的下巴，她以为他会跟自己说些什么，但是没有，镜头一黑，他竟然把视频关掉了。

丛牧之的火气重新浮上来，并非毫无来由，来由一直都在，或者说，刚才的一切都是来由，被他毫无交代的挂断再次点燃了。她把手机摁亮，要给他拨过去，却叮叮叮接连收到他发来的十几张照片。照片上是同一个人，那是个年轻美丽的女人，看上去阳光健康，每张照片都笑意盈盈，让人看了不免心情一振。

他想干吗？承认了自己喜欢上了别人？

最后一张照片是一张病历，黑白的。病历上也有一张照片，能看出跟其他照片是同一个人，名字被抹掉了，但病历内容清清楚楚：肝部恶性肿瘤，建议立即手术。

"我只想告诉你，对我来说，不管多美丽的女人，只要我的心没有感觉，都只是一具肉体，带病的肉体。"

这是他发来的一句。

她想了想，其实大脑一片空白，什么都没有思考，但从动作上来说，她的确想了想。

"哦。"她回了一句，接着又加了一句，"晚上去楼下抄手店吃夜宵吧？我不想做晚饭了。"

他回了一把打开的手术刀图案，她看了，笑出了声。那是他们的约定，打开的手术刀，特别像Ok的手势。

他总能创造出人意料的惊讶，从这一刻起，两个人再也没有为这类事情烦恼、吵架过。丛牧之后来还问余作真，那个美丽的女病人怎么样了。余作真说，术后良好，肿瘤切掉之后，再没有复发，现在消失于茫茫人海了，希望她再也不用跟我见面。

这就是他们之间的温情，不是浪漫的烛光晚餐，不是情人节、七夕节或5月20日的鲜花礼物，是一台又一台手术。时间久了，那些以前让丛牧之感到新奇甚至刺激的东西，变得让她厌烦。她更愿意跟大多数人一样，享有世俗的快乐。但是，余作真的头脑里没有这些。而且，他那独特的世界观一旦深入日常生活里，就会和她的世界观发生摩擦，有时候，摩擦出来的是火花，但另一些时候，磨破的是血肉，磨着磨着，就会有一处伤口深到了骨头——荷兰，阿姆斯特丹。

7

两个人终于在医院里的咖啡厅见面。

余作真太忙了，只能找个空闲碰头。作为十多年的医生家属，丛牧之非常理解这种忙，其实他们的离婚协议，只差去民政局盖章而已。而离婚协议上的所有条款，两人不但没有异议，甚至早在半年前，就按此执行了。比如把现在住的这套房子留给丛牧之和熊仔，那是一套学区房，余作真又在医院附近买了个小公寓，作为将来的住处；比如财产和股票等也都按比例分好，有关熊仔的抚养权等也没什么纠缠，熊仔跟丛牧之，但余作真有随时的探视权——这条有也是无，他哪来的时间带熊仔？说到底，两个人有关离婚的一切都已经谈妥，只欠东风一吹，这段婚姻就将烟消云散。余作真的冷静，让丛牧之觉得仿佛自己才是那个背叛婚姻的人，她讨厌这种感受。

导火索是两年前余作真的欧洲之行，但此刻想来，引线已经铺设很久了。余作真从欧洲回来，一年之后，丛牧之偶然在他手机相册的照片里发现了一个似曾相识的名字——德瓦伦。他们有一部片子查资料时涉及这个地方，她和雅男、春景还专门讨论过是否合适。德瓦伦是阿姆斯特丹最有名的红灯区的名字。她心中一紧，犹豫了一下，最后还是去翻看了他那段时间的所有照片，还有信用卡的消费记录，结果证实了余作真的确去过那里，并且还招了妓。那一瞬间，她有些茫然，好像人们在遭遇地震时，头脑里的第一个感觉就是：不会吧？怎么可能？接下来，你才能真切地感知天摇地动。

那个晚上，她等到凌晨他值班回来，质问这件事。余作真的表现不是羞愧和悔恨，而是惊讶：值得这么大惊小怪吗？她问他，为什么要干这种事？余作真耸耸肩说，这就和去很多地方，要尝尝当地美食一样。

一时间，她想不到反驳他的话，气急之下说道：那以后我出国，我也可以去这种地方，不要以为只有你们男人才能找到。

当然，余作真说，我可没说你不能去，只要做好安全措施就行，毕竟这种地方也是艾滋病高发区。

他说得如此自然而认真。丛牧之太了解他了，她知道，余作真的确是这么想的，不是为了掩饰而故作姿态。也正是这一点让她的心沉到了谷底，她之前想，哪怕他露出一点悔意和羞愧，她就可能原谅他。

"人不能做道德的奴隶。"余作真补了一句。

丛牧之再没有说话，她知道，他们之间的分歧之箭，击中了婚姻的靶子。

爱情，或者附着于爱情这个果核之上的亲情，在风吹日晒、虫噬鸟啄之后，已经干瘪而残破，再努力也吸不出甘甜的汁液和果肉了，可是那些曾经维持着果肉的纤维还在，那是他们最后的安慰和倔强——如果连这个都没有，那他们一起经历的十几年时间都将化为虚无。丛牧之看着余作真凌乱的胡子、憔悴的面容和熊猫眼，仍能感到一种心疼。余作真一想到将来丛牧之要独自承担和抵御一切，尤其要一个人抚养熊仔长大，心里也有很多不安。

但是这些都没用，他们心里扎着同一根刺，一端在他这边，另一端在她这边，谁稍微往前一步，两颗心都要被刺得更深。他们必须分开，而分开也带着犹疑——不知道那根刺会滞留在谁的心上，谁又是那个心上留个血洞的人。

每人喝了一杯咖啡，她喝美式，他喝摩卡，谈妥了五件事。其一，"五一"假之后，他们在结婚纪念日那天去离婚，也算是一个完美的句号，什么事也不能改动这个日子。其二，丛牧之同意每周熊仔去爷爷奶奶家一天，余作真没时间，爷爷奶奶退休了，也想孩子，由他们来行使父亲的探视权。其三，丛牧之或熊仔有任何事，都可以第一时间找余作真，他们不再是一家人，但要彼此照应。其四，只要余作真有空，随时可以约他们母子一起吃饭，让熊仔体验到父母同在身边的感觉，这也有利于他的成长。其五，各自保重。

丛牧之本想跟他提一句突然出现的父亲的死亡证明，过些天自己可能得回趟老家，那段时间就要爷爷奶奶照顾熊仔了，可余作真被一个电话喊走，有病人术后反应强烈，得全科会诊，他是主刀，无论如何不能缺席。

丛牧之挥挥手，看着曾经的爱人穿着那身白色的大褂消失在一群白大褂中，心里涌起感伤，她知道，虽然离婚证还要等一个多月才办，但这一次短暂的谈话，是他们之间实质上的句号——不对，是省略号。他们离了一个难得的心平气和的婚，可心平气和不代表心无所感，她相信余作真也是一样，只不过不断的手术和开会把这些情感都挡在了心的外面，他的大脑代替了他的心。作为一个外科医生，他早已经训练出了手术流程般精确的思维，遭遇哪种情感用哪种方式处理最少受伤，他不需要思考就可以直接做出反应，正如他剖开病人的身体时，也计划好了缝针的长度和方式。当然，人生和手术一样充满意外，不同的是，人生的意外常常来得缓慢而无觉，等你真正意识到它时，已成不可更改的事实。

谁又能对事实如何呢？

刚结婚的时候，丛牧之对余作真的这种刻板的理性很不适应，但不可否认，她在生活中遇到的最艰难的时刻，又的确是余作真冷静的分析、果断的处理帮她解决问题的。还是和母亲有关。母亲真的走失了一次，丛牧之几乎崩溃，所有之前看过的有关走失的老人的新闻，一起涌上她的脑海：没饭吃，没地方睡，被流浪狗咬得遍体鳞伤⋯⋯她无法想象一生劳苦的母亲再遭受这样的折磨，而她曾经信誓旦旦地说永远不会让她走丢！余作真默然片刻，等丛牧之把最初、最激烈的情绪发泄完,跟她说:接下来我们分头做这几件事,第一,我报警,请警察排查近期接到报案的走失老人;第二,我会去物业调监控,看看妈到底是几点几分出的小区;第三,回忆一下她经常去的地方;第四,我会在我的微博上发起一个寻人启事,请网友帮忙。

一天后,他们找到了母亲。

丛牧之永远不可能训练到和余作真一样情感和理性统一,她所从事的事业和她的本性也不允许这样做,所以说,不管她在头脑中多么确定余作真是对的,可情感上就是难以达到百分百的赞同。

离开时,她没有直接走,而是在协和医院的每层楼都走了走。这个地方她一点儿都不陌生,除了来找余作真,这么多年还带熊仔来过无数次。她之前跟同事拍过一个急诊室的纪录片《方寸》,也是余作真找了关系,到这里取材的。那次看片会上,她不无感慨地跟领导说:这个世界上,有三个地方能让人瞬间改变自己的认识甚至是信仰,一个是战场,一个是教堂,还有一个就是急诊室。她还套用了当年很流行的一句话:没有在急诊室亲历过的人不足以谈人生。那部片子播出时反响一般,却是很多行内人的心头之爱,后来很多有关医疗题材的纪录片甚至影视剧,都能看到《方寸》的影子。她仍然记得其中的许多人、许多故事,他们时常会从记忆中浮现出来,帮她兜住生活的底。

走出医院大门的时候,阳光明亮耀眼,她找出墨镜戴上,心里突然想:医院里充满生老病死,但更是个充满希望的地方,否则,人们怎么会从四面八方向这里拥来呢?随之心下一阵微光般的悲伤——医院充满希望的话,也是余作真讲给她的。她受他的影响如此之深,而她同时也清楚自我是如此清晰,余作真用他的魅力把她所谓的包装剥掉,把所有的外壳融化,他们在最深的程度上交融了,可再往里,再往里,仍然有一个比原子粒子微子还要小的核是格格不入的。

他碰到了那枚核,但锋利无比的手术刀,也无法切开它,却留下了伤口。而她略略想明白,自己开始对他的"统治"进行反抗,好吧,他们像两个结盟已久的国家，随着各自的发展，有一个想独立了。让她难过的是，似乎分开这件事他们也有着默契，就在她想主动跟他提离婚的前一刻，他率先提出来了，正式的。好像，他已经分析出她想要什么，先一步占据主动。在离婚上，他也是一副要赢她的样子。

从医院出来，丛牧之决定一周后回林东。这比她的原计划提前了至少半个月。"早去早回，"她想，"正好趁机好好想想工作室的事。"云州项目已经收尾，即将上线，工作室又能撑一段时间了，但是她第一次对自己的工作感到疲惫，激情尽失。她不知道这样苟延残喘下去有什么意义，可是总不能事业和家庭都当逃兵吧？所以她想好好琢磨琢磨，怎么守住工作室，毕竟，这不是她一个人的事。

8

实习生小兜给丛牧之发来订票信息，还有一句话：丛姐，这次不用我一起去吗？丛牧之给她回了一条语音：不用，你跟着雅男和春景他们的安排走。对了，跟他俩说一声，我要出门几天。有事打电话。小兜发来一堆表情包：有丛牧之的，也有雅男和春景的，都是各种搞怪图像——丛牧之在躺椅上张着嘴睡觉，雅男在模仿男生上厕所，春景借了小兜的衣服走模特步。她看了，心里又生出些雀跃。她喜欢这个"00后"的小姑娘，觉得她某种程度上像刚毕业的自己，比如那种对一切都毫无差别的热情，比如坚信这个世界是美好的，以及她的真实感。她在工作室里所表现的一切都是真实的，吐槽，撒娇，发脾气，等等。真有意思，他们这些在虚拟文化中长大的一代人，其实比丛牧之和她的前辈们更真实。丛牧之甚至考虑过做一部片子，专门探讨"70后"到"00后"这四代人，名字叫《四世同堂》，看看这些年中国人的心理究竟发生了怎样的变化。当然现在只能想想，想拍的片子太多了，只能一个一个来，更要把生存摆在第一位。

丛牧之把熊仔送到爷爷奶奶家,也就是余作真父母那里,请他们代管几天。熊仔对此并没有太多不适,在哪里分别都不大,他一如既往地沉浸在自己的世界中。爷爷奶奶看不懂他摆弄的玩意,奶奶只会问他冷不冷、饿不饿,爷爷则想拉着他讨论一下中医的科学化问题,他一概极少回应。

不过熊仔到底是孩子,看见奶奶之后还是张开手臂,给了她拥抱。奶奶开心地想把孙子抱起来,但她已力有未逮。爷爷站在旁边笑眯眯地看着,张开双臂等着被孙子"宠幸"。熊仔放开奶奶,又给了爷爷一个拥抱。这一刻,丛牧之心里有些愧疚,她的确有段时间没带孩子来看老人了,倒不是因为跟余作真离婚,而是自己的时间和熊仔的时间都紧张得很,她的片子,他的课外班,耗尽了两个人的精力。熊仔直接进了房间,打开了他的iPad,里面传来有关火星的内容。他最近迷上了火星,下载了几乎所有相关的电影、纪录片、音频读物。嗯,熊仔跟小兜比,已经又是一代新人了,她不免又生出背后空虚之感。如果她人到中年,已经开始了下半程,他们这辈人又能归去到哪里?

思绪纷乱中,跟老人交代了一下学校近期的安排,还有一些注意事项,丛牧之赶紧离开了。她担心在老人无心的询问下说出他们准备离婚的事,两个人商量好,这件事由余作真自己来解释。

接着,《云与海》正式上线,电视台那里没什么反馈,有也不会这么及时,收视率中等偏上一点点,说得过去。几个网站的点击率不错,而且这一回他们提前做了预热,把一些精彩镜头剪成小片,投放到了几个短视频网站里,形成了一定的传播效应。

丛牧之回老家那天,正好是《云与海》最后一集播出。尽管通了高铁,但丛牧之北上的行程依然比较波折,得先坐两个小时高铁到赤峰,再打车到汽车站,然后乘长途汽车到林东镇,还要三个半小时。

火车一路向北,既为了打发旅途空闲,也为了掩饰内心的某种不安,她没读书,一直在刷手机短视频,偶尔能刷到一个《云与海》的片段,不过,早已被人"涂改"得面目全非,她们最得意的那一段老码头镜头,有人给配上了浮夸烂俗的抒情文字。但就是这一段视频点赞和留言最多,如之奈何?她看不下去,就关掉短视频,打开微信,找到收藏,那里面有几百篇当时点了收藏但过后几乎一次都没看过的公众号文章。她以倒叙的方式逐个看回去。

高铁行驶到内蒙古境内时——她的手机短信里"内蒙古移动欢迎你"提示的——她在一个公众号上看到一首诗,名字叫《祖国的忧伤》:

火焰从南往北
祖国在窗外滑动
有泥土,有雪花
千万人在家烧酒热饭

今天的祖国是忧伤的
因为我是忧伤的
忧伤无法定义
只能以呕吐来表达

夜晚祖国会变小
躲在被窝里
孩子们做不完游戏的话
它就无法充电

每一个省,每一个村庄
都有自己的忧伤
大的如海洋,小的

如破裂的鹌鹑蛋

　　有的忧伤表现为地震
　　有的吞吐洪水
　　其他的合而为一
　　让所有人做同样的梦

　　忧伤里的爱无法提炼
　　爱里的奴性无法提炼
　　我们必须努力挣扎，长到成年
　　好让祖国再次诞生

　　她莫名地喜欢这首诗，就把页面收藏了。"有一天，我的某个片子一定会用到这首诗的。"她想。但是丛牧之并无法说清自己为什么喜欢，就像她钟爱的那些纪录片，《迁徙的鸟》《利维坦》之类，因为拍得美？因为陌生感？因为镜头的震撼？似乎都说得过去，但肯定不止如此。有些时候，她看完那些只有动物的纪录片，也会陷入类似的忧伤情绪中，仿佛她也是那些鸟、角马、大象中的一个，只不过在长途迁徙中迷路掉队了。她出生荒野，却误入人世。转而又会冷笑一下自己，矫情。她通常是来几个深呼吸，拿出手机跟朋友约个酒，或者去看电影，总之是用一种闹腾的方式来斩断这忧伤。几年前，忧伤是她的片子解说词里的常用词，就算在那个有关海盗的片子里，它都出现了四五次。但是今天仿佛和以往不同：她已经预感到，这次远行正在改变她的人生——哦，那是已经在改变的人生了，离婚，熊仔，工作室，其实没有什么按部就班，就像一辆在荒原上横冲直撞的车，之所以没有迷路，是因为根本没有路，或者是没有既定的路。而现在，她从南往北，去接收一封死亡证明，去把一个本该存在但从未出现的父亲打捞出来。即便没有一个纪录片工作者的敏感，她也能猜想到，那绝不会只是死讯，而是有关记忆和历史的重启。可笑的是，她只能捞出他纸上的死，剩下的仍然是空白，是虚无。只有一瞬间，她的心里闪过这个念头：可能我真正怕的是想起自己。

那么，她是在担心三十年前的往事重新被海底爆发的火山冲击到海面上吗？那伴随着孤独和疼痛的少年生活，既谈不上幸福，也不好说多悲惨，却一定是不平静的。她只是早早失去了父亲而已。而对比她的伙伴们，连这一点也算不上什么大事，那时候的小镇里，有太多的男人到沈阳、广东、杭州、武汉去打工，两三年不回家，四五年不回家，或者永远不回家。大家仿佛都没有父亲。她们经历着同一个时代，有着类似的成长体验。如果非要说有什么不同，那也只是她本身具有的那种天生的敏感——说多愁善感也可以，没什么理由，就是天生如此。对了，她那时一度坚信自己会是一个诗人或者剧作家，再不济是电影导演，不想后来成了纪录片导演——在人们的社会认知里，电影导演、电视剧导演、舞台剧导演都是导演，但纪录片导演不是，纪录片导演仿佛是导演中的山寨货。在许多次自我介绍时，她都说：我是一名导演。对方的眼睛一亮，待听到她接下来说的是"纪录片导演"时，那亮度瞬间黯淡下来，连忙说：哦，好，纪录片导演也是导演。

忧伤无法定义
只能以呕吐来表达

仿佛是对照着她本人写的。她没有酗酒，但在内心走投无路时却又常常求助于酒精，更准确点儿说，是求助于酒吧里借酒精所营造的那种氛围。那是一种暧昧、模糊而狂欢的状态，但底色是忧伤的，甚至是悲伤的。

"你知道人们为什么喜欢来酒吧吗？"余作真问她。

"因为……空虚，孤独？"她回答说。

余作真摇摇头说：

"不，因为他们知道自己终究要死。"

她愣住，这个答案让她吃惊，却又被一下击中。她无法否认每次清晨时从酒吧里出来，身体的疲惫和精神的恍惚中，忧伤早已被消耗殆尽。她走在清冷的街头，看着清洁工在扫大街，早餐店的蒸笼里热气腾腾，油锅里翻滚着油条，总是有一个词在脑海里跳跃：劫后余生。

那是一种经历过灭霸的响指后活下来的感觉。

这段对话发生在他们谈恋爱阶段，在那次夜探停尸房不久。这个男人总是赋予人人谈之色变的死亡以特殊的魅力，仿佛它只是一枚栗子，他用奇奇怪怪的黑沙把它炒熟，剥开棕色的外壳，露出金黄色的香甜果肉。她不喜欢吃栗子，但喜欢闻栗子的味道，更从不否认它的美。死亡也是如此。

忧伤里的爱无法提炼

爱里的奴性无法提炼

她终于懂了，这两句就是他们婚姻走向终点的秘密，在近十年完全正常的婚姻生活里，他们已经成了彼此的奴隶。这一点跟他们最初的目标背道而驰，正如现在，她感觉自己内心潮湿如雨林，可身体却一路向干燥的北方行进。是的，林东镇，那里有漫天的沙尘暴、白毛风，所有人都是一张黑红的、血管毕见的脸。那不是高原红，也不是紫外线黑，那是一种复合颜色，仿佛是把夜色和朝霞同时涂抹在脸上。

火车停靠在一个站台。火车又开动了。窗外一个人疯了似的追着火车，但越追越远。

她忍不住笑了，几乎每次坐车，都会碰到一个耐不住烟瘾的烟鬼，趁停车下去抽烟，然后没来得及上车，被留在了站台上。她脑海里闪过刚才被落下的人的身影，还有他身侧的站台名：宁城。

下一站就是赤峰了。

读大学之后，她离开了这个自己并不熟悉的出生地，便极少回来。就算寒暑假，她也多是去贵州、云南支教，或者是作为实习生跟着剧组去拍片。本科毕业那年，她回来一次，待了一周便离开了。等到研三，有了熊仔，母亲也跟着搬到北京，便再也没有回过林东了。后来，为了拍一个片子，她曾重回赤峰——也只到赤峰。接待的人听说她是林东镇的，表现出了同为赤峰人的亲切和热情，但是她对他们说话的音调十分不适。她自己讲了十几年的同样的音调，可现在，她已经是个普通话讲述者，除了做梦，再也说不出赤峰话了。不久之后，接待者就对眼前这个女孩所表现出的冷漠态度有所感知，她曾听他们带着不屑地议论：哼，那个女导演，真当自己是北京人了，还耍大牌。她无心解释。

她在赤峰汽车站排队买客车票时，姑姑打来电话，问她是不是在赤峰。她吃惊地说是，问她怎么知道。姑姑说，你说今天回来，到赤峰的高铁上午就这一趟，这个点也就刚到站。我也在，秋生开车来的，来市医院给你姑父开药。正好咱们一起回林东镇。

我在汽车站，她说。

二十分钟后，她看见一辆黑色的奥迪从一堆出租车中闪出来，停在路边。她探探头去看驾驶位置，想应该是姑姑。但司机是个小伙子，大概三十岁的年纪，皮肤是故乡人的黑红，眼神欢脱，热情地叫：姐，上车。她正想可能认错了车，或者是拉私活的黑车，副驾驶的车窗摇下来，露出一颗爆炸头和一张胖脸。这个才是姑姑。她明显变老了，甚至连脸庞都和年轻时有了很大差别，但她独特的笑容丝毫未变。她凭这笑容认出她。丛牧之小时候曾听母亲说，姑姑的笑其实不是笑，而是年轻时面部神经受损，导致她永远保持了这种表情。有时候，她跟姑父吵架，眼泪都流出来了，表情还是笑的。

小伙子下车，帮丛牧之把皮箱塞到后备厢，重新回到驾驶位置。

"姑姑。"她轻轻喊了一声。

"上车，先回家。"姑姑说了一句，掏出烟来，自顾自点着了。司机伸出两根手指，姑姑把自己吸了一口的烟递给他，自己又点了一支。她开始笑着抽烟了。

丛牧之坐到后排，心里想，这个人是谁？

"姐，我是秋生，你不记得了？小时候我天天往你家跑，赖着你。"小伙子说，好像通过后视镜猜出了她的疑惑。

她想起来了，这个堂弟是姑姑后来生的儿子，有几年，他确实很喜欢跟着自己。姑姑的第一个孩子是女儿，比自己小一岁，患有先天性疾病，身体和精神，都只长到六七岁的状态，便停止发育了。一想到丽丽，丛牧之便觉得姑姑那永恒不变的笑容里其实都是苦涩。

路程比她想象得快一些，可能是因为秋生不断地跟她说话，一是回忆童年时的趣事、糗事，她已记不太清，他则说得手舞足蹈。二是问她各种有关北京的问题：天安门到底多高，长城是不是真的能在月球看见，故宫里有多少间房子。也可能是回故乡的缘故，她的心绪有了明显起伏。对这里的一切，就算感情已淡，可生活过的痕迹总归还有许多留在潜意识中，身处北京时它们毫无所动，一踏上故乡的土地则立刻苏醒。

秋生又问她导演到底是做什么的，演员是真的跟戏里一样吗？拍电视剧是不是从第一集往后拍。她不断地纠正他，说自己是纪录片导演，不是电影或电视剧导演，但对秋生来说，这些似乎没有什么分别。车行一半，路过大板镇，秋生在路边商店外停一下，下去买了一瓶酒和一袋花生米，还没上车，就先喝了一口。秋生那张黑红的脸，瞬间开始发出光亮，连眼睛也闪亮起来，他竟然能在快速行驶的车上准确地把花生米抛入口中。

丛牧之看得心惊胆战——他怎么敢一边开车一边喝酒？

"喝吧，赶明儿跟你那个酒鬼爹一样，酒精中毒，一辈子离不开这玩意儿。"姑姑斥责秋生，但那语气仿佛是在唠叨，可见早已经是毫无用处的老生常谈了。

"我有点儿犯困，喝一口，精神些。"秋生打了个酒嗝。

看到酒，丛牧之忽然一凛，竟然忘记了给姑姑他们带礼物，哪怕一条烟或者几瓶酒，甚至是一盒稻香村的点心也好。她什么都没带，这在礼节上有点儿说不过去，尽管他们已经多年没有来往了。也不能说全无来往，他们还在同一个家族微信群里，没记错的话，那个群就是秋生拉的。但因为她设置了隐私保护，他没有加上她好友，心里有些愧疚。

试想一下，如果姑姑收到父亲的死亡证明，随手丢掉，不给她打电话，她便永远也不可能知晓这件事了。在这件事出现之前，她会觉得知道不知道并无分别，但现在一切都不同了，随着离故土越来越近，她内心的渴望和冲动也越来越强烈。仿佛那张死亡证明，正从一张纸变成一块铝板、铜板、铁板、铅板，甚至是密度最大的某种金属，那里面密密实实地封存着无数原子。每一颗原子，都与父亲有关，当然也就间接地与她有关。而且，她也由此对那块自己成长的土地产生了新的好奇，比如姑姑，比如秋生，比如她曾经认识的那些人都变成什么样了呢？丛牧之明显感觉到自己有点儿激动了，这种激动类似于她拍摄最想拍的题材时的那种感觉，那是一种创作的感觉。谁说当纪录片导演不是在创作？那是更为隐秘而艰难的创作，创作者需要无比低调，隐藏在纪录片主体的背后。她硕士时就从罗兰·巴特、桑塔格的书里知道，摄影机就是意识形态，边框确定了审美。她脑海里浮现了一只瓷瓶，那是来自宋朝钧窑的珍品瓷瓶，也曾是她最得意的一部纪录片的主要拍摄对象。

"你们……看过纪录片吗？"

丛牧之突然打断姑姑的讲述，问道。

姑姑说出几个名字，比如《建国大业》等，她说的其实都是文献片，不是纪录片。

"《舌尖上的中国》《我在故宫修文物》算吗？"已经喝掉了一个小二的秋生突然来了一句。

"啊，当然算，你看过这个？"这实在让丛牧之有些吃惊。

"我在手机上看过两集，没看全。"秋生说。

"那你喜欢吗？"丛牧之问道。

"还行。"秋生说，"我就是瞎看，我喜欢看那些老东西，觉得有意思，也算是积累经验，说不定哪天能淘换一个古董呢。姐你知道的，咱们这里可是辽上京，据说很快就要开发古城了，没准又能挖出不少宝贝来。"

哦，丛牧之应了一句。

这条路与当年已截然不同，这毫无疑问，但她并没产生沧海桑田之感。这些年她因工作走南闯北，可以说纵横古今、驰骋八荒，早已见惯了这块土地上发生的种种神奇变化——有些是好的，有些是坏的，她的镜头曾截取一小部分予以留存。但是，当丛牧之看到公路旁边的几丛沙柳中，闪现出一群骆驼时，还是感到了惊讶。

"怎么有骆驼？"她问。她突然有点想抽烟，就问秋生要了一根。他一手握方向盘，一手掏出烟盒，手指一弹，一根烟准确地飞到后座。她接住了。接着打火机也飞过来。

烟是道具——是这样，她经常在自己的片子里让主人公叼一支烟，比如复现那个著名的革命者思考的镜头，比如请那个农民摆拍的时候，拿什么农具都不合适，最后他叼上了自己的烟袋，一切Ok——现在，她觉得如果有一台摄像机在跟拍自己，一支烟的出现便恰如其分。丛牧之恍惚记起童年时看见骆驼的情景，一个外地人，发灰的白布裹着头，用一根长长的柳条驱赶着几只骆驼。它们高大而可笑，驼峰在奔跑时左右耸动，头高高昂起，喷着鼻息，嘴里永远在咀嚼着什么。赶骆驼的人在小镇西面的空地上停下,说"臊臊"——只是这个发音,应该不是这个字,但丛牧之他们当时以为就是这个字,因为他们远远地就能闻到骆驼身上的味道,那似乎是一种臊味。

臊臊!赶骆驼的人不停地说,骆驼先前腿跪下了,然后整个身体趴下,听话得像马戏团里的猴子。

他们围着骆驼看。骆驼只是路过这里,然后到西部的阿拉善去。赶骆驼的人说。

"最近才有的,"秋生说,"据说这里在开发旅游业,一年半载就变成景点了。"他的车速慢了下来。

"全国到处都在开发旅游业。"丛牧之接了一句。

"这里不一样,"秋生接着道,"你看西边,那可是一大片平坦的草场,前两年开始禁牧之后,草越长越好。现在才冒芽,夏天的时候有一米多高。如果扎上一些蒙古包,还是很有特色的。"

"内蒙古这样的地方多了去嘛,也没什么稀罕的。"她又忍不住补充道。

"这就说到骆驼了。东边这里土质不好,主要是沙地,几乎寸草不生,可以搞沙漠旅游,然后南边可以种油菜花,或者葵花,春天一片绿,秋天一片金黄,多好看啊。你在哪儿能一下子把草原、沙漠和农田看全?"

丛牧之四下望了望,大体的确如秋生所言,只不过隔了条木伦河,两岸景观竟然如隔天壤。只是,他描述的是最理想的情形,此刻沙漠是沙漠,草原上的草仍稀疏,农田里也没有大片的油菜花盛开,望去斑斑驳驳。

"如果将来拍片找这三种实景,来这里倒是不错。"她心里想了一下,没说出来。

接下来的路途大家都沉默着。路况本身也越来越差,因为在修一条省道,所以不得不绕个弯儿,在一条土路颠簸一个小时。丛牧之有些昏昏欲睡，但接二连三的颠簸让她没法真的睡着，只能是迷迷糊糊，有点儿像坐上了一条惊涛骇浪中的船。她甚至有轻微的呕吐感。

一个念头从脑海里冒出，她立刻清醒过来。那个念头是，自己竟然没有去看看母亲。母亲的骨灰仍寄存在赤峰的公墓里。她下了火车，直接到了汽车站，然后就往林东赶。到底是多么急，把这件事忘得一干二净。她有些懊恼。

9

丛牧之摸了摸胸前的吊坠，情绪慢慢平复下来。"近乡情更怯，不敢问来人。"一句诗从汽车刚刚爬上的山坡浮现，这是前几天审的一个纪录片中的句子。片子不是他们拍的，他们工作室还承担着总台的一些审片工作，工作室之间互相审，查漏补缺提意见，不过大部分现在都成了走过场，一是没人愿意真提意见得罪人，二是也没人愿意把时间花在别人的事儿上。他们也给很多地方电视台审片，这个更认真些，一是为自己片子的二轮播出积累资源，二也是另一种创收方式。

那是一部讲中国古代知识分子的片子，拍得不错，所选择的主题都很有趣，也很有价值。比如有一集是讲"男子何以坐闺中"，说在古代，为什么那么多男性诗人写闺怨诗，以女性视角来写，比如李白的"长安一片月，万户捣衣声"，比如杜甫的"遥怜小儿女，未解忆长安"，等等。还有一集讲"离别"，黯然销魂者，唯别而已，"惜别"是中国古代最普世的情感，生离死别，人生是一场相遇，然后就是种种别离。还有一集讲"思念"，从诗经到晚清诗词，通过诗词歌赋把相关的情感梳理出一条脉络。丛牧之审得津津有味，也记住了这部片子的导演，一个半路出家的中文系博士生——河路。她还上百度查了查，发现河路是本名，不是笔名，多年前曾经参加过新概念作文大赛，还拿了全国的一等奖，被保送进北大的哲学系，但大二那年因为一个哲学问题苦思冥想不得其解,退学了,复读又考了北师大的中文系,一直读到博士毕业。本来有机会到福建师大去教书,他却又对拍纪录片感兴趣了,跑到北影读了一个培训班,自己拿着摄像机就开始拍片子。

片子看到最后,丛牧之反应过来河路究竟是何许人也了。前几年,他们工作室刚刚成立的时候,网上正在讨论纪录片风格问题。这个讨论就是河路引起的。他用手机拍摄了一部片子,片长达十个小时,无剪辑,无编辑,无解说词,一切只有镜头,而且镜头并不是盯准了什么拍,只是绑在自己的额头上,拍到什么算什么。也许是巧合,也许是命运使然,河路在老家拍到了一次杀人事件。那是一个引起网络热议的事件,即一起所谓的"父子反杀事件":一个父亲醉酒后要杀自己的儿子,不想被儿子夺了刀,反手杀了他。

河路的片子展示了一种纯粹的自然主义风格,相比于那些经过剪辑、解说甚至特效的片子而言,它是如此的直截了当,赤裸裸。有网友说,这部片子不是摄像机拍的,而是眼睛拍的,但不是人的眼睛,更不是上帝之眼,而是介于二者之间——正如河路把手机绑在额头上,比人的眼睛高,但又比上帝的眼睛低。

工作室内部也参与了这场讨论,丛牧之、雅男、春景各持己见。

当人们都以为河路会沿着这个路子一直搞下去,成为纪录片界的一股"泥石流"时,他却转身回到了正统纪录片的路子上。丛牧之一直对他很好奇,尤其好奇他的这种转变,看到他之后拍的片子,选题和成片质量都很高,但再也没有之前那种出人意料的惊叹或惊吓了。她联系过河路,希望他能进自己的工作室,或者作为独立导演跟工作室合作拍片,但河路完全没搭理她。

"我对你们拍的东西完全不感兴趣。"河路说。

气得丛牧之牙痒痒,但每次他出了新片,她还是忍不住第一时间就找来看。

每次看完,又忍不住叨一句:这狗日的,还真会玩儿。

林东镇已至。

丛牧之拒绝了姑姑让她去家里住的提议，在林东宾馆开了一个房间，说要先休息下，晚上再去家里看姑父和丽丽。姑姑没有坚持，他们正在盖小楼，家里如工地，也是凌乱。姑姑家的院子之前拆迁，拿到了一笔补偿款，他们搬到了现在这里。这儿本是一个小院，他们把房子拆了，要建二层楼。去年建了一层，不想一部分钱被姑夫偷偷拿去借给了人，只好停下来。秋生费力筹到钱，才终于再次开工建二层。丛牧之本想去一个多年前开的小旅馆住，可就是想不起叫什么名字了，何况，未必还在，便选了车站附近的林东宾馆。

秋生说五点半来接她去吃饭，她答应了一声。

丛牧之先洗了个澡。放了十分钟，洗澡水才温热，而且能看见明显的泥沙。她将就着冲了下，在床上躺了一会儿，也没睡，跟熊仔微信聊了几句，又安排了些工作上的事，就到5点了。窗口对着西面，太阳已经落下去了，余光还残留在玻璃窗的污痕上，让整个窗子看上去像一幅沙画的残迹。她认真辨别，想从无序的图案里看出某个熟悉的人或物，但最终也是徒劳，什么也没看出来，反倒把眼睛看酸了。

这是个预示吗？她想，随即笑自己思路太飘，这次回来，只是在完成一个程序，并没有任何超出它本身的意义，更不会是某种大变动的征兆。她拿到父亲的死亡证明，回去，把那张纸放在某个文件夹中，再把文件夹摞在一堆书刊杂物中，让那个已经死了多年的父亲再重新死一回。从今往后，不管是记忆还是现实，不管是符号的还是档案的，他都死得彻彻底底了。几年前，母亲去世时，她产生过短暂的恐慌感。就像公众号上对父母老去所渲染的那样，从此之后，她和死亡之间再也没有父母这道屏障了，她得自己直面死神了。但这种感受片刻便消失了，毕竟她的丈夫是一个外科医生，毕竟他在刚谈恋爱的时候就带她去看过那具美丽的尸体，更重要的是，她和死亡之间的亲密程度比别人所知的要近得多。

没有人能成为她的屏障。

好吧,她轻声地劝解自己,别胡思乱想了,这一路都在思绪纷飞,实在有点儿放纵。的确,她已经越来越不是一个纵容情绪的人,尤其警惕现实被回忆打扰甚至更改——这一点,依然来自余作真。她的心竟然疼了一下,真奇怪,在北京时不管二人之间发生了什么,即便是在离婚协议书上签字的那一刻,她都没有痛过,此刻的千里之外,跟他毫无关系的地方,想起他怎么会疼一下呢?她强迫式地告诉自己,这和余作真无关,只与她自身有关。

她走进洗手间,蹲在厕所里,但并没有便意。这是一个习惯,或者说在婚姻中形成的习惯,每当他们吵架、她的工作不顺利、熊仔出了什么事,她都会坐在马桶上。裤子是褪掉了,形式上完全是上厕所的样子,但只是坐着。然后过几分钟就摁一下冲水按钮,仿佛能把不快冲掉似的。其实这个行为的作用类似于让情绪深呼吸,仪式本身就是内容,当她再次走出洗手间时,她就有勇气继续面对一切了。可是,她坐在马桶上的时候,想的内容是:什么狗屁勇气,那就是一个骗人的词,那就是一个鼓动人去干不该干的事的词。我应该往后退而不是往前走,前面都是危险,都是困难,而且我完全没必要去冒这个危险。最后她还是推开门走出去了,因为更简单和日常的理由,比如——谁能在厕所里待一辈子呢?

哪承想小镇宾馆里的厕所,竟然还是蹲坑,她很快就双腿发酸,只好站起来。这让她想起当年的小镇生活,那时候,整个镇子的厕所都是蹲坑,她能跟好朋友蹲在那里聊半个小时天。

跟姑姑一家的晚饭,比预想的要融洽些。她不知道是因为大家都增长了年纪,很多陈年往事不管多么锋利,也在岁月的淘洗中变得钝了,还是多年积累的陌生感让彼此多了对亲情的虚幻的渴望,就像那些被迫离家的儿童在成年后和父母相认时那样。丛牧之和姑姑自然远不到这个程度，但遵循的是同一种逻辑。饭是在家里吃的，秋生掌勺，他妻子打下手，有土豆炖牛肉、羊排、炒芹菜、炒鸡蛋，还有一个凉拌黄瓜。她想起七岁时，母亲突然消失了两天，自己饿得不行了，跑到了姑姑家里，姑父给她用大葱蘸酱卷了一个煎饼。她从小就不吃这种黄豆酱，可是那天她不敢拒绝，强忍着恶心把那个煎饼吃下去了，然后飞快地跑出院子，蹲到一个墙角全部吐出来。没人看见，除了堂妹丽丽——她用一根小木棍拨弄她的呕吐物，她再次吐出来，然后赶紧用手捧了土去盖住。

"别告诉任何人。"她跟丽丽说。

嘿嘿，嘿嘿！丽丽只是笑着，手里摇动着小木棍。

这么多年来，她一直在隐藏着自己不吃酱这件事。比如在北京吃饭，不得不吃烤鸭时，她也从来不用甜面酱，而是配上老干妈之类的。这是连余作真也不知道的秘密。

饭后，姑姑给她一个信封和一个小箱子。她知道信封里就是自己此行的最重要目的，父亲的死亡证明。小箱子是随这张证明一起寄来的，他的遗物。箱子上有一把旧锁，看来姑姑他们并没有打开它。

她拎好，准备起身。

"对了，"姑姑一边拾掇碗筷一边对秋生说，"你带你姐去老宅一趟吧。让她看看还有什么东西要留下的没，过些天就要拆了，没用的东西就都丢了。我这腿不行，走不了多少路，我不过去了。"

秋生答应了一声。他在路上喝了酒，她以为晚饭肯定会喝得更多，但他却一点没碰，只吃了两碗汤饭，外加一把白色的药片，也不晓得是治什么病的。

"走吧，姐。"秋生套上了一件夹克。

他们步行去老宅。

天暗得很快，仿佛每一秒钟都有人把夜幕拉得更严实一些，一点儿天光也不遗留。

丛牧之感到一丝凉意，她穿了一件羊毛大衣，厚度是够的。这是林东镇的风，她身体轻微的颤抖是久违的频率，这些年，她只有在林东镇的春夜中才能体验到这样的冷。拿到死亡证明的那一刻，她心情放松了些，尽管她还一眼都没看，但感到任务完成，可以回去处理北京的事情了。那个锁着的小箱子里到底有什么？她有打开看看的冲动，又担心看到颠覆记忆的东西——这些年的纪录片拍下来，类似的思维已经成了她头脑中的定式。她清楚这件事的分量，那个消失了几十年的男人，以死亡的方式重新出现，她正置身于他活过、她也活过的地方。

他们没有时间上的交集，现在，却以这种方式在此相遇。

10

那栋院子在镇子的东北侧，她记得。要从姑姑家过去，得先向北绕过一个公园，再往东两百米。那个公园是小镇当年唯一的公园，其实只有两条小路和一片树林，树林长在一面土坡上。公园里有一座烈士塔，每年清明节的时候，林东镇的中小学生都会到这里来献花圈、纪念英雄。初二的时候，她还代表学校在纪念碑前声情并茂地朗诵了一首诗。红领巾系得太紧了，让她有点儿呼吸困难，再加上大声朗诵和明晃晃的阳光，她感觉眼前一阵亮一阵黑，但她坚持着没有倒下去。

那个公园早就消失了，变成了一片住宅楼。现在，镇子的公园在西南边。秋生说，从汽车站往西五公里，是政府规划的新城区，无数卡车和塔吊正在那里挖掘和建设，据说所有的政府部门和汽车站都会搬到新城去。她已经大致弄清，所谓新城，其实是旧城，就是在历史上曾经的辽上京之上建起来的。建筑样式呢，则是不新不旧，能看得出些许辽文化的影子，可整体风格还是现代的，不伦不类。一瞬间，她不免想起云州的码头，嘟囔了一句："环球同此凉热。"

她们走过小区外的街道，那些曾经种满树的小山坡现在"种"满了房子。

"那个烈士塔呢？"丛牧之问秋生。

"还在那里，也不在那里了。"

"什么意思？"

"小时候那个烈士塔还在，但镇子的中心广场又重建了一个，有五层楼高。"秋生说，"你要去看看吗？"

"你是说有两个烈士塔？"

"对，老的那个据说还埋着烈士，新的那个就是个水泥壳子，算是标志物。"

丛牧之犹豫了一下，说："那看看老的，顺路的话。"

秋生侧了下身，前行的方向略做调整。

他们从一条小巷穿过，走了几百米，来到一个长长的斜坡。

此刻，他们的位置是在斜坡的一半处，往上一百多米，能看见那座塔，被一圈围栏围着。攀登上去后，丛牧之觉得那座塔仿佛变高了——逻辑上不对，按理说随着她长高，那些她少年时期看到的事物都应该变矮才对，后来她想明白了，是因为建住宅楼时，为了最大限度利用空间，这个斜坡增加了纵深感。以前她和塔是同一个平面，现在她站在比塔低的地方。绕过塔，开始了一个下坡，再向东转，很快就到了老宅——沙里街12号。她头脑里立刻跳出当年的门牌号。

"这里怎么没有建新房子呢？"她好奇地问道。

秋生又点着了烟，说：

"本来要建的，拆迁呀，每家都能分到不少钱。大家得到了消息，拼命在院子里盖小房子，因为听说拆迁补偿款是按建筑面积算的。结果地产公司一核算，拆迁费用超出了一倍还不止，都是临时建起来的建筑闹的，索性就不在这一片盖了。反正小地方有的是土地，加上政府又规划了新城，人家去那边盖房子了。竹篮子打水一场空。不过现在总算能拆了，补偿款还不如一开始多。"

这类事她听说过很多，也并不惊讶。

院门外挂着一把新锁，很新，她猜是自己回来前，秋生才买了挂上。进去后，她适应了一会儿。她以为自己会一下子陷入回忆中，能把每块砖头、每件家具都记起来，但是并没有。她感到一种奇怪的陌生感，这陌生感让她有了一瞬间的惶恐，怀疑自己走错了地方。后来，她从昏黄夜色里辨别出一株杏树，记忆才一点点活过来。那株树早已没有了当年的茂盛，如很多人老去时那样，从一副高大或丰腴的样子，变得干瘪、瘦削。借着最后一点儿光亮，她看见枝头仍努力开出了几朵小花。哦，再冷的春天也是春天，该开的花还是要开的。

"他们要开花，而我们要结果。"又是一个来自河路片子里的句子从夜空中跳出来，印象里是谁的诗，记不清了。

它还能结出杏子吗？她已经忘记了这个树的果实的味道，她感到左手小臂处有点儿发痒，那里有一条细疤，她用右手抓了抓。

秋生招呼她进去，他开了屋门。

因为太久无人居住，这里早已没有电灯，更没有电，他们只能靠手机照明。光线虽弱，却一样能让灰尘现形，屋子里的一切无法被整个纳入眼帘，她看到的都是一小块一小块物品的昏黄投影。灶台、屋地、橱柜、铁架子床、墙壁、旧皮箱、口袋、纸箱……他们开始翻检所有的旧物，尘埃越来越厚，幸好因为疫情，他们随身带着口罩，立刻拿出来捂在嘴上。

呼吸沉闷起来，尘埃味消失，她嗅到了自己的口气被熔喷布反弹回来的味道，有点不适。她一样一样地看，每样东西还没等她从回忆中想起，便又放下，沉入暗影中。很快，回忆便知道她无暇顾及自己，也就熄灭了燃烧的冲动，蛰伏起来。

一个小时，他们翻遍了所有旧物，没有找到一件需要带走的——

除非把整个院子保留下来，否则，留下任何单独的一件，都毫无意义。

她有些失望，同时也感到有些轻松。这说明，当年妈妈离开得很彻底。

他们走出了那间老宅。她抬了抬头，下意识地去寻找月亮。没有月亮，此时处于下半月，月亮在地球的另一面。

她执意没让秋生送，自己走回到宾馆去了。秋生一离开视线，她便摘下口罩，大口呼吸了几下，然后开始了漫长的咳嗽。这该死的过敏性咽炎，一点儿灰尘就能让她咳个不停。

第二天一早，丛牧之竟然是被饿醒的。

她想到的原因是，昨晚在姑姑家吃得不多，去老宅走了一段路，回来时自己又闲逛了半天才到宾馆，消耗很大。等丛牧之坐在宾馆不远的早餐店里，一口气喝了两碗奶茶，吃了一碗荞面饸饹之后，才蓦然惊醒，她的身体比她的心要诚实得多。童年时胃里滋生的噬生菌，早已经蠢蠢欲动，不断地刺激她的胃，间接地刺激她的无意识，呼唤她当年最喜欢吃的食物。早晨，丛牧之匆匆洗漱就跑出来了，完全没来得及像在北京那样护肤和化妆，她在窗口嗅到了蒙古奶茶的香味。她没有让思绪随着香味飘太远，迅速把注意力拉回到寻找来源上，店铺很好找。漂着一层黄油的奶茶上，有一张高颧骨的脸显现出来，一个称呼从心里蹿到喉头，她用一口奶茶压了下去。放下茶碗，那上面变成了另一张脸，有一条明显的疤痕。她心里一疼。

几碗热东西下肚，身体浸出一层薄汗，她赶紧回宾馆洗了个澡。从洗漱间出来，看到手机有好几个未接电话，是姑姑打来的。她能猜到她说什么，回过去，告诉她自己今天就回北京，那边还有很多事忙。欢迎姑姑带着姑父和秋生到北京旅游，如果是看病，就提前告诉她，她好安排挂号。

她查了查赤峰回北京的高铁票，发现就算她马上坐汽车去赤峰，也来不及了，只能买明天的票。但是她不想再告诉姑姑他们，除了秋生，她们的相处依然是别扭的，特别是看到丽丽——已经三十几岁但仍然是七八岁神态的丽丽，总会感到她看自己的眼神里有一种怜悯，那本来应该是她对丽丽的心态才对。

空下的这半天，不如就在林东镇随意走走，看看这个自己曾经生活了十几年的地方。脑海中第一个浮现的，是镇子南边的巨石阵，不过随即想起来，那些巨大的石块早已经被运往新城区了，她在新闻上看到过。她在大众点评上刷了刷，发现镇上竟然修了一个博物馆——辽代文物博物馆。这里曾经短暂地做过辽代的都城，后来被金所灭，都城被大火焚毁，再后来又经过风沙掩埋，沉入了地下。她曾在一个片子里做过简单的介绍，那个片子讲述的是中国古代的杰出女性，其中一位是辽代的萧太后。她还跟做影视的朋友推荐过，说这绝对是个大女主题材，有希望成为爆款。做影视的朋友只说了两个字：呵呵！

丛牧之戴了一顶遮阳帽，她记得，这里的紫外线很强，即便还没到夏天，也足以把人晒伤。她站在最近的十字路口，看了好久天空和街道，才分清方向。她知道自己住的地方在镇子的西面，就沿着路向东走，这个小镇的老城区交错着旧房子和刚盖起来的新楼。几十年前，人们崇尚把建筑外墙贴上白色、粉色的瓷砖，主要是白色。但是此处风大，冬天的时候，瓷砖经常被吹下来。有时候，它们会落在行人的脑袋上，把人砸得头破血流，她的一个初中同学就因此而受伤。

新建筑不再贴瓷砖了，而是粉刷，大部分依然是灰白色的，偶然看见一两栋颜色鲜丽的建筑，再细看，是幼儿园。

走着走着，记忆开始复活，她认出了自己脚下的这条街道，曾经是一条河。但是她心里始终怀着戒备，怕自己被回忆牵制，怕睹物思人、触景伤情，尽管在后来的许多个日子里，那些回忆完全称不上惨痛。尤其是她结交了许许多多的同龄人，见识了这个世界的丰富之后，知道自己所遭遇的不过是比正常值偏低的成长经历而已。

她走到了林东一中。让她没想到的是，这所学校完全没变，和当年一样陈旧——应该是曾经翻新过，但时间再一次把它淘洗得陈旧了，跟她印象里几乎一模一样。只不过，现在那所学校门口的牌子是林东镇职业中学，而不是林东一中。她跟路人问了一下，原来林东一中已经整体搬迁到新城区，那是一所全新的学校。

有风吹来，带着呛口的细沙，这是熟悉的沙尘暴的味道，也是春天的味道。在北京，她尝到过许多次，她知道这味道来自各种风化岩石相互混合的碎颗粒。矫情点儿去想，每一口都是远古的味道，但人们从不在乎这种久远的感觉。人们只看重和自己有关的那些人造之物，比如青铜神树，比如翻新的老码头。

还有一处她很想去，却没敢去，就是曾经的土城墙南面的巨石阵，那里曾掩埋过她的秘密，她也在此见过别人的秘密。她知道那些巨石已经被人拖走，秘密早已无处可寻。那就不去吧，这样它们会永远留在记忆之中。

第二章　雪拥蓝关

1

来自西伯利亚的寒风吹着正在飘落的雪,把它们摔在地上,随即又席卷到半空之中,那没有形象的风便瞬间有了形象。风冷而坚硬,冰冻的雪粒打在人的脸上、手上,冷痛直渗骨髓,一般情况下,皮肤受到击打会立刻泛红,但在这里不是这样,因为温度实在太低了,皮肤早已失去了血色,变得跟雪一样白。路边一间铁皮小屋发出濒死般的颤抖和吼叫,房顶的铁皮竟然被狂风撕下长长的一条,像柔软的丝巾一般在狂风中摇动着,又像是一枚向冷风投降的旗子,但是风雪丝毫不在意,它要对一切赶尽杀绝。小屋原来挂着的招牌"姚家烧鸡",早已不知去向,用来糊窗户的塑料也早就被狂风吹走,里面的锅碗瓢盆散落在地上,叮当乱响,跟铁皮屋一起构成令人崩溃的重金属交响乐。

就在这样的天气里,这样的街道上,仍然有一个几乎匍匐在地上的人影顶风冒雪蠕动着。其实,从远处看那并不像一个人,而是一团黑色棉絮。这团棉絮顶着白毛风艰难地前行着,挪动了一米,可是又被风吹回去半米。但是它从不后退,也不停止,对峙的时间久了,那狂傲的风似乎受到了震慑,败下阵来,开始从无所不在的狂吹变成旋转的龙卷风。棉絮的速度快了一些,也略微高了一些,那的确是个人,不过看不清男女,更看不清容貌。他整个圆滚滚的,身上穿着厚厚的棉袄,戴着狗皮帽子,脖子上是一条红色的围巾,像一根项圈,有一截拽在风的手里。他应该是累了,挪动到那间铁皮小屋附近,靠着抖动的墙壁,大口地喘息,把冷风吸进肺里,又把热气呼出来,一进一出之间,他的身体有微微的颤抖。几分钟后,他再次蠕动起来,方向是林东镇的长途汽车站,就在镇子最中央,最高的那栋楼旁边的院子里。

这时候,汽车站候车室的杂工已经锁上了大门,两边门垛上前几天才贴的春联,早就被风刮得零碎残破。今天是年后第一天开门,该出门拜年的上午就出发了,这种鬼天气的下午,他不觉得还会有谁来坐车。最后一班车的司机李永龙也一直等着公司停止发车的命令。车上一个乘客也没有,按理这趟开往赤峰的车可以就此取消,但是命令始终没有下来,他也不敢自己做主,否则这个月的全勤奖肯定会被扣掉的。他一边咒骂着,一边费力地卷了一根烟点着,感觉那风也闻到了烟味,绕着烟头仅有的那点火星吹,李永龙还没吸几口,大半根烟就被风吸去了。他再次咒骂冷风,伸出手去摇动发动机,费了好大劲儿才打着火。发动机声嘶力竭地吼着,仿佛对仍未过去的狂风表达不满,但是它明显有些气急败坏,跟它的主人一样。这种老牌客车密封性很差,四处漏风,车上也没有暖风设备,李永龙坐在驾驶位上像坐在冰窖里,他觉得自己再待一会儿就会被冻成冰棍。他又卷了一根更粗的烟,点着叼在嘴里,靠猛吸几口热烟回一点魂儿。他抬眼看了看手表,还好是机械表,没有被冻到停机,再有五分钟3点,他可以发动汽车了,如果不取消,他就必须按时开到终点站去。这就是他每天的工作流程。他的脚踩在离合器上,从来没有这么急迫过,尽管他很清楚,这辆车就算油门踩到底也比不过外面的狂风,他一样要在路上挨冷受冻几个小时。但是,开起来和停在原地总是不同的,只要车一上路,他会瞬间感到自己和这辆班车融为一体,甚至能在颠簸中叮叮当当的声音里听出心里哼的曲子。

最后一分钟,李永龙几乎是盯着秒针转完的,他的手不顾寒冷,这一分钟一直握着挡杆,左脚离合,右脚刹车。到了,发车,就在他左脚刚刚把离合踩下,右手把挡向前推一挡,右脚的刹车轻轻松起时,突然响起一阵猛烈的敲打声。他以为自己听错了,但那声音急促而猛烈,再一次响起。声音来自车后门,他不得不停止动作,从后视镜看了看后面,什么都没有。他再次启动时,敲打声又响了,他又看后视镜,这次看到一个圆滚滚的棉球。虽然心里烦躁而疑惑,他还是习惯性地摁了一下开门按钮,后车门在气压的作用下,吱嘎嘎地开了。那个圆球带着一身风雪滚上车厢,又往前滚了滚,然后坐在了一个座位上。接着,那枚圆球变成了椭圆,上面露出一顶狗皮帽子。狗皮帽子摘下来,还是一顶帽子,红色的毛线帽。这帽子是小镇冬天最流行的那种,大都是用毛线自己织的,紧紧贴着头皮,这样外面还能再戴上棉帽子。

还真有坐车的,疯了吧?李永龙想,一边启动了车,一边忍不住从后视镜里看着唯一的乘客,长途车在风雪中驶出23号车位。

那是一位女乘客,男乘客的毛线帽都是紫色或者黑色,而且,他还看见了她的辫子,从毛线帽的下檐露了出来,围巾和头绳也是红色的。或者是,她的辫子太粗太长了,毛线帽根本罩不住。在整个灰白的冬天里,红色的毛线帽、围巾和黑色的大辫子都显得很突兀。接着,李永龙发现这个女人真的像个球,她根本坐不进窄小的座位,只能侧着身,把腿放在两排车座中间的过道上。这得多胖啊,李永龙想。

林东到大板的长途班车驶出汽车站,车站大门在被吹散的尾气里彻底关上了。

汽车孤独地行驶在风雪肆虐的马路上。一辆其他车都没有,尽管这会儿风已经减弱,甚至能透过灰白的天看到太阳极其惨淡的光芒,街上依然空荡荡。没有人,也没有动物,所有人家的门窗都关得严严实实的,那些被狂风吹坏的除外。

"这天还出门?"

李永龙回头问了一句。他觉得不说句话实在太别扭了，他还从没出过只有一个乘客的车，而且是在这种鬼天气。他脑海中开始浮现这趟车的整条线路，每一个沟坎，每一个村落，每一个转弯。他的想象在一个场景停下来：出了镇子一百里后，会经过一大片空旷之地，那里就算是夏天也只有一层地皮草，要不了几年，就可能被附近的小沙漠吞噬。

女人没有说话，或者说了，他没能听清。那似乎是一声呻吟或者嘟囔，总之并不像在回答他。

不说就不说，李永龙想。路上没有其他车，开起来有种不管不顾的自由感，也有点儿不真实感。

汽车开始爬坡了，过了这个长长的斜坡，风就会彻底弱下来。这时，他听见车里一声痛苦的叫喊，吓得右脚本能地踩了一下刹车。再回头，发现那个球一样的女人已经因惯性滚到了驾驶位旁边。她四仰八叉地躺在地上，脸上痛苦地扭曲着，嘴里喊着：坏了，坏了。再仔细看，李永龙吓了一跳。这个女人圆滚滚并不是因为胖，而是因为肚子，她有一个球一样的肚子。这是个孕妇，以现在的情形看，她似乎要生了。

李永龙手足无措，嘴里无意识地说着：

"妈的，我操，妈的，这咋整？"

"医院，送我去医院，我要生了。"女人呻吟着说。

李永龙试图把她扶到座位上，但这太难了，座位很窄，她一动就喊疼。好在女人身上穿得很厚，躺在车厢里一时半会儿也不会太凉。他把自己的大衣脱下来，垫在女人的头下，说：

"你自己扶着点儿。"

李永龙掉转车头，以最快的速度往镇医院行驶。他不时回头看一眼女人，她的手抓着车座位下面的钢管，脚蹬着最近处的车座，拼命在颠簸的车里保持着平衡。颠簸声和她的呻吟声此起彼伏。

"快了，快了。"李永龙喊。

十几分钟后，这辆车冲进了镇医院的院子。李永龙跳下车，冲进门诊大厅，大喊：

"救人，救人，有一个妇女要生孩子了。"

大厅里只有一个值班护士，还以为他在开玩笑，抬抬眼皮，没理他。

李永龙急得摇她的肩膀，说：

"赶紧找大夫啊，要不出人命了。"

护士才反应过来，拼命点头。她跑到医院里面，不一会儿，跟两个男医生一起推着担架床冲出来。

女人被送进了产房。护士跑出来，想找李永龙去登记缴费，但是李永龙已经不见了。

院子里一阵机器的吼叫，公交车开出了医院。李永龙得继续去自己的目的地。他不知道这个女人是谁，也不知道她为何要在风雪之日登上他的车。她可能是要到赤峰去，有什么急事。什么事比命还重要？比生孩子还重要？一整路他都在猜想。

1984年2月8日，林东镇医院里诞生了一名女孩。新生儿脚踝处用红线绳拴着一个小牌子，上面用纯蓝墨水写着：肖月之女，8401。她当然不是1984年第一个出生的婴儿，但是却是第一个享有编号的，从此之后，林东镇出生的孩子，就沿着这个顺序向后排开。牌子很新，这是这家医院第一次给新生儿做标记和登记，这几个毛笔字写得遒劲有力。在以前，登记卡都插在病床前头的铁架子里，只有母亲的名字。

肖月就是那个被公交车送到医院的女人，她的这次奇特的生产经历，一度在林东镇流传。

那天的风得有十级吧，人们说，吹倒了好几棵大树，掀翻了很多屋顶，还吹走了孙家油条铺和姚家烧鸡铺。

那个女人真是个疯子，竟然敢在这种时候上街，还是个孕妇。

据说是那个客车司机在路上捡到她，然后把她送到医院的，否则……世上还是好人多啊！

你说她到底为啥要大风雪天出门呢？难不成她是干了什么坏事，再不跑就被警察抓起来了？

听说和一个男的有关。

哪个男的？

就那个……嘘……流氓……

在人们的记忆和传言中，那是一个极其寒冷的日子，但是每个人对冷的体验，附着在不尽相同的细节中。有的人家里铁门被冻住，最后用锤子才砸开；有的人家里窗子被大风刮起的杂物砸破，他们不得不用一床棉被堵住破洞；有的人家里的水龙头冻住了，全家两天没有水喝。但是这些记忆最后都会在这个叫肖月的孕妇这里终结，还有那个名叫丛聪的女孩。

这就叫命大福大造化大，大难不死必有后福。有人说。

唉，那可说不准，出生就这么难，这么险，有妈没爹，将来还不定遇到多少糟心事呢。还有人说。

2

等春天真正来临时，公交司机李永龙终于搞清楚，那个女人为何要在风雪天跑到自己车上生孩子了。那时候，他已经因为这次意外事故被公交公司开除。

本来，他虽然没能按时抵达赤峰，但算是做了好人好事，不奖励也就算了，绝不至于被开除。可惜当时的长途客运公司是一个霸道的经理掌权，而李永龙则耿直倔强，眼里揉不进半点沙子，经常在很多场合让他下不来台，经理早就想找机会把李永龙弄走了。没取消这趟车，就是他的主意，这一次，他名义上说是照顾李永龙，把他调到了汽车修理组，可李永龙一不会汽修，二是汽修组的人都知道他得罪了经理，也整天挤对他，什么活儿都不给他派。同时，长途客运公司开始了薪酬改革，除了每个月的那点最低工资，其他收入全靠绩效奖金。李永龙没活儿，当然就没有任何奖金，拿到手的几十块钱刚够填饱肚子。这还不是压倒李永龙的最后那根稻草，最让他受不了的是小镇上突然开始漫延的一个传言。人们悄悄说：那天李永龙出车，在路上遇到了肖月，强行把肖月拖上车，想强奸她。没想到肖月是个临产的孕妇，后来李永龙怕闹出人命，才不得不把车开去医院里。这个传言找不到来源，但是比那天的风刮得还要快，几乎是一瞬间，那个人们不久前还传颂的英雄就变成了流氓、强奸犯。跟李永龙比较要好的一个汽修班同事，旁敲侧击地把这个传言告诉了他，李永龙暴跳如雷，拎着工具箱里最大的扳手就要去找人理论。可是他能去找谁呢？谣言就像龙卷风，等你发现的时候，它已然席卷一切，早就无从追查起源于哪一股小风了。想不明白的李永龙大醉了三次之后，毅然辞掉了长途客运公司的司机之职，这个父亲用提前五年伤退的代价换来的、他以为能干一辈子的工作，前后只干了两年。

离开那天，李永龙最后一次去车场，找到了那天的那辆车。他打碎玻璃，爬进驾驶室，握着方向盘，心里一片迷惘。如果说人生是一辆车的话，他根本不知道朝哪儿开，意外地抛锚在半路上了。父亲是老司机，曾经显赫一时，给地区的专员当过专职司机，后来"文革"来了，领导被打倒，他就回了林东。一九七九年时，专员平反，还打电话让父亲继续回去给他开车，但父亲怕再来一场运动，就说腿伤了，回不去了。他的腿的确伤了，是在一次行车事故中为了救汽车公司的领导伤的，后来疼痛难耐，他趁机找领导说自己干不了了，想把这个机会转给儿子李永龙。领导爽快地同意了。

就是这天晚上，运输公司的几个兄弟给李永龙践行，在当时很火的一家荞面馆里。这个荞面馆最拿手的是手把肉、爆炒羊杂，熬的奶茶也不亚于草原上的蒙古人，是单身司机们最常去的据点。另一个吸引他们的，就是这里有一个年轻漂亮的老板娘，而且只有老板娘，没有老板，据说老板是她哥哥，常年在赤峰做生意，一年也来不了两趟。

那天，他们吃掉了一整只羊的肉，喝掉了好几桶散装白酒。司机里有几个早些年的退伍兵，互相搭着肩膀唱起了《送战友》：

　　送战友，踏征程，默默无语两眼泪，耳边响起驼铃声
　　路漫漫，雾茫茫，革命生涯常分手，一样分别两样情

越唱越悲伤，一群汉子泪流满面、鬼哭狼嚎，把老板娘给招来了。她以为出了什么事。老板娘看是一群老爷儿们喝多了，正欲转身离去，眼角瞥见了李永龙。他是人群里唯一没有哭的人，送他的人号啕大哭，被送的人看起来却毫无波澜。李永龙其实并没有多悲伤和难过，他仍然处于困惑之中，既想不通那天那个叫肖月的女人为什么上自己的车，又想不明白自己明天该去哪儿、干什么。胃里的酒肉在胃酸中翻滚，他干呕了几声，却没有吐出来。他只是满身大汗，仿佛在蒸桑拿，不停地用手抹，可刚抹去一把汗水，脸上、颈上、额头上又立刻渗出密密的一层。有人递给他一条雪白的毛巾，他接过来，把脸擦干净，抬头看见了一双黑亮的眼睛。

是荞面馆老板娘——他们其实都不知道她叫什么，平时只是叫老板娘。

"你就是那个司机吧？"她问道。

李永龙没说话，这段时间，他经常被这样问。他不知道该怎么回答，因为他清楚，在人们心里他已经不是英雄，而是一个流氓。

"瞧你那点儿出息。"老板娘鼻子里哼了一声，继续说，"这些事做

过就是做过，没做就是没做，身正不怕影子歪，你整天这样，真像个被揭发的流氓一样。"

"放屁，老子才不是。"李永龙大吼一声。

他站起来，想继续说什么，可身体并没能站稳，眼前五十瓦的灯泡和灯下层叠的人影突然旋转起来，整个世界上下颠倒了。他眨眨眼，想把一切恢复正常，但仍然是颠倒的。他又闭上了眼，天旋地转，这一次，直到第二天才睁开。

李永龙睡在了荞面馆。

他在饭馆后厨外一个小房间里醒来，脑袋下是散发着雪花膏味的枕巾，盖着粉白色荷花图案的被子。身上的衣服完好，但袜子脱掉了，晾晒在炉子旁边的架子上，已经烘干了。他睡了这么多年来最好的一觉，此刻不但没有宿醉的头昏脑涨，反而神清气爽。他不知道是谁把自己弄到床上的，但隐约记得是一个女人，那就只可能是老板娘。

他走出房间，绕过厨房，到荞面馆的大厅，发现柜台里搭着几把椅子，椅子上躺着一个瘦小的人。那个人听见动静醒来了，伸了个懒腰，坐了起来，果然是她。老板娘冲他笑了笑，说："醒了？"

李永龙很不好意思，跟她道谢。老板娘摆摆手，说：

"大方点儿，别跟个娘儿们似的。"

老板娘让他洗把脸，她去做早餐，她有话跟他说。李永龙就乖乖地洗脸，洗脸架上摆着一瓶雪花膏，他打开盖子闻了闻，就是在枕巾上闻到的那种香味。

他们就坐在柜台边，就着两碟小咸菜吃热腾腾的荞面条。

"好吃，"李永龙边吃边说，"香，喝完酒来一碗荞面条，舒服。"

老板娘看了看他，然后帮他解开了困扰他几个月的疑惑：肖月为什么会上他的车，在那样的风雪之日？

3

肖月知道丛长海要走，就是荞面馆老板娘告诉她的。老板娘是百分之百的蒙古族血统，叫齐齐格。她本来不姓齐，只是蒙古名字里有"琪琪格"三个字，后来就按照谐音改成了齐齐格，看着既像个汉人名，也像个蒙古名。齐齐格找到肖月时，天上开始下雪，风还没有真正起来，但那种贴地吹的小风已经四处游荡了。那雪下得又厚又密，风虽然小，可很有劲头，吹得地上的雪打着旋。有林东镇生活经验的人都知道，接下来肯定是一场暴风雪。

齐齐格把自行车停在肖月家门口，敲敲门，没有声音。她扒窗户看了看，屋里的炉子有火光，肖月应该在家。接着，她听见身后的脚步声，回头一看，肖月挺着大肚子在拖半尼龙袋子煤块。她赶紧过去帮忙，肖月却一把把她的手打掉。她那球一样的身体，奋力拽着那袋一百多斤的煤，像极了一个滚动着沉重粪球的屎壳郎，又像一个球在滚另一个球。

肖月"滚"进了屋，把门关了，没让齐齐格进去。

齐齐格站在门口叹口气，说：

"月姐，你知道，有些事并不是你想的那样，人人都有自己的苦。"

肖月不搭话，屋里是炉钩子拼命通炉底和敲打炉子的声音，房顶的烟筒上立刻冒出一团黑烟，一股煤渣味冲出来，甚至越来越大的风也没能把黑烟吹散。

齐齐格继续说：

"是我去派出所告的他，可我这么做，就是想替你留住他，我实在没别的办法了，只能这样，哪想到他还是走了……你不知道，他都干了什么。"

炉火烧起来，屋里瞬间有了一股热。肖月的额头竟然微微出了汗。

"我留不住他,就永远都留不住了,我们俩……也许你还能留住长海,只要你原谅他做的那些事。我知道他去赤峰了,他托我哥给他买了明天去东北的火车票,你去把他找回来吧。我再也不会跟他有任何来往了,你放心,我说到做到。至于长海到底为什么要走……我……还是把他追回来,让他自己说吧。"

肖月还是不理她,用一柄小锤子敲一块煤,煤渣四溅。

"我只知道这些了。"

齐齐格说完,推门出去,骑上自行车离去。她绕出胡同时,风雪已经起来了,但是她拼命蹬,拼命蹬,和越来越强的风顶着牛。她的脸冻僵了,不知不觉流出来的眼泪也冻在脸上,像两条冰冻的河。现在,她心里又是惭愧又是悔恨,也许她不应该贸然闯进派出所去告丛长海,那样,他或许就不会走了。不,他肯定还是要走的,她又想,这个小镇子怎么留得住他呢?何况他竟然对肖月和孩子做了那样的事,其实,她理解他的不告而别,可是又感到这样的结局,对他们三个人,都不是一个好结果。也许……她应该跟他一起走?

自行车滑倒了,她没感觉哪儿疼痛,爬起来,却再也难以骑上去,只好歪歪斜斜地推着车回荞面馆。她心里清楚,经过昨晚的事,她的工作肯定要丢了,荞面馆就是这个小镇里她仅有的容身之处了。

齐齐格走后,肖月坐在炕上,心里比外头的风雪还狂乱,脑海里是一大早警察通知她那件事时的情形。她听了,一下子坐在了地上。这一切都是齐齐格造成的,现在,她还有脸过来告诉她长海要走了,让她去找他。她怎么去?她杀了他的心都有。可是,她又怎么能不去?她肚子里的孩子就快出生了,难道让孩子一出生就没有父亲?他不配做父亲,可他就是孩子的父亲。还有她这几年赌徒一样付出的感情,她不想不看底牌就直接认输。

说起来,这类事情在小镇上不多,可也不是没有,大部分的人家都打闹一阵,然后继续过下去了。因为他们知道,就算分了,日子也不会变得更好，而继续过，日子也不会更坏。有些东西，像身上的疹子一样，出过了就好了。

肖月不停地犹疑着，无法下定决心，很多过往的事情毫无规律地浮现脑海。

她摸着圆滚滚的肚子，问里面的孩子：

"孩啊，妈妈该去找爸爸回来吗？"

肚子里的小东西仿佛听到了这句话，用脚踢了踢她，她的手摸到肚皮鼓起来一块。肖月心里一酸，继续问：

"可是，他做了多少对不起我们的事啊，一声不响地就跑掉了，找他回来，警察也得把他抓起来。"

孩子又在肚子里踢了踢。风吹打窗户发出的噼噼啪啪声，像是那天丛长海跪在地上抽打自己耳光的声音。

接着，她便觉得自己太傻了，大人都拿不定主意的事，竟然去求助还没出世的孩子。

等雪粒漫天飞舞时，肖月发现自己已经不知不觉穿上了最厚的衣服，戴上了毛线帽、红围巾和狗皮帽子、棉手套。她知道，自己最终还是舍不得对这个男人的感情，舍不得孩子没有父亲，舍不得她这许多年的爱就这样烟消云散。如果要走，她想跟他一起走，走到哪儿都行。

临出门，她又回身给炉子压了满膛煤块，看着火焰和烟从煤块的缝隙中钻出来，环视了一下整个屋子，锁上门，走出了家。她不知道自己还会不会回来，可还是不想这个家一整天都冷冰冰的，能暖多久，就暖多久吧。

风太大了，雪还好，只要掩住了口鼻，低着头走，雪就不会灌进嘴里。可风大得让人寸步难行，她几乎是在路上爬。她要赶到汽车站去，她知道半个小时后有唯一一班去赤峰的车。她要赶上那趟车，只要到了赤峰，她就能把长海找回来，或者跟他一起离开这里。之前的所有犹豫和不甘心，在顶风冒雪艰难行走的这一刻，都变成了一种释然：原谅他，或者就别把这个事当成事，他原本就不是一个老老实实过日子的人，他不折腾就难受。当初自己喜欢上他，不也是因为他跟别人不一样吗？她无暇去细细回忆那些往事，但对往事的感觉不用回忆，一直在心里酝酿着，储藏着，一动念便会溢满全身。或者说，正是此刻艰难的挪动，激发了她要去战胜眼前一切的冲动，丛长海只不过是其中一样。她马上就要成为母亲，从自己母亲的命运里，她早知道了这是世界上最难做的一件事，这艰难的一部分就是牺牲，牺牲自己，让一个孩子有完整的家庭，也是她这个母亲的责任。

她终于赶到了汽车站，谢天谢地，那辆车还没有开走。她看见尾气管里喷出来的烟把飘浮的雪粒冲散，形成一股奇特的风。她尽可能快地走过去，狠狠地敲打车门。班车的马达声开始加剧，那是即将开动的标志，门还关着。她继续狠命地敲。门终于开了，她爬上了车。

因为冰冻和刚才的拍打，她的手掌已经麻木了，但她还是坚持着把半个屁股坐在狭窄的座位上。

她赶上了去赤峰的车，她有信心找到长海，让他看着孩子出生。她要跟他一起把孩子养大，培养他上大学，娶妻生子。

只是她没想到，孩子其实并不同意她追过去，所以急忙忙地出生了。

幸好这个司机及时把自己送到了医院，幸好孩子一切正常。等肖月在产房里抱着女儿时，她发现自己已经不关心长海了，他不再重要，眼前的婴儿让她瞬间感到了满心的欢喜，这欢喜足以抵御丛长海的离开。至少在这一刻，丛长海缩回到她第一次见他的那个样子，一个从夕阳中走来的人，终究会随着太阳落山而消失的。她甚至想好了，怎么跟孩子讲父亲的事：爸爸去当兵了，在很远很远的地方，他每天站岗，保护着我们。这时候，她心里仍存着丛长海将来会回来的念想，觉得等他在外面跑够了，他就会带着悔意回来的。所以，她不再急着去找他。他是个闲不住的人，爱玩的人，喜欢热闹的人，不干点什么出格的事就不安生的人，可总有一天他会明白生活的真相就是吃喝拉撒睡，是养儿育女，而不是他脑子里的那些胡思乱想。她想象着，若干年后，当那个游荡的男人回来，看着长大的女儿失声痛哭，甚至跪在自己面前。因此，她似乎也不再恨齐齐格了。他们是同一类人，这是她无论如何也改变不了的。她知道，就像羊圈里的羊，哪一只和哪一只凑到一起，是有定数的，哪一只先被捉出去杀掉，也是有定数的。

孩子叫丛聪，小名聪聪。这是她起的名字，希望她将来聪明伶俐。她记得告诉丛长海自己怀孕时，他眼神里的惊讶和欲言又止。后来，他还是说出了那句话：把他打掉，我决不要一个孩子。

为什么？她问，没有愤怒，只是不解。

因为……我承受不了养孩子的责任，我还没玩够呢。他说。

我养，我自己养。肖月说。

他一脚把炕桌踹到了地上，吼叫着：明天，赶紧去医院。

她哇的一声哭出来，但是手并没有去擦眼泪，而是不自觉地捂住了肚子。

孩子的小嘴咬住她的奶头，她全身一阵酥麻，好像通了电。还没等她反应过来，奶水就哗哗地流进孩子的嘴，另一个乳房也随之流淌，把衣服都浸湿了。护士和同病房的母亲们都惊叹她的奶水太足了。

孩子有福啊，她们说。

这孩子将来是个幸运的人，自带粮食来的，她们又说。

她立刻满脸、满身、满心都是满足，刚才她们问她孩子爸爸在哪里的尴尬顷刻被扫荡一空。

然后她看见那个小婴儿微微地睁开了眼睛，看着她：哦，尽管才出生，尽管她并没能睁开全部的眼，但是那是一双跟长海一模一样的眼睛。那是他们丛家人独有的眼神，那里面装着跳跃的火焰，不安分的情绪，勾引人的魅力，还有许多说不清道不明的东西。她没在镇子上其他人那里见过这样的眼睛。

只是,肖月的兴奋在傍晚时被突然终止了。新生儿科的一个大夫告诉她,孩子有一项指标不太理想。

"什么意思?不太理想是什么意思?"她的心已经跳了出来。

"就是……我现在也说不好,因为我们也是第一次遇见这个情况,再加上咱们就是个镇医院,水平太有限了。"

"然后呢?我该怎么办?"她哭喊。

"你别着急,"大夫说,"我只是说不太理想,就是我看到一个材料,说有一种遗传病,孩子出生时这项指标就会很高,但也不一定。很难说,毕竟这涉及统计学的问题。"

大夫越解释,她越着急,那些她听不懂的指标、统计学,都加重了这种情绪。

"不,不,我的孩子没有任何问题。"肖月紧紧地抱着丛聪,"她吃奶特别好,而且刚才还拉了屁屁,屁屁也特别好,金黄色的。她哭声很大,比其他孩子都大,她没有任何问题。"

那个大夫被护士拉了出去,只剩下自言自语的肖月。

此后的时间里,每一天肖月都像是在赌气:你错了。她赌的既是那个医生的说法,又是消失不见的丛长海。他们都错了。丛聪的成长跟其他孩子一样,免不了感冒发烧拉肚子,但一切都正常,并没有表现出任何病的任何症状。

"你错了。"肖月每次想起大夫的话都会在心里说,好让自己更安心。

她也听说了那个司机李永龙的事,但那是在出月子之后了。而且,当那个和她有关的传言传到耳朵里时,她去客运公司找过他们,也去派出所澄清过,完全没有所谓强奸的事。她想感谢李永龙,如果不是他及时把自己送到医院,她们母女二人可能都死掉了。结果,她发现李永龙已经辞职,离开了镇子。

她心里对此很愧疚,又很不屑。你们这些男人,不管出了什么事,难道只会逃走吗？好像只要离开，一切都能解决。一切有关丛长海的幻想都丢掉了，记忆封存，肖月知道自己要开始适应一种新生活了。好在，这么多年的经历已经让她不再胆怯、彷徨，她早就学会了，忧愁是没用的，真正能改变困境的就是动起来，干活，或者生活。

4

两年后，李永龙回到了林东镇。他不再是长途客车司机了，成了一名警察。

那天，李永龙和齐齐格吃完早餐，齐齐格给他一个号码，说是她哥哥的，在赤峰做小买卖。他可以去找他，多少能挣一碗饭吃。她哥叫齐木格。李永龙想，这年头能有固定电话的，肯定不是一般人，干的也不是小买卖。他拿了电话号码，说了句谢谢，就坐车到了赤峰。开车的是以前的一个同事，他上车时用帽子把大半张脸都挡住，怕他认出来。

但是他没有跟着齐齐格哥哥做买卖。齐木格明面上是开饭店的，但其实是借着饭店倒买倒卖各种紧俏货物。这种人，当时被称作倒爷。他觉得自己干不了这个，一算账脑子就乱。后来，他在一次饭局里遇见了父亲在给专员当司机时的一个老朋友，也就是那个专员的秘书，现在转到警察部门，已经是赤峰市警察局洪山区的副局长了。副局长念着当年的情分，给他指明了道路：来干警察，先一边当辅警，一边学习考试，考上就能转正式警察。李永龙花了两年时间，实现了这个目标。拿到警察证的这一天，他请副局长和齐木格喝酒，提出自己想回林东镇。副局长以为他是想回去收拾那些排挤他的人，劝他不要这么小肚鸡肠。李永龙摇摇头，说他是想回去找齐齐格。

"哥，我要娶齐齐格。"他端着酒杯跟齐木格说，"没有她，我现在还不知在哪儿游荡呢。"

齐木格跟他碰了下杯子，说：

"你可以娶她，但得对她好，要不然我就宰了你。千万别像那个小子一样。"

"和谁一样？"李永龙问。

"以后你就知道了。"齐木格说，"我如果找到他，我不杀他，我让他飞。"

副局长和李永龙都疑惑地看着齐木格，让他飞，什么意思？

"我找一匹最快的马骑上，把那个家伙拴在后面，我狠狠地抽马，让它用最快的速度跑起来。那个家伙就得跟着跑，可是他怎么可能有马跑得快，这时候人就会飞起来，像一只鸟。"

他说这句话的时候，口齿不清，因为嘴里同时在撕咬着牛蹄筋。那几条还没有煮烂的筋生生被他咬了下来，嚼啊嚼，嚼不烂，又咽不下去，呸地一口吐在了地上，再用脚踩了踩。但是他的眼神让李永龙心中一凛，那里面藏着刀子。那刀子一定是被什么东西磨了许多年，显得锋利无比。

李永龙回到林东镇，成了林东镇警察局沙里街派出所的一个民警。回去之后，他开始追齐齐格。他追齐齐格的办法直接而简单，就是每天去荞面馆里吃荞面饸饹、荞面条，再要一碗羊杂汤、半斤白酒，然后醉倒在那里。人不多的时候，齐齐格就让他趴在桌子上睡到半夜，他醒来，揉揉眼睛，伸伸胳膊，一推门，独自走回自己租的小房子里。人多了，没有空地给他睡，就把他弄到后厨的小房间，他就一直睡到天亮。借着她搀扶他的时候，半醉半醒的李永龙贴着齐齐格的耳朵说：我要娶你。齐齐格总是不搭话，笑笑说，醉话谁会信。李永龙心里着急，想说不是醉话，可如果不是醉话就没喝醉，没喝醉他就得回家，不能赖在荞面馆，也不能闻着枕巾上香喷喷的雪花膏味睡着。他只好不说话，心里想下一次一定不喝酒，但不喝酒的时候，他又总是讲不出那几个字。他知道，并不是自己胆小，而是怕齐齐格拒绝了他。他从她眼睛里能看出，她想结婚，想有个家，可那个结婚的人不是他，是会被齐木格拖着飞起来的人。

李永龙很快确定了，这个人就是肖月的男人丛长海。

接着，李永龙一边回忆起许多和丛长海有关的传言——那个长海理发厅，他好像过去剪过头发，一边在食客、酒客、同事、朋友们的闲聊胡扯中拼凑出了丛长海跟齐齐格的故事：丛长海和齐齐格是四年前认识的，那时候，丛长海已经跟肖月结婚了。丛长海是小镇里的风云人物，开过理发厅，开过歌舞厅，他都有所耳闻；齐齐格则是几年前从沈阳来的，是个大专生，先是在进修校当音乐老师，大风雪那一年，她到派出所告丛长海强奸，之后，她也辞掉了进修校的工作。她哥让她去赤峰，她不想走，一直留在了镇子上，经营这家荞面馆。

他和其他人一样，想不明白，如果齐齐格爱丛长海，为何会告他？如果不爱他，又怎么跟他一起厮混那么久，丛长海消失之后仍对他念念不忘？许多年后，他才弄懂，齐齐格告丛长海强奸，是为了留住丛长海。然而，她没能留住。幸好如此，要不然，还有他李永龙什么事呢？

知道这些事之后，李永龙黯然了几天，但很快发现自己跟齐齐格是一路人，她放不下，他也放不下。当了警察之后，不少人给李永龙介绍对象，很多姑娘条件都不错，有初中毕业在百货商店当售货员的，有教育局局长的小姨子，有法院的工作人员，但李永龙直接跟介绍人放话：我李永龙这辈子非齐齐格不娶。很快大家就放弃了给他介绍对象的努力，人们甚至渐渐觉得，他跟齐齐格真是天生的一对，都是一根筋。

这时候，肖月找到了李永龙。

肖月领着快三岁的女儿丛聪，到派出所去上户口，碰见了李永龙。肖月让丛聪给他磕一个头，感谢他当年的帮忙。李永龙赶忙把孩子抱起来，说：这是干吗？谁还能见死不救。这时候丛聪因为紧张，憋不住尿，尿了裤子。黄色的尿液顺着她的裤子渗下来，滴在了李永龙军绿色的制服上，很快就湿了一大片。

肖月看见了，伸手一巴掌打在丛聪的屁股上，骂：

"让你谢谢叔叔，你咋尿人一身？真是跟你爸一样没良心。"

丛聪哇的一声哭起来，李永龙伸手拦着要继续打的肖月：

"孩子嘛，正常。衣服洗洗就行了。"

"李师傅，哦，李警官，说起来挺对不起的，一直想好好谢谢你的，还有当年你被冤枉的事，可被这个催债鬼拖着，也没机会。今天您要是有空，到家里吃个饭，让我好好谢谢您。"

李永龙一摆手说：

"好几年的事了，还谢个啥。"

肖月看了看旁边一个警察，凑近了点，小声说：

"你就不想让齐齐格答应你？"

李永龙一愣，好像明白了肖月的意思，犹豫着点了下头，说：

"行，那我下班过去。你把材料放这儿，我到时候把孩子户口上完了，一起给你带过去。"

肖月笑了笑，从他怀里把丛聪抱过来，说：

"那我等你，我去割两斤肉，打两斤酒。"

5

下午6点钟，太阳仍用最后的力气挣扎着，不想被大地吞下去。李永龙骑着永久自行车，穿行在林东镇的主街契丹大道上。沿街的商贩行人纷纷跟他打招呼，李永龙不回话，摁一声或两声铃铛，丁零，丁零零。清脆的铃铛声响过整条街，引来一阵骡马的应和，人们就知道是李警官下班了。铃铛声停在契丹大道南头的汽车站外面，每次骑车到这儿，李永龙都会停下来。他希望自己能等到客运公司的经理，让他毕恭毕敬地喊一声李警官，然后掏出一盒过滤嘴香烟，递给他，还得给他点着。但他一次也没等到。他只等到一些开公交的同事，给他一声长长的鸣笛，汽笛声比他的铃铛声响亮多了。李永龙骑上车，对着公交车屁股吐口痰，然后摁着铃铛骑走了。那铃铛像是被摁生气了一样，丁零零零零零……

李永龙把自行车停在沙里街的胡同口，推门进了2号门西院。肖月上午没告诉他住哪儿，但户口本上写着地址，他当警察这段时间，早就把小镇摸遍了。院子里有几棵果树，杏子、樱桃早已下市，梨子倒是刚好熟透，一个个把树枝坠得弯弯的。李永龙还看见，墙根摆着一些乱七八糟的家伙什儿，盖着一大块塑料布，不像是桌椅板凳，也不像是鸡窝。

"有人吗？"他问了一声，敲敲门。

门没关，里面传来一声"进来"。他就推门进去了。

锅台灶火都在堂屋里，典型的北方三间房。一个女人从灶坑里站起来，是肖月。她围着花围裙，手里还拎着锅铲。再看锅里，李永龙立刻被一股浓重的辣椒味呛了一下。

肖月招呼他进里屋，说刚泡了砖茶水，让他自己倒着喝。

李永龙没动，说：

"你家孩子这户口可真不好办啊。"

肖月一边抡着铲子翻锅，锅里的肉和辣椒噼噼啪啪，把辣味油烟和香味一起蒸腾上来，刺激着人的口鼻和眼睛，一边问：

"咋不好办？"

"你这没结婚证啊，不知道孩子的父亲是谁，费老劲了。"李永龙说。

"还能是谁？"肖月说，"谁都知道是<u>丛长海</u>。"

有煳味了。肖月手忙脚乱地找一个小铝盆，把锅里的肉盛出来。

李永龙觉得这会儿好像不适合讲这个事，也讲不清楚，就进了里屋。桌上已经摆了一桌子菜，猪头肉、尖椒干豆腐、炸带鱼、一碗大酱，还有一笸箩小葱、萝卜、黄瓜。一瓶白酒摆在正中间，不是散装灌进瓶子里的那种，而是瓶装酒，有名的套马杆。

桌子旁边坐着一个人，他看了，心里一惊。这个身影他太熟悉了，是齐齐格。他无数次在荞面馆里独自喝酒，就这么看着坐在柜台里的她，她被看得厌烦或不好意思，便半转过身去，给他一个侧影。大多数时候，她都在嗑瓜子，她的牙齿像是专门为嗑瓜子生的，瓜子壳在她嘴里噼噼啪啪裂开，飞溅在地上，形成一种特殊的节奏。他就这样，就着齐齐格的身影和嗑瓜子的声音一杯接一杯地喝酒，他觉得这比什么下酒菜都好。他喝醉了，睡倒在桌子上，或者被她搀扶到那个小房间里那张充满雪花膏味的小床上。

现在，这个身影出现在肖月家里，而她们两个正是那个故事的女主角。男主角已经在人间消失，再也没有任何消息，他甚至动用过自己的警察身份，请各地的同行帮忙打探过，都是毫无回音。他其实是想得到一个他的死讯，他想，只有丛长海死了，齐齐格才会从那个夸父逐日般的梦里清醒过来，而自己才能梦想成真。但是丛长海生没有消息，死没有尸体。

那他现在算怎么回事呢？一瞬间，他甚至想过拔足逃走，那双脚却如坠着铅锭般沉重。他是一个走错场次的演员，就像乡里求雨演大戏的时候，本来戏台上唱的是关云长千里走单骑，突然一个穿着清朝衣服的人冲上来。他的慌张跟那个演员是一样的，犹疑也是：这戏，还继续唱下去吗？怎么唱？

那个人影回转身来，手里拿着一把瓜子，但是一颗都没有嗑。

"咋的？看你样子挺意外？"齐齐格说。

"没……啊……有点，我是说。"李永龙结结巴巴，手足无措，"肖月去所里给孩子办户口，好不容易弄利索，我给她送回来。"

没等他们从各自的尴尬中缓解，肖月端着两盘菜进来，说：

"李警官，别愣着啊，坐。你自己把酒打开，我这完事了，我拿碗拿筷子，咱们吃饭。"

李永龙找到了该做的事，立马把那瓶酒拎起来，用牙咬瓶盖。以前不管喝啤酒还是喝白酒，他的牙轻轻一撬，瓶盖就会飞起来。可这天他把牙都咬酸了，瓶盖还是没起开。齐齐格伸手把酒瓶子要过去，沿着桌角，用手一拍，啪的一声，瓶盖弹开了。

"还是你专业。"李永龙说。

齐齐格没答话，给面前的三个玻璃杯倒酒，酒满得已经溢出来了。

李永龙闻到了酒香味，这个酒不常喝，因为贵，更因为不好买到。每年流通到林东镇的也就几十箱，很多人花高价也买不到。他只喝过一次，是齐木格来林东办事，他费了好大劲才从同事手里淘换来的。

三个人都坐下，碗筷摆好，酒杯倒满，各种菜肴的味道和酒的味道混合到一起，形成一种复杂的香味。这种香味的神奇之处在于，在不同的时日里，它是不同的。比如说，如果是年三十，这种味道就是团圆喜庆的香味，充满一年到头的放松感，充满一家人其乐融融的幸福感。可要是朋友聚会呢，则是怀念和回忆的味道，是把故人故事重新从脑海里淘洗出来，回锅加热，那是大烩菜的香味。还可以是庆功宴、生日宴、送别宴，各有各的滋味。但现在什么都不是，是三个相互有纠葛的人和一个消失的人之间的聚会，往事不堪回锅，未来一片模糊，此刻则尴尬无比，这是没法形容的味道。

总得有人先说话，总得有人把这种味道的迷惑冲破，好让大家呼吸到空气。人不能只靠香味活着，人得靠呼吸没有味道的空气活着。今天，这个人只能是李永龙，谁让他是个男人，谁让他是个警察，谁让他是这奇怪组合里的后来者。

"我先干一个。"他快速地爆出这么一句，端起酒杯一口气喝了，这一杯足足有二两酒。他喝得太急了，呛了酒，开始不停地咳嗽，也可能是故意的。齐齐格有点儿嗔怒地皱皱眉，拿刚才倒的茶水给李永龙，还顺手拍了他的背几下。

肖月在旁边看着，对一切都不惊讶，仿佛全在她意料之中。

等李永龙喘匀了气，肖月又给他倒上酒，这次只倒了大半杯。肖月端起自己的杯子，说：

"李大哥，今天我不喊你警官了，我和我闺女谢谢你。当年要不是你把我及时送到医院，我们娘俩可能都交待了，我敬你。"

肖月也把酒干了。她喝得慢，慢得离谱，好像她的嗓子不是嗓子，是打吊瓶时的那种输液管，而且是把滴液速度拧到了最低挡，这杯酒喝了足足有半分钟。肖月把杯子反过来空了空，一滴酒也没剩。李永龙想阻止她全喝了的，他的手伸到半空，停在了那儿，直到肖月把酒喝完。

肖月还没把杯子放下，齐齐格就端起来了，她知道轮到自己了。其实，她等这杯酒已经很久很久了。

"月姐，"齐齐格说，"我对不起你，虽然过了好几年了，但……我还得给你道歉。"

"你怎么对不起我了？"肖月说，"你没对不起我，对不起我的是那个王八蛋丛长海。你喜欢他不犯罪，就算他结婚了，你喜欢他也不犯罪，至少在我这儿没犯罪。我能懂。但是他不能背叛我，是吧？他不能跟我好了还喜欢别人，是吧？他尤其不能对小聪……嗐，不说这个了。"

肖月的脸全红了，齐齐格的脸红了大半。

"月姐心胸宽广。你不怪我，可是我心里没有一天是安生的。"齐齐格说。

"齐齐格，你要真道歉，你就告诉我他现在在哪儿？我想找他，就问他一句话，他闺女三岁了，他到底认不认？"肖月的眼睛也红了，连她的头发似乎都红了。

齐齐格摇摇头，说：

"我真不知道他在哪儿，自从他走了，我就再也没收到他的任何信儿。我还让我哥打听过，什么都没打听到。我发誓，如果我有半句假话,让我赶明儿被蚂蚁吃得骨头都不剩。"

肖月一抹脸,说:

"行了,咱们不说那个王八蛋了,咱就说眼前吧。我不会再等他了,你也别等了,就当他死了。没准,真死了。"

三个人尴尬地沉默了一会儿。

"齐齐格,你觉得李大哥怎么样?"肖月突然问。

齐齐格预想过肖月会提李永龙的事,但她没想到她真说出来了,她一说出来,她便只能正面回应。

"他是个好人,也是个好男人。"

"那行,有你这句话,我就当一回媒人。我觉得你俩合适,你俩一起过吧,都不小了,人这一辈子,要过去快得很。"

李永龙站起来,他想说话,想说我们的事我们自己商量,不用你肖月来安排。但齐齐格瞪了他一眼,让他坐下,他便不由自主地坐下来,伸手去端酒杯。他的酒杯端到半空,手腕被肖月捏住了。

"等等,"肖月说,"齐齐格,你的酒杯也端起来。"齐齐格把酒杯端起来。

"你们俩喝个交杯酒吧,这事就定了,定了这个事,我还有个更重要的事说呢。"

肖月捏着李永龙的手腕往齐齐格那里凑,李永龙想抗拒,可是他发现肖月的手力气大极了,他根本对抗不了。然后,齐齐格的手臂从他的臂弯绕过来,肖月也松了手。他们已经是交杯酒的姿势了,酒杯到了唇边。这一刻,李永龙和齐齐格知道,这杯酒无论如何也得喝下去。喝完这杯酒,以前的事就算画了个句号,再也不用日夜磨心了。但以后的事会怎么样,未来是不是比过去更折磨人,谁也不知道。

酒像是洪水一样灌进喉咙里,然后就燃起了火,一路沿着食管向胃里燃烧,把整个身体都点着了。

这时候,李永龙和齐齐格才发现,那个叫丛聪的小女孩不知什么时候站在了肖月身边。她嘴里含着一块水果糖，糖渍沾满嘴角和脸颊，显然吃了不止一块。肖月摁了摁丛聪的肩膀，丛聪乖顺地跪在地上。

"从今天起，他俩就是你的干爹干妈了。"肖月跟孩子说。

两个人一惊，身体都抖动了一下，都想动，可是都没动，互相看一眼。

"磕头，给干爹干妈问好。"肖月说。

"干爹，干妈。"丛聪磕了两个头，因为嘴里的糖块还没有完全融化，她的话听起来不太清晰。

两个人不由自主地站起来，一个人扶孩子的左胳膊，一个人扶孩子的右胳膊，把她搀了起来。

"去吃饭吧，"肖月跟丛聪说，"外面锅台上有一个大碗，是妈妈给你留的好东西，你端到西屋去吃吧。"丛聪抹了下嘴，走了出去。

肖月把瓶子里的酒都倒出来，说：

"行了，这回我就放心了。孩子也算有爸爸了，干爹也是爸爸，以后没人敢欺负她了。你们俩呢，我逼着你们喝了交杯酒，但日子还是你们自己的。李大哥，你要真喜欢她，就赶紧把齐齐格娶了。格格，我知道你心里还念着丛长海，忘了他吧，咱们一起忘了他，就当他从来没回来过。"

肖月醉了。齐齐格让李永龙先走，她在这里陪她，也看着丛聪。

李永龙走的时候，心里很复杂，他知道今天这一刻就是自己和齐齐格的关键点，未来只剩下两种可能。第一，齐齐格嫁给他，他们以后一块过日子。第二，两个人从此形同陌路，连朋友都做不成。所以，他一边出门一边想从齐齐格的眼睛里看出是哪种可能性，但齐齐格的眼睛里平静如枯井，没有一丝波纹。

李永龙走出门，沿着那条胡同缓慢步行，走着走着，他才想起来，自行车呢？他又折回沙里街2号，门口空空如也，他那辆九成新的永久自行车丢了。

太他妈嚣张了，警察的自行车也敢偷。李永龙跑了起来，他觉得他能追上那个偷车贼。

而屋里，齐齐格终于流出了眼泪，只有她自己清楚，她因为对丛长海的爱所背负的东西，比其他人所知道的更沉重。但是她不会说出来的，这是她确认自己那段感情真实且值得的唯一方式，更是她抵抗更久远记忆的唯一方式。

6

此后的许多年里，李永龙和齐齐格在丛聪的生活里扮演着极为重要的角色，甚至可以说，他们坐实了干爹、干妈这两个本来很虚的社会词语。李永龙成为她身边最亲近的成年男性，真有点儿父亲的意思。而齐齐格又仿佛是丛长海的化身，她看她的眼神里，总带着丛聪所无法理解的神情，不是幽怨，不是愤恨，那是一种怜爱。丛聪开始上小学后，肖月特别忙的时候，李永龙也偶尔接送她。丛聪站在学校门口，看着小伙伴一个个被父母或者爷爷奶奶接走，她不知道今天母亲会晚到多久。有时候，她会从来往的人群中选出一部分，假装他们是自己的父亲，匆匆赶来接自己回去。她脑海里幻想出种种相关的场景：迟到的父亲连忙道歉，然后从口袋里掏出几块水果糖，她破涕为笑。那些人一个个从她身边头也不回地走了过去，她并不觉得失望，因为一旦他们走近，她会看见那些人黢黑的布满皱纹的脸，发黄的四环素牙齿，还有衣服上乌黑的油渍和烟味，就觉得他们不是也不可能是父亲。她的父亲是一个穿着绿军装的解放军，从夕阳中走来，先是跟她敬了一个军礼，然后说：丛聪，我是你爸爸，我回来了。

偶尔，一辆摩托车风驰电掣般驶来，到她面前一个急刹车，车轮把石子卷起很高。车上是李永龙。

那天在肖月家喝完酒，李永龙的自行车丢了，他一气之下拿出一大半积蓄，到赤峰买了一辆崭新的铃木摩托车。他骑着摩托从赤峰回到林东，马达和尾气把整条街的人都吸引出来了。摩托停在荞面馆门口，齐齐格走出来。李永龙招呼她上车，齐齐格犹豫了一下，坐到了摩托车后座上，手臂环住李永龙的腰。又是一阵突突响，铃木摩托呼啸着扬长而去。人们议论纷纷，说这个漂亮的单身老板娘终于要嫁人了，很多人家再也不用担心自己的男人在荞面馆喝得烂醉了。于是，人们的好奇便又转到了另外一些事上，比如互相打问：你说，那年她到底有没有被丛长海那个？哪个？就是……强奸啊，她不是到派出所去告他强奸吗？嘘，别说了，现在人家男人就是警察了，小心点。

　　派出所所长觉得一个警察骑这辆摩托太扎眼，让李永龙少骑，尤其不要骑到所里来。李永龙说怕啥，咱们当警察的，尤其是在派出所当警察的，就得让人有点儿敬畏，你放心，我自己掏油钱。所长也不好再说什么。每个星期三的早上，李永龙从家里出发，到肖月家，接上丛聪，把她送到托儿所。因此，虽然肖月没有爸爸，但是每周都有一天是警察骑摩托接送，更让小伙伴们惊讶和羡慕。那时候的丛聪，也会昂着头骄傲地跟小伙伴说：那是我干爸。上小学之后她不再说了，她已经明白，干爸再威风，也不是亲爸爸。她不可能搂着他的脖子撒娇，也不能像别的孩子那样骑在他肩膀上，她甚至也很少叫他干爸。就是在这样的时刻，她心里才渐渐滋生了对那个从未见过面的父亲的情感——这情感微妙而复杂，是渴望，是想象，是怨恨。为了让这种情感不至于淹没自己，她不得不假设父亲正在远方做一件大事，就像小时候母亲告诉她的那样。她从广播里、报纸上看到的许多人的照片，便又从那些照片里选出一些父亲。"也许，我的爸爸也上报纸了呢。"她想。一些从母亲、齐齐格和其他人那里听到的零零星星的信息，帮助她拼凑出一个十分破碎的父亲形象：曾经是解放军，会剪漂亮的头发，会吹口琴、唱歌，去过北京……够了，这所有的信息尽管零散，但每一样都比她在学校门口看到的"爸爸们"更让人激动。如果他有一天能回来该多好啊，她想，那样我就能跟所有人炫耀，我有一个和其他人都不一样的爸爸。

就是在丛聪上托儿所这年，肖月在林东大市场上租了一个摊位，开始卖肉。市场才开业三个月，在镇子东南边的一大片空场上。那里也是辽上京遗址的一部分。所谓遗址，是一圈比平地略高的土城墙，还有墙外一个杂乱的石头城——十几块凌乱的巨石，市场就在巨石阵的西边空地上。市场管理局的人沿着土城墙用石灰画了线，分出一百多个摊位，竖了一个牌子，上面潦草地写着：林东大市场。市场没有围墙，也没有房子，每个摊位都是用树枝搭起来的塑料棚，两层厚厚的塑料布遮住了天空和东西北三面，棚子里同样用树桩搭起架子，再排上木条，铺上高粱秸秆编成的席子，就成了柜台。条件实在太简陋，冬天冷，夏天闷热，像是一个个方形的蒸屉，而且那时候大家的钱都还不宽裕，没多少人愿意到这里来买肉、买菜、买布料、买五金杂货，人们还是更习惯在街上农民摆的小摊上买东西。杀猪的人用板车拉着一头宰杀好的白条，沿街叫卖，想买肉的人家听见，就冲出院子，让肉贩给割一斤半斤的。

为了招揽顾客，新成立的镇市场管理局出台了一系列政策，什么直接办证、免一年租金啦，什么承诺两年之后盖成一个有棚的大市场啦，但人们判断不好前景，应者仍然寥寥。

所有人都没想到，第一个跟管理局签了协议租柜台的，竟然是肖月。

连肖月自己都感到意外。自从那天把齐齐格和李永龙喊到家里喝了场酒，让丛聪跟他俩认了干爸、干妈，她大醉一场之后，第二天醒来神清气爽，感觉自己如获新生。她破天荒给了丛聪两毛钱，让她到门口新开的烧饼店买两个烧饼当早餐。过了很久，丛聪才捧着烧饼小心翼翼地回来。肖月问她怎么这么长时间。丛聪说，排队买烧饼的人很多，主要是回来的路上，她怕烧饼上的芝麻粒掉了，所以捧着慢慢挪回来的。肖月让丛聪吃，她出去胡同口看了看，已经上午8点，烧饼摊和羊汤摊那里仍然排着麻绳一样的长队。她脑海里咔嗒一声，好像有个机关被扳动了。

其实，这半年多来她的心里一直隐隐起伏着一些冲动。因为丛聪以前吃夜奶，她被折腾得有了失眠的毛病，最近孩子一觉睡到天亮，可肖月仍然会像定了闹钟一样半夜醒来。她瞪着空无一物且漆黑的棚顶，把白天经历的事过电影一样一帧一帧过一遍，还睡不着，就把前一天的事过一遍，越想越远，直到丛长海从班车上下来的那个下午，然后从那里又往回想，想到正在度过的这个晚上。她想得迷迷糊糊，分不清是回忆还是梦境。许多人和事在脑海中穿插叠加，她没法分清具体的细节，但是她感觉到这个镇子和镇子上的人一直随着时间在变，对她的生活来说，丛长海就是那个引起变化的起点，但绝不仅仅是他。她马上又想到，在丛长海离开的这几年里，变化依然在发生。直到有一天晚上，她惊讶地发现自己捕捉到了这变化的一丝征兆，随即确认了这个征兆——人们的脚步变快了。的确如此，在这样一个偏远的小镇上，多年来，人们的生活节奏都是缓慢的、固定的，就连把生急病的人送去医院，也显得不紧不慢，他们觉得生死有命，早送去一会儿还是晚送去一会儿，都改不了这个命。人们想要买个什么，或者要去哪里办件事，如果说是下午3点，2点50分还未必出门。但是现在不同了，人会不知不觉地把头脑里的闹铃提前五分钟、十分钟，甚至是半个小时。人人都仿佛有一件急事去办，人人都仿佛晚一步就错失了什么。再比如镇上的公交车，以前的时候，你不用非得去站点，在路边招招手，司机就会踩一脚刹车让你上车，可现在也不行了，司机开得飞快，根本看不见你招手，就算看见了，等他想起要踩刹车，车已经开出去几百米了。

肖月感觉到，除了速度加快，人们说话的语气也变了，不再是前两年那种看透命运的平淡，也不是被生活折腾到筋疲力尽的无奈，而是充满莫名的雀跃，好像谁都感觉到有什么事注定要发生。哪怕只是男人们在谈论谁新买的一辆拖拉机，或者女人们谈论谁的雪花膏香味竟然有五种，那些日常生活里的小事物、小细节，都能让一群人瞬间燃起谈兴。当然，真正鼓动人心的不是谈论，而是这些事物所代表的某种生活——或者说日子。是什么样的日子如此令人激动呢？不知道，但心脏就是没来由地跳得更快更激烈，眼睛里随时能看到以前没见过的新东西：一把花雨伞，一辆没有大梁的自行车，挎斗摩托，商店门口摆出来的音箱。

大街小巷都开始修路，到处是砂石、水泥和沥青融化后的油漆味。在一个雨夹雪的春末夏初，肖月怀着莫名激动的心，踩着泥泞的半旧半新的街道，走去林东镇北街的市场管理局签租赁协议。她脚下是一双男式雨鞋，有点儿大，经常被泥水裹住，每一次抬脚都得既用力又小心，以防脚抬起来了鞋还在地上。她得不断跟脚下要拖住她的泥水对抗。手上那把伞三番五次地被风吹得翻成一个碗，她便只好停下来，把碗再翻过来，又像了一口锅。其实，在管理局办公室的桌子上，签好那份刚刚用蜡版油印出来的协议时，她还没想好到底卖什么。但是自从她感觉到并且确认了林东镇的变化，她就知道自己不能错过这个机会，就像当年丛长海开了第一家理发店那样。她成了第一个签约人。市场管理局给她戴了个大红花，到市场门口的牌子旁照了张相，第二天，肖月就出现在本地的一张小报上了。报道的题目是：林东镇大市场火热签约。

市场正式开业那天，摊位才租出去一半，不过，就是这一半摊位的开张，也让整个镇子的人大吃了一惊。市场管理局为了把动静闹大一点儿，不但请了敲锣打鼓的响器班子，放了上万响的鞭炮和烟花，还让镇子上的广播台全程直播。所谓直播，是这边录，录好了以最快的速度送到广播台，马上通过无线电播到能接收信号的所有地方。镇子附近的很多乡村，大喇叭都还绑在电线杆上，开幕式从广播台传到村委会的收音机，又通过村委会的话筒和大喇叭传到每个村民的耳朵里。来看热闹的人们随意走走就发现，他们要用的所有东西这里几乎都有，不管你是买厨房用的油盐酱醋，还是缝补用的棉布针线，或者种地用的犁铧、锄头，更吸引人们的是花花绿绿、样式新颖的衣服和鸡鸭鱼肉。人们问了问价，似乎比家门口的小卖部、小商店贵那么几分钱，但是看着新鲜，能挑选的花样多。多数人这儿摸摸，那儿瞧瞧，从东头走到西头什么也没买。但并不舍得就此回家，便只好又从西头走到东头，这时候，手里不是多了一条丝巾，就是多了一副手套。

市场的火爆超出了管理局的预期，因为三天后，那些从大喇叭里知道这件事的农村人也赶着马车或者坐着班车赶到了，他们平日里只能通过赶不同地方的大集去买的东西，这回能在一个地方全部解决。而那些乡村小卖铺更是抢着来进货，这一两年来，他们明显感觉到人们对百货的需求越来越大，也越来越精细。比如有人结婚，以前都是点煤油灯，后来讲究了，要点蜡烛，现在呢，则要红蜡烛，还得是一尺半高。再比如，以前孩子们攥着两毛钱来买糖，张口就问橘子味、苹果味，反正都是水果硬糖，现在他们攥着五毛钱，宁可用这五毛钱买五块大白兔，也不买十块水果糖了。大白兔一毛钱一块，水果糖五分钱一块。

直到市场开业前一天，肖月都没想好要卖什么。她第一个签约，却最后一个入驻。她找李永龙和齐齐格去商量。他们对她一声不响就去租了个摊位不太理解，她原来的活儿干得好好的，怎么就要自己做买卖呢？但事已至此，也只能往前走了。俩人各执己见，李永龙觉得女人嘛，还是卖服装什么的最好，齐齐格则说，要卖就卖现在人们最需要的、最紧俏的。最紧俏的是什么？化妆品啊。以前林东镇的女人们只能搽雪花膏，甚至连雪花膏都搽不着，一到冬天，风沙一吹，皮肤干得跟盐碱地一样，也只能抹点蛤蜊油。现在你只要扎进一个女人堆里，就能闻到好几种香味，茉莉花香、梨花香、雏菊香，当然了，林东镇的女人哪里分得清这些花，是那些抹了香粉的女人自己说的：我这是茉莉花香，我们家那口子前几天去赤峰出差，给我带回来的。我这个说是雏菊香，我也不懂，我沈阳的表姐给的。总之这些香味都来自远方，来自她们并不太了解的地方，这香味引诱着她们去亲近远方，甚至引诱着她们离开林东，去找到它的源头。有人真的走了，去北京、沈阳、赤峰打工，拿了第一个月的工资，马上去那里的百货商店化妆品柜台买一瓶久违的香粉，浑身上下喷个遍。

肖月最后决定也去卖一种香味，不过不是雪花膏，也不是香粉，而是肉香。她说，我想卖肉，我觉得人们日子过好了，肯定会想着天天吃肉。还有现在人们都四处走动，串亲戚，来了客人也总要炒点儿肉菜，所以卖肉肯定行。齐齐格说卖化妆品，我也知道这个好，但是咱们没有进货的门路，而且投入的钱肯定不少，万一赔了呢？卖肉不怕，我原来在镇政府食堂里就干杀鸡砍肉的活，熟悉。再说，卖不出去，我还能拿到你饭馆里，也瞎不了。

李永龙还是有些担心，说，你一个女人家，带着个丫头整天抡刀砍肉，不方便啊。

没啥不方便的，肖月说，我是女人，可我跟男人一样能干，就卖肉，猪肉、羊肉、鸡肉、牛肉。

好。齐齐格说，月姐说得也有道理，你放心，我这个小饭馆给你兜底，卖不了的就拿我这里来，反正我这生意也越来越好，我还想着扩一扩店面，再招俩服务员呢。

李永龙说，你们决定了就行，需要帮什么忙，就跟我说。

肖月说，那就帮我把第一单生意做成了。

齐齐格和李永龙都一脸不解：第一单生意？

肖月说，你俩的事也该办了吧？她指的是李永龙和齐齐格的婚事。齐齐格对此其实并没有多么笃定，但是她发现自己已经被肖月一步一步引着走到了这里，而李永龙又的确真心要娶她，结婚成了她面前唯一的路。既然如此，也没什么可说的了，结吧。反正丛长海已经消失这么久了，就算他再回来，自己也不可能再跟他有任何瓜葛了。

肖月说，定个日子，你们哪天结婚，我就前一天开张。我只要一开张，你们就带着人去我那里，把婚宴上要用的肉买走，我就算开业大吉了。

李永龙看了齐齐格一眼，没接话。

齐齐格说，那就下个月初八吧。今天是农历四月二十六，离五月初八还有十多天，准备个婚礼绰绰有余，你联系猪肉的时间也够。何况城南大市场已经开业，想买什么东西那里都有。

五月初七，肖月的肉铺开张，大铁钩子上挂着半扇猪、一只羊，还有半挂牛肉，十几只活鸡在笼子里不停地扑棱着。塑料棚顶贴着红纸写的招牌：肖家肉铺。整个市场里，她是第一家卖肉的。上午10点，李永龙带着两个同事，骑着三轮板车来进货，他们把鸡肉、猪肉、牛肉、羊肉装在铺了塑料布的车厢里，然后骑着在市场上转了一圈，逢人就说在肖家肉铺买的，招呼大家明天去喝喜酒。

李警官终于要当新郎官了！人们说。

我也不能打一辈子光棍呀。李永龙笑着说。

李警官配老板娘，绝配。有人打趣。

包好红包，记得明天去喝喜酒啊。李永龙说。

第二天的婚宴来了小半个镇子的人，当然，有人是来道喜吃酒的，有人是来看热闹的。林东镇的人，什么热闹都不放过，他们抓一把瓜子，边嗑瓜子边半遮半掩地谈论着人和事，瓜子皮和故事一起落得满地都是。荞面馆里摆起了十张桌子，人们喝酒猜拳，大声叫嚷，让新郎和新娘咬一个吊在半空的苹果，等他们真去咬，苹果却被突然抽走，两个人的嘴就碰到了一起，人们立刻哄笑起来。荞面馆附近的几家小饭馆生意也出奇的好，都坐满了人。好像约好了今天要下饭馆的人们都故意选择了离荞面馆近的地方。其实，吸引他们的并不是婚宴，也不是李永龙，而是附着在新娘子齐齐格身上的故事，以及这些故事中隐藏着的另一个人——丛长海。

中午时分，荞面馆里已喝得人仰马翻，肖月也收了摊，来到这里。其实李永龙昨天就把她的肉买了一多半，剩下的一点儿上午也很快卖完了，她只是拎着一把刀，站在柜台后跟来来往往的人解释：肉卖完了，明天还有，明天的更新鲜。所以，等她收摊的时候，她的肉铺已经传遍了所有人的耳朵。

李永龙烂醉如泥，肖月和齐齐格一起，把他抬到后厨的小床上，让他醒酒。两个人来到前厅，人们已陆续散去，几个服务员收拾残杯冷炙。齐齐格又回到厨房，从锅里的屉子上把热着的几碗菜端到前面，拿了一瓶草原白，招呼肖月吃饭。肖月没让她开酒，她把桌上客人没喝完的酒都兑到一块，竟然有满满两大海碗。

"咱们就喝这个，这才是喜酒。"肖月说。

刚才敬酒的时候，齐齐格一口没喝，她杯子里的都是白水。现在，她想喝酒，也得喝酒。

"新婚快乐。"肖月端起碗说。

"谢谢姐。"齐齐格也端起碗。

两人也不碰，各自仰脖喝了半碗。酒真辣，但这辣真过瘾，两个女人半生以来第一次发现酒的好处。对肖月来说，从今天起她算是彻底放心了，也彻底从齐齐格和丛长海的事里解脱出来了。对齐齐格而言更是如此，她再也不用对肖月和丛聪心怀愧疚，从此之后，她们就能当真正的姐妹和朋友了。

两人的酒碗一直端在手里，没放下。

肖月说：

"从今天起，咱们都要过新日子了。"

齐齐格说：

"过去的事儿一笔勾销,这酒真好。"

然后两人把剩下的半碗酒一饮而尽,海碗当啷、当啷两声跌落在桌子上。

齐齐格说:

"姐,我想哭。"

肖月说:

"妹,我想笑。"

两个人一个哭,一个笑。哭的是号啕大哭,笑的是纵声大笑,就在这哭哭笑笑里,丛长海在她们俩的心里彻底死了。不是失踪,是死,她们在心里判定他已经死了,他不死,她们就没办法开始新的生活。

两个人一口菜都没动,盘子里的猪肉、鸡肉、羊肉、牛肉,渐渐失去了热气。

7

肖月的肉铺生意兴隆,整个南城大市场生意兴隆。

两年后,市场管理局的承诺兑现了一大半,他们建了围栏,盖起了有棚的市场,占地面积扩大了一倍,全部摊位加起来可达两百多个。市场更名为林东镇百货集散地,就是说,这里不仅仅有各种小摊位,还开始做批发了。方圆百里的商店和买家都来这里进货。

但是,管理局的另一半承诺彻底成空。随着百货集散地开张的,是一场大规模的游行。为了建新市场,旧市场关停了半年,关门时答应每个商铺开业时保留原摊位,且免除三个月租金。哪知开业前一周,管理局通知老摊主,所有人重新竞标摊位,之前的合同一概作废。而重新竞标之后,租金涨了近两倍不止。老摊贩们当然不满意也不同意,相互串联说,谁都不理,到时候没有人去卖货,管理局的人就得求着咱们回去。他们自以为得计,不想内部有人叛变,偷偷把他们的计划报告了上去，更想不到管理局的人早就想到了这一手，已经提前悄悄以稍低的价格跟另一批人签了协议。因为市场的火爆，那些两年前没赶上第一拨签协议的人早就眼红得不得了，现在终于能分一杯羹了，当然是马上签字。

百货集散地开业那天，近百个老摊主还在那里等着人来请，而市场那边绝大多数摊位其实都已经开始上货了。客人才不管摊主是谁呢，他们只要买到物美价廉的东西就够了。等这近百个摊主发现自己的威胁毫无作用，而且已经彻底失去了摊位时，当然群情激愤。这时候，总会有几个冲动的人，忍不住大喊一声：他妈的，不让我们活，他们也别活了。砸了它，把市场砸了，谁也别干了。像是被浇了汽油的柴火垛，一颗火星燃起来，一场大火也就燃起来了，那些本来胆小怕事的人，被人群裹挟着也突然间胆子大了。

人群开始潮水一样向市场涌动，肖月也是这潮水中的一滴。

李永龙早就听说了管理局的操作，但领导强令所有人保密，决不能泄露半个字，他甚至连肖月都没敢说。不过，他在家里谈起市场的事，暗示过齐齐格，说让肖月别跟着那群人瞎起哄，赶紧签约。齐齐格没当回事，她的注意力现在完全转移了，不在荞面馆里，也不在其他地方，而在她自己的肚子。

那天清晨，李永龙一大早跟几个同事先到所里，安排了沙里街换户口本的事——老街重新规划，很多人的门牌号都变了——然后赶到局里。局长昨天通知，镇上一半的片警都得到这里集合，他们预感到老摊主可能会闹事，要提前做准备。只是他们还是低估了这次事件的发展。

出发前，有警察问佩不佩枪。局长说，枪要佩，但是不发子弹，又不是去打击犯罪分子，我们只是去维持秩序，必要时举枪做做样子就行了。谁也别冲动，不能跟老百姓打起来，都要冷静。

这股人潮不是江潮海潮，一拨接一拨，他们只有一拨，但这一拨涌动得越来越快，本来也就一百多人的阵势，但架不住他们从街道流过的时候，看热闹的人也越来越多，而且已经很难分清老摊主和看热闹人的边界在哪儿了，远远望去，黑压压一片，有近千人的规模。

在百货集散地的东门，人潮和二十多个警察遭遇了。看见一排穿制服的警察，人潮前面的一小拨气势立刻降下去半截，毕竟他们也只是个普通的摊贩，谁愿意跟警察过不去呢？但是人潮后面的人看不见警察，他们只能看见前面的人的后脑勺，他们继续向前涌动，就把前面的人冲到了警察的面前，两拨人几乎鼻子碰到了鼻子。气氛紧张到了极点。

李永龙感觉自己的腿有些发抖。他拼命控制，可还是有些抖，其实他干警察这些年，遇到过比这更危险的情况，歹徒拿着刀子，他手无寸铁，但他并不害怕。他能空手夺白刃，最终制伏歹徒。而现在，对面的人手里拎着的是锤子、扳手、铁锹、砍肉刀。透过人缝，他看见了在人群靠外圈的肖月，立刻偏了偏目光，示意她赶紧离开。他不敢面对肖月，或者说，他其实也不敢面对这群人。从一开始，他就觉得管理局的这种暗度陈仓的做法不地道，明显是坑人的，但管理局说没办法，他们得服从整个镇子发展的大局。老摊贩们确实帮助市场打响了名气，但是随着发展，对他们的管理也越来越难，市场上假货横行，甚至有人用租来的摊位卖违禁品。更重要的是，这个市场已经被整租给了一家环城贸易公司，具体的租赁方式、管理方式，都由这家公司负责。而这家公司背后的母公司，则是一家房地产商，镇政府急需这家公司的投资，好拉动本地长期低迷的经济。

肖月也看见了李永龙。她想，也许自己能去跟他们谈判。她就侧着身，从人群里往最前面挤，就在她快到的时候，人群里突然发出一声大喊：砸啊。不知道是谁喊的，那被压抑的气氛立刻像吹爆的气球，喊声四起。接着，是一声清脆的枪响，有人倒在了地上。枪声惊呆了所有人，连那个开枪的小警察也愣住了。早晨局里明明规定，所有人不得配子弹的，可这个新入职不久的小警察，并不是从局里到市场的，他跟同事押送一个从监狱提审的犯人到法院，接到通知，临时被征调到了这里。他都没发现自己掏出了枪，手指的抖动扣动了扳机，他以为枪口向上抬了，打的是蓝天，但是他不知道自己的手臂因为长时间举着，已经发麻发僵，并没有真的抬起来。

人群彻底被激怒，人们开始疯了一样冲上来，跟警察厮打在一起。但是这时候，看热闹的人却开始四散开来。

是第二声枪响让人群安静下来的。这一枪是李永龙打的。他看见人群的躁动之后，火速冲到那个小警察身边，把他的枪抢过来。在这个过程中，他的脸被一把锄头砍到了，他顾不上擦脸上涌出的血，举着枪，冲着天空放了一枪，人群才静下来。

谁都别冲动！李永龙大喊，所有人后退。

人们开始后退了一步。

叫救护车！李永龙继续喊。

人群和警察分开了一条线，然后更宽些，两伙人终于彻底分开了。刚才那一刻的冲动也在血色前逐渐消退。

李永龙的眼睛是模糊的，像是戴了一副红色的太阳镜，那也是血。他抬头看了看太阳，是红的，但是一样刺眼，接着，他感到太阳和天空都旋转起来。李永龙摔倒在地上。

他的头被摔得颠了两下，好在地面没有石块砖头。他的脸侧贴着泥地。他最后一眼，看见的是那个被枪打中的人，整个市场里，只有他们躺着。整个天空倾斜着朝他俩压了下来。

李永龙住了半个月院，而这半个月，齐齐格恰好不在林东。好在李永龙伤不重，轻微的脑震荡很快就恢复了，只是那道疤永远留在了脸上。警察局领导来慰问他，对他临危不乱、处理局面的作为表示了嘉奖，还要给他请功。市场管理部门也来人感谢过，给他带了两瓶五粮液、五袋麦乳精、几斤苹果。肖月带着丛聪看过他两次，顺便告知他齐齐格的行程。

在百货集散地开业的前一天，齐齐格一个人坐车去了辽宁的朝阳。齐齐格是为了求子而去的。她跟李永龙结婚两年多，怀孕了两次，可是两次都因为身体问题没了孩子。第一次，孩子已经六个月，齐齐格血压突然升高，身体状况不太好，去医院做产检，发现孩子脐带绕颈，已经窒息而亡。他们没办法，到赤峰的医院里做了流产手术。只有到这时候，齐齐格才知道自己是个严重的孕期高血压，高压甚至达到两百多。流产后，休息了一年，齐齐格再次怀孕，这一次她小心翼翼控制体重、控制饮食、吃降压药，只为保持血压平稳。她的孕吐十分惊人，但是又害怕营养不足，孩子发育不良，她不得不强迫自己去吃鸡蛋、吃肉、吃奶豆腐。吃完吐出去，吐出去再吃。这次还是到六个多月，血压继续飙升，医生告诉她，只有两种办法：其一，终止妊娠；其二，提前引产，看孩子情况再定。李永龙和齐齐格选择了第二种，他们觉得自己和这个孩子能创造奇迹。引产手术还算顺利，但是孩子出生后体重太轻，才一公斤多一点儿，只能住在保温箱里。

每一天，齐齐格都在心里对着无数神明祈祷，甚至暗暗祈求菩萨，她愿意用自己的一条命去换孩子的一条命。实在不行，用她和李永龙两条命去换。不知是这种换算仍然不公平，还是菩萨根本没听到她的祈求，那个孩子在出生一个月之后，还是走了。

孩子是在她的怀里失去心跳的。

那天早晨，他们终于下决心放弃。赤峰医院的儿科医生催促他们办理出院手续，他们不希望这个孩子死在医院，这会降低医院的出生率。两个人交齐住院费，用小棉被抱着孩子，坐在医院门口的石凳上，看着这个巴掌大的小婴儿一点点失去本就微弱的呼吸。残忍的是，他们还要回到医院里开具死亡证明——一个婴儿的死，也是死，程序上必须得完整。医生建议他们找最近的火葬场火化，或者交给医院的殡葬部门处理，但是齐齐格无论如何不忍心把小小的他就此丢下。她想带他回到林东镇，把他埋在一个自己能随时去看的地方。

两人用粉花的小被子把孩子——他们起了名字，叫李健成，他们本希望他能健康成长——包裹起来。很可惜，这个名字并没能带来奇迹，他最终离开了。小健成小得像一只老鼠，静静地蜷缩在棉被中，他的脸上和身上已经没有了新生儿出生时的皱皮，而是光滑的，但是太瘦了，所以完全是一层薄薄的皮肤裹着细小的骨头。即便如此，李永龙也能看出自己和齐齐格的眉眼。齐齐格本来想让哥哥齐木格找一辆车，把他们一家三口送回林东镇，但是这一天齐木格单位和家里的电话却都打不通，不知忙什么去了。他们不能再等，必须马上回去，因为时间一久，小健成的身体就可能会腐化。

于是，两个人抱着孩子走进了长途汽车站。他们浑身微微颤抖着，仿佛自己怀里抱着的并不是一个早产的夭折的婴儿，而是一枚随时会爆炸的炸弹。他们怕人们看见，怕他们知道健成已经失去了呼吸，在这样一个地方，没有人愿意跟一个死孩子同乘一车。那会被认为不吉利。齐齐格感觉自己抱着一团空气，她的心里交织着痛苦、恐惧和迷惘，这些复杂的情感让她精神恍惚，好像踩在一根高空绳索上，而同样痛苦的李永龙，则不得不强撑着做她的那根平衡竿。他们顺利地走进候车厅，买到了两张回林东的票。离发车还有半个小时，他们找了一个角落坐下，谁都不敢看谁，也不敢看怀里的健成。他们直接坐在了地上，大部分等车人都坐在地上。

一个工作人员举着已经摔瘪的大喇叭，踱着方步走过来：不要把垃圾扔在地上啊，不要抽烟，抽烟去车站外面。看好自己的东西，丢了车站概不负责。他看了一眼李永龙和齐齐格，两人的心一紧，但是工作人员伸出一根手指在嘴唇边嘘了一下。他的意思是：不好意思，没看到这里有个婴儿在睡觉，为自己大喇叭嗞嗞啦啦的电流声和自己刚才大声吆喝赶到抱歉。但是转过头，他再次喊起来。

还有一个老大娘、一个小姑娘在看他们。尤其是那个小姑娘，对包着健成的花被子很感兴趣，她走过来，想伸手摸一下。齐齐格惊恐地躲开了。小姑娘很疑惑。"小弟弟睡着了。"李永龙说。小姑娘似乎明白了，很快，她的注意力就转移到旁边卖糖果的站内商店那里。除了糖果，还有些小孩子的玩具，红红绿绿地摆在木制的柜台上。

齐齐格突然说：

"我们要不要买个拨浪鼓？"

"什么？拨浪鼓，为什么？"李永龙有些发蒙。

齐齐格不说话，把被子卷往自己怀里裹了裹。

李永龙明白了妻子的意思。他没再问，站起身到柜台旁买了一支拨浪鼓，上面有一条红色的大鲤鱼图案，拨浪鼓一摇，小木槌就敲击在鲤鱼身上，发出咚咚咚的声音。他还买了几块水果糖。他把水果糖给了刚才那个小姑娘，小姑娘满脸惊喜，火速剥开一颗丢进嘴里。然后又剥开一颗，递给李永龙。李永龙张开嘴，含住了那颗糖果。小女孩拿着拨浪鼓，跑到齐齐格身边，小心地把拨浪鼓放在她手里，又剥了一颗糖，喂给齐齐格。齐齐格木然地吮吸着那颗糖。

几秒钟后，糖的甜味终于唤醒了她和李永龙的味蕾，他们的身体也渐渐苏醒过来。

醒来的第一个感觉就是发热，尤其是头，尤其是眼眶，他们感觉到热泪正从身体里往外涌，但是他们拼命控制住了，因此，看上去他们眼睛发红，像两个刚刚熬过漫长黑夜的人。他们的心里泪流成河。

8

回到林东之后，一个更重要的事是如何处理健成的尸体。

他们曾想过火化，如果留下骨灰，就能永远有个念想。可去了火葬场，工作人员说，这么小的孩子，在上千度的高温中很可能完全烧没了，什么都剩不下。到时候，只能从火化炉里捡几块别人的骨头给你。他们当然无法接受。

这时候，肖月骑着自行车赶来了。

她刚听说李永龙和齐齐格回来了，知道那个孩子凶多吉少。她忙着肉铺的事儿，没顾得上去找他们，等收了摊，才知道他们来了火葬场。她以最快的速度追过来。

她到的时候，他们俩正蹲在门口茫然无措。

"你们怎么这么狠心？"肖月喊，"要把这么小的孩子烧了？他不疼吗？他不难受吗？他是一把柴火吗？"

齐齐格开始呜呜地哭，李永龙狠命捶着自己的头。他不知道该怎么办，他感觉此刻正有人用一把钝刀砍自己的骨头，咔咔，咔咔，一刀一刀地把骨头上多余的部分剔除，只剩下健成那么大。但是他是男人，他得坚强，至少得表现得比齐齐格坚强。

"姐，你说咋办？"他问肖月。

"把健成给我吧。"肖月把齐齐格的头拢在自己怀里，她站着，齐齐格跪着，她的头刚好在她的小腹那里。齐齐格感觉到一种说不清的温暖，如果她对人体有了解的话，她就能知道，那正是肖月的子宫。她也有，健成就是从那里来的，丛聪也是，每个人都是从那儿来的。

肖月把他们带回家里。此前，她已经托人去接自己的舅姥爷了。

舅姥爷是个老鳏夫，一辈子没结婚，现在还在几十里外的沙那水库附近放羊。

舅姥爷刚把全村的羊送回羊圈，就被摩托车载着到了林东镇。

外甥孙女肖月告诉他，有件事非他不可。她给了他两瓶草原白，还有一大桶散装白酒，以及一百块钱。

舅姥爷，肖月说，我们丛聪干爸、干妈家的孩子，刚出生就没了，得麻烦您帮忙找个狼寻不着、狗闻不到的地方，让孩子有个去处。

老鳏夫叹口气，把装散白酒的大桶打开，咕咚咕咚喝了两大口，说：

"活一天，活一百年，都是一辈子人，放心吧。"

他看见炕尾的李永龙和齐齐格，又说：

"甭哭了，孩子没了，不是你们没尽心，是这孩子不想选咱们家。不管多大，哪怕就是个小豆子，他们都有自己的想法。按理说，人死了应该入祖坟，可夭折的孩子进不了祖坟。这是规矩。进了祖坟，他就再也投不了胎了。"

齐齐格浑身筛糠一样颤抖着，李永龙扶着她，被她带着一起抖。不知道的，还以为他们在扭一种奇怪的舞蹈。

老鳏夫点支烟，狠狠地吸，一口吸掉了半支，然后把经过肺部过滤的烟吐出来，烟雾又浓又长，瞬间就把整间屋子笼罩了，那个十五瓦的灯泡立刻变得昏暗不少。

老鳏夫站起身，又灌了两口酒，抱起包着健成的棉被，扛着他的鞭子扬长而去。身后，肖月大声喊他拿上酒，老人完全不理，大步流星地走出了院子，走出了镇子，走向西面的莽莽苍山。

事后，齐齐格问肖月，孩子究竟埋哪儿了？肖月说不知道，只有舅姥爷知道。齐齐格想去找舅姥爷问，她想去看看健成，他一个人得多孤单啊，他还那么小。肖月摇头说，你问不成了，舅姥爷前几天也去世了。

齐齐格愣住了，就是说，这个世界上再没有人知道健成在哪儿了。

她号哭起来，摇动着肖月的胳膊，大声问她孩子到底在哪儿，她要去找他。

肖月不说话，任她狂风一样摇动自己。她明白她的痛苦，明白她的歇斯底里，也正因为如此，她才必须这么做。她得让齐齐格永远找不到健成，这样，他在她心里就是个伤疤，不碰就不会疼。可如果她知道健成埋在了哪儿，那个伤疤就是大地上的，她就得天天在心里碰它，一辈子不得安生。

齐齐格累了，瘫坐在地上。过了好久，她抬起乱糟糟的头发问：

"为什么非得找舅姥爷?"

肖月沉默了一会儿,说了她这辈子最诗意的一句话:

"因为他是个老光棍,只有一个孤苦伶仃的人,才有资格去送一个孤苦伶仃的鬼。你放心,健成不会孤单的,舅姥爷会陪着他的。说不定他现在已经转世投胎了。"

听完这句话,齐齐格感觉自己的身体一下软了,像是和面时加了太多水,像雨天被无数人踩过的泥,那是她的心终于松了下来。

她得到了解脱。

第三章　瓷器

1

这是丛牧之这次林东之行的最后一个晚上。从街上吃了点东西回到宾馆，她简单收拾了一下行李，斜靠在床上时，手肘按到了遥控器，挂在墙上的电视机唰的一下开了。屏幕上是林东新闻——镇领导们在开会。她索性拿起遥控器，想看看能不能遇到个能看的片子或者节目。光影闪烁中，她看到了老电影、电视购物、家庭剧，最后停在一部有关赤峰历史的纪录片上。她没再换频道，一边看，一边对里面的画面、解说词进行评价……

恍然，她发现自己的不满并非是针对这部片子，而是对这个行业的。

她正式入行已十余年，而她大量接触影像的历史，则可以追溯到初中时。那是她个人的隐秘史，许多事情的起点，她从未跟人提起过，后来大学专业的选择，工作的方向，无不与这段生活有关。可以说，她一直走在多年前就无意中开始的那条路上。

她越来越怀疑纪录片的有效性。怀疑来源于，她越来越无法相信单纯的客观性，或者说，她越来越不相信有一个大家都认同的客观世界。她还记得自己读高中时，有一个外地的老师来讲座，主题是中国传统文化，提到过明朝的大哲学家王阳明。老师讲王阳明的心学时说，你看此花时，此花明艳，你不看此花时，此花一时就不存在了。当然，政治课里的马克思主义原理则告诉你，物质决定意识，物质是第一性的，意识是第二性的，王阳明是纯粹的唯心主义。但是，一旦她陷入无尽的忧郁情绪中——她没有去检查过,是不是到了抑郁的地步——没有一种物质能把她从这种困境中解救出来,相反,她的意识却充满毁掉物质世界的冲动,包括她自己。但同时,她不忧郁的时候,或者说她的很大一部分快乐,又的确建立在物质基础之上。她的意思不是金钱、名牌包或者漂亮的衣服,当然它们也不可或缺,她说的是一种"实在",这实在里包含着物质、行动以及意识的附着物或载体等,比如说,一旦她拍完一部满意的片子,就会有一种无可比拟的满足感,多巴胺分泌爆棚。到了这个年纪,爱情或性已经无法再让她有忘乎所以的快乐,相反,它们时时促使她去强化那个"自我"。它必须依附着片子存在,却又不是片子本身,而是和它相关的一切人、事、经历,是时间和空间。偶尔,她会失去全部激情,对什么都没兴趣,但也并未到厌世或自绝于世的地步。她只是觉得自己做的一切都是垃圾,毫无意义,毫无价值,最终便是否定自己——我毫无存在的必要,既没有过去,更没有未来。

丛牧之的这种过山车一样的情绪综合征,常常突如其来,让她的合作伙伴雅男和春昊苦不堪言。丛牧之是工作室的核心,她的创意和才华,她的专注和勤奋,都是支撑这个工作室持续运行的支柱。许多次开碰头会,他们为丛牧之的灵机一动而赞叹不已,拍摄时,她几乎对所有的镜头都胸有成竹,哪怕现场遇到突发情况,也能立刻找到折中或替代方案。伙伴们都说,就算给丛牧之一个上千人的团队,让她拍一部成本超过两亿的大片,她也能不慌不乱地完成。但是,所有人又害怕她的想法钻入牛角尖,一旦她认准某些别人不太看好的项目,并且自以为找到了最好的方向时,她甚至连甲方的要求都不在乎。幸好,十个项目里,顶多有一个存在这样的危险性。

比如一年多前那部《瓷之梦》,就差一点儿让他们跌进深渊。

回过头来看,丛牧之当时仿佛是一心要踏入深渊,只不过只有她自己知道前路是不见底的虚空，雅男和春景还以为走在一条又宽又大的坦途上。毕竟，离上次丛牧之"发病"——他们俩给她一意孤行的称呼——才半年时间，按以往的规律，她不可能在短期内第二次"发病"。上一个有关留守儿童的项目亏了不少钱，又因为题材的关系，既不能上央视，又不能送到国外评奖，可以说既不叫好又不叫座。人不能两次踏入同一条河流，但有可能两次踩进同一个坑里。

一开始，工作室所有人对《瓷之梦》这个项目都不太看好，包括丛牧之自己。讲瓷器的纪录片实在太多，数不胜数，对于这个以China为英文名字的国度来说，瓷器的故事早就被许多嘴巴复述无数次了。甲方是一个大收藏家，有私人的瓷器博物馆，据说所藏珍品比国内很多博物馆还要多，更有不少是稀世珍品。此人名和公司名都是青云，博物馆也就叫青云博物馆，以瓷器为主，而瓷器里又以白瓷和青花为最。青云公司几年前曾拍过一部以瓷器为题材的电视剧，请了香港和内地两个大腕，收视率一般，但也不能说是失败之作，至少没赔钱，还起到了很大的宣传作用。去年年底，不知是出于什么原因，老板突然想做一部八集的纪录片。为什么是八集呢？因为他从自己所有的瓷器藏品中，选出了八件最具代表性的藏品，每一件都号称价值连城，想用纪录片给这八个宝贝立传。

签协议之前，丛牧之和工作室的主要人员曾去博物馆看了这八件藏品，说实话，对于他们这些非专业人士而言，如果不是那个有价无市的巨额标价以及导游小姐的介绍，其实看不出所以然来。但在这个万物可被标价的年代里，价钱就是一切，价钱就是意义，甚至都不需要兑现，只需在一个价格体系中占据高位，这些事物就自然而然地成了奢侈品，或者艺术品。比如，某个画家的画作，一旦在某拍卖行被高价竞拍，此人的其他作品就会立刻水涨船高，一路飙升。有号称知晓内幕者说，很多拍卖公司或者大藏家，都是靠这种方式来操纵收藏市场的价格，从而赚钱的。各行有各行的规则，只要是规则之内，怎么玩都无所谓，何况这些行业本身也不是普通老百姓所能涉足的，都是有钱人的游戏。一部分人的现实，不过是另一部分人的新闻，丛牧之他们也是后一部分人：在看到一幅涂满了墨点，像一个醉鬼或孩子打翻了墨盒而成的画被以七位数竞拍时，发出虚妄的惊叹。这种感觉，跟听说某地的彩民中了几千万大奖的感觉差不多，羡慕嫉妒恨，可相隔如万里，这种羡慕嫉妒恨所针对的并不是中奖之人，而是对自己平庸生活的一记回马枪。

藏品看完了，他们又听了介绍后领了一大摞资料回去，包括那部电视剧的光碟和花絮。几个人花两天时间看完碰头，讨论的结果是这个项目可做。首先是，虽然有关瓷器的纪录片很多，但这八件藏品几乎从未出现过。比如第一件白瓷，曾被认为早已经从世界上消失，哪知一直被青云私藏着。前年的一个特殊机会，为了配合电视台的一档讲国宝的节目，才重新进入大众视野，引起收藏界一片惊呼。但是对这件瓷器的前世今生介绍得不多，尤其是青云到底如何在海外偶然购得，没有相关资料。据青云的粗略介绍，这件瓷器是他二十年前在土耳其一个朋友家买的，中国的瓷器流落到欧美者多，或者借助丝绸之路到达西亚，但到土耳其的似乎并不多。因为爆发战争，朋友一家流离失所，还死了几口人，青云便出了一笔钱，以购买瓷盘的名义资助他们渡过难关。青云在当地朋友家里看到这枚瓷盘时，起初也以为只是现代的仿品。后来经过对比鉴定，竟然是白瓷真品。现在，这一家人住在伊斯坦布尔的郊区，卖蜂蜜为生。青云说，如果要拍这枚瓷盘的来源，可以去土耳其采访他们。他曾问过那个朋友瓷盘是从哪儿来的。朋友说，这个瓷盘是那家人的祖母嫁过来时带来的，而祖母童年时生活在离新疆很近的哈萨克斯坦，曾是一个名门望族，一个世纪前曾和中国官员有过交往，后来流落到了土耳其。这样看来，这枚瓷盘极有可能是中国官员给他祖母家的礼品。重点来了，根据青云提供的信息，这个官员极有可能是乾隆三十三年被流放到新疆的纪晓岚，至少是可能性之一。借助电视剧《铁齿铜牙纪晓岚》，这个名字在老百姓那里耳熟能详。如此一梳理，这枚瓷盘的辗转流落就关涉到宫廷斗争、民族融合、国际交流等许多重要话题，变得非常有故事性。

再比如第三号藏品，是一件元青花，青云命名为"云在青天水在瓶"，是他极为珍爱的一件，暗合"青云"之名。青花值钱大家都知道，但元青花在其中又有不同，因为元朝实行"四等人制"，所以并不是所有人都有权利使用瓷器。只有处于上层社会的人才可按等级使用，而曾经的中原人尤其是士大夫则被贬为低等人，只能用比较粗劣的陶制器皿。也因为如此，元朝的青花瓷窑基本都是官窑，极少有私窑。烧制青花的难度极大，特别是制釉，此枚"云在青天水在瓶"着色均匀，笔触细致，更难得的是瓶体构图中出现了一位大画家的一幅画。这幅画一向被认为是他的代表作，此画作据记载出于元至顺二年，比瓷瓶的年代早半个世纪。那么，瓷与画的渊源，又勾连出许多故事和历史。拍片子不怕没有答案，就怕没有疑问。

经过两天的深入讨论，七款瓷器都找到了基本的拍摄方向，几个人分了工，各自去写脚本。拍摄方法上，他们也做了设计，想请一个主持人，以穿越的方式出现在这一组瓷器的不同年代，讲述它们的故事。她是唐朝的飞天，也是宋朝的歌姬，还是元朝的胡人，又是清朝的异族美女，这样一路下来，虽然讲的只是瓷器的故事，也大致把中国瓷的历史梳理了一遍。

困难出在第六件藏品上。这件藏品也是一枚瓷瓶，但既不是唐三彩的华丽，也不是宋白瓷的晶莹剔透，更不是青花的"天青色等烟雨"，质地似乎介于陶与瓷之间。更让大家震惊的是，瓶体上书有一首绝世名作《春江花月夜》，就是号称孤篇压全唐的张若虚的那首诗。这件瓷器也因此被命名为"春江花月夜"。除此之外，再无任何资料。

丛牧之等曾跟青云商量，是否换一件，但青云坚持这件必须入选片子，而且是他最看重的一件。他们甚至怀疑过这件瓷器是不是一件现代仿品,但青云言之凿凿,甚至带他们去找瓷器鉴定专家做了鉴定。专家们虽然没办法确定准确的年代,但对这件瓷器是一件难得的珍品意见一致。他们提出了几种可能:比如,是张若虚同代人,出于对这首诗的喜爱,所以烧制了此瓶;再比如,是后世的工匠,出于某种缘由烧制,制坯时誊了这首诗。这都可按常理推之。这其中,有一个专家语出惊人:此瓶乃张若虚的情人所制。这当然是八卦化说法,大家都表示太过夸张了。

丛牧之私下问青云,何以对此件藏品如此珍视?青云说,那个专家所说没错,这件藏品关系到一个动人的爱情故事,只不过,故事的主角不是张若虚,而是其他人。

是你自己,对吗?丛牧之追问。

青云没说话,手里握着烟斗,透过有奇特香味的薄纱般的烟雾,丛牧之知道了他的答案。青云终于还是把那个故事讲了出来,其实也没有多离奇,涉及一点儿中国的近现代史,尤其是"文革"的历史。丛牧之听完,心里不免失望,英雄救美女、美女爱英雄的老套路,只不过青云作为亲历者,所感所体过于切肤,不免讲得涕泪横流,那个美人,竟然是中国响当当的世家小姐,只是不方便透露真实姓名。但对他们这种完全没经过那个时代的后来者而言,只不过是另一个听来的历史故事罢了。

这件瓷器是她的喉中之鲠,如果不能把它处理好,他们所构思的这部片子的整体结构就会轰然碎裂,如大桥之断,不管多好的创意和构图,都无法抵达彼岸了。她必须解决这个难题。为此,丛牧之不得不跑到国图去把张若虚的资料查个遍,甚至还有他同时代的诗人,所获颇多,但都是背景性的,无法回答根本问题——这件瓷器,究竟所为何来?它跟张若虚到底有没有关系?有的话又是什么关系?

其他几集已经按部就班地开始拍摄,大部分属于常规操作,并没多难。雅男、春景两个组进展迅速,丛牧之这组三集片子的两集也比较顺利。为了赶进度,她不得不暂时放下《春江花月夜》,先全力把另外两集做好。船到桥头自然直,她如此告诉自己。这并非是一句自我宽慰之语,这么多年的创作经验告诉她,创作上的困难,只能在创作中解决,而不是闭门造车所能解决的。她相信自己最终能攻下这个山头,但是在这之前,先把这个山头周围的据点拿下再说吧。

2

三个月后,整部片子的八分之七已经粗剪完成,有关《春江花月夜》的那集还连个像样的文案都没有。丛牧之不得不让春景和雅男盯那七集的后期,自己全力以赴继续攻克这一集。以前的所有经验都不可用了,她得寻找新的思路和方法。丛牧之摒弃了以往常用的办法——大量找同题材片子拉片,从中汲取灵感,这部分工作他们前期已经做了,没必要重复;更重要的是,她不相信这个问题能用常规方式解决。于是,她独辟蹊径,开始回到故事的源头,也就是唐诗中去寻找可能性,而且是回到具体的《春江花月夜》中。丛牧之把市面上有关唐诗的所有通俗著作都买回家,坐在一堆散发着油墨和胶味的书里,东翻西找、寻章摘句。有那么几天,她整个人都沉浸在诗歌的氛围里,几乎忘了自己的真正目的。她重读了许多少年时背诵得滚瓜烂熟的诗,李白、杜甫、王维、李商隐等等,对那些张口就来的五言、七言,有了全然不同的感受。比如白居易的《赋得古原草送别》,他们读小学时背诵过:离离原上草,一岁一枯荣。野火烧不尽,春风吹又生。她以为这首诗只有四句,这次读了才知晓,诗还有后半部分:远芳侵古道,晴翠接荒城。又送王孙去,萋萋满别情。

那少年时被告知的小草的坚强和永远不被消灭的精神,一下子收束于人间萋萋的离别之情,春风能让枯萎的青草返青,却不能让一个人回到少年时。而且,她蓦然而又略带失落地发现,自己当年最喜的那些意气风发的诗，如今竟感到些许矫情。而之前觉得过于沉郁的杜甫，现在竟不自觉地从心头、脑海时时浮现——人生不相见，动若参与商；艰难苦恨繁霜鬓，潦倒新停浊酒杯。还有李商隐，世人皆说义山诗繁复多义、典故众多，可让此时的丛牧之读来，那些"蓝田日暖玉生烟""身无彩凤双飞翼"，所说的都是中年人的心绪，义再多，所要抵达的，也不过是人的一种情感状态。

丛牧之当然知道自己的这些感受，充满了误读和曲解，但她早已是一个审美的相对主义者，并且正如她对纪录片客观性的质疑相一致，作为一个普通的读者，她只需对自己的所读所感负责。

读了一个多星期书之后，丛牧之跟青云联系，说想去他的博物馆再看看。不只是博物馆，她想看看他所有的藏品，据她所知，青云还有很多东西藏在库房。青云有些犹豫，搞不清丛牧之的真正目的，他担心她带有某种刺探的目的，比如网上已经有人在质疑他夸大了自己的收藏，以此来拉动公司的股票。丛牧之坦陈片子拍摄遇到了麻烦，而且麻烦就在资料最少的《春江花月夜》上。

"如果我解决不了这一集，"丛牧之说，"那么整部片子都将黯然失色。不过你放心，我们肯定会解决的，而且是漂亮地解决，我有预感。"

青云最后同意了丛牧之的要求，但提了一个条件：不能带任何录像和录音设备，只能用你自己全部的身心精神去看，去感受，时间不超过一个小时。

丛牧之同意，她本就不是去拍照或录像的。

在之前，丛牧之把北京有关瓷器的博物馆展览全都看了个遍。

青云的库房在门头沟斋堂的一个村子里，他让司机开车先接了丛牧之，又接了他，一起到了这里。那是一间郊区农村常见的院子，只不过比普通人家的更大，院墙也高。进去之后才发现别有洞天。这里平时并不住人，只有两个保安看守，还有一条大狼狗。院子常年大门紧锁，以至于附近的好多村民都以为这里没人，直到什么时候被狗吠声吓一跳,才猜想这里肯定藏了什么贵重东西。

院子建在一座小山的山脚,朝南,依山势向上,库房就是最上面的几间房子。青云打开两层防盗门,熟练地伸手开了室内的灯,丛牧之首先看见的是飘浮着尘埃的光,然后是琳琅满目的收藏品。瓷器只是其中的一部分,占三分之一,其他还有青铜、金器、木器等。她看见了几枚三星堆遗址的青铜面具,不禁疑惑地望了青云一眼。青云一笑,说:我请人仿的,这个谁手里也不可能有真品。丛牧之又细看了看,只有貌似外星人的面具,没有神树的仿品。

你慢慢看,青云说,我出去等你。他走了出去,库房里只剩下丛牧之一个人,立刻显得空旷、静谧,仿佛一个奇怪的墓穴。

丛牧之挨个仔细观摩所有的瓷器,有些似曾相识,有些则从未见过。她不懂瓷器,只能凭感觉去感知它们大概是个什么样子、什么工艺。五十五分钟后,丛牧之走出库房,看见青云正在院子里凉亭下的茶海上跟两个保安喝茶。她闻到了正山小种的味道,还有烟味。两条中华烟摆在两个保安的面前,其中一条已经掏出一盒,几支烟已被抽完,烟蒂蜷缩在烟灰缸里。

"来,喝杯茶。"青云跟丛牧之招手,"希望你找到了灵感。"

一个保安把茶斗里的茶倒进一只空杯中,端到丛牧之面前。

丛牧之一饮而尽。她有点儿渴了,甚至嗓子发痒,库房里的灰尘太大,加上一些藏品散发出的那种古老的味道,让她的喉咙干痒难受。

正山小种。丛牧之再次在心里确认了一下,她又倒了一杯喝掉。

一念及这四个字,她的脑海里不可避免地浮现出余作真的脸。这张脸倒映在杯中金色的茶汤里,并且随茶汤的轻微晃动而变形,那嘴角的表情似笑非笑,好像在念叨着丛牧之的名字。这种茶是他介绍给她的,作为一个福建人,余作真天生就会喝茶,也好喝茶。两个人约会,丛牧之总是点咖啡,而且是纯咖啡,不加糖不加奶,余作真则多是喝茶。正山小种是他的最爱,他能说出小种跟其他茶叶的细微差别,甚至能品出某泡茶的产地和月份。

丛牧之曾惊讶于他这种神奇的能力,说:

"你应该去参加《最强大脑》节目。"

余作真耸耸肩说:

"一个好的外科医生,必须有一种超级敏锐的嗅觉,不是比喻,就是真正的嗅觉。有时候,我们给病人做病理切片,在化验之前,总是先闻一闻。我能闻出好几种肿瘤的味道。你知道有个美剧叫《豪斯医生》吗?戏里的男主角豪斯就有这个能力,其中的几集就是讲豪斯闻到一个女病人的气味不对,但是各项检查都没有查出任何毛病,可是这个女人又经常发病。豪斯的同事认为女人得的是一种'孟乔森综合征',就是总是幻想着自己得病,以引起别人的同情和关注。但是豪斯仍然坚信自己的鼻子,最后终于发现病人是感染产气荚膜杆菌引起的贫血,这种细菌是酸葡萄味的。"

对此丛牧之并不是太相信,这有点儿离谱了,关键是没法验证。但余作真不止一次说,你以为望闻问切的"闻"只是听的意思吗?不,它还有真正的闻的意思。你想,如果看和听都可以作为看病的依据,那闻为何不可?在某种程度上,闻甚至比看和听更客观,我们的眼睛和耳朵都会欺骗我们,可是鼻子不会,闻到是什么味道,就是什么味道。丛牧之听后,觉得确有道理,忍不住给他提供另一个佐证,中国古代二十四孝里"尝粪忧心"的故事:庾黔娄,南齐高士,任孱陵县令。赴任不满十天,忽觉心惊预汗,感家中有事,当即辞官返乡。回到家中,知父亲已病重两日。医生嘱咐说:"要知道病情吉凶,只要尝一尝病人粪便的味道,味苦就好。"黔娄于是就去尝父亲的粪便,发现味甜,心里十分忧虑,夜里跪拜北斗星,乞求上天让他以身代父去死。

余作真听后,忍不住亲吻丛牧之,开玩笑说,我尝尝你的味道。丛牧之皱眉打他。有时候,他的脑洞大开给她带来新奇和刺激,但有时候,他们这些理科生特别是医生的毫无忌讳,也让她消受不起。问题是,她自己对事情的感受,是随着时间而变化的,于是,前者和后者的比例,也日渐颠倒。

余作真没有亲到丛牧之的脸,而是亲到了她脖子上挂着的猫头鹰吊坠。

他把她的脸捧起来,看着她的眼睛说:

"你被我下了蛊,一辈子都离不开我。"

丛牧之心中一凛,但瞬间又发现余作真眼睛里跳跃着某种笑意,甚至带着一丝嘲笑。

"我闻到你心里仍有我不知道的什么事。"他又说。

"人人都有自己的秘密,比如……"丛牧之抢过猫头鹰问,"告诉我,它到底是什么做的?"她知道这是某种骨头,但不知道是什么骨头。有几次,她甚至怀疑这是某种动物的尸骨,心里恐惧,把吊坠摘下来放到抽屉里。只是少了它,她总有神不守舍之感,便只好再拿出来戴上,时间一久,各种无端猜测也就消散了。

3

"这是什么?"

丛牧之看见青云指着自己的胸前,原来,不知不觉中,她的手又摸出那枚猫头鹰了。丛牧之说没什么,一个吊坠。青云没有再追问,而是给了她一个意味深长的笑容。

回去的路上,青云让丛牧之跟他一起坐后排,丛牧之略犹豫后同意了。以她的观感来看,青云不是个随便之人,他应该是有什么事要同自己说。果然,车行不过几公里,青云便问她:"不好意思,我想看看你那枚吊坠,不知道是否方便?"

丛牧之有些意外,但青云直勾勾地盯着自己,似乎不答应他不会罢休。她便熟练地把吊坠摘下来——那挂着吊坠的链子锁扣,她可以半秒钟就解开,因为这个动作她已经重复了许多年。她对这枚吊坠的感受,如同她和余作真的爱情与婚姻,在经过了一段不算短的浪漫与踏实之后,开始起伏不定。有时候,她会冷静且平静地感到他们是生活的赢家,至少是部分的赢家,享有着相对的富足与和谐。但这良好的感觉会因为一件极小的事而崩溃,她便又瞬间坠入冰窖之中,恨不得立刻抛弃一切,孤身陷入人海。这种情绪同样持续不了太久,又借一件日常琐事重回欢快。丛牧之曾试图找到情绪变化如此迅速而极端的原因,比如婚姻的七年之痒,比如自己更年期的提前,但都不可靠,她只能无奈地归结为自己天生如此敏感。而余作真永远理性、冷静,恋爱时他所提供的充满想象力的浪漫,如今则会被她更多看成"神经病"。有一天她忽然发现,自己的情绪变化最明显的特征就是不断地摘下和戴上这枚吊坠。她很快觉得有些可笑,我是把它当成了我的象征,还是他的象征?

青云仔细地看着猫头鹰,坦白说,这雕饰并不精巧,甚至有些朴拙。但恰恰是这种朴拙,让整个吊坠显现出某种神秘的吸引力,就像我们看远古时代的壁画,总是用最简洁的线条表现当时的情景,令人感动,或者说,只有如此简洁的线条才可能去表现历史。一旦像动画片或电影那样用华丽丰富的线条和色彩去画,整个故事就会失去历史感——机械复制时代的艺术品,他还转了一句本雅明的名言。青云端详猫头鹰的时候,丛牧之也在看着它,她是在担心他看出吊坠中隐藏的情绪。

"一种骨头,"青云说,"但我看不出是什么骨头,也看不出是哪一块骨头。你在哪儿买的?"

"我老公给我的,不是什么值钱的东西,也不知道他是在哪儿旅游还是访学的时候买的,他去过很多地方。"丛牧之说着伸出手,示意青云把吊坠还给自己。

青云将它放在她手心上,说:

"所以，你今天算是有所收获吗？"

哦，他说的是那一集片子。

丛牧之耸耸肩——耸完肩之后，她立刻惊觉这是余作真常用的动作——身体向后靠着坐垫说：

"说不好。我要回去好好消化一下。"

丛牧之确实仍然毫无思路，但是随着她读诗、看展、参观青云的藏品，有些感觉正在心里积蓄，已经快满了。她现在要做的，就是创造一个合适的机会让它溢出来。一个装了水的气球，只需要一根纤细的针。

还没等到机会，熊仔先生病了。

她从青云库房回去的那天晚上，熊仔开始发烧。余作真在外地，家里只有丛牧之一个人。最开始，她以为熊仔就是普通的感冒，家里有常备药，吃上药，多喝水，休息两天就好了。她给熊仔吃了退烧药和感冒药，半个小时后，体温下降了一点儿，但仍有三十九摄氏度多。丛牧之有些不好的预感，之前感冒发烧，退烧药能很快把体温降下来，但这一次，不但速度慢，而且很快又升到了四十摄氏度。

丛牧之一直心存幻想，觉得熊仔还是会跟小时候一样，吃点药就好起来。药常常是偷着吃的，余作真反对感冒发烧吃药，他主张靠自身的免疫力来痊愈。丛牧之没办法说服一个协和医院的医生，只能偷着给熊仔吃药。道理上，她并不反对余作真的做法，只是情感上无论如何不能接受。长时间发烧的痛苦她深有体验，尽管已经过去多年，可是只要看到熊仔红通通的脸蛋，她仍会立刻浑身疼挛，仿佛又回到了那段最恐怖的日子。

下半夜，熊仔开始用手抓挠，他身上起了许多小红点。丛牧之知道那是一种疹子，熊仔已经十多岁，早过了婴幼儿各种疹子的高发阶段，她在网上查了查，根据疹子的形状和颜色看，最大的可能就是被传染了手足口病。这时候是春夏之交，正是手足口病的高发期。

丛牧之不敢耽搁，赶紧带熊仔去医院看急诊。一套检查化验程序下来，天已经快亮了，那位已经疲惫不堪的急诊大夫看着熊仔的血常规，在白细胞数上画了个圈，那上面的数字是十六，比正常值高了六个数。

"血象太高了，综合孩子的表征来看，就是手足口病。"大夫说，"这么大孩子得手足口病，也是少见。"

丛牧之心里的石头落下了一半，手足口病虽然也是传染病，但是是常见病，只要及时就医治疗，不会有什么问题。大夫开了点滴，丛牧之扶着他缴费取药，然后去打针室挂水。打针室里仍有不少孩子在打点滴，有的头上贴着退热贴，已经睡着了；有的还在哭闹，父母拿着玩具和零食在哄，但那些平时吸引他们的东西，此刻都丝毫不起作用。两个值班护士被人们呼来叫去，一会儿是有孩子吐了，一会儿是有孩子血管太细扎不上针。丛牧之终于逮到一个空当，把单子和药递给一个护士，找了座位让熊仔坐下。他浑身发烫发软，几乎是瘫在椅子上，像刚出生时那么软。

"妈妈，我没事，就是有点儿累。"熊仔仍在宽慰丛牧之。

丛牧之心头一酸，摸了摸他的脸蛋，也是烫的，像刚出锅的馒头。

十分钟后，浑白色的液体顺着塑料管和针头进入熊仔体内，他似乎舒服了些，脸上的红晕略有消退，过一会儿闭上了眼睛，睡着了。丛牧之也困，但不敢睡，怕一旦睡着药走完了回血，索性打开手机备忘录，强迫自己去想《春江花月夜》那集的事。她又打开相册，那里面有这枚瓷瓶各个角度的照片，她看了又看。在输液室惨白的灯光下，手机屏幕上的瓷器发出蓝莹莹的光，上面的字则是另一种光。突然，她心里跳出来一个主意。她知道怎么处理这一集了，她的心怦怦跳，呼吸急促，脸颊发烫，仿佛比熊仔的体温还要高。丛牧之站起来活动了一下身体，顺便定定神，重新考量了一下刚才的想法。别无选择，这是此刻她能想到的唯一出路。

清晨，她和熊仔赶回家里。熊仔吃了点外卖送来的粥，吃了药，又回到床上睡着了。丛牧之的困劲儿已经过了，尽管头昏沉沉的，身体也充满熬夜的疲劳感，但脑子却是清醒无比。她把刚刚在医院突然冒出的想法草拟了一个思路，用家里的打印机打印出来，然后逐条去修改和调整。这是她的工作习惯，每次有了想法，都要打印出来修改。当然，她也经常在电子文档上改东西，可最后一遍必须在纸上。只有这样，那些汉字才不会再变化，她用一张纸捕捉了它们，才有可能去勾画、涂抹、撤销、重写，她能左右这些字、词、句子的命运。最近她对此又多了一种想法，也许自己对影像的怀疑，根源也与此有关。她想自己从前拍的那些片子，如果没有了解说词、字幕，很大一部分都将沦为幻灯片。

《春江花月夜》这一集突然提速了，几乎是用创纪录的速度拍完并做好后期。

丛牧之把八集片子拷到光盘里，跟春景、雅男一起去青云公司里的放映室，给他们放样片。成败在此一举。

这是一间巨大的放映室，近百平方米的LED屏幕，六层半环形阶梯座位，简直是个小型影院。几个人一边跟青云公司的管理员调试设备，一边感慨有钱人就是"豪"，相比之下，他们工作室放片子也只能在会议室里，一台可以上卷下拉的投影仪，一台放映机，还不能放音效，声音太大马上就会遭到隔壁的投诉。所以，每次看片的时候，他们为了体验最佳效果，不得不每人戴一副蓝牙耳机。

"如果给我这么一间放映室，我能把所有画面的细节都调成最好的饱和度。"春景像抚摸情人一样抚摸着液晶屏幕说，"咱们那个拍各地夜宵的片子，因为太多夜景了，虽然打了光，可亮度还是不够。我调色的时候，屏幕太模糊了，没法一帧一帧地看。"他仍然在为曾经没做到的事惋惜。

"别做梦了,"雅男把一根红色的线接上,"除非哪天咱们拍一个《舌尖上的中国》那样的爆款,收视率爆棚,拿奖拿到手软,海外版权卖到数不过来。"

丛牧之看着两个伙伴,心里涌起一阵温暖,如果说这项工作除了创作本身带来的快感外还有什么让她如此执着的话,那就是眼前这两个人了。还在总台时,他们就是臭名昭著的三人小组。丛牧之心思缜密,叙事能力强,常有奇思妙想和创意;雅男有极好的镜头感,她的摄像水平是电影级的,这两年常有电影剧组挖她,但她都没答应;春景则擅长剪辑和各种软件的应用,他还是他们中的活跃担当,喜欢听相声、看脱口秀,也擅长讲笑话,尽管多数是冷笑话。那个《了不起的麦瑟尔夫人》就是春景推荐给她们的,然后成了她和雅男最喜欢的一部剧。

有一次,三个人一起出去旅行,在酒吧里喝了不少酒。

丛牧之问春景:

"咱们三个每天厮混在一起,我和雅男虽然不是什么大美女,但也算是秀色可餐,你就没对我俩动过狼子野心?"

雅男顿了一下,接着说:

"对,你到底喜欢谁?我说的是……情色,可不是朋友之间那种喜欢。"

春景面露难色,说:

"你们这是想散伙吗?干吗问这种问题,无聊不无聊?"

"那就是你对我俩都没兴趣?"丛牧之说。

春景反问道:

"那你们呢?你们谁对我有过男女之间的那种感情?"

两人被问到了,各自想了想,好像也没有。

"我们真是拿你当哥们的。"雅男说。

最终三个人不免感叹,谁说男女之间不能有纯友谊呢?他们就是。他们还接着探讨了这个"纯友谊"的定义到底为何,结论是:纯友谊并不代表毫无所感。比如说，他们都会在某一个瞬间对异性朋友产生某种心动，甚至在特殊的时刻有过肉体的欲望，但是这些情感都是作为一个人应该有的反应，而不是男人对女人、女人对男人的灵魂和肉体的双重激动。

等到结婚，她把余作真介绍给自己的两个密友时，他们都有些意外。接着，春景也开始了恋爱，甚至开始考虑跟女朋友移民加拿大的事儿了。那是三人小组最严重的一次危机，雅男感觉自己被抛弃了，一气之下退出了三个人的群。丛牧之又把她拉了回来。但这个群从此很少有人说话，直到他们决意单干，组工作室，三个人才重新回到曾经的那种亲密状态。

几年前有一次，丛牧之问余作真：

"我每天跟春景出去拍片子，你就一点也不担心？"

"担心什么？"余作真说。

"你说担心什么？孤男寡女，荒郊野外……"

余作真轻笑了一声，眼睛里满是不屑，说：

"我对自己的魅力相当自信，再说了，春景是不会看上你的，他才不会把自己束缚在某个固定的女人身上。"

丛牧之愣了，她不得不说，余作真看得很准，春景自从开窍谈恋爱，女朋友几乎半年一换。

"那雅男呢，你觉得她是个什么样的人？"她又问。

余作真略做沉吟，然后说：

"我只是觉得，所有人看到的她，都不是真正的她。"

丛牧之不屑地一笑，说："我可是她的死党，我比了解你还了解她。"

"那只能说明，"余作真迟疑了一下，还是说出了后半句话，"你也不太了解我。"

丛牧之不知道说什么好了。这时，余作真伸手摸了一下她胸前那枚吊坠。

4

八集片子放完,接近四个小时。所有人全程看得很安静,很投入,尤其是青云,没去洗手间,连放在他旁边茶几上的茶也没喝一口。丛牧之他们三个一开始略显紧张,后来也放松了,直接打开笔记本,一边看一边随手记下一些需要调整的地方,画面衔接、解说词、亮度对比等,有几个镜头可能还要补拍一下,好在都是瓷器的特写,不麻烦。有关《春江花月夜》那集,连雅男和春景也是第一次看成片,因为他们在忙其他几集的后期,所以这一集连最后的剪辑、配音、调色,都是丛牧之一手完成的。这集放完,本来有个十分钟的茶歇,但青云说接着看,茶歇取消,等一下去公司的餐厅聚餐。春景和雅男分别在微信群里发来点赞的图片,说:之之,这一集牛逼,真没想到你还能挖出这么好的故事。丛牧之回了一串爱心和飞吻。她的注意力更多地集中在青云那儿,不断用眼睛的余光瞟着他的反应。在屏幕光影的闪烁中,她看见青云眼角有晶莹之物,那是极淡的一点泪痕。他当然不会让眼泪流出来,事业做到他这种地步,早已经修炼得宠辱不惊了,这一次能让他眼泛泪迹,至少说明片子触动了他内心的隐秘处。丛牧之稍稍松了口气,但是她心里顿时又升起更大的不安,她知道这不安从哪里来,只是不敢往下想。

片子放完,青云第一个鼓掌,接下来陪他看的公司员工和几个顾问也鼓掌。青云起身说:

"我得向你们表达敬意,表示感谢。出乎我的意料,我一直担心你们拍得跟电视台每天放的那种一样,还好不是。感谢感谢。我已经让人在食堂略备简餐薄酒,大家移步到那里,边吃边聊。"

丛牧之说:

"甲方满意就是我们最大的心愿,青云总,您先跟各位老师去餐厅，我们把机器收一收，马上就到。"

青云点点头，说：

"好，我醒好酒等你们。"

一群人簇拥着青云离去，放映室里只剩下他们三个和管理员，几个人迅速把电脑等收拾好，装回到车里，然后赶到餐厅。

说是简餐薄酒，但桌上摆满了龙虾、鲍鱼、茅台和高档红酒，这一桌餐下来，怕要一两万。

桌上有桌签，三个人按照名字分头坐下。丛牧之在青云的右手边，相当于是主客的位置，青云左手是一个瓷器专家，然后是雅男、春景则跟丛牧之隔了一个人。丛牧之心中有些惴惴，欠着屁股说：

"我坐这里不太合适吧，青云总？这么多专家、老师。"

青云伸手按了按她的肩膀说：

"你是主角，理当坐这里，大家没意见吧？"

众人立刻哈哈笑说，这必须的，这部片子丛导演劳苦功高。春景和雅男彼此看了一眼，撇撇嘴，强忍着没笑出来。

之后，同常见的饭局一样，主人致辞、敬酒，客气和真诚交织在觥筹交错之间。等到酒过三巡，那些客气也被感受为真诚了，气氛一下热闹起来。不过大家谈的并不是片子，而是近期的热点事件，其中一件就是四川某大学接受了某收藏家的捐赠，专门开了一个博物馆。但是最近有一个文物爱好者去参观了一下，发现这里面的藏品简直离谱，有很多连仿作都算不上，甚至违反最简单的历史常识。比如，此博物馆里有一瓷瓶，瓶底字显示"元皇庆三年制"，"庆"字竟然是简体，滑天下之大稽。这个帖子近日在网上热传，很快，更多热心网友扒出一大批类似新闻。北方某大省也有一个博物馆，所展出的藏品，都具有后现代性质，以古代的名义展出，但造型却是现代，而且是另类的、毫无逻辑的现代。于是，春景说了一个笑话，说在798艺术区，某先锋批评家、策展人带着七八个学生闲逛，发现一个极具先锋性的装置：一蓬头垢面的汉子，正在拆一辆老式自行车，拆了装，装了拆。批评家忍不住跟学生道：你们看，这辆自行车就是我们现代社会的象征，而修车人的行为则显示，我们被时代所裹挟和异化，我们以为自行车是工具，但自己却不知不觉中被工具化了……一大套理论里，各种西方人的名字此起彼伏，各种理论争相露面，听得那些学生频频点头，目露崇拜之光。正当这个批评家要做一精彩收尾时，汉子突然兴奋地站起身，大喊一声：妈的，终于修好了。然后骑上车扬长而去。人家只是车坏了而已。望着远去的背影，批评家不但没有尴尬，又指着车轮印说：看，我们人类文明在宇宙中，不过如这车辙，看似印上去了，实则什么都没有。

春景讲得惟妙惟肖，尤其是模仿批评家的那段评论，简直如单口相声一样精彩，众人都听得捧腹。笑过之后，青云端起酒杯说，春景老师这个故事，虽然是当作玩笑讲的，但仔细想想，古今中外的许多艺术品对老百姓来说都是这般。不说瓷器字画，就说各地的小吃，倘若不安上个乾隆下江南吃过、康熙微服私访尝过这样的故事，还会有多少人问津？而无数的景点就更是如此了，你去登山，导游指着远处的一块石头让你看像不像如来佛，你本来看着不像，但跟着他的指引，这里是头，这里是眼睛，这里是眉毛，左看右看，还真如佛像了。然后她再跟你说，心中有佛，眼里自然有佛。这话说一千遍一万遍，于是石头果真成了佛。艺术，就是以假为真。

青云说这些话时，不安感又一次在丛牧之心头升起，犹如一条滑腻的泥鳅，还没等她用力去捕捉，又嗖的一下溜走了。她正要稍微闭目，好去感觉中找一找，却被青云伸过来的酒杯惊起。

青云在挨个碰杯，她是最后一个。

"丛导演，我本该第一个单独敬你，但想了想，作为压轴更合适。"

丛牧之今天喝得不少，青云的红酒极好，她又好红酒，每次遇见高品质的，便忍不住多饮一些。但是她并未有醉意，或许是心里被不安牵扯着，也不敢醉。

"谢谢青云总，合作愉快，遇到你这样的甲方真是太幸运了。"丛牧之说。

"不，不，我应该感谢你，"青云说，你帮了我大忙，"'春江潮水连海平，海上明月共潮生。'张若虚的诗真是太好了，你的片子也好，意料之外，情理之中，佩服。"

"我想你应该看出来了，这一集的问题，从根本上讲，不是我解决的，是你自己。"丛牧之说。

青云会心一笑，坐下，又示意丛牧之坐下，还用公筷给她夹了一只龙虾。然后，电话响了，他拿起电话，表示了一下抱歉，走到了包房另一侧的沙发上打电话。

醉意如夜潮，不知不觉从腹部向身体上下两段侵袭。丛牧之开始专心致志地对付那只龙虾。

她撬开它的壳，里面是雪白的虾肉，她舍弃了筷子，直接用手抠出来吃掉。对付龙虾腿时，她的手被钳子刺了一下，渗出几滴血珠来，滴落在虾肉上，她犹豫了一下，也塞进了嘴里。她缓慢地吮吸着，试图品尝出非同寻常的味道来，但似乎没多大区别，她的两滴血并未让龙虾肉产生什么化学反应。接着，她看到了刚回来的青云的目光，似笑非笑，有一种下棋即将通赢的轻松感。顺着他的目光，她才发现自己的另一只手又在抚摸那只猫头鹰。丛牧之脸颊一热，好在因为喝酒，脸本来就是微红的，没人能看出她的尴尬和羞赧。

丛牧之站起身，又端起酒杯，招呼雅男和春景，说：

"我们工作室敬一下各位老师，尤其是各位专家，没有你们的帮助，我们也没法顺利完成任务，谢谢大家。"

这个夜晚在碰杯声中落幕。

5

从青云那里回到家，没想到余作真回来了，门口衣挂上按顺序挂着的整齐衣服证实了这一点。也是，他已经在医院连值了三天班，今天无论如何该休息了。没什么动静，看来是睡着了。

熊仔放学后本来该去托管班的，在那里上围棋课，然后吃一个托管班的配餐，做作业，再之后自己回家。托管班就在小区外面的一栋楼里，几乎成了熊仔常年的中转站，从一年级开始，他每周都要有几天放学后来这里。那时候，丛牧之急匆匆地下班去接他，心中充满愧疚，不停地说：宝贝对不起，妈妈来晚了，明天一定早点儿。但是很快她就发现，其实熊仔对此并不以为意，他甚至更愿意待在托管班而不是空无一人的家里。在这儿，有他喜欢的围棋，更有人陪他下围棋。那几年，熊仔沉迷于这无比简单又无比复杂的黑白游戏。有一次他跟丛牧之说，妈妈，你知道吗？只用黑白子和三百二十四格，就能构成整个宇宙。她不懂围棋，也无法想象它们怎么构成这个世界，在她生活的宇宙中，熊仔是太阳，她是地球，她围着他转，靠他的引力不让自己脱离轨道。

对了，小家伙对真正的浩瀚宇宙感兴趣了，当然相关的航天、天文之类，也都有所关注。每隔几周，他就会发来一个科普书单，让丛牧之给他买书。丛牧之有求必应。书一般先送到工作室，她随手翻翻，偶尔也从中获取点灵感，然后每次两本有规律地给熊仔拎回家。他卧室里有个小书架，每一次，他都把书按分类——他自有分类，这一点完全遗传自余作真——整理好，看完一批，再更新一批。他说书的甲醛含量很高，卧室不宜放太多。你怎么知道？丛牧之问。熊仔耸耸肩，说，书里说的。书在反对书，丛牧之忍不住笑道。他令她开心，时时给她惊奇，所以有时候她不免想，人类生育下一代，看来绝不仅仅是繁衍的本能，更是好奇的本能，再有预见性的人，也无法预知自己会生出怎样的孩子,以及这孩子会如何改变他的生活。此逻辑如果推演到整个社会,延伸到一代人和另一代人的关系上,会是个更大、更有意思的话题。

余作真和熊仔之间,并不像通常的父子那样——严父弱子。他们几乎是颠倒的。这个聪明的、技术高超的外科医生,在很多方面比孩子还要固执和幼稚,如果他同熊仔一起出去玩,他很可能跟别人吵起来,反而是熊仔来劝慰他。但是丛牧之也不得不承认,熊仔在精神上更依赖父亲,而不是自己这个生活上更操心的母亲。他经常把心里的秘密告诉余作真,跟他分享某些特殊的喜悦,因为那些喜悦在母亲这里很难获得回应。他们的某些脑回路一模一样。如此,这一家三口之间便形成了一个奇特的"精神贪吃蛇"关系,熊仔依赖余作真,余作真依赖丛牧之,而丛牧之则依赖熊仔。那是他们最和谐、最美好的阶段。

余作真会带刚刚五岁的熊仔去他们医院参观标本室,对着实物给他讲人体的骨骼和各种器官,完事了还能带着他去吃卤煮,筷子挑着大肠和肺叶,嘴里说着动物和人内脏的区别。重口味,恶趣味。丛牧之严重鄙视,但他们两个乐此不疲。丛牧之怀疑熊仔知道那个猫头鹰吊坠的真正来历,但是他守口如瓶,从未透露过半个字。有时候她心里会生出一些不甘,凭什么我生的儿子,跟父亲那么亲?有时候又觉得,他们两个像两根柱子,帮自己支撑着整个世界——但是,一根柱子不断变粗,另一根就会显得越来越细,直到房屋在倾斜中倒塌。

她洗了手,换上家居服,轻轻推开儿子的房门,看见余作真跟他一起躺在床上。熊仔的身体蜷缩着,但并不是因为冷,这就是他的睡眠姿势。余作真的身体也蜷着,两个人像一大一小两个括号。余作真没有这个习惯,一看就是为了跟儿子保持某种一致性而特意如此。床头放着一盒巧克力,只剩下几块了。作为一个医生,他经常放纵熊仔吃太多的糖。

"如此轻易可以得到的快乐和满足,干吗要限制呢?"他总如是说。

"你不知道摄入过多的糖，会引起近视、肥胖、超前发育吗？"丛牧之也总是用同一句话反驳他，"快乐不能以牺牲健康为代价。"

"我当然知道，"他说，"但我还知道他有一个刻板的老妈，她会及时制止这种情况的发生。"

这时候，熊仔会微笑着在旁边看着他们，像在看抢一粒米的两只蚂蚁，有趣又好笑。

丛牧之也想用同样的姿势躺下，可是熊仔的床只有一米五宽，已经没地方了。她搬了一把小凳子，坐在床边看着父子二人。他们连呼吸的节奏也是一致的，丛牧之调整了一下自己的呼吸，试图跟上他们，但是只保持了几分钟就赶到气喘不匀了。奇怪，难道人睡眠的时候和清醒的时候，呼吸节奏不一样吗？这一刻，她心里有点小小的妒忌，想叫醒余作真，手伸到半空，被熊仔的一句梦话叫停了。

"妈妈。"熊仔说。

"妈妈。"余作真也嘟囔了一句。

她不再打扰他们，盖上毯子，悄悄出了门，靠在了沙发上。

"不完整的括号。"这是她睡着前脑海里浮现的最后一句话。

6

《瓷之梦》大获成功，他们不但顺利从青云公司拿到了尾款，作为感谢，青云还赠了他们一套全新的剪辑设备，价格不菲。丛牧之和雅男、春景开了庆功会，所谓庆功会，就是请全工作室的同事去海底捞吃火锅，然后去KTV唱歌。几个"90后"玩得很嗨，他们三个则早早退场，春景要回去补觉，雅男说还约了其他人，丛牧之则是答应了熊仔，第二天跟他一起去参加野攀，她也正好趁机出去走走，把眼睛从监视器、电脑屏幕转移到山山水水上来。

出了KTV的门，丛牧之才想起忘了进临时拉的拓展活动群，赶紧扫码进入。群公告里写着一大堆需要准备的东西：防晒衣、防晒霜、简易午餐、水、攀岩鞋等等。她得在迪卡侬关门前买齐。其他装备组织方统一安排。

等她买好东西，走出迪卡侬的门口，收到了余作真的微信：熊仔睡了，我在"三体"。哦，想起来了，他马上要去欧洲出差二十天，之前能休两天假，不用坐诊也没有安排手术。他们常常借这样的机会约会，一起吃吃饭、喝喝酒、聊聊天。

"三体"是小区不远处的一间科幻主题酒吧，店主是科幻小说《三体》的狂热粉丝，据说花了大价钱从版权方那里获得了授权，不知真假。酒吧装修全部是未来风格，充满金属感、太空感，不但贴着各种科幻电影的海报，甚至连吧台、座椅都设计成太空舱、太空椅的样子，而服务员穿着紧身宇航服，话筒装了变声器，不管发出什么声音，最后传来的都是机器人的那种酷酷的音调。三体酒吧一开业就受到科幻迷的热捧，很快打出了名气，成了网红店。很多对科幻不感冒的年轻人为了体验新鲜感，也趋之若鹜地赶来一醉。这里的每一款酒，每一种小吃，都是用科幻素材命名的。比如"黑暗森林"，还有"太空漫游""星际穿越""星球大战"等上百款鸡尾酒。总之，每个科幻拥趸都可以在这里找到自己所迷恋的那些符号和意象。当这些符号、意象借助酒精把他们灌醉，时空就能穿越和扭曲了。

白天的时候，酒吧大门紧闭——那扇门被打造成宇宙飞船的舱门形状，在阳光下闪着银色的光芒。一到晚上8点钟，人们会陆陆续续从城市的各个角落赶到此处，很多人还cosplay自己最喜欢的角色。等到午夜，这里常常爆满，有的人不得不在门口等位子。于是，你会在霓虹灯里看见一群宇宙人、半人马以及科幻电影里的外星人在刷手机、吃关东煮、吸烟，仿佛整个太阳系的外星文明、不同时空的太空人都汇聚于此了。

"这是宇宙文明的聚会。"有人在网上欢呼。

余作真值夜班回来,大概凌晨两点左右,正是酒吧里人群逐渐散去,天色开始浮出明亮光芒的时刻。这时候,身体里熬夜的疲惫和新一日的苏醒相互交织,从而让他感到一种清醒的恍惚,便走进去,点一杯"二律背反"。时间久了,他便有点迷恋凌晨两三点的北京,街道空荡荡,但总有人和车偶尔经过,像是被拉长的某种旋律。路灯亮了一夜,仿佛也即将耗尽电量,光芒显得有些苍白。这时的城市,安静和喧嚣、热闹和孤独、亲密和疏离,所有人类能感觉到的相对立的情感,竟都和谐地交融在一起。他把"二律背反"一饮而尽,整个身体会微微抖动一下,就像他脱掉手术服的那一刻,肉身有了一种虚脱的轻松感,随即灵魂却是被清水浇灌的苏醒感。有时候,他也会尝尝其他酒,"云图""沙丘"什么的,但最终仍然回到了"二律背反"这里。这是酒吧里唯一一款不那么科幻的酒,他后来检索过,这是一个哲学词汇,大概意思就是某种既相悖又相辅相成的东西。用此命名一款鸡尾酒,真是绝妙,或者对整个酒吧来说都算得上是象征。这一点,他跟那个科幻迷老板谈到过。那时,他们已经是可以聊聊天的朋友了。

缘分起源于某一天,酒吧里有个女孩被食物卡到了喉咙,正当那些缺乏急救经验的年轻人要么已经迷醉到以为她的挣扎是某种奇怪的舞蹈,要么根本不知道怎么施救时,余作真迅速判断了情况,用海姆立克急救法帮助女孩把一小块鸡胸肉吐了出来。人们发出了轰然的欢呼,一个蓝头发的女人使劲地拥抱了余作真,她说自己叫露西,带着轻微的止痛药的味道。如果没记错的话,这个名字来自《超体》中的斯嘉丽扮演的那个角色。为了感谢余作真,露西请他喝了酒吧里最负盛名的"$E=MC^2$",就是爱因斯坦的质能方程式。这款酒只有她能调,且每天只卖七杯,因为要保持"质能守恒"。露西为余作真破例,调了第八杯 $E=MC^2$。

那天离开时,露西已经有些醉意,余作真也微醺了。露西手臂搭在余作真的肩膀上说：在"三体"，你永远八折喝酒。在酒吧那种昏暗的灯光里，余作真都没看清她的样子，只是凭着医生敏锐的眼睛捕捉到她的脸有坚硬的轮廓，颧骨很高，鼻梁很挺，似乎有异域血统。她比看起来要轻，有一种飘浮感，仿佛身体里充满了气体。

后来的某一天，余作真看完上午的门诊时已经十二点半，他伸伸懒腰，正想起身去食堂吃个饭，有人推门进来。

余作真说，上午不看了，请挂别的医生的号。他以为是来加号的病人。

"果然。"那人说。

余作真这才抬头认真看，是一个女人。

"我是露西。"女人说。

余作真花了两秒钟才反应过来露西是谁。

"你怎么在这里？"他惊讶地问。

"你是医生，我是病人，我来这里当然是来看病的。"

他注意到，她是短发，也不是蓝的，那天戴的应该是假发，而且颧骨也并没有很高，只是五官比一般的人要立体些，就算有异域血统，也一定经过很多代的稀释了。

"需要帮忙吗？"他问。

他以为她找到自己，是想挂个专家号，或者私下找某个专家咨询什么。

"哦不。我已经看完了，从这里路过，偶然间瞥了一眼，看见你了。我记得上一次你曾提到过自己在这里上班，所以忍不住仔细瞧瞧，果然是你。"

两人去医院地下一层的食堂吃饭，那里有简餐，也有咖啡。余作真说自己下午还有一个会议，要不然可以出去吃个饭。露西说不敢耽误你，多少人等你救命呢。

第二次见面，两个人都腼腆了不少，虽不到尴尬的程度，但谈话有些小心翼翼。余作真心里暗想,可见酒吧这种地方的所有设计,都是为了让人放松戒备,袒露隐秘的自己的。

"告诉你个秘密。"露西说。

余作真耸耸肩,"好啊,我善于保守秘密,更善于倾听秘密。"

他以为她会说"三体"酒吧的事,比如某一款极贵的酒其实就是汽水兑威士忌,或者她为何取名露西。否则一个才见第二面的人,又能有什么秘密可以分享。

露西指着自己的腹部,说:"我切掉了一个器官,不,半个。"

余作真被嘴里的三明治噎了一下,他赶紧喝口水,然后继续咀嚼,终于咽了下去。

没有等余作真问,露西继续说,她去年切掉了百分之四十的肝脏,今天是来定期复查的。

余作真放下餐具,又耸耸肩,他没有安慰她,作为医生,他见多了类似情况的病人。他谈起了"三体"和"二律背反":"二律背反(antinomies)是18世纪德国古典哲学家康德提出的哲学基本概念。它指各自依据普遍承认的原则建立起来的、公认的两个命题之间的矛盾和冲突。由于人类理性认识的辩证性力图超越自己的经验界限去认识物体,误把宇宙理念当作认识对象,用说明现象的东西去说明它,这就必然产生二律背反,而实践则可以使主观见之于客观,论证相对性与绝对性统一的真理。"这是他从百度百科上查到的定义,余作真有着过目不忘的记忆力,如此拗口的哲学表述,他不但能准确记住,还能口齿清晰地说出来。他继续道,"我不懂哲学,但是我认为这是康德给人类提供的一个伟大的贡献,他看到了人的本质。在医学领域,我们能看见同样的道理,比如疾病,就是人的身体和精神二律背反的结果。法国学者福柯还有一个观点,人们经常说我们的肉身限制了我们的灵魂,认为灵魂具有无限性,而肉体却是极其有限的;在福柯看来,事情恰恰相反,是我们的灵魂限制了我们的肉体。不是吗?我们的肉体遵从最原始、最直接的欲望,想摄入卡路里、糖分、蛋白质,想无限增长,但是我们的灵魂却不允许,要想尽各种办法瘦下来,要皮肤变白,腰变瘦,要削掉下颌骨,抽出多余的脂肪。总之,要按照自己的想法来塑造身体。"

露西的眼睛里一点一点浮现出光泽,不像刚才那样平淡,像是水里落进了一只蝴蝶。

余作真啜一口咖啡,又接着道:"当然,我们医生的本质就是抵抗二律背反,或者说,我们的所有努力都是试图让这种反应持续下去,而不是一方把另一方毁灭。从这个意义上说,人类文明无不如此,包括你喜欢的科幻作品。"

那天之后,余作真成了"三体"的常客,随后丛牧之也经常去了。第一次自然是余作真带她去的。那天,他开车到工作室楼下,副驾驶位置上放着一大捧鲜花,四五种几十枝玫瑰。丛牧之接了余作真的电话从工作室下楼,看到花有些发蒙,她以为这一天是二人之间某个特殊的日子,自己给忘了,生日或结婚纪念日之类。但想了想,那些日子都是春夏时节,而此刻是秋天,跟所有纪念日都不搭边。

她坐上车,把花抱在胸前。

余作真知道她的疑惑,一边开车一边说:

"不用想了,什么日子都不是,花是一个患者送的,我觉得还算新鲜,就拿回来了。"

"患者给医生送玫瑰?"丛牧之说。

余作真耸耸肩,说:

"主要是他偶然间搭配出了一种特别的味道,很少闻到。只可惜,是个男的送的。"

丛牧之扑哧一声笑了。她知道余作真经常收到鲜花,不只是患者的,还有很多医院里的护士或者医学院的女学生的,区别是患者都送百合之类,而女学生才送玫瑰。这也不奇怪,余作真年轻有为,人也精神，受到女孩子们的关注也在情理之中。她已过了那个对所有异性都心怀戒备的阶段，主要是，她已然明白，戒备也没有用。她只能相信他。不过，余作真的表现是可堪相信的，他从不避讳有谁跟自己表白了，甚至会坦白某某的确让人动心，但他随之会坚定地说："不过，她的气味不对。"这是他的气味恋爱论，他觉得两个人在一起，必须气味相投，就是字面意义上的气味相投。这时候，丛牧之便忍不住暗暗嗅一嗅自己，她想知道自己到底是什么味道。人是闻不见自己的气味的，因为你每天都置身其中，久居兰室不闻其香，久居鲍肆不闻其臭。除非你有和余作真一样灵敏的鼻子，他甚至能分辨出空气中的湿度，误差与湿度计所测不超过五个百分点。

"有一天，我的气味变了，你就会不再爱我。"丛牧之不无担忧地说。

余作真说：

"不会，你身上有一种令我迷恋的味道，而且这是我到现在为止都没有分辨出来的味道。"他没说出来的是，自己对这种味道越来越迟钝。他给自己的解释是，迟钝是因为太过熟悉了。

熊仔今天去爷爷奶奶家了，他们自由支配整个晚上的时间。于是，二人先去吃了个饭，又去看了个电影。从电影院出来，因为晚饭时两人都喝了点儿酒，便没开车，打车回到小区。丛牧之正掏钥匙刷门禁，余作真拉住她，说："还有节目。"

他带她来到"三体"酒吧。此时刚过9点，酒吧才开门不久，人还不算多。

露西不在。

余作真先给丛牧之推荐了"二律背反"，丛牧之喝了一口，就被这款酒复杂的口感刺激得打了个冷噤。然后，余作真又解释了这个名字，丛牧之对他的解释不置可否，说：虽然听起来自圆其说，但实在有点牵强。据我所知，康德提出二律背反是有一个非常具体的背景的，所有的艺术和哲学都有具体的背景，你把它扩大化，相当于是挂着羊头卖狗肉。

余作真说，我就知道你会这样讲。

"不是吗？不过酒确实很特别。我还想尝尝其他的。"

"可惜，老板不在，喝不到 E=MC^2。"

7

他们那晚喝了七八款酒，到家时已经是凌晨。

趁着酒意，两个人还做了爱。他们都不可能想到，这是两人最后一次做爱。很长一段时间，他们之间的性生活变得不太规律，一个是因为工作的原因，再加上日常生活需要围绕着熊仔的日程来安排，他们难得在夜晚一身轻松地凑到一起。余作真现在是知名医生了，与刚谈恋爱、刚结婚那会儿不可同日而语，那时候虽然也忙，但忙的只是时间，他仍有余力发挥他的那些奇妙想法，给丛牧之制造惊喜和惊吓。而丛牧之的事业也到了关键时期，努把劲儿，有机会把握新的机遇，一放松，便可能滑向未知的深渊。她隐隐地担心，机遇和深渊二律背反，可能都是一场鸿门宴。

她已经感知到纪录片行业，甚至是整个影视行业正在进入一个新的航道，所有从业者都正在遭受时代激流的洗牌。而这个激流就是移动网络和短视频，这一年，快手和抖音等已经成为新的互联网巨头，直播带货方兴未艾。而很多传统影视行业和视频行业的人，仍然沉浸在过去温暖的海水中，不知海面下激流汹涌，或者知道，却无能为力。春江水暖鸭先知，丛牧之感受到了，她一时半会儿也想不到应对之策。按照现在的操作方式，他们的工作室还可以维持两年，但是随着各个政府部门以及各行业自媒体的兴起，他们的日子会越来越艰难。她在麦克卢汉的书里看到过，媒介即信息，人们需要的是信息，无所谓什么媒介。而媒介已然天翻地覆，传统的纪录片正在失去它的独特魅力，或者说，正在失去释放独特魅力的方式。这一点从他们近期接到的项目就能看出来。从去年年初起，除了《瓷之梦》这部片子，工作室的其他几部片子都是各地政府部门的单子，限制多，资金少，关键是没有任何创造空间。而且，为了接这几个项目，他们几乎耗尽了之前积累的人脉资源。很多政府部门也逐渐发现，拍这类片子，拿到央视上去放一放，已经起不到多大的宣传作用了。现在的观众和网友喜欢的是活泼有趣的爆款，而不是那种传统的、带着介绍和说教风格的专题纪录片，所以宣传方式也在一点一点更新。从另一方面讲，丛牧之他们这些年的商业化也不够，生存能力不强。她曾经设想过在纪录片中引入一定的广告资源，类似于植入，可这一想法不但在内部遭到了雅男和春景的反对，也遭到了甲方的抵制。他们认为自己出了钱，就应该只给自己干活，怎么能再去宣传其他东西？

不知道是酒精帮助了他们，还是刚才酒吧里的长谈让两人回忆起最初的激情，刚一进门，他们就吻在了一起。这个场景比较电影化，丛牧之的脑海里浮现出一个落地窗位置的镜头，视框里，门厅处一男一女正在热烈地拥吻，双手在彼此身上抚摸。借助这个视角，她发现他们此刻的激情带有表演性质，或者说，他们的确有对彼此的性和爱的饥渴，但同时这种饥渴似乎并没有燃烧到如此程度，只是为了让对方感觉到自己的热情，因此，他们动作和声音都有些夸张。

他们终于脱去了彼此的全部衣物，滚到了那张实木床上，木材独有的气味每一次都让他鼻翼翕动。两个人同时停止了动作，又同时说：避孕套。他们为这多年习惯养成的心有灵犀笑了一下，余作真去衣柜的一个储物盒里翻找，这东西总是放在这里。然而，储物盒里空空如也，他们太久没有做爱，也太久没想起这件事了，什么时候用完的早已忘记。

气氛已经到了这个地步，无论是从身体的欲望来说，还是作为夫妻关系的一种表现来讲，都无法就此停止。二律背反，欲望和理性之间的纠缠，他们要进行一场哲学式的做爱。都是结婚多年的成年人，他们对自己的身体都相当了解，也有足够的控制力，因此他们最终抵达了高潮。只是这一次，余作真射在了丛牧之的腹部。那里有一道长长的伤痕，尽管已经过去多年，伤痕的颜色看上去已接近皮肤的颜色，但是触摸上去，痕迹仍在。余作真的脸躺在这里，好像躺在一道山岭之上，他久久不敢动，因为不知道到底该向哪个方向转头。

第二天清晨，余作真更早一些醒来。

他看着身边的妻子发出轻微的鼾声，仍然在深度睡眠之中，而他自己已不知什么时候恢复了正常睡姿，蹿到床头的枕头被头颈挤压的样子提醒他，他恢复睡姿的时间不短。他心里始终好奇，为何自己睡觉时身体会不知不觉向上蹿，如果没有床头的木板，他肯定夜夜都要把枕头顶到地上。

"好像睡眠也是一种攀登。"他头脑里涌出这样一句话。

丛牧之翻了个身，脸正对着余作真了。

说实话，他们不知道有多久没有如此近距离地端详彼此了，丛牧之比他早醒来的时候，应该也曾这样细细看过他。此刻，他看见妻子的那张脸，整个是极熟悉的，那是一种仅凭感觉和记忆就能从千万张脸里寻找出来的熟悉，但是让他去描述：鼻子什么样，眼睛什么样，嘴有什么特征，他竟然一个字也说不出。就是说，倘若把这张脸的五官分开来，他一样也不能分辨出。这是怎么回事？他立刻想到，自己在妻子那里应该也是如此，心里顿时感到一种悲伤。但是他并不确信，于是决定跟他们玩一次辨认的游戏。

那天晚上，余作真早早下班回家，做了几道菜，等着接熊仔的丛牧之回来。晚饭后，通常是桌游时间，熊仔幼儿园和小学低年级时，玩的大都是拉密、智慧大作战这类经典游戏，后来熊仔开始学围棋，并且有所精进之后，便觉得这些游戏太过幼稚了。余作真偶尔陪儿子下下围棋,他曾学过一段时间,棋艺谈不上,但因为他下棋常常不按套路或棋谱落子,甚至与一般人的思维也很不相同,经常能下出绝妙的妙着儿或昏着儿,让熊仔大呼刺激。

这一天,熊仔难得这么早见到父亲,自然早早把棋盘棋子摆了出来。余作真摆手,让他收起来,说今天有新玩法,去喊妈妈一起玩,先不要收拾了。丛牧之把碗筷放在洗碗池,匆忙洗了手过来,三个人落座于每天吃饭固定的位置。

余作真从背包里掏出一个大袋子,解开袋子口的细绳,哗啦一声掏出一大堆照片,足有上百张。只不过这些照片都是一张脸的局部,有的是一只眼睛,有的是半个鼻子,有的是上唇人中部分。丛牧之和熊仔目露惊疑,余作真耸肩道:今天的游戏是,看谁能从这么多照片里找到自己和另外两个人。

"这像人脸拼图。"熊仔说。

"是,只不过拼的不是白雪公主和变形金刚,而是我们自己。"余作真道。

"你可真会玩儿。"丛牧之的话里带着一丝埋怨,只不过这埋怨又像是包裹了欣赏的外衣。

开始计时,秒表嘀嗒如心跳,三轮下来,熊仔以一分二十秒获胜,而丛牧之和余作真则只完整地找出了熊仔的脸,自己和对方的脸却始终难以拼完整。他们从一堆眼睛中选眼睛,从一堆鼻子里选鼻子,单独看去,那些眼睛鼻子与自己的真是相像,可是把这些器官拼到一起时,那张脸却又似是而非了。为了达成目标,丛牧之甚至把书桌上摆着的一张全家福拿来做对照,最终仍然是失败。一定程度上,他们拼的对方有七分像,而拼的自己却只有四五分像。余作真也没好到哪里,就连熊仔的脸,他也差点儿拼错掉,如果不是熊仔拼的时候他偷瞄了一眼,记住了几张照片的特征的话。

丛牧之有些颓然地说,我们现在连自己也认不出了,爱的人也认不出了。

余作真说，我猜心理学能够解释这种现象。

熊仔则提供了另一种思路：也许并不是你们拼不出自己的脸，而是你们根本不知道自己的脸是什么样子的。

两人听了不免震惊，问熊仔：

"那你呢？你是怎么记住自己和爸爸妈妈的脸的？"

熊仔说：

"我只是把你们的每个部位都图像化，同时像素化了。比如妈妈的眼睛，在我心里并不单单是眼球、睫毛、眼皮，而是一颗被蚌壳裹着的宝石。我只要从照片里找到这个图像，就能找到妈妈的眼睛。还有就是，我会把整张脸按照一定刻度简化为像素，一小格一小格的，每个小格都有自己的横纵坐标，眼睛、鼻子、嘴巴都处在不同的坐标上，因此只要把图像对上坐标就行了。"

丛牧之和余作真互相看了一眼，他们难得又一次心有灵犀了。这心有灵犀第一层是为儿子的智慧而欣喜，另一层则是不约而同地承认了熊仔的判断，他们都过于执着于一张脸应该是什么样的，所以在拼的时候老想让那些器官去服从这种感觉，而忘记了只有它们全部都在并且协调好的时候，整张脸的感觉才存在。

他们无从知晓，两人之间的裂隙正是从这一天开始被明确意识到的，它隐藏在日常生活最深又最简单的细节之中，就像是刚刚的拼脸游戏，他们对彼此的认知和彼此的变化已经不再一致，那种整体感觉也就越来越分道扬镳，可是如果不去一一细分、对照，他们就仍然认为自己所感觉到的生活，就是生活本身。

8

没想到野攀的地点这么远，从家打车到集合地，又坐了近两个小时大巴才到。好在白河风景不错，岩壁陡峭。等熊仔跟着教练去攀岩，她便一个人沿着白河漫无目的地走。远远地，她看见一群黑色的人影在高高的岩壁上，好像一幅画上的几个斑点。她一瞬间有些心慌，因为分辨不出哪个才是熊仔。

她自己有点恐高，不想熊仔却喜欢这种攀爬性运动。她给熊仔报过不少体育类的课外班，但熊仔最后选择了攀岩，因为它在很大程度上不需要团队。当然，游泳也不需要跟其他人配合，但熊仔对水始终心怀恐惧。这恐惧是没来由的，他从未溺水或在水中发生危险，就是天生如此。这孩子连洗澡都不愿意水流直接从头顶直冲而下，而是用一只手拎着花洒来洗。丛牧之问他到底怕什么。熊仔说自己不是怕水，而是怕水的声音。

"水什么声音？无非是哗啦啦而已。"丛牧之说。

"不，那是你听不到，哗啦啦里面包含着无数细小的音节。还有就是，如果有水在我头上流过，就会把外面的嘈杂声遮住，我就会听见自己脑海里的声音。"

"啊？"丛牧之惊讶了一会儿说，"你是不是有耳鸣？"

耳鸣？熊仔并不懂这个词，后来丛牧之让余作真带他去医院找一个耳鼻喉的大夫咨询。那人是余作真的朋友，很详细地亲自给熊仔查了一遍，又问了他很多问题，告诉余作真说，你儿子的耳朵没有任何问题，相反，要比一般人的听觉灵敏很多。

"哈哈，"余作真忍不住笑说，"我的鼻子天生敏感，你没有遗传到，反而是耳朵更灵敏。"

既如此，丛牧之也就不再担心，任由熊仔每天清晨用湿毛巾擦脸，洗澡时拎着水龙头洗。

但是熊仔热爱听风声。他常常独靠床边，从外面喧嚣的城市之音里辨别风的声音。攀岩攀到岩壁顶端，他会松开手脚，身体出现短暂的自由落体，然后被安全绳坠住缓缓落下。这只有两三秒的过程里，他能听见风的几重声音，且这风是自己制造的。如果跟着教练去野攀，那在攀登的每一刻都会有不同的风自耳边吹过，仿佛一片山崖弹奏的小型交响乐。

回去的大巴上，除了司机，几乎所有人都睡着了。丛牧之被春景的电话惊醒，让她马上看微信。

丛牧之揉揉眼睛，发现熊仔的头靠着自己的肩膀，她轻轻挪动了一下，活动活动有些酥麻的手臂，打开了微信。

微信里有一篇文章，题目是《纪录片大奖入围作品谎话连篇，只为给金主造势？》，匆忙浏览了一下内容，发现作者批的正是他们的《瓷之梦》。这部片子因为反响好，加上青云公司花了重金去宣传推广，很快入围了几个纪录片奖项，有两个还是代表中国纪录片行业入围的国外奖项。对此，丛牧之早已淡然，常用徐志摩的话来平复伙伴们高涨的情绪：得之我幸，失之我命。从业这么多年，她知道大部分片子都处在同一个水平线上，既不是传世之作，又算不上粗制滥造。他们自己的片子也在这个水平线上下摇摆，一大堆这样的片子评奖，评上谁评不上谁，都是再正常不过的事。而且，讲俗气一点儿，一般的业内奖项在市场看来毫无意义，既不能帮他们提高一集的片酬，也不能保证永远有项目做。平常心待之最好。

另外，她隐隐对另一件事感到不安：青云公司对于这部片子过于上心了。绝大多数情况下，这种项目拍完了，甲方会要求在央视或其他媒体上播放一下，再制作一批光盘用来做礼物，很快便不再提起。但是青云公司不但开了一个超大的发布会，还跟各大视频网站合作，举办了一个线上的瓷器献宝大赛，奖金号称一百万元。他们当初拿到最优片酬的代价之一就是，这部片子的全部版权都归青云公司所有，他们只享有署名权。她一直没搞明白青云为何要如此大张旗鼓，直到上一周在嘉德拍卖会上开拍才恍然大悟。这是一个瓷器专场，而其中的重头戏就是《瓷之梦》八集的主角，起拍价都是千万级别的。最后，

"春江花月夜"被人一千万元拍走,成了今年瓷器拍卖的标王。她才明白,自己心心念念的一部好片子,不过是青云抬高瓷器价钱的垫脚石而已。

最大的危险只有她和青云两个人清楚,那就是《春江花月夜》那集所采用的核心资料,根本不是真的,而是一个难以证实的故事。故事的来源就是青云所讲的那段经历,丛牧之走投无路之际把这个故事移植到了这枚瓷器身上,从而让那一集片子有了足够的可看性。

现在,这件事被爆出来,那篇文章的作者写道:一个虚构的爱情故事,让一件现代仿品成了传世之作,并且在拍卖会上卖出超高价格,这种商业操作闻所未闻。这是诈骗,请问这部片子的导演,你的良心不会痛吗?

很快,网上爆发起一波讨伐大潮,好事的网友们把工作室的所有片子都刷了个遍,挑出里面的失误或不当之处大肆攻击,甚至跟那会儿很热的话题性别歧视、是否爱国等勾连上了,在各个视频网站举报,导致这部片子被禁播。工作室新签的几个项目,甲方也立刻毁掉了协议,且让律师催他们退还预付款。整个世界一夜之间崩塌了。但是丛牧之无法去指责青云,毕竟片子是她拍的,而青云只是给她讲了一个故事。她甚至都没办法说,他暗示了这个故事可以移植。

丛牧之还是忍不住去找了青云。

这一次,没有去青云的公司,而是约在了一家叫六月花的咖啡厅。咖啡厅在地下一层,她故意比约定的时间晚了十分钟到,沿着楼梯下楼的时候,看见青云已经坐在了一张沙发椅上。她走过去,坐下,心里充满怒气,可又完全找不到发火的理由。

青云让服务生拿来菜单,问丛牧之喝什么。

丛牧之说,一杯龙舌兰。

青云点点头,说,好。

青云总,那个瓷瓶是仿品?丛牧之终于问出了关键的话。这样,她指责的就是他作假,而不是他的故事给她挖了个大坑。

青云说,我从没说过它是真品。

你……你拿藏品卖了这么多钱,这是诈骗,而我成了你的帮凶。

青云一笑,说,丛导,你太小瞧我了,也太高看你自己了。

说着,他从座位下拿起一个盒子,放在了桌上,示意丛牧之打开。

丛牧之打开了盒子,尽管咖啡馆里的灯光稍显昏黄,她还是一眼就认出了那枚"春江花月夜"。

丛牧之大惊。

青云说,本来这种商业机密的事,我不该跟你说的,不过我知道你是一个有职业道德的人,还是破一次例,说一说,免得你将来心怀负罪感。

青云告诉她,这枚瓷瓶是他自己拍下来的,只是为了提高整场拍卖会的身价。对整个计划来说,纪录片只是一个辅助,核心则是"春江花月夜",因为它的存在,因为它的超高竞拍,另外七个藏品才可能实现最高溢价。

"就是说,我在这枚瓷瓶上是赔钱的,我要赚的是另外七个藏品的钱。你说我商业诈骗,我诈骗谁了?唯一的赝品被我自己买回来了,其他的买家买到的都是真品。你不懂,商业竞拍并非单纯的市场操作,更是一场心理暗战。"

丛牧之无话可说。

"只不过,我没想到有人花高价买了东西,心里不服,找人写了一篇文章来挑事。你们属于躺着中枪,我对此很抱歉,但这绝非我本意。"

丛牧之站起身,拿上包准备离开。

青云说等一下,然后指着"春江花月夜","拿回去,做个纪念吧"。

丛牧之抱起那枚瓷瓶,举过头顶,准备狠狠摔下去,把这个虚构的故事彻底摔碎,一了百了,但是她并没能松手,反而抱得更紧了些。

149

她知道自己没有摔碎的胆量，那毕竟是一枚价值千万的瓷瓶，尽管只是名义上的。

她放下瓷瓶，把盒子盖上，说，我们平头老百姓，不值这个价，还是你自己留着吧。

接下来的情况越来越糟：工作室明显入不敷出，不得不把几个实习生和新招的人忍痛辞退，鉴于工作室现在的声誉，不辞退他们也不想干了。最后，只剩下她和春景、雅男三个人，仿佛回到了最初的起点。他们商量了一下，决定将全部工作暂停一段时间，各自休个假，等舆论平息，再慢慢复工。这是她第一次对自己从事的这个行当，失去了足够的信心和热情。

春景和雅男都决定去旅行，一个去云南，一个去香港。分别时，丛牧之感觉两人各有心思，这两个目的地并非临时决定和心血来潮，应该是各自心中计划已久的。至于他们为何去那里，她却一点儿都不知道，也不好问，心里不禁想，其实这么多年，自己对这两个合作伙伴和密友的了解已经越来越少。或者说，刚工作那会儿，他们还是彼此熟悉了解的，因为一切都看得清，互相也会说许多知心话。但随着业务越来越忙，他们的交流便只剩下项目、剧本、拍摄、剪辑，偶尔一起去聚个餐、泡个酒吧，她聊的多是老公孩子，他们聊的是父母和兄弟姐妹。丛牧之只知道，春景有一个弟弟，在国外读书读了十多年，一路本科、硕士、博士，然后又当了博士后，听说博士后完了还要跨学科再读一个博士，仿佛这一辈子读书就是他的全部了。春景在生活中是个浪子——后来网上的称呼是渣男，永远在谈恋爱，永远在跟新的人谈恋爱。而雅男，父亲早逝，家里有四个姐姐，她是小妹妹，从小受宠。这么多年，她竟然一次恋爱也没有谈过，用她的话说，是"始终没有遇到那个让我心甘情愿当女人的人"。前几年，丛牧之还给她介绍过几个，雅男不好拒绝去见了面，但是都没有第二次。她甚至想着撮合她跟春景在一起算了，两个人开玩笑时也说，十年后你未娶我未嫁就凑成一对，然而十年之后，两人连青春期由荷尔蒙催生的那点儿男女之间的激情也没有了，也许，从来就没有过。

"没有异性相吸的气场，我们只能当哥们和朋友。"雅男和春景说了同一句话。

二人同一天出发，一个上午，一个下午，登机前都在群里发了一条信息，丛牧之回了句"一路顺风，玩得愉快"。这一整天，丛牧之都在工作室里整理东西，毕竟是暂时歇业不是倒闭，那些文件、材料本来都已归档清楚，也无须处理，她便把这些年拍过的片子从头到尾看了一遍。总共二十二部，九十九集，差一集满百。

"行百里者半九十。"数完最后一个片子，发现数字是九十九时，她忍不住自嘲了一下。

片子在屏幕上闪烁，仿佛她的半生都存在这些影像之中了，看着看着，不禁泪流满面。这里面有航拍的整个国家的壮丽山河，有她最喜欢的一部关于夜间急诊室的，生死之间唯有活着；有工作室部分参与的跟拍十二个少年的十年成长史，一个个孩子长大成人；还有一部有关围棋的，这集熊仔还出镜了几分钟。她发现，每部片子的解说词、导语都在讲述人生的一种过法，但是她并没有找到契合自己的那段话，或者说，她曾经内心笃定地走在自己的路上，但是并不清楚为什么会选择这条路，也不知道它从何处来，又通向哪里。现在，那种笃定消失了。

这一刻，她忽然对自己的过去产生了强烈好奇，那些日子和生活肯定仍在记忆深处，但是多年来，她只是拼命地一路向前，忘记了回头看看，因为她一直以为，回过头去，看到的只能是人海茫茫中的孤儿寡母，只能是一路坎坷荆棘。苦难并不总带来力量，伤痛才是它的本质。

也许我错了，她想，我并没有自己想象中那么坚强和完整。如果我是一幅拼图，那一定少了最重要的一块，她心里很清楚那是什么。她需要去找找，说不定在寻找的过程中能不知不觉地把残缺的部分拼上。

她在一部片子里听到了这句诗，"人生天地间，忽如远行客"。她知道这句诗出自《古诗十九首》，她写解说词的时候，说这句诗是用来形容一个"说走就走"的主人公的，当时觉得恰切至极，但现在她才明白自己错了，这句诗所蕴藏的深沉感触，哪里是所谓"说走就走"这种外在的行动所能匹配的，只有足够沉郁的情感才能与之呼应。

晚上，熊仔睡了之后，丛牧之失眠了。

她下楼，走出小区遛弯，夜深人静，竟不知不觉走到了"三体"酒吧。到门口时，丛牧之有些惊讶，不知道自己何以走到此处，但既然到了，就进去喝杯酒好了。

她到吧台，服务生问她喝什么。她正要说"二律背反"，话到嘴边又咽下去，说给我看看你们的菜单。服务人员递过一个平板，让她在上面滑动着浏览菜单。丛牧之的手在屏幕上滑过，相当于滑过了整个世界的科幻文艺史，配图上那些她从未听说过的小说、外星人，加上整个酒吧的氛围，都让她觉得自己短暂地脱离了现实，甚至不受重力的束缚，有了一种真空中的飘浮感。最终，她点了一杯"星际穿越"。这部电影她看过，是大神诺兰的一部烧脑神片，尽管她对暗物质、平行宇宙之类的不太了解，但是她喜欢马修·麦康纳和安妮·海瑟薇。她着迷于片子里父女俩隔着不同宇宙时空互相寻找、呼喊，从这个意义上看，人类的情感的确是唯一具有永恒性的事物，因为它能够穿过漫长的时间和空间，用一种超现实的方式抵达彼此。或者说，当我们向着茫茫宇宙发出爱的信号之后，无须担心生老病死，无须担心沧海桑田，它终究会抵达那个被寻找和思念的人那里，尽管他可能毫无感知或难以辨认。

对了，还有因电影而被人们熟知的狄兰·托马斯的那首诗《不要温和地走进那个良夜》。她喝着"星际穿越"，用手机"百度"了这首诗的中译本，逐行看下去：

不要温和地走进那个良夜,
白昼告终时老人该燃烧、该狂喊;
该怒斥、怒斥那光明的逐渐消歇。
聪明人临终时虽知黑暗理不缺,
由于他们的话语没迸出闪电,
他们也没有温和地走进那良夜。
最后一浪过,善良人——喊叫说自己的事业
虽脆弱,本可以光辉地舞蹈在绿湾——
他们怒斥那光明的消歇。
狂人们——抓住并歌唱太阳的奔跃,
懂得(太迟了!)他们使太阳在中途悲叹——
他们并不温和地走进那良夜。
严肃的人们——临终时用盲目的视觉
见到瞎眼能放光如流星而欢忻——
他们也怒斥、怒斥那光明的消歇。
而你呵,父亲,在高处心怀悲切,
请用烫泪诅咒我,祝福我,我祈盼。
不要温和地走进那个良夜。
该怒斥、怒斥那光明的消歇。

丛牧之一个字一个字地读完诗,不敢说自己读懂了,但是她的确感受到了一些以前不曾有过的东西。她想,也许我应该把它当作对自己的暗示,就像在庙里求签时,同一句偈语对不同的人来说,有着截然不同的意思。她只能找到属于自己的理解。

不要温和地走进那个良夜——是说我不该回头,不该重新进入过去的时光中?还是说我不该沉溺于现在的生活?酒精和诗歌都让人迷醉,区别是,前者让你误以为一切都可假装看不见,后者则让你在看不见的时候又清晰地感觉到。

一个女人坐在了丛牧之旁边，她衣着时尚，烫着鬈发，红唇如火。她端着一杯酒，丛牧之认出来了，那是"二律背反"。女人递给她，说："我听见你读那首诗了，我也看过那部电影。一杯酒，请笑纳。"

"二律背反？"

"你知道这款酒？"

丛牧之点点头。

"那我也知道你是谁了。丛牧之，对吗？"

这的确令丛牧之意外和吃惊，但是这些天几乎事事出乎她的想象，她也就不再少见多怪。何况，如果余作真经常来这间酒吧，他跟别人提起过自己，也是有可能的。

"我是余作真的朋友。"女人道，"我叫露西，是这间酒吧的老板。"

果然。

"你好。"丛牧之伸出手，两人握了一下。丛牧之能感觉到，握手的时候，双方动作很轻，但都努力调动全部感官去感受对方的手，仿佛是在验证什么。露西的手纤细而柔软，真奇怪，一般来说这么瘦的手一定是骨感的，但是她的是软的，仿佛皮肉下的骨头也是软的。丛牧之还猜想，露西可能会觉得自己的手像两把钳子，手指的位置还有好几处老茧。因为她常年伏案打字，还要扛着摄像机拍片子，手很粗糙。

没有刻意回避，她们谁也没主动谈起余作真。但是，丛牧之时时刻刻能感觉到余作真对露西的影响，因为她的很多话、很多观点，简直跟余作真如出一辙。另一种可能是，他们两个本就是一路人，他们太像了。

有那么一瞬间，丛牧之想，余作真和露西有着超出朋友的情感。但是她又否掉了这种想法。倒不是说没有这种可能，而是她知道余作真如果真在外面喜欢上了别人，他一定会在第一时间告诉自己，就像当年他看见一具美丽的尸体，也忍不住带自己去看一样。他藏不住任何最根本的欲望和心思，也不屑于隐瞒。

不过，她能感觉到，余作真和露西之间有一种和自己不曾有的亲密联系。那种亲密也许跟男女感情无关，可是这更令丛牧之感到不平衡，甚至嫉妒。她和余作真之间的亲密，现在越来越多地依附于熊仔身上，而不是他们两个独立的人之间。

她猜得不错。余作真和露西，的确正在成为一对奇怪而坚固的朋友。

就在去欧洲之前，就在这间酒吧后面的房间里，余作真看到了露西腹部手术留下的疤痕。他的注意力没有在她纤瘦的身体上，而是如检查核武器一样仔细地观察了她的疤痕，一边说，我几乎能猜到，给你主刀的是我们院肝胆外科的梁主任。他的缝合技术真是一流。露西问他怎么看出来的。余作真说，因为他跟我说过，真正高超的缝合不是不留伤疤，而是让那条疤痕看起来像一件艺术品。

"那我的像什么？"露西有些发抖，因为冷。

"像是我们童年时打出来的最远的那个水漂儿。"余作真说，然后他不由自主地亲吻了一下那串涟漪，水漂儿再一次抖动起来，再然后他给她披上衣服。

其他的他们什么都没做，两个人走出酒吧。余作真直接上车，开车走了。他的心情怪异，他嗅出了某些迷人的腐败气味，猜想到，露西的病没有得到根治，甚至，她应该还隐瞒了别的什么，就是那种让她的身体变轻的东西。它在她的骨头里，让她像鸟一样骨节中空，随时可能被风吹得飞起来。

露西在门口看着他离去，心里充满被拯救的愉悦感。

9

凌晨3点，丛牧之从酒吧回到家里，洗漱后进了儿子的房间。

他一如既往地蜷缩着身体，呼吸均匀。她学着余作真的样子，把自己蜷成一个大括号，只不过方向跟熊仔相对，这样一大一小两半括号终于组成了一个完整的括号。她透过微弱的光看着儿子的脸。光线如此昏暗，她仍然能看清他的每个毛孔。她翻了翻手机，除了刚下飞机时发来的"平安着陆"，余作真只发了一些随手拍的图片。看着照片上他的脸，她想起那天三个人玩的那场拼图游戏，他们都能把熊仔的脸拼出来，但是无法拼出自己和对方的脸。这几年，因为忙拍片和孩子，她不怎么关注余作真的工作。她知道他上升很快，已经是部门副主任，可以开特需门诊的那种。他出去讲课、讲学，甚至是到某些私立医院去做手术赚外快，她也知道。她和儿子，也享用着余作真赚得的一切。如果说，她这些年之所以能心无旁骛地搞自己的工作室，很大一部分底气还是余作真给的。家里生活不成问题，她折腾时才不会心虚，他给了她一个男人该给的安全感。

"但是，我们就此忘记了彼此的脸，顺便也模糊了自己的。"

她记得他多年前的样子，如果把那时的脸拍成照片，不管分成多少个部分，她都能准确无误地拼回原样。她也终于知道了，做游戏那天她之所以失败，就是因为她仍然在按记忆中的他来拼凑，而现实是时过境迁、物是人非。她一点一点地回溯两个人的历史，想找出面目是从哪一天开始变得模糊的。这当然是徒劳，她清楚得很，那不可能是一个准确的时间，而是一个漫长的过程。不过，她还是可以想起许多关键的事情来。

她回忆起，七八年前，余作真还只是一个普通医生，曾引起过医疗界的一次轩然大波。那时候，他刚过三十，正值壮年，也是事业的上升期。有一天，他突然在网上发了一个长帖，对行业内某些医生惯用的治疗方式提出质疑，认为他们故意跟病人隐瞒病情，只为了增加检查和治疗项目。比如说，有人得了癌症，已经是晚期了，其实已无治疗意义，做生命关怀比让人痛苦的手术和放疗、化疗更好，但是有些医生却给病人无谓的希望，推荐他们去做毫无效果的某种最新疗法。最后，病人人财两空。余作真实名分析了某家医院的一个病例，认为这个主治医生缺少必要的医德，治疗方案不规范。他更是直接爆出自己的生命观：没有生活质量的生存一秒钟也不值得过。

帖子发出后，瞬间上了热搜，医疗问题是民众的敏感点，余作真的生命观也触动了许多人的神经。对于医疗问题，网友一边倒支持余作真，行业内的人则有弹有赞，赞的人对他的勇气表示赞扬，弹的人则说他也是事后诸葛，医疗本身就存在一个概率问题，不能一棍子打死。对于他的生命观，则是反对的人多。余作真的医院对他倒是很保护，也为了避免让事态扩大，停了他的门诊，把他调到实验室去工作了一段时间。不过因为停了门诊，网上很多人就认为医院在打压说真话的医生，余作真不得不再次发声澄清情况。可惜，很多网友并不关心这个，或者是不想关心这个。

那段时间，余作真情绪较为低落。他好几次问丛牧之，自己是不是做错了。丛牧之说，不，你没有错，是这个时代错了。她的安慰是无力的，只是她讲不出更有效的话。后来丛牧之还是找到了解决的办法，她通过医院，联系到几个余作真曾经的病人，约他们一起吃了个饭。饭桌上，那些已经痊愈的病人告诉余作真自己现在的生活状态，有的已经恋爱结婚，有的已经生了孩子，他们没有任何劝说。饭后，余作真很高兴，他看见了自己职业的最好成果。其实，他从未自我怀疑，只是需要这些人的确认。

还有一次，他们一家跟余作真同事一家一起出去旅行。那时候，他们才买了车，不过是电车，因为油车摇号多年没摇上，不得已转成了电车。两家人在郊区定了民宿，晚上可以烧烤，各自开车过去。半路上，余作真的电车没电了，离最近的充电站也要五公里。最后，只能请附近村里的一辆拖拉机帮忙拖到充电桩充电。那次，丛牧之和熊仔说起来都像是意外的趣事，但余作真却十分受挫。他后来想尽办法，通过各种关系，终于搞到了一个油车号牌，不顾丛牧之的阻拦，买了一辆顶配的奔驰。丛牧之觉得，他们完全没必要买这么贵的车，但余作真说，车就是男人的衣服。他年轻时的衣服——摩托车，早已停在地下车库生锈了。因为一次暴雨，车库积水，把排气管和发动机泡了，他再也没有骑过。

"我现在不是二十岁了，不能再穿背心裤衩和运动鞋了。"余作真如是说。

丛牧之还想起许许多多类似的事，但是她不能就此认为余作真是被这些事改变的。而且，她并不是一个把所有责任都推到别人身上的人，她知道自己也在变化。曾经有许多年，两个人如两条铁丝互相扭结在一起，后来，他们仍然弯曲，可是角度和幅度都不一致了。

丛牧之还有一个更大胆的想法：自己一直把余作真当成某个想象中的人，而他也的确完美地扮演了这个角色，只是若干年后，这场戏终场了，她蓦然发现，无论自己曾经多么投入于这场演出，现在，他在她眼里都不再是那个角色。他终究是他自己，她更是。

她看见了自己最深处的不道德，那就是把戏当成现实然后又不甘于此。想明白这一点时，北京的丛牧之与阿姆斯特丹的余作真隔着六个小时的时差，两个人此后再也没能弥合这六个小时。

余作真从欧洲回来一个月后，"离婚"这个词就在他们之间出现了，是丛牧之提出来的，虽然只是她在气蒙了时说的急话，但是它一旦在他们的关系中出现，就不会轻易消失。余作真惊讶到半天没讲话，后来直接走掉，丛牧之也后悔——有些话，说出来后就会慢慢变成某种存在。工作解救了她，春景和雅男散心回来，工作室重新开张，毕竟那些片子不能一直拖着，毕竟大家要吃饭。忙起来，人便很自然地回到固有的轨道中，被生活推着，依靠惯性往前走，很快就忘记不久前置身的尴尬境地。

一切都在继续，仿佛一切都毫无变化。

第四章　海上来信

1

1998年的春天被遮天蔽日的沙尘暴笼罩了。狂风把不知道哪里来的沙尘，吹到小镇上空，如果能够升到更高的高度，俯瞰下来，就会发现林东镇像一个被风沙裹挟的小玩具。很多电线杆被吹倒，也有人家的房顶被掀翻，人们尽可能不出门，一定要出门，则不得不用纱巾把整个头包住。几分钟后，纱巾嘴巴的位置就会因呼吸而聚集起一圈沙尘。天如此暗，以至于白天都像是黄昏，还是那种灰蒙蒙的黄昏。

街边的店铺打开门，可是不断被风沙吹得关上，叮叮当当。店主只好歇业，搬一把椅子，坐在窗口，看外面空寂无人的街道。不但主街契丹大道两旁挨家挨户都是店铺，服装店、饰品店、五金店、电器行、美容店，连各条小街上也零零散散有了不少商店。沙尘暴结束之后，这些店铺都会大开门户，把自己最新鲜时髦的产品摆在门口，那些下班或者从乡下来城里的人，便出了这家进那家，能一路从清晨逛到下午。

几年来，随着这些商铺在林东镇大街小巷四处开花般出现，大市场的生意日渐萧条，即将被拆除的传闻也经常传来，但摊贩总抱着一线希望，觉得这一天不会来临，至少不会在明天来临。为了维持生计，肖月不得不在肉铺旁边用两个电饭锅做起了卤制品，卤肉、卤鸡爪、卤猪头。卤制品必须当天卖掉，放到第二天，人们就不愿再买，所以她每晚都要天黑透了才收摊。肖月没有时间照顾丛聪，她开始了住宿生活。丛聪住的不是学校的宿舍，而是学校旁边的一个家庭小旅馆。小旅馆招揽那些住家比较远或家长没空管的孩子，一个月两百三十块钱，包饭。这里大部分都是没排到学校宿舍的乡下孩子，只有少数是丛聪这样的镇上孩子。后来，丛聪很感念这段时间的校外住宿生活，她们比住校自由，又不用整天面对家长。小旅馆晚上看门的是一个老大爷，常常孩子们还没睡，他已经呼噜震天了，她们就偷偷跑到小卖铺买点零食，回到被窝里边吃边聊天。那时候，"四大天王"还在流行，王力宏、金城武等新的影视、歌曲明星也开始风起云涌，不管男孩子还是女孩子都买一沓一沓的贴纸，把这些梳着时尚发型的帅帅的港台歌手贴在自己的文具盒、书包、课本的空白处。

很多同学都曾梦见他们，第二天既眉飞色舞又羞赧地跟同伴说起梦里的情形，场景是对电视里MV镜头的复制，他们一起在海边吹风，潮水打湿了两个人的脚踝；他们登上一辆敞篷车，在望不到尽头的高速公路上疾驰；他们在一片碧绿的草坪上奔跑，野花摇曳，蓝天白云。当然，极少数人会像讲述最大的秘密那样小声说，他们接吻了。众人爆出一阵惊呼，问那是什么感觉。那个女孩马上说，像吃冰糕，软软的、暖暖的冰糕。有人反驳她，胡说，冰糕都是凉的。丛聪沉默地听着，她很羡慕她们，她从未梦见过一个漂亮的明星。有时候，她睡觉前偷偷攥着一张贴纸，胳膊上贴着郭富城，发卡上贴着黎明，但她依然没梦到任何一个。她的梦总是混乱而模糊，可又不算是噩梦。为什么偏偏我梦不到呢？她失望而伤心地想，仿佛自己被其他人抛弃了，产生了一种孤独感。

就是在这段时间，她认识了一个朋友。

那是一个远方的朋友。

丛聪极其珍惜每周一次的阅读课。前一年，林东一中搬到了新的教学楼里，虽然也不过才四层，比之前那栋高了一层，但这一层对当时的他们来说无异于一个新世界。四楼左侧有一间阅览室，里面是各种作文报和科普期刊、文学刊物，有她最喜欢的《校园文艺》。她走进阅览室，总是第一时间到摆着《校园文艺》的桌子旁，急不可耐地去寻找新一期。每个月才有一期。她不断地翻看，甚至把这本刊物的所有编辑人员的名字、办公电话、印刷厂地址都背下来了。有时候，他们班排得很靠后，或者因为语文或数学考试把阅读课占了，她就得再等一周。这一周变得异常难熬。她担心有人偷偷把新杂志拿走，这种事经常发生，尤其是杂志上有港台明星照片的时候，总有人悄悄绑在裤腿里带出阅览室。学校在门口贴了警告——一旦发现有学生偷窃杂志或书，开除学籍——也无济于事。那些男孩子，会把杂志塞在裤子的最里层，而阅览室值班的女老师总不能去搜身，如果是男老师值班，那就更嚣张了，他们会提前用各种烟酒贿赂值班老师。

让丛聪真正着急的，是杂志这一年开了一个新栏目，叫"鸿雁传书"。编辑从各种读者来信里选了一批，不但发表了，还把作者的地址和联系方式印在最后，用虚线隔成几个小纸条。如果有人想跟这个作者交笔友，就撕下一小条，记下地址来写信给他。丛聪非常喜欢一个笔名"蓝岛"的人的信，他的来信已经第三次被选登了，她也撕了他的地址条，装进校服口袋，可是在小旅馆里，被老板娘洗衣服时给洗碎了。她担心蓝岛的信再也登不上杂志，那样她就永远没机会联络他。看着那张碎成渣的小纸条，丛聪心里不免骂自己愚蠢：你干吗不抄写在笔记本上呢？随便一张纸都可以啊。但是她没有，她即将失去这个还没有交上的朋友。蓝岛和其他人有什么不一样吗？不知道，至少跟身边的同学、朋友比，他显得那么神秘而多愁善感。其实，从仅有的几封信上看，连他是男是女都不好判断。他给杂志的信总是以"亲爱的你们"开头，好像是写给编辑的，又好像是写给所有读者的。丛聪更担心的是他已经交到了笔友，如果是这样，她再写信他也很可能不会回复了。

她冲进阅览室，以最快速度跑到放着《校园文艺》那张阅览桌前，把一摞杂志翻了个底朝天。坏了,1998年第三期没有了。她又在周围的杂志里翻来翻去,还是没找到。她一下子瘫坐在椅子上,那种失望感迅速累积到绝望的程度,她觉得如果不是在公共场合,自己肯定会哭出声。同学们陆陆续续进来,小声地交流着,她不能哭,赶紧爬起来,找了个角落坐下。她面前是一大摞《科幻世界》,封面上是一个外星人,这一期的主打文章是《火星究竟离我们有多远》,还有几张暗绿色的面具。那些面具看起来跟人并不像,倒是像外星人,细长的眼睛,高耸的鼻梁,嘴很大。若干年后,丛牧之第一次看到三星堆出土的青铜面具时,一下子就想起了那一期《科幻世界》封面上的图案——在她的感觉中,那一瞬间,远古与外星交会为一。

外星人显现了他们超自然的能力:她在随意的翻阅中,发现《科幻世界》的最底下竟然就是最新一期的《校园文艺》。她几乎尖叫了一声,说"几乎",是因为她觉得自己的兴奋是在心里,但旁边的同学却都抬起头看了她一眼。她哆哆嗦嗦地翻到"鸿雁来书"那几页,天啊,竟然又有蓝岛的来信,信下面的小纸条一个也没有被撕走。她几乎以偷东西的心情撕下了一个纸条,想了想,又把另外几个撕掉了,因为她在编者按中读到,这是这个栏目的最后一期了,以后不会再有来信选登。所以说,如果她拿了所有纸条,那就不会再有任何人能给蓝岛写信,除了她。

信写得毫不犹豫,尽情地诉说了她对他来信的欣赏,甚至他的笔名蓝岛,也充满一种陌生的魅力,特别是对她这个成长在内蒙古北部、常年面对风沙的少女来说,蓝岛代表着海水与海风,就是远方,就是她熟悉的一切之外。"你一定每天都能看到蔚蓝的大海,还有一座小岛。"她写道,"也可能你住在船上,我猜的。你见过鲸鱼吗?还有海豚、海豹、海马。"她从蓝岛的地址里得知,他住在大连,教室后面的中国地图上大连只是一个很小很小的点。但这足够了,那个点毗邻黄海和渤海,除了西边内陆,它的周围都是海水。地图上的海洋是蓝色的，只是因为挂了太久，那种蓝已经显出了陈旧，很多地方掉色了，露出了下面的白色纸质纹理。

"跟你说个秘密，"她继续写，"我前几天梦见大海了，真的，它就是蓝的，比最晴朗的天还要蓝。"她觉得自己有点儿词穷，没法真正形容梦中的蓝色之水，在她生活的地方，能看到的纯自然的蓝色只有天空。蓝天，这是她确认这种颜色的唯一标准。再也没有其他了。这是她十四年生命里唯一做过的且清晰记得的梦，不是早已失踪的父亲，不是满身生肉味的母亲，也不是港台明星四大天王，而是一片无尽的大海。还有一座小岛，小岛上站着一个男孩——应该是男孩吧，太远了，她看不清。她觉得那就是蓝岛。

信封几乎到第十次才"不小心"滑进深绿色的邮筒。她逃掉一个晚自习，在校门口西边的那个邮筒周围来来回回走了一个多小时，她不敢把信投进去，但并不知道自己在害怕什么。没什么值得害怕的，可她就是无法把它塞进窄小的缝隙，仿佛走在随时会碎裂的高空玻璃上，尽管她知道，掉下去的话，下面是深深的蓝色海水，她根本不可能受伤。信封一次又一次从邮筒窄小的缝隙里缓缓深入，然后又被这双手撤了回来，再进去，再回来。她是想用一封信把铁质的邮筒锯开吗？她强迫自己把这些动作想象成一种游戏，有关信和邮筒的游戏，这样，她就能不断推迟真正下决心的时刻。突然，一个黑影快速地从她身边闪过，她吓了一跳，惊魂初定，发现是宿舍旅馆的那只灰猫。然后，她又发现自己的两只手都捂着胸口，那么，手里的那封信呢？地上没有，它只能在邮筒里。她有些懊恼，惴惴不安又略感轻松——毕竟决定是意外下的，不是她主动做的。只要有必要，她总能给自己找到合适的理由。

最初几天她内心平静，顶多是在宿舍旅馆关灯后其他同学叽叽喳喳小声聊天的时候，脑海里幻想着那封信在地图上的移动。她没有出过林东镇，不知道一封信究竟如何从这里到大连，只能靠那张地图提供的线索去想象。一周后，她在想，信应该到了，他收到信，可能要犹豫一两天才回信。又过了一周，蓝岛的信应该即将抵达。她每天都到收发室去看，没有，没有。一个月之后也没有收到回信。她自己偷偷掉过眼泪，又觉得可笑，因为那封信也可能寄丢了，或者回信寄丢了。当然也不能排除蓝岛根本不想给她回信。

2

蓝岛消失了。

也许从来不曾有过一个叫蓝岛的人。丛聪回到阅览室，找到那一摞期刊去翻所有的"鸿雁来书"，并没找到任何相关的信息。她想，可能自己看错、抄错、记错了姓名和地址，那个人并不叫蓝岛，也不在一个海岛上。后来期末考，她忙着复习，用一张又一张的卷子把对这件事的种种猜想压了下去，像一只被雪花盖住的熊。

一天清晨，她吃过早饭——宿舍旅馆永远都是一模一样的早饭，馒头、鸡蛋、白粥加咸菜，像她此时的生活，重复，重复，再重复。上第二节课时，感到下腹剧痛无比，最开始，她以为吃坏了肚子。但同样住宿的同学都正常，不是早饭的问题。疼得太厉害了，她呻吟着去办公室找老师，老师找了辆自行车，把她送到医院里。医生检查了一下，说她这是典型的急性阑尾炎症状，给她打了止疼针，开了消炎药，叮嘱她如果晚上还没减轻，就必须做手术。如果症状减轻了，吃三天药，然后找时间让家长带着去医院做手术。晚上的时候，疼痛明显轻了，第二天几乎消失了。丛聪不愿意跟母亲讲这件事，她在想，什么时候再疼，什么时候再说。多年来，她已经习惯于自己忍受能忍受的一切，因为每当她跟母亲表达脆弱的情绪，母亲都会皱眉，觉得她一点苦都吃不了，一点痛都忍不得，小题大做、虚张声势。所以她感冒发烧、跌了跤，更多的都是自己去药店买药，独自熬过最艰难的时刻。

这几年，百货集散地的辉煌期已经过去，主体只剩下一些大宗的批发商，不能做批发的小摊位随之被集中到了最边上。很快，那里重新聚集起一个微缩的市场，相当于原来四分之一的面积，卖肉、卖衣服、卖锅碗瓢盆、卖农具百货等摊位，一家挨着一家，杂乱，逼仄，失去了原来那种服装、百货、生鲜等片区划分，互相交错如迷宫。掀开一匹布，后面可能是卖农具的，绕过农具铺子，又会直接撞上水果摊。地上永远布满各种垃圾，夏天的时候，整个小市场里都氤氲着一种难闻的发酵、腐朽的味道。

丛聪很少来这里，她不喜欢干活时的母亲。两个人相依为命十几年，肖月对她严格而粗放，她的爱里总是成分复杂，仿佛对没有给她一个完整的家庭感到愧疚，同时又因为在她身上看到了丛长海的某些影子而心生怨恨。肖月从未直接表达过，但随着年龄渐长，敏感的少女丛聪能感觉到母亲的爱恨交织。随着丛聪的长大，她们之间没有发生大的冲突，可也说不上亲密。一开始，她以为中间隔着的是那个不存在的父亲，后来发现并不全是，还有那些生猪、鸡牛羊及其的骨肉、下水，这些已经把母亲的全部精力都消耗殆尽，无暇去顾及一个没病没灾的女孩的心思。丛聪的主要精力也投之于课业，在家里碰头，两人也无心无力交流，不过是糊弄一口热饭，一个倒头睡去，一个回房间写作业。晚上11点，丛聪终于完成一天的学习任务，去厨房倒水喝，就发现洗碗池里一堆锅碗瓢盆。她顿时心生烦躁，这时听得母亲房间里山响的呼噜声，便又心头一酸，带着怨气小心地把碗洗了。

手上满满的油腻，她又去洗手间用肥皂洗手，看着泡沫迅速涌起和破碎，丛聪恍恍惚惚地想，自己和母亲之间，一定还有别的什么东西横亘如山。她已经不再幻想着自己是愚公，能把这座大山挖走，长时间的焦虑之后是烦躁，长时间的烦躁之后则是麻木。

小学五年级时，她来这里找母亲。在一个卖布料的摊位后面，透过几捆花花绿绿的布的缝隙，她看见母亲手起刀落，把一块猪肉砍下来，放到秤上。她刚要走过去，听见母亲跟买肉的人说："大哥，今天有猪腰子，不来两个？那玩意儿可补了。"买肉的人说："补有什么用？你又不去找我。"母亲咯咯一阵笑，笑得放浪。然后旁边几个摊位的男老板都跟母亲开起了玩笑，母亲没有任何尴尬，她的话甚至比他们的还露骨。

母亲举着砍刀说，小心我把你们都阉了。男人们集体败下阵来。

卖布的女人认出了她，说："小聪，来找你妈妈呀？"她想逃走已经来不及，只好从一匹紫色的布料后面钻出来。她红着脸走到母亲的摊位前，路过跟母亲打情骂俏的几个老板时，她都狠狠地瞪一眼，但是他们感觉不到这目光里的恨意，还纷纷笑着说："哦，小聪啊。"她找母亲，是想要校服钱的，全班就她一个人没有交了。一周前，她就跟母亲说了，母亲冷哼道："你们学校也真是的，凑什么热闹，一个小镇子上的中学，又不是大城市的，要校服干什么？"日子虽然不富裕，但她并不缺这百八十块钱，就是感觉不忿：穿不穿校服有什么区别？没有。又不是肉，吃不吃肉的区别很大，都不吃肉，她就没的赚了。可是对丛聪来说，情况刚好相反，她可以一个月不吃肉，但不能没有校服。这几天学校上操，班上只有她一个人还穿便服，其他同学都是海蓝色的校服。她觉得自己是人群里的丑小鸭，心里充满委屈，所以这一天，她逃了体育课来找母亲要钱。班主任说，如果今天放学前再不交，就没有校服了。

"没有校服的同学，以后所有的集体活动都不能参加。"班主任厚厚近视镜片后面的眼睛，盯着丛聪，这句话其实就是说给她一个人听的。

母亲最后给了她一百块钱。一身衣服，两个猪肘子的钱。她的砍刀刹在猪棒骨上，骨头渣和肉末四处飞溅，像一把撒向空中的硬币。丛聪一口气跑回学校，直接去办公室把钱交给了班主任。然后，她领了一身校服，去厕所里换上。那身校服太大了，她穿上之后只露出小小的脑袋。她又去办公室，想找老师换一件，但是老师说，那是最后一件，没的换。

丛聪只好穿着大好几号的校服回去，走在路上，裤子往下掉，上衣也耷拉着，像披着一条宽松的麻袋。此后，每天早晨她都要接受母亲的一顿奚落："你倒会过日子，知道买大一点儿的衣服，能多穿几年。"

她不反驳，可是心里对这个自己唯一可依靠的女人感到厌烦，甚至憎恨。她讨厌她身上永远也洗不掉的油腻味，那不是简单的生肉的味道，那是猪肉、羊肉、鸡肉、牛肉，还有猪毛、鸡毛、羊粪、牛粪和它们的各种内脏，以及市场上其他东西的味混合到一起形成的奇特味道。母亲还算是爱干净的人，只要不太累，每天回去都会认真洗澡，全身抹沐浴液，在卫生间门口大喊：给我拿毛巾，快点。她永远在洗澡时找不到毛巾。洗完了，母亲从她身边经过，她会先闻到沐浴液、洗发水的清香，但它们完全遮不住那种混合味。她觉得母亲像一块在各种肉中腌渍的菜，味道已经渗到了骨头里。若干年后，当她跟余作真恋爱、结婚，他许多次谈起自己嗅觉的灵敏时，她都想有一台时空穿梭机，把余作真送回自己的少年时代，让他闻一闻母亲身上到底是什么味。她认为这种味道就是一种病，一种让人厌恶的病。

还有母亲的手，仿佛因为被荤油浸润了太久，永远都是滑腻腻的。她给她梳头，她的头发就会沾染上她的味，也变得油油腻腻，惹得同桌总是捂着鼻子瞪她。所以，丛聪很快就学会了自己梳头，哪怕只梳一个简单的马尾辫。她的头绳是从红毛衣上拆下来的毛线。她常常把活扣打成死结，晚上睡觉时解不开，只能偷偷用剪刀去剪，结果十次有七次减掉了一缕头发。时间一久，她的头发就变得长长短短，十分难看。于是她又开始戴帽子，哪怕是炎热的夏天，捂得满头大汗。这种情况，到了初中一年级开始流行各种好看的发卡和发箍扎头发才彻底缓解。

3

在梦里,丛聪急哭了,随着她眼泪流出来的,还有腿上的尿液。她感到一条温暖的河流从两腿之间流淌而出,直至脚踝,但是温暖并不持久,很快那条河流冰冻起来,比身体的其他地方都要冷。

这个梦源于她十岁时的一次经历:那年冬天,她穿着厚厚的棉裤,而腰带只是母亲用旧布条编成的一根绳。棉裤有些肥,总是容易向下掉,她不得不把腰带扎得紧紧的。有一次,她上厕所,却发现腰带不知何时已经变成了死结,怎么都解不开了,最后,她尿在了裤子里,同时也流出了羞愧和绝望的眼泪。她不顾冷风,急匆匆跑回家里,用剪刀剪断了腰带,然后点着炉子,一个人偷偷把棉裤烤干。

在那次尿裤子之后,她养成了一个习惯,尽量不喝水。有时候很渴,口干舌燥,但她仍然不喝水,担心自己会因为解不开裤带或找不到厕所而尿裤子。直到上大学之后,这个习惯才一点点调整过来。

若干年后,她会把这次经历看作一个隐喻,一个有关女性的隐喻,喻体是小便,而本体则是女性的例假。十四岁这一年,她第一次来例假,在突然的一阵腹痛之后,那条温暖的河流突然出现,那时候她正在初中课堂上朗诵课文。她惊慌失措,以为自己重复了四年前因为解不开打了死结的裤腰带尿裤子的经历,那肯定会成为同学们的笑料,她人生的奇耻大辱。她慌忙地冲出教室,那扇永远也关不严的木门后面,是老师和同学短暂惊愕之后的哄笑。她在女厕所里——万幸那间完全敞开的公共厕所里这时没有任何人——解开裤子,看向诅咒一样看向自己的两腿之间,那是一片殷红色。不是尿?还是,我尿了血?愣了几秒钟,她才反应过来,自己是来了同学之间传说许久的那种女性必然的经历。惊慌稍稍散去,她仍然手足无措,慌忙提上裤子,往宿舍跑。她脚下滴出一串隐隐的血迹。

换了内衣，在宿舍里躺了一会儿，疼痛并未消失。好像有一只手在她腹部，用力地拧她的内脏。我可能要死了，丛聪想，我完了。她听过许多类似的故事，有的人突然感到某处疼痛，然后疼死了。更恐怖的是，她再一次感觉到了双腿之间的暖流——我的血要流光了，我要死了，她这么想着，咬着嘴唇强忍着不哭出来。她必须得去找母亲。这个时刻，她才发现除了母亲，没有任何其他凭依。

她走进市场时，浑身颤抖着，流着虚汗，但是没人注意到她。因为这是南城市场的最后几天，所有的摊贩都在叫嚷着收拾东西。这里要拆了，原因有两个：一是各处小商店的增多，人们已经不愿意跑这么远路来买东西；二是一条新公路正在贯通，那些想要进货的人可以去赤峰进货，更便宜，种类也更多，所以连批发市场的生意也越来越淡。肖月的肉铺在一年前就开始走下坡路，要不是因为有齐齐格的荞面馆和几家相熟的餐馆撑着，她早就关门了。但是，他们也只能帮她维持一个基本温饱，很多次，她只能把即将坏掉的肉送给周围的其他摊贩，否则就只能眼看着它们腐烂、生虫。

肖月知道自己的卖肉生涯行将结束，她正在盘算着新的营生。

这一天，她早早来到肉铺。摊位上已经没有肉了，只有笼子里的两只鸡，她不打算再卖，准备杀了自己吃。她用水龙头仔细地清理砧板，那上面布满了横七竖八的刀痕，都是她一刀一刀砍出来的。她数不清自己这些年杀了多少只鸡，卖了多少斤肉，因为总是砍肉，她的两个肩膀都有肩周炎，每天靠贴膏药和吃止疼片坚持着。她也干不动了，晚上回到家里，往床上一躺就不想再动，比她卖掉的肉还死气沉沉。

丛聪走到肉铺的时候，她已经清理好。那把砍刀竖在砧板上，刀锋依然锋利，还滴着血，那是两只大公鸡的。此刻，它们的尸体被肖月装进锦纶袋，鸡毛已经煺掉，零乱地裹在一个塑料袋中。肖月略有些恍惚，肉铺生意的结束她其实盼望很久了，但是如果没有外力的推动和逼迫，自己总是下不了决心。一年多前，李永龙和齐齐格就劝说她："月姐，你干点别的吧，卖肉太辛苦了。要不你来跟我们合伙，咱们一起经营荞面馆。"肖月没同意。不过，她从那天起就开始认真考虑接下来该干什么了。

看见丛聪雪白的脸，肖月一时竟没反应过来，直到丛聪轻轻喊了一声妈。

"怎么了？聪聪。"

"我肚子疼，妈，我要死了，我是不是要死了？"

肖月去扶着她，她身体很软，几乎瘫在她身上。

"我流血了，我要死了。"丛聪说得绝望而悲痛。

肖月皱了皱眉头，她最受不了女儿的矫情。她觉得丛聪有时候像是大户人家的小姐，像电视上放的《红楼梦》里的林黛玉，但凡有点儿不舒服，就要死要活的样子。

"哪儿流血了？"她问。她以为女儿受了伤。

丛聪不说，开始呜呜哭起来。

肖月急了，大声喊，到底是哪儿啊？你倒是说话啊。

丛聪强忍住眼泪，抽泣着说："下……下身。"

肖月明白了，哈哈大笑起来。她还以为是怎么了，只不过是来例假。

丛聪被她笑糊涂了，忘了哭，心里想：我要死了，我妈怎么会这么开心？

肖月拍拍丛聪说，没事，你只是长大了，你等妈一会儿。

那时候，在林东这样的小镇上，人们才刚刚开始用卫生巾，但很少有人会提前备着，女人们仍然靠成卷的卫生纸来应急。肖月找了一卷卫生纸，领着丛聪到附近的厕所里，让她垫在自己的两腿之间。她看见女儿的初潮，把她的腿和裤子染红了。她终究还是长大了，肖月想，一个没有父亲的女孩，也是能长大的。

然后她跟丛聪解释这是怎么回事，所有女人都是这样的，都逃不脱。

"男的没有？"丛聪问。

"没有，"肖月说，"只有女人有，这是当女人的命。"

那一刻，丛聪第一次对自己的女性身份产生了拒斥心理，尤其是她听说这种事每个月都要来一次的时候，她觉得这几乎是一个针对她个人的诅咒。后来，她读大学，从同学的《圣经》里看到，夏娃听信了蛇的话，偷吃了伊甸园的苹果，而被上帝惩罚每个月都要疼痛和流血。她对这件事才终于释然，也不是释然，而是接受。她那时还在豆瓣上看到有专门的痛经小组，女孩子们发帖讨论自己痛经时的感受，互相提供缓解的办法。她发现，女同胞们在形容这种疼痛时充分展现了语言上的天赋，或许是因为这种疼痛过于切身而频繁，让她们不得不如此。再后来，她想过专门拍一集片子讲述这件事，可是遭到雅男和春景的强烈反对。也是在这时候，她才发现并不是所有女生来例假都痛不欲生，比如雅男，她几乎没什么感觉。

"就像谁轻轻打了我肚子一拳头，"她说"然后，就没有然后了。除了换卫生巾麻烦点儿，其他没什么。"

"你被上帝眷顾了，而我是被诅咒的那一个。"丛牧之说。

但是这时的丛聪，还不知道将来的自己要经历比痛经更复杂的人生。她只是在这一刻，彻底把自己从人群中剥离出来了，她是一个每个月流血腹痛的女生，而不是曾经以为的那种混沌无知的少女。

最开始的一段时间，她极度痛恨自己是个女孩子，甚至感觉那是一种耻辱。一个念头充斥在脑海里：为什么？为什么我是女孩子？我想当一个男生，一个肚子不会痛，不会流血的男生。如果我真的是个男生的话，她暗自想，我可以自己买一张车票，随便坐到哪个地方。课堂里，学到《木兰辞》的时候，她背得比谁都认真：雄兔脚扑朔，雌兔眼迷离；双兔傍地走，安能辨我是雄雌？花木兰是替父从军的，

171

可是她丛聪就算变成男孩，竟也没有一个可以替的父亲啊！

然后，她又想起了蓝岛。蓝岛忽然具体起来，也不是说有了容貌，就是感到那个遥远的笔友变得无比亲切，比身边的所有人都让她笃定和贴心。

某个黄昏，在一节自习课上，她再一次提起笔给蓝岛写信，语调发生了微妙的变化。在她的想象中，已认定蓝岛是个男孩，正踩着浪花，迎着朝阳，在海面上向她游来。他身后，无边无际的海水轻轻荡漾着，消融着人们的一切心思。

"我从没见过大海，如果可以，你能给我寄一张大海的照片吗？谢谢你。"她在一封信里这么写道，"我们这里有草原，如果你没看过大草原的话，我可以用一张草原的照片来交换。"但其实，她自己都没怎么见过真正的草原。林东镇所在区域属于半农半牧区，人们种田，也养牲畜，但都有限。一个村子里至多有一千多只羊，几十头牛，每天清晨，羊倌、牛倌赶着牛羊去野外吃草。而野外不是草原，是丘陵，甚至只是小土山。要去看真正的草原，得从林东镇向西北走两百里，翻过一道高高的大坝，那里才是蒙古人聚集的地方，牛羊成群，绿草如茵。

她知道，镇子上有一个蒙古族中学，那里的学生都是从草原上来的。所以，她把自己的零花钱攒着，买了巧克力，去中学门口，遇见出来的女学生就问：你会说汉话吗？如果不会，大多疑惑地摇着头走掉，如果会，她就会告诉对方自己的诉求。

"我想用巧克力换一张大草原的照片。"绝大多数人都没有，那时候彩色照相还不普及，甚至连傻瓜相机都不多。林东镇倒是有两家照相馆，也只在镇子里照证件照、结婚照之类，不会专门跑到草原上去拍。他们也有一些各地风光的布景——瀑布、山峦、草原，但那是假草原，她总不能把假草原给蓝岛看。天气闷热，那几块巧克力在她手里化成了巧克力酱，丛聪也没能换到一张草原照。

有一天，她又在中学门口问人，李永龙骑摩托车路过，看见了她。

他问她在做什么,她告诉了干爸。李永龙让她上车,他载着她去了荞面馆。

干妈齐齐格给她做了羊肉荞面饸饹,看着她吃得一点儿不剩。齐齐格已经知道她想要的东西了,跟她说:"丫头,这事干妈帮你搞定。"

她抬起头,眼神里是询问。

"放心吧,干妈这个饭店里经常有蒙古族人来吃饭,还有些货车司机,也经常跑草原,我让他们帮着去找,肯定能找到你要的照片。"

丛聪大喜过望,连声说谢谢干妈。

齐齐格笑着问,吃饱了吗?

丛聪点点头,摸摸肚子:"吃饱了。小凯弟弟呢?"

她问的是李永龙和齐齐格的儿子李俊凯。

小凯在后院,齐齐格说。

4

丛聪听母亲念叨过,这个弟弟实在来之不易,为了生他,齐齐格差点儿把命丢掉。

那个早产儿健成被肖月的舅爷抱走掩埋之后,人们都以为齐齐格不会再冒险去怀孕,连李永龙也断了要孩子的念头。他许多次在酒后感慨,命中有时终须有,命里无时莫强求。有人劝他说,你要想有儿子,只有一个办法,那就是离婚,再找一个女人生。李永龙摇头,他说这对齐齐格不公平。他可以再找,但是她离婚后就很可能孤苦一生了。那人便叹口气摇摇头,说那你就只能认命了。

但是半年后,齐齐格又怀孕了。对此时的她来说,生孩子已经不只是生孩子这么简单了,几乎成了她活着的最大理由。那两个夭亡的孩子,从未真正离去,仍然在折磨着她。说来也怪,她白天不会想起他们,夜晚也不会梦见他们,只是经常耳朵里响起婴儿的哭声。事实上，那两个孩子并未来得及发出真正的啼哭。她无法判断哭声的含义，只是这声音始终存在，提醒着她失去的东西。那个声音在呼唤她，让她整日恍恍惚惚，最后她决定再试一次。哥哥齐木格打听到一个老中医，在辽宁的朝阳，说是有一个传了上百年的方子，能控制孕期血压——她都没想一下，一百年前的中国人，哪懂得血压这种事。

她去找老中医的时候，没有告诉李永龙，只说自己要出趟门，散散心。她跟肖月吐了话。肖月想劝她，可没说出口，她多少明白她的心思。

就是这次出门的间隙里，李永龙受了伤。

她带着两大包草药回来时，李永龙还没出院。齐齐格回到家，发现家里都落了灰尘，尽管肖月前几天曾经来帮她收拾过一回，但没有人住的房间和有人每天生活的房间总是不同的。她跑去市场上找肖月，肉铺上挂着歇业半天的牌子。市场上的人告诉她，肖月在医院，李永龙受伤了。她急忙赶过去，才知道到底发生了什么。

两天后，李永龙出院，晚上她给他换药的时候，轻轻说："永龙，我还想要孩子，这次一定行。"

"你会把命丢了的。"李永龙说。

"我不怕。"齐齐格说。

李永龙搂住了她，用仍然渗血的脸去贴齐齐格的脸，血痕也就印在她的脸颊上。她知道丈夫默认了她的决定，这一刻，她心里觉得有些对不起李永龙。从那天起，李永龙每天早晨早起一个小时，用一只小炉子给齐齐格熬草药。她起床后，把一大碗温热的黑乎乎的药喝下去，李永龙再去上班。每天晚上，他们都要过夫妻生活。

"一次机会也不放过。"齐齐格说。那时候，他们还不太懂排卵周期这类生理知识，只觉得要努力，而能够努力的也只能是这种方式。

老天眷顾，她真的怀上了，中药没有停，血压竟然相对平稳。

这种情况持续到八个月，齐齐格的血压又开始持续上升。她挺着大肚子跟李永龙又去了一趟朝阳，老中医也束手无策，劝他们赶紧回去住院。两个人只能回到赤峰，李永龙托了关系，住进了赤峰妇产医院。大夫说，如果这种情况再持续一周，那也只能提前把孩子剖出来。好在孩子就快满三十二周，身体器官的发育基本成熟，成活的概率很大。他们别无选择，只能按照医生的建议来。

进手术室前，齐齐格拉着李永龙的手，在他耳边说：保孩子。

李永龙摇头。

齐齐格说，听我的，保孩子，要不然我会一辈子过不安生的。

李永龙没再说话，他知道齐齐格的脾气，更知道她为了生孩子遭受了多少苦。他还记得，自己在婚礼上说过，要让她过上好日子。可是这些年她过的是什么日子呢？虽然他们收入不错，不愁吃穿，但是为了生孩子，她尝遍了一个女人能尝到的所有的苦。在健成之后，他已经彻底放弃了，做好了两个人孤老的准备，但她仍然不甘心，再一次怀孕。如果手术真到了二选一的时刻，他不知道该怎么选择。作为一个警察，这不是他第一次手里握着决定别人生死的权利，但这一次，他更难。前几年，他们执行任务搞严打，把一伙抢劫犯堵在了一个山洞里。这伙人凶残至极，无恶不作，不但抢了好几家商店，还用土枪打死了三个人，搞得整个林东镇人心惶惶。那段时间，商店都关着门营业，只有熟人来才开门卖东西。局里给市局立了军令状，一周之内破案。他们在第六天的时候，接到一个村民的线报，终于把四个人堵在了山洞里。

这四个人有一个抢劫时受了伤，因为连日逃窜，没有医治，已经感染发炎。被围困之后，他们顽固抵抗，用土枪跟警察对战，因为他们知道被抓住也逃不了死刑，毕竟几条人命在身。刑侦队的队长下令，尽量捉活的，必要的话也可以当场击毙。三个没受伤的都被打死了，李永龙提出探洞。他进去时发现有三个已经被打死，一个脖子大动脉中枪，一个左胸中两枪，另一个被直接爆头。那个受伤的劫匪正在给土枪装火药，李永龙的枪指着他，让他放下武器。那人丝毫不受影响，装完火药，把枪口对准了李永龙。这时候，李永龙应该一枪击毙，但是他心里犹豫了。扣动扳机是容易的，这样四个劫匪全都死了，也算是完成任务，可这样就没有人接受审判了。李永龙想赌一把：他匆忙装的火药，并不能炸响。他了解这种火枪，只要火药没压实，枪膛里有过多的空气，肯定会成为臭蛋。而且，他只装了火药，没有装弹珠，也就没有杀伤力。他赌赢了，那人开了枪，一声爆响之后，火药在枪膛里炸了膛，李永龙的身上只溅到一些火药燃烧后的渣滓。他后背一身冷汗。

他们叫来法医，三具尸体被拖了回去，他亲自把那个受伤的送到医院治疗。半个月后，那人拖着仍然残疾的腿接受公审。公审就在林东一中的操场上。审判是法院的事，那天李永龙身着便服，站在看热闹的人群外层。当法官对劫匪宣判时，人群里爆发出一阵呐喊和咒骂，臭鸡蛋、烂菜叶一齐丢到他头上。他看见了人堆里的李永龙，眼神里充满了憎恨，但李永龙给了他一个微笑。当警察这么多年，这是他极为快意的时刻。

现在，他明白齐齐格也要赌一把了，赌注是自己的命，甚至还要加上那个孩子的命，如果这两条命都赌输了，李永龙的命也等于丢掉了。他没法也没权利阻止她，他就是她的赌场。

肖月跟李永龙一起等在手术室外，两个人不停地走来走去，互相劝慰着：不用担心，肯定没事。老天爷不会这么狠心的。两人的脚步几乎把水泥地踏出一层水泥渣，墙上挂钟的嘀嗒声从未如此响亮过，每一次嘀嗒，都好像是锤子敲在他们脑仁上。终于，手术灯灭了，一个护士推着一辆小车出来，车上是一个紫红的婴儿，四只手脚正在空中抓弹着，看起来十分有力。李永龙竟然一动没动，他愣在那儿，还没反应过来这就是他的儿子。

肖月推了他一把："看看啊，你终于有儿子了。"

李永龙扑过去，心里想号叫一声，但立刻明白不能这么做，又把那声号叫硬憋回去了，憋得胸口一阵疼。

"姐，你看着孩子。我看看格格去。"

李永龙站起身，想冲进手术室，被正好出来的主刀医生拦住了。麻药劲还没过，齐齐格现在还处于半昏迷状态，还得二十分钟才能出来，不过一切都好，没有任何危险。李永龙听到这句话，长长出了一口气，靠在了墙边上。肖月跟着护士带着婴儿去做新生儿检查，李永龙一直等在门口。终于，他听见了手术床滑动的声音，门开了，齐齐格躺在手术床上，被两个护士推了出来。她已经醒过来，微闭着眼睛，面色苍白。李永龙扑通一声跪了下去，他没想过跪，只是自己的膝盖突然一下就软了。

齐齐格睁开眼睛，看见丈夫。

"孩子好着呢。"他说，"你也好着呢。"

齐齐格的脸想笑，但是因为麻药的后劲和身体的虚弱，肌肉一动也没动，只是眼睛里闪过一丝笑意。

"咱们有孩子了。"李永龙说。

这个孩子就是小凯，是齐齐格拿命赌来的。

5

在后院，丛聪看着小凯在翻一本漫画书，看一页，就把手指含在嘴里舔一下，然后用那根手指翻下一页。

她喊了他一声，他抬抬头，说："姐，书是咸的。"

丛聪说："你别舔了，人家说印书的油墨是有毒的。"

小凯依然习惯性地舔手指，翻书。

"你最近没挨你爸揍吧？"丛聪问他。

"他这会儿哪有时间管我，再说，有我妈保护我呢。"小凯得意地说,声音突然变小了,"你闻闻我身上有什么味。"

丛聪凑近嗅了一下:"没什么味啊。"

"再闻。"

丛聪又吸了一下鼻子,闻到了一股似有似无的烟味。她忍不住喊:"你竟然敢抽烟……"

小凯捂住她的嘴,得意地说:"不抽烟,怎么混社会啊?"

说完,又低下头去看漫画书。丛聪感觉十分无聊,走回荞面馆的前面,跟齐齐格再见。齐齐格让她过几天再来。

几天后,课间的时候,同桌把一个白色的信封丢给她。还没等打开,她就激动不已,因为信封是白色的,一定是来自遥远的地方。在林东镇,他们看见的信封都是黄色的,由邮局统一印制的那种。他们偶尔能在收发室里看见白色的信封,都是来自北京、沈阳、上海这些地方。她感觉自己身体变轻了,要从椅子上飘起来。她拿上信,一口气跑到学校操场的一个角落里,但是忽然想到,在教学楼上能看见这儿,又绕了一道墙,坐在后面的一棵大树下。颤抖着手拆信,打开,没错,是蓝岛的回信。他真的给她回信了,这证明一切并不是自己的幻想。

"亲爱的青鸟,见字如面。"信的第一行写着。天啊,他怎么会用"亲爱的"这三个字,这是那些谈恋爱的人才会用的啊,她的脸立刻滚烫起来。见字如面——多么文雅的一句话,见字如,见字如面,她嘴里一遍又一遍地念叨着。他们从未见过面,但是有了这几个字,仿佛是一对老朋友,仿佛已经见过千百次了。丛聪浑身瞬间热起来,像是发了高烧,平时毫无感觉的衣服,此刻竟然有些麻沙沙的。尤其是胸口的胸罩,也不知是胸部真的突然之间鼓胀了,还是因为呼吸的急促而起伏过大,像孙悟空的金箍紧紧箍着她的心。

"谁也别碰我,什么也别碰我,否则,我会把一切都点着的。"

她想拥抱一切又毁灭一切。

很高兴收到你的信，也很抱歉这么久才给你回复。不是不想，是因为我病了，住了一段时间院。不过现在已经出院了。你信里写到你对大海的向往，我愿意告诉你，大海就是你想象的那样，不，比你想象的还要大，还要蓝，还要无边无际。如果你有机会来，我可以带你去海边捡贝壳。你可能都没见过贝壳吧？就像我也没见过真正的牛和羊一样。我不吃羊肉，我一吃羊肉就会身上痒，我妈妈说那是过敏。嗯，我对羊过敏，但是我真的想看看草原。

太遗憾了，他吃羊肉过敏，如果他来林东镇的话，我能请他吃什么呢？牛肉？年糕？他肯定不缺水果糖、汽水什么的。丛聪心里忽然生出一些委屈，为自己的家乡竟然没有什么可以招待远方朋友的吃食而委屈，这是她第一次对生长之地感到不满，也是第一次涌起要出走的冲动。

随信附上一张大海的照片，希望你喜欢。希望你能收到信和照片，希望我也有机会收到你的回信，收到草原的照片。蓝色和绿色，应该是很相配的吧？

你远方的朋友
蓝岛

亲爱的，见字如面，大海，过敏，你的朋友，蓝岛，信上的字从红格子信纸上飘起来，变成了一只小船，而信纸幻化为被夕阳染红的大海，它们开始向海的深处漂去。可是一瞬间，它们在她眼里又化身碧绿的草原和一只只牛羊。

丛聪赶回教室，在数学课上偷偷给蓝岛回信。她根本等不及下课。那几页带着香味和栀子花印记的信纸，她已经准备好很久了。

亲爱的蓝岛

她学着他写下了开头的称呼，脸立刻热得发木，真是奇怪，仅仅是写这几个字，仅仅是想到这几个字，仅仅是默默读一下这几个字，她都感到身体在微微颤抖，心跳如冬日狂风吹动的小石子。许多许多年后，某一次搬家，当丛牧之无意中翻出那张大海的照片，跟余作真讲起自己少年时的故事时，才会明白那时的丛聪已经进入迷狂的状态，她不在乎信的那端是个什么样的人，是男是女，是老是少，她只是要向无名的远方表达自己的向往和爱慕。她不知道自己爱的是什么，也不知道为什么要爱，只是本能地说"亲爱的"。

"我后来，再也没有过这样的时刻。"丛牧之说，"你呢？你少年时会这样吗？"

余作真端详着那张照片，说："这里是大连，黑石礁海滩。"

"你怎么知道？"余作真惊讶地问，那的确是那里。她心里瞬间升腾起一个特别狗血的念头，如同偶像剧里的情节——难道他就是那个男孩？

余作真耸耸肩，把照片背面给她看，那上面写着一行小字：大连黑石礁。

丛牧之愣了。这么多年，她竟然从未看过这张照片的背面。收到照片的几个月里，她时常拿出来看，一眼就掉进深蓝的海里。她不会游泳，但是感觉到自己置身海洋中，像一条鱼那样游动着。每一次都是如此，以至她从不曾发现背面的字，所以她才会愚蠢地在那封信里问蓝岛：能不能告诉我这片海在哪儿？照片上的海是哪里？我想知道每一滴水的来处。

她写完信，再也没敢打开看，她担心自己一不小心又失去寄出去的勇气，或者因为某种虚妄的自尊和羞赧把信毁掉。她必须拿到一张大草原的照片才能把信寄出去，她承诺过的，这是某种神圣的仪式，她绝不能遗漏。为此,她几乎每天放学都先去齐齐格那里,磨磨蹭蹭地问照片的事。齐齐格帮她要到了一些草原的照片,可是那些照片都显得陈旧,而且上面都有人。照片上的草原,一点都不辽阔,也不绿,很多甚至是春、冬季节,光秃秃的。可是她在信里白纸黑字地告诉蓝岛:草原就是《敕勒歌》里唱的那样:天苍苍,野茫茫,风吹草低见牛羊。

就在丛聪几乎绝望的时刻,李永龙再一次出现在她面前。

李永龙从朋友那里借了一台彩色相机,又借了一辆212吉普车,在一个清晨出发,载着丛聪去离林东最近的乃林坝草原。一百公里左右的路程,他们走了近三个小时,但是丛聪和李永龙都忽略了一个问题,他们去的时机不对。那时候是5月初,青草开始生长,但根本谈不上茂盛,因此看上去也不是一望无际的碧绿,而是如斑秃一样东一片西一片,有草的地方也稀疏矮小。看着眼前的"草原",丛聪几乎想大哭一场。李永龙安慰她说,丫头,别担心,咱们找找,总能找到一片有好草的地方。

他带着她沿着一条河寻找,在夕阳快下山的时候,终于在一片河滩处发现一大片嫩绿的青草。因为湿润,这里的草长得比其他地方都高,虽然面积有点小,但足够填满相机的镜头框了。

丛聪欣喜若狂,一下扑倒在草地上,但又立刻起身,她怕自己把青草压倒,拍出来就不好看了。

李永龙给丛聪拍了几张照片,也拍了两张空镜照,可惜那时候太阳即将落山,光线变暗了。回去的路上,丛聪情绪并不高,她担心自己对蓝岛失约。她甚至想,如果照片洗出来不理想,她就不给蓝岛回信了。他们从一道山湾拐过来时,李永龙来了个急刹车,丛聪的头因惯性差点儿撞到挡风玻璃上。

她以为出了什么事。

李永龙兴奋地指着不远处说:"那儿,那儿是你要的草原。"

原来他们正在牧区和农区的交界处,车轮的右侧是一大片麦田,麦苗已经长到了十厘米左右，看起来像极了整整齐齐的青草。

丛聪有些发愣，她知道这是麦子，但看起来它们确实太像青草了。

她懵懵懂懂地下车，抬头间，发现夕阳并未全部落下，光线陡然明亮许多。原来，他们刚才的位置刚好被一座小山挡住，此刻绕山而过，就没有了遮挡物。她跟李永龙一起把整卷胶卷拍完。

回去的路上，车开得飞快。丛聪看着左侧驾驶位的李永龙，发现他耳朵上有一个小小的豁口，鬓角的头发有了一层白，面孔黑红，那条曾经很明显的伤疤，已经隐入暗沉的肤色，几乎看不见了。他突然哼起了歌：我站在，猎猎风中。恨不能，荡尽绵绵心痛，望苍天四方云动，剑在手，问天下谁是英雄……

"爸爸……"她忍不住轻轻喊了一句。

"什么？"汽车的轰隆声让李永龙没能听清这句话。

"啊，谢谢干爸。"丛聪赶紧说。

李永龙笑了，说："当年你差一点儿就生在我的车上，那天的风雪可真大啊，哈哈，咱们爷儿俩有缘分。"

丛聪不止一次听过这个故事。更小一点的时候，她并不清楚母亲何以让自己喊他和齐齐格干爸、干妈，不过镇上很多孩子都有干亲，后来随着长大，她渐渐知道了两家人之间的故事。也是从那时候起，她才开始去认真想那个并不存在的父亲——他们从不谈论他，仿佛这个人从未存在过。可是丛聪已经不是小孩子，她知道人人都有一个父亲。她的父亲叫丛长海，他消失了，或者死了。这并不代表他不存在。

一直以来，她都遵循母亲和人们的期待，把李永龙当成父亲的替代品。在某种程度上，他的确是个完美的替身，他几乎做了一个替身父亲能做的一切。但越是如此，丛聪就越能感觉到，李永龙只是在假装扮演丛长海，他不是丛长海。因为他们之间是那样不同——她对丛长海几乎毫无了解，可是她就是知道他和李永龙是截然不同的，她分不清自己是因为对差异的好奇才渴望了解丛长海，还是因为渴望了解丛长海才感受到这巨大的差异。她断断续续听到一些丛长海的传闻，大多数是姑姑在抱怨中吐露的：他是个退伍军人，他开了林东镇第一家理发店和歌舞厅。但是，这些并不能在丛聪脑海里建立一个形象，他仍然只是一个多了几个笔画的概念。

刚才，她莫名地喊出了"爸"而不是干爸，是因为在那一瞬间，李永龙和丛长海合体了。只有在若干年后，她一个字一个字地重构丛长海的故事时，才会明白这种感觉从何而来，更会明白它为何转瞬即逝，留下了比之前更大的虚空。

丛聪随信寄出了一张草原照片，只有她和李永龙知道，照片上青青绿绿的不是草，而是麦苗。她心中忐忑，有一种说了弥天大谎的心慌。她担心蓝岛看出照片中的漏洞而把她看作一个骗子。

这一段草原拍照的故事，她后来并未讲给余作真听。仿佛余作真就是曾经的蓝岛，她没有勇气对过去二十几年的往事自首。她能猜想，如果自己说出了，余作真就会对自己做精神分析，他擅长于此，并且热衷于此，更关键的是，每一次她都被他说中。如果说她对这个男人有什么真正的抵触的话，正是这一点，他身上有种不由分说的正确姿态。讨厌的是，他又的确是正确的。而人活着，有时候更需要谎言。

蓝岛给了她最好的回馈。他几乎是接到信和照片就回信了，这一点从邮戳上的日期可以推算出。在信中，蓝岛告诉她，他又要去住院了，他的病复发了，也许有一段时间不能给她写信，但是没关系："你有了大海，而我有了草原。"他如是写道，"我们都有了自己向往的东西，已经足够幸运。"读到这里，她泪流满面，她知道自己比蓝岛更幸运，因为她没有生病，不需要不断地进出医院。她已经在信中了解到，蓝岛得的是白血病，除非能进行骨髓移植，否则很快会死掉。"我已经看见了自己的终点，这真令人悲伤。但是我希望能快乐地走到那里，我不想作为一个难过的人离开。"他有着这个年龄段少有的成熟，如果他没说谎的话，他比她大两岁，就快成年了。十七年的时间中，他差不多有七年都是在医院度过的，简直无法想象。"幸好我可以看书，看杂志，给远方的朋友写信。"他继续写道，"当然，更主要的是有大海。我家里靠海为生，我们这里的人都靠海为生。我认识的很多人，他们清晨出海之后，就再也没回来。所以，我们对生死看得没那么重，这是大海教会我的。"

这是丛聪收到的蓝岛的倒数第二封信。

倒数第一封信，她是半年后收到的，寄信人的名字叫"何玉珠"。何玉珠是蓝岛的母亲。

她在信中说，蓝岛收到了草原照片，还带着这张照片出了一次海。那时候，他的身体已经濒临崩溃，但真正的大海和想象的草原却让他异常兴奋。信里又附了一张照片，是一个少年坐在船头的轮椅上，身上披着天蓝色的毯子，在遥望远处。只有一个侧脸。侧脸已经足够。看到照片，她那颗蠢蠢欲动想要出走的心稍微安定了一些，她突然明白，原来自己所向往的大海之滨的人，也同样会渴望她已经没感觉的草原。接下来，她在期末考试遇到了一个作文题目：那是一篇材料作文，给了两张图，一张图是一个鱼缸，鱼缸里有一条鱼。另一幅图也是一个鱼缸，里面有两条鱼。一条鱼和两条鱼隔着鱼缸互相艳羡：它羡慕它们有伙伴，而它们羡慕它一个人自由自在。丛聪毫不犹豫地把自己和蓝岛的故事写了进去，获得了年级最高分。老师在讲评的时候说：

"丛聪的作文写得非常好，为什么好呢？因为她已经掌握了写作的一个大秘密，那就是虚构。我们都知道，写作文要讲究真情实感，但是真情实感并不是说一定要百分百真的事情，事情可以有真有假、半真半假，但情感是真实的。明白了吗？"

没有人知道，她写的事情也是真的，这时候她仿佛懂了一点真假的辩证法，以至于后来大学时看《红楼梦》，读到"假作真时真亦假，无为有处有还无"时，立刻认定那是一部伟大的书。好多同学摇头表示听不明白，老师沉吟了一下，举了一个例子：

"比如说，你正在上课呢，你们村里来了一个人，告诉你你爸死了。你会不会难过？会，是吧？这种难过的感觉肯定是真的。当你急忙跑回去，发现你爸正在田里锄草呢。这说明那个村里人说的是假话，但你难过的感觉是真的呀。"

同学们频频点头，似乎懂了。

真正懂的是丛聪，因为她的父亲丛长海失踪十几年，早已被判定客死他乡。但是丛聪并不感到难过，她从未拥有过那个男人，他的死也就不会引起她的悲伤。并且，他不是突然死掉的，他是在十几年里持续死的，一次又一次死的。在家里，母亲偶尔提起来，说的都是那个死鬼、死人、不得好死的，总之都和死有关。

丛聪把这张作文卷和有蓝岛的那张照片藏了起来，她藏得很隐蔽。在镇子南面，围绕着小镇有一条蜿蜒曲折的土城墙，据说是辽代时修建的，这里曾经做过辽代的都城，史称上京。但是公元467年，金朝大军攻陷此地，将上京一把大火焚毁，后来又经过上千年的风沙，那座废弃的都城早已深埋地下。然而，当年的城墙由于比其他建筑高大，焚烧得轻，残留着明显的遗迹。孩子们经常到这里玩耍，他们只是把它当作一个绵长的山坡或不标准的堤坝，爬上去，然后坐着滑下来，并不晓得自己屁股下是千年前一个王朝的都城。尘土和石块、杂草和树枝常常磨破他们的裤子，回去之后破洞里的屁股就会挨几巴掌。在城墙不远处，是一片巨石组成的乱石阵，有人数过，至少有几十块巨大的石头。巨石阵中央，有一尊石塔，看起来像一块长方石块，高约两丈，上面刻着辽代的文字，但已经被石块凿子损毁，还有红黑漆涂抹的痕迹，那是在"文革"时被人破坏的，后来又经过几十年风雨的侵袭，斑驳陆离。认真去看的话，这个石塔上留着每个时代的痕迹，但没有一个时代的遗存是完整的。没人知道这些石块是干什么的，也没人知道它们从何而来，好像连县志和史书都没有记载。孩子们便说，这是太空中落下来的。丛聪的秘密，就藏在巨石阵的一个角落里，她把它像古城一样埋在了泥土之下。信和照片包裹着三层塑料袋，以防雨雪的侵蚀。她要等到自己离开林东镇的那一天，再挖出来，带着它们走向照片所在的远方。

6

关掉肉铺的肖月，很快开始了自己的新营生。她从原来的老宅搬出来，用这些年的积蓄买了一栋临街的房子，两层，一层有一个宽大的空间，能隔成两个大厅，二楼有两间卧室，一个小客厅。其实，就在肉铺还能撑下去的时候，她心里就在未雨绸缪，盘算着将来的营生了。有一次，她去赤峰办事，看到车站附近很多台球厅和录像厅，那些无所事事的年轻人都往里钻，打台球看录像，有时一玩就是一天。这是一门好生意，她想，至少不用像在市场上卖肉那样辛苦。她还记得丛长海告诉过她，当人们的肚子饱了的时候，脑袋就会特别空。她当时不理解这句话，现在明白了。

肖月是个等不了的人，看准了她立刻就要出手，很快，工人们把楼下的大厅装成了一间录像厅和一个台球厅，为了节省空间，不得不把后墙掏个洞，又用碎砖头砌了两间小厕所。对这个新家，丛聪也满怀期待，果断从宿舍旅馆搬了回来。

然后是购买台球案子、球杆，还有放映机、屏幕和录像带。录像带不用都买，那些经常有人看的经典片子要到北京去批发，另一些片子可以从赤峰的集散点租回来，或者花点钱翻录回来。一切收拾停当，准备开业时，她已把这些年的辛苦钱花了个精光，导致丛聪初三下学期开学时的学费都是从齐齐格那里借的。不过，那时的肖月信心满满，她知道自己这个店一定能赚钱。

前一段时间，为了购买放映设备和录像带，她第一次去北京。林东镇到北京开了长途线路，一周两趟，无须再到赤峰去倒火车了。长途车坐了近十五个小时，她在西直门附近的长途客车站下车时，天还没亮。一群人无处可去，就在车站门口蹲了两个小时。地址是李永龙帮忙打听到的，据说赤峰那边的录像厅都是在那儿买放映机和录像带。肖月只倒了一趟车就到了，因为新街口离西直门很近。在新街口那条后来十分著名的街道上，一个挨一个地开着几十家录像影碟店，肖月挨家比价，最后花八百块钱买了一台放映机，还有十盘录像带。这十盘录像带是她从成千上万盘中精选出来的，选的方式也简单，就是把每一家卖得最好的片子做了登记，最后从中选出前十名。她又买了五十盘空白带子，花钱翻录了五十部影片。做这些的时候，她心里头在埋怨自己之前眼界还是太短了，只知道赤峰市里都在放录像带，不知道北京这边录像带已经开始慢慢退出市场，取而代之的是DVD影碟机了。碟片只有巴掌大的一张，轻巧方便，而且放映出来的效果更清晰。不过，她现在还无力去追赶潮流，只能把这批录像带先带回那座北方小镇。她有点儿急切，因为她听说也有别的人要开录像厅。她想做第一家。

六十盘录像带装了两个锦纶袋子，放映机装在一个大盒子里，她一个人背着两袋子、抱着一个盒子回到西直门汽车站。司机看她带的东西太多了，让她再出一个人的票钱，她当然不愿意。后来，她不得不用公用电话给李永龙打了个电话，李永龙又把电话打给林东长途客运公司的熟人，她才顺顺当当回到林东。

开业那天是端午节。

附近的邻居们刚刚吃过午饭，饭桌上出现了新东西，用苇子叶包的粽子。他们把苇子叶拆开，露出里面雪白的糯米，一口咬下去，黏黏的，红枣的香味也随之而来。"这不是黏米吗？白黏米。"林东镇以前过端午，就是吃煮鸡蛋、吃饺子，没有粽子，人们只是在电视上看到过这种东西。不知哪一天，哪家商店开始在五月份卖起了粽子，大家也就觉得该吃吃粽子了。糯米是白的，他们以为跟自己做年糕的黄米是同一种东西,只不过生在南方,就变得又白又胖了。

人们吃过了粽子,用扫帚枝儿剔着牙缝的食物残渣,街面上突然响起了急骤的枪炮声。那声音大得仿佛有敌人来袭,大家都吓坏了,纷纷找地方躲避,一分钟后发现并没有敌人,枪炮声是从一个大大的黑盒子里发出来的。四散的人群开始慢慢聚拢,很快就有几十人了,他们也终于明白,那个黑盒子是一个大号音响,而枪炮声来自屋里电视机放映的录像。不用肖月招呼,人们就被吸引进她的娱乐室——她想了好几个月,给它起名为"影音台球厅"。录像厅里昏暗如夜,高桌上的一台十八英寸的彩色电视机里,大炮和步枪都在发射,沙石被炸得飞起十几丈高,有人中弹流血,伤口像爆竹一样炸开鲜红的血花,人们惊呼一声。他们这些年看的战争片主要是《地道战》《大决战》,哪里看过如此真实的战争场景?

啪的一声,肖月用台球杆把一堆花色球撞开,有几颗球滚动着落进网袋里。人们的注意力便被扭转到这里。肖月一杆接一杆地击球——其实,她的动作并不标准,甚至不符合台球的玩儿法,她根本不用白球,而是直接用球杆把某个花色球撞进球袋,但是围观的人们也不在乎,他们都被噼噼啪啪的声音所挑逗,自己的手开始发痒,忍不住要去试一试。无论如何,他们还是在电视上看过类似场景的,现在摆在眼前,谁又能不好奇呢?他们看见过,那些打台球的人穿着燕尾服,打着领结,一个个仿佛高雅的绅士,原来我们也可以玩这种东西啊。在此前,他们童年时玩的类似的游戏是玻璃弹珠。

终于有一个忍不住了,走上前去问:"姐,这个咋玩?多少钱一局?"

肖月把台球杆递给他,说:"想咋玩咋玩,开业前三天免费,随便玩。"

那人并不太相信,天下还有免费的午餐?肖月用台球杆使劲敲了敲台球案子,大声说:"街坊邻居们,你们没听错,影音台球厅前三天免费开放,谁都能看,谁都能玩。"

然后，人们开始争抢起来，把所有的台球杆都握在手里，噼噼啪啪一阵乱捅。球进不进无所谓，只要碰到就可以了。录像厅里更是挤满了人，很多后面的人根本看不见前面的电视屏幕，只是听声音。屏幕上，施瓦辛格扮演的超级英雄，正在丛林里一个人抵抗一支军队。他抱着一挺机关枪，子弹像是上万响的鞭炮，永远也打不完。人们的惊呼随着情节此起彼伏。

许多年后，当长大成人，开始自己拍纪录片的丛牧之回忆起这一天母亲所做的事情时，会不由自主地涌起一种奇特的骄傲感，她会想，母亲在那个年代确实了不起，她似乎在给偏僻的小镇进行一场文艺启蒙运动，通过一己之力，彻底颠覆了全镇人的美学感受，也改变了他们的娱乐方式。再过许多年，她有机会了解到父亲短暂的小镇生活时，才会明白这一切来源于哪里。

但是在当时，她对母亲充满了愤怒，因为音响的噪声让她睡不好觉，更没法安心学习，而家里人来人往，连绵不绝，更是让她失去了所有的个人空间。自从初潮来了之后，丛聪的发育似乎瞬间加速了，她的身体开始丰腴起来，蓬勃而起的乳房和臀部吸引了那些荷尔蒙旺盛的少年火辣辣的目光。她躲避不了他们的眼神，那些眼神像是一把把小勺子，要把她身上的血肉挖西瓜一样挖干吃净。而且，家里只有楼下一间厕所，虽然母亲贴心地隔成两间，分了男女，但是那些少年们总是不管不顾，随意往里闯。一旦她某一次把带血的卫生巾丢在垃圾桶里，他们就会不断地进出那间厕所，出来后看见她，还会不怀好意地笑。于是，除了晚上，她再也不在家里上厕所了，而是绕过小半条街，去家背面那间公用厕所。

肖月完全没注意到女儿的这种窘迫，她沉浸在对自己的钦佩之中，每天的营业收入让她越发坚信自己做了一个无比正确的决定。开这个影音台球厅，不用再手握砍刀，每天对着血肉劈来砍去，搞一身洗也洗不掉的油腻；也不用大半夜就起来，骑着三轮车去村里收购土猪、土鸡。她更不用为了赶上早市，自己动手去杀猪、杀鸡了。为了给猪和鸡煺毛，她的手已经被热水烫得破皮溃烂，冬天时，热和冷之间的迅速转换，让整条手臂都生冻疮，痒得她恨不得直接砍掉它们。现在，她只需要坐在柜台后面的一把椅子上，计算谁打了几杆球，等录像带放完换一卷带子就可以了，大部分时间都在迷迷糊糊地打盹，或者嗑瓜子。她一天能嗑一斤多瓜子，瓜子壳堆在她的脚下，像一堆黑白条纹的小虫子，埋住她的脚。每一次，她站起身结账、换带子时，脚底下都有密集的噼噼啪啪声，那些"小虫子"被踩碎了。冬天，她就用一个撮箕把瓜子壳撮起来，倒进热烘烘的炉子里，同样是一阵噼噼啪啪声，"小虫子"被烧成了灰烬。一个大玻璃罐里，常年泡着红艳艳的砖茶，茶味涩中带苦，放久变凉，她就直接把玻璃罐放在炉子上加热，等到水烫嘴的程度，才用一条毛巾抱着吸溜着喝。那滚烫的茶叶水顺着喉咙落进肚子，身上会出一层密密的汗珠，浸湿她的内衣、内裤，继而生出一层痒。她觑一眼台球厅，人们都盯着球，她便放心地伸手进裤子里抓挠几下。她偶然间摸到自己两腿之间的毛发，甚至是皮肉，身体一凛，有一种快感侵袭了她。但是她绝不再继续，而是迅速抽出手，她已经太久太久没有和男人亲热过了。默然几秒钟，她忍不住抬起那只手嗅了嗅，闻到一种潮湿的腐朽的味道，有点像热水烫过的鸡毛。

她果断地站起来，喊叫一声：别坐在台球案子上，你们的屁股怎么那么金贵呢？

这声喊叫把她自己迅速从欲望的笼罩下解救出来。她清楚这只是暂时的遮蔽和隐藏，那潮湿的腐朽气息并没有消散，依然在她身体的内部凝聚、发酵。

7

这年秋天，有一部美国大片成了同学们的谈资，名字有点拗口，叫《泰坦尼克号》，据说是世界上最大的轮船的名字。人们谈论它，却并不是因为它大，而是因为电影里那个爱情故事，还有漂亮得无法形容的男女主角：异域、传奇、浪漫、生死之恋，一切少男少女们梦中幻想过的事物，都集中在了一起。

凉爽的秋日里，丛聪匆匆走过报刊栏的橱窗，发现里面贴着一张不知什么时候的报纸，上面就是《泰坦尼克号》的报道。杰克和露丝在船头那张经典的照片，以及大海，让她立刻想起了蓝岛。她的心突然涌起一股冲动，她以最快的速度骑车去电影院，问有没有《泰坦尼克号》，工作人员忍不住笑："咱们这里啥时候有过新片子啊！"的确，这个小镇电影院从来放的都是老掉牙的武侠片或战争片，至多放一些香港电影，也是老片子，还没有母亲录像厅里的新鲜。丛聪失望得要命，她垂头丧气地离开时，那个工作人员从窗口伸出头来喊："我听说赤峰市里的电影院正在放，你想看，只能去市里。"

但是她怎么可能去到赤峰市里呢？她没有那么多钱，就算她有那么多钱，也从未自己出过这么的远门，母亲是不可能让她一个人去的，也绝没有时间陪她去。她心里装着成千上万只蚂蚁那样难受地往回走。还不到下课时间，她不想回学校。她走到了干爸、干妈的荞面馆，看着那间开了快二十年、从未换过地方的小饭店，她突然有了一个主意。

丛聪绕到后窗对着玻璃敲了敲，里面窸窸窣窣的一些动静后，窗子打开了，露出一个半大孩子的脸。那是小凯，两只眼睛骨碌碌转，嘴唇上竟然有了薄薄的一层绒毛，他看起来比实际年纪要大不少。丛聪知道，他一定又从学校偷跑回来看漫画书。这家伙有一天，突然把自己用泥捏的各种东西堆在一起，浇上几桶水，又上去踩了半天，让那些动物和说不上是什么的东西，重新回归为一摊泥，然后对漫画书着了迷。他不但把自己的所有零花钱都买了漫画书，甚至偷偷跟车去赤峰买过书。也不能算偷偷，因为他父亲李永龙这时已经是警察局刑侦大队的副队长，跟那些跑长途的司机都认识，他的儿子也认识。小凯在路口拦住车，让司机把他拉到赤峰，晚上再拉回来，如果不答应，他就回去找李永龙告状。司机们都怕这个胆大包天的小家伙，他已经被齐齐格骄纵得无人敢惹，只能同意。到了赤峰，他们会派一个乘务员跟着去书店，还得买冰棍、汽水伺候他。丛聪想，如果能让小凯跟自己一起去，一定没问题。

敲窗子是他俩的暗号。如果说小凯还对谁有些服的话，便只有丛聪，因为他们两个有一个秘密交易——丛聪会帮他做作业，他则帮丛聪解决学校那些坏小子。小凯虽然刚上小学六年级，可是因为他的特殊身份，已经早早"组织"了一批小兄弟，还成立了自己的"帮派"。他们跑到废品厂，捡了各种铁片铁丝，打磨成砍刀或带有尖刺的武器，跟中学生打架。而那些中学生，已经渐渐懂得了危险，所以很怕他们。小凯不知道从哪里听到的一些法律知识，他无数次跟自己的对手宣称：我们国家的法律规定，十六岁以下杀人是不受法律制裁的，我杀了你们，我不用蹲监牢，你们打坏了我，就得蹲监狱。那些游荡在十六岁上下的男孩，听了难免心惊，然后自然也就心虚，便不敢再跟他们拼命。

丛聪跟小凯说，她看见她同学有了《幽游白书》最新一册，据说是在赤峰买的。而赤峰书店里只进了二十本，很快就会卖光。

小凯听了，立刻爬上窗台，说："走，我们去赤峰买。"

"不用跟你爸妈说一下吗？"丛聪欲擒故纵。

"不要不要，"小凯拼命摆手，"让我妈知道了，就会唠叨。我爸知道了，就会打我。他上次打得我腿差点断了。"——这些坏小子，竟然把一个女老师堵在了厕所里，那个老师后来跳进粪坑，从厕所后面爬出来才逃掉的。她家里人找到警察局，让李永龙给说法，李永龙把小凯从家里拎来，绑在一根柱子上，用鞭子抽了好多下。他一声不吭，直到女老师看不下去，哀求说别打了，李永龙才住手。

"我跟你一起去。"丛聪说。

"你也去？"小凯有些吃惊，他知道肖月阿姨从来不让丛聪离开镇子。哦，他另一个真正怕的就是肖月。很小的时候，他和丛聪一起去市场上玩，他亲眼看见肖月杀猪的样子，看见她把一头猪、一头牛大卸八块、剥皮剔肉，血淋淋的刀子在她手上就像枚针一样小巧。还有就是，肖月的手特别有劲，如同老虎钳，她在他脖颈上轻轻一捏，他就觉得自己骨头要碎掉了。她的手比他爸爸李永龙的手厉害多了。

"到了赤峰，我去办我的事，你去买你的书，晚上一起回来，谁也不知道。"丛聪继续游说，但是小凯仍然有点担心，他感到后脖颈凉飕飕的，虽然肖月阿姨已经不卖肉很久了，她的身体开始发白发胖，她的手也是。但是只要她冷冷地看一眼，他还是会打个冷战。

"我再帮你做五次作业，十次也行。"丛聪说。

小凯抿了抿嘴唇，一咬牙道："行，十次。"

"还有件事……"丛聪说，"你得借我五十块钱。"她身上只有三十块钱，虽然来去坐车不用花钱，但是她不知道电影票多少钱，总觉得三十块钱不够。

小凯说，你等一下。说完关上窗子，屋子里便没有了声音。过了一会儿，窗子又打开了，小凯背着一个小挎包爬上来，拍了拍：都在这儿了。

丛聪知道，他肯定又跑到饭馆的钱匣子里偷钱了。齐齐格知道儿子经常来偷钱，她故意不把钱都收起来，让他偷。为此，李永龙没少跟她吵架。

她说：
"我拿命换来的儿子，我就是要宠着，宠着他就是宠我自己。"
李永龙愤愤道：
"老子当警察，儿子做贼，这叫什么事？"
齐齐格说：

"什么叫贼，拿自己家里的钱怎么叫贼？连借都算不上。"

李永龙叹口气说：

"我知道你疼孩子，但这样惯着他，早晚把他害了。"

齐齐格不说话，李永龙无奈地离开，他心里悲哀地想，说不定哪一天，他就要亲手把儿子铐起来，送进牢里。齐齐格也劝小凯不要再胡闹，就算不好好学习，也不敢总是在外面打打杀杀的，你才十几岁啊。这时候，小凯就会拿出他屡试不爽的绝招儿，跟妈妈撒娇，搂着她的脖子喊：妈妈妈妈。齐齐格的心一下子就像锅里熔化的糖块，又软又甜。这小子的确会哄妈妈，他在外面疯玩够了，回来前会买一块巧克力、偷两个杏给齐齐格。他还会给她捶背捏脚，他太知道自己的这些胡闹，都是妈妈在给他兜底。

一个小时后，他们搭上了一辆开往赤峰的客车。车座已经满了，没有空余的座位，乘务员找了两个小马扎，让他俩坐在过道里。道路坎坷颠簸，丛聪只能拼命握住旁边一个座位的把手。花了四个多小时他们才到赤峰，小凯去自己来过的漫画店买书，丛聪一个人去找电影院。整个市区只有一家电影院，等她赶到的时候，那场电影已经快结束了，下一场要两个小时后才开始，而那时她必须赶去车站，否则就回不去林东了。

丛聪不能等下去，能看多少看多少吧，她甚至不用买票就进到了放映厅。电影临近结尾，管理人员已经无心看着。她站在放映厅后面，看见屏幕上那艘世界上最大的船已经倾覆，人们下饺子一样落进海里，有人在甲板上拉小提琴，她不知道那是什么乐器，只是觉得好听。然后，杰克和露丝浮荡在冰冷的海水中，他们遇到了一块木板，杰克让露丝伏在木板上，而他在冷水里。露丝被救，手里握着那颗海洋之心。这大海与蓝岛照片上的大海完全不同，它那么黑、那么冷，充满了死亡气息，根本不是什么温柔的蔚蓝色。但丛聪心里并不失望，因为她体验到了另一种感受，真正的电影院的空间感。还有就是，大荧幕上她能看清漂亮的男演员和美丽的女演员的毛孔，还有他们蓝眼睛中的纹路，那倒是如同大海的波纹。总之，虽然很短，可她体验到了大海的感受，还一分钱没花。

她和小凯晚上8点左右才回到林东，齐齐格和肖月正在疯找他们。李永龙甚至发动了自己的同事开着警车找，闹得沸沸扬扬。有人私下传言，他们两个人被人贩子团伙给绑走了。

第一次，齐齐格打了小凯。小凯没能买到他最喜欢的《幽游白书》，他一路上都在跟丛聪生气，因为她骗了他。漫画店老板说了，《幽游白书》的最新一册根本还没有出来。丛聪看见他气鼓鼓的脸，心里有些愧疚，但她没有道歉，因为她自己算是得到了想要的东西。她心里一直在想被埋藏起来的照片，有马上把它们挖出来的冲动，她不断地劝说自己抑制这种冲动。还不到时候，她想。

两个人都被家长好一顿收拾，他们不知道，这次赤峰之旅的真正影响才刚刚开始。回去第二天，两人同时开始发高烧，身上长出许多疹子，看起来像水痘。他们不知道是在哪儿传染上的，可能是来回的车上，但镇子上并没有其他人出现症状。家长和医生一次又一次询问后，最终把感染的地点确认在他们上车前吃饭的小饭馆里。李永龙从赤峰市的警察朋友那里了解到，小饭馆附近当时的确在暴发一场小型传染病，什么病毒还未确定，但具有强烈的传染性。

半天后，那边传来话，病毒是鼠疫。

8

两人被送往镇医院，住在角落的一间小房子里，他们与整个世界隔开了。每天早、中、晚，会有人穿着雨衣、雨鞋，戴着口罩来送药、送饭。他们不能跟人交流。李永龙和齐齐格、肖月，只能找一架梯子，爬上那间小房子后面的一堵墙，从后窗子远远地看着他们。医生说得很严重，因为这种传染病有着很高的致死率。"鼠疫是烈性传染病，你把他们送到赤峰、送到北京，也是一样的，除非能拿到链霉素或庆大霉素，目前只知道这两种抗生素能够治疗鼠疫。"戴眼镜的镇院长严肃地说，这个当年下乡插队的北大医学院的大学生，是传染病专家，来了之后再也没有回去。两个母亲几乎跪倒在地，李永龙强撑着一个男人和一个警察的尊严，拼命控制着自己抖动的腿。找药，想尽一切办法找药。

而病房里的两个孩子，能感觉到情况的严重，但还不会想到自己可能要死了。他们的身体一会儿热一会儿冷，头痛，咳嗽，还有间断的呕吐。一天后，他们的眼眶就深陷了，整个人都显出一种不健康的白，白到好像身体里流淌的不是血液，而是冰火交融的水。他们浑身无力，连咀嚼面条都费劲。丛聪打开随着饭菜递进来的纸条，上面写着：一定要吃饭，一定要尽可能多吃东西。吃饱了才能好起来。她颤抖的手握不住筷子，便直接抓了面条往嘴里塞，咀嚼几下就停下来歇歇。吃过一点儿，她的胃有了些充实感，身体似乎也恢复了一点力气，便抓着面条喂小凯。他的嘴只是微微闭着，却不张开。

"小凯，张嘴。"

她的声音轻得像蚊子的呼吸。他可能根本听不见。她捡起一根筷子，从上下牙之间的缝隙伸进嘴里，撬开他的嘴巴，再把面条顺进去。他咀嚼不了。她便再次鼓起全部的力气，掰着他的下颌骨，一下一下地帮他咬断面条。再然后，她把面汤灌进他嘴里。他的喉头咕嘟一下，终于咽下了一点东西。而她已经累得气喘吁吁。为了恢复力气，她自己又吃了一点。

几乎一整天，只要力气允许，她都在重复这个过程。但是傍晚的时候，两个人开始再次呕吐，把吃进去的那一点尚未完全消化的食物，全都吐了出来，又消耗了大量的体力和体液，他们更虚弱了，几乎失去了意识。若干年后，丛牧之偶尔想起这个濒死的时刻，她也只能回溯性地让自己再次通过想象回到那种极端境地，然后以此为起点，重构十六岁时濒死边缘的幻想：让她意外的是，在这一刻，她竟然想起了丛长海，那个自己从未见过面的所谓的父亲。其实这不难理解，其他的一切回忆都有具体的人或事来提供例证，只有丛长海，从始至终只是个符号，只是个虚空中的名字，只是三个音节，他的一切都需要她自己来建造。也是在这一刻，她才对母亲产生疑问，难道连父亲的一张照片都没有吗？难道这个人临走时把自己所有的痕迹都抹除得干干净净了？难道整个林东镇的人，都没有更多与他有关的东西或记忆吗？

在对回忆的想象中，她脑海中的父亲无所凭依，先是那些从电视剧中看来的形象占据主导，比如濮存昕，丛长海应该有这样一张忠厚的国字脸，讲话慢条斯理，永远用真诚的目光看着对方；还可以是张丰毅，线条分明，神情严肃。接下来，李永龙的脸浮现在脑海里，她对这个几乎完美的替代品倒是有着无数确凿的回忆，他带她去商场买一条白色的裙子，让她坐在警车里假装女警察，还有那次驱车上百公里到草原拍照。他的确替丛长海做了很多事，但他不是丛长海，他是李永龙，他真正的孩子是小凯。接着，余作真侧身闪进她的想象中，他似笑非笑，似乎正在犹豫要不要把玩笑变成现实，这个家伙始终分不清或者不想分清幻念和现实，他让自己的胡思乱想过度介入生活，有时候会引起不必要的混乱；但另外一些时候，却又凭此把现实搅动得天花乱坠，如同一只手在猛烈地摇晃万花筒，人们一刻不停地被毫无规律而又绚烂的花簇包围。他还像一只气球，任何一点微风都能让它飘浮、跳跃，而你又不敢用力去抓，它随时可能爆炸。然后，她会想起自己的样子，都说女儿像爸爸，果真如此的话，那濮存昕和张丰毅就绝不可能了，她开始在幻想中剃掉自己的长发，让那女性的脸庞更为瘦削刚毅，目光也向此靠拢——那么，这就是丛长海了吗？最后，是熊仔的脸，熟睡的、安静的脸，她知道这张脸上一定有着丛长海的基因，但是她分辨不出是哪一些，或许人们在睡着的时候，是最能显露出本真的时候。熊仔有一双浓厚的眉毛，这让他本来足够大的眼睛显得大小适中。现在，它们闭着，眉毛喧宾夺主，成了整张脸最吸引目光之处。它们真是又黑又密，像是一支毛笔蘸了饱饱的墨汁之后写下的两个隶书"一"字。妈妈，他在睡梦中轻轻喊了一声，仿佛郑重地告诉丛牧之，我是你的儿子，不是你的父亲。

跨越二十多年的幻想，穿越般倏地退回到丛聪迷乱的脑海中。她隐隐约约地感觉到，自己可能要死了，小凯也要死了。

她想出去，死在外面的世界，而不是这间破烂的、充满杂物和呕吐物的小房子。不知道哪里来的力气，她真的开始蠕动了，并且在艰难的爬动中，她脑海里竟然会浮现电影中那些受伤的战士在战壕里匍匐的镜头，这又奇怪地增加了她的信心。半个小时之后，她爬到了门口，但是再也没有力气去撞开门。门锁着，也不可能撞开。她倚靠着门，大口大口地喘气。

这时候，丛聪听到了有人在外面说话，那声音轻轻小小的，仿佛在无人的地方说着什么秘密。她辨认出一个是李永龙的声音，另一个是一个男声，但不知道是谁。

陌生男人说：

"永龙，实在没有任何办法，赤峰根本没药，有也给那儿的病人用了。我通过当年的同学，才在北京搞到了一支庆大霉素，而且是没有正式上市的。"

李永龙说：

"何秘书，求求你，再搞一支，多少钱我都愿意出，两个孩子啊，一支药，给谁打呢？"

陌生男人说：

"我也不愿意做这样的选择，但是现在形势所迫，你必须快点做决定，这支药给谁打。救回一个是一个，再耽误下去，两个孩子都没命了。"

李永龙扑通一声跪倒在地：

"我拿我的命来换，真的，只要能把俩孩子都救活，我可以用我的命换。"

陌生男人说：

"五分钟时间，必须下决定，再晚就来不及了。"

然后是无比安静的五分钟，天地之间真的没有任何声音，仿佛是这个世界被造出来之前的混沌一体，光线和事物有着奇怪的扭曲，变幻无形，但是没有声音。当丛牧之在科技馆里，和熊仔一起用AR眼镜看科学家设计的模拟黑洞时，她发现自己并不觉得陌生，因为在十六岁的时候曾置身于类似的场景。那就是一个安静的黑洞。

终于，她和陌生男人都听到了轻轻的两个字："小凯。"

丛聪长长地呼出一口气，她一点也不失望和悲伤，李永龙的选择理所当然。但是在这一刻，她终于明白任何人都替代不了丛长海，如果他还在的话，他一定会跟李永龙力争救自己。丛聪的身体开始泥浆一样从门板上流淌下来，她感到自己融化了，成了一种黏稠的液体，正缓慢地渗透进泥土里。她想，这应该就是死的感觉。就在这一瞬间，丛长海的名字跳进脑海，然后是他的样子——她竟然如此真切细致地看见了他，他和她长得很像，不，应该说，就是男版的她。但是这张脸瞬间消失了，刚才的那些旋转和光线也全部隐匿，一切恢复到原来的场景，破旧的日光灯在屋顶上发着惨白的光，本来是白的墙壁，因为年头太久而呈现出黄色的污浊。

一张床上，小凯歪着头趴着，旁边是一堆呕吐物。她感到一点儿微微的刺痛，呼吸越发艰难，然后这一切变成了一种混沌。

结束了。这是她最后的一个念头。

第五章　竹简

1

还是秋生开车把丛牧之送到赤峰去坐火车。第二天醒来，她拖着行李出门，发现秋生正在门口抽烟。

我知道你昨天没走。秋生说。

丛牧之有些尴尬，刚要解释一下，秋生踩灭了烟头，说："姐，我送你去赤峰，你别坐班车了。"

丛牧之就把到嘴边的话咽了下去，这会儿，解释也没什么意思了，大家心知肚明好了。

一路上，秋生就没停嘴，不是跟丛牧之回忆童年往事——他童年时，丛牧之已经上初中，他们俩一起相处的时间并不多，就是跟她唠叨他爸怎么不可理喻，他姐姐这个样子，自己将来压力大。丛牧之也只能不咸不淡地宽慰他几句，后来路途颠簸，她便眯上眼睛，睡着了。

等醒来时，已经到了火车站好一会儿。秋生靠着车门抽烟，见她醒了，就说："姐，你醒啦，我看你睡得香，就没喊你。离发车时间还有一会儿，要不去吃个午饭？"

丛牧之说不吃了，早晨她吃得多，姑姑又拎了一堆肉干什么的。再说，两个多小时就到北京了。

秋生掐灭烟，说："那我不送你进站了，这儿没法停车，管理员催我好几回了。"

丛牧之心里突然一软，走上前去，拍拍他肩膀，说：好好的。

秋生嘿嘿笑了一声:"啥时候再回来?"

丛牧之顿了一下,说:"看情况吧,你们有空也去北京玩儿。"

秋生点下头,上车走了。丛牧之心里很歉疚,她知道,秋生送自己来赤峰,其实是想跟自己聊聊天,甚至是吐吐槽,可自己竟没有多少耐心听。她有些懊恼,也不知道自己因何这么浮躁。

四十分钟后,丛牧之看似不经意地把装着那个木盒的皮箱放在行李架上,其实谁都不会注意,满车都是准备离开赤峰去北京的人,她和他们、她的皮箱和他们的皮箱没有任何分别。分别只在她自己的心中,也在她的动作里,她总是不由自主地抬起头看它。丛牧之似乎试图看穿淡粉色的皮箱——余作真第一次出国参加国际学术研讨会时给她带回来的,她用了许多年,走南闯北——然后再看穿纹理斑驳的木箱,目光如一双巧手,打开那些微微发黄的日记。那是丛长海的日记,每一本都写得满满当当。其实到这一刻,她也只打开过一次箱子,知道里面是一摞发黄的日记。也不难猜测,日记记录的丛长海远不止他在她生命里消失的那些年,还有她出生前的故事。一个人如果在中年之后仍能坚持记日记,那一定是青少年时就养成的习惯,就像民国时期的鲁迅、胡适那些大师,他们仿佛知道自己将来会成为了不起的人物,任何一个字、任何一件日常小事,都有可能在后世引起人们的热议。那丛长海呢?他是预感到了自己的命运,还是预感到将来有一天后人会来接收他的死亡证明,然后毫无征兆地突然对他产生兴趣?又或者他只是养成了记日记的习惯,只是遵循自己的习惯写下一些所见所闻而已。想象中的目光打开日记本,丛牧之看到的每一页却都是一张死亡证明书——相比如今硬挺挺的出生证明,死亡证明真是简陋至极,不过一张A4打印纸,连上面的表格各地都不一样,统一的是记着姓名、性别、年龄等信息,还有死亡原因,然后是医院和当地警察局的红章。按照证明书上的时间看,丛长海死于2019年——竟然是熊仔出生那一年！这说明当地警察人员一直没有放弃努力寻找他的家属，十多年之后，终于找到了姑姑和林东镇。丛牧之按图索骥，打电话给湖南张家界的警察局询问，对方说，本来丛长海的死亡已经彻底归档，但是半年前，有人给他们提供了林东镇的地址，告诉他们丛长海在那里仍有家人，他们才辗转找到丛长娟，然后把证明书和遗物寄过去的。

"是谁？提供地址的人是谁？"丛牧之忙问。

"很抱歉，我们当时没留下她的联系方式，只记得是一位五十岁左右的女士。"那边无奈地说。

打包行李时，为了给姑姑一定要让她带着的牛肉干腾地方，她把装着那张纸的信封塞在皮箱的夹层里，跟装日记的箱子之间隔着她的化妆品和衣物。这可能是她跟父亲之间离得最近的一次，也可能是隔得最远的一次。这时候，她想起了熊仔，也想起了余作真。

昨天晚上视频时，熊仔刚在奶奶家吃完饭，又坐在了棋盘旁跟爷爷下棋。前几年，他的偶像是围棋天才柯洁，但后来柯洁挑战阿尔法狗失败之后，熊仔就不再崇拜任何人类。"我想知道人工智能到底是怎么下棋的。"他说，然后跟两个有相同志趣的同学一起研究阿尔法狗的基本运行逻辑，当然，只是很粗浅的讨论，以他们现在的认识，主要还是选边站：人工智能到底是否会取代人类？熊仔在这个问题上的态度并不坚定，有时候觉得能，有时候又觉得不可能，跷跷板一样时常变化，这是他少有的摇摆时刻。

"妈妈，我觉得AI一定会超越人类的。"他偶尔说，并且讲出自己的理由和例证。但是说到最后，他会目光悲伤，语调低沉："可是，再厉害的AI也代替不了人，代替不了妈妈。"他感觉到了人与机器的不同，或者说，他从自身的感受里发现了人的不可替代性，又在机器身上预感到了人终将被替代。

是可以的吧？丛牧之想，比如丛长海，他不存在，她也正常长大，考上大学，结婚生子，有了自己的事业。她越长大，就越觉得并非人人都必须有一个父亲，不过这并不是因为她和他们一样完整，而是大家有着各自的残缺，你缺这个，我缺那个。这世界上的七十亿人，就像是七十亿块拼图，以一种奇妙的方式拼成了整个人间。只是这拼图并非上帝量身定做，而是参差不齐、棱角各异，相邻的两个人要想靠近、拼接，就要接受疼痛的变形、磨损。那么，她和余作真之间是因为磨损太多，最终导致松动了吗？

回到北京后，有两个月时间丛牧之都没再碰那个箱子和死亡证明。她把它们一起放在储物间了，那里存着各种杂物，有的是近期淘汰的，有的已经不知经过了多少岁月。她现在有更重要的事情处理，一个是跟余作真离婚，协议签好了，只差走一个程序。奈何现在又出了一个离婚冷静期，从提交申请到真的离婚要等三个月。她当天晚上就约余作真，先去民政局提出离婚申请，余作真说至少要两天后，他这几天有急事。那就两天后，周五，完事正好过周末。

"领证那天是周三。"这个念头在脑海里跳了一下，她不知自己何以记得如此清楚。

第二个事真正要命。才上线不久的《云与海》，也就是云州项目，因为涉及动画演示，他们找特效公司做了一个南海地形图，没想到绘图师经验不足，在电子地图上少做了一个海岛。片子刚播出不久就被网友举报了，刚好那段时间因为很多外国公司的辱华言论，网民的民族情绪比较高涨，对这部片子穷追猛打、不依不饶，很快又挖出黄思元的许多黑料，不管三七二十一，一概算到了他们工作室头上。不像之前《瓷之梦》引发的声讨，这一次丛牧之十分悲观，更重要的是，现在她一点辩驳的欲望都没有，遑论信心。她预感到，工作室可能会因此而倒闭，不过她也并不太难过，至少现在还不到难过的时候。实话说，这两年各种情况的发生，他们已是强弩之末，越来越辛苦，收入越来越低倒还在其次，动不动就"犯忌"让他们有种刀头舔血的感觉。这世界的政治正确越来越多，这世界的错误也就越来越多。永远有一些热心的网友在键盘上审判别人——她想起中学时看过的审判大会，那时候，只有真正的罪犯被展览、被唾骂，现在则任何一个人都可能被舆论押上审判台，并且没有申诉的机会。更关键的在于，她明显感到无论是自己还是雅男和春景，都已经失去了最初的热情，无论是对纪录片的，还是对生活本身的，他们似乎渐渐耗尽了内心的能量，只想"躺平"了。

她知道，雅男从去年开始就在做微商，她发各种信息会屏蔽同事，但因为微商发朋友圈的频率太高，总有一两次忘了屏蔽，或者屏蔽错了分组，让丛牧之看见。时间一久，雅男也知道了丛牧之知道了自己的事，但两个人都假装不知道对方知道。丛牧之担心雅男被骗，在她看来，雅男每天投入无限热情的阿芙洛狄忒玫瑰花，只是一个变相的传销。而春景那里，恋爱谈到厌烦，据说又找到了真爱，甚至要结婚了。是一个女老板，长得并不差，号称要筹钱给春景去拍电影，让他实现电影导演梦。他早已蠢蠢欲动。

她自己呢？并不能说当年的理想已荡然无存，只不过如冬日暴风雪夜里的人们，越来越紧地蜷缩在一个小小的角落中，因贪恋身边的那点暖意而一动都不想动。

她只好先去工作室。这些年来，这条路她走了上万次了。今天没坐地铁，也没打车，她觉得自己无须再急匆匆地赶时间。丛牧之想骑一辆久违的共享单车，打开手机才发现，前两年满大街的摩拜单车已经消失了，现在都是隶属美团的单车和滴滴的青柠单车。她的摩拜单车软件已不能用，好在手机里有滴滴打车，无须再重新下载App。扫码，开锁，把座位调低了一些，骑上车沿着中关村大街向南走。过了两个路口，她发现自己迷路了。也不能说迷路，这些地方她都不陌生，只是不知道自己到底该在哪个岔路口右转。她记得清清楚楚，要到工作室，必须右转。不得已，她又打开手机地图，地图显示就在她旁边的那条小巷子转弯即可——她竟然从未走过这条路，以前都是走大路，完全忽略了这样的小路。她并不关导航，在一个温柔的男中音的指引下，沿着那条两边种着槐树的小路向西而行。她不时扭头看看路边的店铺、小区、行人，一切如常，既没有什么新鲜的发现，也没有生出文艺公众号里常说的那种岁月静好的感动，不过，周围人对一切安之若素的神态倒是给了她些许安慰。差点撞上一辆快递车，她这才发现自己蹬得飞快，于是放慢节奏，去感受逆向吹来的风。

工作室里一切如常，大家似乎并未受到地图事件的影响。丛牧之猜想，很可能是春景和雅男为了稳定人心，没有在自己回来之前跟大家公开说这件事。她不免心里感动，她知道，他们这是在做最后的努力。可是，此刻她明白解散已不可避免。

就在刚才，在离工作室最近的那个十字路口等红灯时，她接到了总公司的电话，是大老板亲自打来的，让她下午去一趟。不用细想，如果不是情况严重到一定地步，大老板是不可能给她打电话，更不会亲自召见她的。那个纪录片领域里神话一样人物，曾经在90年代影响了大半个中国。她第一次见他，就是在母亲的录像厅里，在二十一寸的电视屏幕上，他意气风发、侃侃而谈，如山如岳。看了他拍的《山岳》之后，丛牧之如同发现了一个跟所有枪战、武侠、黑帮片完全不同的世界，于是每年会有一个日子，她所要求的礼物就是让去赤峰购买录像带的母亲带上自己。她会用攒下来的零花钱，挑选几盘自己喜欢的片子，有时是纪录片，有时是剧情片。选择的依据，最初只是录像带封面上的介绍，什么获得戛纳电影节大奖之类的，虽然她也不了解这种电影节。后来再去时，各音像店老板都知道有一个小姑娘喜欢看冷门片子，便把自己店里那些卖不出去的拿出来让她选，有的甚至直接送给她。到她高四复读那一年，也就是考上北广的那一年，丛牧之已经攒了五十盘带子。不过那时候，录像带已经被VCD和DVD淘汰，人们更喜欢轻便、音质画质更清晰的光碟。盗版光碟成千上万，你想找什么片子都能找到，她的收藏立刻变得一文不值。

2

丛牧之招呼大家到会议室开会。

她想错了，大家不是不知道事情的严重性，而是假装不知道。这件事总台肯定已经做了内部通报，甚至下了文件也说不定，再严密的措施也防不住消息的渗透。所以，当她把分公司老总发给自己的微信念一遍时，整个工作室的人都透了口气，好像他们一直在水下，终于被获准上岸。丛牧之也随之松了口气。她没有讨论，直接宣布工作室解散，这一点倒是让大家十分意外。

丛牧之说，事已至此，追究责任也没什么意义了，而且工作室的状况确实每况愈下，她自己也疲惫不堪，实在无力支撑下去。不如借这个机会散伙，这次事故的责任她一个人承担，不影响大家以后再从事相关行业。手头的项目，没签约的就别签了，签了约没完成的，总公司也会让其他工作室接手。她下午会跟老总谈，愿意继续在公司干的人，她会请公司其他工作室接收他们。不想再干这行了，按合同规定结算工资，拿五个月平均年终奖——只要账上的钱够。

众人沉默。

雅男突然哭出了声："真散伙了呀。"春景拍拍她的肩膀。

"落了片白茫茫大地真干净。"丛牧之脑中跳出来这句话，她担心自己也哭出来，赶快起身，让大家尽快把手头的事情整理好，做好各种交接，她现在就去见分公司老总。

其实，总公司、分公司跟他们在一栋楼上。这栋大楼被纪录片有限公司整租下来，然后分租给几十个工作室、公司和相关的子公司，可以说，这栋楼是纪录片频道的楼外楼。丛牧之没坐电梯上楼，坐电梯势必会碰到熟人,她懒得去解释,更不愿意承受别人那多少带点幸灾乐祸的同情目光。爬了十三层楼梯,难免气喘吁吁,她这个人平实走路跑步都没事,就是不能登高,一登高就心慌气短。每年体检做心电图和动态彩超,也没发现什么问题。这次一口气爬这么高,丛牧之腿有点儿发软。她打开手机看了看,上午11点,有余作真的一个电话,说离婚再推迟两天,改下周一。丛牧之也无心去跟他纠缠原因,解决一件事再说另一件事吧。

跟分公司老总谈得很顺利,她的几个诉求都获同意。老总甚至说,如果她个人有意愿,可以到公司来做项目监制,以后有机会了,还是可以再做导演的。丛牧之婉言谢绝了,她知道,老总之所以如此照顾,是因为她大包大揽地把所有的责任一个人承担了,既没有涉及工作室的员工,也没有转嫁给公司让他为难。如果她耍赖,说公司的审核出了问题,公司也是没话说的。

下午,她又去见了总公司的老总黄玉胜。他早已不复当年的英姿,胖了,而且人似乎也矮了。她对那时片子中黄玉胜脸上的表情和眼神仍有印象,那是一种真正与天地共苍茫的悲伤,当他说出泰山,那一刻他就是泰山,当他喊出喜马拉雅,他就是喜马拉雅。现在,他作为最大的纪录片制作公司的一把手,却再也没有这种时刻了。这些年,丛牧之听说的都是他有关男女之间的桃色故事,或者是他跟竞争对手之间的明争暗斗。而且,她最奇怪的是,他的普通话好极了,而她印象中的那段朗诵,陌生而又特别的口音是打动听众的重要元素之一。那个曾让她无比迷恋的声音,现在不过是虚弱的、因多年烟酒熏陶而沙哑的嗓子。他早就不拍片子了,也不对,前两年的一部献礼片据说是他执导的,但是口碑一般,他又解释说只是挂了名,具体工作是其他人做的。

黄玉胜在喝茶,她面前的茶杯里,秘书连白开水都没倒。估计他想几分钟就打发她。他只提了个头,丛牧之就把跟分公司老总说的那些话，又拣重点重复了一遍。他应该心知肚明的，分公司老总肯定跟他汇报过了，但是仍然做出一副惋惜的姿态。临走时，黄玉胜喊住丛牧之，从抽屉里拿出一张光碟递给她。丛牧之不知何意，黄玉胜说，我听他们说过，你特别喜欢《山岳》那部片子，这是最早的版本翻录的，现在已经看不到了，送给你留个纪念吧。丛牧之接过来，这一刻心里有些感动，说了句谢谢黄总。

"一个导演的创作年华是有限的，过了那个阶段，就会心有余而力不足了。"他说。丛牧之没来得及分辨他是在说自己，还是在说她。她心里装着这句话，手里拿着那张光盘，走出他宽大豪华的办公室。

她走进了电梯间，又想出去，却已经有人打打闹闹进来了。丛牧之点头微笑，她能从他们的眼神里看出他们知道了自己的事，甚至可能知道了自己的彻底离开。不过她现在没有什么心理负担，当一切都说出来，心态反而变得简单平和。她想停一停了，一切都停一停。她发现自己工作这些年从未迷惘，一直以来都目标明确、动力十足地往前冲。遇见过许多困难，可始终保持着斗志，她没想过这些斗志是从哪儿来的。现在，她发现自己清醒了太久，或许是时候迷惘一小会儿了，就像当年第一次高考结束那段时间。正是那段时间的迷惘，让她无意中找到了自己后来近二十年的人生道路。

接下来是几天的慌乱，一个工作室，组建起来是那么艰难，解散却很快。仿佛孩子们玩的积木，搭建的时候不断试探、小心翼翼，拆毁的时候只需要轻轻一碰就可以。工作室的人各有去处，大家的感伤并没有停留太久，这早已不是许多年前一个人在一个单位干一辈子的时代了，很多年轻人已经习惯了频繁地换工作。那些老一点儿的员工，不愿意离开自己熟悉的行业，大都转到了这栋楼的其他层。雅男的朋友圈不再屏蔽任何人，而是公开向所有人宣传自己的产品。春景开了一辆豪车来工作室拉东西，他那段恋情仍然在维持，这是他最长的一段恋爱，看来真要步入婚姻的城堡。

办公室只剩下丛牧之一个人时，她开了一盏小灯，斜卧在靠椅上，脚搭上桌子，以一种奇怪而舒服的姿势刷朋友圈。她把春景和雅男近一年的朋友圈都翻了一遍，这时候，她才发现自己对这两个伙伴的近况并不了解。她自以为特别了解。再一想，他们也不了解她，他们能看到她近十几年的所有细节，可是并不知晓之前二十多年她所经历的人生。人都是由过去生成的，正是那段生活打下的基础，造就了现在的她。丛牧之不免有点儿悲哀，甚至感觉有点儿孤独，她翻了翻工作室的冰箱，发现里面除了半罐老干妈已经空空，甚至连电源都被安全意识超强的实习生拔掉了。于是，她点了楼下餐厅的外卖，还有两罐啤酒。二十分钟后，楼下的服务员送上来，仍然带一堆筷子。见到杂乱的办公室，服务员一脸蒙。丛牧之让她等一下，拆开打包盒，露出小炒黄牛肉、手撕包菜和一个拍黄瓜，然后把两听啤酒都扯开，示意她拿一罐。

服务员拿起来，小声说：

"姐，今天不会是你生日吧？"

丛牧之笑了笑说："不是，应该说是……忌日。"

服务员吓了一跳，说：

"忌日？"

"我们工作室的忌日，到今天寿终正寝。"

服务员仿佛无意中撞破了一个不该知晓的秘密，双脚搓着地板，想说话，可又不知说什么。

"碰一下。"丛牧之举起啤酒。

服务员跟她碰了一下，但是并没有喝，放下啤酒说：

"姐，我还有活儿，我先走了。"

丛牧之一口气把一罐啤酒喝完，打了两个酒嗝，然后开始吃饭。窗外正是车流如涌、灯火阑珊之时，大部分人都挤在各种交通工具上往家赶。她拨打熊仔的智能手表，是奶奶接的，说熊仔在看天宫空间站的直播。哦，对了，最近中国第一个空间站开始使用，太空迷熊仔肯定不会放过。

她忍不住用手机去搜索天和核心舱，跟科幻电影一样的场景出现在屏幕上，机械臂正在摆动。地球在天和号下面不远处，是一个蓝色、绿色、褐色交错的圆球，那是人类生活的地球，在宇宙中竟然如此之小。她曾看过第一个登陆月球的宇航员加加林的视频，他说自己在太空中看到地球时，心里特别孤独。她无法感受那种孤独，但是可以由此想象人的渺小，也不能说是想象，因为一旦视角转移到太空，你就会不由自主地感到人类在浩瀚宇宙中渺如尘埃。另一个科普视频里，镜头从地球上的一栋房子出发，然后无限向宇宙深处后退，大气层，九大行星，太阳系，距离是以光年计算的，连这个世界上速度最快的光也要走无数亿年，宇宙无穷无尽。

她忽然想起余作真。如果现在他们仍和当初一样，他可能会给她讲一个特别的故事，比如中国古人曾认为，人体的各种器官对应的就是天上的星宿，人即宇宙，天人合一，如此，宇宙再大也不过是人的倒影。她的手摸到了胸前的吊坠，耳朵里响起猫头鹰的叫声，嘎嘎，嘎嘎，在月朗星稀的黑色丛林之巅，或者某一座山崖之上。

"他到底是用什么做的？"到现在，丛牧之也没有解开这个谜题。她下决心不去问，而是自己找到答案，这是她在分别里保留的倔强。

她不知道，这一天同样是余作真一生里最艰难的时刻。如果说，她与过去的告别更多是工作和心理状态，那他的告别几乎是整个世界。这不是说他要死了，而是说，从此之后他再也无法像过去那样生活，他的人生被一劈两半。

3

丛牧之从一个乱梦中醒来，发现自己变成了一只甲虫，应该和睡前读的书有关——虽然只一瞬间，但在短短的两秒钟里，她真切地看见自己的几条细腿在勉力支撑巨大的身躯，然后她感觉到颈部的酸痛，原来自己一整晚都是斜靠着床头睡的。从窗帘透进来的光线看，这是一个十分晴好的清晨，随着太阳的北移，夏至临近，天亮得越来越早了。她起身，先去熊仔的房间看了看，他还在睡着，身体仍然是蜷缩的姿态，怀里抱着的不是抱枕和被子，是一只熊。

丛牧之打开冰箱，见里面还有之前买的全麦面包，保质期就到今天。她犹豫了一下，如果保质期是今天，那是今天能吃，还是今天不能吃呢？也只有这个可吃，她不想点外卖，便把面包放进面包机，烘成面包干总可以吃了吧。又煎了两个蛋，把几颗西蓝花和胡萝卜丁用水煮了，淋上一点白灼酱油。熊仔很喜欢这道菜蔬，自己就能吃一大盘。

等她回身再到客厅，发现熊仔已经起床洗漱，抬头看看墙上的钟：6点45分。他像个机器人一样，总能在同样的时间醒来，误差不超过五分钟。丛牧之曾问过熊仔：熊宝，你怎么能在每天同一时间醒来呢？熊仔说，他每天临睡前会告诉自己明天几点起床，从现在算起睡八个小时二十六分钟，或者睡七个小时五十八分钟。然后第二天，他的身体就会自动在那个时刻苏醒。

"爸爸说，我们的身体其实也是一个钟表，"熊仔说，"精神就是那把调节时间的铜匙。"

丛牧之摸摸他的头，说："那妈妈的表一定是坏了，我有时候会失眠，有时候又一整天睡不醒。"

熊仔也摸摸妈妈的脸。很小的时候，就是熊仔偶尔会发出骇人的尖叫，或者突然直愣愣地看着某样东西，几分钟不动一下的时候，丛牧之听从朋友的建议，跟儿子有了更多的身体交流。她拥抱他，轻柔地抚摸他的全身，她甚至能感觉到他身体细微到看不见的绒毛在自己手下倒伏，手掌过后，又坚强地挺立起来。不久，熊仔也会给出相应的回应，但他只有一个动作，就是轻抚丛牧之的脸颊。有时，丛牧之甚至觉得自己才是那个被安抚的人。她不记得还有谁这样温柔而宁静地抚摸过自己的脸，母亲从来都不会跟她有任何身体触碰，而余作真则是双手捧着她的脸，凝望她的眼睛，然后咬她的唇。他的动作轻巧而坚决，这其中含着柔情、热烈的爱，却不是温柔。熊仔的抚摸里，仿佛带有某种奇妙的悲悯，让她瞬间有了受庇佑的感觉。

吃过早餐，熊仔背起书包上学了。丛牧之穿上外出的衣服、鞋子，去了一趟菜市场，买了番茄、苹果和一只刚刚杀好的土鸡，从今天开始，她将进入一个无期限的无业游民状态。既然如是，倒不如彻底休息，一切都放空，安心照顾孩子。好像这一个赛段的马拉松因故取消比赛，她返回终点，撕掉号码牌，走出整个运动场。

这将是漫长的一天，无所事事。她开始整理很久没动过的储藏室，准备来一次断舍离，那些不断堆积的杂物，每一件都有来源，却没了去处。每一件都能说出相关联的生活小事，可是随着时间的流逝，那些事件已经彻底沦为记忆，绝大部分都无法再对人们的生活造成影响。衣服、玩具、吊床、泄了气的篮球、瑜伽垫、热水壶、鞋子，一样样布满灰尘，一样样陷入沉睡，它们可不是熊仔，不会准时醒来。尘埃已经无须拂去，那些事物也是生命的尘埃了，她找了几个大整理袋，把它们通通装进去。这些东西，人们在存放的时候心里想着，或许某一刻会用到，但其实再也没有想起过，更不用说用了。

她竟然翻出了一堆光碟片，在一个碟包里，碟包上的马克笔字迹已经略显模糊，但仍能辨认出来——2005年10月，是她读大学时攒的。她打开看了看，光碟面已经不再是光洁如水，虽然没有灰尘，但是因为返潮，碟面上的波纹里显出红红绿绿彩色的光晕，像被剪碎的彩虹。她看到了一张没有贴标签的碟片，皱了下眉头，忽然想到，这应该是自己刻录的那张《山岳》。不太确定，已无所谓了。

然后，她翻到了那个存放着父亲的日记和死亡证明的箱子——明明是最近才拿回来的东西，怎么就跑到了杂物的最底层？她记得清楚，自己那天确实只是随手一放。

她从那么远的地方把它带回来，当然不可能和其他东西一样丢掉，只是当时心里一定怀着不愿细想的戒备，否则怎么会放在这里，而不是客厅或卧室呢？潜意识里，她分不清自己到底是渴望它们，还是希望它们根本不曾出现。

现在是正视它们的时刻了，那就看看吧。她打开了箱子，里面果然是一大摞日记，红红绿绿，大大小小。那张死亡证明在最上面，最轻的一张纸，把这个从未见过面的男人的一生都压住了——像五行山上那道符，现在，是到揭掉的时候了吗？她在这个想法中停留了几秒钟，因为随即想到，孙猴子从五行山下出来，迎接他的是漫长的取经路和九九八十一难。

箱子里除了日记，还有一些信件、明信片、借条，最让她意外的，是其中的一本日记里夹着一枚竹简。当然不是什么古竹简，而是现在一些盛产竹制品的旅游景区里常见的那种，一端有小孔，可以系挂。竹简正面刻着一行小字：南风知我意，吹梦到西洲。她检索了一下，是南北朝《西洲曲》的最后两句。

这是丛长海刻的，还是他买的？丛牧之无从判断，竹简上的字痕已被磨损，似乎是经常挂在什么地方，且不断摇摇晃晃的。

她打开一本日记。虽然储藏室的光线有些昏暗，但字尚能看得清。第一个让她吃惊的，就是丛长海竟然写得一手这么漂亮的行书，简直像书法教材一样，流畅却笔锋尽显。她不免心里一惊——这么说，自己其实早就暗暗设想过他是一个什么样的人了？如果不是，怎么会觉得他不应该写得这么漂亮才对？就是啊，一个抛妻弃子的人，如何配得上这么好的字呢？她打开的那本是2000年的，第一篇记录的却是1999年的最后一天，千禧年来临前夜。丛长海写道：

  这一天终于来了，一个新的千年。（我其实没什么感觉，我的大部分人生注定要留在这个千年了。）
  昨晚，和工友们在小饭馆里跨年。
  有人说，如此特别的时刻大家能够一起度过，实在是有缘分，然后当然是干杯。不对，是干瓶，啤酒都是对瓶喝的。有人唱"十年修得同船渡，百年修得共枕眠"，千年才能修得一起跨千年。我笑说，那我们都是千年老妖了。后来不知谁说了句想家，大家都沉默起来。开始喝闷酒，喝了一阵，我实在耐不住，就鼓动大家一起唱歌。我先唱了一首《一无所有》，他们都笑我老土。几个年轻人唱起了许巍和周杰伦，我也听过。他们哪里知道，在我年轻的时候，这首歌影响了多少人："我曾经问个不休，你何时跟我走，而你却总是笑我，一无所有……"

接下来还有两段补记：

  早起，头有些痛，酒还是喝多了。昨晚没有做梦，没想到睡回笼觉时做了梦，还梦见十几二十年前的事。看来真的老了，只有老人才会不断梦见过去吧？我常常忘了自己是谁。我知道自己是谁，但是会忘掉。
  傍晚，又补：昨天网上看新闻，无意中看到，林东镇建了一座钟楼，说是新千年，时间要重新开始。
  对我来说，时间永远是旧的，但路是新的。也许，我又该出发了。

丛牧之读得呼吸有些急促，心跳也加快了。她又随手翻了几页，大都如是，在哪里，遇见了谁，发生一些什么事。于是又换了一本1998年的看了几篇。"我是在找什么吗？"她忽然想，接着强迫自己冷静下来，深呼吸，然后点点头承认，"是的，我心里怀着期待。我希望看到他写到我，写到妈妈，写到林东镇。"在这本回忆里，林东镇被偶尔提到，但她和母亲肖月的名字一次也没出现过。丛牧之有了微微的颤抖，好了，不用再假装下去了，她心里从来没有彻底放弃过对这个人的想象，那个没有所指的能指，那个巨大的空白，并不是消失了，而是变得太大了，大如天地，空如宇宙，所以让她误以为已经不存在了。

她抹了抹眼眶，还好，没有湿，她太担心自己落泪了。

"那将是崩溃。"

丛牧之把整箱东西都搬到客厅，开始窝在沙发上看，她找到最早的日记，也是最厚的一本——竟然在自己出生之前，1980年，丛长海回到林东那一年。不过，日记中的事比这一年更早，看起来像是他追述的，或者是从之前写的日记中誊抄的。很多以前的内容穿插在1980年以后的日记中。丛长海那漂亮的行书，已经被岁月剥蚀得有些惨淡，不时有陌生的名字从纸面跃出，她努力去回忆中寻找，看是不是自己后来认识的某个人。她找到了干妈，也就是齐齐格，也找到了母亲肖月，还有一些其他人。后来，她终于在另一本日记里找到了自己——他曾经偷偷回来过，他看见过我，或者，我也看见过他？丛牧之努力回想童年，试图找到曾经在大街上或学校门口偶遇过的陌生人。日记里并没有写丛长海是在哪里见到自己的，可猜想起来，也只能是这些地方吧。他不可能去家里。也不知是真的记忆还是现在的想象，竟然真的有一个模糊的轮廓出现了，只是那张脸毫无形象，像一片虚化的马赛克。她愣怔了很久，想不出有什么办法能勾勒出这张脸的鼻子、眼睛、眉毛，甚至是神情。只勾勒出轮廓也是好的，一切事情最难的都是从"0"到"1"这一步。

她一直看到门口响起钥匙开门的声音。熊仔放学回来了。她还没有做晚饭。

她起身，给儿子拿下书包，说出去吃吧，妈妈没来得及做饭。熊仔摇着手里的面包，说自己有事，吃面包就可以了。他进了屋，打开电脑，开始在屏幕上写一些代码。熊仔好像提到过，他最近在跟几个同学完成编程课上的合作作业。丛牧之给他倒了杯白开水，又切了点水果送过去，然后关上门。儿子越来越大了，她对他越来越看不懂，越来越好奇。

她没有再把那些日记、信件装回箱子，而是抱着进了自己的卧室，放在床头。她准备再好好读一下。那枚竹简，她挂在了钥匙链上。

战争已经打响，那就正面迎战吧。

4

丛牧之终于跟余作真在民政局见了面。手续办得很快，余作真好像有急事，拿到离婚证就匆匆离去。丛牧之有些奇怪，其实奇怪感从前几天余作真推迟离婚就产生了，他从来都是一个在时间上很刻板的人，极少失约，这一次竟然连续两次改时间，一定是发生了什么事。只是，此刻他们已经没有了互相告知的义务。她本来想和他好合好散地吃一个散伙饭，把一些藏在心里很久的话说一说，毕竟他们还有熊仔，将来总要时常见面的。现在看来，饭吃不成了。

从民政局出来，她看见余作真进了一辆红色的宝马车，驾驶位的窗子半开，里面人的侧影似曾相识。她心里竟然涌起一股酸涩，随即笑自己，有什么舍不得的。

雅男打来电话，约她见面，说有事跟她商量。丛牧之想了想，说晚一点儿吧，在三体酒吧见。

晚上七点半，两人在三体酒吧门口碰头。

让丛牧之意外的是，雅男竟然没有对如此奇特的酒吧表示惊讶，甚至丛牧之告诉她自己上午刚办完离婚手续时，她也只是苦笑了一下，给她一个拥抱。丛牧之知道，雅男一定是遇到极大的难事，那件事占据了她的全部心神。她也是这时才想起，雅男已经很久没有发有关玫瑰花的微商消息，她在她的朋友圈里消失了。春景似乎也没有消息了。

"我这些天都在干吗？"丛牧之心中有些自责，很快又找到了理由——我在离婚，我在认识一个突然出现的、死了的父亲。

酒吧刚开门，室内存留着一种隔夜的狂欢味道。可以想见，昨晚又是一大批年轻人在这里通宵买醉，留下他们的汗液、口水和青春的荷尔蒙。经过一整个白天的发酵，这一切都变味了，像是热屋子里放坏了的酸奶和肉，充斥着甜腻的腐朽气息，却又带着某种诱惑。她们坐下，服务生说酒暂时调不了，但有柠檬水可以喝。

雅男连喝了两杯柠檬水，然后下了天大的决心说："姐，你觉得我像男的还是像女的？"

丛牧之愣住，这话问得离谱，以至于她不知道该如何回答。

"我知道有些突然，但是我不想再拖下去了。"雅男接着说，"我知道我的身体是女的，但我的心……我的心是一个男人。"停了一会儿，她又接着道，"我想去做变性手术，我想成为一个真正的男人。"

丛牧之被惊得直接从高脚凳上掉了下来，不是比喻，是真的掉下来。她扶住吧台站稳。这个消息，简直比她最近知道的任何事都令人震惊，雅男，那个身材修长、温柔、善解人意的雅男，那个甚至被很多人当作女神的雅男，那个她们曾在一个宿舍住了许多年，甚至在一张床上睡过觉的雅男，竟然要做变性手术！

"雅男，发生了什么事？你是受到什么伤害了吗？"她急切地问。

雅男摇摇头，她似乎轻松了些，向上吹了一下额头的刘海——好吧，现在看来，这的确是个男性化的动作，说：

"没。之之，其实从很早起，我就有这种想法，但是那时候我还不愿意承认这件事,我以为只是一种心理误解,或者只是精神上的错乱。所以大学时,我还谈恋爱,还在女人的道路上往前走。可是这个念头并没有因此而消减,反而越来越浓,越来越强烈。现在,我已经控制不住了,也不想再控制了,我想做一个男人,而不是女人。我……不想别别扭扭、委屈着自己过一辈子。"

丛牧之招呼服务人员,让他不管什么酒倒两杯,不用调,随便什么基酒也行。她只要两杯酒。服务生倒了两杯威士忌端过来。

丛牧之和雅男碰了一下,说:

"这太突然,你让我消化消化。"

酒精的刺激,让丛牧之精神上的震惊被口腔和胃部的灼热消解掉不少,于是抬头认真地看着雅男,她得重新认识她。眼前的这个人(不能再说是女人了,可也不能说是男人),从外表上无论怎么看,都无法窥探出一丝一毫男人的影子,可她心里住着的,却是个男人。那个吹刘海的动作从脑海一闪而过,但是她不是一直这样吹的吗?她想起,自己和雅男之间有过许多亲密时刻,平时的勾肩搭背,相互依偎着在工作室的沙发上打盹,一起去泡温泉,一起在游泳池的公共浴室里淋浴……那么,那时候雅男的心里到底是一种什么状态呢?如果她真是男的,她是在用男性的眼光看自己吗?丛牧之忍不住一凛,仿佛被谁偷窥了。

雅男仿佛看懂了她的心思,说:

"之之,你不会怪我现在才跟你说吧?除了你,我不知道该找谁去商量。我太害怕了。"

丛牧之定了定神,伸手拉着雅男的手,她们的双手接触的一瞬间,她浑身起了一层薄薄的鸡皮疙瘩,但她不断告诉自己稳住。她拍了拍雅男的手,说:

"所以,你决定了?这可是影响你一生的事。"

雅男点点头。

"那你知道自己将来要面对的是什么吗?"丛牧之把雅男的手放回她的腿上。那是一双修长匀称的腿,经常惹工作室的年轻女孩们羡慕。她们不无嫉妒地说,雅男姐,你的腿这么漂亮,你干吗穿牛仔裤啊?穿裙子多好看。雅男总是笑着回答,我喜欢牛仔裤,自然,舒服。原来是另有缘由。现在,她上衣是衬衫,裤子是一条肥大的休闲裤。

"最困难的是如何面对家人,我爸妈,他们年龄大了,身体也不好。我真担心因为这件事他们有个三长两短。可是我也不想永远这样隐瞒下去,好像是被活埋在土里,我不快乐,一点儿都不快乐。"

"变成男的就快乐了?"

"我不知道。我只是心里有这样的冲动,我控制不住。我在网上查了,很多女孩子都有这种心思,就像很多男孩子想变成女孩一样。你知道美国的一个女演员吗?朱迪,对,就是演《盗梦空间》的那个,她已经向媒体公布自己做了变性手术,你能找到她变性后的照片,特别帅。我就是看了她的新闻才鼓起勇气的。我在想,如果她这样一个好莱坞的明星都不怕,我更不应该怕。"

丛牧之看见,她眼睛里闪烁出某种坚定的光芒,这是以前没有过的。她知道,雅男其实已经做了决定,她找自己来,不过是想让自己分担这个决定带来的心理压力。雅男并不需要她的劝解或者劝诫,而是需要一个信得过的倾听者。

"雅男,我其实不知道该说什么。我只想说,作为朋友,是的,多年的朋友,我只希望你能开心,我更希望你能健康。你要知道,手术是有风险的,何况是这种手术。之后还可能会引起各种并发症,甚至要靠一辈子吃药来维持,这不是一件容易的事。"

"我知道,"雅男说,"但是我真的不想再在地面之下活着了,我想长出地面,正大光明地享受风吹、接受雨淋。"后面这半句,是她们一起写下的某部片子的解说词。

"只有在阳光下活着,才算是活着;只有从心所欲地活过,才算是活过。"丛牧之补上另一句。

接着,她们沉默了一会儿。

"我想请你帮我在手术知情书上签字,陪我一起走过这一关。"雅男说。

丛牧之想了好久,终于点了点头。她没法拒绝雅男,她们一起经历过的事,都在她脑海里如秋风中的落叶一般飞旋,尽管此刻,那些经历都发生了微妙的变化,但是有过就是有过,谁都无法否定过去。

她们第一次见面,是在研究生新生大会之后。

那天晚上,一群年轻人到附近的小饭馆去消夜,回去时已是凌晨。过天桥时,遇到了一个流浪汉,精神有些问题,猛地扑向走在最前面的丛牧之。丛牧之躲闪不及,被流浪汉搂住,这时一个身材并不高大的女孩飞奔过来,一脚踹在了流浪汉的腰上,竟然把他踹飞了。这个女孩就是雅男。大家从被袭击的惊吓,直接转变为对雅男的惊叹:她这瘦削的身体竟然有如此强的爆发力和速度,她完成动作之后,那几个喝得醉醺醺的男生才反应过来,摆好阵势要去救丛牧之。事情并没就此结束,第二天,他们在上公共课,系主任和一个警察走进教室,把雅男和丛牧之几个人带出去问话。原来,他们离去之后,流浪汉躺卧在天桥上痛苦地喊叫,有路人见到赶紧报警。警察把他送到医院检查,他的肋骨被踢骨折了,雅男那天穿的是高跟鞋(在此时的回忆里,高跟鞋似乎显得特别不合时宜)。

所有人都证明雅男是为了救丛牧之才出手的,而且是流浪汉先袭击丛牧之的。丛牧之撸起袖子给警察看她的手臂,上面仍然有被流浪汉的长指甲掐出的伤痕。

"幸好没破皮,要不然我还得去打破伤风、狂犬疫苗。"丛牧之说。

有个年轻的警察哼了一声,说,你们应该庆幸她那一脚吧,再往上一点,就把肾踢坏了,好在现在只是骨折。最后系主任斡旋,说学校愿意给流浪汉出医疗费，事情才彻底解决。

后来，丛牧之他们又在天桥上看见过这个流浪汉。白天，他穿着一身破衣服，头发蓬乱，坐在天桥的正中，面前摆着两只铝盘子。他们能认出来，这些铝盘来自学校食堂，不知道是他偷的还是有人给他的。盘子里摆着几个包子、一袋牛奶，牛奶因为炎热的天气导致发酵，已经胀袋。流浪汉不管不顾，拿起来就要喝。依然是雅男第一个冲过去，抢过那袋牛奶，流浪汉似乎对这个身影记忆犹新，吓得连滚带爬地倒在了旁边。雅男说，别怕别怕，我不打你。她打开自己的包，把里面的巧克力威化饼递给他。流浪汉小心翼翼地挪过来，接住威化饼，但是半天不知道怎么撕开包装袋。丛牧之帮他撕开，他狼吞虎咽地吃起来。这时候，她和雅男都看清了他有些污浊、胡子拉碴的脸。那竟然是一张颇为年轻的脸，年纪不会比她们大多少，而且，那张脸的脸形看上去很有模样。刚好那段时间网上流传着一个叫犀利哥的流浪汉，他就被学校的同学们称为广院犀利哥了。

丛牧之和雅男每一次路过那个天桥，都会刻意带点面包、牛奶或者苹果什么的，只要看见犀利哥在，就都给他。她俩也讨论过，他如此年轻，到底怎么会成了流浪汉的？他又有过什么伤心事，导致精神失常？后来，他们在学校的BBS上看到一个帖子，说广院犀利哥其实是电影学院的一个学生，当年也是英俊帅气，但后来因为在一个剧组被潜规则，受不了打击，精神出了问题，成了流浪汉的。两人不免唏嘘感慨。半年后，广院犀利哥消失了，再也没有出现过。很长一段时间，她俩再路过天桥去坐地铁时，都会不由自主地停顿一下，想起他。她们没有交流过，但两个人都不约而同地有过同一个念想：竟然从没看过他的眼睛，每一次，都被乱糟糟的头发遮挡住了。

因为那次仗义相救，因为犀利哥，丛牧之和雅男不可避免地成了朋友、闺密，研二的时候，宿舍调整，两人又成了室友。偶尔也一起出去采风或跟导师去拍拍片子，可以说，硕士生活的绝大部分时间，她们都是一起度过的。

　　此刻，看着雅男，丛牧之才恍然反应过来，这十多年中，她们二人的关系里她竟然始终是那个受照顾的人。尽管雅男看起来比她要娇小、柔弱，尽管她比雅男大两岁，但是只要想想那些生活中琐碎的细节，就会发现二人的强弱关系刚好和外表相反。除了今天，雅男从未在丛牧之面前表露过任何脆弱。丛牧之心里蓦地腾起一个念头：如果雅男是个男生，我可能早就爱上他了吧？或者，不是爱，是习惯了他。

　　丛牧之从胡思乱想中抽离出来，指了指酒吧未来风格的装潢，说：

　　"雅男，现在可不是老时代了，没什么可担心的。我支持你，我也会一直陪着你。"

　　雅男点点头，说："只要有你的支持，我就有底了。"转而对不远处的服务生喊，"有酒了吗？调的酒。"服务生看了看墙上那座钟——那是模仿绘画大师达利的《时间的永恒》那幅画里融化的钟表所设计的，时针正走向晚上8点。

　　"你们喝什么？"服务生说，"虽然还差几分钟，但我可以破例给你们做。"

　　"黑暗森林！"丛牧之回答，"两杯，特浓。"

　　她没喝过这款，但是听余作真提到过，说这是一款把最纯最纯的黑咖啡和最烈最烈的威士忌混合后调出来的酒。

　　"喝了它，你会感觉自己犹如女巫，穿着黑斗篷，骑着扫把，在黑暗森林中飞行。"

　　他的手模仿着女巫，穿过丛牧之漆黑的长发。谈起这个的时候，他们正在亲热。那已经是两年前了，因为这款黑暗森林，丛牧之对这一天的场景记忆深刻。对了，并不是夜晚，而是一个白天，她刚要起床，而他下夜班回来。洗过澡，他直接扑在她身上，他们很少在这个时间段做爱，因为两个人的作息刚好在此交错。他值班后早已疲惫不堪，而她正要去赶赴自己千头万绪的工作。但是这一天如此巧合，他并不累，不累是因为他去查房的时候，歪在一张病床上睡着了。而她也没有急着要去处理的事。或者，根本就不是巧合，是两人分别的处心积虑终于凑准了，如同太空飞船两个舱体在数万米高空的对接。

"为什么是女巫？"丛牧之问，"黑暗森林里不应该是恐怖的外星人吗？"

余作真没回答，他坐起来，点了一支烟。烟雾像被施了魔法，在两个人之间缠绕，很久才彻底散去。余作真起身时，丛牧之突然看见他的尾骨那儿有一道疤痕，此前，她从未注意过。他们在一起这么多年了，赤身裸体相对无数次，但她从未发现这个疤痕。也许是一个新疤痕，她想，但是他为何从未提过？他开始穿衣服，她也穿衣服，但终于没有忍住，问他疤痕怎么来的，什么时候的事。

还重要吗？余作真说。

丛牧之无言以对，重要，或者不重要，都可以。

黑暗森林端上来了，苦咖啡的味道和威士忌的味道率先进入她们的鼻孔。那是一种奇怪的褐色，黑色的咖啡像是烟雾，在琥珀色的威士忌中漂浮，它们并不能真正融合，准确点儿说，两种液体像是在争斗，谁也战胜不了谁。她们对视了一眼，端起来狠狠来了一口。呵，分别有三支军队在攻击她们的口腔、味蕾，一支是咖啡，一支是威士忌，还有一支是二者的纠缠，她们的口腔成了战场。咕咚一声，"战士"们顺着喉咙滑向胃里，在里面继续厮杀，翻江倒海。

两人离开时，都有了八成醉意，这种情形下，酒吧的所有装饰都变得合理、亲切起来。丛牧之忽然想到，人们喜欢科幻作品，既是满足自身预设未来的冲动，更是为了让现实合理化——那些所有超出日常的想象，都在告诉大家，别担心，现在的问题将来都可以解决，现在所不理解的事，将来都会习以为常。但是突然，她看见了酒吧门后面的装饰，此前她从未见过也从未注意，大门外面是类似于宇宙飞船的太空舱，但门的背后却是一排"简牍"，就是中国古代在竹条、木条上书写文字的那种简牍。她愣在那里，灵魂恍然间从宇宙深处回到地球，从无限远的未来回到此刻，又沿着此刻向后退去，退到几千年前的简牍上。

有隐隐的反胃，还不至于呕吐，丛牧之拉住了雅男的手。此刻，她彻底对她是男是女感到了释怀。

5

1980年，林东镇有一件载入镇史的大事。

现在看来，这件大事完全可以忽略不计，但对当时整个林东镇的人，甚至整个巴林左旗的人来说，那的确是一件惊天动地的大事。5月5日，林东镇第一栋三层楼，也就是林东镇百货大楼终于开业了。

百货大楼位于整个镇子的中心，几条土路由此通向十里八乡，它的右边，就是最远可达北京、沈阳的长途汽车站，左边五百米是政府大院，南边一千米则是后来的林东镇百货市场、批发市场，向北一千米是英雄纪念碑和公园。可以说，百货大楼占据了整个镇子最核心的位置。

开业那天，百货大楼被前来看热闹的人们围得水泄不通，尽管对镇上的人来说，他们几乎是眼看着它一点一点从地基建到半空中的，算不上陌生。但是今日不同，今日大楼如同出嫁的新娘，雪白的瓷砖在阳光下闪闪发光，几条红色长幅从楼顶一直垂到地面，上面写着庆祝开业、生意兴隆的大字。还有一个打着补丁的大气球飘在空中，那是从赤峰市的商场里借来的，现在这东西早已稀松平常，但在1980年的林东镇，气球不亚于宇宙飞船。

每一条道路上都挤着各种马车和摊位，大多数人并不会在百货大楼买什么，因为那些稀奇古怪的东西他们不熟悉，更因为太贵了，一块胰子就要一块钱，一双袜子要八角。大楼对面马路边的摊位上，胰子才五毛，袜子更便宜，只要三毛。这一天，连那些马和驴子都显得焦躁不安，甩着尾巴，踏着蹄子，不时发出嘶鸣，似乎有什么东西让它们忍不住躁动。躁动不久就变为行动，它们把驴粪、马粪排泄在本就尘土飞扬的路上，拥挤的行人又用自己的鞋底把粪便踩得到处都是。但是没人在乎这个，大家都拼了命地往前挤，试图到百货大楼的正面去看。因为，他们听说这次开业剪彩不但有镇上、旗上的头头脑脑，有从赤峰市里赶来祝贺的领导，还有好些个唱歌跳舞的演员。对大部分人来说，这样的热闹一辈子只会遇见一次，他们绝不愿意错过。但是他们根本挤不到最前面，只能拼命昂着脑袋，看天上炸响的爆竹和烟花，跟着各种喝彩的尾声再来上一声底气不足的吆喝。

不过，后来小镇上仍然流传着那些来自远方的演员精彩表演的传说。人们说，女演员穿着五颜六色的裙子，露着雪白的小腿，边跳边唱——甜蜜蜜，你笑得甜蜜蜜，好像花儿开在春风里。声音轻柔甜美，仿佛柔软的手在抓挠人们的心。哪有人听过这样的声音啊，像是一只温柔的、神秘的手，抚过每一根神经，让人全身酥麻。男演员一身军装，声音洪亮地唱起很多战斗歌曲，有些他们熟悉的，就跟着合唱。绿军装在阳光下格外亮眼。演员们换场的间隙，锣鼓队会敲得震天响，一队穿红戴绿的人上去扭秧歌。众人起哄，还想听歌，于是女演员、男演员又轮番上场。

因此，当第二天林东镇汽车站的一辆长途车上下来一个穿军装的人的时候，许多人都有些恍惚：这人是昨天唱歌的演员吗？那的确是一个很有演员气质的人，一米八的个头，腰板笔直，坚毅的目光里透出恰到好处的不安分，整个身体的紧绷衬托得他脸上带着酒窝的微笑越发迷人。但是很快人们发现他与演员的不同，他的军装太旧了，甚至有些发白，胳膊肘已经磨损得快要露出窟窿。

"请问，到沙里街怎么走？"

他问一个在车站门口卖鸡蛋的少女。少女却无法回答他，因为他的口音听起来有些陌生，完全不像当地人。她能听清他说的每一个字，也能明白他在问沙里街怎么走，但就是没办法回答他。她从未见过这样的人，他的脸是红扑扑的，而本地人的脸是被强紫外线照射出来的紫色，他竟然用"请"字，只读过三年小学的她明白"请"是一种礼貌用语，但她从未在自己二十岁的人生里听谁说过这个字。她的心跳得比昨天的锣鼓还欢腾，感觉快要上不来气。

他又问了一遍，她终于说出了话："鸡蛋五分钱一个。"

那个人笑起来，不对，他本来就是一张笑脸，现在那张脸笑得更灿烂了，似乎要让这笑容把一切都点燃。少女反应过来自己答非所问，立刻窘迫得满脸通红，那个人的脸凑得更近了些。少女指了指左边，也就是百货大楼西边，意思是沙里街往西走。那人提起篮子，里面有十个鸡蛋，他掏出五毛钱，还有一枚五分钱，递给她。

少女再次愣住，他这是做什么？她很少见过有人一次买十个鸡蛋的。

鸡蛋，不是五分钱一个吗？我都要了，不过我没有东西装，还有五分钱，买你的篮子。那个人继续笑着说。

少女明白了，却不敢去接这五毛五分钱——五毛纸币硬刮刮的，五分硬币亮闪闪的，看起来都是新钱。这一切都恍如梦境，她有点儿害怕，怕自己一旦伸手，这个梦就会醒来。倒不是她沉溺于梦，而是一切发生得太突然，太离奇了，她无所适从。

那人把钱塞到她手里，还把她的手握了握，让她攥紧硬刮刮的纸币和硬币。她觉得钱有些扎手，的确，她也从未见过如此新的钱，就连镇子上的商店，也没有如此新的钱。在她的记忆里，所有的钱都被包裹钱的布条或手揉搓得软软的，几乎像另一块穿了十几年的布料。

少女跑了起来，手里紧紧地攥着五毛五分钱。她跑得越来越快，以至于脑袋后的两根辫子脱离了身体，在飞舞着。男人看着她的背影消失，转身向西走去。西边的天空是红色的，一轮血红的落日正燃烧着山峦和大地。

他走在大街上，对那栋所有人经过时都要驻足惊叹的百货大楼毫不在意，就像经过一栋普普通通的房子一样走了过去。人们对此表示惊讶，但是他们还不知道，这个人带给他们的震惊，才刚刚开始。

在和余作真离婚两个月，也是她和雅男在三体酒吧喝"黑暗森林"两个月之后，丛牧之在电脑上写下了这段文字。这里的主要情节都是真实的，来源于丛长海的日记。刚开始写，她还不会任何虚构的技巧，只能以回忆为底本，略作抒发。一个月前，雅男做手术，她全程陪同。在陪床的时候，丛牧之把丛长海的日记拿到病房——应该说，雅男的决心鼓舞了她，也刺激了她——开始系统地翻看。她整理后发现，丛长海的日记写得很详细，从十七岁参军，到二十二岁退伍，再到二十六岁消失之前，乃至后来的流浪生涯，他人生中的每一件大事都有记录，虽然有很多是事后补录的，尤其是回林东之前的经历，经常是在后来日记的回忆中才出场。而且，他的记录不乏文采，很多思考也有一定的深度。这让丛牧之心里生出许多暖意，她想，原来自己的那点儿文艺细胞，是来源于丛长海，而不是母亲。正是从这一刻开始，她对这个从未见过面的父亲，有了最初的认同感。或者说，父亲这个符号，开始填充进一点点实实在在的内容了。随着阅读的深入，丛牧之的思路开始被日记的内容所感染和牵引，她的职业习惯让她不由自主地想，自己这代人和父亲这代人，隔着这么久的时间，隔着这么多的历史大事，还能互相理解吗？对她来说，这个问题尤其难以回答。从纪录片的角度讲，这是个很值得做的选题，不过现在工作室已经解散，她一时半会儿也无心拍片子，这些思考就都浅尝辄止。她开始一边读一边在网上查找林东镇的种种历史，以和丛长海所记的内容对照，同时还写起读后感。但是很快就遇到了瓶颈，因为即便她费尽力气，从网上找到了当年那栋百货大楼的照片，却始终无法进入那个年代，自然也就无法想象父亲在夕阳中走下客车，遇见卖鸡蛋的少女是怎么样的情形。那个少女再没有出现过。或者出现过，丛长海已经没有印象了，总之在日记中她并没有看到后续故事。

有一天，雅男的身体基本恢复正常，他请丛牧之去医院门口帮他取一个快递。快递拿回来，打开一看，是一顶帽子。雅男戴上，对着镜子看了半天，说：

"帅不帅？"

丛牧之耸耸肩，说：

"帅呆了。"

他们聊着天，主要是雅男在说他将来的计划——手术顺利，恢复得也比预想的快，他心情愉悦，对未来充满信心。这天出乎意料的晴朗，以至他们从十六楼的病房窗户看出去，竟然能清晰地看到北京的西山，太阳正要落下去，晚霞如烈火收心，灿烂而不灼热。丛牧之的脑海中突然出现了画面：三层百货大楼前，一辆长途客车停下，一个穿军装的青年男子下车。霞光披在他身上，他仿佛是从光芒中向镜头走来……她反应过来了，自己竟然开始产生另一种野心，那就是不只是去了解和重塑那个消失的父亲，还有他周围的人们——母亲、姑姑、李永龙、齐齐格，以及他们所生活的时代，她没有经历过但是影响着她的时代。

怎么办呢？她有扛起摄像机，重回林东镇，把所有人都采访一遍的冲动。但是，她又立刻想到，即便她把所有人都采访了，即便她重回那个几十年前的林东镇，那里依然有一个巨大的且最重要的缺失——丛长海的缺席。从日记所载看，丛长海所写应该都是真实可信的，因为他连自己很多不堪的想法都不回避。他在部队时的经历，他退伍的真正原因，他重回林东镇所遭遇的困境，以及后来他在这个北方小镇搅动的风云和出走之后的故事，无一遗漏。这其中有倾诉，也有忏悔。丛长海不是一个简简单单的人，在某种程度上，他甚至可以说用几年的时间，创造了小镇文化史上的一个高潮。这种创造，不是说他做了惊天动地之事，而是他的很多行为影响了老百姓们的吃喝玩乐、喜怒哀乐，潜移默化地改变了他们的心。他是这个边疆小镇与当时整个世界联动沟通的一条脐带。后来，他斩断脐带，悄然离去。在这个意义上，丛牧之觉得丛长海的离开无比正确，离开成就传奇，留下他也就只是肖月的丈夫、丛聪的父亲而已。

雅男的生活基本可以自理，他让丛牧之回去，自己请个护工辅助即可。丛牧之不放心，说自己也没事做，善始善终。"直到你真正变成一个男人那天，那时候可就男女有别了，我就得跟你保持距离了。"她说。雅男笑了，然后说："不管之前多么坚决，我现在心里却有点儿混乱。一方面，我终于实现了自己的愿望，做了自己想做的；另一方面，我也知道自己因此失去了什么。"丛牧之明白他的意思。雅男是说，他的家庭，他的朋友，即便所有人都能接纳一个全新的雅男，但是之前形成的那种建立在女性基础上的亲密关系必然消失了。就拿他俩来说，他们肯定还是朋友，好朋友，但却再也不会是好姐妹。丛牧之得时刻提醒自己，雅男现在是男人。而雅男也得更清晰地意识到，丛牧之是女人。不知为什么，丛牧之老有一种冲动，就是问雅男后不后悔。她当然不会蠢到真的问，但心里难免会替他担心：万一后悔了怎么办？那可真是赔了夫人又折兵。

为了回避这些问题，他们制订了一个读书计划。以前做工作室，大家整天感慨工作太忙，没时间看书，现在时间有了，看看书吧。两人分别从网上买了一堆书，各自看，偶尔做做讨论。有一天，雅男看见了丛牧之的钥匙链，说："你这个哪儿买的？"

丛牧之说："钥匙链？"

雅男指了指钥匙链上挂着的那枚竹简说："这个。"

"我父亲留下的，我这几天在翻他的日记，就随手把这枚竹简系在了钥匙链上。"

"南风知我意，吹梦到西洲。"雅男拿起来，端详了一下上面的字。沉默了一下，又说，"之之，你以后真不拍片子了？"

丛牧之合上正在看的书说："反正暂时没想法，以后，谁知道呢。"

雅男又说：

"你父亲的事，你为啥不写下来呢？你不是说他留下了很多日记吗？那一定有不少故事可写。我一直觉得你有写小说的潜质。"

丛牧之当时不置可否，但当她再次翻看父亲的日记，尤其是每次回家开门拿出钥匙，看见那枚竹简时，雅男的提议都会在心头浮现。或许，她真的可以，而且应该这么做。一瞬间，那些文字，那些资料，那些对过去的好奇和困惑，仿佛都像孤儿有了家——虚构之家。她竟然无比激动，好像她本有变幻莫测的法力，可被封存已久，今日终于等到了解封的消息。很多很多年，没有过这样的激动了，她清楚，那是创作的激动，犹如当年她第一次独立做导演拍片时。

一切都活了，或者，一切重新开始了。

6

沙里街只是林东镇靠东北边的一条小街，两排土坯房，房顶没有瓦，还是用麦秸铺成的草顶。下雨天，雨水会顺着麦秸秆滴下来，如果是连阴天,用不了多久,那些麦秸秆就会发霉变黑,沤出糟粕味。所以,麦秸房顶刚铺上时是金色的,但时间一长,就会变成灰色,最后变成黑色。直到来年入伏,夏麦收割之后,换上新的麦秸,屋顶才能重新金黄起来。时间就在金、灰、黑三色中流转。

这一排麦秸房中,只有一家是灰色的瓦房,鹤立鸡群一般矗立着。从外墙上看,这栋房子也要比周围的显得新,尽管一样是黄土泥,它的墙面更光洁鲜亮。院子里有一棵杏树,此刻杏花正开着。

院墙也新一些,园子里的菜畦有些凌乱,杂草和蔬菜交织着生长,看起来疏于打理。

穿军装的男人走进院子,深吸了一口气,蔬菜和青草的香味涌进鼻翼,让他感觉到一种清新。但很快,他在清新之中闻到了一股熟悉的味道,那是猪圈的味道。他扭了下头,在院子右边,院子门对着的地方,有一个石块垒成的猪圈,却没有猪。他皱了皱眉头。

他回来了。

军装男人推开木门,两扇门上的门神让他不自主地笑了一下。这并不是他熟悉的家,但他知道,这是他的家。看来,父亲之前在信上说的要翻新房顶,重新泥一遍墙面,都做完了。他永远是一个说到做到的人。只是自己食言了,他不能想象,那个老兵看见自己退伍回家时会是怎样的表情。他肯定会震怒,然后习惯性地摸自己的腰,大吼:我毙了你。只要一生气,他就会做掏枪毙人的动作,而事实上,他已经快三十年没摸过枪了。现在,他只能摸到别在腰带里的烟袋。

当年,父亲送他入伍,希望他完成自己的将军梦,而他有自己的梦,他的梦在天上。他把自己的梦糅进了父亲的梦里,曾自以为得计,既尽了孝心,又不辜负自己,哪想过如今两梦同碎。

其实,父亲的梦碎得更早些。这件事早就该告诉老头子了,但是他不敢、不忍心。每一次,他写信回来,都告诉他自己不断进步,提干了,立功了。而其实,他从头至尾只是一个大头兵,甚至连最初他愿意当兵的唯一原因——伞兵的边儿都没沾上。他只是某兵团某班的饲养员、炊事员。他在军队里做了一年饭，养了四年猪，而那个老头子却一直以为他正走在成为将军的路上。"不想当将军的士兵不是好士兵。"父亲从小就用不知道哪儿听来的这句话来激励他，后来，他自己进了军队，知道这句话是拿破仑说的。这是一句毫无意义的废话，因为想当将军的士兵从来没有当上将军。

屋子里的景象超出他的想象，和外面的灰色麦秸、闪亮的黄泥墙截然相反：黑，门缝和窗缝里透进来的光让一部分尘埃显形，火炕上堆着一堆破棉絮，炕尾有两个扣箱，上面的红漆已经剥离大半，裸露出来的木质也被泥污浸成了黑色，仿佛它们本来涂的就是黑漆。随着他开门的响动，棉絮堆蠕动了一下，然后钻出一颗花白的脑袋。稀疏的白发里是一枚"核桃"——一张老太太的脸。他其实看得并不清楚，他的眼睛还没有适应屋子里的黑暗，但模糊中，他仍然能认出那个人是母亲。他扑通一声跪了下去，心里涌起无限的酸楚，他以为接下来，破棉絮里会伸出另一颗头颅，但是没有。那枚"核桃"上的两条缝隙张大了些，露出眼白，然后是失神的眼珠，另一条缝隙也张开了，是嘴巴。他能嗅到她呼出的难闻的气味，也能看见这张嘴里已经没有了牙齿。显然，她的牙已经掉光很长时间了，咬合的变化让那张年轻时修长的瓜子脸变成了现在的方形脸。

至少花了两分钟时间，老人才认出眼前的年轻人是自己的儿子长海。她仿佛瞬间年轻了十岁，腾的一下从棉絮中起身，尽管她的脸已经如此苍老，但是她的身材似乎并没有像大多数老人那样变矮小，依然是修长的。

他们拥抱在一起。他号啕大哭，而她则不停地摸着他的脸、头发和脊背，仿佛要把所有分别时错过的亲密都找回来。

"长海，你壮实了。"老人嘟囔着。

傍晚，丛长海从母亲那里知道，父亲丛大炮已经在一年多前去世。

临死前，丛大炮要求老伴和女儿丛长娟不要告诉他这个消息。"他在部队里，正是立功提干的时候。"多年的哮喘让他的喉咙沙哑，吐出的每一个字都像是春天刮沙尘暴时风沙穿过破洞窗户的声音。"家祭无忘告乃翁，"他接着道，"将来长海衣锦还乡，把好消息到我坟上告诉一声就行了，我也好跟列祖列宗有个交代。"丛长海不知道，为了掩盖自己已经去世这件事，丛大炮还在临死前挣扎着写了五封信，所以后来他收到的回信不但减少了，而且内容上跟他写的没有什么交叉。

而妹妹长娟，已经半年不住在家里。她偷偷谈了个男朋友，是个没有正经工作的年轻人。他带着她去了沈阳，说是去打工，只给家里回过一封信，告知一切平安，勿念，之后再无音信。

回来之前，他设想过种种可能——父亲的暴怒、自己的辩解等等，但是他没有想到这个男人已经死了。他从未因自己没能实现父亲的理想而自责惭愧，甚至，他是带着某种反抗的得意心理回来的：我就是这样，看你能把我怎么样？你不是豪横了一辈子吗？我就是不遂你的愿。可现在，他忽然感到自己是如此的大不孝。所以，丛长海只是闷着头吃一大碗手擀面，呼噜呼噜，面汤很快激发出满头大汗。母亲又端上一盘炒鸡蛋和一碗咸菜，还有半瓶酒。酒装在输液瓶里，盖着的橡皮盖子已经乌黑，他用牙咬开的时候嗅到了浓重的烟味，他知道，这一定是父亲经常摩挲的。丛大炮嗜烟好酒，尽管他的肺因为当年在战场上吸了过重的烟尘而受伤，也有哮喘，但仍然无法戒掉吸烟带给他的快乐。他常常深吸一口，过了好久才如同从几千米深的矿井脱生一样吐出来，接着一阵咳嗽，然后喷出一口黄黑色的浓痰。喝酒的时候，他把酒倒在碗里，先是用鼻子闻，然后用舌头舔，动作像狗喝水一样，接着是大声地吧嗒嘴，咂摸咂摸。他喝酒从来不吃任何菜，咸菜都不吃，他说任何其他东西都会破坏酒的香味。奇怪的是，这个几乎一天二十四小时都呼哧呼哧艰难喘息和咳嗽的人，在喝酒的时候丝毫不喘，更不咳。

丛长海看见酒碗里浮着一些细小的微尘，看起来像是烟灰，他不由自主地伸出舌头，像丛大炮那样去舔酒。动作不熟练，并没有多少液体进入他嘴里，但他清楚地感觉到自己舌尖的味蕾被激活了。在部队，他们基本喝不到酒，这种感觉是新鲜的。当兵之前，他曾偷偷喝过丛大炮的酒，每一次都紧张地吞咽一大口，然后忍住喉咙里的辛辣，防止自己咳嗽而暴露。他其实并没有真正尝过酒是什么味，直到现在，他才在心里承认父亲的喝法是有效的。

丛长海没有问父亲死时的具体情形，他相信这件事会在接下来的生活中一点一点知晓的。他心里更多的是在思考一个问题：现在，自己应该干些什么，能干些什么。从部队回来的一路上，他经过了河南、河北、山东，每一次火车到站，他都会下车去转转。他看见，火车站里的景象已经跟他最初当兵时很不一样了。五年前，运兵车经过的所有地方都看不到人，不管是乡村还是城市，而现在，车站里外都能见到卖各种土特产、袜子、香皂的小商贩，山东站的大葱有一人多高，像棵小树。还有一个人，后背上绑着一根杆子，杆子上挂着半只羊，边走边吆喝着卖羊肉。让他差点没赶上火车的，是车站附近商店门口黑色的匣子里传出来的歌声，那和他在军队听到的歌曲截然不同。而火车上，他看见了衣着鲜艳的人，有的女人甚至长着卷曲的头发，涂着红色的嘴唇，脸上的粉比炊事班最白的面还白。

他在郑州站买了一盒大前门，准备回来给丛大炮抽。那盒烟一直揣在他上衣口袋里，直到三天后他去坟地给丛大炮上坟，才被点燃。

坟地在镇子西北面的山坡上，很多土丘如同青春期男孩脸上的粉刺，毫无规律地分散排列着。旧坟荒草萋萋，新坟黄土仍潮，只有一条小路从镇子通向这里，绕过所有的坟之后，又延伸去往西边的村庄了。这样的坟地里，没有墓碑，哪个坟埋着什么人，只有自家人才知道。有些人家因为搬走，或者因为死绝了，坟就成了无主的孤坟，很快便被不断堆积的沙尘和枯草抹平。有时候，那些要埋葬死者的人在一处空地挖了半天,会惊讶地发现自己挖开了一座老坟,他们只好匆匆掩埋,重新选地方。

丛长海按照母亲的交代,过了镇子西口那棵半枯半绿的杨树,往西北数到第二十五个坟堆。他看着眼前的坟包,心下想,错不了,这里面一定是丛大炮。因为在周围,只有这座坟的坟门是歪向东南的,其他的都朝向正南,就像丛大炮永远向左边歪着的脖子。据他自己说,在朝鲜的时候,一枚弹片划断了他左边脖子的一根筋,但幸好没有全断,被军医连上后短了一点,以至脖子总是歪着的。

丛长海把剩下的那点儿酒还有那盒烟摆在坟前,跪下,不知该说什么好。后来,他的膝盖跪麻了,便坐在草地上,打开酒瓶,把酒洒在地上,然后点燃三根烟,也放在地上。他就这样一直坐到太阳落下山去。他拆开了一封信,是父亲临终前留下的最后遗言,只能他回来再看。

"兔崽子,"老丛在信中写道,"看到这封信,我就是知道你这个熊包没当上将军。没当上就没当上吧,这么多年不打仗了,在军队里当个将军也没意思了。"

坐两天两夜火车回来的路上,他一直在想,如果他不可能成为飞行员或者伞兵,注定要一辈子在地上生活的话,他也要做一些这镇上所有人,包括父亲丛大炮从来没见过的事。他已一无所有,不如让一切有个重新开始的机会,念紧箍咒的人已经走了,他能跳出三界五行,再也没人管得了他。

首先,把母亲安顿好,他要出一趟远门,去北京。

给他目标的,是五年军队生活里他唯一能看到的东西,报纸,过期的报纸。除却在新兵连,他曾和班长、战友一起读过时报,后来的四年多,他只见过过期的报纸。有些过期一个多月,有些已经过期许多年,他孤独地做饭、养猪的岁月里,无数次感谢自己曾被父亲逼着识字,虽然不多,但他费尽力气弄到一本新华字典之后,那些文字便都难不倒他了。他从发黄报纸上的铅块字里,得知广播里听说的伟大人物接连去世,还"看见"唐山的大地疯狂震动。

他印象最深的是1976年3月8日,那一天他看见东北方的天空流星如烟花,频频跌落,猪圈里的猪恚哼哼唧唧,仿佛预感到什么。后来,两年后,他终于在一张几乎破碎的《参考消息》中读到:3月8日,吉林市北郊,天上降落有记录以来最大的陨石雨,那些来自宇宙的石头的数量、种类和样本收集量均居世界首位。他无数次对着夜空发愣,身边是从山下捡来的石头——石头,他无法想象类似的陨石如何从高远而空的天际跌落,而且燃烧着飞翔。那得是多远的距离,那得是多么艰难的旅程。

陨石也落在他心上——石头的火点着了他的血,石油一样的血,他不禁想,生而为人,实在很渺小。而他的天地尤其小,林东镇—军营—猪圈。他希望自己是一块陨石,能脱离母星,穿过漫长的虚无,抵达一个新的世界。这是此后一切的起点,但不是起源,起源在他的脑袋里、心里、肉里。

给他底气的,是口袋里的一沓退伍费,更是他回家一路上和家中所见的景象。火车从南往北,他仿佛是从未来倒回了历史中。①

7

火车开了一天一夜,丛长海站得腿都肿了,特别是左腿,曾经的

---

① 丛牧之真正开始了以丛长海为原型和主角的小说创作,她写得笨拙而小心,每个字都要纠结很久。她还未能在真实和虚构间自由转换,也无法处理一些情节上的漏洞,比如对丛长娟的交代,只好一笔带过。但是,"写即正义",每在电脑上敲下一个字,就相当于从虚无中把丛长海捞出来一寸,她所好奇的他的生命、他那一辈人的历史,也就重现了一天。至少,她是这么鼓励自己的。写,写下去,不管写成什么样,只要在行动就好。她管不了太多,必须以最快的速度让故事进入轨道,至于走哪条路、在哪站停、最终要去哪儿,都等到路上边走边想吧——就像丛长海,他离开林东镇的这一天,只知道自己要去哪儿,却不知道自己要去干什么,一切都在路上,路会解决一切。

伤口开始隐隐作痛。此时离他回到林东镇已经过去大半年，这次出行，因母亲的去世，比他计划的晚了许多。

这半年里，他已经了解到小镇的生活是什么样的——那是另一座没有人看守的军营。他去了回来那天开业的百货大楼，看着是高高的三层楼，但是走进去才发现，里面并没有太多新鲜东西，主要还是农具和各种山货。男人们剃着寸头，叼着旱烟卷，一脸的木然；女人们要么一根辫子，要么是齐耳的短发，发灰的蓝裤子，衬衣略微鲜艳些，也不过是些红的粉的，夹杂着白色的碎花。那些花小得像白色的石灰点儿。

他满大街去找郑州站唱歌的那种黑匣子，没有，哪里都没有，当然更没有卷曲的头发和红嘴唇。镇子上通电没几年，高瓦数的变压器据说早就计划安装了，却一直没有装起来，导致电压不稳，十几瓦的灯泡经常突然间灭掉，整个镇子都像被装进了密不透风的口袋。而且，他找不到任何朋友，那些儿时的玩伴，多已娶妻生子，偶尔街头碰到尴尬地打个招呼，把烟口袋递给他。他只能摆手拒绝。"嚯，你口音变了。"他们说。他也不能否认。在部队里，他至少还有一栏猪，现在，他只有父母留下的那两间黑黢黢的房子。天气已经有了凉意，菜地里的夏菜都渐渐枯黄了，吃不完的老黄瓜皮变厚，可肚子里却是越来越大的空隙，西红柿秧几乎半干，西红柿倒是红红黄黄的，很亮眼。黄昏时，他坐在菜畦旁边，摘一个柿子吃，仿佛还在军营的菜地里。某一天，他就这样枯坐了一夜，清晨时，站起来，那双裤脚浸染了露水，阳光照下来，小小的露珠努力反射着整个世界。

我得出趟门，他想，我必须出趟门。

……

他强行压制着疼痛引发的有关受伤的回忆，让自己加入旁边几个乘客的闲聊之中。刚才，对面那个小个子男人把烟口袋给他，他本能地拒绝了。这会儿,那三个人吞吐着浓黑的旱烟,正在讨论北京烤鸭的鸭子到底是公鸭还是母鸭。丛长海一狠心,从自己的包里掏出了一盒烟——整节车厢,也没有几盒卷烟,人们抽的都是旱烟。丛长海拆封,掏出三支递给他们,自己也叼上一支,说:哥几个来一根儿,顺便借个火。三个人有些发愣,的确,极少有陌生人会把这么贵的卷烟分享给别人,以至他们的第一反应是:这小子是卖烟的吗?那时候,偶尔会有人拿着一盒烟,在火车上挨个车厢一根一根地卖。丛长海看懂了他们的犹疑,赶紧说:不是卖的,给你们抽的。三个人这才接过去,用之前已经快要燃尽的烟蒂仅余的那点火星把新烟点着,狠狠地吸了一口,一股烤烟的香味立刻扩散到整节车厢。还是那个小个子男人,把自己的烟递给丛长海,他对着点着了自己的烟。人们的交谈明显热烈起来,最显著的特征就是从讨论北京烤鸭的公母转移到了到底谁吃过烤鸭。没人吃过,但是他们似乎都十分清楚烤鸭的肥美,每个人都用夸张的语言来证明自己的确知道烤鸭有多香。丛长海心里想,到了北京,一定得尝尝北京烤鸭。

一根烟抽完,四个人已经成了无话不谈的朋友,尽管各自的口音略有差异,但细聊起来,他们的老家都没有相隔多远。说起去北京的目的,小个子男人——叫李海龙,是去那里打工的,他有一个远房亲戚,前些年是个不大不小的官员,"文革"受到迫害,刚刚平反了,恢复了工作。但是这个人对在体制内工作失去了信心,也失去了兴趣,他害怕"文革"再来一次,他可没命熬第二轮,于是辞职下海搞起了建筑。他本就是学建筑的,前些年跟着单位没少盯各种项目,积累了不少经验,这会儿社会上正百废待兴,政府也加大了各种基础设施投资,正是建筑行业大干一场的时候。一开始,他拉起十几个人的包工队,不过一年,活就干不过来了,于是广发英雄帖——给所有的亲戚朋友家写信,只要是满十六周岁的劳动力他都招,工资每个月最少二百元。二百元可不是小数,在林东镇,一个家庭一年的生活开销都够了。于是，李海龙响应这个亲戚的号召，撂了一地的谷子和黄豆，起身去北京。另两个人是一个村的，他们去北京是想进货的，想倒卖一些服装、电子表之类的时髦玩意儿。消息也是来自在广东的亲戚。没干过，只是听说这东西利润高，俩人一合计，把家里的牛羊卖了，揣着家底就出了门。

只有丛长海说不清自己要去干吗，他确实还没想好，但是他知道那里一定有适合自己做的事——陨石落在地球上，总会有一个地球人发现它，把它捡回去摆在屋里做装饰，或者拿到实验室做研究。他能在那里找到让自己激动的东西。五年的军队生涯有的只是那种引体向上拉一百个、俯卧撑做一千个、打靶百发百中，而不是唱歌、跳舞、看小说、讲笑话。甚至因为生在和平年代，你想突如其来地做个英雄也没有可能，根本就不给你为国牺牲的机会。后来的日子，每次给连队里的几头猪添好猪食，看着它们吭哧吭哧地抢吃，他就想，自己和猪也没什么区别。他用勺子敲着几个盛猪食的铁桶，它们发出有节奏的声音，然后，他的身体就随着节奏扭动，这是他全部军队生活里最惬意的时刻，甚至连猪的哼哼声都是和谐的，都能跟他敲打桶的声音相配。他不得不感谢自己两年前的那次错误，准确点说，是感谢那根细细的铁丝，要不是有它，他也不会从收音机里听到那个频道，收不到那个频道，他就不会听到那些歌曲，听不到那些歌曲，他就不会被战友告发，然后被处分到这里来养猪。他继续偷听一些电台，那根被他用作天线的细铁丝被没收了，他又从猪栏中找到了一条新的，更好用。那台小收音机——他在被审的时候，说自己丢在了荒地，其实是藏起来了——就在猪食槽底下的一个缝隙里。

他的躁动压制得太久了，以至于他自己都以为这一切已经平息，并且不会重新激荡。离开部队前，他还没有幻想过重新出发会怎样，因为他在家里跟在部队上没有太大的差别，那个刻板、严肃的丛大炮就是一支军队。可是他死了。丛长海这几天都在回溯父亲去世那些天自己在部队的生活，没有任何异常，他没做有关的梦，也没有任何相关的预感。哦，如果非要说他那时的生活里发生了什么事，只有一件，就是队里那头"功勋卓著"的老母猪生小猪时难产，不过接生技艺高超的丛长海顺利地解决了问题。老母猪活了过来，还产下了十头小猪崽。它又活了一年多，直到他离开前两个月才死掉，为了感谢和纪念这头五年内产下六窝猪崽的老母猪，连队没有把它剥皮吃肉，而是埋葬在了靶场的后山上。不过，全连队只有丛长海知道，它的尸体第二天就被人偷走了。不用想，一定是附近的村民干的，他们经常偷偷跑进军管区里的靶场，捡战士们没有发现的子弹壳。这两年，铜子弹壳在市场上价格不菲。肚子里常年没有油水的村民，怎么可能放过这头老母猪呢？尽管它并不胖，它的肉吃起来像是穿了十年的棉絮。丛长海去靶场，名义上是去扯猪草当猪食的，实际也是去捡子弹壳的。他攒了上百个子弹壳，夜里偷偷用猪食桶烧化了，准备做一支铜笛。连队的阅览室里，有一本笛子谱，他几乎背下了上面的几首歌谱。

当那台收音机彻底罢工之后，他陷入了长久的空虚之中。后来，他在一次扯猪草的时候发现了一支空弹壳，把它捡了回去。有一天，他举着弹壳在看，风吹过弹壳，发出轻微的呜呜声，他突发奇想。接着，他便每天都去扯猪草，几个月后，捡到了足够用的弹壳。他用熬猪食的铁锅把那些铜制的弹壳烧化，用一个木棍做芯，浇筑了一个不太标准的铜管。他又把铜管钻上洞。他的目标是自己做一支铜笛。但是，就在他即将成功的时候，一次例行检查发现了这支不成型的铜笛，它被当成了枪管。他们认为他被下放到猪场之后，心怀不满，想要自制枪支报复——那些还没有用完的空子弹壳也佐证着这个结论。因为有前科在，他的所有辩解都不可能被接受。

这才是他退伍的真正原因。

李海龙他们三个靠着车厢壁睡着了，七扭八歪，三个人的身体随着惯性都压在了丛长海这边，他半身麻木，但又不好抽身出来。他一动，他们三个都得摔倒在地上。后来，他实在撑不住了，便趁着火车拐弯刹车的停顿，把他们往另外一个方向一推，那三个人便靠在了对面的人身上。

车窗外透出晨曦，田野和房屋一点一点清晰起来，快速晃动的景象像极了人的回忆。每当这种时候，丛长海都强迫自己不去回想过去，而是去思考未来，尽管未来一片混沌，毫无头绪，但是他内心里总是翻滚着激动，仿佛自己正在急行军去赶赴一场荡气回肠的决战。是的，一场关系到全部命运的决战，除此之外，他不觉得还有其他什么事情能够做类比。他本能地相信，北京一定能给出他想要的答案。

北京北站在正午的太阳下有些刺眼，其实没有多少光，各种水泥建筑的表面也是土灰色的，一排排车厢是绿色的，但6月的太阳实在过于明亮，以至于所有的事物都不得不把光芒反射出去，那些光像是无处可去，只能在空气中四处乱窜，最后钻进人的眼睛里。其实是车厢里的暗和外面的亮对比太强烈了，眼睛在短时间内难以适应这种反差。那三个人都举起了手，挡在眉骨处避强光，只有丛长海毫不躲闪，甚至还抬头看了一眼亮到几乎消失的太阳，这是北京的太阳。在新兵连时，教官训练他们站军姿，是在比这还要热、还要刺眼的太阳下，他们不能眨眼。眼睛最开始酸涩，然后是干痒，接着流眼泪，等泪腺发现流泪并没有任何用时，也就停止分泌泪液了，而那种难熬的干涩随着时间的流逝，也成了一种习以为常。他们练就了炯炯有神的目光。

"就算是用眼神，都能把敌人逼退。"教官说。那时候，他们坚信眼神也是战斗力。

四个人分成了三拨分开了，一个去德胜门的建筑工地，两个去岳各庄批发市场，丛长海则走出车站，沿着马路毫无目的地游荡。很快，他发现自己不只是毫无目的,而是迷路在西直门附近纵横交错的立交桥、过街天桥和岔路中,那时候,机动车道和行人道还没有分得那么清楚,他便跟车流一起流动着,汽车尾气闻起来有一种特殊的香味,跟靶场打靶训练后的味道有些相似,都是某种物质被灼烧后的味道。

后来,他走到了新街口大街。两边是一些低矮的商铺,玻璃店、民族乐器厂,公交车拖着长长的天线叮叮当当驶过,那是有轨电车。也有一些马车嘚嘚地跑过去,马儿竟然能在奔跑的同时排泄出一串马粪。

一座新建的过街天桥上,孩子们在蹦来蹦去跳皮筋:学习李向阳,坚决不投降,敌人来抓我,我就跳高墙。① 他默默看了一会儿,但没有走上那还能看见水泥的湿印的天桥。香味从路边飘过,顺着鼻翼,钻进他的肚子,引起肠胃一阵蠕动。饥饿如阳光般涌来。

手写的牌匾,白漆已经剥落,露出裂纹的底板。他走进庆丰包子铺,梭巡了一会儿,要了二两霉干菜的包子和一碗豆浆。② 完全没有

---

① 丛牧之记得清清楚楚,大二时,她跟同学从通州进城,先去西单逛商场,后来沿路走到新街口南大街,曾经上过一座天桥。她们在路东面,为了吃路西边的那家网红新川面馆的凉面,走上天桥,还在上面站了一会儿,用手比画着摄像机的样子,对着南北向的街面,讨论着该怎么用镜头。想不到,父亲第一次到北京也走过这条路,只是,不知道那座天桥是不是这座天桥。即便是,也只是位置相同,天桥肯定被更新过许多次了。写到后面,她想起来了,网络歌手雪村还拍过一个电影,就叫《新街口》,那是2006年的事儿。这一段,父亲的日记里写得其实很简略,只有一个路线图。他并没有说自己是否进了包子铺和电影院,不过从后来,也就是1995年的日记对此时的回忆来看,应该是进电影院了,而且看了一个对他影响深刻的电影《巴山夜雨》。在这里,另一件更重要的事情是,母亲肖月在父亲离开十余年后,同样走在这条街上,买了录像带回去。所以说,他们一家三口,曾在不同的年代里,站在同一块陌生的土地上,看到了不同的人和景物。有些店铺物是人非,有些店铺早已数次易主。很可惜,生活不是电影或纪录片,没办法用"蒙太奇"把三段拼接到一起。

② 对庆丰包子,丛牧之印象最深的就是那一年国家领导人去店里视察,后来他们推出了"套餐"。他们学校附近原来并没有这家包子店,后来才有的,说实话包子的味道并不怎么样,哪怕是新出笼的包子,也总有一种陈旧的气息。写这段时,她点了庆丰包子的外卖,就是父亲吃的霉干菜包子和豆浆。霉干菜里吃出一大颗花椒,豆浆是豆粉冲的,甜到发腻。她不知道80年代的霉干菜包子和豆浆是不是也这个味儿,但对父亲来说,那一定是新鲜的味道。

吃饱，他感觉东西太贵了，如果敞开吃，他一顿得吃掉半个月的津贴。他继续往南走，新街口电影院出现在眼前。影院门口贴着一些电影海报，丛长海浏览了一下，发现最近的一场是《雪孩子》，动画片，便转身离开了。

这时，他听到了一阵喧哗声，从不远处的一条胡同传来，喧哗的背景是一首不熟悉的很动感的歌。

丛长海走过去，胡同口挤满了人，他个子高，再踮起脚，差不多能看到胡同的全貌。

他看见胡同里面走过来一个人，那人的头发很长，却是个男人。他穿着一件牛仔裤，裤子很特别，裤脚肥大，像一个喇叭——丛长海脑海里跳出"喇叭裤"三个字，这是他从广播里听到的，但并不知道是什么样子——他认定这就是喇叭裤。接着，另一个烫了头发的人走过来，脑袋像一朵黑色的云，还是个男人，嘴上叼着一副眼镜。两人走得很昂扬，胸脯挺得比他训练走正步时还高，眼神更高，仿佛越过丛长海的头顶，看到了无限远处。然后，有个女的出现了，花裙子，裙摆到了膝盖以上，脚上是高跟鞋。那鞋跟至少有一拃高，似乎每走一步，都要给地上踩出一个深坑才罢。他看见了她的领口，那儿有一小片雪白的胸脯露出来了，让他恍惚了一下，仿佛在雨天被闪电晃了眼睛。女人竟然是光头，耳朵上戴着一副巨大的耳坠，几乎要把耳垂给拉到地面上。她的嘴上涂了口红，却不是红色的，而是紫色的。另一个女的，短裤，裤边到了膝盖上面十厘米，上身是男士衬衣，头上戴一顶礼帽。她也叼着烟。

口哨声和呐喊声此起彼伏。丛长海明白了，这是一场自发的时装秀，这个词当然也是从广播中听来的。

突然，一声刺耳响亮的哨声响起，不同于那些搓指于口而吹出的口哨，它是被人用铁质哨子吹出来的，越过人群，直冲云霄。人们开始骚动，音乐停止。有人喊，警察来了。看热闹的人四散而去，那些服装模特也瞬间消失在胡同里，仿佛不曾出现过。

丛长海侧身，躲到了一个墙角，并未从刚才的景象里抽身。他何曾见过这样的人和事呢？

几个穿着白色警察制服的人走过来，他们并没有抓捕犯人那种急匆匆的样子，而是慢悠悠的，可能是对这种情况见怪不怪了，或者，他们根本就不想抓捕谁，只是按规定驱散聚集的人群而已。他们经过丛长海时，停下来看了看，发现他穿的是绿军装，没理，又向胡同里走去。

丛长海又等了一会儿，胡同里没有模特走来，连警察也没再返回。他便继续沿着这条街道往前走，走着走着，看见街边有一家音像店，在售卖各种录音带。店里正在播放《太平洋名曲精选十八首》里饶兰演唱的粤语版《兰花草》：我从山中来，带着兰花草。种在小园中，希望花开早。他瞬间就被迷住了，尽管他听不懂粤语歌词，但是那种既青春又略带慵懒的气息，一下子就连接上了他心里这段时间实实在在的郁闷和莫名的激动，它们同频共振，让他几乎浑身颤抖。丛长海冲进音像店，发现歌声是从一台最流行的燕舞牌录音机里发出的，磁带正在录音机里匀速转动着。他急切地想知道唱的是什么，歌词到底讲的什么内容。一个头发很长的青年人，正随着歌声弹一把吉他，他并不太会，只是偶尔弹拨一下。丛长海问他这首歌叫什么名字，长发青年头也不抬地说"《兰花草》"。丛长海又问他有没有歌词，他说买磁带，磁带盒里有歌词。丛长海没有任何犹豫，掏钱买了一盒，用最快的速度拆开，找到《兰花草》那首歌。他看见歌词了，但是这时候，磁带转到了下一首歌。丛长海问长发青年，能不能倒回上一首歌，他想再听听。长发青年放下吉他，在录音机上按下暂停键，把磁带拿出来，两面看了看，又找出一支铅笔，插进磁带左边的卡轮里，往回倒了十几圈，再把磁带插回录音机卡槽。他倒得很准，磁带转动时刚好是上一首歌的结尾，接着就是《兰花草》。歌声响起，丛长海的嘴也张开了,他一边看着歌词一边跟着唱。

长发青年瞪大了眼睛:"你会说粤语?你是广东人?"丛长海没有回答,继续唱,直到歌曲终了。

"你会粤语?"长发青年再次问道。丛长海回答说不会,这也是他第一次唱。

"那你他妈就是个天才,你不但粤语歌唱得很像,而且音准也很好啊。你要是声音再好点,就能去当歌手了。"

丛长海又挑了三盘磁带,长发青年还给他打了个八折。他又问长发青年,吉他在哪儿买的,多少钱。长发青年说,沿着这条前往南走,路西有一家乐器店,大部分乐器都有。丛长海从音像店出来,发现自己失去了方向感,不知道哪边是南哪边是北了。管他东南西北,反正这里是北京,他哼着歌,继续走,直到再一次看见新街口电影院才恍然发现自己走反了。这会儿,《巴山夜雨》即将开演。①

等他走出电影院的时候,看见的已经是北京的夕阳了,黄昏的暧昧光影中,一声响亮的哨音荡漾在天空。他抬抬头,看见一群鸽子飞过。声音似乎是从鸽群中发出来的,但他不是很明白,鸽子为什么会发出哨音。他只觉得那声音在云层之上。

丛长海没想去找旅馆,他清楚地发现,钱和钱是不同的,同样是五毛钱,在林东镇能吃两大碗面,可在北京只能买一两包子。他口袋

---

① 丛牧之始终无法理解,这部电影何以深刻地影响了父亲的人生。她知道,也浏览过这部电影,甚至还专门去查过相关资料,这个电影是反思"十年动乱"的,按理说与父亲接下来的人生并无直接关系。可是,他在十多年后的日记中却用了近两页的篇幅来追溯自己的观后感。"我找到了方向,"他写道,"我终于冲破浓雾,看清了前方的道路。谢谢《巴山夜雨》。"丛牧之猜想,可能电影只是他的一个"征兆",或者说,丛长海把在北京的一切经历和感受都凝聚在这部电影上了,包括《兰花草》等。另一个问题是,他的这段话写于1999年,那时候他兜兜转转,再一次到了北京,也重新走在了新街口大街上,物是人非,所以这一刻的感受早已超越了"起点"的意义,而是承前启后,既带有对最初的激动的肯定,又带有随后十几年人生的经历。丛长海无论如何也不会想到,这部电影在21世纪,竟然仍然有人记得。

里攒的那点津贴和退伍费,在这里活不了几天。他更愿意把钱花在买东西上。比如吉他,他很想买一把回去,比如录音机,没有录音机,那些磁带也就毫无用处了。这些都需要钱,而且都不便宜。6月的天气已经很暖,晚上睡在大街上,也不会冷。

街头有卖烤红薯的,他买了两个吃下,胃里立刻舒服了。只是没有水,渴,商店里倒是有矿泉水和汽水,看了看,也没舍得买。街头的茶摊也不便宜,一碗高末要五分钱,他的干渴至少得两毛钱才能解。后来,他在胡同里向人家要了两碗水喝。这是他在北京感到的唯一不如林东的地方,那水有一种药粉味,不够清甜。

这次,他终于走上那座天桥,孩子们回去吃晚饭了,街灯已明,自行车铃声此起彼伏,公共汽车和小汽车也亮起车灯,整个城市显现出了它最温柔而有魅力的一面。丛长海透过天桥的木栅栏往外看,眼前的一切恍如海市蜃楼,他脑海里除了人声车声,仍然有《兰花草》的旋律在荡漾,还有《巴山夜雨》的场景不时浮现,当然更多的是车水马龙与自己回忆的交错。这一次,他没有再限制往事的流淌,而是任由思绪自由浮动、混合。他感到了前所未有的放松,那些缠绕他五年,甚至二十多年的站军姿、列队所带来的紧张感全部消失了。他甚至听见了自己的骨头在松弛,骨节和骨节之间有了更多缝隙,然后,和煦的暖风吹了进去,整个身体都熨帖了。

他第一次获得了比人更高的视角,尽管只是一个过街天桥,两米多高而已,但是站在其上,加上自己,他就能看三米多高了。当然,他并非没有过更高的视角,在老家的山峰之巅,他比大地高一千米以上,可是那时候看到的除了山还是山,看不见一个人。何况任何一个人都能抵达同样的高度。他曾多少次想象过在飞机上背着伞包跃下时,俯瞰大地的感觉,只是他从未获得过这种机会。

现在,他能够俯瞰人群、车流,甚至低矮一点的平房。空气清澈,即便是黄昏时刻,仍然能借着天光看向很远处。灯光虽然不能增加视野的明亮,却因为光色的对比让远处的天光越发清亮。近处有些凌乱和模糊,但远处却清晰,景山的白塔、西山都在影影绰绰中勾勒出自身的轮廓,犹如剪纸。

过一会儿,天色暗下来,世界便随光的暗淡逐渐缩小,缩到他脚下。

他走下天桥,又往北行,在积水潭桥下看见一个工地。围墙上的一行字提示,这里是地铁2号线的积水潭站,仍在建设中。

地铁——地下火车,他脑海里立刻回响起昨晚火车的轰隆声。突如其来的,他有了强烈的冲动,想要去坐一下地铁。可他没能找到——路人给指了方向,但他很快就在七扭八拐的胡同里乱掉,走着走着,他走到了后海。那是一大片水,微薄的夜色中,仍有人坐着游船在水中荡漾。他在岸边站了一会儿,有些塑料袋被湖水冲到脚下,他看了看,不知道是包装什么的。湖里的船缓缓荡向对岸,又转个方向继续漂动。他继续走。

不知道走了多长时间,他发现眼前的道路越来越宽了,而街两边的房屋也变得稀疏,接着出现一些高大恢宏的建筑。然后,他看见了一个大广场,还有城楼和对面的英雄纪念碑。他的心瞬间激动起来,误打误撞,他走到了天安门广场——这个一年又一年在报纸上看到、广播中听到的地方,他有过黑白的想象,此刻获得了部分的印证。呼吸有些急促,脚步却更快了,他几乎跑了起来。广场上人很多,散步的北京本地人、游客和各种摊贩,照相的、卖地图的、卖北京小吃的、表演杂耍的。

这是今晚过夜最好的地方了,他想。天安门城楼已经禁止上去,他便在广场的空地坐下,肚子又开始饿,他只好拼命咽吐沫。他准备在这里熬一夜,明天看升旗。①明天,最迟后天,他会回到林东镇,要做的事情,已经渐渐在心里成形。

丛长海还是坐上了地铁。

看完升旗,他无意识地随着人流走着,到了前门附近。游客们在谈论去看毛主席纪念堂,去逛小吃街,列数那里的羊肉串、爆肚和涮羊肉。丛长海饥肠辘辘,他一整夜滴水未沾,又渴又饿。但是就在他犹豫着要不要也去小吃街的时候,看见了地铁前门站。丛长海一下子忘了渴和饿,快步走下台阶,进入地铁站。几分钟后,他捏着窄窄的

---

① 丛牧之对"看升旗"印象深刻。父亲的日记里有详细记述,说他因为这一天晚上就睡在广场上,第二天在人群中排得很靠前,当第一缕阳光升起的时候,他看见国旗手从金水桥那边走过来,到了旗杆前,一套漂亮潇洒的标准动作。随着国歌声,国旗升到了旗杆顶。他不由自主地敬了一个军礼。等他发现自己敬礼的手势时,突然间泪流满面,他想起了部队生活,内心第一次满怀悔恨。如果当年他不那么顽劣,不那么任性,现在他早已是一个连级干部,甚至,如果他没有固执地拒绝那次好意——指导员让他报考军校的建议,他或许已经实现了那个有关伞兵的梦想,因为同年兵里,有人做到了这一点。但是,丛长海只让这种情绪波动了两分钟,便立刻放下手,把自己拉回到现实中。"我拒绝悔恨,"他写道,"但是我感激这次看国旗的经历,它让我发现了人并没有多种可能,眼前的路,永远只有一条,选择了便只能走到底,不管那里是山顶还是谷底。一切的一切,只有向前,一切的一切,只能向前。"日记上画着一个箭头,指向两个字"林东"。那么说,正是在这个全中国的心脏处,丛长海找到了自己的未来?写这一部分,丛牧之不能不想起自己看升旗的经历,她和父亲隔着三十多年,做了同样一件事。那是开学后的第一个周末,同宿舍的几个人商定,周五晚上集体去天安门广场,周六看升旗仪式。初到北京的女孩们为此兴奋激动,这是她们第一次集体行动,也是她们第一次真正要在北京的街头行走。她们将走出校园,走上车水马龙、灯红酒绿的大街。她们准备下午先去新街口,据说那里有很多服装店,先逛一晚上,然后沿着新街口大街一路向南,到西单后左转,这条线路与丛长海当年走的路,极为相似。广场上人山人海,她们根本挤不到最前面。那个秋夜,天气十分凉爽,甚至有些微冷,她们不得不靠在一起维持暖意。几个人都迷迷糊糊地睡着了,晨曦微露时,丛牧之被一股尿意憋醒。她站起身,身边都是东倒西歪的人,广场上安静极了。天光已经透亮,目测很快就要日出,她试图坚持一下,可是不行,她憋不住了。丛牧之在一个同宿舍女孩耳边说了一句"我去厕所",就跑了起来。等她十分钟后气喘吁吁地赶回广场时,太阳已经跃出大半个身体,国旗已经在旗杆顶端飘扬了。她透过人缝,看见国旗班的士兵们走着正步回到了天安门城楼里。丛牧之错过了升旗仪式,她怔怔地看着湛蓝的天空和飘动的红旗,心里有一种奇怪的失落感。在写这部小说的此刻,她为当年的失落找到了对应的情感——她错过的不是升旗仪式,而是跟父亲唯一一个重合的机会。

一张纸票,坐上了1号线。他发现,地铁车厢的外观跟火车一模一样,只是里面的座位排列方式不同。早班地铁人很少,丛长海找了一个座位坐下,地铁车门哐当一声关闭,开始在隧道里行驶。两侧的黑暗让他感觉如同火车在过隧道。丛长海发现自己在第三节车厢,再往前两节就是车头,他在摇晃中走了过去。透过一扇小窗子,他看见了驾驶室,司机正在操纵里面的操纵杆,再往前看,是黝黑细长的地铁隧道。接着,前方显出了光亮,光亮越来越大,是到下一站了。丛长海在地铁上坐了五个小时,他的饥饿感已经过劲儿了,只感到身体发虚,口腔里充满胃酸上返的味道。他得下车了,再坐下去,他可能会晕倒。而且,他已经把1号线来来回回坐了好几趟,甚至能熟练地背下所有的站名。①

8

两天后,丛长海背着一只木箱子回到了林东镇,木箱是他在一个胡同里捡的,松木打造,很沉实。

他的新生活开始了。

其实,从动身去北京时起,甚至从退伍的前一天起,那件要做的

---

① 这一段其实是丛牧之虚构的,因为丛长海的日记里,只记载自己看见了"前门站",并没有说坐了地铁,更没有记录坐地铁的感受。丛牧之觉得应该让父亲坐上这班地铁,这对他后面的人生——她所写的这个版本,有着重要的意义。而在第一节车厢看驾驶室和隧道的细节,则完全来源于熊仔。任何时候坐地铁,熊仔都会在第一节车厢,趴着窗子看车头前面的隧道。熊仔三四岁时,丛牧之不得不一手拉住栏杆,一手扶住他,防止他被摇晃摔倒。由此,她也看过这些场景。她后来问熊仔怎么会对这个乐此不疲,熊仔说,妈妈,你不觉得过地铁隧道特别像宇航员在太空滑行吗?穿过长长的黑暗,去追一片光亮。说这话时,熊仔已经十岁了,开始迷恋所有和未来、和宇宙有关的东西。他甚至开始对人工智能感兴趣,那个童年时让丛牧之差点误以为是自闭症的小孩,竟然把编程课学得很好,能自己跟朋友一起设计简单的小程序,那个程序可以模仿鸟叫什么的。丛牧之的私心,是希望用这种方式让父亲和儿子两代人实现沟通。这一段,她写得心酸流泪。

事就像一只孵化的雏,一直在努力破壳而出。只是他无法确定蛋壳里钻出来的到底是小鸡、小鸭还是小鹅,或者说,他必须要来一场这样的旅行,把内心的不安消耗掉,只剩下最初的那个念头,才会义无反顾。当然,去北京还有更重要的收获,那就是购置器材。他背回来的那个箱子,里面装着一摞磁带,还有一整套理发工具——推子、刮胡刀、小块磨刀石、塑料梳子、剪刀,以及一块白布。这些来源于他第二天下午在立交桥下看见的剃头挑子:穿着白围裙的老师傅,正在给一个老人剃头、刮胡子。他也在那里剪了个头发,看着一丛短发从脸颊滑落,他突然豁然开朗,想明白了自己要做什么,然后一切都被照亮了。

他要开一家理发店。这将是林东镇第一家理发店。接下来的一天,他有意观察了人们的发型,他看见那些女人烫着卷发,可惜他买不起烫发工具,不过他有信心凭借仅有的工具,把整个镇子的脑袋都修剪得比原来漂亮。他也买不起录音机,但这不妨碍他捧着几盘磁带的歌词,幻想着听它们。他可以在收音机里零星地听到这些歌曲,然后记住大致的旋律,再然后就能自己哼出来了。没人知道他唱得准不准,也没人在意。

长海理发店开张了,在林东镇西边的一条小街上。

丛长海为此做了半个月的准备。他把这些年来压抑和积攒下来的想象,全都派上了用场:过年写春联和制作挂钱的彩纸,被他写上了理发店的招牌和介绍,贴在已经脱漆发白的窗棂上。用母亲的一条红丝巾围成的红灯笼,挂在了屋檐,灯笼里并没有灯泡,所以只在白天的时候才会被看见。平房的外墙,已经涂抹了新一层黄泥,且不像其他房子那样抹得平整,而是有些地方凸起,有些地方凹陷,如果站在街面上看,就会发现那些凸起和凹陷形成了人的头颅的样子。这些浮雕模样的人,有着各种新奇的发型,都是他从北京街头看来的。这是他在天安门的人民英雄纪念碑的浮雕那里学来的。他几乎把在北京看到的一切都迁移到了林东镇，只不过大多数都换了种方式。在将来，他想象中的理发店还会有一台录音机，一刻不停地播放着流行歌曲：我从山中来，带着兰花草，种在小园中，希望花开早。生意顺利的话，半年后他就能实现这个愿望。他还抄写了十几张海报，上面写着"长海理发店"的地址和宣传语：来吧，给自己一个机会，跟世界一起改变。宣传语很模糊，并没有提到剪头发的事，甚至没写给自己一个新形象，而只说"给自己一个机会"。那时候，人人缺少一个机会，但人人又都不清楚自己缺少的是什么机会。①

生意惨淡，应该说，开业一个星期，他没有做成一单生意。

许多人循着海报或口耳相传来到长海理发厅，人们对各种花花绿绿的手写字和墙上的浮雕指指点点，很感兴趣，但一看见理发的价目表就都发出一声冷哼：剪个头发要这么多钱？谁家没剪子啊，随便剪两下就行了。那时候的男人，大多数剃的是光头或者毛寸，只有少数政府官员和有钱人才会偶尔到赤峰的理发店去理发。女人们则主要是齐耳短发，长的就扎两条辫子，年纪大的用黑色的发罩把头发团起后罩住。

丛长海还是剪了两个头发的，但这两个人都是亲戚，没收钱。一个是他妹妹丛长娟，那年丛长娟十八岁，春节后跟男朋友从沈阳回来了，叫嚷着要结婚。家里的户口本，她外出时给拿走了，回来后，直

---

① 丛牧之理解这种集体性的躁动，在80年代，整个世界仿佛处于青春期，人们都有种跃跃欲试要干些什么的冲动。对大多数人来说，大家释放这种冲动的方式只能是改变自己，改变了自己，也就改变了世界——如今，是世界在改变人们，世界变了，人们不得不做出适应性的改变。在这个意义上，丛牧之很羡慕父亲所经历的时代，但她也有自己的怀疑。她参与过一部片子，是在改革开放四十年时拍的，采访很多80年代的当事人，他们的大部分回忆都把那个时代塑造成一个群情激奋的年代，人人充满理想，人人充满力量，人人相信未来会更美好。但也有人对这种论调降温，说对普通人来说，事情并不是这样的，老百姓更多关心的仍然是吃喝拉撒睡。"日常生活"，那个学者使用了这样一个词语，"对当代中国来说，尤其是对普通人来说，日常生活才是他们生存的核心，也是所谓的现代性的核心。中国的现代化，在本质上应该是日常生活的现代化"。

接去派出所领了结婚证。丛长海跟妹夫见了一面,那是个瘦高个的小伙子,两只眼睛像猫头鹰,看起来精明、阴鸷,他不喜欢。但是长娟已经跟他结婚,也只能如此。丛长娟把户口迁走,户口本才回到丛长海手里,但那上面只有一个地址,已经没有人了:父母去世,妹妹出嫁,他的户口因为各种原因一直没有落下来。

办酒席那天,丛长娟来找丛长海,她得有娘家人送,要不然成什么事?丛长海答应了她,却提出一个条件:给她剪头发。丛长娟被丛长海半威胁半祈求地摁在椅子上,把头发理了。理完发,丛长娟哭了一晚上,她觉得她彻底告别了丛家,也告别了过去的自己。丛长海把她养了好多年的长发,剪掉了一半,坦白说,理完的丛长娟比原来好看了,当时她人长得瘦,脸长,再留个长发,就越发显得脸长。现在的头发齐肩,并且稍微内卷了一点儿,刚好托住了下巴,那张长脸就有了凭依,不再突兀了。丛长娟是舍不得自己的一头长发,她准备再留一年,然后卖给收头发的,好用这笔钱去买那块她渴望了好久的电子表。① 她的朋友们都有了,时间不在挂钟里,而在她们手腕的电子表里。

婚礼酒席结束,丛长海递给妹妹一个小盒子,里面就是一块电子表。丛长娟红了眼眶,喊了一声"哥"。丛长海说,往后的日子只能自己过了。他相信那个高个子妹夫不会欺负妹妹,他不敢,刚才敬酒的时候,他已经给过他警告了。

丛长娟把电子表拿出来,戴在手腕上,屏幕上的数字闪烁着。

它报时几点,就是几点,无可怀疑。

---

① 对姑姑,丛牧之的印象一直很模糊,支离破碎。她想不起童年时母亲一个人带她,姑姑帮过她们什么,也记不得有过多少密切的交往。后来,镇子南边的市场开业,姑姑和姑父也租了摊位,倒卖服装,赚了不少钱,卖肉的母亲因为一次瘟猪肉事件亏了,曾经去跟他们借学费,姑姑没有借。丛牧之猜想,姑姑和父亲之间一定有什么过节。父亲日记里有关姑姑的记述也很少,寥寥几笔,可见不是兄妹感情一般,就是他们之间关系不好。但是他俩到底有什么矛盾呢?丛牧之写到这里,故事出现了卡壳,她又重新回去翻看日记,却没有找到好的解决办法。她只能把姑姑的故事寄予将来,说不定她能想起、发现比较关键性的材料,或者能用小说的方式去填补这块空白。

第六章　暮雨晨风

1

一夜之间，音像店多起来，电器行也多起来，冰箱、洗衣机和彩电越来越先进，单开门、双开门、绿色节能，每隔一段时间就会有一个新产品出现。林东一中的高中生们，男孩子开始流行骑山地车，女孩子则是粉色、红色的公主车，当然也有不少人仍然在骑"永久"和"凤凰"那种高梁大轮的自行车。就在几年前，这些还只是电视上才能看见的新鲜物品，如今正一点一点包围他们的生活。

少年们还记得一年前第一台山地车和第一台公主车骑进校门时的轰动场景：那个夏日，从镇子东头通往西头林中一中的主街上，一路都响着清脆的车铃声。没人知道高晓军和李木玲是不是提前商量好了，他们几乎是同时出门，同时在步行街那里跨上自行车，并排着骑向学校。是高晓军先按响铃铛的，不是为了炫耀，而是为了催前面挡路的人赶快走开。铃声提醒了李木玲，她也按响了铃铛，两个人就这样心照不宣地一路摁着铃铛，缓慢骑行到学校。在他们身后和周围，渐渐聚集起一大堆骑着高大的老式自行车上学的孩子，还有一部分走路上学的孩子，他们的眼睛都盯着这两辆新车，一路追逐议论。

按说，山地车和公主车的模样算不上陌生，孩子们多多少少都在电视或某些商店的统一广告传单上见到过，但是还没有人见过实物，更没有人看着身边的伙伴骑着它们行驶在街道上。一瞬间，林东镇所有孩子的心里都涌起了要去试一试的冲动。

上课铃响了，那两辆车停在车棚里，完美地诠释了"鹤立鸡群"这个成语。一下课，就会有一群孩子跑下教学楼，到车棚去看新鲜，还有人忍不住上去摸一摸。这时候，不用车主人，他和她的朋友们就会上前制止，因为这是他们刚刚获得的特权——帮他们看车。

很快，不到一个月的时间，山地车和公主车在车棚的比例就开始急速上升，并且样式越来越多，仿佛在边疆小镇展开了一场军备竞赛。丛牧之当然也想要一辆。不过，她并不是像其他女孩那样，想要一辆粉色的公主车，而是想要一辆男式山地车。对她来说，高晓军骑着山地车飞驰而过的形象，远胜过李木玲骑着公主车扭扭捏捏的样子，她喜欢那种洒脱的速度感。"那里面有一种自由。"她想。又或者，她爱屋及乌，喜欢的是骑在车上的人。他个子很高，头发分成了金城武那种发型，有些随意凌乱，但自带一种魅力。刘海儿偶尔会垂下来挡住眼睛，他通常用两个潇洒的动作来解决这个问题：对着刘海儿吹一口气，或者轻轻甩一下头。那双独有的热烈的眼睛就会再次出现在对面人的瞳孔里。他是这所中学的风云人物，因为他永远是镇子上的时尚先锋，第一条紧身牛仔裤、第一台VCD放映机、第一个索尼随身听、第一盘崔健演唱会磁带，以及现在的第一辆山地车，都是他最先带来的。高晓军的父亲是巴林旗西北部铅锌矿的副矿长，他有着同伴们数倍甚至数十倍的生活费和零花钱。他姐姐十年前嫁到了北京，总能第一时间把大城市流行的东西寄给他。

坦白说，他长得并不漂亮，跟哪张明星的脸都不像，典型的北方人长相，但是高、瘦，长头发遮住了颧骨的一部分，比其他人都时髦的衣服让他看起来总是更利落也更成熟，仿佛一个被流放在小镇上的城市少年。更何况他会弹吉他唱流行歌曲，还会跳太空舞步，每一年的联欢晚会，他都会带着自己的录音机、磁带，给同学们献上一首新学的歌、一支热舞。丛牧之就是在这一年的新年晚会上迷上他的。她在他隔壁班级，早就对他有所耳闻，晚会进行到后半段，总是一个学生接一个学生上台去唱革命歌曲，丛牧之昏昏欲睡，又因为喝了太多的汽水而内急，便从一堆瓜子皮、水果皮、糖纸中起身去厕所。在路过隔壁班的时候，门开着，她好奇地看了一眼：高晓军正在跳舞，下身是一条七分裤，裤脚在脚踝上方，上衣是小西装，头上戴一顶黑色礼帽。他跳的是美国歌手迈克尔·杰克逊的著名舞蹈，就在丛牧之看的那一瞬间，他刚好对着门口做那个经典而性感的送胯动作。对于家里开录像厅并且接触过色情片的丛牧之来说，这个动作直接去掉了艺术的成分，显露了情色部分。她呆立在那里，脑中一片空白，耳边的欢呼声和口号声仿佛隔着几里地。然后他变魔术一样从空中拈出一枝花来——不是玫瑰，林东镇那时候没有花店，而且是在冬天，那是一枝用纱布做成的假花，但栩栩如生。尖叫达到了顶点，丛牧之却头晕目眩，差一点儿摔倒在地上。身体的倾斜让她立刻清醒过来，羞愧地逃到了厕所里，其实，没有任何人注意到她。

从那天起，这个男孩便从一个名字衍生成秘密梦境，即便在白日，也难以彻底从中脱身。她说不清自己为何对他着迷，只是冥冥之中感觉到他身上有着其他人没有的一种魅力，那仿佛是穿越时间的召唤：来吧，来吧，来和我一起，感受更遥远的世界。对远方之人的想象有了具体形象，丛牧之的脑海中，那个从未转过身来，如今已经失去消息的蓝岛，一旦转过头，就应该是高晓军的样子。甚至，有那么一些半梦半醒的片刻，那个被附着在无数人身上的丛长海，也是这个样子，还有一个又一个在电视、录像带见过的充满魅力的男性，最终也凝结为眼前这一个人。她其实自己有些恍惚，这个人虽然不熟，但也不能说是陌生人，怎么会突然间把她迷住了呢？

不久之后，她终于拥有了自己的山地车。一开始，母亲肖月给她买的是一辆公主车，最普通的那种粉色，前面带着白色的车筐，后面有一个红色的尾灯，不过自从买回来那天就没亮过。丛牧之推着它走进新开的自行车专卖店，又掏出自己省下来的零花钱，换回了一辆山地车。她骑上去，摇摇晃晃地往回走。她发现自己的腿不够长，无法把踏板蹬到最低处，只能像刚学自行车时那样蹬半圈，然后赶紧另一只脚蹬半圈。第二天上学的时候，她也是这么骑的，在校门口和另一辆车撞在了一起。那个人是高晓军，他从地上爬起来，惊讶于一个女孩子骑山地车。丛牧之口不择言地道歉，高晓军看了她的车忍不住哈哈大笑。他把车扶起来，帮她重新调整了车座的高度，让她上去试试。她小心翼翼地骑上去，这一次她能够用一只脚支撑到地了。她骑上车，飞快地走了，一句话也没有说。过后，她对自己感到生气，为何连句谢谢都没说。

从那天之后，他们再也没有偶遇。每一个课间，她都会经过隔壁班去厕所，然后在门口和每扇窗子前看一眼教室，多数的时候，那里面没有高晓军。偶尔能看见他，她就会在一段时间内心安，因为他还在这里。她听同学提到过，高晓军宣称，如果今年考不上，他不打算复读，要到北京的姐姐那里去，姐姐会想办法送他去艺术培训学校。

"将来你们只能在电视上看到我了。"他说。

她相信毕业晚会的时候自己还能见到他，因为学校早早就宣布了，在高考结束之后，学校会给毕业生举办一场盛大的晚会，庆祝他们告别高中生活，迎接新的世界。按照以往的惯例和经验，高晓军肯定会在晚会上表演。

在高考前最后一个月时，丛聪被这种心思折磨得几乎无心学习，当然，也是因为她的成绩并不能给她成功的保证，她每天都在患得患失。心烦意乱的时候，她装成高二学生，混进阅览室去翻看各种杂志。她偶尔会翻到《校园文艺》，不免又想起了蓝岛，以及自己跟他通信的时光。虽然才过去几年，丛聪竟然有了恍如隔世之感，她疑惑那时候的自己为何会迷恋一个远方的陌生人，一个只有名字和侧影的人。而后，她忽然惊醒：自己此刻对高晓军的迷恋又有什么不同呢？他是一个终究要离开的人。于是，她的热情瞬间如熄灭的炭火，没有了火焰，只剩下燃烧后的余温。但是回到教室，面对一张又一张试卷，高晓军的影子便又从脑海中浮起，吹着头发，向她微笑。

这种情况，直到她发现他的秘密，才戛然而止。

那是在考前两天，学校已经放假，高三的考生们都回家了，各自准备着自己的考试。那个黄昏，丛聪拒绝了母亲的陪伴，骑着山地车到学校去看考场。她得提前找到考场，最好是能透过窗子看见自己坐哪个座位。让她惊喜的是，她的考场就在隔壁高晓军他们班。那一刻，她还想：我会不会和他在同一个考场？转而又觉得自己好笑，怎么可能呢？

她扒着每扇窗子看，却始终没能看清自己的座位，只得作罢。

从学校出来后，她没有直接回家，而是骑着山地车去了南边的土城墙。丛聪已经很久没来这里了，土城墙上长满了蒿草，虫子熬过了白日的闷热，叫声渐渐低微，空气中有凉风浮动，但大地的余热仍在。

她翻过城墙，看见了不远处的巨石阵，想起埋在那里的东西。

"或许，应该去看看还在不在。"

丛聪轻轻地走过去，但是进入巨石阵之后，她却发现自己根本想不起来到底埋在哪块石头下面了。那曾经以为确凿的印记，竟然变得十分模糊，愣了半天，她颓然想，没想到自己和蓝岛会以这样的方式告别，幸好她留下了那张只有大海的照片。突然，远远地响起一声惊雷。每年高考，都会阴天下雨，仿佛是老天爷在帮那些焦虑的孩子冷静。她想，我得赶紧回去，没有带伞出来。

她的脚步突然轻快起来，无论如何，这么多年的苦读到了考验的时候，经过一段时间的调整，她已经不太为考试而烦躁了。她期盼着那个彻底解放的时刻。绕过最高的那块石头，丛聪突然感到肚子有些疼，她心里一惊：不会是来例假了吧？老师前天还特意在课堂上暗示过，女同学一定要注意，最好避开那几天，实在避不开，也要做好各种措施。她知道，有的同学甚至会吃避孕药，只为把例假推迟。她太大意了，根本就没有计算日子，心里还以为早着呢。

丛牧之不由得蹲下身，捂着肚子。过了一会儿，她听见腹部咕噜咕噜叫了两声，随即想起应该是中午偷偷吃的那根冰棍儿搞的鬼，虚惊一场。就在这时，她听见不远处的巨石后面，有轻微的响动，她停顿下来，心里想，这时候还会有谁呢？鬼使神差般，她悄悄走了过去。

雷又响了一声，似乎更近了。闪电的光芒下，她看见两个人影抱在一起接吻。哈，原来是有人在这里偷偷约会，她心中一笑，甚至感觉到了某种美好，仿佛获得突破禁忌快乐的是自己。就在她转身要走的时刻，一个人影说话了：高考完，我就走了。

她认得那个声音，是高晓军的。她愣住，心里不自觉地疼了一下，酸酸的。原来他有喜欢的人了啊，怎么从没听说过啊。他不是每天都跟那几个狐朋狗友玩儿吗？从来没见过他和哪个女生很亲密过，怎么突然就有女朋友了呢？

接着，另一个影子也说话了，这句话把她惊得几乎叫出来。不是他说了什么，而是他的声音，那也是一个男生的声音！她分辨不出具体是谁，但她能辨认出就是高晓军伙伴中的一个。

天哪，丛聪感到自己的心就要跳出来。雷声越发密集，她借着雷声的掩护，以最快的速度逃离了巨石阵。她听见了雨，就在身后追她。她拼命跑，好像一旦被雨追上，就等于在那两个人面前暴露了自己。

2

高考结束，丛聪发挥得很差。那天，她从巨石阵回到家里，大雨就席卷了整个小镇。她几乎一夜未睡，高晓军和那个人的身影、声音占据了她的全部心神，她一会儿努力回想另一个人的样子，一会儿想高晓军怎么会是一个……同性恋。那时候，她觉得连想到这个词都让人神经一紧。

7月10日，毕业晚会如期而至，但丛聪已经没有了庆祝的心情。不过，她还是如期到了会场。不知为什么，她还是想见见高晓军，虽然他在她心中的形象已经一夜之间变得面目全非，可是她仍然想看见他。

晚会终于开始了，高晓军没有出现在舞台上，本以为已经不那么在意的丛聪，依然感到了失落。那个秘密已经把所有的迷恋粉碎，可她还是心怀期待，期待什么呢？期待一个像样的告别仪式吧，虽然只是她一个人的独自告别。她想跟他握握手，然后说一句"一路顺风，江湖再见"，这是她最喜欢的一句临别赠言，她没有给其他同学写，只想赠给他。

她猜想，他已经提前离开，去了北京。一丝伤感自心头涌起，她脑海里浮现许多录像中的哀伤场景，比如《大话西游》里紫霞仙子站在土城墙上，看着那个长的"像一条狗的人"扛着金箍棒，向西方的漫漫黄沙而去。她仍然记得，母亲从北京淘到这部片子时的兴奋：我听说所有的大学生都在看《大话西游》，换句话说，看《大话西游》的人都考上了大学。这是她的宣传语，跟每一个走进录像厅的青年都说一遍，他们有人接受，有人拒绝。对自己的女儿，肖月则破天荒地要求她一定要看，很可惜，肖月并不知道这部片子有两部，而她拿到的只是第二部《仙履奇缘》。连丛聪也是后来上了大学，才在宿舍同学的电脑上补上第一部的，那时候，她在想，如果真的有月光宝盒的话，自己会穿越回2002年的夏天，告诉妈妈看《大话西游》不一定能考大学，还告诉她林东镇的少年们看到的只是一个悲剧故事，而且是一个只有结尾没有开头的悲剧故事——紫霞仙子说："我猜中了开头，却没有猜中结局。"如果穿越的时间足够准确，她就能见高晓军最后一面，或者，她甚至可以阻止那场现实悲剧的发生。

晚上，她回到家里，因为高考结束，录像厅生意火爆，大多是包场的年轻人。晚上十二点，前一场的人都散了，丛聪和母亲一起打扫屋子，几个少年醉醺醺地走了进来。

丛聪抬头看，发现竟然是高晓军和他的两个伙伴。丛聪赶紧躲到了一个小门后面。看来他还没有去北京。

"我们包场。"一个人说。

哦，不是他，他的声音太尖了，丛聪想。

"就你们三个？"母亲说，"包场最少五个人。"

"我们给五个人的钱不就行了？"另一个人说。

是他。就是他。丛聪的心跳得肋骨疼。她忍不住探出头去看说话的人，却正对上高晓军的眼睛。

他看见丛聪，稍微愣了一下，没说话，轻轻点了一下头。

丛聪只好走出来。

母亲说，行，片子都在那里，要看什么你们自己放。没有的让我闺女给你找。

她熬了一天，太累了，想早点睡觉。

一个少年熟练地打开DVD机，高晓军在碟片架旁边翻检着，翻了好久，好像在找什么片子却始终找不到。

你……找什么片子？丛聪终于走出来，走近些问。

哦……不，找到了。他随手拿出一张碟，摇了摇说，我们自己来。

丛聪看清了，那部片子是《喋血双雄》。这一刻，她和他挨得很近，但他一副没有认出她的样子，或许，他也真的对这个隔壁班的女孩没有多深的印象。她闻到了他身上的味道，不像其他男生，他的味道里带着某种清新的气息，仿佛他用的是跟别人不一样的洗发水。她分辨不出那是什么。

很快，录像厅里响起了打斗和开枪的声音。母亲虽然休息了，却没有回到卧室，而是斜卧在那张椅子上，打着呼噜。丛聪坐在旁边一张小凳子上，左耳朵是母亲的呼噜声，右耳朵不由自主地听录像厅里的动静。

他们……会不会……不至于吧，三个人呢。

在胡思乱想中，丛聪进入半睡半醒的状态，她突然感到有人轻轻推她。睁开眼，看见高晓军，他把食指竖在嘴唇旁边，示意她不要声张。

丛聪看着他。

高晓军甩了一下头发，小声说，有没有……《春光乍泄》那个片子？

什么？

《春光乍泄》，张国荣、梁朝伟演的。

好像……没有。丛聪说。

高晓军失望地哦了一声，然后走进看录像的地方，电视机的声音戛然而止。三个人似乎在商量什么，过了一会儿，他们走出来，说这里片子不全，他们要去别的地方看。

丛聪没有叫母亲，把他们送出门，然后关好门。

她走回碟片架，从最下面的一层抽出来一张，上面用马克笔写着四个字"春光乍泄"。她知道这张碟，但是从来没有看过，因为那些看录像的人从来没点过这个片子。

丛聪把碟片插进DVD机，一个人静静地看完了这部片子，她终于明白，高晓军为什么要找它了。

第三天下午的时候，丛聪从同学那里得知高晓军出事了。他们说，高晓军成了强奸犯，在逃走的路上，被警察捉了回来。

就在高晓军在看守所里瑟瑟发抖时，他那个副矿长父亲已经得到消息，正开着黑色的桑塔纳轿车，从满是烟尘的矿山向林东镇飞驰，而那个无比疼爱他的母亲则躺在医院的病床上吸氧，儿子犯罪的消息，让这个女人瞬间崩溃。轿车的轮胎碾过砂石路，在一个拐弯处差点儿撞上前面一辆突然减速的拉矿石的大卡车——车厢里装的正是铅锌矿的矿石，高矿长惊魂稍定后冷静下来，把车停在路边，掏出黑色的大

261

哥大，打了几个电话。警察局的朋友告诉他，案件还在审理，但是情况不乐观，因为现在正是严打时期，没有人敢私自放走嫌疑人。

"我只能保证他不会挨揍。"警察朋友最后说，"你们要做好心理准备，祈祷那个女孩活着。"放下电话，高矿长狠狠地骂了一声他妈的。爆粗口并不能缓解他的情绪，因为他甚至分不清这句话是说给谁的，儿子、自己、妻子，还是整件事。命运简直在捉弄他，哪怕这件事再晚一个月，他就能顺利当上正矿长。他发现了，自己的急躁并不是因为儿子犯了事，而是他奋斗了几十年的前途功亏一篑，他希望能大事化小小事化了，至少挺过一个月。他此刻还坚信，如果他能扶正，就有能力把案子翻过来。这么多年在矿山打拼的经历让他觉得，只要手中有足够的钞票、有足够的朋友，什么事都能办成。

高副矿长甚至连儿子的面都没能见到。

半天后，和高晓军一同犯案的两个人在长途车上落网，已经被押回林东镇。两个人异口同声说，是高晓军第一个撕开了那个女孩的衣服，他是首犯。根据他们的交代，案件经过如下：

前天夜里，三个人在饭店喝酒喝到晚上十一点多，然后去录像厅看包场录像，第一个录像厅里还没看完一部片子，后来又去另一家，他们看了色情片。凌晨五点左右，他们几个人看得情绪高涨，十分难受，就离开录像厅，想骑摩托车在公路上飙车。出来却发现有人把油箱里的油偷走了，只好到附近的一家汽油店里加油。这家店里大人早起后，回家里去取东西，只有一个十四岁的小女孩在店里。小女孩误以为摩托声是父亲回来了，打开了门，发现门口站着的是三个醉醺醺的年轻人。她想关上门，门被他们卡住。小女孩只穿着松松垮垮的背心裤衩，他们透过朦胧的晨曦，看见了她正在发育的身体。他们两个正在找装汽油的罐子，想去抽一桶油，高晓军突然把小女孩扑倒在屋地的简易床上，接着撕开了她的衣服。小女孩惊恐到木然，过了好久才发出尖叫声，高晓军喊他们两个帮忙摁住她。他们放下油桶，一个人摁住了小女孩的手臂，一个人捂住了她的嘴。小女孩的牙齿咬进了他手的肉里，他痛得给了她一巴掌，然后把高晓军撕碎的衣服塞进她嘴里，她再也发不出声音了。

在第一次审讯的时候，高晓军竟然爽快地承认自己的确干了坏事，让他交代细节时，却又说得前后矛盾。后来，当警察告诉他两个同伙都已落网了，并且招供说他是首犯，他们只是协助时，他突然开始情绪激动起来，说自己并没有强奸小女孩，干坏事的是他们俩，自己被吓坏了。

"那你一开始为什么要承认？"警察问。

"我们商量好了，他们说我爸爸一定会把我弄出去的，只要我顶罪，他们一定会重谢我。他们还说在江湖上闯荡，必须得讲义气，我们是兄弟。"

"这你也信？"

高晓军呜呜哭起来，说自己真的什么也没有干，是被冤枉的，而且他绝不可能强奸小女孩，永远都不可能。警察说，为什么？他却又讲不出理由，只是哭。

警察告诉他，冤枉与否不是你自己说了算的，也不是我说了算的，要看证据。

他又说，我有证据的。警察让他拿出来，他又沉默了。

就在这个时候，李永龙带着一个女法医正在劝说女孩的家长，让他们给女孩做检查，看是否能找到施暴者的精液，这样就能确定谁是真正的主犯。但是女孩父亲的情绪已经崩溃，他怒吼着：枪毙他们，枪毙他们，如果警察不枪毙他们，我也会想办法杀了他们。女孩的精神已半失常，李永龙问她是谁伤害了她，她只会说他们，他们。

李永龙终于说服了女孩的家人，说只有一个女法医去检查，而且他们会严格保密。女法医走进女孩的房间，关上了门，但是几分钟后只听见里面发出尖叫声，还有救命声。李永龙破门而进，女孩家人也随后冲进来，女孩和女法医都倒在血泊里。女法医的手上和肚子上在流血，一把剪刀扎在女孩的心脏上。李永龙蒙了，他完全无法想象眼前的景象。女孩的家人号啕大哭，伸手要拔下那把剪刀，李永龙制止了，告诉他们千万别拔，等医生处理。十分钟后，小镇上唯一的一辆救护车开进了院子，可惜救护车只能放下一个伤者。李永龙让护士先把女孩送走，他则从马路上拦了一辆轿车，让司机把女法医送到医院。开车的正是高副矿长。

小女孩抢救无效，死了。女法医伤势不重，手术后昏迷了两个小时醒了过来。听说女孩死了，她自责不已。女法医告诉李永龙，自己没有想到她有一把剪刀，更没有想到检查身体刺激了她。她让女孩分开双腿，试图在她的下体采集样本，但是女孩对这个动作已如惊弓之鸟。为了尽快完成任务，女法医的手碰到她的腿，她掏出了剪刀，扎了女法医两下，然后把剪刀插在了自己胸口。

李永龙感到双腿发软，蹲在了地上。自从十多年前当了警察，他见过许多惨案，但是只有今天这个彻底击穿了他。而在他旁边，高副矿长刚刚从震惊中弄明白眼前的一切就是儿子犯的那个案子，女孩已死，人命关天，他翻案无望，蹲了下去。两个各怀悲痛的男人，像雪白的墙面上两只被拍死的苍蝇，久久无法起身。

3

不久之后，这一波严打结束，警察局在一中操场开了一个审判大会，那是巴林左旗最后一次审判大会。其实跟早些年的审判大会已经很不相同了，法院的审理早已经结束，只是当众宣读一下判词和宣判结果，以警示百姓，震慑犯罪分子。若干年之后，丛牧之在搜集素材时看到过一些更早时严打的纪录片和相关视频，那年月要求破案率和破案速度，很多罪犯从抓捕到判刑还不到一个月。法院的判决里，只要形成一个完整的证据链，有两个彼此互证的口供对上，就可以结案。后来证明，这里有些是冤假错案。但是在世纪之交，在偏远的林东镇，人们对此并没有觉得任何不妥，审判大会不过是一场特殊的狂欢节。说实话，不怪老百姓，因为在日常生活里，有几个人见过杀人犯、强奸犯、小偷呢？他们对这些人充满好奇，甚至很多时候，有的地方还把一些犯罪分子传得神乎其神，说有个黑社会刀枪不入，有个小偷能隔空取人财物，等等。这些传言更加重了人们的好奇心，现在好了，终于有机会目睹这些人的真面目，所以几乎全镇子的人都拥入了林东一中刚刚建好的操场上。小镇里再没有比这更大的主席台和广场。那些卖瓜子、花生、汽水的小摊贩，甚至大半夜去抢占地盘，摆好摊位，向看客们兜售自己的货物。

  丛聪也在人群之中，她对犯罪分子不感兴趣，她只关心能不能再次看到高晓军，更好奇一个跟男生接吻的人，怎么就成了强奸犯？她在想，如果他能告诉法官，他喜欢的是男生而不是女生，一定可以自证清白的，但是他敢这样做吗？

  为了得到准确的消息，有好几次，她几乎想去问问李永龙，但最后还是忍住了。她已经有几年没有跟李永龙直接说话了，而且，她也知道李永龙已不再是当年那个可以为了一张照片，就带着自己驱车百里奔赴草原的人，他现在不但自己被痛风折磨着，更被小凯折磨着。前几天，母亲提到小凯，说齐齐格告诉她，小凯已经半个月没去学校了，不晓得去了哪里。

  "他肯定又去赌了，"母亲说"他偷走了他妈的一张存折，那上面有五千块钱，但是他妈不敢跟他爸说。"

  丛聪徘徊在人群中，喧闹的声音让她心里十分不安，她害怕人们发现她不是来看热闹，而是专门为了一个人而来的，更怕人们知道她所知晓的秘密。她低着头，一方面回避着可能认识的人，一方面好躲开密密麻麻的脚。于是，她看见了这辈子同时出现的最多的脚、最多的鞋子。这一刻，她发现虽然世界上每个人都长了两只脚，穿着两只鞋子，可是那些脚和鞋子竟然是如此的不同。哪怕是同样的鞋子，穿在不同的脚上，也变得不一样了。她看见最多的是黄色的胶鞋，大都沾着泥点子，很多鞋帮已经开胶了，鞋带很久之前被系了死结，现在也变得松松垮垮。还有就是回力鞋，大多穿在年轻的脚上，为了衬托白色的鞋，总是搭配着蓝色或黑色的袜子。女孩子的凉鞋各式各样，她们的脚也各式各样，竟然有人的大拇指比二拇指长，还有的人五根脚趾几乎一般长。有一双脚上，十个指甲都涂了红色，像十颗秋天豆荚爆裂露出来的红豆子。偶尔能看见黑色的皮鞋，鞋面上有一条深深的折痕，但明显刚刚打过鞋油，光亮的鞋头反射出浅浅的人影。从此之后，脚和鞋成了丛聪观察人的关键之处，等到她开始拍片子，也经常会给主人公拍摄脚和鞋子的特写镜头，她觉得这比拍脸要更有表现力。丛聪艰难地挤过这些鞋子的拥有者，终于蠕动到了人群的最前面。

今天，她穿的是一双塑料凉鞋，左右鞋面上各有一朵向日葵。这双鞋其实有点儿磨脚，左脚脚后跟已经磨破皮了，每走一步都会传来一阵疼痛感。不过，丛聪此刻有些享受这微微的疼痛，它能提醒她。提醒她什么呢？不清楚，总之每一次疼痛从脚踝处传到大脑，她都像是从假寐中被喊醒，心里暗暗地嗯一声。

李永龙也在审判大会的现场，不过，他显得有些心不在焉。他在担心小凯，从这些天抓的那些少年身上，他预感到了小凯的命运。他不知道用什么办法拯救儿子，让他幡然醒悟，妻子齐齐格不用指望了，她早已对小凯无能为力，而自己和小凯之间仿佛进入永无停火可能的战争中。他们已经好几年没办法心平气和地说一句话了，甚至偶尔在家里看见对方，都立刻会怒火上头。他们不是父子，是敌人。夜深人静的时候，李永龙身体的每个关节都因痛风疼痛难忍，就会回想自己的大半生，这回想总落脚在一个时刻——许多年前那个风雪之日，肖月爬上自己的公交车，如果那一天不是按规定等到准点，而是提前发车，自己的人生会不会完全不同？让他产生这些想法的，不只是小凯，还有齐齐格。在一起生活了十多年后，让他更为悲伤的是齐齐格的心里仍然装着那个人。她从未提起，但是他越来越感受到那个人在她心里刻下的烙印又深又重。作为一个警察，他早已训练出超出常人的敏感，并且有足够的能力去发现可疑的蛛丝马迹，然后找到线索顺藤摸瓜，但是面对齐齐格，他却始终没能找到任何确凿证据。越是如此，他心里的那种直觉就越强烈。他并不否认齐齐格对他的感情，甚至是爱情，但是他已经清楚，他们的爱情和婚姻里所包裹的是另一个人。就像贝壳，用全身的血肉包裹着一粒沙子，年深日久，那粒沙子逐渐化为最值钱的珍珠，其他则都成了陪衬。珍珠被那个人带走，连伤口都被新的生活缝合，而那曾经有过的充实和空虚，却永远都不会消失。

这两年来，他心里生出了一种冲动：去找到那个人，或者，去了解那个人。他想看一看，到底是什么样的人，能在齐齐格的心里留下这么独特而恒久的记忆，能让肖月为了他闯风冒雪，并且后来一直没有再嫁。但是眼下，还是想办法找到小凯吧，他甚至有过更极端的想法，动用自己的特权，把小凯关进监狱，彻底磨掉他的戾气。

法官宣读每个罪犯的罪状，以及人民和法院对他们做出的判罚。法官的声音通过音箱响彻操场上空，笼罩在人们的头顶。在宣读时，每一个犯罪细节，都会引发人们夸张的惊叹，他们仿佛听评书一般适时地给出回应。那些杀人犯、强奸犯、盗窃犯，穿着囚服，身上背着标有各自罪名的纸板，站在一辆大卡车的车厢里。他们垂着头，有的长发蓬乱，有的被剃成了秋后庄稼地一样斑驳的寸头，全都面如死灰。法官讲到他们的犯罪事实时，他们脸上没有一丝波动，只有宣读到"执行死刑"时，才死灰复燃，号啕大哭，瘫倒在车厢。很快，会有警察把吓瘫的人拖走。卡车上的队伍就有了缺口，像是一排牙齿掉了一颗，露出黑洞。

丛聪想起课文《藤野先生》里，鲁迅所写的看杀头的情节。她心里一凛。其实早在大卡车开来的时候，她就看清了上面没有高晓军，后来法官念的审判名单也证实了这一点，但是丛聪并没有立刻离开，而是跟其他人一样听了起来。她的心怦怦跳，脊背发凉。她不知道自己在担心什么，只是觉得口干舌燥，腿脚发软。她在想，他为什么不说出真相呢？说出真相，他就能救下自己啊。他可以说他只喜欢男孩，不可能强奸女孩，如果他说出来，一定能把自己从屈辱和惩罚中解救。但是，高晓军没有，这么说，这个秘密比他的命还重要。

勉强撑住身体，丛聪快速退出人群，跑过操场，跑向班级。门锁着，但是窗子开着，她手忙脚乱地爬进去，找到自己的座位，趴在了桌子上。她没有哭，只是感觉胃里翻江倒海地恶心，干呕了几声，却什么也没有吐出来。耳边仍有大喇叭声传来，她分不清那是来自操场，还是来自脑海里的回音，话筒被不知哪里来的电磁波干扰着，吱吱啦啦，突然爆出啪的一声，好像一声枪响。丛牧之浑身汗津津的，软得像融化的冰棍。

4

去年一年，整个林东镇及周边大旱，无论人们以什么方式求雨，乌黑黑的云彩总是绕着这里飘走，一滴水都不舍得留下。有人说，一定是这里的人作了孽，被老天爷诅咒了。今年的夏天，那些之前欠下的水全都攒到一起到来了，几乎每天都有一场瓢泼大雨，隔几天这些大雨还会连起来。阴雨连天的时候，马路上二十四小时翻滚着黄褐色的洪水，幸好这里地势开阔，小镇之外都是空无人烟的荒地。所以除了低洼处的房子和河道边的人家，绝大多数建筑都只是被水浸泡，没有其他危险。何况，这儿的人盖房子，喜欢用山上的石头打很高的地基，那些石块组合到一起，虽然并不密实，却恰好不怕水淹，只是水容易从缝隙里渗进室内。

丛聪家一楼的台球厅，也浸泡在水中，水位最高的时候，各种塑料袋、烂纸壳几乎漫上台球桌。丛聪和母亲肖月蹲在二楼的栏杆旁，各端着一桶泡面，猜测窗外的雨到底什么时候能停。如果水再涨高一点，就会把一楼堆在台球桌上的所有东西都浸湿了，那里有几大箱子书、一些衣物。录像机、录像带和电视机已经搬到了二楼的卧室里。电早就停了，厨房里有一罐煤气，娘儿俩本来想在水涌进屋里之前抬上二楼，然而她们费尽力气把它滚到楼梯上时，却在拐角处又滚下去了。一阵叮叮当当，她们吓得浑身哆嗦，以为会像电影里看到的那样发生爆炸，好在并没有。十分钟后，肖月爬下楼梯，又把它滚回厨房，立在那里。这时，水从门口垒着的几袋沙土上漫过来，她们已经没法再把堤坝垒得更高了，垒了也没用，墙和地面接壤的缝隙也在不断渗水，既然无法阻挡大水来袭，便索性不再管它。她们预想，大雨会在一天之内停下来，洪水也就会在一天之内降下去，于是把一些怕水的东西堆在了台球桌上。但是大雨一直下，到了傍晚丝毫没有减弱的意思，天越发黑，雨声也显得更响。

太饿了，肖月下楼，蹚着水进到厨房里，抱着试一试的心态打开煤气灶，随着几点火星，她嗅到了煤气的臭味，火并没有燃起来。空气过于潮，已经把煤气灶的灶眼弄湿。肖月又试了几次，随着灶眼逐渐被那点火星灼烧干爽，火终于燃起来。她不敢用太久，怕煤气爆炸，所以只是用铁壶烧了一大壶热水。两个人各泡了一碗泡面。

这时候，丛聪很想跟母亲聊聊天。

十多年来，她跟母亲之间如此安静而坦诚地聊天的机会，极少极少。毕竟在她还没有出生的时候，肖月就成了寡妇，一个人经风历雨地拉扯孩子，把全部的心力都用在了生活上。在肖月的眼里，丛聪只

269

要没病没灾就是万世太平,学习她管不了,一切靠自己,而对女儿进入青春期的心理萌动,她更是毫无察觉。或者说,那些因荷尔蒙分泌所带来的种种情绪,在生活面前丝毫不重要。孩子就是地里的草,自会长大。她不知道,也不想知道女儿在想什么。

丛聪有一种冲动,想问母亲是否知晓了她的秘密。

四天前,也就是这场无休无止的大雨来临的前一天,母亲匆匆忙忙从外地回来。她离开时也是匆匆忙忙的。再往前一周,母亲给了她一些钱,说自己要出趟远门。丛聪没有问她去做什么,这些年来,她已经习惯了母亲突然离开几天。她会回来的,带着一身失望和疲惫。最开始,她还会好奇地问母亲去了哪儿。但是母亲总是淡淡地回一句,没去哪儿。后来她便不再问,因为知道问不出任何有用的答案。不过,她有一次还是忍不住跟齐齐格提起母亲的出走。齐齐格叹口气说,你妈是去找人的。

找人?找谁?

齐齐格似乎陷入了某种回忆,嘴里哼起一首歌。丛聪没听过那首歌,齐齐格哼的只有曲子没有词,她也没法查找是哪首歌。丛聪觉得大人之间共享着什么秘密,不过这本身也不是什么新鲜事,大人们总是背着孩子嘀嘀咕咕,在那时的她心中,所谓长大,就是变成一个有秘密的人,而且是有人帮你一起隐藏这个秘密。这一次,丛聪告别母亲后,心思却被那个问题拽住了。

——她去找谁?

对于她去找人,丛聪已经没有了疑问,她肯定不是出去寻某种东西的。找人的话,也只能是去找父亲吧?但是父亲已经失踪(死了)十几年,没有任何音信,她又去哪里找呢?然后丛聪想到了"找人"的另一个含义——母亲在远方有一个情人,她每隔一段时间就要出去跟他幽会。这个可能在丛聪脑海里很快占据主流,是的,这是唯一合理的解释。那一瞬间,丛聪心里有了一丝愤怒的羞耻,但是很快又庆幸地想,幸亏她的情人在远处,而不是在林东镇,否则自己该怎么办呢?

在之前,母亲的短暂离开对她来说只是有几天没人管,也没人给她做饭。她可以放学后去齐齐格家吃东西,也可以自己在其他小吃店吃,或者回家吃泡面,然后去朋友家里打牌、复习功课。这几天,她能获得比平时更多的零花钱。还有几次,有人要来看录像、打台球,她不顾母亲的叮嘱偷偷把他们放进店里,只收一半的钱。这一半的钱成了她的私房钱。有一次,那些人在录像厅喝多了酒,打了起来,她吓坏了,此后再也不敢这么做,只是偶尔让一些同学来这里看看、玩玩。

按照之前的规律,母亲每次出门至少要三天,最长的时候有一个星期。

这次也是,肖月离开第三天的时候,丛聪没有出门,她一个人在家里,百无聊赖,四处翻翻看看。生活了这么久的地方,仍然能经常找到一些意外之物。她翻到了几盘没有标名字的影碟,看起来是很久之前的了,出于好奇,她把其中的一盘插入放映机中,摁下了播放按钮。接下来电视屏幕上的一切让她惊慌失措:一个女人和几个男人的性交;一个男人和几个女人在性交。

那种放纵的声音她并不陌生。丛聪的房间正在录像厅的上面,一根暖气管道从楼下通到楼上,就在她床头附近。而楼下,暖气管挨着被搬到屋里的那个大音箱。夜深的时候,会有些年轻人来这里包夜,一百块钱一整晚。他们看的是自己带来的录像带或光碟。门从里面锁住,翻拍的录像带、光碟插进放映机里,很快,电视屏幕上出现裸体的男男女女。这些录像,大多是香港或台湾的三级片,声音比画面更刺激。肖月知道他们放的是什么,她无心去管,只要他们给足够包夜的钱,爱看什么看什么。

那些年轻人和肖月都不知道,三级片里那些挑逗、呻吟、嘶喊,从音箱里传出来,又通过空空的暖气管道传递到了楼上,丛聪正附耳在暖气管上贪婪地听着。声音因长距离的传递已经变形，听起来越发夸张。她胸脯快速地起伏着，身体发热，仿佛要拥抱什么，还要撕咬什么，但黑夜并没什么给她去拥抱或撕咬，她只好拼命地掐自己的腿。不久之后，她感觉到自己小便了，两腿之间湿漉漉的。这让她极度羞赧，像是被泼了一盆冷水，她懵懂的少女的欲望迅速消失了。她找纸巾去擦拭，发现那并不是尿液，而是另一种黏稠而滑腻的液体。她不明白这是什么，不过能猜到它因何而来，于是羞臊无比，甚至哭泣起来，诅咒自己的丑恶。

但现在，她曾听到的变形的呻吟和屏幕上的画面对接上了，那赤裸着身体的男性，把一切都暴露（甚至是夸耀地展示）着，像某种野兽；女人有着巨大的乳房，两腿之间的黑色丛林，甚至她们的嘴和手，都充满了性的意味，她们是另一种野兽。她早已不是一个对性一无所知的女孩子，但是她从未想过自己会如此直接地面对这样的场景，那仿佛是强烈到刺瞎眼睛的光，并且是呻吟着、蠕动着的光，带着电影中外星飞船降落时的震颤。她的心跳出了胸膛，比春节时秧歌队的鼓点还要急切响亮，咚咚咚，咚咚咚咚咚咚。她忍不住委屈地哭了起来。哭了一会儿，恍然反应过来没有谁会对她的委屈负责，她觉得自己应该马上关掉放映机，可是身体却一动也动不了。她又觉得自己应该闭上眼睛，捂上耳朵，可是依然没动。有一股水银般密度的洪水一点一点地侵袭到了胸口，接着是下巴、嘴唇、鼻子、眼睛，然后淹没了头顶。她越大口呼吸越是觉得缺氧，而浸在水银之中的身体不断被挤压，或许，这个身体正和大爆炸的宇宙一样无限肿胀着。我会爆炸的，她头脑里浮起一丝念头。她的手终于动了，但不是去捂眼睛和捂耳朵，而是学着屏幕上女人的手一样伸到了两腿之间。她触碰到了那丛并不茂密的毛发，它们像是带着千万瓦的闪电，光束一下子击穿了她全部的外壳。她开始颤抖，随着那只手的深入，屏幕上的女人呻吟声更大了，但是丛聪再也不敢有任何举动。她觉得自己再动一下一定会死的，不是爆炸，不是窒息，就是那种突然死亡，像猛然而来的失重，掉下去，却没有任何声音。那个男人伏上女人的身体，他开始了动作。丛聪的脑海里，自己认识的那些男性的脸幻灯片一样闪过，尽管每一张脸停留的时间比百分之一秒还短，但是他们带给她的震惊、羞耻、愧疚、欣喜等种种复杂的感受，却比永恒还漫长。

一声突然而来的咣当声，让一切都戛然而止。丛聪像一只猫那样灵敏地跳起来，关掉了放映机的电源，屏幕上立刻闪出雪花，她又飞快地关掉电视的电源。她回过头去，看见了母亲关门的背影。她害怕极了，但是又表现得无比镇定。她喊了一声妈。肖月没有答应她，放下包裹，坐在了门口的简易沙发上，然后身体一滑，斜靠在了那里。和以前的许多次一样，她带着无尽的疲劳回来了，仿佛出去的这些天她一直不吃不喝，并且在一刻不停地行走，如同电视上那种独闯沙漠的旅行家。走回家门，已经耗尽了她身体里的最后一点力气。

就在丛聪以为她还会像过去一样，就这么躺着睡一会儿的时候，她却突然睁开眼，怔怔地看着她。丛聪看不懂她的眼神里的内容，只能也看着她，直到她再次垂下眼皮。

从那一刻开始，丛聪就进入了一场无休无止的交战，母亲看见了她的所作所为和母亲没有看见这两个念头轮番占据她的脑海，她用无数个细节证明前者又推翻前者，她又用接下来几天母亲的无数个眼神来印证后者又推翻后者。她觉得自己像一个上满发条的钟摆，在左右摇晃中目眩神迷，没有饥饿感，没有嗅觉、味觉、痛觉，有的只是摇摆。后来，她找到了缓解的方式，那就是不断地看影碟，家里有的影碟都看，尤其是那些平时没人点的片子。她觉得，只要她看的片子足够多，就能够把那一部淹没掉，像用一片大海淹没一滴眼泪。

273

5

　　母亲离开的第二天下午，丛聪正准备重新看《阳光灿烂的日子》，门口响起了开门声。她以为是母亲回来了，没有回身，过了几秒钟，听到来人说：姐。

　　是小凯，少年的嘴唇上泛起一层青色绒毛，他越来越瘦，颧骨显得更高，齐齐格的血统正在一点一点顽强地吞噬李永龙的基因。小凯是来借钱的。他说他已经两天没吃饭了。两天没吃饭，也就说明他两天没回家了。自从上了初中，小凯的性情发生了巨大的变化，他不再是当初那个喜欢玩泥巴，喜欢看漫画书的小男孩。跟着他过早生长的胡楂一起出来的，还有他的顽劣，他开始暴躁、易怒，以冲破所有的界限为乐。而他的母亲齐齐格因为这个孩子得来不易，总是给予无限的宽容和溺爱，不管小凯犯了什么错误，只要跪倒在她面前，滴上几滴眼泪，她就会立刻心软。齐齐格劝旁边被气得浑身颤抖的李永龙：孩子又没杀人，至于吗？他的确没有杀人，但是他好几次在打架时把别人的腿打断，用石块把一整栋楼的玻璃全部敲碎，还把那个因为他不买票而把他赶下车的公交司机打伤住院。李永龙无法接受自己的儿子变成一个小流氓，他可是人民警察，他见过太多这样的小青年锒铛入狱，在劳改营里度过了大半生。他不希望这个千呼万唤、千难万难才生出来的儿子也是如此下场。有一次，气急败坏的李永龙甚至用绳子把小凯绑了，吊到一棵树上，用皮带抽他，只为了让他承认错误。但是小凯从不在父亲面前低头，他一句话也不说，任凭皮带把整个脊背抽得伤痕累累。最后，李永龙在和儿子的对峙中败下阵来，他总不能真把小凯打死。而且，他心里也忍不住对这小子生出佩服，他有足够的忍耐力，如果他这份倔强用到正地方，能干成天大的事。

　　小凯两天没有回家，肯定又干了什么坏事不敢回去。丛聪自己也没有钱了，母亲留的一百块钱她昨天都和同学一起花了。小凯饿得脸色发白，牙齿打战，丛聪急忙跑到不远处的小吃店要了一笼包子和一碗粥，借了托盘端回台球厅。她和母亲经常去这家店吃饭，她能够赊来食物。小凯狼吞虎咽地吃完，说，还是我姐对我好。丛聪问他出了什么事，小凯耸耸肩，做潇洒状："没事，我就是不愿意看见老李头那张臭脸。姐，给我找个片子放，周星驰和周润发的《赌神》。"

丛聪把《阳光灿烂的日子》从放映机里抽出来，把《赌神》塞进去，小凯歪在一张椅子上看。丛聪轻轻打开门，走出去，却和一个人撞了个满怀，正要喊，抬头一看，是齐齐格。

齐齐格示意她不要说话，把她拉到一边。

"小凯吃饭了？"她问。

"吃了两屉包子一碗粥，饿坏了，这会儿在看录像呢。"丛聪说。

齐齐格的头发是乱的，发卡歪到了一边，几缕灰白的发丝昭示着她的老去。她的脸上，再也没有了当年的风貌。齐齐格比肖月年轻好几岁，但是现在看起来却比肖月还要憔悴，高颧骨让她的眼窝越来越深，眼睛像陷在洞里，总带着幽暗而混浊的光。有时候，丛聪会感到迷惑，按说母亲肖月才是那个一个人把女儿带大的人，齐齐格有老公还有一个赚钱的饭店，怎么会活得这么辛苦呢？她的荞面馆开了二十年了，生意一直不错，但随着小凯的长大，随着他越来越能折腾，齐齐格的大部分收益都被拿去赔给人家了。这个叛逆的少年不再热爱日本漫画，他无处释放的没来由的愤怒都转到了现实中，打打杀杀，坑蒙拐骗，四处闹事。尤其他和李永龙之间的持久战争，是最让齐齐格头疼的。父子俩已经有几年时间没有正常说过一句话了，总是在吵架，满嘴脏话，家里的东西三天两头摔一遍。她想尽各种办法和稀泥，可常常适得其反，加剧了他们的愤怒，战争不断升级。有一次，气昏了头的李永龙甚至喊出："早知道你是这么个混账玩意儿，还不如跟那两个一样死了呢。"齐齐格当场就瘫倒在地，李永龙知道自己说错了话，戳中了齐齐格心里最疼的地方。他赶紧去看妻子，小凯却趁机翻窗而逃，临走前还不忘从抽屉里掏一把零钱。

齐齐格悠悠地醒来，看着李永龙说："小凯啊，就是替他的哥哥们来讨债的吧。"

李永龙说不出一句话，眉头锁成死结，他在计划着让小凯读完初中，就送他去参军。他相信只有在那样一个地方，才能把他身上的坏毛病给彻底磨掉。

齐齐格掏出一百块钱给丛聪，让她等会儿给小凯，但别说是她给的。丛聪问小凯到底干什么了，咋两天没回家。齐齐格说，不是他不回家，是不敢回家，他现在回去，李永龙真能把他杀了。说"杀"字的时候，齐齐格用手比画了一下手枪的样子。他开始要钱了，齐齐格又说，输了三千多，债主找到了家里。李永龙一开始不相信，还声色俱厉地质问那几个人，可他们后来拿出来了小凯写的欠条，李永龙明白这是真的了。他威胁他们，聚众赌博，而且是鼓动未成年人赌博，是要坐牢的。人家也不闹，就说，李警官，你是警察，我们是老百姓，你代表着政府，怎么说怎么是。我们只能说，钱是小凯借的，至于他是不是要钱输给了谁，我们不知道。我们就知道欠债还钱天经地义，你不替他还，我们也有别的法子让他还。李永龙清楚他们的办法，无非是打，甚至打到残废。几个人叼着烟走出荞面馆，李永龙的身子晃了一下，他扶着桌子站稳。等讨债的身影消失在街头，李永龙支撑不住，坐在椅子上，伸手把腰里的枪掏了出来。他重重地把枪放在桌子上，一字一顿地说："我要毙了这个兔崽子。"齐齐格跑出去堵小凯，她担心小凯这时候回来，李永龙在气头上，真闹出不可收拾的事儿。

等她再回来时，却发现李永龙倒在了地上，身体正在抽搐。齐齐格赶紧找人把李永龙送到医院。脑出血，好在只是轻微出血，大夫给他打上点滴之后，很快就醒过来了。一睁眼，李永龙就问："我的枪呢？"齐齐格抓着他的手摸摸腰间，枪在那儿，他才放下心。李永龙长叹一口气，跟齐齐格说："咱们上辈子作了什么孽。"齐齐格心中一震，黑洞般的眼睛显得更深了。

小凯在大街上待了两天，没吃没喝。白天的时候，他也不敢在街面上出现，万一碰见哪个警察，都会把他扭送去找李永龙。晚上，他才跑出来活动活动。一开始，他还没想着来丛聪家。他知道只要肖月在，他到了丛聪家，也等于落到了李永龙手里。今天一大早，他看见了门口歇业的牌子，知道肖月出去了，才敢来找丛聪。

丛聪把肖月给的一百元，给了小凯一半，告诉他花完了再来拿。她担心都给小凯，他肯定会一天就花光的。

看着小凯瘦瘦的背影，丛聪想起他们从那场疫病中活过来的清晨。也许，那场高烧烧坏了小凯的性情，让他变成了一个做事不管不顾的人。她听说过小凯的很多事，每一件都像是在宣告：这孩子疯了。但是小凯在她面前从来都温温顺顺的，亲热地说：姐、姐。每一次他喊她，都让她心里涌起一股保护他的欲望。只有她知道他们那时候经历过什么。

丛聪对现在的李永龙没有同情，如今的一切都是他的报应。以前，在那场疫病之前，她是多么信任和喜欢他啊，真的把他当成了父亲——干爸。她无数次坐他的摩托车去上学，为了拍草原的照片，他带着她走了那么远的路。可是这一切都在他决定只救小凯的一刻烟消云散，虽然丛聪在一定程度上理解这是一个父亲的决定，可还是没法说服自己不在乎。她在乎，是因为在那一刻，丛聪终于明白自己没有父亲意味着什么了。她后来知道那支药是小凯的舅舅齐木格托人弄来的，母亲不可能有齐木格那样的能力。她也是从这时开始对从未见过的丛长海产生真正的恨意的，缺席即原罪，直到后来余作真出现，她这种指向虚空的恨意才渐渐消散。如果，那时候李永龙问她："丛聪，只有一支药，你和弟弟两个人，怎么办？"她会毫不犹豫地告诉他先救小凯。可是他没有，他没问过她。李永龙不止一次地找到丛聪，给她买衣服、食物和文具，甚至违反规定，带她去参观派出所的枪械室。他在讨好丛聪，她清楚地知道这一点。这个男人在渴求她的谅解，他不会成功。

接着，丛聪也明白自己对小凯的感情并不是因为同情他，她同情的是自己。小凯是她的一面镜子，他活得越任性、越堕落，就越证明自己更值得被救。所以，她从没有劝过小凯，她甚至希望他越折腾越好。

想到这里，丛聪忍不住打了个冷战，胃部开始紧缩，胸口也发闷。这是她最不愿意面对的自己的一面。十八岁，她终于感觉到了成长的复杂和恐怖，再也无法用"还是孩子"来为自己辩解。她若干年来所无限憧憬的长大，竟然是这样沉重。她知道，解决这种困境的唯一办法，就是离开这个让自己越来越厌烦的小镇，去远方。哪里都行。她偶尔还会想起那个叫蓝岛的男孩，他寄给她的一张照片和信仍然埋在巨石堆里，但是她不会再拿出来看。她只是在刷地理题看到有关海洋的题目时，脑海里第一时间浮现出他坐在船头的身影，阳光从天上照下来，透过教室墨蓝色的窗帘缝隙，短暂地照到她的脸上。有一次，她被阳光召唤，突然跑出教室，跑出学校，跑到古城墙南边的巨石阵，转了三圈。她仍然没能想起把那些东西埋在哪块石头下面了。

6

"妈，你每次出去，到底是去干什么？"

丛聪问出来的，仍然不是母亲是否看见了她的秘密，而是这一句。并且，她也没有问母亲去找谁，而是问她去干什么。泡面被从面桶吸进嘴里，面还热，母亲一边吃一边吸着气，本来就潮湿的空气和面桶里的蒸汽一起让她的脸上浮着一层小水珠。

"出去找人，还能干什么？"母亲回答。

"找谁？"丛聪问，她心跳加速，没想到母亲的回答如此直接。

母亲停止动作，撇撇嘴："找一个不存在的人。"

丛聪能猜想出，她是去找父亲的，却又似乎不想提到他的名字。但是，在茫茫人海中寻找一个消失了十几年的人，怎么找？她每一次又是因为什么才决定出去的？是听到了他的某个传言，还是听谁说见过他？她不断发出提问，母亲竟然破天荒地一一回答了她：

"没有传言，没有消息，没有任何有关丛长海的蛛丝马迹。每一次出门都是突然的，对你来说突然，对我来说也是。有时候是在街上走路，走着走着，看见一块石头，心里头就想：去找找他吧。就去了。有时候是半夜睡觉，也没做梦，就是突然醒了，看着天花板想：出去走走吧，说不定就碰上了呢。就出去了。每一次都是突如其来。"

丛聪没有继续追问，也不需要追问了，母亲自己也没有答案。若干年后，当丛聪成为丛牧之，到了接近母亲此时的年纪，经过了婚姻和家庭还有整个世界的锤炼之后，她才会明白母亲出走的真正含义。她的离开，本质上并不是去寻找父亲，或者说，她早已对找到父亲不抱有任何期望。她只是借着这个由头离开，到外面把生活里的所有不如意都发散出去，然后回来继续艰难地活着。想通这一点后，丛牧之又释然又遗憾。原来自己对母亲从未真正了解。这时再来回溯母亲的出走，她便渐渐清楚了，其实一点儿也不突然，每一次都有一个确定的原因。当然，母亲不会是事情发生时就马上出走，她的反射弧有时长有时短。

比如大雨之前的这次，是因为她身体查出了病，也就是后来要了母亲性命的直接原因——冠心病。她从医院里出来，把B超片子和大夫开的医嘱丢进了街道边的垃圾堆，回到家里，给录像厅挂上有事歇业三天的牌子，留了一张纸条和一百块钱，拎着包走去汽车站，离开了镇子。丛聪回到家里，看到门口的牌子就知道母亲又出门了，她愤愤地踢了木牌子一脚。其实，她并不是生气母亲的离开，而是生气她每一次都不打招呼，像噩梦一样突然离去又突然回来。接下来的一天，丛聪会进入彻底自由的放纵——报复性的自由,把一百块钱全部买零食,招呼班上的同学来台球厅,台球随便打,录像随便看。男同学会从小卖店抬来一箱啤酒,边打边看边喝,丛聪也跟着喝,让并不美味的液体灌满自己的腹部。有时候,他们甚至集体睡在这里,一个个东倒西歪。丛聪和几个女同学到二楼的卧室,窝在一张床上聊天。对丛聪来说,这是她极其难得的和别人的亲密时刻,那些平时在班里咋咋呼呼的女孩子,此刻都变得温柔而羞怯。她们讨论楼下的男生,还有全校的男生哪个最好看,哪个家里最有钱;也偶尔会互相摸摸正在发育的乳房,估量着自己的大小在群体里到底处于什么位置。在那个年代,少男少女们有一种奇怪的观点,如果哪个女孩的胸部发育得特别好,比其他人都要鼓胀,那这个女孩一定很"放荡"。甚至有人说,她们的胸之所以比别人大,就是因为她们已经跟男孩子亲热过,那两个乳房一经男孩的抚摸,就会像气球一样迅速鼓起来。所以,这些女孩在摸了伙伴的胸后,会暗暗比量自己的到底属于正常的还是"放荡"的,许多隐秘的心思在她们的身体和心里荡漾。尤其是在这个夏天,考试分数出来之前的他们前方一片迷惘,每天都无所事事,只能在各种各样的地方消磨时间。很多原来并不熟络的同学成了共同体,甚至,其中有三分之一的人还谈起了恋爱。迷惘必然带来放纵,而放纵在这时候常常被感受为自由。

自由,是谁也不会拒绝的。

第二天,那些同学离开后,丛聪一直睡到中午。外面依然阴沉沉的,连绵几天的雨正在喘息,可是仍然能不时听见隆隆的雷声。不懂气象知识的人都能看出来,老天爷一定是在积蓄一场更大的雨。

丛聪不愿出门,煮了一碗泡面,加个过期一天的卤蛋,当作午餐。然后,她盯着泡面碗发了几分钟呆,感到特别孤独和空虚,不知道自己该干些什么。

过了一会儿,丛聪打开装影碟的柜子,在里面翻翻找找,找到了一盘《阳光灿烂的日子》，插入DVD机。她看过这个片子，当时只记住了一个少年在北京的阳光下，穿梭于青砖碧瓦的房顶之间。天空高旷，清澈响亮的鸽哨声震动鼓膜。再次翻到这盘光碟，她想起里面的女孩米兰，还有马小军的那些伙伴们，一瞬间，她莫名地感到自己与这部电影的内容有了某种联系。

喜欢上随意看录像厅里的录像，是从高一那年开始的。也是从那一天起，她不知不觉地主动参与到了母亲的生意中。她会在空闲时帮她看看店，用一个三角形的木框，把五颜六色的台球摆到该在的位置；从一摞录像带、光碟里挑出成龙或者周星驰，插进放映机里播放；使劲敲打那台被过度使用的电视机，让屏幕重新出现影像。她还会从小贩那里买新炒出来的葵花籽、新摘的杏或者海棠果，拿回来给母亲吃。大多数时候，母亲拎着一把蒲扇，歪在椅子上睡着了，几只苍蝇嗡嗡地落在她日渐肥胖的手臂上。她看见母亲手臂的肤色粗糙红褐。她记得以前卖肉的时候，母亲很白，但是现在岁月已经彻底改变了这个女人，她仍然有着足够抵抗生活的精明和坚韧，就像她当年把齐齐格和李永龙撮合成一对，就像她提着砍刀卖肉，并且敏锐地感觉到小镇人对看录像玩台球的渴望，开起了第一家影音台球厅。但是她又的确在很多方面迟钝而麻木了，比开肉铺时更严重，比如她不再忌讳任何脏话，跟来看录像和玩台球的男人们开各种玩笑而不避着丛聪，他们自以为放得开，却屡屡在她面前败下阵来。生意其实已经大不如前，因为现在镇子上每条街都开起了一家录像厅、两家台球厅，竞争激烈。她只能不断地靠增加晚上的包场来增加收入，这就得加夜班。她常常一整夜坐在这张躺椅上，旁边有折叠床，楼上有更舒服的弹簧床，但是她只在这里，因为可以随时醒来随时睡去，以应对包场的人的各种需求：录像带卡带，满屏雪花，买水买饮料，烧开水泡面，等等。还有就是，迎接警察的突击检查。好在有李永龙，她总能提前得到消息，让那些看黄色录像的高中生提前跳窗子跑掉。

这样的日子让丛聪的成绩起起伏伏，尤其是英语，她总是记不住那些单词，记住的单词一旦组合成一个句子，更让她头脑发晕。幸好，作为一个文科生，她数学还不错，能帮她撑住中等生分数。母亲对她的期望不高，只要上个大学就可以，她自己则在心里定下了目标——她要去北京。这时候，大海对她的吸引力还在，但她已经懂得那种向往跟生活是有区别的了，并且，日渐长大的丛聪渐渐想明白，只要有足够的能力，你能去任何地方，不论是大海还是沙漠。而要有足够的能力，读一个好大学是她唯一的选择。

她不可谓不刻苦，只是限于天赋和天性，始终无法达到最佳的状态。比如，她的记忆力更多体现在对某些细节、画面、场景的记忆上，而不是抽象的公式和单词，而且，常常一声鸟鸣、一根头发，就能让她陷入某种深沉的幻想，一发不可收拾，那些情节仿佛有一套自动生成的机制，一个挨着一个，一会儿就变成一大串。等她蓦然醒来时，时间已经过去了许久。

再有就是，自从她开始帮着母亲照顾家里的录像厅和台球厅，她竟然狂热地喜欢上了看录像。以前不看，是因为她对母亲的抵触，后来，她们因一个的长大和一个的老去达成了某种和解。她不挑片子，随手抽出一张碟就能看进去，并且，她不只是像一般的观众那样看情节、看画面，她还看细节，镜头的转换、人物的动作、演员的表情，她从这些里发现故事之外的乐趣。她也幻想过将来做演员，演绎人间的喜怒哀乐、爱恨情仇。最不济也是个电影导演——她从未想过，自己最后成了一个纪录片导演，那时候她还不知纪录片为何物。看得多了，她总结出各种片子的套路，武侠片里的主角光环，掉下悬崖从来不会死，反而变得更强；古惑仔里的人总是忠奸难辨，卧底通常面对艰难选择；美国大片里的英雄总是一个人战胜一支军队，不管什么枪林弹雨，都能毫发无损，且抱得美人归。很快，那些同样套路的录像已经不能满足她，或者说，从来没有满足过她。她莫名地觉得，除了爆炸的画面、动人的故事之外，电影里应该还有些别的什么，一些说不清道不明的东西。

直到有一天，她在角落里看到一盘名叫《悲情城市》的录像带。在她的印象里，这盘带子好像从没放映过，或者是放映了几分钟，就被观众叫嚷着换掉。

"这什么东西啊，太闷啦。"他们大声喊，"我们要看动作片。"

"最好是爱情动作片，哈哈。"

于是换上吴宇森的《英雄本色》、施瓦辛格的《第一滴血》、徐克的《笑傲江湖》，枪声响起，刀光剑影，人群安静。

《悲情城市》是母亲某次进片时音像店老板送的，而音像店老板说是进货时的批发商送的。它就这么藏身角落，等着欣赏它的人出现。丛聪用抹布把录像带外面的灰尘抹去，插进放映机，带子开始咪咪转动，屏幕上出现了一群人，他们说话的口气奇怪，仿佛嘴里含着什么东西。若干年后，当这种台湾腔又在网上流行时，丛牧之总是从中听出当年的怪异感。

这时候录像厅里空荡荡的，只有她一个人，音箱里的声音在昏暗的屋子里游走，她聚精会神地捕捉它们。整部片子接近三个小时，她一动不动，看得目瞪口呆、心潮澎湃。

这种震撼很大一部分来源于它跟那些武侠片、战争片、黑帮片的对比，在这些片子里，她从未看过哪一部的内容和自己的生活相关，那些人、事都太遥远了，她所在的这个小镇，她感受到的那些痛苦和欢愉、焦虑和困惑，与电影中的故事毫无关系。现在，她对电影中同样遥远的台湾小镇，竟然感同身受，发现了他们同样有着对未来的迷惘，对现在的无所把握，这种感觉萦绕在每一栋房子、每一棵树、每一根草上。丛聪仿佛洗了一个精神的冷水澡，浑身的毛孔都清醒过来，她大概知道了自己对什么敏感，或者说，她知道了自己喜欢什么。这一发现令她欣喜到颤抖。她火速起身，回到自己的房间里，从堆满杂物的抽屉中找出几年前买的那款相机——那一次，李永龙带着她从草原上回来之后，她就决心要攒钱买一部相机。她攒够了钱，买了相机，拍了几卷胶卷，却没有洗出来。她觉得自己拍得难看极了，那些照片都没有灵魂，或者没有拍到灵魂。现在她明白它们为什么难看了，她决定重新开始拍摄。相机里竟然还有胶卷，但是电池早已没电，她四处找，没有找到可用的电池，只好把母亲收音机的电池拆下来，给相机装上。她拉开窗帘，然后站到录像厅的最后面，拍了一张照片。

接着，她急匆匆走到街上，看见什么拍什么，以前那些习以为常的街景，一旦被镜头框住之后，突然具有了某种特殊的味道。仿佛有一只神奇的手，把它们从最庸常的生活里挑选出来。此刻的她还不明白什么艺术性之类的话，她只是本能地感觉到这些场景在召唤着她、吸引着她，她不由自主地留住它们。

那卷胶卷很快拍完，她又骑车赶到照相馆，让师傅尽快帮她洗出来。

两天后，她拿到了三十五张照片，有几张因为曝光过度而模糊，其他都没问题。最有趣的是，她发现其中有十张照片拍摄的是同样的景物，比如录像厅，两年前她也拍过，比如契丹大街，比如汽车站。但是在不同时间的照片里，同样的场景，同样的建筑，呈现的是完全不同的模样。她不知道是时间改变了它们，还是别的什么。就是在这一刻，她明白了世间有着看不见的力量，在悄无声息地影响着一切事物，而她，不过是其中最为微小的一个。也是从这一刻起，作为一粒微尘，她开始渴望一场裹挟一切的风暴，从大地上席卷而来，尽管她只能做风暴中的一颗沙砾……

母亲回来这天的下半夜，这个夏天最大最久的那场雨下起来了，人们被雷声从睡梦中惊醒，嘟囔了一句下雨了，便又沉沉睡去，不知道接下来将面对一片汪洋。

只有丛聪知道第一滴雨是什么时候掉落的。那时候，她因为身体的再一次灼热，怎么也睡不着，打开窗子，把大半个身子探出去透气。只有窗外的凉风才能稍微压制住她身体的冲动。但是不够，她想再往外探，再探，直到整个身体都能沐浴在带着泥土味儿的潮湿空气中。

第一滴雨掉在她的头顶，正中百会穴，她的耳朵里响起咚的一声，像是一口大钟被巨锤撞击。那一瞬间，她从狂热和混沌的沼泽里挣扎着浮上来。抬起头，更多更大的雨点噼里啪啦滴在脸上，能感觉到一种疼痛。但这疼痛是舒服的，让她更加清醒。她忽然觉得自己体验过这种时刻，就是那一次，她和小凯两个人被传染了鼠疫，高烧一周，几乎要死掉。她只记得一阵轻微的刺痛，然后就昏睡过去，第二天在刺眼的阳光中醒来时就是这种感觉。那是劫后余生、九死一生，仿佛全身每一个被摁了暂定键的细胞都重新振奋起来，疯狂地繁殖着。

现在，她又一次活了过来。

她无比感谢这场拯救了她的大雨，就像她无比感谢那一次救了她的那个护士。再后来，她终于知晓自己能活着纯属幸运，许多年之后，她在有关急诊室的纪录片台词里写了这么一句——人要靠一连串的偶然性，才能活到老年。她已经被李永龙放弃，唯一的一支药给了小凯。在注射之前，那个脸上有颗痣的护士习惯性地看了一眼药瓶，刚好看到了剂量和用法，瓶子上白色的漆字写着：成人用量两百毫升每人，儿童或体重四十千克以下减半。护士犹豫了一下，再次确认后，她看着眼前两个濒死的小东西，判断着他们的体重——丛聪大概有九十斤，小凯顶多七十斤。一分钟后，她把那针药给小凯注射了一半，剩下的一半注射到了丛聪的手臂上。她长长呼出一口气，走了出去。

第二天，他们两个都活了下来。如果护士没有看那一眼，如果那一眼没有看到用法用量，如果看到后她没有犹豫或过于犹豫，把一整支药剂全部打进小凯的身体。那样的话，他们两个的生命都会于这一天终止——她因为没有药而死，小凯则因为药过量而亡。

285

后来，她还在医院里见过这个护士，她已认不出丛聪了。丛聪忍住了跟她打招呼的冲动，只是笑了笑。她白了丛聪一眼，端着输液盒急匆匆走到走廊的拐角，转眼不见了。

丛聪永远记得她嘴边那颗黑痣，从这天起，她对脸上长了痣的人多了一种亲切感。

7

大水终于随着大雨停歇散去，太阳出来了，整个大地都漫溢着一种潮湿的泥沙味，还有各种垃圾和树叶腐烂的味道。街道已经沟壑纵横，那些土比较多的地方都被冲刷成了沟，而沙石多的地方略高一些。很多低洼处仍然留存着水，泥沙沉淀在底部，上层的水显出了清澈之感，倒映着碧蓝的天空和周围的房屋。房檐也在滴水，墙根裸露出打地基时垒砌的石块，蚰蜒和甲虫沿着石头的起伏爬来爬去。一场大雨，让许多隐秘之物暴露在阳光下。人们走在大街上，仿佛走在云朵中，总感觉脚下这块土地有些陌生，并不真实。脚步声异常响亮，人们打招呼时都不由自主地轻声轻语，仿佛一旦惊醒了这份安静，洪水会一瞬间再次袭来。等所有人都确认大雨和洪水确实过去了，他们安全了，便忍不住高声喊几嗓子。少年们把大拇指和食指搓在一起，放进口中，打出一声又长又响亮的口哨。哨音直冲蓝天，空荡荡的天空瞬间被尖厉的声音充满，然后荡起似有似无的回音。

一辆摩托突突突驶来，在颠簸中溅起路上的水和泥点，冒着烟向西而去，那里一大片吊塔矗立在泥水之中，停工的建筑工地，再次响起机器的轰鸣。

丛聪和母亲花了一整天时间，才把一楼大厅里的淤泥清理完。那些黏稠的泥，比石块还要沉。母女二人在用了七八种工具之后，终于明白只有铁桶是最方便的，每一次，她们都只能装半桶，一桶泥根本拎不动。她们轮流装泥和拎泥，胳膊很快就酸疼了。

大水冲来了各种各样的东西，其中就有那个风一样的传言。

没有人知道传言的源头在哪里，但是很快，镇子上所有人都知道了这件事。秘密有着自我繁殖的能力，就像某些细菌，只要给它留一点儿生存空间，它就能无限地分裂下去，一生二、二生三，三生万万，直到被另一种更强悍的细菌替代或杀死。当高晓军的强奸案刚刚要隐匿的时候，林东镇一些尘封的往事却因此从人们的记忆中冲刷出来，像是一阵狂风吹去厚厚的沙尘，露出了曾经的古城。只有断壁残垣，但这非但不会影响人们的热情，反而给了所有传播者虚构和想象的空间，于是，那些往事的碎片在流传中再次复活，自由而随意地拼接、组合。

丛聪忍不住去追溯，发现最早的起源是林东某BBS上的一个帖子：林东镇十大悬案，列举了这里发生的十桩耸人听闻或从未被侦破的案子。有很多看上去，几乎是网络小说的翻版，令人怀疑其真实性，但其中的一个却说得有名有姓，也最具有细节和阐释空间。那是一起强奸案。让丛聪绝对没有想到的是，十八年前的强奸案男主角竟然是父亲丛长海，而女主角更令她意外，是齐齐格。她最先是从姑姑那里嗅到这件事的气息的。这个亲姑姑，尽管从小就不亲，毕竟有着血缘关系，偶尔会在关键时刻给她某种暗示。随着长大，丛聪越来越觉得姑姑和自己隔阂，其实是源于跟母亲肖月的矛盾。在她的记忆中，姑嫂两人从来没有说过话，甚至也极少出现在同一个场景里。但是生活在一个小镇上，她们总会在某些时刻遇见，两人的脸便立刻板起来，谁也不再说话，直到其中一个离开，另一个才仿佛被解冻。每到这时，年幼的丛聪就会手足无措，她想喊一声姑姑，但是害怕母亲生气。不喊的话，她又能从姑姑那里获得过分热烈的目光，甚至姑姑还会直接过来抱抱她，说一句：唉，你呀你。丛聪对这句话充满疑惑，她到底是什么意思呢？这感慨是对自己的同情吗？如果是，有什么必要每次都说呢？如果不是，那又是什么？母亲和姑姑之间发生过什么难堪甚至龌龊的事吗？她们为何这样互相敌视、老死不相往来？十几年来，她没能在日常生活里找到任何相关的证据，以至于产生了许多猜测：父亲的消失跟母亲有关，或者父亲的死跟姑姑有关；母亲和父亲的结合，某种程度上伤害了姑姑，而且伤得很深；她还有过其他更不靠谱的猜测，主要来自港台言情小说和一些电视剧——姑姑和父亲不是亲生兄妹，她也喜欢父亲，但是父亲爱上了母亲。如果自己和父亲长得像的话，那姑姑和自己一点儿都不像，这算是一个证据吗？

有很长一段时间，这些无端的，而且会自动生长的猜测充满她的脑海，让她如坠五里雾中，眼前繁花缭乱，却没有一朵可以确实采摘。也正是在这期间，她偶尔会追随想象的云朵去姑姑家的衣服摊，后来是服装店。他们早就从镇子南边的市场搬到镇子中央契丹大街的商铺里。胖胖的姑姑总是坐在一张破旧的老板椅上，用一把米尺给自己满是肉的脊背挠痒痒。有人走进来，她肥硕的身躯像皮球一样快速弹起，扫了一眼来人说，姐，挑件裙子？全是刚从沈阳进的货，跟大城市一个款式。她有一种特殊的天分，能一眼看出顾客要买的是裤子还是裨子，是裙子还是西装。有时候，她眼皮都不抬一下，因为进来的是从乡下来赶集的人，他们走进服装店，只是为了看看新鲜，很少舍得花钱买新衣服。就算是买，也要不停地压价，压到让人烦躁不堪，实在受不住便卖给他们。时间久了，姑姑对这类顾客便冷脸相待，直冷到那些人不好意思试穿和讲价，除非兜里有足够的钱而自己又真的想要某件衣服。只有一类乡下人会得到热情的接待，那就是置办结婚用品的青年男女，她几乎像是女方的娘家人一样细致周到，因为这一天新郎很难拒绝新娘的要求。

丛聪对这个姑姑有着复杂的感情，因为她生了一个奇怪的孩子，也就是自己的堂妹丽丽。丽丽比自己小一岁，生下来时和其他孩子没什么不同，但是随着渐渐长大，不一样就显现出来了，她常常会突然间定住，看着某样东西失神，眼睛里空空洞洞，偶尔还会有其他动作——毫无意义的动作。大人们不知道这孩子怎么了，跑到赤峰的医院里也没有检查出什么，医生只是说——她停止生长发育了，终身只有七八岁的智力水平。姑姑晕倒在地，姑夫从那天起开始酗酒，生意做得不上心，偶尔出去赌钱。后来听说竟然还有了一个相好的，但是姑姑始终没跟他离婚，几年后，他们又生了秋生，日子才基本回到正常的轨道。

丛聪走进服装店，通常会说，姑，我路过渴了，找点水喝。如果姑姑刚泡的一罐子浓茶还没喝，就把浓茶递给她，但大多数时候，那罐子浓茶都只剩下一个满是碎茶叶的底儿，而姑姑又懒得提着暖瓶去两百米外车站的锅炉房打热水，就会给丛聪一块钱，让她去买汽水。喝茶、喝汽水的时候，她们会聊几句，姑姑一样会用那种眼光看她，问她几年级了，学习累不累之类。她直直地看着丛聪，目光复杂，像孩子们看马戏时对笼子里的猴子的神态，既有看热闹的成分，又有怜惜的意思，还有某种愤恨。她好像有一个无形的对手，而他们对峙的战场就是丛聪，可对手究竟是谁呢？丛聪想问问她有关父亲、母亲的事，但姑姑欲言又止、讳莫如深的样子让她疲惫，看过那么多电视剧、爱情小说后，丛聪和她的同龄人对身边的各种离奇故事已经不再那么惊讶，因为从来没有真的发生过。那些有关父辈的认识，总是整齐划一，而所有关于父母的好的、坏的传言，最后都落脚在菜市场、厨房和大街上，只需一阵风，就把传奇性吹得一干二净，让他们恢复为一个家庭妇女或一个每天准时上下工、偶尔喝多了骂人的普通男人。

如果说有例外，那只能是消失的丛长海的故事，因为他的骤然离开，像一个黑洞，把所有日常都吞噬了，留下一个又一个等着去填补的空白。丛聪凭借自己的猜想在空白处涂涂抹抹，定睛一看，完全不成样子，像是一块缀满补丁的破布，剪裁不成任何可用之物。但是现在，姑姑突然来了一句：那儿应该用红色。当然，这只是个比喻，丛聪躺在床上回想这幅图画的时候，脑海里突然出现这句话。这句话的原始说法是——幸亏你爸跑了，要不然也得被押上去审判，甚至会被枪毙。她嘴里还有半句话，但始终没有说出来。

丛聪听了发愣，反应过来后问姑姑，他为什么要跑？

姑姑冷哼一声说，作孽了。

作什么孽？丛聪重复地问了一句。

问你妈去，姑姑说，你妈最清楚，要不就去问你那个干妈。

就在丛聪犹犹豫豫，不知道该如何开口去问母亲或齐齐格的时候，有关父亲的强奸案已经在镇子中流传开来。传言并不复杂，事情发生在十八年前，也就是1984年，自己出生前夜。警察局接到报案，丛长海涉嫌强奸，报案的是齐齐格。警察赶到长海美容美发厅时，丛长海已经畏罪潜逃，消失了，再也没有出现。这个案子也就变成了不了了之的悬案，由于无法结案，所以警察局没有对外公布。但是十多年后，因为高晓军的案子，这个案子在警察局内部被人想起，后来的警察们十分好奇，去翻当年的卷宗，这桩离奇的强奸案就这样重新浮出水面。

人们一开始是悄悄谈论，当然是那些上了些年纪的人，借助这个案子，他们忽然发现，那个叫丛长海的年轻人曾经流星一样在小镇上空划过，留下的不只是一闪即逝的光芒，还有光芒过后无尽的黑。哦，当年他从部队里退伍回来，如此突然，在不到四年的时间里，他曾把整个镇子的人心搅动得天翻地覆，然后又倏地消失得无影无踪。他留下了妻子和不久之后出生的女儿，留下了一个叫齐齐格的被侮辱的人，留下他的胞妹带着永远不再成长的孩子。从此，再也没有任何消息传回林东镇，他早已畏罪隐于遥远的人海，或者可能早已抛尸荒野。

对绝大多数人来说，这件往事从深埋的泥土里重新冒出芽，不过使凡俗生活多了一点谈资，但是对齐齐格、肖月而言，则是那些被漫长岁月所隐藏的细节一点一点复活，甜蜜和伤疤一起重现。丛聪把从不同渠道里获得的故事拼凑到一起，有了一个模糊的轮廓，但其中最主要的一块仍然缺失。

某个傍晚，丛聪和母亲坐在饭桌前沉默地吃一盆饸饹面。

咸菜丝和瘦肉丝的卤子咸淡相宜，饸饹面是白面和荞麦面混在一起揉成的，吃到嘴里有一种顺溜的颗粒感，嚼起来脆而韧。她们吃得极其安静，双方都感觉对方想谈一谈最近的传言，但没有人知道该如何开口。她们心照不宣地等待着，仿佛天上会落下一个做访谈的主持人，挨个问她们问题。这样，她们只需回答自己脑中所知、心中所想即可，无须担负提问的重任。没有这样一个主持人掉下来，最后，只能是更年轻也更急切的丛聪先开口。她的开口只有一个字：妈。而肖月的回答也只有一个字：嗯。她们拿着筷子，可不再往嘴里送饸饹面。肖月给丛聪讲述了那个风雪之日的事儿，她如何听到丛长海正在赤峰的消息，如何挺着大肚子穿上棉袄、皮袄、扎上围巾，穿过冰雪弥漫的街道去车站赶那辆车，如何在车上难产，司机李永龙把她送到医院，她又如何撮合李永龙跟齐齐格结婚，让丛聪认他们做了干爸、干妈。丛聪记事之后的故事，她没有再重述。

饸饹面已经凉透，太阳也全部隐匿于大地，屋子里暗暗的，但还没到看不见东西的程度。丛聪和肖月不约而同地想，千万别开灯，仿佛只有在这种晦暗不明的氛围中，才适合去谈论这些往事。

"所以，他和干……齐阿姨的事呢？是真的还是假的？"

借助昏暗，丛聪看不清母亲脸上的神情，夜色给两人戴上了一层面纱，像外国电影里教堂中忏悔的信徒与一帘之隔的牧师，她问出了自己最关心的问题。她没有称呼齐齐格干妈，所以这里的"他"也就不可能是李永龙。

唉——肖月回以长长的叹息，因为她没有准确的答案，或者说，这也是她想知道的答案。这个问题，只有齐齐格或者丛长海能够回答，其他任何人的讲述都无法保证准确全面。而现在，丛长海早已消失，清楚真相的便只剩下齐齐格。她告诉丛聪，齐齐格是绝对不会说出来的，她不会告诉任何人。

"这是我和她之间一辈子的战争，"肖月说，"虽然丛长海消失之后，我们因为各种原因成了朋友一样的关系，在最困难的时候互相扶持，但是我们的内心深处，仍然会把彼此看成敌人。只不过这种对峙只存在于回忆之中，一旦陷入回忆，我的怨恨便会白毛风一样吹来，一旦我们回到现实，又会生出对彼此的同情。"她难以表达清楚这是一种什么样的状态，因为每一种说法都自相矛盾，既是她自己内心的矛盾，又是常理和常识的矛盾。

"我能确定的是，齐齐格爱丛长海，他们之间一定发生过没有第三个人知道的事情。这是他们的秘密。我最无法接受的就是这一点，我和丛长海之间从未有过独享的秘密，我们的一切齐齐格都一清二楚。"肖月的情绪开始激动，因为隐藏在她内心深处许多年的不甘和委屈终于在女儿面前得以表露。

肖月突然站起身，走到另一个屋子，几分钟后拎着一瓶白酒、两个杯子回来。她倒了两杯酒，自己先喝了一满杯。丛聪没有喝，她有些不知所措，弄不明白母亲怎么会去拿酒，还给自己倒酒。肖月觉得这是个机会，她要好好说一下自己跟丛长海的故事。丛聪已经长大了，至少成年了，她要像交付一件器物一样把这段故事交付给女儿。她又喝了一杯。作为一个寡妇，她经历过太多至暗时刻。可是，还没等开口，她就醉倒在桌子上了，失去了唯一的机会。

丛聪就这样一直坐着，直到腿和腰都麻木。她想站起来，几秒钟后，发现自己并没有动，又过了十几秒，血流才重新在腿部如常流通，针扎一样的疼痛密布每个毛孔。她终于起身，试图抱起母亲，把她拖回卧室。她从未想过母亲会这么沉，或者她从未想过一个人有这么沉，母亲从她手臂里滑到地上。丛聪再一次凝聚全部的力量，终于连抱带拖把母亲弄到了床上。母亲蜷缩着，像一只煮熟的虾。丛聪给她盖上被子，关上门出去，回到餐桌旁边，重新倒了一杯，喝掉。这是她第一次喝白酒，一口燃烧的水从口腔到喉咙又落到胃里，她忍不住哦了一声。

在这一刻，之前那种想了解一切的冲动突然消失。她有点儿忧伤地感觉到，自己的少年时代在这一天彻底结束了。她得暂时放下某些东西，先往前走，好尽快走上那条能离开这里的路。

8

高考成绩出来，丛聪连本科线都没上，分数正好是那一年内蒙古高考志愿专科最低提档线。看到分数的那一刻，她愣了好久。她对自己失望至极，一个志愿都没填报，整个暑期都处在一种恍惚之中。那时候，丛聪第一次明白什么叫迷惘，对未来和远方的所有期许都在查到成绩的瞬间化为泡影，她曾经的满腔热情，要去蓝岛所在的地方看大海，要去北京，要去台北坐小火车，一切都成了空想。丛聪终于懂得了，只靠做梦，人是无法实现理想的。很多同学高考完立刻着手复读，准备来年再战，丛聪也想去复读，但是肖月一点口风也不透。她倒是好几次说，咱们俩守着这个店就够生活了，将来你找个人嫁了，也就不用我管了。那些年，录像厅和台球厅的生意虽然因为竞争而客人有所减少，但还说得过去。肖月毕竟是肖月，她从来都善于在困难中找到机会。她又在台球厅的一角打了一个大书架，去进影碟的时候顺便买回来一大批畅销书，武侠的从金庸、古龙、卧龙生到刚走红的黄易，言情的从琼瑶、席绢到亦舒，摆在那里花花绿绿。看书押金十块，租金一天一本五毛，来打台球或者看录像等位子的人免费在这里看。那些年轻人，偶尔有中年人，百无聊赖中打开一本《倚天屠龙记》《梅花三弄》，很快便被故事所吸引。这时有了空台球案子，或者轮到他们包场的录像了，便放下书去打球看片子。等玩够了也看厌了，拖着一身的疲惫回去时，看到那排书架，十有八九会想起自己没有看完的小说，于是又交十块钱，把书带回去看。肖月还卖汽水、口香糖、面包、泡面，总之她几乎把在这里需要的一切都提供了。甚至，许多年后丛牧之仍会想起，母亲还是林东镇最早的外卖跑腿。当条件比较好的包场年轻人，吃够了泡面、榨菜和热了又热的包子时，肖月会鼓动他们去附近的饭店买炒菜和啤酒来吃喝。他们正玩到兴头上，不愿意动，可肚子又确实饿，便凑了钱交给肖月，让她帮忙去买。肖月不收他们的手续费，只是每一次都从菜肴里拨出一部分当自己和丛聪的晚饭或早餐。所以那些日子，丛聪永远猜不到自己会吃到什么，酸菜粉条、炒白菜、猪头肉、羊肉炒芹菜、炖豆腐，更多的时候是五六种菜的大杂烩。

　　每天吃饭时，丛聪都想说自己也想去复读。但是看到肖月那张没有表情的脸，她又失去了勇气。对丛聪来说，母亲似乎变得越来越缺少情感，她年轻时的能量和热情，已经像锅里的水一样被熬干了。步入成年的丛聪，已然明白一个寡妇这些年独自支撑家庭的艰难，但她还不懂得孤独岁月对一个女人的损耗究竟是什么，她只觉得，母亲很多时候对自己充满厌烦和怨恨。她对母亲的柔情的需要，是在齐齐格那里得到部分满足的，尽管只是不得已的代替品，但毕竟用"干妈"称呼她，而齐齐格也的确在许多方面给她支持。

　　肖月渐渐开始酗酒。每一顿都要喝上二两，一大桶散装白酒，半个月就喝完了。起初，她只是因为身上的关节冷痛，想用酒精来温暖自己。"我的腿啊，像是被人用锤子锤。我的肚子啊，跟装了块冰坨一样凉。"她用毫无语气的声音叫喊着，仿佛一个蹩脚的演员在说台词，同时使劲揉搓自己的膝盖，甚至搓掉了皮。她也会把热水袋灌满开水，焐在肚子上，也会烫破皮。但是不管怎么揉搓，也不管热水袋多热，似乎都解决不了她的冷和痛。偶尔，她会跟丛聪说："这些毛病，都是生你的时候留下的。"丛聪知道，她指的是那个暴风雪之日。所以，她成了母亲的原罪。也许母亲对自己的冷淡，是随着身体的痛苦一点一点加深的,她有时想。她同时也有许多母女间温情的记忆,她发高烧时,肖月背着自己往医院跑,一边跑一边竟然扑哧一声笑了。迷迷糊糊的丛聪不解她笑什么,等第二天高烧退了,母亲端着小米粥喂她时,她问母亲为什么笑。母亲说,她跑的时候突然想起自己的奶奶,那是个小脚老太太,她就想,如果自己也是个小脚女人,再背上已经六七十斤的丛聪,一定跑不了这么快。

"老太太站在地上,好像一把插在地上的剪子。"肖月说。丛聪没见过传说中的小脚,但若干年后的丛牧之见过,在一次拍片采访中,那个受访的百岁老人突然脱下了黑色的布鞋,然后,一层一层撕开缠着的白布,露出两只晒干肉粽一样的皲裂的脚。丛牧之和摄像师都心中一凛,那并不是脚,而是两只畸形的器官,整个前脚掌被折断了,脚趾弯向脚底。最后剪片子时,丛牧之力排众议,把这个片段剪掉了——虽然我们的片子是讲述女性在20世纪的命运的,我当然知道这是曾经的封建礼教对女性身体迫害的证据,但是它同时会引起网上部分网友的攻击,而这攻击的矛头对准的常常还是女性。这是她说服其他人的理由,他们最终接受了,而她其实并没有说服自己。她拒绝这个片段的真正理由是,那一刻她想起了母亲的笑声,头脑里浮现出一个小脚女人背着孩子在黑夜中奔走的场景——如果有这样一个片段,这些镜头才有意义。

临近九月,暑热几乎散尽,秋风如从地上生出来的一样,开始吹动落叶和浮尘。

一个清晨,那些包场的人已经离去,在沙发上歪着睡了一夜的丛聪醒过来。这些天她早已黑白颠倒,不分昼夜,反正她在高考后的活动区域就是楼下的台球厅、录像厅,楼上的卧室;反正她面前一片白茫茫,看不清任何可以走的路。

她想去吃早餐,但是一出门,就被晨风吹得打了一个寒噤。丛聪快速地跑到不远处的小吃店,要了油条和豆浆带回来,自己吃了一份,另一份放在了铁锅里,给母亲留着。

母亲仍在睡。

丛聪在自己攒的录像里翻翻找找,有些片子她看了不下五六遍了。突然,她看到了一部没有封面的带子。努力想了想,没能想出是哪一部,便直接塞到放映机里。电视上出现雪花,然后是高耸的山峰、浮动的云海,以及毛笔书写的"山岳"两个字。她就在这里看到了那个出镜的导演,也是后来纪录片公司的老总黄玉胜。那时他风华正茂,讲话有南方口音,在叙述着中国大地上最有名的几座山,珠穆朗玛、泰山、黄山、庐山等等。她印象最深的,是黄玉胜站在泰山顶上朗诵杜甫的《望岳》,"岱宗夫如何?齐鲁青未了……"他身后正升起一轮红日。

她迷上了画面和解说词,更迷上了那个解说的人,他一点都不漂亮,皮肤黝黑,眉头紧锁,但他是如此伟岸。还有他的声音,那么低沉而有力量,她当时想,如果这些高千仞、绵延几百里的山岳真的有声音,也就是这个声音吧。"如果说长江、黄河是中华民族的母亲,那这些耸立在大地上的无言的山岳,就是我们的父亲,它们用峰峦做筋骨,撑起五千年的中华文明。"她得到了安慰,仿佛他隔空拥抱了她,她能感觉到他胸膛的肌肉,更能感觉到胸腔里澎湃的心跳。什么时候,我的心跳能跟上这个节奏呢?她在想。

但是,她只有第一集,片头的字提示她,这部纪录片一共有五集。就是在那一瞬间,她萌生了做纪录片导演的梦想,也是从这一刻起,杜甫成了她永远绕不开的诗人,若干年后,几乎所有她主拍的片子里,都会有杜甫的诗句出现。有时候是"艰难苦恨繁霜鬓,潦倒新停浊酒杯";有时候是"遥怜小儿女,未解忆长安";有时候是"人生不相见,动如参与商";有时候是"百年歌自苦,未见有知音"。

丛聪一遍又一遍地看着这集片子,直到母亲对此感到厌烦。"发神经吗?看了几百遍了,还看。"她气冲冲地关掉电视机,录像厅里瞬间变得更黑了。

"妈。"丛聪轻声唤道。

肖月没搭声。

"让我去复读吧,今年,我一定能考上,我想清楚将来干什么了。"

肖月仍然没有说话,只是起身,咔嗒一声,又把电视摁亮了。

丛聪冲过去,从后面抱住了母亲。她的手臂将将环住母亲的腰,不知道什么时候,这里多了一圈赘肉。肖月拍了拍丛聪的手。

"永远别像你爸一样。"

丛聪并没太懂这句话的意思,什么叫永远别像我爸一样?是永远不要像他那样不辞而别吗?许多年后,丛牧之在写有关丛长海的小说时才会明白这句话的意思,母亲是说,永远不要像丛长海那样,只想着飞,而忘记了怎么落地。

第七章　故纸

1

理发店的转机来自一个叫肖月的女孩,她的出现像是油锅里落进一滴水,引起一阵不由自主的爆响,拯救了丛长海。

那天黄昏,落日悬停在镇子西边砖瓦厂高耸入云的大烟筒上,晚霞和烟筒里升腾的浓烟把整个天空涂抹得犹如浓墨重彩的年画,一辆崭新的"永久"牌自行车碾着沙土黄土混合而成的路面,随着一阵清脆悦耳的车铃声,停在了长海理发店门前。

车上下来一个姑娘,她比镇子上的一般女孩长得高大、丰腴,浑身洋溢着一种抑制不住的朝气。那副精气神,仿佛面前有一座冰山,她都敢拥抱它,用自己的热情把它化成春水。她穿着硬刮刮的的确良衬衫,还是淡粉色的,下身是一条卡其布的裤子,略显瘦,以至于能隐约看出她大腿和小腿的肌肉线条。浓密而长的黑发被编成了一条最普通的麻花辫,辫结松散,辫梢坠着一根打着蝴蝶结的红头绳。

这个女孩在整个镇子上都小有名气,她就是肖月。肖月从小就是全镇孩子的羡慕对象,因为她父亲是镇粮油站副站长,她母亲在镇政府机关食堂当大厨,所以她几乎没有经历过绝大多数孩子童年必须承受的那种极端饥饿。她营养充足,不仅能经常吃到白面,甚至每个月都可以开荤,吃一顿猪头肉或者喝一碗羊汤。那时候,每当肖月噘着一对闪着油星的嘴唇走进镇中心小学,同学们便知道肖家又吃肉了,很多孩子围在肖月周围,只为了闻闻她身上携带的猪头肉或者羊肉味。

肖月知道自己的特殊，因此出门前，她故意不擦嘴，甚至故意把几滴羊汤洒在衣服上，或者偷偷把一块肥腻的猪头肉在衣角蹭几下，好让那气味经久不散。她从小就知道，肉是这个世界上最吸引人的东西之一，能吃上肉的人，就是令所有人羡慕的人。

　　等上初中之后，对镇子上的人来说，吃肉喝汤虽不能随心所欲，但也算不上是新鲜事，她又成了学校里的体育明星。因为从小伙食好、营养足，所以肖月发育得充分，力气大，每次在运动会时都把铅球和铁饼扔到最远，出尽风头。直到多年后女儿丛聪读中学，她的铅球和铁饼纪录仍无人打破。但是在初二下学期，父亲肖富贵由于贪污和乱搞男女关系被判刑，母亲也因此失去了在镇政府食堂的工作，家里一下窘迫起来。肖富贵在监狱里过得不好，犯人们总是欺负他，还没等服完刑，就不明不白地死掉了。母亲随之病倒，每天靠药罐子维持着一口气，这口气像人们睡觉时打的呼噜，随时要断的样子，但总是没断。之后，那个从前满身猪头肉和羊汤味的肖月，那个身体饱满健硕蓬勃发育的肖月，开始从头到脚都是中药味了。她讨厌这种味道，她得一天熬三次药，几乎把自己也熬成了药渣，任凭她烧多少热水、用多少胰子洗头洗脸，草药味还是难以根除，仿佛她自己也被熬成了一味药。为此，她刻意把头发剪短，在熬药的时候用一块旧塑料布把整个脑袋包裹住，头发上那种难闻的味道才稍微淡一些。[1]

---

[1] 有关母亲身上的味道，丛牧之有着深刻的记忆。小学时，母亲在市场里卖肉，身上是油腻的肉腥味。那不是单纯的猪肉、牛肉或者鸡肉的味道，而是它们的混合，是不同时间的血污肉渣发酵后凝结在一起的味道，还有市场里其他东西的味道或浓或淡的掺杂。在她家里，很早就开始喷"香水"，其实也不能算香水，而是母亲选中一款最清香的肥皂，冲成肥皂水，然后喷洒在屋子里，也会喷洒在衣服上。她有几套工作服，每次去市场只穿这几件衣服，回家后立刻换上其他衣服，让这种味道对家庭生活的影响降到最低。后来到北京，母亲最喜欢逛的就是花店和香水店，她不喜欢花，但贪恋花的香味，嗅的时候，恨不得蜜蜂一样把鼻子扎在花蕊里。那一年，熊仔出生，母亲帮她带孩子。她无数次看见母亲把头埋在熊仔的衣服里，贪婪地呼吸着那上面的奶味，甚至是熊仔尿过的衣服上的尿味。"香啊！"母亲摇头晃脑沉醉地说，"我外孙简直就是个肉肉的小香皂。"但是丛牧之始终觉得，母亲对味道的敏感，绝不仅仅是为了"抵抗"工作环境的侵蚀，一定还有什么更重要的原因，可惜她没有好好跟她谈过，现在她只能用这种方式去帮她"建构"一种可能性了。

父亲一死，她也就退学了，开始在各个地方打零工贴补家用，有时候，还挎着篮子沿街去卖鸡蛋。她学习本就不好，心思也不在学习上，曾幻想着能通过推铅球或者抛铁饼成为专业运动员，去拿全国甚至世界冠军。如今父亲成了贪污犯，政审这一关无论如何过不了，这条路便彻底堵死。退学时，她趁最后一次体育课，把学校的铅球和铁饼各偷出一枚来，然后在每天清晨四点钟，连扫大街的都没醒的时候，跑到镇子南边的土城墙上去练习。最远的时候，她能站在土城墙上把铁饼投掷到那片巨石阵之中，偶尔，铁饼撞击到巨石，远远地发出当的一声，甚至有一点火星闪出。她在想，我会不会已经破了全国纪录？一直练到东方冒亮光，两只胳膊酸疼无力，才把两个铁家伙装进一只捡来的水泥袋子里，背着匆匆回去熬药。她还幻想着，某一天一个慧眼识珠的教练突然来到小镇上，发现她的特长，然后把她带到大城市的训练队去。但是，这个人始终没有出现，反而是几年之后，另一个她从未想象过的年轻人从长途车上下来，夕阳让他的身影布满光芒，他像是从太阳上落下来的。他用熟悉又陌生的口音跟她问路，买了她的鸡蛋。她攥着几张纸币回去的时候，整个人都恍恍惚惚的，仿佛她卖掉的不是鸡蛋，而是自己的灵魂。

　　退学半年后，肖月终于明白，自己毫无成为运动员的希望，便把铅球和铁饼拿到离镇子不远的村里的铁匠炉，换了一把菜刀和两把锄头回来。现在，她得安心在小镇上生活了，她得劳动，好赚取给母亲买药的钱，好养活母女二人，好买一身的确良的衬衣、卡其布的裤子，如果她有足够的钱，她甚至想过买一辆崭新的"永久"自行车。

　　那段时间，她干过的最长的一份活，是在离镇子十里地外的荒野上修路。据说，那是一条正在建的公路，还是国道。肖月跟很多年轻人一起，早晨天不亮就到工地，挖地基、筛沙子、搬石头、抬土方。她在那里第一次看见了水泥、沥青，知道了那种黑黑的散发着油漆味的东西，被烧热了浇灌在路基上，然后轧平整，就成了柏油路。那时候还没有后来的压路机,轧沥青时都只能用农村的碌碡,几个人在前面牛马一样拉。由于沥青还热着,他们的鞋子常常被粘掉,因此,人们就找一条长布条或绳子,把鞋子和脚、腿紧紧地绑在一起,在黑色的路上猫着腰往前挪。晚上回去,肖月发现自己的两个脚底板,都已经被连磨带烫得起疱脱皮了,第二天再踩在同样温度、黏度的沥青上,疼痛钻心,如同老师在课堂上讲过的炮烙之刑。

太累了,晚上放工时,身体的每块骨头都被拆散了一样,但这个活儿的好处是工资日结,干一天就能拿到一天的工钱,也就能保证第二天有饭吃。所以,尽管所有人都觉得自己再也干不动了,但一到清晨,依然能挣扎着从床上起身,木头人一样穿过镇子上尘烟四起的土路,走向那条越伸越远、渐渐成型的公路。直到三个月后,这一路段修完,这群人也不清楚这条路到底从哪里开始,又通向哪里。①

不知道是长达三年不间断地喝中药起了作用,还是她的身体突然之间发生了进化,母亲在肖月十八岁那年突然好转。也不是说全然没有了病痛,而是她有一天腹部轰鸣如战鼓,跑到茅房拉了一大泡又腥又臭又黑的稀屎之后,接连喝了三大碗苞谷粥,此前,她一天也喝不了三碗。她的饭量保持下来,面色日渐红润,很快就能下地干活了。这个经过病痛漫长折磨的女人,连性情都改变了,从前,她贪婪自私而又怯懦胆小,在镇政府食堂里,每当别的厨子偷偷把肉、蛋或者馒头塞到衣服里带走,她总是不敢。可是她馋,她敢偷吃,吃到不停打嗝。她唯一敢把食堂的东西弄走的机会,就是趁丈夫肖副站长来给食堂送粮食的时候,把偷着攒下的半只烧鸡、几个鸡蛋、一大块煮好的猪肉,让肖富贵装在袋子里,大摇大摆地带出去。

---

① 母亲没有想过,丛长海坐的那趟客车就是从这条路回到林东镇的,他后来的离开,依然走的是这条路。再后来,母亲的若干次出走,丛牧之去北京上学、放假回家,同样要走这条路。他们一家三口,隔着不同的时间,走在同样一条路上。每念及此,丛牧之都会微微一笑,暗自感叹:好吧,我和父母的关系,的确充满了文学性。

现在，她死里逃生，再也不愿意像以前那样小心翼翼地做人。她开始毫无顾忌，直接冲到镇政府的会议室，大闹党委会，说他们当年开除她完全不合规矩，是搞连坐。她男人犯了事，她也是受害者，凭什么要惩罚受害者呢？

"我要去上访，"她站到了并不牢靠的会议桌上，一边努力保持平衡，一边用尽可能大的声音喊，"我要去赤峰，去北京，我要找国家主席去告你们。你们迫害无辜群众。"

因为用力过度，她的身体发生了倾斜，桌子随之向腿短的那边倾倒，那些政府官员不得不惊呼着去扶住那张桌子。

她重新站稳了。

闹了几次，官员们拿她毫无办法，最后答应了她的条件：把肖月招进镇政府食堂，继续她原来的工作。肖月算是有了正式工作。从此之后，她的身上又开始充满猪头肉、羊汤或者烧鸡味儿了，不过这次不用她刻意去蹭，食堂自会给她染得满身都是。她那结实的身体，便又渐渐开始丰腴，整个人像一枚成熟的西红柿，饱满光洁，随时能迸发汁液。

拿到第一个月工资，肖月就买了一辆"永久"自行车，然后找出最新的衣服，直奔长海理发店。①

她等这一天已经很久了。自从那次街头遇见，她便再也没有忘记这个穿绿军装的人。他的脸，有一种和镇上青年截然不同的黑，身材

---

① 有关母亲的这段经历，丛牧之是从回忆中打捞拼凑起来的，而母亲的母亲，她并未见过，那个女人在她出生前就死掉了。死于腹胀，据母亲后来讲，外祖母去世之前，腹部已经水肿到了比怀双胞胎孕妇的还要大，那时她已经六十岁，因为长期无法正常进食，浑身瘦得只剩一层皮，那层皮还被硕大的腹部撑起，然后才是细细的脖子、四肢，以及小小的脑袋。"她的肚皮不仅大，而且还会痒，她用手去抓痒，"母亲说，"我总是担心她自己把肚子抓破了，心肝脾肺流出来。"丛牧之无法想象那是怎样的痛苦，无论对母亲还是对外祖母，她都不敢去设身处地。写这段的时候，她咨询几个学医的朋友，问他们什么病会造成这种情况。他们说原因很多，但是在七八十年代，中国农村的大肚子病，主要都是由寄生虫引起的。母亲讲述时，丛牧之脑袋里是上海"灌汤包"的形象，一个吸管插入包子里，一吸，那鼓胀的包子就会立刻瘪下来。

挺拔到让人觉得他总是在看向很远的地方，而这里的男人大概从成年起就驼背了，并且走路总是外八字，像人形的鸭子。她注意到他在路口转弯的时候，身体短暂地停顿了一下，这一切应该都是军队生涯留下的烙印。

后来，她知道他开了理发店，生意惨淡，许多次都想走进去安慰他。但是她知道，第一次真正的见面太重要了，她必须一击制胜。于是，她耐心而又焦躁地等到了这一刻。

丛长海坐在一把可以滑动的椅子上，这是为了学习大城市的理发店，特意改装的。原本只是一把带靠背的普通椅子，他给靠背裹上了一圈彩色塑料布，又在机械厂的废料里淘了四个小滑轮，装在四条腿上。他的屁股陷在已经破洞的海绵垫子中，两条腿搭在前面的桌子上，用一把塑料梳子不断地梳着自己的脑袋。他正在犹豫，这个理发店还要不要开下去，或者说，还要不要在林东镇开下去。如果这里的人们再不开窍，不懂得理发的重要性，他只能关门，去赤峰市重起炉灶再开张。他坚信这个时代的变化是从人们脑袋的变化开始的。脑袋，首先是发型，人们不会永远是光头板寸，人出生之后，唯一能随时改变的就是头发；接着是脸，要擦各种护肤品，谁愿意满脸粉刺和痤疮呢？谁不知道一白遮百丑呢？然后是耳朵，打耳朵眼肯定会流行起来的，没有耳朵眼，怎么挂耳坠？再就是脖子，得戴上点什么才好，哪怕是用玻璃珠穿起来的链子，也能让人多几分光彩。他笃信，是因为他在北京和赤峰都看到，人们穿的衣服，领子不断花样翻新，而且越来越低，无数人露出了他们的脖颈和锁骨。尤其是那场偶遇的街头服装秀，更让他对此坚信不疑。再然后呢，当然是一路向下，胸部嘛，小镇女人和农村女人，将来肯定也会戴胸罩的。接下来是最隐私的地方，卫生巾会成为必需品的，他知道，现在小镇上就连用卫生纸的女孩子都没有几个，每到那几天，她们都提心吊胆，害怕浸透裤子闹笑话。他感觉自己已经看透了未来的生活趋势，就像镇子外面那条刚刚通车的柏油路，不管它从哪儿来，不管它要通向哪儿，只要沿着它走出去，就一定能走到赤峰，走到北京。他坚信这一点。

他看到了未来，可是他能撑到那条路通向脚下之时吗？他犹豫不决。

这时候，门被推开，一个高大的人影带着日落时刻的光和黑暗走进来。

"师傅，理发。"她说。

丛长海从椅子上站起来，发现来人只比自己矮了一点儿。他的眼睛，正好对着她刘海儿的位置，那是一丛黝黑茂密的头发。这时，肖月的大辫子已经甩到了胸前，那根红头绳火团一样亮眼。更亮眼的是，她说"理发"，而镇子上的人总是说"剪头发"或者"整整头发"，从没有人说"理发"。

他没有言语，很绅士地摆正了椅子，示意她坐下。

她便坐下来，两个人立刻从对面的镜子中看见了对方，也看见了自己。那是一幅让双方都记忆深刻的画面，或者说，这一刻，借着镜子他们才算真正的第一次见面。①

她不是他的第一个顾客，但是她的到来，即将改变他的理发店。他没有预感，而她有。

其实，她不是要剪发，而是要烫发。在她上班的镇政府食堂里，大多数都是各部门干部的家属或亲戚，其中跟她年纪差不多的，也有三五个。经过短暂的戒备之后，她的能干很快赢得了同事的信任，那

---

① 在理发店，并不是父亲和母亲的第一次见面，他们的第一次见面要更早，但是无论母亲的讲述，还是父亲的日记，都没有相关准确信息。在小说里，丛牧之设置为当年丛长海从长途客车下来，所遇见的那个卖鸡蛋的女孩就是母亲。据日记所载，他的确遇到了一个女孩，但是却始终没有提这个女孩是谁，更没有说是母亲肖月。但是，在小说中，她只能让这个女孩是母亲。正是写到这里，她第一次品尝到了一个小说作者的权力感——你竟然可以按自己的心意安排人的命运，这是上帝才能做的事！

几个年轻人更是把她当成了朋友。没有活儿的时候，他们会分享各自家里的稀奇玩意，比如一瓶从外地买回来的雪花膏，一枚有着彩色蝴蝶的发卡，还有就是一些过期杂志，比如《大众电影》。那上面有电影明星们的海报，他们靓丽鲜艳，有着各式各样的发型，她看中了《庐山恋》里张瑜的鬈发。她在想，如果有机会，她一定要烫一个同款的发型。

自从一个多月前，长海理发店开业那天起，肖月就等着走进来的时刻。她先是跟同事借了那本杂志，然后换好衣服，才郑重其事地来到这里。

肖月把杂志拿出来，翻开，指着张瑜的照片说："我要理这样的。"

丛长海看后愣住了，他这里剪发的装备还算齐整，但是没有烫发的工具。当然，烫发、染发都在他的计划中，可那是半年后的事儿了，而且是进展顺利的半年后。怎么办呢？他看向镜子，里面的那双眼睛充满信任和期待，甚至是带着鼓励，仿佛在说：来吧，你肯定能做到。丛长海一边解开她的红头绳，把编好的辫子松开，把每一根头发都理顺，一边想到底该如何留住这难得的顾客。他忽然想起在部队时杀猪的一个细节：猪身上的毛，要用滚烫的热水烫好几遍，然后用铁皮刮掉，但是猪头上的毛就没这么容易处理了。猪脸布满褶皱，耳朵里的毛发更难弄。后来，他想到的办法是把一根铁扦子烧红，然后去烫猪毛，在扦子的灼烫下，猪毛会化成灰烬，但如果扦子热量低一些，猪毛就被烫到卷曲而不焦煳。

"她肯定没见过怎么烫发。"他想，胆子随即大起来。

"时间要长一点儿，烫发的话。"他说。

"我有的是时间。"她说着，又从兜里掏出一个干巴巴的烙饼，放到嘴里咬了一口，"有水给我倒一口，噎得慌。"

丛长海拎起暖水瓶晃了晃，还有个底儿，给她倒在了部队带回来的搪瓷缸子里。那上面，"为人民服务"几个字中的"民"字已经掉漆，只剩下"为人服务"几个字和毛主席头像。

肖月吃烙饼,喝温开水,丛长海则在旁边鼓捣着生炉子。

"你干吗?"肖月问,"屋里也不冷。"

"烫发啊,没有火怎么烫?"

半个小时后,丛长海把两根烧红的铁条伸进了水桶,屋里立刻发出吱吱声响,还有一股带着铁味的水汽。等铁条外表刚变青灰,他立刻抽出来,然后把肖月包着一层薄毛巾的头发卷上去。十几分钟后,估摸着铁条的热量散尽了,再抽出来,肖月的头发卷起来了。另一侧的头发,他也如法炮制一番。

屋子里变得昏暗,丛长海摸索着灯线,拉亮了三十瓦的灯泡。电压不稳,灯泡的光闪闪烁烁了一会儿才稳定下来,也不怎么亮,但足够他们对着镜子,看见一个崭新的肖月了。丛长海真担心停电,还好没有。其实,丛长海烫的头发跟杂志上的并不像,两边的波浪也不对称,但是那毕竟是林东镇涌起的第一个黑色波浪。用烧红的铁条烫头发,也算不上多么新鲜,只是在那时候,小镇的姑娘们仍然以为那些画报上的发型,离自己很远,没有人敢真的去烫,更没有人敢顶着一头卷发走上大街。

肖月的眼睛里,涌现出惊喜的细波,她站起来,左右转着头看。

嗞嗞嗞,丛长海又给她的头发喷了些东西。他说是发胶,帮助固定发型的。那是一种有着特殊香味的液体,从头顶像一层水雾一样漫过肖月的身体。她喜欢这种香味。

"我要给你去做宣传。"她说,然后掏出两块钱,递给丛长海。

丛长海摆手,不收她的钱,说:"就当宣传费了。"

肖月骄傲地走出理发店,骑上车,冲门口的丛长海挥了挥手,消失在夜色中。晚风吹着她的脸,她的身体,更吹着她头上的波浪,她清晰地感觉到,自己身上的肉味、药味、沥青味,全都彻底消失了,现在,她只有清新的发胶味。

理发店门口的丛长海，这时蓦然发现自己手里还攥着她的红头绳。他把头绳拴在了门把手上，他相信这能带来好运。然后一整夜，他都在用红纸剪"烫发"两个字。

第二天一早，再次路过理发店的人会惊讶地发现，窗户上最显眼的字就是"烫发"。

同一个清晨，肖月头顶的波浪在马路上涌动，吸引着路边买早餐、上班、倒灶灰的人们。恍然间，人们停下脚步和自行车，以为昨天黑白电视机里的某个演员来到了镇子上，定睛一看，原来是镇政府食堂的肖月。

他们抬抬头，发现肖月骑过去的路的尽头，正有一轮红日从青蓝色的晨曦中喷薄欲出，旁边的云朵倒是更早一些亮了起来，像一块透明的磨砂玻璃。

2

只一个上午的时间，黑色的波浪就席卷了整个林东镇，尤其是那些和肖月年纪相仿的女孩子，全都扑进浪潮之中。她们感到头皮发痒，每一根头发都蠢蠢欲动，要飞舞起来，改变自己的形状。肖月的上班路走走停停，每隔几步就会被大街上的年轻女子围住，七嘴八舌地问她头发在哪里做的，怎么做的，贵不贵。只要有人带了头，她们便什么都不怕了。

"新开的长海理发店，"肖月说，"我是它的代言人。"她无师自通地学会了"代言人"这个词，一经说出，便觉得自己跟丛长海之间有了某种隐秘的联系，心潮浮动。相比这头鬈发，她更为这隐秘的联系

307

而激动。① 这天下班,肖月依然骑着自己的"永久牌"自行车,迎着夕阳驰向小镇西边的理发店,只不过这一次,她的身后还有一支十几个人的车队,那是她的同事,她同事的朋友或姐妹,以及半路偶然跟上的人。

她们浩浩荡荡地飞驰在尘埃四起的马路上,跟大部分下班的人群逆向而行,她们的说话声和笑声,遮住了此起彼伏的自行车铃声,人们感觉有一种红红绿绿的龙卷风自东向西刮了过去。让这群人兴奋的,不只是肖月头上的波浪卷,还有一种默默期盼了许久的释放感,头发只是一个征兆。想一下,上一次有如此多的年轻女人,成群结队地走在大街上是什么时候?可能是那群已婚妇女被带去医院上避孕环的时候,但那时的女人们,都垂着头,默默地在路上挪动,心中充溢着羞怯和不安。肖月她们这群人则相信,如果现在可以烫头发,那么明天就可以扎耳朵眼,后天就能穿更短一点儿的裙子,大后天就可以穿喇叭裤、高跟鞋;如果她们今天能这么自由地、大声地说话,那么明天就能更自由、更大声地说出自己的感受和想法。这一切都是未经商量的,也是没法言说的,但是她们一个个心里都清清楚楚。她们仿佛是一条大河上游的一群水滴,远不知道在下游的某处,闸门已经开启,水流正在奔涌向遥远而辽阔的大海,但是她们感觉到了整条江河的颤抖,并且被前方的水携带着也不由自主地涌动得越来越快。那真是一

---

① 正是这种联系开启了她此后的人生,甚至在丛长海消失许久之后,肖月依然凭借着他的启蒙在过自己的生活,比如她和市场签约去卖肉,比如后来开录像厅和台球厅,不能说没有丛长海的影响。只是肖月从未想过,他们之间的确存在着独特的联系,可这独特性对他和她而言,是很不相同的。

种莫名而酣畅淋漓的舒畅啊！①

事就这样成了。

长海理发店一夜之间成了小镇青年最向往的地方。一开始，只是女青年们一传十、十传二十地蚁群般拥来，有人胆子小，只敢理个头发，修修鬓角、剪个刘海儿之类；有人胆子大，直接学肖月烫发，黑瀑布进去，黑浪花出来。没过几天，那黑色的波浪就无处不在，充溢着林东镇的大街小巷了。没人知道，这一小卷波浪，背后是整个世界的潮汐。

女青年多的地方，男青年自然而然地就多了，而且他们也从丛长海的几本磨烂了边页的《大众电影》等杂志上看到，男的也可以做发型。在此之前，人们都是平头、寸头、光头，只有小流氓才把头发留得很长，仿佛是一副盔甲，把自己和其他人区别开来。杂志上电影演员们的头发，光可鉴人，不但梳得整整齐齐，还像田垄一样分得清清楚楚。

"这个，这个"，他们指着杂志说，"我就要这个发型。"

丛长海的生意火爆至极，他几乎没有休息的时间。然后作为"始作俑者"、代言人，肖月不自觉地开始帮着他张罗这张罗那，像一个管

---

① 写到这里时，丛牧之心里也生出一种莫名的情绪，不过是悲伤。停顿下来细想了想，也不算是莫名，其实缘由很清楚，她（或她这一代人）似乎从未经历过这种"自由时刻"。自己在青春期，在青年时代，按说要比母亲她们自由得多，可是正因为这种与生俱来的自由，他们却感觉到某种无所适从的束缚——看不见的绳索捆绑着一切，就像在闷热的三伏天，睡在没有空调的屋子里，那些湿答答的床单被罩贴着你，让你觉得自己像一枚粽子。她苦苦在自身的经历中寻找类似的时刻，考上大学？第一次拿到工资？终于拥有第一台笔记本，可以彻夜上网？都算不上，如果非要说有，应该是她从那次濒死中活过来的清晨，再数的话，刚和余作真态爱那会儿勉强能算。这个总是理性严谨而又天马行空的男人，的确给了她许多天外飞仙般的意外松弛，可怜的现代人，也只有在种种意外中才会体会到全身心的自由。这多像那些去玩极限运动的年轻人啊，只有从高崖上跳下去，从直升机上跳下去，才能摆脱万有引力片刻。想到余作真，她心痛至极，雅男前一段时间告诉她的消息，到此刻她也没能彻底消化。所以，她还没敢约他见一面。可是，她总得跟他见一面吧？

309

家。她给人排号，谁先来的，谁要烫发，时间长就得明天了。那个小炉子几乎没断过火，除了丛长海家的铁扦子，肖月还把家里的铁扦子拿来，插在炉子里烧得通红，急着去把另一个年轻姑娘的头发烫卷。

有人依样画葫芦，自己学着在家里烫头发，结果不是没烫出卷儿，就是头发烤焦冒烟，苦着脸来到理发店。丛长海便趁势给她们换一个发型，这就没有一定之规了，因此经常能出现让人意想不到的效果。

整个理发店，都充斥着浓浓的头发被炙烤的味道，好像过年时人们燎猪头。但是丛长海毕竟不是专业理发师，一切都跟那个时代的主旋律一样，是摸着石头过河。有时候一伸手，摸出一条大鱼，有时候却是一手烂泥。就是说，他给人剪的发型、烫的发卷，质量并不稳定，再加上人多，总有一些效果并不令人满意。这时候，就更显出肖月的重要性了。她会安抚发被烫煳或者长头发被剪得不像样子的人，先是夸好看，不管那个人对着镜子多么不满意，她总能斩钉截铁地说好看，还用上报纸上学来的成语"焕然一新"，然后再替丛长海做主，说下次来免费理发，一分钱不要。剪掉的头发像泼出的水，谁也不能回到过去，人们便只好接受现实，带着忐忑的心情回去。好在还有那些平时难得跟这些女人搭上话的男青年，骑着自行车围着她们绕来绕去，用行动安抚她们不安的心。

"挺好看的呀，我就觉得你啥发型都好看。"

"你这头发烫黄了，其实最时髦了，你没在杂志上看吗？人家城里人专门把头发染成黄色，还有红色、蓝色呢。"

于是，女人们刚才忐忑的心情又敞亮起来。

等顾客终于散去，丛长海累得散了架，往椅子上一靠，一动也不想动。他想起自己刚到新兵连的时候，搞了一天训练，回到宿舍就是这个状态。但那时的神经是绷紧的，不知道什么时候一声哨响，就得立刻跳起来，打行军包，来个十公里急行军。

迷迷糊糊中，肖月变戏法一样掏出一个大猪蹄，是卤的，递给丛长海。屋里灯光有些昏暗，丛长海甚至都没看清那是什么，本能地接过来，一手滑腻腻，差点儿掉在地上。他那养了许多年猪、做了许多年饭的敏感的鼻子，立刻嗅到猪蹄特有的那股腥味和香味，送到嘴里狠狠地咬了一口。卤得正好。

接着，肖月又递过来一个瓶子，是半瓶白酒。丛长海惊喜地坐直了身体，他可有段时间没喝酒了。

这天晚上，两人就着猪蹄喝光了半瓶白酒，猪蹄是丛长海一个人吃的，白酒却是两个人喝的。等整个镇子都安静下来，肖月醉了，丛长海也喝多了，但还不算醉。他知道这个姑娘喜欢自己，一定程度上，他也喜欢她，喜欢她的大胆和利落，喜欢她忙忙叨叨、张张罗罗，把整个屋子弄得气氛热烈。这是他第一次和一个女人如此亲密。他过了好多年只有男性的生活，从未想过自己能和一个年轻女性达到这种关系。这种关系是什么关系？想来想去，在那时候，只能是男女关系。

两个人都没回家。理发店有张小床，是丛长海平时休息，还有顾客多的时候给顾客等候时坐的。他试图把肖月抱到小床上，第一下竟然没抱动，他的手臂感觉到了这个女孩身体结实，有点像部队里的某些战士。但是那结实之中，却又透着任何男人都没有的一种柔软。他正准备再次使劲，她的胳膊直接搂上了他的脖子，腿稍微弯起来，这已经是一个最适合抱的姿势了。丛长海抱起了肖月，果然比想象中沉，他明显能感觉到她的肌肉紧绷着，仿佛这样就能让自己变轻一点儿。

肖月躺在小床上，丛长海把几张椅子搭起来，做了个床铺，侧身躺在上面。

他们就这样睡了一夜。①

没有超出界限的事儿发生,但是在两个人心里,他们的关系已经变了,两个陌生人,成了男女朋友。小镇上第一波理发的热潮渐渐消退,毕竟整个镇子也没有那么多人,而且人们也不会像后来的人那样,频繁地变动发型,兜里的钱也不允许。理发店进入了常规阶段,每天稀稀拉拉有些顾客,能维持着生意。丛长海的手艺在这段时间飞速提高,已经能很快模仿着剪出杂志上几种常见的发型了。

两个月后,丛长海停业一周,去了一趟沈阳,在那里找到一家大型理发店,买了他们的一些二手设备,特别是烫发工具。他知道,光凭火炉子、铁扦子烫出来的头发,是不行的。那些黑色的波浪,不到半个月就几近消失了,而且这种受热不均的烫发的后果也逐渐显现出来,有的人头上的卷分布散乱,这里一卷那里一卷,十分难看。有的人因为烫发时铁扦子过热,头发受损,很快变得枯黄,甚至渐渐断掉。

---

① 丛牧之犹豫了很久,最终还是没有让他们在这个特殊的夜晚偷尝禁果。一开始,她把两个人写得孤男寡女、干柴烈火,还没有喝完酒啃完猪蹄就抱在了一起,很快脱光了衣服,在满地的头发茬子中有了第一次性经历。但是后来读了读,总感觉不对劲,并不是因为这两个人原型是自己的父母,她作为女儿存在心理障碍,而是她忽然想到,在那个年代,人们或许并没有这么急切,尤其是丛长海。她删掉了这段,又写了一个版本,在新版本里,两个人做了倾心交谈,说了各自的生活,说了彼此的理想。他们像两个知己一样。丛牧之又想到,在自己这么多年的生活里,母亲从未谈论过父亲,父亲的日记里也从未说过他和母亲之间有过类似的交流,他们之间更多的是心照不宣。事实上,丛长海日记里的视角始终是自己,他的描述也始终是从自己出发的,唯一的例外,是对齐齐格的描述比较多,但也主要是回忆,而不是当时的记录。如是看,丛长海是一个自私,至少是特别自我的人。而母亲无疑是双方关系里主动的那一个,为了这个男人,她义无反顾地让他实验烫发,主动帮他处理理发店的事,甚至平生第一次偷东西——在食堂里藏了一个猪蹄,又在镇政府干部们聚餐时偷偷倒出来半瓶酒。在各种想法的交织中,丛牧之选择了现在的写法:母亲主动敞开了自己,但父亲并没有走进那扇门。也是写到这里她才发现,小说中有一个很大的漏洞,那就是母亲到底是如何喜欢上父亲的?吸引她的,是丛长海抵达林东镇时身上的夕光?还是仅仅因为他和镇上的其他青年不一样?她无法仅仅靠虚构来说服自己,但是母亲一辈子的讳莫如深和父亲日记中对此的回避,都让她感到迷惑。她觉得,自己说得清为何喜欢余作真,但是却说不清后来为何分道扬镳。而父母之间,却刚好相反,她知道他们何以分开,却找不到他们结合的理由。那个年代的爱情和婚姻,掺杂了太多感情之外的东西,有很多的不由自主,很多的自然而然。

肖月跟他商量，还是得进正规的烫发工具，否则早晚会被人们抛弃的。

丛长海把这段时间的所有营业额整理出来，收入不错，接近一千块钱。他全部带上，先到赤峰，然后从赤峰坐火车到沈阳去买设备，顺便拜师学几天手艺。

3

就在丛长海去沈阳的这些天，肖月遇到了点麻烦。

她失业了。

镇政府食堂刚刚宣布，要搞承包制，也就是把镇政府食堂承包给个人，由个人经营，每年交一定的承包款。承包人是原来负责食堂的后勤主任闫军。为了承包食堂，他甚至辞掉了镇政府后勤主任的职位，不过，接替者是他的小舅子。也就是说，镇政府食堂的所有人都没变，但是经营权属于闫军了。闫军把食堂前面临街的墙凿开，又往外扩了几米，搭了棚子，改成一个饭店。食堂原来的后半部分，留给镇政府职工就餐。以后就餐也不再是原来的大锅饭，而是改登记制度，吃多少打多少，打多少付多少钱，镇里每个职工每天补贴一块钱，打多了的自己掏。

因为肖月的工作是她妈硬要来的，闫军承包之后，给所有人涨了工资，大家都欢欣鼓舞。但是肖月不开心，因为闫军给她工资涨得最多。按说工资涨得多该高兴，可那得看是为什么涨。闫军对肖月好，不是因为她活儿干得好，而是因为他看上了肖月，想让她嫁给自己。闫军四十岁了，娶过一个老婆，还生过一个儿子。儿子生下来，小儿麻痹症，一条腿走不了路，养到五岁，掉到镇子东边的木伦河里淹死了。有人说，这孩子不是自己淹死的，是闫军故意把他带到河边，让他落水而死的。那孩子腿脚不便，走起路来歪歪扭扭，一脚滑到了河里。前一天，上游刚下过暴雨，平时半米深的河水，这一天有一米多深。孩子掉进去的时候，闫军正在一块玉米地里拉屎。他拉了半个小时，才从玉米地里出来，发现孩子已经被冲到几百米之外，窝在了一个拐弯处。有人质疑闫军，拉个屎怎么拉了半个小时？闫军气愤地说，我便秘啊，我拉屎跟往外拉石头一样。儿子死了，他老婆深受打击，不久之后得了病，也死了。人们便说，闫军是天煞孤星，天生克家里人，谁跟他在一起都没好。

但这个人却是全林东镇日子过得最舒服的人，镇长书记都没他自在。镇长书记还得整天开会写材料，遇见更大的领导，也得点头哈腰，但闫军不用，他每天喝酒吃肉，腰里挂一串叮当响的钥匙，用一根细树枝剔着牙到处晃荡，眼睛不放过任何一个年轻女人。而他能当上镇政府管后勤的，是因为他有个姑父在赤峰市武装部当副部长，每隔一个月，他姑父就开辆212小车来林东镇，闫军便和几个镇领导跟他在饭馆里大喝一通。每次喝醉，副部长都要把腰里的匣子枪拿出来摆在桌上：今天不喝趴下，谁也不能走。走的时候，他都会带上一条烟、两个猪肘子。

肖月一看见他那张脸，就会本能地打个哆嗦。闫军左脸上有个瘊子，芸豆大，长瘊子不稀奇，芸豆大的瘊子也不稀奇，稀奇的是那个瘊子上还长了一撮毛，有小拇指长。闫军一琢磨事儿的时候，就会用两根手指搓那撮毛。人们说，就是这个瘊子和这撮毛把他老婆孩子克死的，但闫军的说法是，这是他的福痣，毛多长福就多长，他就指着这个享一辈子福呢。

"月儿啊……"闫军在办公室里跟肖月说。肖月像浑身爬满了蚂蚁，特别是他不喊她名字，非要喊"月儿啊"，她就比吞了臭虫还难受。

"我现在承包了食堂，还开了个饭店，以后的钱会像木伦河水一样，哗哗地往我兜里淌。钱太多啦，我算术不行，就缺个管钱的、当家的。"

他说得够明显的了，但是肖月不喜欢他，不只是不喜欢，甚至是十分厌恶。

她不搭话。

"我当老板，你当老板娘，咋样？每天吃香的喝辣的，一个月去一趟赤峰买衣服，我能让你过上比电视里还好的日子。你要是喜欢烫头发，我陪你去赤峰，找个大美发店，想咋烫咋烫。"

他的手又伸向那撮毛了。肖月觉得天旋地转，胸口发闷、恶心，她突然冲过去，冲着那撮毛狠狠揪了一下。闫军惊慌中匆忙躲闪，肖月没揪到那撮毛，阴差阳错地给了他一杵子。闫军摔倒在地上。他实在震惊，他震惊的不是自己挨了揍，而是自己开出了这样的条件，眼前这个女人竟然不动心。但他很快反应过来，恼羞成怒，起身扑向肖月。

肖月再有力气，也不如一个男人劲儿大，没挣扎几下就被闫军摁倒在地上。

"敬酒不吃吃罚酒！"闫军疯子一样撕扯着肖月的衣服，愤怒之下，他竟然想霸王硬上弓。肖月知道自己打不过，便不再挣扎，任凭他解自己的衣服扣子。闫军以为这个女人被自己打服了，冷笑一声，肖月却闪电般伸出手，正好揪住了他的那撮毛，使劲拽了一下。闫军发出杀猪般的号叫，那撮毛只被拔掉了几根，但黑痦子渗出血来了。肖月趁机翻身而起，大喊一声："王八羔子，再敢欺负我，我非给你拔光了不可。"

肖月摔门而去，剩下闫军捂住脸，在那里大喊："臭娘们你等着，我饶不了你。"

4

肖月骑上自行车，以最快的速度蹬向镇子西头的长海理发店。一路上她都在后怕，如果刚才没跑出来，她今天就要被闫军给强暴了。

她不敢回家，怕闫军找到家里。

丛长海还没回来，但肖月知道他的门钥匙放在西侧的石头缝里。她找到钥匙，哆哆嗦嗦地开了门，进去，又把门反锁上。她确认自己安全了，忍不住放声大哭，哭了两声又止住了。这间临街的小屋墙很薄，不隔音，她的哭声会引来周围的人。

肖月不吃不喝在这里待了两天，直到丛长海背着几大包东西回来。她直接扑到他怀里，嘴里喊："长海，我们结婚吧。"

丛长海还没从长途旅行的疲惫中回过神来，更重要的是，他还没从新的震惊中回过神来。这一次他去沈阳，待了六天，除了买烫发设备，还死皮赖脸地在人家店里看了几天，学人家的手艺。然后，他又找到报刊亭，挑那些图多的杂志买了一大摞，好回去照着上面的发型剪头发。剩下两天，他就在路上闲逛，白天的时候，看路边的商店摆出不少新东西，泡泡糖、方便面、新款的裤子和裙子，还有五颜六色的塑料凉鞋。他看中一双明黄色的凉鞋，买下了，外加一条红围巾，准备回去送给肖月。他的本意是感谢她这些天都给自己帮忙，但是自己心里也清楚，这两件东西一定还有其他的含义。在心里，他对这个主动接近自己的女孩，并没有特别激动的情感，但也绝不讨厌。她有一种难得的果断，不管做什么事，只要决定了，便立刻要去行动。或者说，她的行动紧紧地跟着思考，而他常常要把一件事在心里周旋很长时间，想过各种可能，然后等着一个关键契机的出现，他很少让自己成为这个契机本身。①两个人在一起后，她成了他的发动机和催化剂，就比如这次去购买设备，起初是丛长海提了一嘴，然后就进入无期限

---

① 丛牧之觉得自己也是如此，也许，在这一点上她继承了父亲性格中的某些基因。"延宕"，这是她读硕士时学到的一个词，她和丛长海就深悉延宕之道，他们总会去完成那件事，但在此之前需要把过程无限延宕下去——和拖延症不同，延宕者对过程本身充满享受。

的等待之中。但是肖月很快把这件事安排上了日程，甚至直接给他买了去赤峰的车票，帮他收拾好行李，他几乎是在出门前一天才知道自己明天要出门的。肖月把他要做的一切都加速了。

他在街上走，傍晚的时候，小汽车的尾灯让街面呈现出暧昧的红色，两边店铺的灯光则是黄白的。他看见一间特殊的商店，透过玻璃，里面闪烁着五颜六色的光，那些光是不停跳跃、变幻的，不像其他灯，只是安静地放射一种恒定的光芒。并且，那些光的跳跃并非毫无规律，而是随着声音在动。那不是人的声音，是许多乐器混杂在一起，但是有着固定的旋律和节奏。人听到这个声音，身体会不由自主地扭动起来——没有原因，也不知道该怎么动，但就是想动。就像过年的时候，人们听到锣鼓声，会扭起秧歌步一样。

丛长海好奇之至，他忍不住走近了。门口，一个穿着整齐的小伙子问："票呢？"

丛长海抬头看了看，旁边贴着海报：今日迪斯科舞曲——《Dschinghis Khan》(《成吉思汗》)。另一张海报上，是七八个舞动的男女，他们姿势夸张而舒展。

哦，舞厅。他反应过来。

丛长海下了台阶，准备离开，但是房间里动次打次的音乐声像一只兔子，也从台阶上跳下来，跳到了他的身上，又钻进耳朵里。终于，他忍耐不住，回过身来，问那个小伙子：

"哪里买票？"

小伙子小声说：

"两块钱，不用买票，我放你进去。"

丛长海掏出两块钱，递给他。小伙子打开门，里面立刻有一阵声音龙卷风一样涌出来。

舞厅里比想象得要昏暗，因为这里的一切都在动，灯光在动，人更是在动，仿佛整个房间都在摇晃着。只有摇晃，这一切才不会坠到虚无里。跟地震一样，他脑海里跳出这样一个念头。丛长海看见了一群模糊的人影，正在舞动着四肢，他们的身体有的像机器人，有的像皮影戏里的木偶，有的只是机械地踮着双脚。任何动作在这里都不觉得怪异和难看，只要你踏准节拍。

然后，他看清了里面有男有女。

身体里的那只兔子也蠢蠢欲动了，他不由自主地走进舞池，模仿着旁边人的动作跳起来。胳膊、腿，都有些僵硬，某些动作像是在打军队里学的军体拳。这时，一个女孩跳到了他面前，她有些瘦小，但动作灵活潇洒。丛长海看明白了，她是在做示范，示意他跟自己学。丛长海开始模仿女孩的动作，渐渐地，他的身体仿佛突然间贯通了，开始协调起来，他的手和脚越来越准确地踩到音乐的重音上，连那些五彩缤纷的灯光也有节奏了。女孩脸上显出惊讶之色，没想到他学得这么快。她做了一个十分复杂而花哨的动作，丛长海又去模仿，却左脚踩到右脚，扑通一声摔倒在地。

女孩笑了，并没有停止身体的动作，继续一边俯瞰着丛长海，一边跳着。他看见了她的脸，并不很清楚，但能分辨出她有一双很大的眼睛，由于颧骨略高而越发显得眼眶有些深。两颗眼珠像是两口深井，井里荡漾着迷幻的光芒。

她伸出手，他握住，在她的拉拽下站起来。他感觉到，她的手很瘦，但有力。她并没有松开他的手，反而是把另一只手也伸了过来，抓过他的右手，放在她的肩膀上。他忽然发现，音乐舒缓起来，灯光也变慢了，整个舞池里刚才摇晃的个体，都变得成双成对。

他有些发愣，不明白发生了什么，但是猜到应该是另一种舞蹈。她带领着他，他小心翼翼又磕磕绊绊地跳着。好几次，他踩到了她的脚，那是一双穿着高跟鞋的脚，红色的高跟鞋。舞曲节奏加快，舞步也是，他有些零乱了，勉力跟着，突然一个重音，她的身体倾斜着弯了下去，他本能地用一只手挽住了她的腰。他能用眼睛的余光看见，其他人也是类似的动作，他无意中做对了。

这一次，该他俯瞰她了，他有一种要掉到那深井一样的眼睛里的冲动。好在，那深井是两口，到底投身哪一口的犹豫让他不至于真的坠落。她腰板一挺，站起身来，微笑了一下，拉住了从旁边伸过来的另一只手，又开始了新的一曲。①

他站在原地发愣，没看见旁边一位白胖的女士，正举着手等他。

那次从沈阳回来，除了理发设备，他还带回了一把口琴，和附赠的一本乐谱，里面有刚刚流行起来的歌曲。代价是，因为钱不够，他又跑回去退掉了凉鞋，只给肖月带回去一条围巾。

5

丛长海带着犹疑跟肖月结婚了，他好像一直没有从灯光迷离的舞厅走出来，婚礼也像是那场舞蹈的一部分。

其实，他们只是请亲戚朋友喝了喜酒，然后住在了一起，并没有领结婚证。丛长海说，他的户口仍然没有迁回来，没法领结婚证。肖月问他，户口到底什么时候能迁回来？丛长海说他也不知道，他打电话给部队那边，那边说正在办理。其实，他刚刚拿到户口迁移证，可是鬼使神差地撒了谎，之后为了圆这个谎，他再也没有拿出那张户口迁移证明。也就是说，后来的丛牧之本质上是一个私生女，她的名字落在母亲的户口本上，而父亲那一栏永远是空的。尽管人们都知道丛长海是她的父亲，但是因为没有结婚证，在家庭关系上，她并不是他

---

① "深井"，这是父亲日记里对齐齐格的第一次描述，不过，他并没有写她的名字，而只是说"她"。丛牧之是根据后来的日记推导出来的，这个人就是齐齐格。父亲有一段日记，对她的故事记叙十分详细，但是在某一天戛然而止，她再也没有出现过。她不知道他们之间发生了什么，只是不得不因此修正对这个自己从小熟悉的女人的印象——她竟然会跳舞，而且不只会跳舞，她竟然在沈阳出现过，她竟然和父亲认识得那么早……一切都有缘由，一切都有逻辑。

的女儿。

喝喜酒的人散了，丛长海和肖月坐在杯盘狼藉的屋子里。这一天，两人去挨桌敬酒，但都没喝醉。丛长海感觉蒙蒙的，好像自己是在替别人参加一场婚礼，而肖月则处在新婚的喜悦里。她要用这种喜悦冲刷掉自己刚刚失去工作和差点被强奸的悲伤。她想过去告闫军，可是自己又没有证据，以闫军的势力，她不可能讨到公正的说法。

肖月心里清楚，丛长海不像自己喜欢他那样喜欢自己，这个人身上始终有种蠢蠢欲动的东西，既不稳定也不固定，那是一种气质，可正是这种气质吸引了她。她希望自己能打造一个无形的笼子，把他身上莫名的冲动关进去。它不甘蛰伏、左冲右突，她就得不断地把笼子加固、加密。现在，她已经打造好了雏形，还需要一把只有她拥有钥匙的锁。

这时，她忽然对闫军有了奇特的感激，因为他给她递过来一把锁。

就在结婚这天晚上，肖月把闫军欺负自己的事儿说了。她没有添油加醋，而是一五一十，有一分说一分，有一寸说一寸。丛长海心里的男子汉气概瞬间被点燃了，无论如何，他曾经当过那么多年兵，总还有一般男人没有的硬气。肖月引导着他的愤怒，告诉他，自己现在没有了工作，只能指望他了。丛长海搂住肖月说，我肯定不会让你饿着，也不会让任何人再欺负你。

我不希望你去找闫军报仇，肖月说，你是我这辈子最亲近的人了，永远别离开我。

但是这件事像一根针，已经进入丛长海的血管里，这根针会随着血液在血管中游动，等有一天，它游到心脏位置，会对着那颗心猛刺一下，他就得去做点什么。他不知道这一天是什么时候，她也不知道。但是在婚后的生活里，他不断地渴望着这一天早点到来，而她则希望这一天越迟越好。这一天不来，她这笼子上的这把锁就结结实实。

在此之前，她得尽快打一把新锁。

不管是盼望早来的丛长海，还是盼望迟来的肖月，都不可能预料到接下来的事。

长海理发店站稳了脚跟，丛长海新进回来的烫发设备受到了欢迎，他新学的发型也让人们有了更多选择。两人把各自的房子卖了，钱凑到一起，在沙里街买了一栋带院子的平房，住进去那天，还栽了棵杏树。因为肖月以前在食堂干过，就想着开个小饭馆，多少也是个营生。她又在家附近租了一间门面，开起油条铺，主要卖油条和豆腐汤。因为附近有一所职业中学，学生们吃不惯食堂的饭菜，经常跑出来花五毛钱喝一碗豆腐汤，吃两根油条，所以生意还过得去。但油条铺开了不到一年，出了一件事。有一天，职业中学里的十几个学生突然上吐下泻，脸色发绿，送到医院去检查，是食物中毒。再一问，都喝了油条铺的豆腐汤。豆腐馊了，肖月没舍得扔，结果出了大事。丛长海和她赶到医院里，看见十几个孩子都在打吊瓶，每个人的脸都比新出锅的豆腐还白。医生摇头叹息，说，搞不好得死两个，两人腿立刻软了。肖月心里想，这回彻底完了，她不如直接死了。她跑出去买了一瓶农药，打开盖子就喝，刚喝一口，就被赶过来的丛长海夺过来。结果，她跟那些孩子一起躺在医院打吊瓶。

简直是万幸，那些孩子后来都没事了，不但没死，也没留下什么后遗症。肖月也活过来了，不过因为洗胃的时候不顺利，胃受了创伤，从此之后留下了一辈子的胃病。每天，她都要打无数个嗝，仿佛肚子里有一个挂钟，每隔一段时间都要响一下。等出院后，肖月一边忍着胃里不断上反的酸水，一边尽力让打嗝声小一些，挨家挨户去给那些孩子的父母道歉。在比较较劲的人家里，她还得给自己两个耳光，以表示道歉的真诚。等回到家，丛长海看见她整个脸都红肿了，像两片鲜猪肝，可眼睛里仍然有着一丝倔强。也不晓得她倔强的，是对整件事的不服，还是对自己命运的不甘。

丛长海一把搂过肖月，把她的头摁在自己的肩膀上，他感到脖子瞬间湿了一片,他伸手扯了扯衣领。她忍了这么久的眼泪,总算流出来了。①

6

在一个秋天,与长海理发店隔了一条街,开了一家荞面馆。

开荞面馆的是个年轻女人,而且是个外地人,被她哥哥领来,买了房子,装修,开店。那时候,随时都有一家小饭店开张,也随时都有一家关门,镇子上的人顶多闲聊时提到一句,哪家开了,哪家又关了,没人会在意。

除了丛长海。

那天,他骑着自行车路过正在装修的荞面馆,一转头,透过窗子看见里面有个人影。如果不是隔着窗子,他可能还不会留心,可就是因为隔着窗子,人影看不清,加上屋里灯光的照耀,就有了一种朦胧感。

丛长海心里咯噔一下,他觉得那个影子莫名的熟悉。

---

① 这一段,父亲日记中的记录比较详细,比丛牧之现在写下的还要详细。他甚至回溯了那天的豆腐到底是如何馊的,以及那批豆腐是从哪里买的,买回来后是如何储存的,等等。丛长海推断,那批豆腐的馊,并不是豆腐本身的问题,而是豆腐"前身"的问题,也就是做豆腐的黄豆腐烂霉变,但是卖豆腐的硬是给做成了豆腐。他去买的时候,闻到一股和平常不同的味道,卖豆腐的说,那是黑豆的味道,他们今天特意加了一点黑豆。"这样的豆腐更有营养,黑豆,你都没见过吧?"豆腐摊老板的这句话让他不再怀疑,而且那是一整块新出锅的豆腐,冒着热气,鲜鲜嫩嫩,他眼看着老板从压豆腐的笋筐里搬出来,切好,放进他拎着的塑料桶中。但是,从日记所载来看,丛长海并没有将这些情况告知肖月。不过,他破天荒地补记了一段自己当时的心理活动:"我知道她想哭,所以就把她抱住,但是她的脖子仍然是硬的,我就稍微用了点劲儿,让她的头贴住了我的肩膀。不哭出来的话,她会出问题的。我还能怎么办?我已经跟她结婚了,尽管我自己都说不清爱不爱她,但是在这个镇子上,她应该就是那个最适合我的姑娘吧?"第一次读到这里时,丛牧之心里咯噔一下,她很清楚,父亲对母亲的感情远远比不上母亲对他的,甚至,他对她更多的是一种顺水推舟,是没得可选,是被动接受。或许,他们之间从一开始就为后来的分离埋下了伏笔。好吧,尽管她不太情愿,这个伏笔也必须承认并接过来,写在她的小说中。

现在,他已经回到这个镇子两年多了,因为开理发店的关系,几乎认识镇上的所有人,所以偶遇一个熟悉的影子,毫不奇怪。奇怪之处在于,这个店是新来的外地人开的,自从它开建和装修,他经常能看见一个夹着黑色皮包的中年男人,巡行在工地周围,指指点点。他能听出来,这个男人的口音里夹杂着蒙古语的卷音,应该是个蒙古族人,至少有蒙古族血统。奇怪之处更在于,那个人影的熟悉感来自远处而不是临近的记忆,是与影子叠加在一起的,另一个恍惚的空间。他想不起来是哪儿,只是朦胧地回想起,自己曾在那个空间里无比沉醉。每当这时候,他就会掏出口琴,用不太熟练的动作吹奏一支曲子。他不知道这支曲子叫什么,只是记忆中的一串音符,他一个音又一个音试出来的。这是那支舞的舞曲。

镇子的主街,不久前刚修了砂石硬路面,自行车飞驰在上面,车轮和沙砾摩擦发出一种尖锐但悦耳的吱吱声,仿佛在用速度弹奏某种弦乐。从镇子东头到西头,丛长海至少路过了4家理发店。他那家得风气之先的长海理发店,现在改名为长海美容美发厅了,店面还在原处,不过又扩了一倍,雇了两个徒弟。当年,长海理发店给小镇的人们开了个头,从此之后,人们便活跃地迎接着整个时代的变化。理发店、小商店、水果店、副食店、自行车店,陆陆续续开了起来。连汽车站上开往赤峰的长途车都加开了三趟,据说,下个月就要开直达北京的班车了,全程十八个小时。也就是说,只要在林东坐上长途客车,用不了一天时间,你就能站在北京的土地上了。几年前,丛长海去北京时还要到赤峰去转坐火车。

在时间中,有些东西变快了,另一些东西则变慢了。

一切都在蠢蠢欲动,一切已经开始行动。

春江水暖鸭先知,丛长海感知到了世界的变化,但是他没想到变得这么迅猛,因此他的理发店变成美容美发厅,其实是有些匆忙的。镇子上那些新开的理发店,几乎是一夜之间就遍布每个角落,除了一些便宜的小店之外，还有好几家店面很大，装修华丽，甚至有一家叫红山发廊的，是赤峰市红山发廊的林东分店。更重要的是，它们有着新技术、新工具，随时与大城市同步的新发型，店员统一着装，看起来十分专业、高档。丛长海所积累下的那些客户，很多都被新店吸引过去。在那个年代，没有人喜欢固定一种发型，人人都愿意尝试更多的可能。

丛长海知道自己得赶紧出去再次取经了，他从报纸和广播中知道，中国最发达、最开放的地方是沿海，特别是广州和深圳，所以这一回，他放弃了北京，直接去了广州。①对这样的"游学"，他已有一定经验，很清楚去哪里看什么，去哪里买什么，去哪里学什么。

第一站，他去了广州的白云机场，他不是坐飞机去的，也坐不起飞机。但他知道机场里的旅客，都是全世界最时髦的旅客。跟以前不同的是，他现在有了一台黑白照相机，而且包里备足了胶卷。照相机镜头捕捉到成千上万的人，有中国人也有老外，有男人也有女人，有成年人也有孩子，焦点都在他们的头上、脸上。照片也要回到林东冲洗，在简易的暗房里，他常常会盯着一张底片，等着上面显出一个擦肩而过的陌生人。②他经常会被药水中浮现的那张脸所吸引，然后从抽屉里拿出那把口琴，吹起一首《追梦人》。《雪山飞狐》刚播完不久，这首歌统治了大街小巷和理发店的音响一年时间，丛长海早就会吹了。

---

① 父亲的日记中对自己从广州站出来时的震惊体验描写得很详细，但是丛牧之考虑良久，没有用在小说里。她以为，父亲的震惊对于小说而言，并不十分重要，她越写越觉得，父亲本身对林东镇的震惊才是重要的。至于广州、深圳这些发达的大城市，人们即便没去过，也早已在电视里见过它们的繁华了。父亲所改变的，是林东镇人们的日常生活。或者说，就像现在，我们从网络上看见阿尔法狗打败围棋冠军的惊讶，只不过是旁观者的惊讶，但是忽然有一天，人们发现你随便讲句话，你的手机都偷偷给你录下来，并且发给了某个数据库，那才是切身的震惊甚至恐惧。只是，丛牧之有些疑惑，不知道自己的这种"剪裁"思维到底属不属于小说，抑或只是纪录片思维的延续。
② 丛牧之觉得，父亲的这种行为像是现在流行的拆盲盒，只不过他的盲盒里藏着的，是一个个不同的陌生人，和他们在一瞬间展现出来的人生。这简直是一种行为艺术，她想。

那张脸有时候是一个孩子,正在奔跑,因此焦距很虚,脸上的叠影仿佛时光的流逝。有时候,那张脸是一个老人,满脸皱纹,目光暗淡,时间凝固在老年斑上。更多的是年轻人,男人或女人,都那么青春有活力,你甚至能在他们的表情中看到霹雳舞的鼓点正在急雨般敲响,而他们脚下的步伐,节奏比鼓点还要快。不知道为什么,丛长海觉得现在整个世界就是这种节奏,噼噼啪啪,慢一秒都不行。

并不是所有照片都可用,但十卷胶卷里,总还能选出十几款适合的发型。他会再去趟赤峰,把照片放大,装在高粱秸秆做的简易相框里,挂在美容美发厅的墙上,供顾客选择。①

---

① 日记读到这里时和小说写到这里时,丛牧之内心的遗憾达到了顶点,她在想,父亲拍的那些照片哪去了呢?如果这些照片还在,那可是一笔无法估量的财富,甚至是一批艺术品啊。她想起2014年奥斯卡提名的纪录片《寻找薇薇安·迈尔》。美国有一个叫薇薇安·迈尔的黑人,在芝加哥做了四十年保姆,活了八十三岁,最后孤独地死在养老院里。她终身未婚,没有子嗣,却留下十五万张底片,从来没有人见过。后来,2007年,芝加哥一位名叫约翰·马卢夫的历史爱好者在一次拍卖会上一时兴起,以四百美元买下了一盒底片,结果让他大吃一惊,这批艺术品终于显露于世。薇薇安·迈尔拍出了这个国际大都市在那个年代的一切,那无可复制的历史和人类痕迹。父亲当然不可能跟薇薇安·迈尔比,但是哪怕仅仅把他拍的那个时代中国人的发型收集起来,都可以办一个极为独特的摄影展吧?何况,他还拍了那么多张五彩缤纷的脸——当然,丛长海所拍的都是黑白照片,但是黑白照片一样有色彩学,那些光影、那些浓淡、那些层叠,无一不带有丰富的情感和信息。一个人的脸是脸,一群人的脸就是时代的表情。对丛牧之来说,她更看重的是父亲拍摄这些照片因"另有目的",反而可能会更加接近美或人的本质。不是吗?在大学的美学课里,老师一次又一次地说出康德那句对美的著名定义:美就是无目的的合目的性。因为职业的原因,她自己经常拍照,比如去拍摄地点踩点,也是拿着数码相机啪啪啪拍个不停。她跟雅男有过一次关于数码相机和传统胶卷相机的区别的讨论,雅男认为数码相机更先进,因为可以更好地聚焦、调色、调光,而且没有空间限制,想拍多少拍多少。但在丛牧之看来,这又恰恰是数码相机不及胶卷相机之处,毫无空间限制造成了拍摄者的放纵,他们会拍得更随意,潜意识里的想法是:总能从中选出合适的一张。但胶卷相机因为胶卷有限,拍摄者必须是这样一种想法:只有这唯一的一张。它面对的是转瞬即逝的一刻,或者说,是唯一的瞬间,拍下就是拍下,错过就是错过,而这才是人类生存的本质。现在,透过父亲在日记中对洗照片的描述,她还发现了另一个理由:那个瞬间并不是固定不变的,哪怕你拍下了它。在洗照片的时候,作者对光线、温度、洗液的把握,甚至作者的心态,都会影响这张照片最后的模样。所以说,这个过程包含着创造,这才是最迷人的部分。她脑海中第一次出现了丛长海的形象——微红而模糊的暗房中,一个中年人正在用镊子小心地从药液中夹起一张照片,照片上,一张脸缓缓显露出来……

丛长海当然要去理发店里剪个头发，顺便跟理发的小哥聊聊天。最开始，他很担心自己的外地口音被歧视，但后来发现，对他的目的而言，外地口音恰恰是个优势。他会装作一副对理发完全不懂的样子，门外汉一样跟理发小哥问有关的问题，小哥——这一次，他们有了英文名字，叫托尼或者皮特——十分热心地给他介绍最新的烫发设备、染发药水、啫喱水，还有正时兴起来的护肤品之类的东西。丛长海注意到，理发店已经不再是单纯的理发店，而是美容美发店，他不免想起自己刚开始干这行时的判断：从头出发，往下就是脸、耳朵、脖子，人们去理发店，已经不再满足于换一个发型了，还要美美白、打打耳洞、修修眉毛、刮刮胡子。据高个子的托尼说，有的店已经开始文眉了。

因为去不同的店剪来剪去，丛长海那头齐耳的短发，最后成了个板寸。他索性让最后认识的那个托尼给自己理了个光头。回去的火车上，过长江时是白天，铁路桥和车轮的咬合发出有规律的咔嗒声，像是一个巨大的钟表齿轮在快速转动，丛长海生出一种惆怅感。他想让火车掉转方向，开回广州，开回深圳，开回北京，开到自己所生活的林东镇之外的一切地方。此前，他也许多次跑赤峰、沈阳这些地方，也被一样又一样的新东西震惊，但是从没有过这种强烈的离开的冲动。他不知道这次是怎么回事。哦，或许是他发现，自己只要固守林东，就永远在追逐，永远不可能赶上真正的潮头。只是维持住在林东镇的潮头，已经耗尽他所有的力气了。而林东镇在大江大河面前，不过是一条山沟里的小溪，小溪里的浪花，再迅猛又能有多大呢？

他于是发现，自己一直在追赶什么，但却始终慢好几拍。这让他有些沮丧，他更希望自己是先行的人，是排头兵。如果在飞机上，身背伞包，他也希望自己是第一个跳出机舱的人，第一个从天空俯瞰大地的人。只有第一个人，才能看见一整个完整的天空和一整片完整的大地，第二个人的视野里，就会多出一个伞兵的身影。

他明白，火车上那些大学生和穿着西装、皮鞋、喇叭裤的人说的他不懂的东西，就是新东西。他们一个个奔赴陌生的远方，去实现梦想，去拥抱新世界，而他只能从新世界偷回一点点星火，回到边疆小镇，拼尽全力维护着这点星火不被熄灭。这让他惆怅不已。他开始回溯自己的理想是什么，想着想着，开始变得烦躁，几乎想冲破车窗跳出去。

深呼吸一口，他稍微冷静了些，走到车厢连接处，掏出随身携带的口琴：让青春吹动你的长发，让它牵引你的梦……

长海美容美发厅的新招牌白地红字，描着花边，玻璃窗上贴着一些艺术照，其中有四分之一都是肖月的。她理所当然是他店的代言人。

肖月的小吃铺关门后，没有固定工作，又开始了打零工的生活。不过好在美容美发厅活也多，丛长海生活自理能力又差，都需要她前后张罗，也没多少时间去别处干活。新店开张，把他们前几年攒的家底都搭了进去。竞争越来越激烈了，即便丛长海不断地做出调整，营业额还是逐日下降。更让她不安的是，这个永远不安分的家伙，又开始玩新东西了。她也喜欢新事物，但是得不改变她旧有的生活状态才行，她知道，新东西层出不穷，你永远追不上。她的态度就是不追，等，来了就来了。可丛长海不行，他必须做第一个吃螃蟹的人。

这些天，丛长海总是跟前街荞面馆的老板娘齐齐格混在一起，当然，不只是他俩，还有三五个年轻人。她不知道他们在干吗，问丛长海，他只简单地回一句：玩，你不懂。

玩什么？

玩艺术。

肖月的确不懂什么是艺术。

后来她终于亲眼看到了，他们所谓的艺术就是跳舞。丛长海玩着玩着，就把那群人带到了美容美发厅。生意的确差，尤其是晚上的时候，基本上没有人来理发美容。之前为了招揽顾客，丛长海置办了一台录音机。现在，这台录音机有了新的用处，磁带里播放出来的不是流行歌，而是迪斯科舞曲。丛长海和荞面馆老板娘——哦，肖月知道她叫齐齐格，是个蒙古族姑娘——还有一群年轻人，跟着音乐群魔乱舞。在肖月看来，他们的舞蹈一点儿也不好看，像是一群人摸了电门，甚至不如春节时秧歌队扭的秧歌。

丛长海不会跟肖月解释，他只告诉她：现在大城市的年轻人都玩这个。跳了一段时间迪斯科，他们又开始跳霹雳舞，跟一个长头发的外国人学走太空步、提胯，她后来知道，那个不人不鬼的就是大歌星迈克尔·杰克逊。他们常常跳一整夜。

朝阳升起，窗帘拉开，录音机的音轨都已经滚烫了。这些人打开门，骑上摩托车绝尘而去，只剩下丛长海和齐齐格。

7

半年前，丛长海看见的那个模糊的影子，正是齐齐格。荞面馆是她哥哥齐木格开的，哥哥之所以开个面馆，也是因为齐齐格从沈阳师范学校毕业后，意外分配到了林东镇教师进修学校当老师，音乐老师。她对荞面有着强烈的迷恋，每天至少要吃一回，那个宠她无限的哥哥、做着各种生意的齐木格，索性在这里开了一家荞面馆，既能满足妹妹的胃口，又能给她赚取足够多的生活费。

荞面馆开业后，齐木格并不经常在这儿，而是主要让一个齐木格的小弟打理。

齐齐格跟丛长海的第二次见面，是在镇子南边的古城墙那里。丛长海跨着自行车吹口琴，吹的是《在希望的田野上》。一曲终了，有个声音突然说：你吹错了两个音。丛长海一抬头，看见了一个齐耳短发的女孩，目如黑豆，脸色是一种特殊的白，不是白里透红或者红里透白，而是又白又红的白。在林东镇，没有人跟丛长海讨论过是否吹错音,丛长海自己也不知道,因为他只会看简单的乐谱,不认识五线谱。

那时候,一片乌云飘过来,遮住了太阳,整个大地陷入暗影中。他看向齐齐格,在恰到好处的光线中,一瞬间就认出了她,是在荞面馆里惊鸿一瞥的那个,更是在沈阳的某个舞厅里所凝视的那个。丛长海瞬间身如电击,一阵震颤,他所有隐藏在无意识中的冲动一下子迸发出来,竟然一把抱住齐齐格,转了几个圈。齐齐格被他的举动弄蒙了,忘了尖叫,而跟她一起来的几个同事以为遇到了流氓,冲上来要解救她。丛长海放下齐齐格,被那几个人包围。就在他们挥动的拳头要打他的时候,丛长海和齐齐格刚好复制了当初在舞厅里的动作,他搂着她的腰,凝视着她的眼睛。齐齐格仰视着那张脸,也认出了丛长海,她惊喜地尖叫了一声。接下来,丛长海感觉到一阵拳打脚踢,但很快停了。齐齐格阻止了自己的同事,他们大都是跟她一起分配过来的老师。进修学校新开了几门课,招聘了一批新老师,这群异地而来的年轻人,很容易就成了一个小团伙。今天,他们就是相约一起来看古城墙的。

然后,他们知道了彼此的名字。这天晚上,齐齐格喊丛长海到荞面馆去喝酒,还是跟那群人。他们之中有教体育的,也有教英语、数学的。酒喝到高兴处,教英语的胡老师朗诵了一首英文诗,教体育的何老师到空场翻了一串跟头,教数学的背了两百多位圆周率。齐齐格呢,唱了一首歌。丛长海没听懂那首歌,因为她不是用普通话唱的,而是用粤语。粤语他知道,前一段去广州听到过,当然也听过粤语歌。但是他从未在林东镇听过粤语,更没亲耳听人当面唱过粤语歌。丛长海被那段歌声和唱歌的齐齐格彻底迷住了,他问她这首歌叫什么。齐齐格告诉他,叫《万里长城永不倒》,听说是一部电视剧的主题曲,电视剧他没看到,不过这首歌比电视剧传播得还广。

酒局散后,老师们回进修学校的宿舍,齐齐格和丛长海送他们。回来的路上,丛长海请齐齐格再唱一遍《万里长城永不倒》。

齐齐格摆手说，你不是会吹口琴吗？等你把这首歌练会，我唱你伴奏。

丛长海说自己没法学。齐齐格说她有一盘磁带，可以借给他听。他一边听一边练，总能练会的。

接下来的三天，丛长海几乎没睡一分钟觉。拿到磁带后，他先是把自己的一盘磁带抹了，那上面是肖月喜欢的蒋大为的歌，再把《万里长城永不倒》录到磁带上。整盘都是《万里长城永不倒》，一首播完不用倒带，接着播还是这首。他分析每一个音，让自己的口琴跟磁带上的音符丝毫不差，他决不能在下次合奏的时候，再让齐齐格指出错音。

肖月觉得他疯了，可是她制止不了他疯。她是纸而他是火，纸并不是包不住火，而是只能包住很短的时间，还要冒着粉身碎骨的风险。

三天后，他在凌晨五点敲响了齐齐格的房门。

"我已经把《万里长城永不倒》练熟了。"丛长海瞪着满眼红血丝兴奋地说。

"可是我才睡了三个小时。"齐齐格仍然是睡眼蒙眬。

最后，她还是上了他的自行车，他们在秋风中骑到古城墙的最高处，远远看见那片巨石阵。站上土岗，能看到城墙蜿蜒远去的整个脉络，仿佛一条凝固的泥土长河，正携带着小镇的尘埃奔向远方的江河大海。丛长海觉得，只有这里最适合唱那首歌，他已经完全清楚了歌词的含义。但是天空并不晴朗，尤其是东方，布满浓密的青铜般的厚厚云层，即将冒头的太阳只有少量光线能穿过云层，抵达土城墙高处的阳光就更少了。环境跟他预想的略有出入，但是时机已到，不容推延。清冷的风早已让齐齐格彻底清醒，她在车后座上，脸突然贴上丛长海的后背，隔着衬衫，她感觉到了肌肉的力量和温暖。这些年来，丛长海一直没有放弃在部队里学的那些健身运动，俯卧撑、单杠、哑铃，是每天的必修课，他仍保持着一个标准的军人身材。齐齐格的手臂环上他的腰，不由自主，而又自然而然。他的肌肉，比那个进修学校里爱显摆的体育老师还要坚硬,她忍不住将整个前身贴住他的后背。那是怎样的脊背?那仿佛是一匹马的脊背,有着合理弯曲的脊骨和两侧匀称、结实的肌肉。他骑得飞快,一瞬间,她感觉自己就在一匹飞驰的枣红马的脊背上。

后来,"枣红马"停下了。一切都停下了,大地和白云止歇,连朝阳也似乎暂停升起。口琴声音的前奏响起来,齐齐格竟然立刻浑身起鸡皮疙瘩,眼眶湿润,她被击中了。她不知道这个男人何以抵达这首歌的深处,不,其实不是,应该是何以抵达她内心的深处,但是他就这样抵达了,只用了几个音符。她开始和着口琴声唱起来,并不久远的往事混成一团从记忆中滚来,无须去梳理,那些缠绕都只是为了把伤口藏得更深一些而已。①

8

东乌旗草原上的人都知道,齐齐格小公主是整个草原最善良的人,她甚至连一朵花都不忍心摘下来,无数次为草尖上的露珠被太阳蒸干

---

① 这段写得真是艰难,不管丛牧之愿不愿意、承不承认,哪怕仅仅从父亲日记中的所述来看,他和齐齐格之间的确是心有灵犀,他们有着和母亲完全不同的情感连接。"我不是在她的歌声里找到了自己,或者对自己的安慰,而是找到了自己在这个世界和时代中所处的位置。"这是父亲的原话。也正是这一点,让丛牧之理解了父亲和齐齐格,也明白了母亲为何无法赢得父亲的心,他们之间,隔着一种后来被叫作梦想的东西,但是在当时,这种东西只是感觉、只是冲动,并没有准确的称呼。父亲用了小半本日记的篇幅,记述了齐齐格的遭遇,也就是她在小说里写的那个"线团"。丛牧之看了两遍,原想把父亲写的照录进来,后来又觉得不太合适,最后还是按照小说的线索来重述了这个故事。这段故事,也让她对人之为人产生怀疑:这个齐齐格,与自己小时候认识和熟悉的齐齐格,确定是一个人吗?而后,她又推导到母亲、余作真、自己这里,不得不承认,人的变化有时如同大河,可能突然之间来个一百八十度大弯,那些顺流而下的枯枝烂叶、泥沙,也会在一定的时刻改变河水的水质。齐齐格的故事,对她的整个小说十分重要,它帮她拓展了时间和空间,写到这一部分,她才渐渐有了一种自由感,因为她清楚,自己正慢慢从讲述父亲故事的阴影中走出。从此,作为作者,她从自身的经验中分裂、独立出来。

而流泪。

1970年,八岁的齐齐格,骑在一匹小红马上。深秋的草原沉郁阔大,仿佛是陆地上凝固的深海。那些初春是鹅黄、盛夏是青绿的各种草,此刻已经被日渐加大的昼夜温差浸染成深绿甚至墨绿色,秋风沿着山脊和草尖浮动,像是在水面上漂流,带着些许冰凉的潮湿气息。枣红马早已经吃够了青草,腹部微微鼓胀,形成了美丽的曲线。它感到疑惑,那个平日总是咯咯笑个不停、唱个不停的小主人,今天为何如此安静而忧伤?它猜想这个世界发生了什么,但是它不知道,也无法向任何事物问出。于是,它就这样驮着齐齐格漫步在秋草中,尽量轻盈平稳。它感觉到背部有雨滴落下,轻轻仰起头,天上确实堆积着青墨色的云,但以它在草原上的经验来看,那并不是能下雨的云朵。它不知道,自己背部的雨滴从何而来。①

其实,是齐齐格在哭泣。她没有发出声音,但是眼泪却像盛夏清晨的露珠一样,被风一吹,扑簌扑簌地落下来。这不是无缘无故的泪,她哭得直接而具体。就在刚才,她亲眼看见父亲、母亲和两个哥哥被人捆成了四个草捆子,一根牛皮绳套在腕子上,各被一匹马拴着在草原上跟跟跄跄。马背上,是他们家曾经的仆人,四个都是。他们说,他们是来革王爷的命的,因为有人证言,老王爷在外蒙古独立时曾出钱支持,是"蒙奸"。那个提供证词的人,也是他们中的人。

---

① 怎么可能不记起李永龙带自己去草原那次呢?怎么可能不浮现出那张照片上已经变淡的草原呢?丛牧之生长在内蒙古,但巴林左旗是一个半农半牧区,林东镇附近百里都没有草原,她从未对草原有过真正的亲近,也不像外地人一样充满渴望和好奇。草原对于她,只是一片充满回忆的背景,是她可以拿去跟蓝岛交换大海的等价物。这段故事写得艰难而痛快,她心怀忐忑,一遍又一遍读父亲的日记。其中一部分,是父亲的口吻,说齐齐格在夕阳中的土城墙下,跟自己讲述过去。记到后来,可能是为了方便,也可能是回想齐齐格的讲述时不由自主,他作为叙述者就隐去了,是齐齐格自己在讲述。所以,接下来这一段,有很多句子都是直接从日记中引用过来的。丛牧之也借此机会,触摸到了自己未曾经历过的父辈们的一段历史。她感到自己内心的空缺,得到了一定程度的填补,像一堵水泥墙,布满秘密的小孔,虽然只是塞进了黄泥,但无论如何在形式上是填平了、完整了。

其实，他们早就不是王爷了，新中国成立后，特别是自治区成立后，所有的草场都像农民的土地一样，被收归国有，然后按人头分了。他们家分到的草场临近木伦河下游的滩湾，虽然不缺水，草长得高，但每年一到雨季就会被洪水冲垮，导致草场的面积越来越小。而且，他们周围草场的牧民们，每年打秋草的时候都会挤压他们家的草场。只有河湾附近这一处，是两个哥哥掏出了刀子护住的，这样，他们家的牛羊在冬天才不至于被饿死。

从齐齐格格出生起，他们家就不再是王爷，但是家里的老额吉却总是管她叫公主。"我的小公主哟，我的金羊羔，你错生了时候啦。"她不懂，就问老额吉，怎么就错生时候了？老额吉有时候叹口气不说话，有时候会说几句。"成千上万的牛羊，奶皮子奶豆腐摞成山。每年的那达慕，小伙子们骑着马，都想看看雅娜公主的漂亮脸蛋。"雅娜是妈妈的名字，老额吉说，阿妈也是个公主。

她五岁时，老额吉死了，是为了救母亲死的。就是现在用绳子牵着母亲的那个人，脸上有道疤痕的达西杀了她。有一天，喝醉酒的好色达西碰见去草原上找走失的羊羔的母亲，发了歹心，要奸污她。母亲拼命反抗，逃了出来，达西不罢休，抓了一匹野马子骑上，继续追她。母亲又被他摁倒在地上，眼看就要把袍子解开了，老额吉出现了，一炉钩子敲在了达西的脸上，给他留下了条伤疤。那伤疤看上去，像老师在作业本上打的一个对号，讽刺极了。达西恼羞成怒，踹了老额吉一脚。老额吉回去，吐了两天血，就死了。

几天前，那群人闯进蒙古包的时候，母亲推了齐齐格一把，小声说："快跑，能跑多远跑多远。骑着你的枣红马。"

那群人的目标都集中在大人身上，没人注意这个小姑娘，她从人缝里跑了出去。她还没办法自己蹬上枣红马的背，她不够高，只好一边哭着一边把马牵到一处小土坎下，她踩着土坎跨到它的背上。她不知道往哪儿跑，就骑着马在家周围逡巡。不一会儿，她就看见家人们

333

被绑着牵出来,绳子一头拴在几匹马的马鞍子上。达西和另外三个人上了马,马蹄翻腾,几个人被拽得一阵趔趄,拼命迈着腿跟跟跄跄地跟上。两个哥哥还好,父亲和母亲很快就摔在草地上,被马拖拽着。那些马背上的人,兴奋地发出一阵啸声,仿佛他们在那达慕赢了赛马第一名。她看见父亲像一截被河水泡腐的木头,在草地上一起一伏,有坎儿的时候,他被拽得弹起老高,然后又重重摔下。疼,她满脑子只有疼,但又无法想象那是怎样的疼。母亲也好不了多少,她体重轻,蒙古袍子大,像一卷毡子。哥哥们在草地上飞了起来,他们的腿怎么可能跑得过马腿呢,不过是尽量保持住平衡,不摔倒。他俩清楚得很,一旦摔倒,他们会被马拖死。

　　天黑下来,齐齐格仍然不知道去哪儿。她耳朵里一直是父亲的惨叫声,还有歌声。她分不清歌声是母亲的还是哥哥的,还是他们一起唱的。这不太可能,一个人被奔跑的马匹拖拽着,怎么还能唱歌呢?但是她分明听见了。她想跟着唱,可喉咙里仿佛塞了一捆草,发不出任何声音。她只有不停地流泪,枣红马的背已经湿了一大片。

　　此刻,它很清楚那不是雨滴,也不是水,而是来自小主人的眼睛。它能感觉到她的悲伤,可是无法理解悲伤从何而来,尽管它那双黑亮的大眼睛,也一样看见了几个主人被拖拽着。它感到了作为马的快乐,也同时明白了作为马的悲哀。

　　突然,它听到了一些声音,窸窸窣窣,像是谁的脚步声。这脚步跟跟跄跄,一会儿轻一会儿重。接着,它看见了一个人影,刚要立起前蹄嘶鸣一声,那个人的手摸到了它的鼻梁,它看清了,人影是齐齐格的二哥齐木格。齐齐格已在马背上哭得睡着了。齐木格忍着身上的伤痛,爬上马背,抱着妹妹,轻轻拍了枣红马一下。枣红马动了动,但是有些疑惑,不知道该往哪里去。

　　"回家。"齐木格轻声说,"轻点儿。"

　　枣红马开始小跑起来,它跑得像一条在平静湖水中滑动的小船,没有一点声音。

蒙古包已经被毁得破烂不堪，勒勒车的车辕子也被砸断了，羊圈里还有几只瘦羊，无助地叫着，搞不懂今天为何没有人来关圈门，更没有人来饮水、添草。

齐木格悄悄下马，摸到羊圈里。羊圈靠北的部分，是用河滩上捡来的大块卵石垒起来的，另外几面都是用柳树枝扎的栅栏。他的手伸进一处石缝里，摸出一个小包裹，然后回到枣红马这里。

齐木格再次上马，这时候齐齐格醒了。

"二哥。"她兴奋地喊。

齐木格赶紧捂住她的嘴。一道光突然出现，然后照射了过来。

小偷——有人大喊。

齐木格狠狠打了枣红马一下，枣红马吃痛，用尽全力跑起来。

那个喊叫的人也骑着马追了上来，枣红马驮了两个人，跑不快。不一会儿，后面就跟上了三四匹马，齐齐格听见了达西的喊声："妈的，齐木格，你这个反革命，敢偷着跑，抓住我把你五马分尸了。"

手电筒的光胡乱晃着，齐齐格的眼前一会儿出现倒伏的青草，一会儿是虚无的黑夜。

眼看他们就要被追上了，前面却出现一条河。是乌拉木伦河。

枣红马打着圈，齐木格也叹口气，说："看来老天爷也不帮我们。"这一段，正是木伦河水最深的地方，骑着马很难蹚过去。手电光越来越近了，马蹄声急响，他们甚至已经听见了达西浓重的喘息声。这个痞子、酒鬼、无赖，今天真会要了他们的命。齐齐格还记得，前两年的时候，达西是怎么样跪在父亲跟前，跟父亲借钱去买酒、赌钱。

父亲一摊手，说：

"达西啊，我现在可不是王爷了，和你一样，是个普通的牧民。我哪儿有钱啊。我都一年多没舍得杀一只羊了。"

达西不罢休，说：

"王爷，瘦死的骆驼比马大。看在我给你家干了几十年活儿的分上，你就借给我点儿，我赢了钱双倍还你。"

父亲说：

"达西，我真没钱。你也别去赌钱，自古以来，哪有赌钱发财的呢？"

达西站起来，恶狠狠地说：

"别给脸不要脸。哼，我听说了，政府没收你们财产的时候，你老婆雅娜有一包嫁妆，人家工作组说这个不属于剥削产品，没没收。你就给我一个小戒指，一个金发卡，我就走。"

"没有没有"，父亲说，"哪有什么金发卡银发卡？你没见我老婆头上别的都是草棍。"

达西不再说话，就死死盯着父亲。

过了好一阵，他一字一顿地说：

"那你可别怪我，现在可不是你当王爷的时候了，现在是人民当家做主。"

"我也是人民，我不是王爷。"父亲嘟囔，明显底气不足。

哈哈哈，达西大笑起来：

"你知道个屁，新中国了，越穷的越是人民，你们这种王爷、王妃、格格，作威作福多少年了，不杀你们就算宽宏大量了，你还想当人民？做梦吧。"

达西扬长而去，走之前还冲父亲的脚下呸呸呸吐了三口浓痰。他常年抽旱烟，痰里面黑乎乎的，都是烟油子，难闻极了。

之后，家里开了个会，二哥劝说父亲带着全家走，去西乌旗。他听说那边人少，而且牧民们对牧场主斗得也不厉害。可是父亲摇头，一是不愿意离开家——所谓的家，现在也只有两顶毡包，十几只羊、几头牛，还有那片被吞食得越来越小的草场而已。当年的王爷府，早已经被改作他用：刚解放那会儿，成了旗里的政府办公处，后来又改为部队驻地，1969年，则成了旗革委会的所在地。哪儿还有什么家呢？

二哥埋怨父亲，说我们是牧民，祖祖辈辈都是在勒勒车上逐水草而居，咋现在搬个家还这么不情愿？再在这里待下去，命都要搭上啦！父亲叹气，说，时代变了，你又能搬到哪里去呢？哪里不是一样？

其实，所有人都不情愿走，哪怕在这儿过得提心吊胆，哪怕如今处处受人排挤，也不想离开。不是丢掉蒙古人那种随遇而安的心态和闯劲了，而是这几十年的生活已经让他们失去了安全感，谁让他们曾经过得那么好呢？

他们便没有走，便有了今天这家破人亡。

在昨天，父亲也动摇了，跟母亲小声商量：

"要不，就听老二的，躲躲吧？那个达西，还有托雷，可都是骨子里淌坏水的家伙。"

母亲说：

"只能悄悄地走呀，而且我听说，要离开旗里，得有介绍信才行，没有介绍信，一只苍蝇都出不去。走的话，家里的羊也只能丢下了。"

还没等他们下定决心，达西等人一大早就找上了门。这个坏家伙，甚至拿出一张纸，让他们跪着听他宣读罪状。可他根本就是个不识字的家伙呀。他背得磕磕绊绊，听得大哥忍不住笑了一声，他恼羞成怒，抽了大哥一马鞭。鞭鞘扫到了大哥的左眼，那只眼立刻肿得像刚剥出来的牛眼睛，又大又红。大哥痛苦地呻吟着。没人再敢出声了。

二哥心里后悔至极，他应该再坚决点儿，带着父母和亲人早点离开的。旗里的同学，前一阵偷偷给他传过消息，说：木格，你们还是赶紧躲一躲，那个达西，现在成了革委会主任眼前的红人。我好几次听他跟革委会主任告密，说你爸爸是"蒙奸"，你们现在还跟外蒙古有联系。

齐木格忧心忡忡，计划着躲去西乌旗，不行就再往西走，一直到新疆。他从书上知道，那里也有蒙古人，是从俄罗斯长途迁徙回来的土默特蒙古族。到了那儿,或许就安全了。

一切都来不及了。

被托雷——他曾经的小学同学和最好的伙伴——的黑个子马拖拽着,他一声不吭,摔倒了就爬起来。托雷不停地回头看他,眼神里有一种意思:跟我求个饶,我就慢一点儿。

哼,怎么可能?我齐木格跟你托雷求饶,一两辈子都别想。十年前,他们一起读小学,是同桌,一起骑着马在草原上撒欢,是伙伴。但是后来"文革"来了,什么都变了。学不上了,连那些牲畜,走在路上都胆战心惊,生怕自己不小心叫错了,惹来杀身之祸——尽管它们生来就是要被杀的。听说,在东乌旗的一个嘎查,革委会正在宣读毛主席的最新指示,有只羊却突然叫起来。革委会主任大怒,说:你这只死羊,你是不同意毛主席的英明指示吗?你是在嘲笑无产阶级"文化大革命"吗?那只羊继续叫,越叫越响,还蹦起高来。主任冲进屋子里,找来一把刀子,直接捅进了那只羊的脖子里。等后来,人们给那只羊扒皮的时候,从它耳朵里跌落一只大马蜂,才明白它为什么会狂叫。可是,谁敢跟革委会主任说,那只羊是因为耳朵里有马蜂才叫的呢?

他理解托雷的恨。托雷的母亲,曾经是王爷府的一个侍女,老王爷年轻的时候,跟其他王爷一样放纵,曾欺负过这个侍女。在那时候,或者在很长一段历史里,这几乎都是常态。不知道是哪个好事的人,把这件事传了出去,说托雷是王爷的私生子。托雷吓坏了,现在他是贫下牧民,如果成了王爷的私生子,成分就变了,就也得被批斗。他立刻跟齐木格绝交,划清界限。其实,托雷还真不是王爷的孩子,而是他母亲跟当时的一个支边的畜牧员生下的。那个家伙,在草原上没待两年就回城了,从此杳无音信。托雷一直梦想着,自己的父亲是城里人,而且是城里的大官,将来有一天会来接他的。他母亲曾提到过父亲的一点信息,只言片语里,仍对那个始乱终弃的人怀有期望。或者说,他们母子二人都等着这个消失的人突然从天而降,把他们从困苦的生活里解救出去。

随着时间的流逝,这种希望越来越渺茫,两个人心里空下来的地方,开始填充恨和怨,可是这恨和怨总不能指向那个虚无的人,总得有一个目标。在托雷那里,这个目标就是老王爷,以及和他有关的一切。"从来就没有什么救世主",他从汉人教的歌里学会这一句,更加觉得一切都得靠自己。他越来越明白了,谁掌握了权力,谁就说了算,谁就能在东乌旗草原上呼风唤雨。当年的老王爷是如此,现在的革委会主任也是如此,他毫不犹豫地选择了后者。

无论如何,他内心深处对曾经的伙伴齐木格仍然怀有某种同情,所以抽在马身上的鞭子,不自觉地减了力度。达西狠狠地瞪了他一眼,尽管托雷的马跑得和其他马一样快,可他心里还是一惊,他担心达西看出了他的软弱。

不,决不能!他开始狠抽马,齐木格被猛然加速的马拖拽得腾空摔倒,他已经有了经验,用手臂护住头颈,顺势摔在草厚的地方,等一个小坡或者马稍微松劲儿的时候,赶紧站起来。

傍晚的时候,几匹马已经跑湿了背,而后面拴着的人伤痕累累,鼻青脸肿。老王爷的一条腿断了,后半程几乎都是在地上被拖着走的。母亲的头发乱如杂草,大哥的左眼已经肿到睁不开,额头也磕破了。刚才还在拖拽他们的马儿,并不清楚发生了什么,此刻正在甩着尾巴吃草。草原上永远都有草可吃。

齐木格的手里,握着一块小石片,是在过河滩的时候摸到的。过河滩是全程速度最慢的时候,齐木格看见水底有边缘锋利的石片,假装摔倒,捡起来一直握在手里。草原上没有多少石头,锋利的就更少了,这片河滩上之所以能有这样的石片,是因为这条河的不远处,有一家煤矿正在开采。推土机挖开草原,露出里面的石头,炸药又把石头炸开,然后越挖越深。在草原上,因为地质的原因,煤矿都是露天的。于是，总有些碎石头流落在草原的各处。

齐木格的手掌都快被石块磨烂了，他忍着剧痛，没有把它丢掉。现在，他伏倒在草地上，看起来像是休息，而草丛里的手，却在一下一下慢慢地磨牛绳。牛皮绳太结实了，好在不是新的，而是用了许多年的，已经被各种力量拉扯成细细一条。

太阳落山时，他终于磨断了绳索。达西和托雷几个人，正在蒙古包里喝酒。他们刚才还抓了老王爷的一只羊，杀完炖在锅里，这会儿刚上桌。齐木格凑近母亲，想给她解开绳子，母亲却制止了他：

"孩子，你快跑，去找你妹妹。别管我们了。"

大哥也凑过来，说：

"去找小妹，照顾好她。"

他说：

"哥，咱们一起走。"

大哥苦笑一下说：

"我不行了。"

他掰开大哥捂着胸口的手，那上面戳着一根枯树枝，已经被血染成了红色。齐木格几乎咬破嘴唇，才忍住没哭出来，而母亲已经昏厥了过去。

他劝说自己，没办法了，没办法了，没办法把大哥和父亲、母亲救走了。他必须做出选择。

他说：

"哥，对不起。"

大哥摇摇头，说："照顾好妹妹，说不定明天就没事了。"

这时母亲悠悠醒过来，凑到齐木格耳朵边：

"羊圈的石头缝里，有咱们全家的家底，拿走它，带着小妹离开吧。拿不走，就赶紧毁了它，要不还是祸害。"

蒙古包的门吱呀一声开了，他们吓了一跳，齐木格赶紧爬回自己刚才卧着的地方。

是托雷和达西，两个人走到他们跟前。

达西说，老王爷，现在一点儿也不威风了吧？

王妃，哈哈。他拽住母亲的头发，看了看她的脸，无耻地说：婊子，你现在让我搞我都没心情。

达西解开了裤带，掏出那坨丑陋的东西，把又黄又臊的尿滋在了母亲头上。她杂乱的头发又柔顺起来，浑身颤抖着。托雷看了看达西，达西哼一声说，尿啊，你不是要出来撒尿吗。托雷解开裤子，开始往齐木格身上撒尿。那种难闻的液体顺着他的脸，流淌到嘴角和鼻孔，他想擦掉，更想站起来一口咬住托雷的脖子，可是，他不能，他只能做出痛苦的呻吟。

两个醉鬼摇摇晃晃地回去了。

齐木格匍匐着往前爬，爬了几百米，夜色已浓，他站起身跑了起来。

他不知道妹妹在哪儿，但他知道枣红马经常去哪里。妹妹肯定和枣红马在一起。

第二天，他们骑着马，一路向西，一直走到西乌旗的西边。昨夜在河边，还是枣红马帮了他们。河水湍急，但是追兵在身后，最后齐齐格和齐木格下了马，一边一个揪着马笼头，两人一马踏进了水里。水流太猛，要过去太难了，下到河里，发现一丛高高的杂草下有一处不易发觉的河湾，原来是这里有棵树，倒掉了，枝杈早已被侵蚀干净，只剩下一段弯弯的树干。他俩抱着树干，让自己不被水流冲走。枣红马独自嗒嗒嗒蹚过河去了。

达西等人追来，黑暗中只看见马的影子过了河，并不知道齐齐格他们不在马背上。骂骂咧咧一阵，甩了几个鞭哨，呼啸着离开了。

等他们走后，齐齐格和齐木格摸索着上岸，又往东走了半里路，

341

终于找到一片浅滩，他们才过河去。他们走的时候，枣红马就在对岸跟着走。过了河，齐齐格抱着它的脖子哭了出来。

两个人不知道的是，在他们离开后一周，东乌旗的"文革"就结束了。

把妹妹安顿好，齐木格偷偷回了一次东乌旗，想找到父母和哥哥。

他们都死了，而且死得很惨。

那天晚上，天降暴雨，那雨大到像整个水库扣在一个人的头顶上，草原上泛滥起极少见的洪水。三个残破的人，瞬间消失在洪水之中。连同他们家那一小块草原，也被冲刷得一干二净。那个曾经在东乌旗无比显赫的王爷，一夜之间灰飞烟灭。

借着这场大雨，达西和托雷摆脱了杀人的罪名。洪水淹死和冲走的人不止三个，哪有人还管他们呢？①

齐木格伤心离去，从此再也没有回东乌旗。他带着妹妹，开始四处打零工，几年后，"文革"彻底结束，一切慢慢恢复正常，齐木格凭着母亲留下的那包首饰，做起了小生意，后来开起餐馆。他精明，生意做得不错，然后送妹妹进学校，让她一路读到沈阳师范学院。本以为，妹妹能进到大城市里的大学校，哪想到有人举报她的档案造假——不过是隐瞒了自己的真实身份而已。分配时，还是齐木格找了好多关系，才分到林东镇教师进修学校，而不是更远的新疆。

---

① 终于把这一段写完了，丛牧之长出一口气，好像进行了一次漫长的深海潜水，终于可以浮出水面，呼吸一大口大自然的而不是氧气瓶里的空气。对于"文革"中这段她这代人没有经历过的历史，她其实并不比同龄人陌生，因为工作的关系，她许多次接触到相关的人或资料。而且，一些影视剧和书里，也多有记载。如果进行概述，齐齐格一家的遭遇跟那个年代许多人的遭遇比，也没什么"特殊性"。可对她来说，对她这代年轻人来说，曾经的困难大概唯有这一种切身的可能——父亲和他的情人之间的联系，而那个情人是一个真正经受那段历史的人。她也心怀愧疚，因为她发现自己写着写着，对齐齐格开始充满同情，甚至是怜惜，也渐渐觉得她和父亲之间的相互吸引是一种必然。与此相比，母亲尽管有着无比强大的生活能力，可以在一切环境下找到生存的空隙，却始终缺少齐齐格那种历史伤痕带来的精神特质。这话有点儿别扭，可确实如此。丛长海在她心里的形象，更清晰了些，这清晰是借助他人的反衬而凸显的。

9

跟丛长娟一起走进长海美容美发厅的，还有一个面容黝黑的高个子男人，他有着一头长发。那个人在露天集市上挨个摊位打听丛长海，有人告诉了丛长娟。她跟丈夫开了一家裁缝店，这一天正摆着几件自己做的衣服卖，心里想着什么时候能开一家真正的服装店，卖那些更时髦鲜艳的衣服，高个子男人便走了过来，问她丛长海在哪里。

她不想管她哥的事，但高个子男人给了她男人一盒过滤嘴香烟，她就带着他到了美容美发厅。美容美发厅已经不再单纯是剪头发、护肤、打耳洞了，在晚上，它有一个更响亮的名字——长海歌舞厅。长海美容美发厅，成了林东镇的一块飞地，或者一枚硬币，白天人们的头发在这里被剪短、修理，晚上人们的身体在这里扭来扭去，把不知哪里来的多余的劲儿释放出去。

小镇上那些不安分的青年，一到夜幕降临，就会骑着自行车汇聚在此处。美容美发厅的大厅被清空，梳妆台上摆着一台录音机，还有几大摞磁带，顶棚拉起了红红绿绿的小彩灯。磁带入槽，按键按下，音乐声响起，人们仿佛被施了咒语一样舞动起来。这不是什么标准的舞蹈，所有人都是自由发挥，因为除了齐齐格和她的几个同事，没有人真的跳过舞，所有的那点儿印象，都是从电视上看来的。

最开始，人们喜欢霹雳舞、机械舞这些动感强的，跟着节奏，让身体做出各种动作，那是一种十分爽快的感觉。渐渐地，舞厅里人们的注意力开始从怎么跳转移到跟谁跳上，交谊舞就越来越时兴。男青年要追求女青年，常常说：晚上去长海歌舞厅跳舞去？女青年如果有意，就会说：七点。如果对他没意思，则撇撇嘴。然后到了晚上，他们依然会在长海歌舞厅相遇，因为女青年也有自己心仪的男青年。

丛长海其实自己不怎么下舞池，他成了一个服务人员。齐齐格也是。他们穿梭在人群里,给大家递汽水,或者把扭捏的人硬拉到一起。他们享受这样的时刻。不同的是,丛长海享受着这一切是自己创造的感觉,仿佛他是一个快乐的使者,把美好的东西带给所有人——有时,他也不免沮丧,这跟当初在部队里做饭喂猪,好像也没有区别,同样是把他们需要的东西给他们。没有贬低什么的意思,只是他经常会梦见那时的场景和此刻的场景无缝叠加。而齐齐格的享受,是人群的狂欢带来的那种燥热和盛大,可以冲淡她心里的荒凉,他们那放纵的自由,更让她确信了自身此刻的安全。她少年时的梦魇仍在无休无止地纠缠她,她不断地告诉自己,世事如流水,只会向前,不会回头,可八岁时所看到的父亲、母亲、哥哥们被马拖拽的样子,像是刻在心脏上的雕塑,永远难以磨灭。这十几年来,二哥齐木格用尽各种方法保护她,不管她怎么问,都不告诉她父母和大哥到底是怎么死的。可是,二哥不知道她在毕业之前,曾偷偷回过一次东乌旗老家。她甚至见到了那个在政府武装部当副部长的达西,还有信访办的托雷,这么多年过去了,两个人仍然整天在一块儿喝酒,仍然活着。她不能理解这件事。

那时候,牛羊漫山遍野,正是畜牧业迅猛发展的时期,但是草原的休养生息跟不上,经常能看见光秃秃的草场。她凭借着几座小山头,找到了自己家当年的那片草场,人世沧桑,大自然也不断地变化着,木伦河当年的拐弯处,如今竟然成了一片茂盛之地,他们那片草场因为多年来积蓄河里的淤泥,各种营养丰富,现在的草比其他地方都要高和密。

齐齐格在木伦河的水里走了走,河很浅,水底不再是鹅卵石和沙子,而是塑料袋、塑料瓶和各种其他杂物。整个河滩都有一种世界被泡腐烂的味道。

当年的嘎查,现在升级为一个镇子了,很小,从镇东头到镇西头,马都还没喘气就跑完了。她就是在镇子东头的一家小饭馆遇见达西和托雷的,他们在啃羊腿,喝烧酒。不知道什么原因,他们都变瘦变小了,更奇怪的是,两个人的神情似乎颠倒了过来,达西的眼中有隐藏的犹疑和怯懦，而托雷则看起来凶狠了不少。他们挥舞着羊腿骨，胡子上溅起油腻腻的肉渣，嘴里不清不楚地在说着什么。两个人说着说着，就吵起来，吵了一会儿，又唱起歌来。

她听见达西说，他肺子上长了一个瘤子，活不了多久了。托雷晃动酒杯，看着窗外说：明天会不会下雨？

达西说，我知道那个瘤子怎么来的。

托雷说，又要下雨了，我最怕下雨，每次阴雨天，我的腿就会疼得想砍掉它。

达西用羊腿骨敲着他的铁脑壳，哼唱：

火呀火呀，烧化我吧。

水呀水呀，清洗我吧。

土呀土呀，埋了我吧。

死呀死呀，等等我吧。

他有一块头骨是铁的，"文革"后期，他被人从后面用铁锹砍了一下，头骨碎裂，去医院里换了一块铁的头骨。一到冬天，他的头就冰得像块石头，疼，他便狠狠敲那块铁脑壳。

托雷说，我天天做梦，梦里都是蚂蚁，我放火烧蚂蚁，烧完了，吃掉它们。

达西唱完了，仰脖喝一缸子马奶酒：喝吧，喝醉了就什么都忘了。

齐齐格就在旁边看着他们，眼前的羊肉锅里，肉汤和骨肉咕嘟咕嘟翻腾着。她手里握着一枚簪子，蠢蠢欲动，想刺破他们的脖子。然后呢？她杀了他们，能让时间倒流吗？能让父亲、母亲和大哥活过来吗？能让她这么多年的噩梦都消失吗？

但是她绝不会原谅这两个魔鬼。她走过去，坐在他们对面。

两个人抬抬醉眼看了看，瞬间都定住了，他们感觉自己看到了鬼：死去那么多年的王妃，怎么又在这儿了？不过，他们并没有太惊讶，因为这许多年里，那些惨死在他们手下的人，早就不止一次拜访过他

345

们了。

齐齐格倒了两杯酒，从炉子中取出一块燃着的炭，在酒杯上点了点，酒便烧了起来。

她倏地把两杯火酒泼向他们的脸，两个人的脸着了火，哇哇惨叫。

饭店老板听到声音，从后厨跑了过来。

这时，那两个人已经跟跟跄跄地往外跑去，边跑边喊：鬼，真的鬼。

饭店的老板不知发生了什么，正要问，瞅见了齐齐格，愣了一下。

他把那些骨头、酒瓶子用一张桌布兜起来拎走，几分钟后又回来了，还是那张桌布，继续铺在桌子上。

老板看起来有五十岁上下，脸上始终带着笑，凑近齐齐格说：

"姑娘。"

齐齐格也笑一下：

"大爷，您吉祥。"

"小公主？"他又说了一句。

齐齐格吓了一跳，没敢搭腔。

"是了，你就是齐齐格小公主。"老板带着惊喜说。

他认出了她，因为她刚才的一愣神。等他说出原因，齐齐格才想起他是谁。这个人当年也是父亲府里的一个仆人，主要是跟着二哥的，也经常带着齐齐格玩。齐齐格喜欢在草原上捉迷藏，而他像一条猎狗，总能准确地找到她的藏身之所，不管是羊圈、草垛，还是河滩的草丛里。每一次，他突然出现在她面前，她都会那么一愣神。

他给她盛来一大壶奶茶，还有一碗上好的嚼口和金黄的炒米。

齐齐格问他父母到底是怎么死的，他沉默了好一会儿，抽了有两袋烟，才敲着烟袋锅说：

"不想说给你，可不说给你，你肯定得一辈子惦记这个事。好在都这么多年了，你也长大了，该知道这些事了。"

齐齐格终于知道了父母和大哥离世的场景。

齐木格逃跑之后，托雷和达西很快就发现了。他们鞭打父母和大哥，逼问他们齐木格去哪儿了。他们咬死说不知道，知道也不会说。后来，那两个坏家伙累了，太阳也热了，就躲进毡包里去喝茶。临走前，托雷怕他们死了，就让人舀了两瓢水，喂给父母和哥哥。他们已经一天一夜米水未沾，喝了点水，身体稍微活过来一点儿。肚子里饿，可没有吃的，他们就倒在地上，吃嘴边的草。作为一个牧民，谁没吃过草呢，可是又有谁把草当过饭吃呢？他们像一只羊、一头牛、一匹马那样啃食着青草，草叶边的锯齿把嘴唇划了很多小口子。有时候还会吃进去泥土，可是顾不了那么多了，青草的汁液甚至泥土里那温热的潮湿，都让他们感到变态的满足。

托雷和达西从毡房门口看见三个人吃草的场景，哈哈大笑。

达西用马鞭指着他们，跟周围看热闹的人说：

"看啊，咱们的老王爷和王妃，变成羊了，在吃草呢。"

人们并没有笑，他们心里渐渐生出恐惧，不断默念着："佛爷呀，这世界到底怎么了？"但是没人敢说话。

这时候，一只蜜蜂嗡嗡飞过来，直接飞进了达西的嘴里。达西吓一跳，舌头也被蜇了一下，心神大怒，吼叫着让人找到蜂窝。一阵折腾之后，他们在毡房后面的一辆残破的勒勒车底下，找到了一窝蜂，先是用艾蒿草烟熏了一气儿，蜜蜂被熏走了。蜂窝里有正在酿的蜜，一个又一个小蜂窝里灌满了金黄黏稠的新蜜。

达西捧着蜂窝，嘴里的舌头都大了。他突然有了个主意，一个坏主意。小时候，他们经常用这种办法对付牛羊。

他把蜂蜜用手抠出来，涂在老王爷、王妃和哥哥的伤口上，嘴里还念叨：

"这可是上好的蜂蜜，蜂蜜止疼的，可别说我对你们不好。"

众人都有些惊讶，心里想：这个坏种良心发现了？

等过了一会儿，大家开始战栗起来，有的人甚至看不下去，干呕着跑掉了。

那三个可怜人身上散发着甜腻的气息,很快就把草地里各种昆虫吸引过来,主要是蚂蚁。成千上万的蚂蚁,黑蚂蚁、黄蚂蚁、红蚂蚁,像一摊流动的水,滑向他们的身体。那三个人开始扭动起来,他们全身上下的每一个地方都又疼又痒,那疼早已不算什么,可那痒真是抓心挠肝。他们发出了瘆人的号叫,不是痛苦,也不是难受,人们从来没在人,甚至从来没在草原上听过,那是三个在地狱里的灵魂的叫喊。

有人跪了下来,嘴里念着:佛爷啊,饶恕我吧。

连达西和托雷也吓坏了,愣在那里。小时候,他们经常用这种方法玩,不过都是给一只死掉的羊羔子,或者一条不能吃的牛腿涂上蜂蜜,看着蚂蚁一点一点把它们变成森森白骨。现在,蚂蚁正在啃食的是三个人。

齐齐格一边听着,一边咬紧牙,但不管她咬得多紧,她的牙齿还是咯咯地打战。

她感到浑身发冷,胃在痉挛,腿是软的,眼眶里蓄满洪水一样的眼泪,但就是流不出来。她的嘴里,藏着跟父亲、母亲和哥哥一样的号叫,也喊不出来。

成千上万的蚂蚁在她身上爬,在她心上咬。

老板说完了,便坐在那里,一动不动。

两个人差不多沉默了半个小时,直到有人来吃饭。

齐齐格缓过神来,起身说:

"谢谢你告诉我这些,佛爷保佑你长命百岁。"

老板说:

"丫头,你爸妈都是信佛的人,这是佛爷给他们的考验,咱们蒙古人的命,是长生天给的,又还给了长生天。"

齐齐格苦笑一下:

"什么长生天,都是睁眼的瞎子。"

"你不会去找他们……吧?"老板说。

齐齐格知道他的意思,他是想说,自己会不会去找那两个人报仇。

齐齐格说,您放心,我刚才只是给他们一人敬了一杯酒,他们喝了。这事也只能这样了。

她推门出去,小镇的夕阳像刚宰杀的羊流出的血,红,紫,黑,稠,腥;又像是那两张燃烧的脸,隐隐有什么东西化成了灰烬。

齐齐格到父母和大哥遇难的那片草场上,对着被晚风吹得低伏的青草,磕了三个头。

她把一枚银簪子埋在了泥土里,那是齐木格给她的,说是母亲当年的嫁妆里唯一留存的物件。她一直带着。

她知道,自己永远不会再来这个地方了,她把过去的自己跟亲人一起埋在了这里。

10

长发的高个子男人其实是来找齐齐格的,他是她念书时的校友,也是众多追求者之一。长发男人叫史健华,人称华仔。华仔比齐齐格晚一届,在沈阳师范学校读中文系,是小有名气的校园诗人。为了追求齐齐格,华仔干过许多冲动的事,比如在全校运动会的时候,他冲到主席台,抢了大喇叭读情诗,向齐齐格表白。比如,他半夜爬女生楼,结果掉下来,摔断了腿,在医院躺了三个月。其间,齐齐格还去看过他一次,他激动得拍相邻病床病人的胳膊,把人家刚刚接好的胳膊又生生给拍裂了。好在那个年代,一切的可能性都被允许,人们尽管会嘲笑这种疯疯癫癫,但无心去批判,反而对他们有了某种尊敬:他们都在帮刚从无形禁锢中走出来的人摸索边界,总得有人去尝试一下第一个过马路、第一个试试自己完全不了解的东西。齐齐格也不讨厌他，但绝谈不上喜欢，她觉得他的所有行为里都包含有不自觉的表演成分，他的诗也是。他写给她的那些爱情诗，的确华丽美好动人，可总是缺少真诚——和她个人的相关性，那些诗放之四海而皆准。所以，她明确地拒绝了华仔的追求，华仔不在乎，甚至越是被拒绝就越是执着。

"你就是我的缪斯，你不喜欢我，我也要爱你。没有你我就写不出一句诗。"华仔宣称。

齐齐格毕业一年后，华仔也毕业了，他循着齐齐格的足迹找到了林东镇。

"我已经不写诗了，"他说，"我现在玩音乐，诗歌在表达态度上远不如音乐直接。"他带着一把吉他来的，然后靠一曲自弹自唱的《光阴的故事》，瞬间征服了丛长海和小镇上的年轻人。①那是一首好听的歌，他的嗓音和罗大佑有些像，唱得也不错，但是对他有着深刻了解的齐齐格仍然听出了表演性。肯定地，否则他也不会放弃写诗而开始玩音

---

① 真是令人惊奇啊，丛牧之想，在自己出生之前，林东镇里竟然有着这样的一群人，除了听听流行歌、跳跳舞，竟然还有一个来自远方的诗人。这一切都超出她的想象，在她有关林东镇的十几年的印象里，它永远都是干燥的，春天沙尘暴，冬天暴风雪；人们呢，都像母亲一样，在单位或者市场里为三顿饭拼命。小镇上只有一家书店，主要卖教材教辅和各种文具，后来则靠卖漫画书为生。所以她不免想，后来母亲开了录像厅、租书厅，应该都是受到父亲和齐齐格他们潜移默化的影响，只是她自己从未以这个角度来想过。父亲的日记里，母亲在这一段生活中是完全空白的，他没有给自己实际上的妻子写一个字。只有她通读了所有日记之后，才发现，父亲后来记述的某些回忆里偶尔提到这一时期的母亲。他在1999年年末的日记中，也就是千禧年到来之前提到：我想起了肖月，她是我一生最亏待的人，她证明着我的残忍、无耻和懦弱。我现在已经清楚，当年我做的事是何等愚蠢，离开的理由是多么荒唐、多么可笑，但是我已无法回头。我不可能就这样走到她面前请她原谅，因为在感情上，我的确是个背叛者。在家庭上更是，我也无法面对我的孩子，如果她问我：爸爸，你为什么不见了这么多年？我给不出任何回答，我几乎在她出生时就杀死了她。最关键的是，我之所以不能回去，是因为给我重来一次的机会，我依然会离开，只不过换一个理由吧。"爸爸，你为什么不见了这么多年？"这是父亲假想中自己的问话，丛牧之现在已经清楚了那个荒唐、可笑的理由，知道了自己差一点就没机会降临人世。不过，她多少有些理解了他的所作所为，不是把他当成父亲，而是把他当成自己小说里的人物——这让理解具有了可能性。

乐。很快，流行起新东西，他又会转向新东西。

唱完之后，华仔变得很绝望。

"我恨不得现在就死了算了。"他说。

"为什么？"丛长海问。

"因为我一辈子写不出这样的歌，两辈子也写不出，就像我一辈子也写不出'卑鄙是卑鄙者的通行证，高尚是高尚者的墓志铭'。"

丛长海大受震撼，他此前从不知道人可以为自己的平庸去死，或者，人做不到自己想做的事，也可以死。

齐齐格在旁边看着，不作声，她知道，华仔的这番说辞里有对自己平庸的绝望，但所谓的死，就是他表演的那部分。

华仔的到来，给小镇带来了新鲜的音乐和信息。他代替丛长海成了核心人物，那些每天扭动腰肢的人，开始安静下来，或坐或站，听华仔弹琴唱歌。有时候，是他弹琴，齐齐格唱歌，丛长海有点儿落寞地站在旁边。他有些受伤，却又无可奈何。

华仔还带来了另外一种东西——大麻，把这个意外推向了高潮。没人知道他是从哪儿搞到的。有一天，美容美发厅里只剩下他们三个人，华仔从自己最贴身的衣服兜里掏出一个塑料袋。

"什么玩意，藏得这么神秘，像把魂儿掏出来一样。"丛长海说。

"就是我的魂儿。"华仔说。

他们卷了三支旱烟，每卷烟里放了一小撮大麻，然后点燃。吸了几口之后，丛长海感觉自己开始变轻，身体里那种滞重和长期熬夜带来的疲惫消失了，他像蝴蝶那样轻盈，翩然而起。甚至，他感到自己脑袋里的血管一下子通畅许多，携带着充足氧气的血液欢快地在全身流动着，心脏跳得舒缓有力。

齐齐格的脸在他面前飘荡着，他不由自主地贴上去亲她。她回吻他，炽热如炭火，他奇怪她的舌头怎么会又湿润又灼热又甜蜜。他不想更进一步，只想徜徉在这种极度放松和舒服的境地。太爽了，他发出一串怪异的尖叫。

然后，啪的一声，他挨了一个耳光。打他的人是齐齐格。

三个人都从迷幻中醒来，各自发愣：华仔不知道发生了什么，丛长海不明白自己因何被打，只有齐齐格知道，丛长海刚才那声尖叫，让她想起了父母被残害时的哀号——还有她想象中的他们被蚂蚁噬咬的嘶喊，那是她灵魂最深处的噩梦。

他们品尝过这种迷幻，很快开始依赖这种迷幻。但是华仔带的那点儿大麻，几天之后就抽完了，接下来的一周，他们都有些无精打采。

华仔本来是找齐齐格的，然而，等他见到齐齐格，发现跟自己认识和幻想的那个女孩已经不同。他之前想，只要跟齐齐格在一起，他就会灵感迸发，写一首和《光阴的故事》一样的歌，再不济也可以重回写诗的道路。但是现在，她已不能给他任何灵感。他发现她已经跟这座小镇融为一体，跟那个叫丛长海的男人形成了灵魂的唱和。甚至，他自己也有点享受这里的一切了。

几天后，丛长海突然把所有人——就是那些以前跟他们一起跳舞，后来跟他们听歌的年轻人——都召集到美容美发厅里，告诉大家：晚上大聚会，地点在齐齐格家的荞面馆。

傍晚时，十几个人聚集在荞面馆唯一的包厢里，喝酒吃肉猜拳。酒至半酣，丛长海从厨房里端出一大盆刚出锅的羊肉。这盆羊肉散发着一种奇特迷人的香味，不用吃，只要闻上一闻，口水就会流下来。

众人纷纷问，这是什么羊，怎么会这么香？

丛长海说，这是麻羊，世界上最香的羊。

华仔在香味里嗅到了一股熟悉的气息，但并不是大麻，而是另一种带着微苦的味道。他们大快朵颐，把一盆肉吃了个精光。接着，不知是何人提议何人起头，一伙人走出荞面馆，浩浩荡荡地沿着马路走向土城墙。土城墙前面，是一大片荒地，荒地最中央就是巨石阵。据说，这些大石头，曾经是几栋石头房子，没人知道是怎么建起来的。

"文革"期间,"破四旧"的人说这是封建糟粕,用钢丝绳缠住一块,然后用七头牛一起拉,把房子拉倒了,但是房子东边的那一块长条形石块,无论如何也拉不倒,仿佛它已经扎根在泥土里。这群人爬上石块,华仔爬上了最高的仍然直立着的那块,开始大声朗诵诗歌。没人听得清他朗诵的是什么。

第二天,他们在朝阳的光芒中醒来,发现他们横七竖八地躺在石头上。华仔站在最高处,高举双臂,纵身一跃跳了下来。众人惊呼。石块下是密密实实的青草,华仔摔在地上,并没有受伤。

丛长海和齐齐格去扶他,他泪流满面。

"昨天,我写了一首伟大的诗,可是我现在一个字都不记得了。我永远告别诗人了。"

他问丛长海,昨天的羊肉里到底放了什么,为什么会让他比吸了大麻还要迷幻?

丛长海说,我带你去看。

他带着华仔和齐齐格向西边走去,那里是小镇边上一个村子的农田。

他们来到一处田埂边,谷子已经开始垂头,谷子地边上,种着一种又细又高的植物,秆儿是绿色的,叶子也是绿色的,顶端坠着一些细小的籽粒。

"这是什么?"齐齐格问。华仔也一脸疑惑。

"我们叫麻仔,也是一种麻,麻绳就是用它的皮做的。"丛长海说。

他掰断一根麻仔秆,撸下一捧麻籽,说:

"小时候,我妈妈会把这种东西碾碎,做菜的时候放一些进去,吃起来就特别香。但是不能多吃,多吃会中毒。有一次,我太馋了,就偷偷把剩下的都吃了,我变成了一只鸟,飞到了空中。等我醒来的时候,我发现自己在树上。"这是他有关飞行梦的起始之处。

两个人都接过一些麻籽看着。

"这也是一种麻醉剂,只不过跟大麻这类不同,它的致幻元素主要在籽粒中。"华仔说。

接下来的几天,华仔每顿饭都要用麻籽来做菜,试图重新回到那天的状态中,找到那首伟大的诗。

但是他没能找到,然后有一天,他就消失了,跟他的到来一样突然。

11

忍无可忍的肖月敲开了美容美发厅的门,告诉丛长海:我怀孕了。

丛长海狠狠地给了她一巴掌。

肖月愣住了,她不知道这个男人为何打她,他有什么资格打她。

把孩子打掉,他说。

为什么?

不为什么,打掉。他态度坚决,甚至冷冰冰。

肖月笑了,这完全出乎她的预料,她还以为自己这新打造的笼子能一劳永逸地拴住丛长海呢。

你喜欢上那个外来的姑娘了是吧?叫什么,齐齐格?我听说你整天跟她搞在一起。你是想甩了我,然后跟她结婚,对吧?

不是,丛长海说,总之把孩子打掉,明天就去,我陪你一起去。

不可能。肖月说。

两个人都没有发生争吵,仿佛唠家常一样谈论彼此的观点。但是在他们的心里,都是翻江倒海一般。肖月通过这种方式确认这个男人背叛了自己,丛长海从来知晓这个女人的倔劲儿,他开始盘算着逃离。是的,从林东镇消失的念头就是在这一刻破土而出的,而种子,或许在他退伍回来的那一天就埋下了。它跟着肖月肚子里的孩子一起生长,九个多月后,在孩子出生前,这个念头长成了蓄谋已久又突然而至的行动。

　　这九个月间，丛长海再也没回过家，他饿了就去荞面馆吃饭，困了就在美容美发厅里睡。这里也再没有举行舞会和唱歌活动，白天的时候，像一个正常的美容美发厅一样营业，不过顾客不多。因为新的理发店层出不穷，而且人们对丛长海和齐齐格等人的各种喧闹怀有越来越重的担心，觉得他们在乱搞男女关系，或者在密谋什么坏事。

　　他就这样维持着，犹疑着。

　　齐齐格深知他的窘境，丛长海的日渐消瘦让她心疼。华仔走时，把他的吉他留下了。他便遗弃口琴，开始学着弹吉他。他有文艺和音乐的天赋，一个月后，就能弹出可听的曲子。齐齐格让哥哥帮忙买了吉他谱和拨片给丛长海，他们经常在清晨或傍晚骑着摩托驶出小镇，一路骑到青阳山山下，或者沙那水库的水坝上，在那里弹琴唱歌。

　　齐木格来送吉他谱时问妹妹：

　　"你到底喜欢他什么？"

　　齐齐格摇头说：

　　"不知道，我就是觉得他仿佛住在我心里，他让我安静，帮我清楚脑海里的声音。他是帮我止住伤口疼痛的大麻。"

　　齐木格想起那些记忆深处的往事，他能理解妹妹所说的感受，因为他也一样，只不过，他是用酒精、赌博和跟女人鬼混来抵挡这些。瞬间，他对齐齐格充满怜爱之情，原谅了她做的一切事。他对这个妹妹无限宠爱，哪怕她现在做的是违反社会公德的事，哪怕他知道他们之间不可能有结果，他也愿意看着她享受这难得的快乐。因为那些过去。齐木格从不相信来世，也不相信明天，一切都在今天。所以，他有着同时代人中最勇敢的胆气，总是第一个去尝试新鲜的事物，去南方倒卖衣服、电视机，去山西挖煤，去香港走私各种电子设备。他不违法，但是在法律的灰色地带大步驰骋。他赚了很多钱，想把妹妹带走，去大城市，甚至跟现在的很多人一样出国都可以。齐齐格不愿意离开。他明白,她心里的童年的伤是永远不会痊愈的,她要和东乌旗保持距离,可又不能太远。这个断了线的风筝,仍然飘荡在原来的那片天空周围。

"随她去吧,怎么样都是过一生。"他一次又一次这样劝慰自己。

12

九个月里,肖月一直等着丛长海回心转意。她期待有一天,她挺着大肚子在屋里做饭,或者在收拾房间,这个男人带着一丝讪笑推门进来。她会说一句:回来了。他说:嗯。她给他做一锅他喜欢吃的土豆焖饭,多加几块排骨。再炒个葱花鸡蛋,倒两杯酒,都给他喝。她怀着孕,可以端起来装装样子。从此之后,他们就一起安安稳稳地过活。她不理解他们的唱唱跳跳,对她来说,新的生活和新的未来都是在日常里的,她愿意换新发型,扎耳朵眼,不停地换耳坠的款式,买时兴的衣服鞋子,可不知道唱歌跳舞有什么意义。那对她没有任何吸引力。人们活着,不就是为了把日子过好吗?唱歌跳舞,还读什么诗,又不是鸡鸭鱼肉,又不是柴米油盐,当得了什么呢?

每个黄昏,她都把大门虚掩,给那个男人留着门。她自己坐在床边上,背靠两床花被子——他们结婚那天用过的,默默地等待着门被推开。肚子里的小家伙越来越大,胎动也越来越频繁,不知道是孩子的手还是脚,常常把她的肚皮鼓起一个包。她拍拍,轻声跟孩子说:你是不是也想爸爸了?爸爸快回来了,爸爸会回来的,你听,是不是有人推门?

屋子外面一片寂静,没有任何声音。她就这样絮絮叨叨,直到困得不行,身子一歪睡着了。她已经很长时间没有平躺着睡觉了,因为肚子太大,只能侧身而躺,时间一久,那挨着床的腿和胳膊会变得麻木。她醒来后,总要缓半天才能起身。身边依旧空空荡荡。

有时候，院门真的吱嘎一声响，她的心怦地猛跳一下，但身体没法立刻起来。没有脚步声，她知道，那是一阵风或者一只抓老鼠的猫经过了。春天的时候，猫活动频繁，在大街上叫着。它们在叫春，在呼唤异性来跟自己约会。她便觉得那猫是自己的代言人，可惜，丛长海一次也没听到猫所传达的信息。

随着等待得越来越久，她必须给自己找出足够的理由继续下去。她会跟自己说，他不回来，是因为还没玩够，别忘了他当了那么多年兵，被管了那么多年，肯定憋坏了，怎么可能不玩儿呢？或者说，这不就是他跟别人不一样的地方吗？我喜欢的不就是这一点吗？理由已经穷尽了，她便又想，只要孩子生下来，他看见自己的亲生骨肉，肯定会高兴的。哪个男人不爱自己的孩子呢？

冬天来了，她知道自己就快生了。每天，她都把炉火生得旺旺的，屋里温暖如春。她继续等待着那个人，安慰着自己，一种母性的满足感渐渐代替了那些理由：嗯，无论如何，就算没有那个男人，也没什么大不了吧？我已经当妈了，我有了自己的孩子。还有什么比这更好的事儿呢？

她始终不知道的是，他曾偷偷回来过。但是，他回来不是来接纳她肚子里的孩子，更不是要从此回心转意，留下来好好生活的。他回来，悄悄给她的水壶里放了一包药。那是他从一个赤脚医生那里买的堕胎药，那段时间，几乎疯狂的他在想，如果肖月不愿意去医院打掉孩子，他就只能用这种方法了。

他躲在午后柴草垛的后面，透过后窗昏暗的窗口，看着她拎起那只水壶，倒了一杯水，然后抚着肚子坐在了锅台边上。过了一会儿，她端起水来喝掉了。他的心跳得像射击训练时的机关枪，后坐力要把他击倒。我也是没办法，对不起，对不起，他靠这虚弱的语言自我安慰着。啊，凡是一个理智的人，都会跟我一样的。他继续给自己找借口。

这时，他看见她捂着肚子，蹲了下去。他知道，是药发挥作用了。

他听见了她沉闷而又绝望的喊叫声。

他终于忍不住了,冲出柴垛,跑到后窗,扒着窗口往里面看。

他看见她在地上爬。

他绕过院墙,跑到屋子的前面,心里想:也许这就是我的命运。他准备接受这一切,她的埋怨和责骂,那个未出世的被诅咒的婴孩。一切的一切。

但是,就在他准备翻过院墙去扶起她的时候,她竟然已经爬到了大门口,并且开始声嘶力竭地喊起来:救命啊,救救我。

附近的邻居们冲出来。

他只好重新蹲下,靠那堵土坯墙掩护自己。

他看着那些人七手八脚地把她抬上一辆木板车,推着往医院跑去。就是在这一刻,他下了离开的决心,无论结果如何,他都没脸去面对这个女人了。

她是如此幸运,医生诊断她是食物中毒,只是肠胃的紊乱,从小就强健的体魄帮助了她,都没有用药,到晚上就好了。

从医院往回走的时候,她还小声对着肚子里的孩子说:孩啊,咱娘俩挺过这一关了。进院门的时候,她犹豫了一下,心里想:会不会,他已经回来了?

没有,屋子里空空荡荡。锅台旁的暖水瓶碎了一地,她恍惚了一下,不记得是不是自己腹痛时摔的。①

然后就是那场暴风雪。

---

① 丛牧之在父亲的日记里看到这一段时,已经无法用震惊来形容,她几十年的生命里,经历过许许多多的艰难甚至危险,但从没有哪次能像这个出生前的危机更令她感到恐怖。她曾对丛长海的离开有过无数种设想,却不知道,这次的投药是其中的关键。这时候,她倒是没有生出恨意,只是想,一个人一旦做出了这样的事,也的确是不该被原谅的。当然,从这个意义上,她彻底明白了丛长海为何后来再也没有回过林东镇。那一刻,他给自己判了永恒的流放之刑。

和那场暴风雪一起来临的，是那件离奇的强奸案。

是齐齐格报的警，她说自己被丛长海强奸了——当然是强奸未遂，但是他的确要强奸她。连警察都发蒙，他们当然知道这两个人几乎整天在一起，被人传言是那种关系。怎么突然就成了强奸呢？但是有人报案，那就只能按流程处理。几个警察去找丛长海，发现美容美发厅已经关门大吉，丛长海不见了。

畏罪潜逃。人们顺理成章地得出结论。

肖月不相信。

肖月知道自己无尽的等待结束了，却从未想过等来这样的结局。也是这时候她才发现，自己和丛长海还没有领过结婚证呢，她也只是他的一个女人，而不是妻子。她想找到丛长海，让他跟自己去领证。

暴风雪是从下半夜开始的。起初，只是一片雪花落下来，跟往年的其他雪没什么区别。但是敏感的人还是看出了不同，往年的雪花是平稳而轻盈地降落，但是这一天的雪花是打着旋落下来的，像一个小陀螺。等"小陀螺"越来越多时，风就涌过来了，不管不顾地席卷着一切，尤其是那些轻飘飘的雪和尘埃。人们关紧了门窗，往灶膛和炉子里塞了更多的木柴或煤块。

此前，他们吵了一架。丛长海让齐齐格跟他一起走，到一个没有人知道的地方去。齐齐格摇头，她不能这么做。她仍想留住他。

接着，丛长海跟她说了他给肖月吃堕胎药的事。

齐齐格大吃一惊，说，你疯了吗，怎么能做出这种事来？

丛长海看着她，看了很久，目光渐渐从期盼变得冷漠。

她知道他已经下了离开的决心，她一直在想到底能用什么方法留住他，让他回到肖月的身边，至少，他要为自己的所作所为负责。

最后，她想到了最无奈的一招。

雪开始在地上积蓄，齐齐格走向了派出所。

"我要报案。"她说。

值班的警察打着哈欠，说：

"报啥案？丢东西了还是打架了？"

"强奸。"她说得极其平静。

警察立刻清醒了：

"强奸，谁强奸谁？"

"丛长海强奸我。"她说。

值班警察发了两秒愣，抓起电话，打给睡梦中口水四溢的局长。小镇上有几年没有出过强奸案了，他不知道该如何处理。

十几分钟后，住在警察家属院的三四个警察，都从被窝里被喊了起来。

出大案子了。强奸案，并且强奸犯已经逃走。

在警察局的记录室里，齐齐格详细地叙述了丛长海的犯罪经过。

这些警察感到自己像配角，不得不假装特别入戏地配合着。你和丛长海不是一直关系很好吗？他们心里充满疑惑，甚至，很多人都说你们两个有一腿，现在怎么搞出了强奸的戏码？

齐齐格似乎看透了他们的心思，跟他们说：

"我和丛长海是朋友，我是他的红颜知己，他是我的蓝颜知己。我们有很多共同话题，但是他有老婆，老婆还怀孕了，我没想过破坏别人的家庭，我不想当小三。我和他一直保持着必要的距离，从来没有越雷池一步。我现在很后悔，他一直在引诱我，但是我都当作玩笑了，直到昨天晚上，他喝了酒，然后变得冲动无比。事情就这么发生了，你们赶紧去抓他，他要逃跑了，快，快。"

警察把齐齐格的话一一记录，然后让她看了一遍，签字确认。

林东镇通向外地的几条路上，各有一辆警车闪着灯疾驰而出，没人知道丛长海逃向哪个方向，他们只能都去追。其中去北边的，因为只有一条狭窄的土路，连汽车都走不了，只能骑一辆自行车。这个警察眼角还粘着黄色的眵目糊，骂骂咧咧地在黑暗的路上颠簸着，破损的车座包硌得他的屁股生疼。每个人都觉得丛长海不会往自己这个方向逃，或者说不希望他往这个方向逃。他们不是逃避职责，而是每个人几乎都不同程度地跟丛长海有过交往。有的人在他那里剪过头发，有的人跟他一起跳过舞，有的人听他唱过歌，他们都体验过丛长海给小镇带来的快乐和新鲜。他们一边寻找着丛长海，一边在心里思考着这件事的吊诡之处。他们并不希望找到他。

风越来越大，雪花飘落下来，路很快就看不清了。林东镇寂静无声，齐齐格走出警察局，拒绝了警察要送她回家的提议，一个人走在积雪正在变厚的路上。她经过沙里街，看见了丛长海家，也就是肖月家的房顶，烟筒上有一缕淡淡的烟，在吞噬着天上落下的雪。她站住，静默了好一会儿，心里默默地说了一句对不起，没注意到自己的脸上一片冰凉，是融化的雪花，也是滑落的泪水。

天亮时，几路警察疲惫地回来报告，没抓到嫌犯。这毫不奇怪，林东镇之外到处是田野和荒山，随便躲在哪里都很难被人找到。何况是这样一个风雪之夜。

昏黄的太阳几乎看不见，稀薄的日光穿过厚厚的云层和雪幕，并没能让风雪停歇，反而因为比夜晚更加清晰而让人感到更狂暴了。早起倒炉灰的肖月看见自己家门前停着一辆警车，一个警察正在门口抽烟。他丢掉烟头，搓了搓手，问肖月：丛长海没回来吧？

肖月摇摇头，他最近都没回来住，怎么了？

警察说，你得跟我们去趟警察局。

肖月回到屋里，又加了一件大衣，戴了一条围巾。她艰难地坐进有些狭窄的车后座，警察打了好几次火，才把车发动。

二十分钟后，肖月冲到了齐齐格的荞面馆里。

齐齐格正在等她，她知道肖月肯定会来的。

肖月问她丛长海去哪儿了。

齐齐格说不知道。

361

肖月说，你就别再演了，我知道你俩演的是双簧，有必要吗？

齐齐格不说话。

就为了躲我？肖月接着说，非得把自己弄成强奸犯？

肖月皱了皱眉，她肚子里的孩子在踢她，她感到疼。肖月开始脱衣服，脱到只剩下一个背心，因为肚子太大，那个背心根本遮不住她的腹部。

齐齐格看见了一个球一样的肚皮，上面的皮肤绷得紧紧的，一条又一条的妊娠纹像长长的蚯蚓，血液一流动，蚯蚓便活了，蠕动起来。肖月抓起齐齐格的手按在自己的肚子上，她感觉到一阵奇怪的温暖，也感觉到了里面孩子的动静。

我将来一定生个孩子。不知为何，齐齐格这一刻突然冒出这样一个不合时宜的想法。

你如果不想告诉我丛长海去哪儿了，你就直接杀了这个孩子好了。肖月说。

齐齐格感觉手被烫了一下，其实是被肚子里的婴儿踢了一下，她双膝一软，扑通一声跪倒在地。

齐齐格很快站起来，这时肖月手里多了一把剪刀，刀尖对着自己的肚皮。

齐齐格尖叫了一声。

我数三个数，肖月说。

三！

齐齐格开始哆嗦起来，她脑海里涌现出父母和哥哥们被奔跑的马拖拽的场景，还有红色的骷髅。

二！

肖月继续数，刀尖又向前一寸，那个气球即将被戳破。婴儿仿佛预感到了危险，在子宫里不停地踢踹着，肚皮上不断鼓起一块儿。

一！

齐齐格感觉自己的右手背钻心地疼，她看见，剪刀戳在手背上，她的手背挡在肖月的肚皮前面。

　　他去赤峰了，然后从赤峰去沈阳。齐齐格说。

　　肖月放下剪刀，叹口气：我得去找他。

　　肖月穿上衣服，走了出去，齐齐格瘫在地上。

　　外面，风雪更猛烈了，几乎要把一切都吹到半空中。①

---

① 对于父亲突然离开，母亲在临产前急着去找他的事，事实上是另一个版本：齐齐格主动找母亲，告诉她父亲离开的消息，希望她能去留下他。但是在写这段的时候，丛牧之重构了情节，让肖月以肚子里的孩子威胁齐齐格，齐齐格才不得不松口的。丛牧之希望在小说里，母亲肖月能用这种方式，重新夺回她和齐齐格之间关系的主动权。

第八章　时间扭曲

1

丛牧之跟熊仔各骑一辆山地车，飞驰在京西的盘山公路上。他们已经骑行了近两个小时，把大部队远远地甩在了后面。这次京郊骑行，一拖再拖，从夏到秋，本该在两个月前就成行的。第一个周末赶上了雨天，骑行取消，第二个周末丛牧之回林东，然后是工作室散伙，前后折腾了两周才算完事，第五个周末熊仔有点儿发烧，又临时退出。幸好他们参加的这个项目每周都组织骑行活动。因此，这天上午，从出发开始，两个人就像是较着劲，拼命蹬车，仿佛要把前几次的失约全部找回来。这段路程前半段有上坡，十分艰难，但是只要挺过去，登上坡顶，下半段几乎全是舒服的下坡路了。坡很缓，只是弯道较多。这个线路来往的汽车很少，安全可靠。

熊仔的体力能这么好，有点儿出乎丛牧之的预料。坦白说，今年以来，她对儿子的关注大比例减少了，原因之一当然是工作室、离婚这些事把大部分精力消耗掉了，但细想起来，更重要的原因是熊仔已经越来越独立。甚至都不能简单地说是因成长而带来的独立，他完全有自己的精神世界，几乎不需要父母的填补。他可以对着棋盘一整天，棋盘上没有一颗黑白子，但脑海中已经下了上百手棋。他会在手机、平板或电脑上输入丛牧之看不懂的符号——丛牧之知道那是简单的代码，编程序用的——然后不经意地，就给她一个惊喜。比如说有一次，在老师的帮助下，他用自己编的一个小程序，把丛牧之拍过的全部纪录片做了元素分析，然后列出一张表格。那张表显示，丛牧之的镜头主要为三种：长焦特写，远景但虚焦，还有就是她喜欢从下向上拍，仰角。在她的片子里，俯视的镜头少之又少。再有就是，通过对纪录片文稿的分析，熊仔发现丛牧之更倾向于去表达"过去"，或者说是对"过去"的认识和理解，而较少面向未来。第三点，他发现文案中使用频率最高的十个词语：旅途、远行、记忆、父辈、自我、路、光亮、孤独、沉默、爱。丛牧之被熊仔的分析吓了一跳，她还从未想过，自己这些年看似因各种机缘拍的片子，内里竟然有着如此多的相似性、相关性。她冷静下来，细细琢磨这些关键词，忍不住心中打战。一方面，她感动于熊仔对自己的了解远比自己对他的了解要全面、深刻，尽管他是以这种特殊的方式做到和表达的；另一方面，她又为自己十数年的职业生涯感到挫败，原来她拍来拍去，竟然没有超出自己的界限一分一毫。

从那次起，丛牧之对儿子有了新的认识，她常常觉得，他是一个默不作声的老师，总是用自然而然的行动教会她许多从前忽略的事物、想法甚至情感。或者说，快四十岁的丛牧之并不比十多岁的熊仔更懂得生活这件事。她在他身上，获得了从小就找寻的那种依靠感。这么说并不准确，他们是相互依靠，但绝不是母子相依为命的那种依靠。母子之间的直接交流其实不多，每天说的最多的话都是"吃饭了吗""穿哪件衣服""晚上做什么"之类的，而且熊仔对她的回答，常常只有一个"好的""嗯"或者微信中表示情绪的符号、表情包。他更善于用这类符号来表达自己的心情，对这一点，丛牧之适应了很长时间，现在她也"熊仔化了"。她越来越不愿意跟人直接通话，不论是语音还是视频，甚至别人给她发了一段语音，她都要转成文字来看。正如熊仔所说，人们应该更关心表达的真正内容，而不是表达时附带的各种语音、语调、情绪。但是在传统的语言学家和人们看来，恰恰是这些语音、语调、情绪才是说话人真实的表达。"麦克卢汉说，媒介即信息，"熊仔说，"将来的人类只发送和接收信息，而不关注情绪。"这是她在纪录片解说词里引用过的话。丛牧之因此想起了很多科幻电影里，外星人进化到更高的阶段，几乎没有身体，只剩下大脑，并且所有个体的大脑可以连成一个系统，然后形成一个更复杂、庞大的大脑，那时候便只有信息没有情绪了。哦，对，《阿凡达》里的灵魂树和那些精灵就与此类似。

熊仔的房间里，摆着他这些年用过的各种电子设备，从老旧的手机到最新的折叠款手机，再有就是那张三百二十四个格、常常空无一子的棋盘。他总是跟一个想象的对手，用想象的棋子对弈。丛牧之对他这种沉迷羡慕极了，她觉得他一个人就能构成一种完整的理想生活，而自己，或者自己这一代人、这一类人，从来都做不到也不愿意这么做。他们总是得依靠其他人而活。

最近，丛牧之发现熊仔的话多了起来，但不是跟她说，也不是跟其他人说，像是自言自语。他躲在房间里，口中不停地问问题，也回答问题，像是在和谁聊天。最开始，丛牧之一度担心他精神出了问题——像堂妹丽丽。她仍然记得清清楚楚，在自己上小学的时候，每在日出和日落的时刻，丽丽就发足狂奔到小镇南边的土城墙上，对着太阳大声说话。郊野空空，只听得见不甚清晰的回声，但丽丽却告诉人们：她在跟太阳聊天。小伙伴们都说，她说的是傻话、疯话，一阵哄然大笑，他们指着她喊：疯丽丽，傻丽丽，对着太阳瞎哔哔。丽丽完全不理他们，自顾自地跟太阳继续说，一来一往，真像是对面有一个人在配合她。奇怪的是，每当和太阳聊天的时候，她就显得比平时安静而正常，仿佛长大了。

你吃了吗？她问那轮刚刚升起来的红日。

哦，我也吃了，我吃的玉米粥和荞面饼。她说。

你今天都跟谁玩啊？她又问。

哈哈，你说你跟月亮玩儿，跟星星玩儿，可它们晚上才出来啊。她大笑。

哦，你们玩的就是捉迷藏啊。她又表示理解。

她直勾勾地盯着太阳，阳光把她的眼睛刺得很痛，不断流泪，可她就是不愿意闭上。如果姑姑或者姑父在旁边，一定会用手遮住她的眼睛：这个傻子哟，你已经这样了，还要变成瞎子吗？后来，他们给她从赤峰市的眼镜店里买了遮阳镜，让她整天戴着。这样，她就不怕阳光了，能够一口气聊上半个小时。

小时候的丛聪，并不愿意跟丽丽一起玩，那些野孩子总是说丽丽是傻子，还说他们家以前干了太多坏事，被老天爷诅咒了，将来所有孩子都是傻子，丛聪有一天也会变成傻子。丛聪害怕他们说的是真的。她曾经回去问过母亲，母亲说：傻子有什么不好？你看丽丽，一天天过得比谁都高兴。这话让她更加担心了。

等到后来，她终于知道诅咒的事子虚乌有，自己也不可能像丽丽一样时，心里在如释重负的同时，也多少明白了母亲那句话的真正含义：做一个正常人活着，其实是艰难的。所以，忍不住担心的她许多次偷偷在门口听熊仔的聊天，直到确信他聊的内容和当年的丽丽完全不同，一颗心才落到胸膛里。熊仔的问题是有思路和逻辑的，他像是在对着虚空中的一位老师提问，而那个老师仿佛是先知，能够回答他的一切问题。嗯，这更像是两个人在讨论什么东西，对面那个是跟他有着相同思维的人。她心里大喜，为熊仔感到高兴，她觉得熊仔是唯一一个拥有了丽丽那般单纯的快乐，且没有自己或余作真等人的日常烦恼的人，至少在她的理解中是如此。

那天晚上，熊仔睡了，她走进屋里去给他关空调。她发现，熊仔的睡姿发生了变化，不再是之前那种蜷缩式的睡眠，而是平躺着，身体笔直，被子也卷成直筒，像肯德基卖的墨西哥鸡肉卷。第二天一早，她去做早餐时路过门口，又从门缝里看了一眼，那孩子的姿势几乎一点儿没变，甚至包裹着他的被子也保持着昨夜的形状。他像个雕塑一样睡了整晚。他不再是半个括号，变成了直线、连接符、破折号……

一个急转弯之后，是近一千米的下坡，车速瞬间加快，为了保持平衡，他们不得不加大刹车的力度，自行车一顿，身体在惯性的作用下向前一耸，紧接着丛牧之听见咔嚓一声。车链条断了。她没有作声，反正现在下坡，不用蹬，只要刹车没坏就行了。熊仔在她正前方，弓着腰，标准的下坡姿势。十分钟后，他们抵达了一个开阔些的平地，丛牧之喊熊仔停车。他们找到一处安全地带检查自行车，发现丛牧之的链条不但断了，还有两节遗失了，已无法再接上。两人推着车往前走，不一会儿，车队后面的人就陆陆续续追上并超过了他们。等两个人到营地时，队友们已经支好了帐篷，开始在自嗨锅里涮火锅了。丛牧之有些疲累，钻进帐篷里小憩，熊仔找领队借了工具给丛牧之修车。修来修去，少了两节链条怎么也接不上。这时领队走过来，问他要不要帮忙。

　　又过一会儿，丛牧之出来，熊仔让她试试车怎么样。丛牧之骑上去，感觉比之前略沉，但骑着没有问题。她问熊仔，链条少了两节，他是怎么接上的？熊仔说，领队把他车上的链条拆下来一节，接在了丛牧之的车上。这样两辆车的变速挡都减少一挡，就可以骑了。

　　这次骑行，本来晚上的安排是看星星。领队是一个天文领域的专家，经常带着望远镜去山里观星，这一次，他也带了高倍望远镜，据说今晚是观测星空的最佳时机，可以看到火星正面。但山里的天气实在难料，下午时还晴空万里，天一黑却起了乌云，虽然不至于下雨，但星星是不可能观测了。因是林区，也不能点篝火，大家便三三两两地在帐篷里打牌，玩狼人杀和剧本杀。丛牧之也在领队的招呼下玩了几把，熊仔在她身边观战，每到关键处，熊仔都会给她略做提醒，她总能坚持到最后。然后领队说，不成不成，你们母子二人得分开，熊仔你也加入进来，不要跟你妈一伙儿。丛牧之没搭腔，她知道熊仔并不热衷这类游戏，她不想逼他。熊仔迟疑了一下，竟然点了点头。接着玩，熊仔果然厉害，连赢几局，惹得对面一个跟他同年龄段的小女孩不住惊叹："你是不是作弊？你到底是怎么赢的啊？"一被人提问，熊仔就会立刻严肃起来，一板一眼地说，根据什么什么理论，每张牌的概率如何如何，再经过怎样怎样的计算，就能推导出结果。他的一番话，把小姑娘说得直犯愣，摊手说："不玩了，这跟机器人玩，谁能玩得过啊。"游戏就散了。

晚上，躺在帐篷里，丛牧之突然扑哧一声乐了。熊仔没有对此好奇，也不会问她为何发笑。丛牧之自己忍不住，说，熊仔，刚才玩游戏的那个小女孩是不是喜欢你？熊仔用疑问的语气"嗯"了一声。丛牧之接着说，我看是，不过你把她吓着了。熊仔继续沉默。丛牧之又说，告诉妈妈，你有没有喜欢的女孩子？这个年纪，肯定有自己喜欢的女孩子了吧？妈妈在你这个年纪——不，比你稍大一点点时，有过一个笔友，他叫蓝岛。我们没见过面，只是写过信，但我觉得我喜欢他。其实，也不一定是喜欢他，而是喜欢他所代表的未知世界吧。熊仔转过身，似乎对话题感兴趣了些。丛牧之脑海里高晓军的身影一闪而过，但她不打算提起他。

丛牧之接着说："他给我寄过一张有着大海的照片，然后，我为了给他寄一张有草原的照片，费了好大力气才拍到。"

"你用的什么相机？"熊仔问。

"啊？"

"相机，是什么牌子？那时候应该没有数码相机吧？"

"尼康，还是柯达，我不记得了，我没有相机，是我……一个亲戚的。"丛牧之差一点顺口说出"干爸"这个词。

"还能找到这张照片吗？我可以帮你数码化，存在电脑或手机里，或者云盘上，这样就永远不会丢了。"熊仔说，"妈妈，你现在还想看哪里？哪里都可以，如果你想看，我都能让你看到，用VR眼镜，3D的，跟真的一样。不管是大海还是沙漠，或者今天没有看成的星空，我都能帮你看到。"

丛牧之说，哦。她想，他们已经是完全不同的两代人了，对熊仔来说，对一件事物的向往，更多的是精神层面的，不需要一定去那里。

他们回到家里的第二天，熊仔叫她去他的房间，然后递给她一副特殊的眼镜。她根据形状判断，那就是熊仔说的VR眼镜。她戴上，眼前立刻出现一片浩瀚的星空，视角犹如宇宙飞船，开始不断向远方延伸，她穿过大气层，离开了地球，然后告别太阳系、银河系。她知道这一切都是根据太空望远镜拍摄的照片，加上电脑技术合成的，但是一切都栩栩如生，她像一粒尘埃那样沉入无穷无尽的宇宙之中。没有任何声音，她感觉自己坠入了一个清醒的梦里，大脑十分活跃，但又什么都没有想，像是思考的真空。可能古人所说的冥想就是这个样子吧。

然后，她听见咔嗒一声，好像是熊仔按了一个什么按钮，她开始从宇宙深处往回走，在经历了一个短暂而遥远的太空旅程之后，她竟然有了重回地球的真切感受。不，不止如此，她穿过星空，作别太阳、冥王星、月亮、穿过大气层，开始向着地面降临。并没有停止，她继续下降，她看见了草原和山脉，然后停在一座小镇的上空。几秒钟后，视角继续向下，丛牧之看见了她前些天回林东镇时去过的老宅。尽管图像像素不甚清晰，但她还是一眼就认出来了，那棵杏树，那个房顶，那间院子。她反应过来了，熊仔是用电子地图的特殊功能，让她实现了"一眼万里"。丛牧之的眼睛湿润了，既是因为长时间凝视带来干涩后泪腺的自我保护，也是因为熊仔给她的感动。这一刻，她又想，两代人可能没有相同的情感，但总还能找到沟通的方式。她觉得自己多多少少把握到了一点未来感。

从宇宙中回来，不适合再进厨房，丛牧之决定带熊仔去吃自助餐。晚餐时，她谈起自己正在写一个小说，是以姥爷为原型的。熊仔对姥爷没有概念，或者说，有的也只是一个概念——就是妈妈的爸爸、姥姥的丈夫。丛牧之说，我从来没见过他，在妈妈小时候，听过一些有关他的传闻，时间一久，也都模糊了。所有人都说他在我出生前失踪了，杳无音信，所有人都觉得他肯定死在了什么陌生的地方，我也这么想。但是不久前，我的姑姑，也就是你的姑奶奶来电话，说有人寄来了你姥爷的死亡证明。他比我们以为得活得更长久。我回去就是拿这个的，除了死亡证明，我还拿到了你姥爷这些年的日记，然后知道了他这些年都在哪里，做了些什么。我其实有点不太适应这件事，他应该早已死去，竟然却一直活着。正好妈妈的工作出了点儿问题，有了大把空闲，就想用姥爷的日记写一个小说。如果他还活着，我可能会拍一个片子，但他现在的确死了，这次是真的死了，没法拍片子了。

熊仔把比萨上的青椒粒挑了出去，他并非不吃青椒，而是从来不吃比萨上的青椒。问他原因，他总是撇撇嘴：它们有一种身不由己的味道。没人知道身不由己的味道是什么味道，如果说是被炙烤的味道，那比萨上的西红柿、香肠、牛肉粒，都被火炉炙烤，为什么只有青椒是身不由己？不过熊仔向来爱说这种毫无来处的言语，丛牧之早已习惯。她知道，他这话肯定有自己的逻辑，只不过这个逻辑离她的认知有十万八千里远。

这是她第一次跟熊仔谈起父亲和他的日记，还有自己正在写的小说。

"你觉得我应该写下去吗？"她问，"我有点儿动摇，我以为自己还有点写作天赋，但真的下笔去写，才发现困难重重。"

"当然，"熊仔说，"写呗，昨天我们同学群里有人转发了一句话，说行动本身就是思考，如果你想的话，干吗不写？"

母子二人不再说话，专心对付比萨、薯条和蔬菜沙拉。

那就写下去吧，丛牧之想，管他写的是个什么呢。熊仔说得没错，行动本身就是思考。

第二天，她看到桌上有一张纸，上面是熊仔写的几句话：

妈妈，我读了你的小说，我很想继续看。我想知道姥爷的故事，不知道为什么，我忽然觉得，在我出生之前发生的一切，也像宇宙那样神秘和迷人。也许，过去是另一个宇宙吧。好期待后续的故事。

仔

2

但是，她的写作还是被迫暂停了。行动本身就是思考，可有时候，思考也是行动。

按下暂停键的是余作真。丛牧之本以为，她和他之间经历过十多年的婚姻和平分手之后，会是一种稳定的前夫前妻、熊仔父母的关系，这在她周围并不罕见。而且她坚信两个人能处理得比其他人更好。这段时间，他们彼此没有联系，余作真想熊仔了，会给熊仔打电话，或者让爷爷奶奶来安排。一切井然有序。丛牧之许多次摸着胸前的吊坠陷入回忆，那些记忆仿佛梦境，让她不得不怀疑过去的生活有几分真，几分假。她在想，是不是记忆早已做了自我修改，一旦回忆开始，就会根据此刻的感受修正某些事实？但等她真的再次见到余作真时，这种怀疑立刻消失了，她又一次坚信他们之间有过的一切都是真实的，热烈的爱，渐渐转浓的麻木，根底里的骄傲和自卑，以及他们十多年生活中所形成的另一种情感——真奇怪，在婚姻里时，他们常常为这种情感而不耐烦，离婚后却发现它的珍贵，那是只有在共同生活了许多年的人之间才会出现的情感，无关喜欢不喜欢，只是已经习惯了彼此的某些方面。就像一个天生瘸腿的人，已经习惯了一瘸一拐地走路。

余作真的事，是雅男告诉她的。雅男已经不是过去的雅男了，他经过几次痛苦的手术，终于完整地成了梦想中的男性，但是同时，他又成了一个网络上的女权斗士。并且，因为他身份的特殊性，在两性中都获得了某种话语权，也就有了某种豁免权。无人能以"你是男的你不懂"或者"你是女的你不明白"来指责他的发言,因此他的观点总能在网上获得最大公约数的支持。然后,他开始受邀参加一些网络节目。这些节目的采访很直接,既要追问他为何要成为一个男性,又想知道在这个过程中他的种种感受,但是雅男仿佛已经彻底超越了单纯的性别观,总能从更宏观的角度来审视和回答这些问题。他开始有自己的粉丝团体,他们中的很大一部分是同性恋、变性人和性别错乱者,也有一部分是女性主义者和平权人士,也有这些之外的人。雅男在各个节目中的语录,逐渐在各类社交网站上流传,很快,那些并非他说的话也冠以他的名字被四处散播。这时候,他的反对者随之出现,这其中主要就是一群网络喷子,骂他是阴阳人、怪物,另有一些网友指责他的做法和言论在混淆性别差异,认为男女平等并不是男女相等,一旦男女之间的差异被彻底抹除,整个社会结构和社会文化都将面临危险。

所以,一个这么忙的雅男有一天突然打电话给丛牧之,她不能不有些吃惊。她知道,一定是有什么特别的事情,关于她,或者关于他。出乎意料,这件事竟然是关于余作真的。

"你们离婚,或者你们提起离婚,是在什么时候?"在三体酒吧里坐下,雅男的第一句话作如此问。

丛牧之被他问得有些恍惚了,她还真不记得是什么时间。回想了一下,离婚是在6月,而提到离婚是之前的两个月,有了这种感觉的时间当然更早了。

雅男点点头,说:"是不是余作真先提出来的?"

"不,"丛牧之说,"我提的,因为一些我无法释怀的事。"

"所以,你对他现在的状况真的一无所知?"雅男说。

丛牧之耸耸肩:"还不是老样子,每天做手术、上课。现在他单身了,肯定有不少女学生围着,社会上风韵犹存的女人就更多了,说不定他已经开始了新的恋情。"

雅男环视了一下酒吧，有了一些新装饰，都是根据最新火起来的科幻作品改装的，未来感中开始充斥着一丝暗黑，让人既有压抑，也有一种绝望的放松。

他提到了酒吧老板露西，问丛牧之对她和余作真的关系了解多少。

丛牧之不置可否，说知道他们走得很近——说这句时，她脑海里浮现出那一次余作真车里的身影，此刻，她才恍然确信那个人就是露西——难道他们在他俩离婚前就在一起了？丛牧之心里不由自主地一酸，有种愤怒加委屈的感觉涌上来。

雅男摇头说，不是你想的那么回事。

"促使余作真下决心离婚的原因，是他出事了。"见丛牧之露出不相信的神情，雅男补充道。

"病了？"丛牧之一脸疑惑。

"不是，是一个医疗事故。"

丛牧之腾地站起来，膝盖碰到了吧台的下沿，一阵疼和麻。

但是，这似乎也不至于吧？从概率上讲，每个医生都可能遇到医疗事故，何况余作真这样一个"刚愎自用"的人。

雅男按着她的肩膀，让她坐下。

"艾滋。"

"他意外暴露感染？"

"露西。"

"果然，他们两个还是……"

"不，你别急，听我细说。"

在给露西做完检查后，余作真建议她做手术。就是在这一刻，露西坦陈自己几年前被感染了艾滋，两种绝症在身，她已经打算彻底放弃，能活多少日子就活多少日子。她之所以会开一个科幻主题的酒吧，就是因为知道自己时日无多，要提前过一过未来的生活。

"每天，我走进酒吧，就仿佛在度过那些将来不再属于我的日子。这种感觉，帮助我抵御着精神上的焦灼。"露西说。她的脸有些黯淡，余作真能判断出来，尽管她自称找到了好的排解方式，但事实上，她并不甘心。

余作真说，就现在的检查结果看，你的艾滋已经被控制住，而癌细胞的扩散范围非常有限，只要做手术切除干净，你的未来还很长，不需要提前去体验。你知道，我从来不劝那些没有希望的人做手术。

经过了激烈的争论，最后露西被余作真说服，同意做手术，但有一个要求：余作真主刀，否则她绝不手术，宁可死掉。

余作真说当然，你是我的病人，我肯定负责到底。

但是真做起手术来并不那么容易，因为给艾滋病患者做手术，有一整套的严格流程，甚至连医护人员都是有相关名单的。医院定的主刀大夫并不是余作真，可是，他既然答应了露西，就必须实现承诺。余作真不惜跟领导闹了一场，也惹得原来的主刀医生不太开心——他以为余作真在质疑自己的手术能力，但是余作真总不能说因为露西是熟人，自己答应了她，这理由也太牵强了。最后各方妥协，领导同意余作真主刀，但手术全程必须直播，原来的主刀医生在观察室随时提供援助。为了保证手术的顺利进行，余作真还带了两名跟自己配合较多的助手，这一条领导答应得很痛快。的确，主刀医生需要熟悉的助手。

手术那天，科室的人做好了所有准备，一切按照科学流程，进行得小心翼翼。手术还算顺利，就在大家击掌欢呼的时刻，余作真的一个助手惨叫了一声。大家一起看向她，发现她的手套上有一个小小的切口，并且已经渗出血迹。所有人心头一凛，但仍抱着幻想：或许，只是一个平常的小伤口。

医院赶紧启动应急机制，给那个叫兰君的医生吃了阻断药物，但是后来检查发现，病毒还是进入了体内，她成了艾滋病毒携带者。这段时间，兰君的情绪差极了，有几次甚至出现了自杀倾向，余作真只能跟护士们二十四小时守着她。

他自责至极，宁愿这个被感染的人是自己，而不是同事。他们本来无须面对这种危险的，是他强行自己主刀才造成现在的后果。无论如何，这都是他的责任。

余作真没有跟露西提这件事，那时候她还躺在病床上。

他去查房，她跟他说谢谢。余作真耸耸肩，说：以后我去酒吧，必须打折。

终生免费，露西说。

那一刻，余作真忽然清楚了自己是一个什么样的人，这件事仿佛是一面镜子，把别人眼中的他分毫毕现地映照了出来。此前那么多年，他一直活在自己的镜像里，现在，他脱离了那个影子。他感觉到，告别的时刻到了。医院的处理本意是尽可能低调，但余作真自己提出了辞职——他无法面对那些同事，虽然没有人会认为他是故意的，在法律上，他不承担任何责任，可是在道义上，他已经犯罪。

花了一周时间，余作真做好了规划，首要的是离婚。他跟丛牧之提出时，还担心她不同意，或者拖很久，时间一长，事情肯定会暴露。没想到丛牧之如此干脆地同意了，反倒让他心里很失落，这仿佛又一次证明他们的婚姻产生这个结果的必然性。他想跟妻子讨论一下这个问题，但随即告诫自己，既然已经决定结束，又何必去为难对方。他偶尔会想，如果没出这件事，自己还会不会提出离婚？大概率不会，因为在这段婚姻中，特别是有了熊仔之后，他付出的东西比丛牧之要少得多。"我是个婚姻的既得利益者，"他想，"而牧之不是。"但是从另一个角度看，他也有离婚的理由：他不再能给她任何意义上的精神价值，不能再如恋爱时那样，给她制造出奇异而浪漫的惊喜，不能如初婚时那样，把两个人的生活过得非同寻常。丛牧之已经长大了，她渴求的情感自己已无法满足——关键在于，缺失并未指向将来，而是源于过去。他投入医院里的时间也太多了，并且随着职业倦怠感的增加和见多了生老病死,他一方面变得无比珍惜生命,也因此变得越来越自我,考虑事情更在意自己的感受而不是周围人,另一方面又对日常的病痛开始麻木。在他的世界里,人生总是苦的、疼的,不是这里就是那里,不是这时就是那时。或者说,他对活着的激情逐渐消散,再极端点儿,他开始变成另一个意义上的"行尸走肉"。他对待医学的态度,不可避免地影响到了他对待生活的态度。

然而如同陡然被翻转的沙漏,尽管人们所见到的永远是沙子从上往下流淌,但其实上和下已经颠倒。他把分得的所有钱都存在了一个账户里,并且把这个账号告知了一个朋友,让他随时关注兰君的生活,不论任何困难,都及时出手帮她。本来,他是想亲自扮演这个角色的,如果她需要,他甚至可以跟兰君结婚,以保证她能拥有一个家庭。但是兰君拒绝了他,连见也不见。他理解她的心情。他没有其他赎罪的办法。

意外造成助手感染艾滋的就是那只看不见的手,它把他的人生颠倒过来,他开始头朝下看世界了。世界完全不同,丛牧之、熊仔、自己、露西,也完全不同了。他无法带着全新的认知,穿越回过去的生活,这就像电影《星际穿越》里的主人公,只能在另一个空间里眼睁睁看着自己固有的生活坍塌而无能为力。好在那些曾让他冷漠的思维惯性里,也藏着某种坚决的力量,他能立刻掉转方向,寻到新的哪怕是荆棘之路,一步不停地向前走。没错,只要你抬起头来,不管朝向哪里,你看到的都是前方。

那是一条此前他从未想象过的路。他强迫自己相信,一切都是为了走这条路的必要准备,只是他无法提前知道代价如此惨重。他报名了医院里去非洲的医疗援助队,即将跟随一群医生远赴非洲,在那里给黑皮肤的兄弟姐妹看病。那里是艾滋病的地狱,置身其中,他的内心会好过一些。这让他多少有了点儿被赦免的感觉,他知道这种感觉并不可靠,却不会戳穿自己,至少在出发之前,他需要这种感觉来作为心理支撑。也因此,他对过去的生活有了新的理解。这其实让他有些懊恼，因为他一直自认为自己是一个非常通透的人——用网上的流行语说，是不念过去、不畏将来，而现在，他知道那不过是因为天赋和天性的庇佑，自己从未真正面对过过去和将来而已。

3

这个男人依然风度翩翩。

看着余作真穿着那件米色风衣走进咖啡厅，丛牧之心里涌起一股复杂的情感。不是爱，不是同情，不是遗憾，不是悲伤，是怜惜。一瞬间，在她脑海里余作真和熊仔重叠了。他的样子和上一次见面没有任何变化，但是眼神中再没有了以前那跳跃的火焰般的光亮，取而代之的是含蓄而坚定的柔光。她心里感到些许失落，十余年的婚姻并没能让这个男人成熟，没想到一个意外却让他直接进入不惑的状态。这都是她观察到的，但现在，她对自己的观察并不坚信，正如她所写的那篇有关父亲的小说，越写，她却发现似乎离父亲越远。无数可能性一旦变成一种确定性——哪怕只是文字上的确定性，回忆就开始固化了，空白越来越小，迷恋也越来越少。

他们面对面坐着，互相看了一会儿，好像接头的间谍需要彼此确认一下。两个人都有一种轻松感，毕竟，他们再也不用顾忌婚姻的约束，不论是说话还是做事，都仿佛松掉了一根无形的绳索。

余作真清楚，丛牧之会主动联系自己，说要见面，那一定是她知道了自己的事儿。早晚得知道。他心里其实不免忐忑，怕丛牧之因此对他们的离婚产生别的想法，比如认为余作真是因为这次事故才提出离婚的，虽然根底里也与此相关，但他们都不会忘记签完字那一刻，两人的心里同时拥有了一种轻松之感。

她喝一款名叫Dirty的咖啡，他喝柠檬水。现在，在一定程度上，他把自己从人群中抽离出来，人为地制造了一层无形的保护膜。偶尔，他觉得自己像电影《黑衣人》里化装成人类的外星人，有点遗憾，他还没有尝过三体酒吧的"记忆清除"，据说，那是一款烈到醉酒者想不起三天内任何事的酒。

他们聊了聊熊仔，聊了聊近况。丛牧之告诉余作真，熊仔对天空的迷恋与日俱增，她许多次听见他对着一个手机自言自语。

不过，我并不担心熊仔，她说，我觉得他比我们年轻时都笃定，他对自己在做什么清楚得很。

余作真问起她接下来的打算，毕竟工作室已经解散，也不可能一直赋闲在家，总要出来工作。丛牧之说，她在写小说，将来能当个作家也说不定。一切等把这个小说完成再说。

她以为余作真会追问一下在写什么，但是并没有，他对她的小说不感兴趣，就像当初他对她拍的片子也不太感兴趣一样。这么多年，他只关心过一次，那是他们拍的一部有关急诊室的片子。他帮忙找愿意出镜的病人和医生。主角是几个在门诊部排不上床位，只能在急诊部做手术，一直在急诊部住院的人。他对摄像机视若无睹，所关注的是拍摄是否影响了病人的恢复。后来，丛牧之把自己写好的文案给他看，问他的意见。他只说，文案里的抒情太多了，对医生和病人来说，各种检查指标更重要，而不是面对癌细胞去灌输心灵鸡汤。

可是，哪个医生也不会否认，良好的心态有益于疾病的恢复。丛牧之强调。

当然不否认，余作真说，我只是想说，你们不应该把所有的疾病都看成是人生隐喻，它首先是生理性的，然后才进入这种艺术化的表达。

丛牧之没在乎他的意见，那部片子播出后好评如潮，在网上引起了很大反响。丛牧之把网友的评论，还有一些专家和学者写的相关文章转给余作真，仿佛是自己胜利的旗帜。余作真只给她发了几张图片：刚刚被剖开的胸腔，暂时停止跳动的心脏，缝合后像一条巨大蜈蚣一样的伤口。他没说一句话就把她的骄傲彻底击溃。哦，是的，最让她难以忍受的就是他的这种冷酷。但最让她着迷的也恰恰是这冷酷里有时充满奇异的浪漫，就像刚谈恋爱那会儿他的手术直播，他对一具美丽尸体的欣赏。

他是一个比她更纯粹的人，在生活里，这样的人真是极少极少。他没有过去也没有未来，而她得时时刻刻寻找过去和未来。

如今，当她对父亲有了一些了解之后，会觉得他们两个有相似之处，但又像是一块磁铁的两端，因为背对背的排斥而共同构成一个相互依赖的磁场。

最后，即将离开的时候，丛牧之拿出了那枚猫头鹰吊坠。

我知道你会留着，余作真说，这是我最得意的作品，我此生唯一的抒情。

现在，总该告诉我它是什么了吧？

余作真摇了摇头，说：它就是一只猫头鹰，我送给你的猫头鹰。

丛牧之有些懊恼，把坠饰放在桌上说：你不讲，就还给你吧。

她站起身，准备离开。她以为余作真会拉住她，然后告诉她真相，但是他一动不动。她有些后悔，她本意可不是要把这枚坠饰还给他的，但现在骑虎难下，总不能再拿回来。她尽量自然而缓慢地穿上外套，然后往外走。

赶紧拦住我啊，她心里想，你这个家伙。

直到她走出咖啡馆的门，余作真都没有再说话。站在街上，她看见余作真把猫头鹰坠饰拿起来，亲吻了一下，放在了口袋里。

丛牧之心里一阵委屈，她不想被人看见，急匆匆走向一辆出租车。出租车是别人约的，不拉客，她又走向旁边的公交站。秋天的树叶正簌簌落下，刚好有一辆车开来，她都没有看是几路车，一步踏了上去。车行驶了三站，她才从刚才的情绪中回过神来，发现公交车已经上了四环路，正往西四环而去。

那就坐下去好了。

夜晚来袭，城市变得躁动而迷离。

丛牧之发现自己坐的是一辆双层巴士，人不多，她顺着楼梯爬上二层，最前面的座位空着。她坐过去，双手扶住面前的栏杆，获得了一个完全不同的视野。她回忆了一下，记不起是否跟余作真一起坐过双层巴士，和熊仔倒是坐过。在他五岁的时候，他们两个没有任何目的地，只是为了坐双层巴士而上车，从家附近的站点坐到终点站，然后又从终点站坐回家。熊仔安静而沉溺，仿佛进入一种入睡的状态，他的眼睛像两张嘴，在贪婪地吸入这个视角所看到的一切。丛牧之学着他，那的确是与在地面上不同的感觉。她在想，人是可怜的，一生之中并没有多少机会离开地面去审视自己的生活——不是飞机上那种高高的俯瞰，也不是坐过山车、跳楼机时飞速地升起和降落，只是遵守城市本身的速度，在比平时略高的地方经过写字楼、站牌、过街天桥，还有路边偶尔击打公交车棚顶的树枝。哦，丛长海最后所见的，就是这样的景观吧？

什么都比在地面上看要更亲切些。

除了身体，我也得努力让自己的心爬上一辆双层巴士的二层。丛牧之喃喃道。

然后，许多回忆被激活了，她与母亲，她与余作真，他们如两个在大海中游水的人，轮番从她的记忆中浮起来，又沉下去，又浮起来。她跟着他们一起大口呼吸，一起顺流而下。

他把她带到一座海中小岛，是的，这是一座以人的身体为形状的岛屿。她此刻的意识在回忆中轻轻说了一句：它来源于你们的那次欢爱。

具体是什么时间和地点，因为何种缘由都已经模糊了，但她躺卧在他身边的姿势，他的手指滑过她皮肤的感觉却依然清晰。哦，那是一顶帐篷，两个年轻人在山顶竟然脱光了衣服。他们几乎整夜没有入眠，除了几次激烈的欢爱，还有一场永恒难忘的对话。

她捧起他的手，在微弱的夜灯下看，那是一双做手术的完美的手——像电影中奇异博士的手。

她刚刚领教过这双手的厉害了,他的抚摸如同弹钢琴,轻柔却不乏力度,让人忍不住呻吟和震颤。那是恰到好处的挑逗。

他的手在她的头发中,声音在安静的山谷里显得特别清脆,每拂过一个地方,都会讲一个手术案例。他用语言肢解了她,但是她非但没有觉得恐怖和残忍,还获得了某种奇特的快感,仿佛有一个技艺高超的推拿师,在给她的骨缝按摩。

在一个外科医生眼里,她拥有着完美的肉体。同时,她的不适也来源于这些。他竟然偷偷拍了她的身体给同事和学生欣赏——虽然没有脸,匿名——说她身体的黄金比例,说她骨骼的标准。那时刻,她也只是他的一枚标本,这时候,所谓的按摩就变成了血淋淋的解剖。

公交车到终点站了,她仍沉浸在回忆中,直到售票员把她惊醒。

这辆车已完成今天的任务,她要坐车回去,只能去对面等车。丛牧之走下车,心里空落落的。五分钟后,回程车来了,她没有再上二层,而是坐在了一层靠近司机的一个位置。她心里想,刚才在二层所见的街景,跟此刻所看到的重叠起来,像是拍照时无意中实现的叠影。

4

碰面时,余作真说过,两周后他就去非洲了,这几天想把熊仔接到身边,一起好好待几天。丛牧之当然不会拒绝,当时就给熊仔打了电话,告诉他晚上爸爸去接他,然后在爷爷奶奶那里过周末。熊仔哦了一声,说知道了。

下公交车时,熊仔发来消息,说此刻余作真已经接到他,他们正开车回去。

丛牧之回到家,没有开灯,只借着阳台窗子透过来的城市夜光,坐在沙发上。她有些百无聊赖,开始刷手机,一条公众号推送的信息引起了她的注意。公众号的题目是：女权斗士开启战斗模式。配图是一张照片。她仔细看了一下，认出照片上的人是雅男——现在他几乎完全是男性模样了。公众号说，雅男现在是网上非常有名的一个女权主义者，他几乎对所有涉及女性的话题发声，甚至，他还在微博上号召组织一次为女性争取权利的游行，但是这条微博很快被屏蔽了。一个非常著名的名人性侵案庭审，他也一直站在法庭外大声疾呼。

她看着雅男的照片，发现照片下的名字变了，标注的是：著名公益人士亚男，雅变成了亚。

一段时间以来，她不时在新媒体上看到雅男的影子，他总是在参加各种各样的活动，总是声嘶力竭地对着镜头喊：女人是人，变性人也是人。他跟人家在电视上辩论。他收获了一大批拥趸，他们聚集在他的微博和公众号下，向他表示支持和尊敬。

这个人正在偏离自己熟悉的记忆，自从手术之后，他仿佛重新诞生了。两个手术，丛牧之想，一个改变了手术的雅男，而另一个改变了做手术的余作真。

不过，没过多久，丛牧之发现风向好像变了。雅男微博下的留言中，越来越多的人开始反对他，理由是他是个伪君子，是个假女权，是一只披着羊皮的狼。他们的核心理由是：如果你是个真正的女权主义者，为何要变成男人？有人扒出了他以前的照片，跟现在的照片放在一起，以证明他现在是何等丑陋。

他的公众号也不断被投诉，很快销号。那些人还在网上叫喊，要找到他住的地方，扒下他的裤子，看看他到底是男是女。

丛牧之有点儿担心，给雅男打电话，但是无人接听。她接连打了十几个，回应她的只有嘟嘟声。

接下来几天，她都在门口的咖啡馆写作——进展缓慢，但她不想停下来。至少，现在她还有一个可以延宕的理由，她在写小说，她在跟死去的父亲沟通，她在重塑自己的记忆，如此，也就能最大限度地回避现实。

这一天傍晚,丛牧之从咖啡馆回去,发现门口蹲了一个人,仔细一看,竟然是雅男。他突然找到了她家里来。

见丛牧之回来,雅男站起身,直接扑到她身上——以前,她们难过的时候,经常以这种方式从对方那里得到安慰,但是丛牧之本能地一躲。她并没有想过躲,可是身体却不由自主地闪了一下,雅男只扑到她的肩膀。两个人瞬间明白,雅男在最脆弱的时候仍然从过去的性别记忆中寻找安慰,是一种本能,而丛牧之对一个"男性"的躲闪,也是本能。

这微妙的尴尬之后,两个人都没说话。丛牧之开门,他们一前一后走进去。这栋房子雅男来过许多次,他熟练地坐到沙发上。丛牧之给他倒了杯水,坐到沙发的另一端。

"网上的事,我都看到了。"丛牧之说。

雅男说:"之之,我没想到会是这样,怎么会这样?"

丛牧之顿了顿说:"这个世界本来就很复杂,人心更复杂。"

"我现在有些迷惘了,"雅男说,"我从生理和心理上都变成了一个男人,但总觉得有什么东西始终没变,我像一头被拴住的驴子,永远只能吃到以这根绳子为半径的草。"

丛牧之想起身抱抱他,但并没有动,这只是心里的一闪念。她已经无法再把他当成原来的那个朋友了。

"雅男,我不太清楚,你为何要参与那些事。我不是说不应该参与,我只是想知道促使你去做这些的真正原因是什么。"

雅男好半天才说:"我总得做点儿什么。"

两个人就这样静坐了一会儿,气氛越来越尴尬。

最终,还是丛牧之忍不住开口:"晚上一起吃饭吗?"

雅男摇摇头,说:"我还要去看心理医生。"

"哦?心理医生?"

"嗯。之之，我……发现自己变性之后，那种自我满足感很快就消失了，不是后悔，也不是作为一个变性人在生活里面临的困难太多，而是……我发现以前自己对成为一个男人的想象，过于理想化了。"

"你的意思是，男人并不好当？"

"不是，男人、女人都各有难处。我现在是一个男人了，我可以像个男人那样去享受这个社会给予的男性权利，但是同时就要让渡作为女性时被优待的部分。还有就是，我越融入这个男权社会，也就越无法忍受他们对女性的不公，我像一个背叛者，跟那些貌似无辜的迫害者一起加害女性。比如说，我跟几个男人一起聊天，他们会谈论女人的容貌、身材，甚至直接说乳房的大小、臀部的弹性，更极端的时候，我得听着他们分享彼此的婚外性经历。这样的时刻，我总会感觉自己的身体——我说的是做手术的那个部分——有一种隐隐的酸疼。"

雅男停顿了一下，喝了口水。丛牧之没有再插话，听见他继续说：

"我背负了双重的原罪，女人的和男人的，它们压得我喘不过气来。所以我去参加那些支持女权的活动，好让自己得到心理上的平衡。直到今天，我参加一个活动的时候，被一个极端分子袭击了。他冲上来，把手伸进我的裤子里，乱摸一气，想看看我到底是男是女。我吓坏了，这时候，我发出的仍然是女性的尖叫，而不是像个男人那样给他一拳。而之前，我还是女人时，我是多么有力量，对吧？后来，几个同伴把那个变态拉走，送我去休息，可是我却始终无法从那个场景里抽离。我提前离场，无处可去，就不由自主地来到你家了。我以为不会遇见你。我就想在你家门口待一会儿，冷静一下，然后离开。我没想过打扰你。"

丛牧之不知道该说什么，她多少理解了雅男的困境。她强迫自己站起来，到他身边，给了他一个拥抱。虽然抱得比之前轻，但她明显感觉到这具身体变得坚硬、宽阔了些，他身上的香水味也消失了，而是有了一种轻微的汗味。

雅男的头往她的肩膀上轻轻伏了一下，她看见他嘴唇上的绒毛，像是小男孩刚刚冒出来的胡须。

他们没出去，叫了一张比萨和一份沙拉，面对着吃完。

把自己最纠结的事情说出来后，雅男的情绪好了很多。丛牧之想起，自己该去接熊仔了。

她和雅男一起出门，看着他过马路，上了一辆出租车。她在路这边上了另一辆车。

路上，她想着雅男刚才说的那些话，对他充满同情。转瞬又想，自己对这个话题真的比雅男更确定吗？比如有一个记者现在问她，如何看待网络上的女权运动，她该怎么说？她自己的生活里，又遭受过哪些性别歧视？以前，她的第一反应一定是"这个话题值得拍部片子"，现在这类想法竟然一点儿都没有，而是会想到母亲、齐齐格她们的遭遇。按现在的观点，父亲是一个渣男无疑了，但是在那个年代，他又帮助小镇女人有了最初的对个性和美的尝试，那么，这能够相互抵消吗？

伦理和爱之间，到底哪个更重要？就像人们在观看某些影视作品的时候，会认为男女主人公因为相爱，所以他们的婚外情值得理解和同情。但是这些年，很多观念变了，据说有人连安娜·卡列尼娜这样经典的人物也开始攻击了：违反婚姻，背叛道德。最开始看到类似的消息，她只是感到可笑，后来发现这股力量可不只是说说而已，他们也有各式各样的行动，心里难免有些悲观。

她知道，这就是所谓的"政治正确"，什么东西，一旦斩钉截铁地被标榜为"正确"，也就可疑了。

熊仔戴着耳机，出现在小区门口。丛牧之没有进余作真家的小区，她让熊仔自己出来。她不知道该如何面对余作真的父母，而且，她也不清楚余作真是否把去非洲的真实原因告诉了二老。真是糊涂，前几天见面，两人竟然没有谈到这件事。熊仔应该是不知道的，他跟丛牧之说的第一句话是:"妈妈,爸爸要去非洲了。他这回可以看见非洲斑马了,肯定也会给我带回非洲大陆的矿石。"

丛牧之接过熊仔的书包,挎在自己肩上,问:"晚饭吃了吧?"

熊仔点点头。

"这几天都和爸爸去哪玩了?"

"北大天文实验室、中科院的实验室。"熊仔说,然后凑近丛牧之的耳朵,小声说,"我还尝了尝酒的味道。"

丛牧之一惊:"什么?他怎么能让你喝酒!"

"爸爸说,他最期待有一天能跟我一起喝杯酒,他说那种感觉一定好极了。然后,我们就喝了一杯,只有一杯。他还让我答应他,在十八岁之前,再也不喝酒了。"

丛牧之拍了拍儿子的脸蛋,说:

"说到做到。"

她有些心酸,也明白了余作真的心思。

回到家里,熊仔洗完澡,睡前又走进她的房间问:

"妈妈,你的那个猫头鹰吊坠呢?"

丛牧之摸了摸胸前,那里空无一物。她才想起,见面那天她丢在了桌子上。

熊仔说着,摊开手掌。他的掌心里,那枚吊坠上的猫头鹰正静静地看着她。

丛牧之接过来,戴上。

熊仔说:

"妈妈,你知道这是什么做的吗?"

丛牧之摇摇头说:

"不知道,我问过你爸爸好多次,他都不说。我猜应该是某种动物的骨头吧。"

有了它,丛牧之感觉自己的心重新安定下来。

5

丛牧之的小说陷入停滞之中,因为父亲的日记并非持续的,到他离开之后,有好几年写得断断续续,可见很长时间过得并不安稳。他应该是一直在流浪——好怪异的一个词,在丛牧之这个年代的人看来,这是个特别矫情的词,虚假,但用在父亲身上,又仿佛特别恰当。日记重新开始略有规律,已经是五年后,也就是自己五岁的时候。她对这五年里时常出现的空白无能为力。真是奇怪,在拿到父亲留下的这些日记之前,他整个人都是空白的,但自己并没有因此产生过焦虑,而现在她知晓了他许多事,却因为其中一部分的空白而焦躁不安。

她在想,如果母亲还活着,自己应该把这些日记给她看吗?她又会怎么看待?

只能苦笑,因为接下来脑海里立刻浮现母亲临终前的样子,她连自己都不认识了,又如何记得这些前尘往事?只是,她的回忆常常被丛长海的日记所唤醒,他们的记忆也就产生了交错。

1999年,除了那些年轻的躁动者,还有一件只有后来想起才会觉得特别重要的事。林东镇当时的镇长,赶潮流建了一座建筑,就在烈士陵园旁边的广场上。那是一座奇特的建筑,外形像一个老式挂钟,巨大的钟盘里有三根指针,但并不像英国的大本钟那样可以真正转动、指示时间,而是固定的。据说镇长最初的理想是建一座全中国最大的钟楼,跑去矿山上的几个矿主那里"化缘",可惜只"化"到了很少的钱,而镇政府账上不但没钱,反而是一片赤字,连镇政府大楼都抵押给了到林东投资搞房地产的秦皇岛地产商。资金有限,最大的钟楼就变成了一个实心的挂钟。最让人不解的是,挂钟上的指针指向的是一个不存在的时间,一个既是过去又是未来的时间,时针已经接近九点,分针却刚刚越过十二，你无法判断是分针走得太慢了，还是时针走得太快了。挂钟刚刚建好的时候，人们走过这里总要站住看半天，仿佛能用意念把时间调整回正常轨道。

不久之后，这里成了学生们聚集的地方，打闹、放录音机、跳机械舞，或者只是骑着新自行车飙车。随后开始产生一些流动摊贩，推着板车，板车上是孩子们喜欢的麻团、油糕、冰棍、糖葫芦之类的小吃零食，再后来，这里就慢慢成了镇上人晚饭后的集散地，镇子中央的那个水泥广场，人们反倒越来越少去了。

那座挂钟在二十年后被亿万网友熟知。有人在网上总结中国各地的奇怪建筑，这座挂钟每次都榜上有名，而且网友已经不再喊它原来的名字，而是叫它"时间扭曲"——一个理论物理的名词，从爱因斯坦的相对论而来。他们把当初建造这个建筑的人称为艺术家，因为他在新千年的时候给人们带来了征兆性的艺术设计。甚至有人把它跟达利那幅著名的画做对比，说达利揭示了世间的流动特性，这座钟则暗示着时间的扭曲——日常时间、生活时间、心理时间。当然，更多的人对此提出反对，认为它就是一个错误而已，不该过度阐释。

林东镇的人无法否认，这座挂钟在此后的许多年里，一直留存在他们记忆的深处，至少对丛牧之这代人来说，时间是从这一刻开始变得不那么"一往无前"的。哪怕他们无法在日常生活里证实这件事，只要头脑中一浮现这座钟的指针所指的时间悖论，就会立刻有一种错位感，更何况，人们经常会有真切的感知，比如你正走在一个陌生城市的马路上，可路两边的风景却那么熟悉，似曾相识，怎么解释呢？伟大的小说《红楼梦》里，贾宝玉一见林黛玉立刻说"这个妹妹我曾见过"，人生的许多时刻也是如此，我们总有一种在重复别人生活的感觉。

12月31日，白天一直在飘雪，到傍晚时，雪停了，小镇已被白色覆盖。学校安排，晚上全校以班级为单位开始新年联欢活动，这是一年一度同学们最开心的日子。丛聪一个人偷偷跑了出来。这一年来，她越来越喜欢在林东镇的街上暴走，特别是天气渐冷的时候。地面已经结冰，她走在路上，享受着那种冷风吹着脸颊和身体逆风而行的感觉。她幻想着自己会在路上遇见谁，无论是谁，只要是一个熟人就好。然而，她没有碰见任何相熟的人，连半熟的也没有。

丛聪不知不觉走到了大钟那里。她之前以为，这样的日子，人们肯定都躲在家里看新年晚会，或者跟亲戚朋友们聚餐喝酒。没想到大挂钟下面竟然聚集着几十个人，全都是年轻人，看起来比她大几岁。那是一群无比欢快的人，冷风丝毫影响不了他们的热情，甚至，他们身上的衣服比丛聪的还要单薄一些。她能看出那些衣服在林东镇并不常见，花色羽绒服、毛茸茸的耳罩，一定是在其他更大的城市里买的。有人染着黄褐色的头发，有人系着一条红色的围巾，有人戴着无框眼镜，他们正在一边跳舞一边唱歌。她没听过的一首歌：

> 静静的村庄飘着白的雪
> 阴霾的天空下鸽子飞翔
> 白桦树刻着那两个名字
> 他们发誓相爱用尽这一生
> ……

这首歌好听极了。有一年冬天，丛聪曾经去过镇子北边的山上，看见过雪地里的白桦林，因此一听到这几句歌词，脑海里立刻有了形象。他们唱得忧伤而轻柔，她不敢出声，蹲在了旁边的一块石头上静静地听着。

她大致听出了那是一个爱情故事——高晓军，白桦树，她脑海里这两个形象合而为一。

那些人唱完了，开始举起啤酒瓶来碰杯。这时那个扎着红围巾的女孩看见了丛聪，跑过来拉起她："来吧，跟我们一起。"

"啊……我不会喝酒，我是路过的。"丛聪嗫嚅地说。

一瓶赤峰啤酒递到她嘴边，啤酒瓶口冰凉地沁着她的嘴唇。那是个男孩给的。

"拿着。"他说，笑眯眯地看着她。

她接过来，想说自己从没喝过酒，但没有说。

"干杯，送别旧世纪，迎接新千年。"那些人纷纷说。

"干杯。"丛聪小声说。

到此刻，她才真正明白报纸和电视上为何如此大张旗鼓地迎接千禧年。她以为，不过是把时间从一九几几年，改为二〇几几年，现在看来并没有这么简单。每个人都只能在自己的世纪里活着，他们却有幸跨越了两个千年——那些并未亲身经历的时间，因为这跨越和他们产生了联系。

喝了大半瓶啤酒之后，她感到腹部有些凉，脑袋也有些晕，但整个身体并不觉得冷。因为她不由自主地跟着那群人蹦跳着。

收音机里的歌曲变成了刘欢的《从头再来》，他们唱得更大声了。

她了解到，这是一群回家过元旦的大学生，都是从她正在就读的那所高中考出去的，开学离家前，他们相约一起迎接千禧年。

没有比这座大挂钟更合适的地方了。

她问那个"红围巾"："你们看起来好高兴啊！"

"未来，未来，未来！""红围巾"连说了三遍"未来"，"丛聪是吧？丛聪，你知道我们这代人有多么幸运吗？我们出生的时候，'文革'过去了，改革开放了，人人都能吃饱饭了。而且我们在正年轻的时候，跨越了一个世纪。你想想，之前的一百年里，我们中国人过的是什么样的生活？又有多少人能遇上这样的时刻？那可是一个新的千年啊，十个一百年才是一千年。在过去的那个千年开始的时候，也就是公元元年，耶稣基督刚刚诞生，西方还是罗马帝国，我们这里还是西汉呢。

我是北师大历史系的,你学过中学历史吧?西汉到现在,我们度过了一千年的历史,这个世界发生了多大的变化,而我们有幸从第一个千年到了第二个千年。"

丛聪感到无比震惊,她第一次发现,自己竟然能和整个人类的历史发生关系。她的身体有了轻微的战栗,"红围巾"把自己的围巾摘下来,围在了她的脖子上。

"不,我不冷。"她又摘下还给那个姐姐。

"红围巾"坚持给她围上,说:"我们会等到零点,等到人类真正跨越新千年的时刻。你想跟我们一起吧?"

"我……当然。"她只犹豫了半秒钟,就果断地答应了。

为什么不呢?这可不是所有人都能有的时刻。这时候,她心里产生了兴奋,想到学校里那些开联欢会的人,将会永远错失这个伟大的时刻。

未来,未来,未来。

过去,过去,过去。

她抬头看向那座挂钟,突然间觉得自己明白了时针和分针的意义:它们一个是过去,一个是未来,过去和未来是可以同时存在的。

她忍不住把这个想法跟"红围巾"说了。

"红围巾"兴奋地大喊一声:"朋友们,我们这里有个哲学家。"

丛聪立刻羞怯无比,但"红围巾"并不像在笑话她。"红围巾"把她那几句话一字不漏地转述给大家,众人轰然鼓起掌来。

"你说得太好了,太好了。"刚才那个递给她啤酒的男生说。

他们就这样一直唱着,跳着,喝着酒,吃着花生米。丛聪喝完一瓶,便一直拎着空瓶跟他们碰杯,她不敢再喝了,这已经是她最放纵的一次了。恍惚间,母亲的脸在眼前一闪而过,但很快被身边那些年轻的、冻得通红的脸替代了。

倒计时开始了。

收音机里传来主持人激动到沙哑的声音,他在呐喊,他们跟着他一起倒数:

十、九、八、七、六、五、四、三、二、一……

当当当,一串钟声响起,人们抬头看向那座挂钟,仿佛它终于被敲响了。

"那正是它的心声。"丛聪想。

接着,她发现自己被人拥抱着,头微微一倾,一张脸贴住了她的脸,然后她的嘴唇被另一双同样冰凉的嘴唇吻上了。几乎是电光火石之间,两对冰凉的唇就变得滚烫。是刚才给她啤酒的那个男孩。她惊恐万分,但是很快发现那些男孩女孩都在捉对亲吻。

有的人亲一下就分开了,他们两个也是,但有的人持续热吻。她反应过来了,那些继续热吻的是恋人,而其他人是朋友。

这么说,我只是作为一个朋友被亲了。她想,心里稍微安定了一些。

如果有烟花就好了。她又想。

竟然真的有烟花被点燃,飞升到空中,炸裂出漫天的灿烂。烟花也是他们带来的。

很快,远处响起狗吠声。烟花惊醒了那些狗,它们并不知道此刻有什么特殊,只要是深夜的响动,都会引起它们应和般的叫声。

她觉得这些汪汪声也是一种钟声,也是在敲响新的世纪。

这是丛聪一生中最为重要的夜晚,这个夜晚的一切,把她跟整个世界联系起来了,时间和空间像两股线,扭结在一起,变成了难分彼此的一根绳。这之前,她从蓝岛那里知道了大海,明白了远方,决心要去看看世界。但那时候的世界不过是一个吸引她的概念,她与它并没有血肉联系,现在不同了,她的精神已经与整个时代的精神接驳了。

许多年后,她看到电影《阿凡达》里的纳美人跟他们的灵魂树、大地进行精神交流时,立刻就理解了那是一种什么样的感觉。她没有

393

纳美人的辫子,现实也没有给她提供一株神树,但是她借助这个夜晚的秘密交流,找到了理解自己生活的法门。

多年后,研究生毕业前,她唯一一次寒假回家,再去大挂钟那里,发现这座建筑已经被拆除。那里成了一座宾馆,宾馆的名字很文艺,叫"逆旅"。她在宾馆旁边逡巡了很久,找不到一点儿当年的痕迹,只有风还是一如当年的冷。

她去小卖店买啤酒,问店员有没有赤峰啤酒。店员递给她一瓶燕京。

"我要的是赤峰啤酒,本地的那种。"

"这就是。"

"这不是燕京啤酒吗?"

"哦,赤峰啤酒早就被燕京啤酒收购了,现在赤峰啤酒就叫燕京啤酒。这就是赤峰啤酒。"

丛牧之打开那瓶啤酒,喝了一口,味道跟自己在北京喝的燕京很像,但又不能说完全一样。她忍不住笑了一下,自己真傻,难道还想在一条始终流淌的河流里,摸到过去的水吗?

她跟店员聊起来,说到了大挂钟。

店员告诉她,大挂钟是一年前拆除的,然后有了这家旅馆。

真奇怪,你们家的名字跟镇子上其他旅馆的名字都不一样。别人都叫契丹宾馆、林东旅社之类,你们这个名字好文艺。

店员轻轻冷笑了一下,说:

"有病。我是说我们老板,叫这么个谁也搞不懂意思的名字。"

"他在吗?我想跟他聊聊。"

"不在。我都没见过,我听经理说,我们老板就是咱们林东镇人,后来考大学出去了,常年在深圳,做的是大买卖,这个小旅馆只是他生意的一部分而已。他每次回来,都住在这里,只是……他快两年没回来了。"

丛牧之有些失望,不知道为什么,她总觉得"逆旅"的主人是一个自己认识的人，说不定就是千禧年之夜那群人里的一个。

大挂钟悖谬的指针交错在她胸膛里，她一生中的许多时刻，都会出现时针不到九点而分针越过十二的情况。父亲日记的空缺所造成的小说的停滞，就是一个这样的时刻。丛牧之回过头去读自己写的几万字，心中又满足又沮丧。满足于有一段过去被自己重新打捞起来，又沮丧于力有不逮，只能写出那个时代的万分之一，甚至只是父亲和母亲所经历的万分之一。

她像一个修钟表的人，试图回到过去，把曾经错误的时间修正，但这本身就是水中月、雾中花。

她后来无意中得知，那座大挂钟的指针之所以如此，并非一个哲学家或者艺术家的独特构思，而是建筑工人们因为看不懂图纸和偷工减料造成的，也就是说，那确实是一个人为的失误。丛牧之对这种真相不置可否，甚至想幸好是在二十年后才听到这种说法，如果是在当年，在1999年最后那个夜晚之前听到，她就会跟她的同学一样，永远地失去跟世界时间接轨的机会。

所以，尽管父亲留下了无数大大小小的空缺，但她不会放弃。她要继续写，用自己的方式把那些空缺补上。很多事情，无法进入小说之中，却因为写作而重新被激活，在她的记忆里实现另一种拼贴。比如母亲，在她根据日记虚构父亲的日子中，母亲如影随形，每一个字后面都掺杂着有关母亲和她自己少年生活的记忆。许多时候，她甚至把它们颠倒了：小说是事实，而回忆是虚构。

6

另一段杂糅进来的记忆是2015年，母亲呆坐在床上时。

丛牧之带着熊仔走进门时，她已经保持这个姿势两个小时了。她的眼睛一直睁着——这应该是不可能的，人的眼睛需要不时地闭一下，好让角膜湿润眼球，否则就会干涩难受。但是她就这样睁着，看着对面雪白的墙壁，墙上有一处斑点。那是某只蚊子被打死后留下的痕迹。但是，你无法确定母亲看的就是那个斑点，因为她眼睛里没有任何内容，空空如也，或者说她根本就没有在看。

睁着眼睛和看，是两件完全不同的事。

她看见了母亲，母亲却没有看见她。那天，五岁的熊仔跑到书房跟丛牧之说，妈妈，姥姥好奇怪，她竟然不认识我了。丛牧之想，怎么会？熊仔见她不信，拉着她去客厅。他们一起走过去，熊仔凑到母亲面前，说：

"姥姥，我是谁呀？"

母亲摸摸他的头，说：

"长海，你怎么变小了？"

丛牧之一惊，也凑过去说：

"妈，你怎么了？"

母亲仿佛陷在回忆之中，但眼睛却热切地盯着熊仔，好像是在看一个多年未见的人。

"我知道你会回来的。"她又说。

但是那种眼神只维持了很短的时间，便开始变得茫然，过了一会儿，仿佛从睡梦中醒来，说：

"哎呀，还没做晚饭。"

夜里，丛牧之把母亲的情况跟余作真提了一下。

老年痴呆，余作真斩钉截铁地说。

啊？！丛牧之心里其实有过这个念头，但不愿意相信。

肯定是。余作真说，去年妈在医院体检时，老年科的同事曾提醒过我。

"那你怎么不告诉我？"

"那时候什么都看不出来,我告诉你有什么用?你能信吗?"

余作真说的有道理,即便他当时告诉自己,自己也不可能信的。她这个一辈子风风火火的母亲,怎么可能得老年痴呆症呢?但是现在,容不得她不信了。她很快又给母亲安排了一次检查,结果毫无意外,是老年痴呆症的初期症状,随着时间的推移,她会变得越来越像个孩子。

有一天晚上,她到母亲房间里去找东西,看见她在床上蜷缩着。那一刻,她想起那部叫《返老还童》的电影,再也不觉得布拉德·皮特演的那个人是"魔幻现实主义"了,那就是百分之百的现实主义。母亲很快就要变成她的一个特殊的孩子,熊仔越长越大,她却越来越小。

不过半年后,她就发现自己的这个想法仍然过于天真了——不管多么像,母亲毕竟不是真的孩子。她的脑海里存有许许多多复杂的记忆,它们经常会交错在一起,给她搭建一段新的记忆,又用这段记忆去指导现在的生活。母亲去菜市场,偶尔站进卖猪肉和鸡鸭鹅肉的摊位,像当年一样叫卖,真正的摊主只能喊保安把她拉出市场。

"发水了,发水了。快上二楼。"她还会在半夜声嘶力竭地喊,把整栋楼的人惊醒。

丛牧之只能想尽各种办法安抚她,不能告诉她并没有发水,那样会更加刺激她。你只能说,没事的妈,雨已经停了,水也渐渐降下去了。她情绪稍稳,又催促你把家里的米面油放在高处,千万不要被水泡了。

"这雨,得下好些天呢。好大的雨啊,雨点像黄豆一样硬。"

不用很久,丛牧之和整个家庭都精疲力竭。在余作真的建议下,他们专门请了一个保姆来照顾母亲,但只干了两周,保姆就辞职了。她说老太太总是把她当成一个叫齐齐格的人,骂她不要脸,抢了她的男人。还说她强奸了丛长海,而不是丛长海强奸了她。她并不总是大脑空白或者记忆错乱,一天中一半的时间是正常的。一旦恢复正常,她就会对给自己请保姆这件事痛恨无比:当你妈是个废物吗?她不太清楚自己犯病时的样子，以为不过是跟镇子上的那些老人一样有点儿糊涂——做饭把盐当成糖，总是记不清自己吃没吃药。这算什么大事嘛。

丛牧之无法解释，后来专门录了一段母亲犯病时的样子，放给她看。

母亲看着镜头里的那个疯女人，沉默了，没有看完，关掉了手机。丛牧之知道自己伤害了这个半生孤独的人，她跟所有的子女一样，只有在自己当了母亲之后，才渐渐地理解母亲的许多行为。只是，她仍然没有从一个女人的角度去理解母亲的生活，没想过心爱的男人突然间因为强奸罪消失，自己含辛茹苦地把孩子养大，却在老年时变成了如今的样子是多么的悲哀。如今，母亲不晓得悲哀这种词，她解释所有的一切都只有一个字——命。

"这是命。"

"命里的事谁也躲不掉。"

"我命该如此。"

这是她五十岁之后最常说的三句话。

如果回顾一下，丛牧之会惊讶地发现母亲之前并不是一个信命的人，她能跟男人一样在修路的工地上劳动，能第一个去尝试烫头发，这在当年可不只是"勇气"一词可以解释的。她想不出是从哪一刻开始，一个觉得自己能解决眼前的一切困难的人，变成了一个相信"命"已经安排好了一切的人。父亲的突然离开？不是那个时刻。自己考上大学？更不是那个时刻。一次又一次去"寻找"之后只得到失望？也不是那个时刻。

后来的丛牧之，尤其是开始写那篇小说的丛牧之，再想起母亲这段人生时，愿意虚构这样一个时刻：母亲终于得到了父亲的消息，他还活着，但是他从来没想过回去找她。她费尽千辛万苦找到他，他却冷漠异常,已经彻底忘记了自己娶过的那个女人。这才是压死骆驼的最后一根稻草,从此之后,母亲的前半生彻底沦为一个笑话,而且是冷笑话。

可是生活没这么简单,她在现实里找不到这样的时刻,也就找不到一个比喻、一种修辞、一个说法来安慰她的一生。她只能捉襟见肘地去处理日常生活里那些突发情况:偶尔的走失,经常忘记人和事,错入别人家。母亲痴呆的时间越来越多了,丛牧之感觉她所经历过的一切悲哀喜乐都在离她而去,像一个鼓胀了五十多年的气球,开始快速地漏气、干瘪。但是老天爷并没有因为记忆的消失而给她平和,流失的恰恰是那些稀释痛苦的东西,最后,把几根钢针一样的刺留了下来。那段时间,丛牧之对人活着这件事都产生了动摇——如果不是熊仔时时带给她另外一个方向的情绪,她觉得自己肯定会抑郁。

熊仔告诉她,人类将来会解决这个问题,老年痴呆症会被攻克的。

"姥姥还会做好吃的羊肉芹菜馅饺子。"那是他食谱上排名第一的食物,自从母亲犯病后,再也没有吃过。丛牧之做的、饭店里做的,永远都无法满足熊仔对这种食物的饥渴和想象。

"如果我们的大脑是跟电脑一样的,通过数据来存储记忆,那就不会产生这样的问题。一旦某些数据丢失或错乱了,我们就能用实时备份的数据替换它。"几年后,喜欢电子产品的熊仔有一次跟丛牧之说。

丛牧之想起大江健三郎的故事。大江健三郎出生于广岛,那是一个被原子弹炸毁过的城市。在他小时候,有一天忽然对死亡充满恐惧,哭着找妈妈说:"妈妈,妈妈,我如果死了怎么办?那样就没有我了。"母亲安慰他说:"没关系孩子,如果你消失了,妈妈会再把你生出来一次。"大江得到了安慰,但是没过多久,他又有了新的担忧:"就算你把我再生出来,我现在感受、经历过的一切都不在了啊?"母亲继续安慰他:"别担心宝贝,妈妈现在记得你的一切,等我再生你的时候,我会把这些都传给你。"

故事的原型并非如此,但丛牧之固执地相信这个更好接受的版本。她没有细想,大江妈妈的想法和熊仔的设想之间有什么差异。

7

那时候,就在他们纠结着要不要把母亲送到养老院的时候,母亲自己对这种情况做了了断——消失了。

丛牧之几乎疯掉,她觉得母亲是在模仿父亲当年的出走,或者说,是在报复他的出走。她赶紧报警,还在微博和朋友圈里发起了寻人启事。好在如今的网络系统里,要找一个人比以前容易得多。一天后,警察就把老太太带回了家。警察说,他们是在新发地附近找到母亲的,那里有回林东的长途客车站。母亲或许还想着从这里坐车回老家。

回来的那天晚上,母亲似乎全好了。

她从冰箱里掏出从赤峰网购的羊肉,把一捆香芹择干净叶子,剁碎,拌了羊肉馅,包了饺子。

熊仔吃了两大碗,兴奋地说:"姥姥,真好吃。"

晚上,她自己洗了澡,早早上床睡觉了。丛牧之想,怎么回事?难道这种病真的能突然好转吗?如果不是,母亲现在看起来跟生病前完全一样啊,连饺子的味道都丝毫没变。

半夜里,她好几次推开门,看床上的母亲。她平躺着,身体没有一点儿蜷缩。丛牧之有些担心,把手指放在母亲的鼻翼下,有呼吸,虽然比较轻微,但还是能感觉到有节奏的吸气和出气。

丛牧之后来在沙发上睡着了,一睁眼,已经是上午八点半。

等丛牧之再去看母亲,她已经离去了,仍然是昨晚躺下的姿势。她的手边,有一个小药瓶,那是丛牧之治疗失眠的安眠药。这药已经是几年前的了,母亲竟然一直存留着,她是有多少次准备吃下它,然后强行放弃了?

这一次，母亲终于放过了自己。

丛牧之扑通一声跪倒在地上，喊了一声：妈……

她觉得身体里全部的水都开始汹涌地翻腾起来，她像漂浮在死海上，但是那些水都试图从两个细小的泪腺里流出，因为过于拥挤，一滴也没能流出。

她感到有人在自己身边，是熊仔。他不是很明白姥姥和母亲，过了几秒钟，猜到了这是一种什么情况。死亡第一次来到他身边，他觉得世界突然空了一块儿，虽然姥姥仍然躺在床上，但这个世界突然间少了一个人，仿佛松快了一下，又好像过于松快，有些空落落。

一切都有流程，不管一个人死了还是十个人死了，总有一套流程来让那些悲伤的人去遵循。你只需要听安排流程的人指引，做各种各样的动作，签字和点头即可。医生宣布死亡——死亡需要一次正式的官方宣布才能真正降临，才能在程序上死掉。她不知道，几年后，会收到另一份死亡证明，而且这个突如其来的死亡证明所真正证明的，并非是丛长海的死，而是他的活。

母亲变成一张黑白照和一盒骨灰，也是黑白灰的，真奇怪，为什么人死了之后的遗像一定要用黑白照，难道不应该是容光焕发的彩照，好让吊唁的人们记住逝者生前最高光的时刻吗？照片上那个人看着外面的一切，好像在用两种基本色告诉大家：嗨，我死了，死很悲催，不信你们看我此刻的脸——很多黑白照都是用彩照消色改出来的，如同把在人世有过的光彩全都抹去。也可能是，这样肃穆的灰黑色面容，才能提醒那些活着的人：人人都早晚如此，不要太在意那些琐事吧。

丛牧之把那张遗照收起来，又放了一张黑白照，但是这张照片里的母亲，眼里透出无限的光彩，犹如旭日朝霞。

她记得这张照片的拍摄情形，那是在她复读之后考上大学的那一年。

2003年8月，林东镇的天气达到了一年中最热的时期。正午时分，整个镇子热浪滚滚，那些黄土路像是油锅里炸过的油条，蜿蜒扭曲，好像踩上去就要咔嚓一声碎掉。人们走在大街上，虽然隔着鞋底，也仿佛是在承受炮烙之刑。偶尔，你能见到一把伞从"油条"的一端飘过来，不禁迷惑地看看天：太阳亮到一片银白，哪有一片可能下雨的云彩？后来，丛牧之才明白那些零星出现的伞是遮阳伞，主要作用不是为了防雨，而是为了防日光中的紫外线。她在中学物理课里知道有这种射线，但从来没意识到它真的存在，而且每天都照射着她和周围的人。他们的脸蛋总是有一种特殊的红色，像是深秋时某些果子的那种红，而电视上看到的人，脸颊白白净净，嘴唇反而是红红的。她想，可能是人种的不同，现在她有些明白了，他们脸上的红来自紫外线的长期照射，那是一种高原红，也是因为长久的风吹日晒和缺少必要的防护，导致脸颊的皮肤变得越来越薄，毛细血管开始清晰地曝露出来所致。

　　丛牧之就是丛聪，去年高考落榜，她回到林东一中复读后，改了新的名字。因为在小镇上有传言，一个第一年分数线上线的考生，不允许下一年再报考。丛聪的成绩刚好压在最低分数线上，只能被最差的学校和最差的专业录取，她不甘心，便选择了复读。

　　母亲脸上的那两团红像两团雾，比其他人的都要大。如果凑近一点，你甚至能看清薄薄的皮肤下蜘蛛网一样的毛细血管网，隐隐地觉得红色的血液正在按照心跳的节奏匀速地流动。很小的时候，丛牧之喜欢用手摸母亲脸上的这两团红雾，她觉得手指肚下的血管有汩汩的颤动，再大一些，她看见周围的妇女们裸露着乳房喂孩子，会奇怪她们的乳汁为何不是红色而是白色的。

　　但是上高中后，她渐渐发现那两团红雾暗淡了，那些毛细血管似乎已经破裂，青丝一样的痕迹消失了，整张脸颊显出青黑色。肖月早已从幻想丛长海还会回来的梦中醒来，那股曾经支撑她许多年的韧劲儿，因此烟消云散。苍老一瞬间袭来，但是彼时的丛牧之对此毫无所知，她甚至没注意到母亲那段时间几乎每个晚上都不睡觉，瞪着眼睛茫然地看着屋顶。有时候，老鼠会在顶棚里走来走去，肖月便将注意力倾注于耳朵，凭声音猜测是几只老鼠，它们正在哪儿行走。她听着老鼠吱吱的叫声，在心里把它翻译为一段对话：

"谷子好吃还是豆子好吃？"

"当然是豆子，豆子有一股特殊的香味。"

"小心点儿，别让人发现。"

"没事的没事的，这家里只有两个女人，一个像个傻子，一个像个疯子。"

不知道什么时候，肖月终于睡着了，自己也变成一只老鼠，奔跑在林东镇的大街小巷。

改变来自这个炎热夏天的一封邮件，里面是丛牧之的大学录取通知书。

黄昏时，丛牧之走进家里，递给肖月一个绿色的大信封。肖月接过后，愣了半天，十几年来她从来没收到过任何邮件。她一时间不知道该如何处理，后来看邮件已经拆开了，便把手伸进去，拈出来一张硬纸板，上面红红绿绿的。然后，她看清了那些字，抬头看了看丛牧之，仍然有些疑惑。

"妈，我考上大学了。"丛牧之说。

肖月反应过来了，啊了一声："哪个大学？"

"中国传媒大学。"

肖月尖叫了一声，抱住了女儿。那天晚上，她喝了一瓶草原白，说了一桌子胡话。酒是在荞面馆喝的，饭局里当然有李永龙和齐齐格，以及另外几个平时交往比较多的邻居，还有丛牧之上的复习班的班主任。肖月一会儿哭一会儿笑，仿佛忽然间反应过来自己养育一个女儿如此不容易，而此前的十九年，她只是靠本能在强撑着活下去。她的嘴里不断念叨着许多前后颠倒的往事，其中最重要的就是那场暴风雪：

"风大，雪像是在往我嘴里灌一样，眼睛根本睁不开，我走不了，就在地上爬。我爬到了汽车站，爬上了那辆开往赤峰的班车。那时候，我就感觉自己肚子疼了，我知道要生了，但是我不想让司机停车……"

丛牧之局促地坐在一个角落，看着母亲疯疯癫癫地表演，她丝毫不明白这种回忆有什么用。那个复读班的班主任也喝醉了，在母亲倾诉的同时，也在挥舞着两条短粗的手臂，唾沫星子能喷到对面人的脸上，在讲述自己如何把丛牧之从堕落的边缘拯救回来。比如，他把丛牧之从第二排调整到了倒数第二排，是为了让她跟一个学习好的人做同桌。而事实上，那年的中秋节他没有如以往一样收到丛牧之妈妈送的土鸡，才给她调的座位。那个同桌确实学习好，可疑心重，害怕任何人从自己这里得到好处，他连一块橡皮也不愿意借给别人，更不用说帮丛牧之学习了。

李永龙和齐齐格坐在靠门口的位置上，脸上都是讪讪的表情，两个人长得越来越像了。丛牧之能猜到他们的心情，那是一种尴尬，因为他们的宝贝儿子小凯，此时正被关在饭馆的地窖里。他们无心参与庆祝丛牧之考上大学的聚餐，但是又不能不参与。

齐齐格几次想借故离席，都被李永龙暗中拉住了。他知道她肯定是想去偷偷把小凯放出来，之前的每一次惩罚都是如此半途而废，以至于小凯觉得不管父亲多么生气，不管父亲把自己吊在树上还是关在地窖里，母亲总会来救他。但是这一次，李永龙下了狠心，他一定要把小凯的那股肆无忌惮的劲儿给磨掉，否则后患无穷。

尽管外面骄阳似火，地窖里却潮湿而阴凉，小凯浑身打着哆嗦。这里堆满了萝卜、白菜、黄瓜、西红柿，他不缺吃的也不缺喝的，李永龙还没有狠心到底，在地窖的窗子处给他留了一线阳光。如果这线阳光都没有了，他就相当于被埋葬了。李永龙一直期望自己能通过不同的"埋葬"方式，让小凯获得新生，至少是不要在自我毁灭的道路上滑向深渊。这两年，他不再如之前一样冲动，打打杀杀，可他有了更多坏习惯——抽烟和喝酒不消说了，他还学会了赌博，学会了跟比他大的不正经女孩子勾勾搭搭。这一次被关，是因为小凯骑了李永龙的摩托，赌红了眼，最后不但输光钱，连摩托也输给了别人。那辆摩托，是李永龙很多年前进入警察局时买的，骑了这么久，换了那么多零件，速度依然很快。

他觉得这辆摩托上寄寓着自己十几年的生活，他想一直留着，留到死。

8

肖月笑盈盈地走在路上，她借助丛聪的录取通知书，获得了重生。

连肖月自己都没认真想过，以前对女儿的学习并不怎么关注，何以现在会这么兴奋。无论如何，她和女儿之间的关系突然变得十分亲密。有几个晚上，肖月甚至抱着枕头进了丛牧之的房间，要跟她一起睡。丛牧之极不适应，但又无法拒绝母亲，只能在躺下的时候把身体背过去。母亲试探性地把手放在她的腰上，有时候是轻轻握住她的手，她假装在睡梦中乱动，把母亲的手抖掉。过一会儿，那只手又伸过来了，她便只能忍着，因为她迷迷糊糊中摸到了母亲手上的茧子，硬得像铁皮。等到身边的人发出熟睡的鼾声，丛牧之才长长地出一口气，把那只手轻轻拿掉，动动已经发麻的身体。就在拿掉母亲手的瞬间，她借助床头的睡眠灯看清了那只手，皮肤是灰色的，又有一种红褐色，很粗糙，手指和手掌上是厚茧，骨节很大。她有些发愣，在记忆中，母亲的手是丰腴圆润的，她还记得上小学时，母亲偶尔骑自行车送她到校门口，临别时总会摸摸她的脸，通常是左脸。那是一种肉乎乎的温暖，直到她走进教室里坐下，这种温暖的余温还久久不散。想着想着，困意侵袭，丛牧之竟然握着母亲的手睡着了。

早晨醒来，母亲已经做好早饭。丛牧之叠被子时发现枕头上有几根白色的头发，只能是母亲的。她又想起昨晚看见的母亲的手，心里恍惚了一下，原来母亲已经这么老，而自己已经这么大了。自己仿佛只用了这么一瞬间，就从一个小女孩变成了一个成年人。她又想，自己即将离开林东镇，离开母亲去读大学，从此之后，她们两个人都要独自生活了。

或许，在上学之前她应该为母亲做点儿什么。

做什么呢？真正对这个家有切实帮助的事，她一样也干不了。那就去旅游吧。母亲从没出去旅游过，自己这些年都在读书，也没有机会出去玩。这时候林东镇的秋天已经冒头，天气依然热，可热得很温柔。不可能去路途遥远的真正的旅游景点，只能在镇子周边选，她想到了沙那水库，据说那里还不错。中午，她可以用自己攒下的零用钱，请母亲吃一顿全鱼宴。

丛牧之把想法跟母亲说了，肖月露出惊讶的神色，然后爽快地答应了。

"要不要喊上小凯他们一家？"肖月问。

这有点儿出乎丛牧之的意料，但不失为一个合适的提议。她知道，她们的担心其实是一样的，如果只有母女二人以这种方式相处一整天，很可能会陷入某种尴尬的境地。自从拿到录取通知书后，母亲对她越来越客气，做饭的时候总是问：聪聪，你想吃什么？丛牧之说，都行啊，妈。肖月便会做两三样，比之前要多一两个选择。丛牧之也只能对母亲客气起来，具体表现是吃完饭，她每次都抢着收拾桌子、洗碗，之前她从没干过这种活。第一次洗碗，餐具上的油始终洗不掉，她知道热水有助于清洗，就烧了滚烫的水来冲，然后用抹布抹好几遍，但再摸盘子和碗，仍然能感到有一层薄薄的油脂腻在上面。第二次她洗碗，母亲在身后喊：洗碗池那里有洗洁精。她才明白那个一直放在厨房，上面有个猫图案的蓝色瓶子是洗洁精。不但那天的碗洗得光洁明亮，她还把灶台上可见的所有油腻都清理了。

丛牧之去邀请小凯一家人出去玩。就在李永龙和齐齐格犹豫的瞬间，小凯已经答应了：好啊姐，我们肯定去。我有个朋友有数码相机，我跟他借来，不用胶卷，可以随便照相。

李永龙和齐齐格便把到嘴边的拒绝咽了下去，那里对他们来说，不是一个开心的地方。

一天后，李永龙借了一辆车，载着四个人从林东出发，一路向北去沙那水库。

随着水库越来越近，齐齐格的屁股开始坐不住了，动来动去，像是憋了屎或者尿。

两个小时后，他们终于到了水库。车不能开到大坝上，便停在下面的草丛里。几个人沿着细窄的台阶爬上大坝，看到了那一大片水。水面上空无一物，并没有他们在路上设想的游船或者渔船。水库三面环山，另一面就是大坝。他们沿着大坝走到闸门处，见闸门闩着，只有一小股水从水库里流出，是木伦河的水。更多的水封存在水库里，静如水缸。

"快看，鱼。"小凯大喊，同时拿出了借来的数码相机，咔咔拍照。

的确是鱼，而且是一条红色的大鱼。它不知有人在看它，拍它，在水面上游得缓慢而自在。

"这是鲤鱼吗？"齐齐格问。

"好像是。"李永龙说。

"鲤鱼跃龙门。"肖月来了一句。

"咱们聪聪这就是鲤鱼跃龙门。"齐齐格说。

"别动别动，"小凯在他们对面说，"我给你们拍张合影。"三个人便像被点了穴一样定在那里，几秒钟后，小凯打了个Ok的手势。他们被解开了穴道。

"拍到鱼了吗？"齐齐格问。

小凯在摆弄相机，往回倒照片，几个人都把脑袋凑过去看，照片上的三个人像三个木偶，面无表情，动作僵硬。水面下并没有那条大鱼。

大家略有些失望，对自己在照片上的动作和表情便无心在意，纷纷说："再找找，看能不能拍到那条鱼。"

他们等了半个小时，其间还坐在大坝上吃了火腿肠和面包，喝了矿泉水，那条鱼却再没有出现。

"你说，那条鱼会不会是……"齐齐格小声说。

李永龙握了握她的手，没说话。

"他一定知道是我们，来打招呼的。"齐齐格又说。她的声音轻极了，水面上有风，但她的话仍然钻进每个人的耳朵里。

丛牧之和小凯不知道她嘴里的"他"是谁，一开始以为只是在说那条鱼，但又不太对劲。丛牧之想问问，可看齐齐格的表情，像是一个梦游的人，而李永龙的脸也有一种悲伤的平静，便不好再问。肖月目含同情地看着他们。

小凯已经不耐烦，说："别等了，我们赶紧转转吧。"

他的话像清晨的闹铃，把齐齐格和李永龙喊醒。他们站起身，说："小凯，给我们俩照张相。"

小凯把镜头对准他们，说："照相要喊'茄子'，这样照出来才是笑脸。不要总面无表情嘛。"

两个人喊了一声"茄子"，镜头咔嚓一声。

"姐，你跟姨也来一个吧。"

丛牧之和肖月也站在刚才齐齐格他们站的地方，侧身对着水面，喊了一声"茄子"。

肖月说："小凯，你给阿姨单独照一张。"

还没等小凯答话，肖月一纵身，爬上了大坝的水泥墙。那堵墙很窄，另一侧就是上百米深的水库。

丛牧之喊了一声"妈"，冲过去要拉她。

肖月摆手："没事没事，我又不跳河自杀。"

丛牧之停住了。

肖月站稳，慢慢直起腰，脚底仍在打晃，但她保持住了平衡。真是奇怪，她只不过比在大坝上站着高了一米多，风就大起来，吹起了她的衬衣和头发，好像是在湖面上飞。

那是她最美的一张照片。

他们没能吃成全鱼宴，因为这时候是休渔期，没有大量捕捞。餐馆里当然也有鱼可吃，都是从市场上买来的，偶尔有一两条当地人偷偷钓的水库鱼，价格高得要命。

回去的路上，小凯翻看相机里的照片，突然"咦"了一声。

丛牧之问：

"怎么了？"

小凯把相机伸给她看，在李永龙和齐齐格合影的那张照片上，那条红色的大鱼又出现了，而且十分清晰。

"大鱼。"她轻轻喊了一声。

李永龙一个急刹车，小凯的头撞到了前排座椅上，相机差点儿脱手。

"咋开的车啊爸？"他大喊。

"有只猫跑过去了。"李永龙说。

这是一条刚修好的公路，两边都是庄稼地，最近的村子也在十里开外，哪里有猫呢？但是大家都没有对这个明显的谎言提出疑义，小凯专注于看相机有没有碰坏。肖月看了看李永龙，又看了看齐齐格，然后把丛牧之的手握得紧紧的。丛牧之靠着左侧的车窗，像是晕车了，但眼角明显有流泪的痕迹。

剩下的路途是在沉默中度过的，两家人也没有一起吃晚饭。到沙里街，肖月和丛牧之先下车，小凯摇下车窗喊："姐，明天咱俩一起去洗照片呗。"

丛聪点点头。

三天后,丛聪从母亲那里知道,李永龙和齐齐格的反应,都跟那条大鱼的出现有关。

肖月告诉她,那一年,李永龙和齐齐格的第二个孩子在他们的怀里死去,他们请一个老光棍把他带走,埋到一处地方。老光棍是沙那水库的放羊人。两年后,也就是小凯出生的那一年,他们终于从一个客人那里得知,老光棍带着婴儿离开时,喝了太多酒,醉醺醺地走在水库的大坝上,摔了一跤。他把住了围墙,婴孩却滚下大坝,坠落进水库之中。第二天,酒醒的老头悔恨不已,他找人来在坠落的地方打捞了一整天。人们捞上了水草,捞上了死猫、死狗的尸体,捞上了破渔网,可那个婴孩却无影无踪,连包裹着他的红色小被子,也随之消失了。按说这样的被子,应该会漂上水面。人们便都传说,那个孩子肯定是被大鱼吃掉了,或者陷入水库底下的淤泥之中,永世不得翻身了。

丛聪听得悚然,她不知道那个自己从小去了无数次的家里,竟然有如此悲惨的事。

"那是他们的一块心病。"母亲说。听到这个消息后,齐齐格开始失眠。她在房间里摆上了佛像和香炉,早晚各诵三遍经,但是这并不能让她真正心安。她总觉得一定是自己做了什么坏事,才会让她的孩子受到这样的惩罚——比如有关丛长海的一切。一年后,齐齐格被折磨得脱了人形,李永龙走投无路,就去请别人推荐的一个大神——据说是从关外东北来的萨满大神,能帮人治各种奇怪的病。

大神也是个女人,看起来年龄不大,可据说已经六十几岁了。

大神把所有人赶出屋子,只剩下齐齐格。

屋外的人听见里面叮叮当当,还有嘟嘟囔囔的声音,不知道具体发生了什么。一个小时后,门开了,大神走出来,满头大汗,脸红扑扑的,像是刚进行完一场剧烈运动。

李永龙看见,齐齐格躺在床上,呼吸均匀,睡着了。

"她着了心魔。"大神说,"我帮她除去心魔,她以后就能过上安稳的日子了。"

李永龙连忙道谢,把包了钱的红包递给她。

大神接过来,看也不看,装进衣服上一个巨大的口袋里。

"不过,"她又说,"什么都是有代价的,心魔虽然去了,可她这一辈子注定要受儿女之累,这是她的命数,谁也改不了的。"

李永龙没听懂她这句话的意思,直到后来小凯越来越能折腾,他才恍然大悟:大神把齐齐格心里的魔赶走了,可是又给她装进了一种变态的溺爱的鬼,以至于小凯成了这样一个孩子,换一种方式继续折磨他们。

他没有别的选择。

齐齐格睡了一天一夜,第三天清晨醒来时,感觉到了肚子饿。她连放了十几个响屁,整个屋子臭气熏天,起身到厨房给自己煮了一碗面,卧了一个鸡蛋,是双黄的。从此之后,她果然不再失眠,每次睡觉都沾枕头就着,而且渐渐打起了呼噜。

齐齐格跟李永龙说,自己做了一个梦。在梦里,那个夭折的婴儿浑身透明,他的肚子里还有一个更小的胚胎样的孩子,那是他们第一个流产的孩子。婴儿告诉她,他没有被鱼吃掉,也没有陷在淤泥里不得超生,沉入水里之后,他变成了一条大鱼,终身游荡,逍遥无比。

9

从上大学开始,肖月和丛牧之,各自过了七年一个人的生活。这么说丛牧之不准确,她过的是更多人的集体生活,从两个人的家庭变成六个人的宿舍,然后又变成四个人的宿舍,再到后来,她认识了余作真，又开始二人世界。只有母亲，近七年来都是独自生活的。

丛牧之在学校里读本科，然后读研究生，肖月在林东镇，继续开了几年录像厅和台球厅，然后随着手机和电脑的普及，她的录像厅已经没有任何生意，台球厅也大不如前。肖月跟不上时代的变化，她再也不能像二十年前那样提前嗅到商机，她曾经敏感的触角已经被生活磨钝了，最后，只能选择一样最简单的生意——开了一家小卖店，代售彩票。

她生命的光彩仿佛在丛牧之拿到录取通知书的那个夏天用完了，从此变得消极萎靡。十几年孤儿寡母的生活，以及对一个消失男人的无望等待，把她身体里的能量消耗殆尽，女儿上了大学，将来会有比她更好的人生，她便没有了那股一定要干成什么的劲儿。她对女儿有过的怨念，也彻底消失。她也的确干不动了，她越来越感到自己的腿变得滞重，尤其是膝关节，每次久坐起身，都要花很长时间才能让疼麻之感缓解，好像那里的半月板、韧带、髌骨，一直处于缺血状态，已经放弃工作。她的心脏跳得越来越慢，心率最低时已经到了五十几。夏天，她坐在小商店门口的一把大遮阳伞下，遮阳伞的样子每年都换，主要看这一年是可口可乐的经销商还是加多宝的经销商能给她更多折扣，抱着丛牧之退下来的智能手机听评书、听广播。冬天，她就坐在商店的炉子旁，除了有人来买东西和给炉子添煤，她都不愿意动身。怎么会有那么多瞌睡呢？其实也并不能真正睡着，但就是整日昏昏沉沉的，一副没睡醒的样子。她从广播里的养生节目中听到，这样的人是血液黏稠，便在炉子上熬了冬瓜汤来喝，但常常适得其反，不但没能让她清醒起来，却因为喝多了汤，小便来得又多又急，无数次匆匆去上厕所，惹得自己越发心烦。接下来，她发现自己变胖了，小腿骨正面的肉，用手指一摁一个坑，久久不能平复。肖月还没意识到，那并不是胖，而是水肿。

她过得孤独却不寂寞，她养了一只流浪猫。那只猫几乎是她的分身,也是整日懒洋洋地瞌睡,哪怕有老鼠因为跑得太快直接冲到了商店的水泥地上,她们两个都懒得去捉或者赶。前几天放了老鼠药和老鼠夹,它早晚有一天会中招的。这是肖月的想法。而那只猫的想法是:我的主人都不在乎,我在乎它干吗?她们的鼾声都很轻,却形成了某种和谐,呼呼,呼呼,她有时因为呼吸道被肥大的腺体堵住而呼吸暂停一分钟,大脑缺氧的时候发出求救信号,整个身体随之抖动一下,喉咙里的气道便会突然打开,发出"哼"的一声,那只肥猫也配合地"喵"一声。

她有一种高傲的心满意足,仅凭这一点,就足够抵御小镇的无聊了。她有些困惑,生活中的一切都在变得丰富、便利,为什么却感到比十年、二十年前无聊呢?而她的高傲,很多时候都是对假想的比较对象齐齐格和李永龙的。对比的核心是丛聪和小凯。

那次从沙那水库回来,小凯和丛聪洗了照片,李永龙让小凯把相机还回去。小凯拎着相机走在路上,又一次被人拉到了赌局里,这一回跟以前一样,他先赢后输,最后把相机也输了出去。他不敢回家,像往常一样在镇子上东躲西藏。李永龙和齐齐格都找不到他,但是小凯的债主们却一天比一天多地找到他们,用他写的欠条把家里的积蓄一点一点地掏空。

后来,李永龙决定不再承认小凯的任何赌债,债主再来催讨,他会扔出两把刀子,说:"家里没有钱了,你可以拿一把刀,对那个孽障要杀要剐随便。不过,我这里还有一把刀子,你砍了他一只手,我就砍你两只手。谁杀了他一个,我就去杀两个。我不是威胁,我就是去报仇。你们砍他杀他,是他活该,我去砍你们杀你们,是报仇。两笔账,各算各的。"

那些人并不捡刀子,骂骂咧咧:"欠债还钱,天经地义。"

"屁,"李永龙说,"我现在只有刀子,要是搁几年前,我还当警察,手里有枪的时候,聚众赌博我就能把你们抓进去关几年。"

那些人便丢下几句狠话撤了，这之后，再没有人借钱给小凯，他连吃饭的钱都借不出来。

忽然有一天，他突然从外地打电话过来，口气得意扬扬："爸，我要赚大钱了，我给你买辆最新款的摩托。"

李永龙如何能信？齐齐格抢过电话，问他什么时候回来，说妈想你想得快疯了。

齐齐格的确快疯了，她又开始失眠，头发一掉一大把。

"不骗你们，我真赚钱了，而且是大钱。你们给我个卡号，我先给你们打一万过去。"小凯说。

两个人还是不信，但禁不住小凯不停地说，便给了个卡号，没过多久，叮咚一声短信提醒：一万块钱到账。

齐齐格问："凯啊，你干的到底是什么活儿？你就不能回家来吗？"

小凯说："妈，我在丹东呢，我干的就是销售，我们公司现在已经有了能赚十万元的销售，我一个月就干到了组长。我准备再用一年干到地区经理，那时候，我一个月就能赚十万。"

齐齐格跪倒在房间里的佛像前："佛祖啊，你终于显灵了。"

李永龙心下虽然觉得不安生，但账号里的钱是真的，关键是他也管不了这个儿子，只能由他去，最后像所有的老父亲一样叮嘱：那你在外面好好吃饭，自己注意身体。

挂了电话，两个人才想起来竟然没问小凯的电话号码和具体地址，只知道他在丹东干销售。那一万块钱他们一直没动，总觉得不够踏实，下个月差不多时间，卡里又汇来一万。他们就到银行去查，发现两次打款人都不一样，而且都不是李凯，分别是胡喜庆和张桂枝。至于这个胡喜庆和张桂枝是何许人也，就谁也不知道了。

又过了半年，齐木格找来，告诉齐齐格：你儿子在搞传销呢，他已经把外地的亲戚骗了个遍。

两个人目瞪口呆。

原来小凯在林东镇再也借不到钱之后，搭车去了赤峰，找到了舅舅齐木格的公司。他没有直接去找齐木格，知道齐木格肯定会把他押回林东去。他以齐木格外甥的名义，竟然从齐木格的生意伙伴那里提前预支了一笔五万块钱的货款。他带着五万块跑到了丹东。这小子还是有个心眼，办了张假身份证，还留起了胡子，看起来比实际年龄大好几岁。他提前把两万块钱用别人的名字打给家里，剩下的三万都成了传销的加盟费。等钱加盟完了，他也被人洗脑完毕，开始忽悠各种亲戚加入。后来，齐木格终于从生意伙伴那里知道外甥提走了货款，也知道很多亲戚被他忽悠了，这才赶来找齐齐格和李永龙。

齐齐格气得直接昏倒在地。

"我这次非打断这兔崽子的腿不可。"李永龙怒不可遏，一把把供着的佛像推倒。

不用他打断，等他再看见自己的儿子时，发现小凯的腿已经瘸了。

这小子虽然坏，但不傻，当他把所有钱都砸进去，而且被他骗来的亲戚的钱也砸进去之后，他就明白这个传销是怎么回事了。前一段时间他还幻想着，只要能不断地发展下家，自己当上地区经理，就能把前面的钱一把捞回来——还是赌钱那套思路，可后来却发现自己根本赢不了。赌钱还有个运气在，搞传销连这点儿运气也没有，只有不断地骗下去。骗人太累了，远比他在学校硬着头皮学习累，甚至比被父母唠叨和训斥还要累，他不想干了。

小凯找准机会，从四楼的窗户爬了出去。一、二、三楼的窗子都是焊死的，四楼的窗子没焊死，传销团伙怎么也想不到有人敢从四楼跑，外面除了两根高压线，什么也没有。

小凯竟然就是通过这两根高压线逃出去的。他提前攒了两双厨房打扫卫生的塑胶手套，又在里面垫上报纸，戴在手上，然后握着高压线向下滑动。滑到一多半，就快到远处的一根电线杆时，手套被磨破了，幸好有报纸垫着，他仍然感觉到手掌受到一股电击，自己飞了出去。落地时，左腿的小腿骨咔嚓一声，断了个利索。

但他毕竟逃了出来。

他爬到派出所，让警察给李永龙打电话，没人接，又打给舅舅齐木格，说了传销窝点的情况。齐木格后来通知了李永龙，警察在李永龙他们到丹东之前，把那个传销团伙端了。

小凯在医院里养伤，电视台的记者还来采访他，让他讲述虎口脱险的故事。

10

在电视新闻里，小凯变成了卧底英雄——他是主动加入传销团伙的，目的就是把他们一网打尽。没人教他这么做，只是他在接受采访的时候，脑海里想起了电视里看到的那些英雄人物，一瞬间就代入了角色。常年在街头上厮混，小凯早就练成了一种不亚于专业演员的表演能力，说哭就哭，说笑就笑。他经常挨打，也经常打别人，挨打的时候，他需要低声下气地求饶，打人时又趾高气扬。更何况，在传销团伙里的事都是他亲眼所见、亲身经历，只需把加入传销组织的原因稍微改动一下就行了。

李永龙刚一进病房，小凯就说："爸，我想上厕所，你扶我一下。"

李永龙心里想，这孩子不是摔坏了脑袋吧？小凯在床上挣扎着起来，但那条打了石膏的腿仿佛有千斤重，任凭他的意识如何鼓动肌肉去抬起它，它都纹丝不动。

李永龙上前去，先是把那条腿搬下病床，然后搀扶着小凯往厕所挪动。他放下小凯的伤腿时，瞥见床底下放着一个鲤鱼形状的夜壶，显然是他自己小便用的。那一瞬间，当了十几年警察的李永龙明白了，小凯一定有话想单独跟自己说。

父子俩在厕所里待了将近半个钟头，小凯告诉父亲自己对电视台的说辞，让他千万别说穿帮。这完全出乎李永龙的预料，他怎么也想不到小凯玩了一把釜底抽薪，一个贪财被骗的故事就成了卧薪尝胆的故事。但他心里暗暗高兴，这么一来，小凯不但洗掉了参与传销骗人的罪名，说不定还能成为一个英雄。倘若借此机会，这个混蛋能走上学好的路，那就真要感谢上天了。

很快，又有媒体来采访，李永龙跟小凯配合得天衣无缝。小凯的故事越讲越长，越讲越完整，也越讲越感人：他自小调皮，因为父亲李永龙是警察，一心扑在工作上，没时间管他，自己却总想获得父亲的关注。父亲不知道，在儿子的心里，他就是真正的英雄和偶像。小凯从小从父亲那里继承了疾恶如仇的品性，当他得知有亲戚被传销骗了之后，便想着去拯救他们。还有就是，他因为跟着丛聪（丛牧之无论如何想不到，小凯的故事里竟然还有自己，而且是这样一个角色）看了很多香港的警匪片，比如《无间道》，那些警察想要抓住犯罪分子，都需要一个卧底。于是，他就想不如自己去传销组织卧底，自己年纪小，很容易赢得他们的信任。他是想向父亲李永龙证明，你的儿子不是一个废物，他能干成大事。

故事如此曲折而完整，一切必要的元素都具备了，几乎是给电视台法制节目量身定做的，因此，采访的两个记者也十分兴奋。他们试图让故事更加感人，因此给了那条伤腿一个长达几十秒的特写，还让主治医生稍显夸张地说：小凯的腿粉碎性骨折，他根本走不了，是爬到医院的，一路爬，一路血。来到医院后，他并没有着急给自己治病，而是打电话报警，让警察去解救更多的人。为了表明自己没有说谎，那个医生还拿出一张X光片子，对着日光灯指给镜头看。当然，那张片子是另一个病房的病人的。

新闻播出后，在整个东北地区引起轰动，因为那些年正是传销组织最为猖獗的时刻，几乎每个村子都有人被骗，他们像传染病的病毒一样，一个传十个，十个传百个。究其原因，就是所有人都想快速赚大钱，贪小便宜，等发现真相为时已晚，只能被迫或者半被迫地骗更多熟人进来。那发大财的美好愿望像一个人间黑洞，把越来越多的人吸了进去。小凯幸运地逃了出来，而且还成了反传销的英雄。

接下来的几个月里，到处有人请小凯去做报告，宣传传销的危害，以此来劝阻那些正在靠近黑洞的人。李永龙成了小凯的助理，每天跟着他到机关、社区、学校、村头土场，小凯一遍又一遍声泪俱下地讲述那个故事，一遍又一遍地指着打着石膏的腿诉说艰难的爬行之路。细节已经无比丰富，他甚至还会根据听众的不同临时调整语言和情绪，比如面对农村人，他就毫不避讳自己的口音，甚至还要刻意穿插一些土语；面对一些城镇职工，他则努力说普通话，好让他们以为这是个非常"不普通"的人；在学校，他让孩子们轮流上讲台，摸一摸腿上的石膏，那一段很快就变得光滑而油腻，如同某些旅游景点的名人雕像，有了一层看起来乌突突却又充满光辉的包浆。

九月份，中秋节的前一天，小凯和李永龙回到了林东镇。他们是被镇政府请回来的。

这也是听众人数最多的一次。林东镇中学新建成的大礼堂，充满了新建筑的水泥、木材和油漆味，小半个镇子的人鱼贯而入，抢占着最前排的座位。因为抢座发生了三起打架，骂架不计其数，脚趾被踩红者不计其数。当李永龙用不久前一个企业捐赠的轮椅把小凯推进教室时，现场响起炸雷般的掌声，人们按捺不住内心的激动，随着掌声尖叫起来。有些会打口哨的人，把嘴唇一撮，发出响亮尖锐的哨音，直透房顶。

小凯被眼前的景象吓呆了——这还真有点像他在传销组织里参加大会的情形，那时候，现场的人群、人群的疯狂跟此刻几乎一模一样，如果不是那条无法抬起的腿，他几乎要立刻逃离。

过了一分钟，人们因为大喊大叫而轻微缺氧，也因为疯狂地拍动让肌肉略微发酸，掌声和喊声的频率缓缓降下来，最后终于安静了。

小凯被推到主席台中央,那里已经给他立好一个话筒。他对这个黑撅撅的家伙已经很熟悉了,熟练地用手敲了敲,礼堂里立刻回响两声砰砰声,接着,话筒因为电流而发出一阵刺刺啦啦的声音。

"林东镇,我终于回来了。"小凯喊了一嗓子。

人群又开始鼓掌、喊叫。这一次没有之前那么狂暴,但是仿佛充满了迎接游子回家的感情,刚开始的掌声是他们对一个电视上的名人的欢迎,而这一次是他们对自己镇上孩子的欢迎,并且带着莫名的自豪。

齐齐格和李永龙坐在第一排,他们没有喊叫,但内心激动无比。齐齐格的怀里,抱着那次被李永龙推倒的佛像,还有一朵大红花。

11

小凯再一次讲述那个故事。

这是他讲得最差的一次,因为他心里知道,底下的人群里有许多人知道自己到底干过什么,甚至有一些还是自己行为的受害者,他打过他们家孩子,掀过他们家摊子,砸过他们家玻璃。不过,小凯很快就发现自己无须紧张,他们跟他在其他地方所见的听众并没什么区别,都是那么热烈而茫然。他十分聪明地没有回避自己当年干过的荒唐事,前面三分之一的演讲都在历数自己当年是如何的混蛋、无知,然后来了一个急转弯,因为前面的铺垫太过真实详细,这个弯便转得十分华丽,几乎是高速公路上来了一个漂移,让听众有了一种眩晕感,像是从一个极高的地方以极快的速度坠落,然后发现自己竟然平安着陆。在几个月的不断演练中,小凯已经掌握了演讲的秘诀,他甚至发现煽动一群人比煽动一个人更简单。

演讲结束之后,他才看见坐在第一排,胸前戴着一朵红花的母亲齐齐格。齐齐格已经激动得泣不成声,大口大口地喘着气,脸色绯红,像是在发四十多摄氏度的高烧。她怀里的佛像被那朵红花罩住。齐齐格心里充满怀孕时才有的那种幸福感：那是她的儿子，她那个所有人都厌恶的不成器的儿子成了英雄，上了电视，对着全镇人演讲。她还有一种隐秘的成就感，那就是她之前对他的所有骄纵和姑息，瞬间都转化成了典型的教子有方。从小凯进来的第一秒起，齐齐格就想冲到台上去拥抱他、亲他、掐他、咬他。但是她忍住了，她知道这是儿子在林东镇最高光的时刻，也是她齐齐格这一生最为荣光的时刻，她不能去挡住光源，她要让所有人都感受到他的光，都被这光照耀。

在她旁边，坐着表情怪异的肖月。肖月跟随人群鼓掌和欢呼，可又总觉得有点不对劲儿，她仍然没法想通混混小凯是怎么变成英雄的，就像小凯在漂移时把她甩到了车外，而她不久前所享有的丛牧之考上大学的优越感，瞬间荡然无存。她猜想，一定有什么神秘的力量在左右着这一切，她把它称为"命"。一切都是命该如此，这么想想，她找到了基本的平衡，她的命就是被丛长海抛弃，独自抚养女儿长大，女儿考上大学。而齐齐格的命就是一个落难的格格，夭折两个孩子，养一个逆子但是逆子变成了英雄。

命不能告诉她将来会如何，命却可以解释已经发生的一切。

小凯、齐齐格，甚至李永龙都以为他们能依靠这个英雄形象过很久很久，但很快发现人们的热情消退得跟夏天的热气一样快，中秋一过，天就凉了，清晨走在街上，冷风已经能将没穿外套的人吹感冒。邀请小凯去演讲的人越来越少，不久后就没有了，人们把精力投入另一些新鲜的事情上。

然后，小凯才会看到自己为这段光辉岁月所付出的真正代价。

一家三口去医院拆石膏，其实这个石膏早就该拆了，但是为了演讲时更有说服力，他们一直保留着。原本雪白色的石膏，已经被人们摸成了发亮的灰黑色，敲起来铮铮有金属声。小凯已经习惯了自己有一条沉重的腿，习惯了靠右腿支撑着斜着身子站立。医生用专用的小电锯锯石膏时，小凯心里充满失落，没有了它，他作为英雄的最重要标志也就彻底消失了，他已经习惯了当英雄。石膏被切割得七零八落，散在地上，小凯重见天日的左腿如浸凉水，冰冷透骨。腿部的皮肤因为长时间缺少阳光而显出一种白，比石膏还白，又凉又痒，他伸手抓挠，腿上立刻显出几道红印。

"小凯，慢慢站起来。"齐齐格说。

小凯才想起，自己可以站起来了。他试图站起来，但是摔倒了，那条腿太久没有用过，肌肉已经萎缩，关节已经锈住。他只能尝试着先轻轻弯曲一下，然后再慢慢伸直，这样活动了十多分钟后，他才在父母的搀扶下缓缓地站起来。

"没事没事，慢慢就好了。"齐齐格安慰着儿子。

但是小凯的腿再也没有恢复到以前的状态，他总感觉这条腿比另一条腿细，怕冷怕风，脚每一次落在地上，都担心它会再次折断。而且由于打石膏时他的腿摆放姿势的原因，左脚向外撇得厉害，再也无法两只脚并拢了。

小凯成了一个瘸子。李永龙和齐齐格带他去赤峰的骨科医院，大夫说，膝关节的问题可以通过长期锻炼解决，能基本达到和右膝一致，但恢复到原来的样子是不可能了；而左脚的外八字只有一个办法改善，那就是把腿从原来的断处敲断，摆正，再重新接一次。三个人商量来商量去，还是狠不下心再把腿敲断，只能作罢。

小凯的"百日英雄"唯一得到的实惠就是，他拿到了林东镇民政部门的残疾人补助，在此之后，任何有关残疾人的优惠，他都有份儿，但也仅限于每个月的几十块钱，过年过节领导看望时送的一桶油、两袋面之类。他当然再也不可能去街上混社会了，因为腿不行，也因为他在大家的心里已经当不了混混了，走在马路上，遇见从前一起打人的兄弟，他们都会半嘲笑半认真地说："哟，真是龙生龙凤生凤，老鼠的儿子会打洞啊。警察的儿子是英雄。"

小凯讪讪一笑，说："哥几个，玩着呢？"

那些人掏出烟给他，却又故意扔到离他几步远的距离，只为看他撇着左脚去捡。他假装不知道一样，走过去，蹲下捡起来，别在耳朵上，说："吸烟有害健康，但也别浪费。"

那些人嘻嘻哈哈地走掉了，他等他们的身影看不见了，才会一撇一撇地往回走。

上街打架已无可能，但是他从前熟悉的赌钱却不耽误，小凯很快又成了赌场上的常客。不过，他不再借高利贷，有多少钱就玩多少钱，还是有时输有时赢，月底一算，貌似是个扯平，李永龙和齐齐格也就不再管他。他们看着他的腿，看着他一个人闷在荞面馆后面的房间里，觉得可怜，尤其是跟前一阵的风光对比起来，所以放任他能有个乐呵的地方。其实，他们跟他一样失落，英雄父母的光环消失得更快。齐齐格开始愁小凯的后半生，能不能娶上媳妇，能不能找一个养活自己的营生，没有谁给她答案。她每天对着那尊佛像早晚念六遍经。但是日子一天天过去，什么都没变，看不到任何清楚的希望，她对佛像渐渐有了怨气，觉得佛不再保佑他们。

不久之后，她在其他人的鼓动下，又开始信狐仙。把佛像从案子上请走，摆上狐仙的画像，焚香磕头。她总得信点什么才觉得踏实。她的睡眠开始毫无规律，有时几天几夜合不了眼，有时却整日昏昏欲睡，许多回忆和梦以及胡思乱想纠缠在一起，她变得什么都分不清了。

第九章　芯片

1

丛长海坐在推土机的驾驶楼里，他的手操作着操纵杆，推土机的钢铁大手伸向前面的四间砖瓦房。从砖瓦和墙上的水泥看，这栋房子刚建好没几年，仍透着青色的水印。铁手在机器的轰鸣里砸过去，一阵坍塌声，四间房子转眼间化为一片废墟。

这是他推倒的第135栋房子。

他一次又一次看见那些漂亮的或普通的，砖瓦的或土坯的，贴了白色瓷砖的或镶了彩色马赛克的，一层的或两层的，各种各样的房子在眼前变成瓦砾，露出它们最原始的筋骨。这些房子，昨天还有人居住在里面，睡着一家几口，灶膛里余烬未熄，今天就成了断壁残垣。将来，它们还会随着时间的流逝沉入几百米深的水底，从此无人能看见，只有各种鱼虾光顾、逗留，然后被水草缠绕、侵蚀。

离开林东镇之后，丛长海在北方游荡了近十年，他遍访部队里曾经的战友。在他退伍之后，他们大都也陆续转业到地方上，有的去了武装部门，有的去了民政部门，有的进了保安公司，各自娶妻生子，过上了日渐安稳的生活。

每个人都热情地接待了丛长海。他们在小酒馆里喝得酩酊大醉，一会儿回忆在部队时的各种趣事，一会儿掰掰手腕，看看谁在退伍后变成了一个废物。总有一个人的手被压在桌子上，桌子倾斜，杯杯盘盘跌落在地上发出一阵稀里哗啦声。第二天，总是在战友还熟睡的时刻，丛长海已经背上褪色的军绿挎包，悄悄离开。从此之后，他再也没有联系过他们。

那几年，他第一个去的是满洲里，然后一路南下，经过延边、哈尔滨、长白山、丹东、沈阳、大连，然后抵达徐州——并没有渡过长江。在每个地方，他都会租一间小房子，找一家理发店去打工。他再没有唱歌跳舞，只是摆弄着推子、烫发棒，一年半载后，跟周围的人变得熟络，他便再次悄然离开。他不再跟任何人建立长期的情感，因为那会让他想起林东镇，想起齐齐格、肖月和从未见面的孩子——他连孩子是男孩还是女孩都不知道，更重要的是，那个被称为诅咒的心结，搅得他无法安宁。他曾试图杀死孩子，父亲要杀死自己的孩子。这是比诅咒还沉重的罪责，也许诅咒是让他离开的理由，而这罪责才是他永远无法回去的原因。

他无数次想象过回到林东镇，去看看命运给出的到底是什么结果，但每一次都在临上车之前退却了：他接受不了那种可能性，而且，他一旦回去，必将再也没有勇气离开，只能终生困于边疆小镇。而他心里、身体里的冲动，又怎么会甘心？所以，他根本分不清自己的行为是对是错，那个风雪之夜以后，余生都是后果。

在东北，有几回，他觉得自己可能又爱上了什么人，或者什么人又爱上了他，便果断告别，除了那个军绿挎包，什么都不带走。那里面有他这些年所写的日记，已经好几本了。他的日记不只是记下当时的事，更多的是对过去的回忆，他试图梳理自己几十年的人生，找到最终走到此处的逻辑。

丛长海以这种方式跟过去做着漫长的、不断延宕的告别，也是在以这种方式疏解自己逃离的负罪感。①

　　这场漫游花了丛长海十年时间。这十年里,他见过了太多的人和事,也经受着地域和时间对生活的改变。一条路,去年走的时候还是土路,今年再次路过,已经变成了砂石路,明年又有可能变成柏油路。他学会剪新潮发型,用各种药水染发,林东镇的日子,在这些目不暇接的变化中越来越远。或者也不是忘记,而是淹没,林东镇跟他所游荡的其他小镇没有什么分别,一些人,一些建筑,他靠着许多小镇淹没了林东镇,也淹没了那群人和那段岁月。如果事无巨细地记录,可能会有许许多多的事,但也可以用一句话讲完:沧海桑田。

　　1994年秋末,丛长海终于渡过长江。

　　他在徐州逗留的时间最短,只有四个月左右。有一天,他在车站看到了一幅地图,地图上显示,从这里渡过长江,就是江南了。那是他从没去过,甚至较少听过的地方。他买了一张汽车票,坐了一整夜车,抵达古都南京。

---

① 丛牧之并不确定父亲有过这种负罪感,或者并不确定这种负罪感有这么重,需要如此漫长的游荡和宿醉才能消解。这只是她的想象,在开始这一段创作之前,父亲有关这次漫游的日记她看了又看,断续的记录中,找不到任何和情绪有关的描述。这几十页里,只有时间、地点、人物、事件,而其中的事件就是喝酒。他倒是详细地记下了每种酒的牌子,还有度数,不知道是什么意思。可以说她越来越自主地把自己摆在一个小说作者的位置上了,她必须考量人物的动机,没有动机也得创造动机;当然也可以说作为丛长海的女儿,她内心也希望他的这段经历起源于负罪感,否则,他就只是一个偏执和疯子,而她和母亲的处境就会更加可怜——那个伤害她们的人毫无悔意,怨恨便成了自欺欺人。她不愿意彻底落入母亲的"命"论里,虽然有时候她不得不承认,只有认"命",那些最为艰难的心理关才能过得去。她去网上搜索父亲提到的酒:二锅头、烧刀子、铁岭冈……有的仍然在售卖,有的早已消失无踪。她把还在售卖的都网购回来,一样一样地尝,都是辣的,都让人发醉。她能尝出些差别,可找不到它们跟那些发黄的文字之间的联系。丛牧之思考良久,犹豫着要不要把丛长海这十年生活写进小说——他的日记如同账簿,只有最基本的信息,没有具体人、事、情节,没有内心的表露。其实,从他的全部日记看,这一段不算空白的空白表明丛长海此时内心是最纠结的,在此之后,日记慢慢详细起来,也说明他彻底斩断了过去。或者说,从这时候开始,对他自己来说,他已经不是一个逃离的人,而是一个本来就置身林东镇之外的人。

他在南京待了半年，潮湿阴冷的天气，一度让他想逃回北方。但他坚持住了。第二年初春时，他上了一艘船，沿长江一路西行，直到三峡大坝。丛长海被三峡大坝工地的建筑场地震撼了，那里几乎是科幻电影里才能看见的场景，高耸入云的大坝已经有了主体结构，到处都是勾臂车、推土机、卡车，手臂粗的电缆像蛛网一样纵横交错。远远望去，带着黄色和蓝色安全帽的工人，如同一群在蚁穴外搬运米粒的蚂蚁。

丛长海留了下来，这里随时需要人。他觉得这里足够大，天南地北的人都有，谁都不会注意谁、在意谁，就像一粒沙子不会注意另一粒沙子，一滴水不会在意另一滴水。另外，他也不知道自己接下来该去哪儿了，他不可能一辈子漫游，总得找个落脚之地。现在看来，这里是个不错的选择。没想到，他还是遇到了一个熟人，这是他离开这么多年第一次遇见熟人。也不算熟人，只是那次去北京时在火车上碰到的人之一。他现在是一个小工头了，大家都叫他杨头。

杨头问他会干什么，他看着那些汽车，说自己会剪头发。杨头大喜过望，他们这里还真就缺这个。工地里几乎都是男工，只有部分外围工种才有少量的女工。另外，工程师们在设计大坝的时候，想到了各种各样的情况，就是没有也不可能提前考虑到理发这种小事。因此，工人们大都只能拿着剪刀互相剪剪，当然也没人在乎剪得怎么样，反正一天二十四小时至少有十多个小时是戴着安全帽的。他们也不买洗发水，只是打开水管，往脑袋上搓上一把洗衣粉，揉出泡沫，然后用水冲掉。有人连剪也懒得剪，便找一小段铝丝当作头绳，在脑袋后面扎一个马尾。

丛长海的简易理发店开张了，只是一间用废旧铁皮搭起来的小屋子，理发工具是工头找施工经理从三峡市买来的，还是手动的推子，那时候，城里的理发店里，已经开始流行电推子了。

工人们对发型没有要求，几乎全都是剪一个板寸即可，丛长海最快的速度是两分钟一个。剪头发的速度毕竟比长头发的速度快得多，很快他就没有了顾客，整日蹲在门口的水泥管上抽烟。春天一过，南方的太阳热得像刚出蒸笼的馒头，带着湿热的水汽，虽然只是一层，但能把人裹得团团的，一点缝隙也不留。他身上汗津津的，却不敢把衬衫脱掉，光着膀子晒半个小时，就能掉一层皮。下午，温度最高的时候，他会跟工人们一起脱得光溜溜，跳进附近的水塘里泡一会儿，水里也热，只是比岸上稍好些。

他无法接受在炎热中无所事事，闷热加重了他的空虚。这空虚里飘浮着一层寂寞，以至于，有些夜晚他从梦中醒来，在遥远北方的林东镇重新从记忆中浮现，尤其是那凉爽的风。随风而来的，是一个个影影绰绰的人，他能看得清谁是谁，但他不想分清。他会想，那个孩子几岁了？过得好不好？会不会像他担心的那样，带着天生的诅咒，还是幸运地躲过一劫？在内心深处，他未必相信这个诅咒，可是又无比担心它的存在。还有齐齐格，这个改变了他、点燃了他的女人，他清晰地记得最后一次见面时她的眼神：那不是送别，是诀别。她似乎比他自己还要明白，这次离开是永远的。她没能留住他，或者说，是他没留住她。

他不会让自己在这种回忆中沉溺太久，总是用各种方式从中逃逸，比如抽烟，比如走到简易板房外面，借着月光偷偷爬上毛坯的大坝。这时候，大坝主体已经高达一百多米，他沿着工人们上下的钢筋旋梯上去，十几米宽的水泥大坝上，布满了钢筋。那是一片钢筋森林，边端坚硬锋利，直刺夜空。这是最为激动难耐的时刻，他小心翼翼地爬上钢筋丛林，垫一层水泥袋和纸壳箱躺在上面，仰望灰蒙蒙的夜空。江水滔滔不息，群山沉默不语，他是真的"芒刺在背"。奇怪，反而是在这种杂技般的"铁床"上，他找到了睡眠的入口，能一点儿梦不做地睡大半夜，直到早起的钢筋工或什么人用叮叮当当的声音把他吵醒。背部的几十个被钢筋戳着的地方有一种麻木的疼，让他觉得，自己是在背着一身钉子行走。

丛长海找到杨头,说自己还得找点儿活儿,干什么都行。杨头问他会不会开车,他说会,他就让丛长海去开卡车,把挖掘机挖出来的沙土运到工地的另一侧。那里是一个筛沙场,工人们用一张铁丝网,把大块的石头滤过,留下细沙。丛长海他们再把细沙运到工地,用来和水泥。

丛长海并不会开车,他买了两条烟,找了一个司机当师傅,花了一个晚上便学会了基本操作。第二天,他直接替班了一个回老家的司机。丛长海开得不错,本来这里对技术的要求就不高,也没有城镇上那些复杂的交通规则,只要沿着线路开就行了。

有一天晚上,丛长海跟杨头和几个工友喝酒喝到凌晨,他们几个回去睡了,他却睡不着,瞪眼到天亮。

清晨一上工,杨头便说公司领导嫌进度太慢,让他们加快进度。

"每天的工作量增加三分之一,就算不睡觉,也得把进度赶上去。"

进度之所以慢,是因为下了半个月的雨,工程停工了几天。

现在雨过天晴了,趁着天气好要抓紧赶工。丛长海早晨七点上车,直到中午十二点半吃午饭,屁股就没离开过驾驶室,连尿都没撒过。运完午饭前最后一车沙,丛长海刚跳下驾驶室,就被等在那里的杨头打了一个耳光。

他蒙了。

杨头拽着他到了车后,他终于看见车斗的一角不知道何时挂住了一根电缆,他一路开,电缆便一路延伸,终于在一处断掉。行车距离有四公里,电缆便被扯出四公里,由于路上的摩擦剐蹭,电缆外的保护塑胶多处磨破,已经无法再用。

丛长海头嗡的一声,他听说过,这种电缆一米就要几千块钱,自己竟然毁掉了几千米，价值几十万元。①

丛长海对此"罪状"供认不讳。工头召集他属下的几十个人，一起把废弃的电缆用一个小型的电缆轴缠起来，然后在一道沙梁后面开会。

杨头说："兄弟们，在这种工地干活，不可能不出意外。只是这次损失有点大，如果报到总部去，肯定要长海赔。几十万啊，谁能赔得起？赔不起怎么办？那就只能去坐牢。想想，今天是长海，没人敢保证明天不会是自己。再者说，就算长海坐牢了，这个损失也肯定还有一部分算在咱们头上。"

一个小个子掏出烟，每个人散了一根，包括丛长海。他也是个司机，叫付翔。

"那你是啥意思？"他掏出火柴，边点烟边问。

杨头咳嗽了两声，吐了一口痰，拒绝有人伸过来对火的烟，把那根烟夹在了耳朵上，慢悠悠地说：

"事情嘛，总有很多处理办法。我琢磨着，这次毁掉的电缆，咱们每个人分一点，算作正常报废，一个月下来，也消化掉了。"

杨头说完，大伙沉默了。

丛长海觉得自己必须出来说句话了，他往前走了一步，说：

"杨头，还是别为难大伙了，该赔钱我赚钱去赔，赔不起我就去坐牢。我光棍一个，无所谓，坐牢也省了我东奔西跑了。"这话是真话。

"狗屁！"杨头骂了一声，把烟从耳朵上拿下来，伸手要火柴，点着了狠吸一口。

---

① 毁坏电缆的事不是丛长海干的，是他的小个子工友付翔，至少在日记中是这样记载的。父亲写道：那个工友当天就被控制了，关在材料库房的一个房间里，等候上面的发落。据说，总经理主张让工人赔偿损失，但他就算倾家荡产也赔不起。那天晚上，丛长海偷偷到库房，用老虎钳子扭断了门上的铁锁，把那个工人放走了。丛牧之把这件事算在了父亲头上，具体原因是什么，她自己也想不清，就是觉得写到这里了，他应该遇见一件这样的事。

429

"你以为就你自已的事啊？这涉及咱们几十个兄弟年底的奖金呢，多少人老婆孩子在家等米下锅，等钱交学费呢。话我撂这儿了，这件事就按我说的办，谁要是不服，就向上面打小报告去。我看你还能不能喝到明天的长江水。"

小个子付翔哈哈两声说：

"没人不同意，你看你生什么气啊，这么大的事，你也得让大家消化消化不是？"

晚上，丛长海借了一辆摩托，到最近的小镇上买了一箱白云边，还有一个猪头、五十根火腿肠、二十根麻辣鸭脖子、十包花生米，回到工地，请大家聚餐，表示感谢。天气预报说明天又有雨，而且降雨量很大，根据之前的经验，明天很多工种都得停工，这场酒便喝得天昏地暗。简易工棚里只有两盏昏暗的吊灯，很多人便拧开安全帽上的电筒照亮，仿佛每个人都顶着一束光。他们没有那么多话，也不行酒令，就是端着塑料杯喝，有人大口，有人小口。他们不说酒，不说干活，一部分人说家里老婆、孩子、爹妈，一部分人讲黄色笑话，感慨声、哭泣声和笑声糅作一团，然后消融在有规律的噼噼啪啪的雨声里。

丛长海已经醉了，可是头脑清醒，他的目光追随着每个人头顶的手电光，手脚迅捷地给干了杯的人倒酒。恍然间，他似乎回到了林东镇那些个载歌载舞的日子，这两个场景如此不同而又如此相似，都是一群人借着某种由头狂欢。但是他也随即发现，在林东镇的那种狂欢总是如云如烟，难以把握住，而此刻的人们尽管在昏暗中，口音庞杂，却更加真实可感。

这天晚上，他睡得很沉，同时做了一个梦。他梦见那根被毁掉的电缆，是一条无比巨大的蟒蛇，把所有他认识的人都缠绕起来，人们无法呼吸更无法尖叫。突然传来一声啼哭——其实是一个工友的BB机在响。

那条大蛇开始缓缓松开人们，然后向着远处爬去。

远处正是日夜奔腾的江水，大蛇游入水中，跟那条江融为一体了。

醒来时，丛长海走到江边，清晨的雾气里带着隔夜的酒味。

"这就是那条大蛇吧？"他心里想。

2

一年后，丛长海离开了大坝工地，通过一个工友的介绍，到了奉节。

那里是三峡工程后期移民的重点地区，正处于移民搬迁的攻坚阶段。他成了一个推土机司机，主要任务就是把主人刚刚离开的房屋推倒。有时候，那些户主在半路偷偷跑了回来，堵在门口，哭号着阻挡推土机的行进。丛长海停下机器，看着眼前的人，心里对他们充满同情，谁愿意离开祖辈生活的地方呢？有的人房子才刚刚建好不久，花掉了大半生的积蓄，如今只几秒钟就轰然倒塌，怎么可能不难受。

但这只是一开始，干了半个月后，他的神经就日渐麻木了，泪水一旦成为重复性的事物，就消解掉了它的感染力。再有人堵在推土机前，丛长海便靠着座位，点燃一支烟，慢慢吸着，等着负责移民的工作人员来把他劝走或拖走。他想起在部队时看的一些战争片，英勇的战士用血肉之躯阻挡钢铁坦克，这两件事毫无可比性，但那样的场景就是不由自主地浮现在脑海里。

那些人被劝走了。他开动推土机，冲向他们曾经的家。倒塌的响声很快就会消失，但烟尘却要更久一些，那些没来得及带走的年画和衣服，在灰色和黄色的废墟中，仿佛受伤的蝴蝶，点缀着整个村子。

傍晚的时候，丛长海开着推土机从村子西头到东头，整个村庄再没有一栋立着的房子了，废墟连着废墟，远看犹如鼓鼓的坟包。他今天还有最后一个任务，就是推倒村口的祠堂。祠堂里的牌位、楹联、桌椅板凳，已经搬到了新建的移民村，但那栋小屋还在这里。它亲眼看着自己曾经庇佑的子孙们离开，看见房倒屋塌，此刻，轮到它了。不知道为什么，丛长海觉得它比其他房子要坚固很多，特意留到最后。祠堂旁边，有一片翠绿的竹林。在遍地的废墟中，这片竹子依然长得枝叶葳蕤。

他脚下加大油门，轰然一声，祠堂也倒了，不比其他建筑更坚固。除了砖石瓦砾，祠堂里空空如也。①倒塌的砖瓦把一丛竹子压倒，但那根竹子有着十足的韧劲儿，并未折断。丛长海从推土机上下来，扒去竹荆上的瓦砾，那根竹子便又挺立起来。丛长海回到驾驶室，操纵着推土机的大爪子，只是轻轻一摁操纵杆，一些竹子便被齐根折断了。他选了最粗的一截带走。

丛长海想用这段竹节做一根笛子。不过，后来因为不太熟悉工艺，那根笛子在他钻孔时爆裂，碎成了几条。有一条比较宽，他便将它打磨成了一枚竹简，挂在了驾驶室门边上。

不久后，在另一个搬迁点，丛长海又遇到了那个小个子河南人付翔。

他们俩喝了一场酒。他问付翔怎么不在大坝上干了，小个子立刻激动起来，对工头破口大骂。

---

① 有关三峡移民，丛牧之曾经了解过，也看过相关的资料和纪录片。不过那时候，她完全是从一个旁观者的视角看待的，情绪也主要依从叙述者所营造的宏大、伤感又不乏骄傲的基调，片子里所展示的当地人，有失去家园的难过，但最后都归结为一种"奉献"精神。彼时，她认为这种奉献不可避免。但是现在，当她知道那其中的成百上千栋房屋是父亲所亲手摧毁时，心情便不同了。她去过三峡大坝，站在高高的坝顶，看着滔滔江水在此被扼，她想到的都是镜头——怎么拍更有气势，怎么拍更漂亮，从未认真考量过大坝是在千家万户的废墟上建起来的。她没有能力去给这种大工程的功过是非做评判，只是对自己过去拍的很多片子有了新的认识，她太像一个纪录片导演了，而不是作为一个人去本能地感受。从始至终，她也只是个纪录片行业的匠人，不是艺术家。这或许是她让父亲做出这些小小反思的心理动因吧。和父亲他们相比，自己这代人对家园之感越来越淡，就拿上次回老家来说，她能找到无数的回忆，却总是有种隔岸观火的感觉，有光亮，而无温度。

付翔跟他说，他们都被工头忽悠了。他毁掉的那根电缆，工头找了几个人偷偷卖掉，卖了好几万，自己独吞，但是损失却分担在所有人头上。付翔知道这件事，去找他讨钱，说这个钱应该大家分，你多分点儿没事，但全贪了就太过了。两人吵起来，工头还打了他。

"你看你看，"他指着自己的眉骨说，"我缝了好几针。"

第二天，小个子找了一群人，但没想到那群人早就被工头给收买了，都临时倒戈，集体把他赶了出来。

"妈的，一群软蛋，两条烟就把自己卖了。长海，我给你说你最亏了。"

"喝酒喝酒。"丛长海给他倒酒。听付翔这么说，他心里忽然好受了点儿，电缆的事，他一直觉得很对不起这群工友，没想到后来变成如此，他们如果都拿了钱、收了东西，自己就无须再感到愧疚了。

他们一起干了一个月的活，出了一件事。

依然是推房子，付翔遇见一个挡住房门不让推的，僵持了四五个小时。付翔是个急脾气，熬不住了，就把推土机开到房屋的一侧，想着先推倒一面墙，那人也就认了。不想那人发现了付翔的目的，直接冲了过去。本来，他已经快要妥协了，他知道搬迁不可阻挡，但是前几天听说有人以这种方式耍赖，多得了补偿，自己就也想试试，不承想搬迁工作人员坚守原则，丝毫不让。他正想着找个台阶下，付翔突然来个暗度陈仓，他心里那股已经熄灭的火腾一下又被点燃。结果，倒塌的土墙砸在了他身上，两条腿登时断了。

在机器的轰鸣声里，付翔没听见他的哀号，把车倒回门前，发现人不见了，还以为是自己的策略奏效，正准备加大马力把整栋屋推倒。一个工作人员疯了一样冲到推土机前，逼停了他。

工作人员爬上驾驶楼，灭了火，扯着付翔下车。

"你要杀人啊！"工作人员怒吼。

付翔脊背发凉，他知道出事了，但不知道出了多大事。

然后一群人跑过来，招呼着快救人。大家七手八脚把那个人从废墟下抬出来，他的两条腿已经软塌塌，付翔看见，腿比那人的还软，瘫坐在地上。

这时，丛长海走到他跟前，扶住他。

"完了，彻底完了。"付翔说。

丛长海无法给他任何安慰，只能不停地拍着他的背，提防他在这种情况下做出什么极端的事儿。

双腿粉碎性骨折，这辈子要瘫在床上了。付翔被关了起来，丛长海去看过他一次。

他已经接受了这件事，因为悔恨无用。

"这都是命，"小个子说，"我的命和他的命，你说我跟他无冤无仇，怎么就这么寸呢？"

"世界上的事，谁能提前料到呢？唉，什么都是意外，也什么都不意外。"丛长海说。

"我现在有两件事后悔，一个是后悔自己当时太冲动了，一个是后悔自己还不够冲动。"

太冲动了好理解，不够冲动是什么意思？丛长海一脸疑惑，小个子知道他为何疑惑，叹口气说：

"我应该直接把整个房子推倒，把他砸死算了。这样，他不用一辈子受苦。"

丛长海懂了。他不能说付翔的想法过于残忍，他知道这是一种最为实际的考量。付翔告诉他，幸好自己还没结婚生孩子，父亲也早年间去世了，只有一个老母亲。又幸好他还有个弟弟，正在念大学，马上毕业了，老母亲也有人管。

"哥，我有点儿不舍得。"这是小个子第一次管他叫哥。

"别这么想，过几年出来，你还能继续过日子。"丛长海说。

"我不会被判死刑吗？"付翔目露惊讶。

原来这个家伙以为自己会被判死刑呢。丛长海虽然不懂刑法,但他知道这种情况不是故意伤人,应该不会判死刑,这其实是个意外,很可能就判几年。

听到这个消息,小个子突然又活了过来。是啊,什么也比不上活着。

"那你别把这个事告诉我妈,我就说我在外面干活,钱让人偷了,没法给我弟弟寄钱了。"

丛长海点头,他想不出这个谎言怎么维持三年五年,但此刻也只有答应他了。①

3

他站在水上。

确切地说,他站在水里。

也不是,他站在一道石梁上。那是这一座小城的最高处,石梁正在被缓慢流动、上升的水淹没。他能感觉到水浸湿脚面、脚腕的凉润,仿佛被吞进了一张潮湿而巨大的口中,这种感觉还在沿着他的腿上升。

这里是重庆忠县,三峡大坝所规划的蓄水库区之一,此刻正在蓄水,等抵达计划水位时,大半个忠县将被江水覆盖,它也就变成一座

---

① 付翔最后被判了五年,他实际服刑的时间不到四年。这四年里,丛长海扮演了他的信使,付翔把信从监狱寄给丛长海,丛长海再从工地寄给他母亲。每一次,他都要抑制住强烈的看一看信的内容的冲动。这四年里,他换了三个地方,但都在长江边上。直到付翔出狱,他才彻底离开湖北。丛牧之在父亲的箱子里找到了付翔的最后一封信,时间过去这么久,已经无所谓隐私,她怀着好奇心拆开来看了,落款时间是1999年的12月。以丛长海日记所记录的他离开长江的时间对比,也是在12月,那么这封信极有可能是还没来得及寄出,付翔已经出狱。丛长海没有记录他们是否见过面,只简单地写了一句:他回家了,我再也不用当信件的中转站,我也可以离开这条大江了。这之后的日记,再也没有关于付翔的任何记录。不知道他们之间到底发生了什么,这成为一个永远无法解开的谜团了——除非,她去寻找付翔,并且他还活着。

半水下、半水上的漂浮之城。这里的万余名百姓已经分批次转移,除迁居到新县城的,大都迁徙到了湖北各地。忠县并未全部被淹,是整个移民区唯一的半淹县城。丛长海这几年一直巡行在移民区,有时候开着推土机拆除房屋,有时候也跟随移民办公室的人去动员村民搬迁。不过,因为他听不太懂当地人的话,不可能做直接的动员工作,只是拎着一桶白漆,在那些过不了多久就会被他和他的同事推倒的房屋外面写上一行大字:舍小家为国家搬新家。他的钢笔字不错,可用刷子刷出来的字十分丑陋,但这种时刻,这种背井离乡的大事情,谁会在乎字好不好看呢?甚至说,越是不好看的字,才越能体现这项工程中人的复杂性,那种标准而生硬的印刷体,反而会让村民觉得冷漠、不舒服。每次写到"家"这个字时,丛长海总不自觉地慢下来,因此这个字的笔画就显得比其他字要粗壮一些。分管他的组长看了,竖起大拇指:老丛,写得好,就是要强调这个"家"字!舍小家为国家搬新家,别看都是家,可两个家的含义都不一样,这就是咱中国人的辩证法呀。丛长海一笑,不说话,他的心思没人猜得到。①

---

① 看到日记中下面画了双画线的"忠县"两个字,丛牧之差点儿跳起来——她去过那里,现在仍然能回想起那里橘子的清香甘甜之味。应该是2017年左右,他们跟总台合作拍一部有关新型产业的片子,其中的一集是讲电子竞技的。没人能想象,就是在重庆的忠县,这个离市区要几个小时车程,经济发展一直排在中后位的县区,竟然是全国有名的电子竞技小镇。这里有着装修豪华、设备现代的电子竞技馆,而且由于当地政府的大力支持,还成立了专门的电竞队。各种资本随之涌入,招募电竞队员,对他们进行专业培训,然后去参加国际、国内赛事。在老百姓的认知中,电竞就是打游戏,甚至是不学无术、游手好闲之辈的标配,但是进入新世纪以来,全球电竞行业发展迅速,中国人最熟知的几个网络巨头,腾讯、网易等,主要的营收都是靠电子游戏实现的。游戏的专业化,则演变为一种竞技项目,甚至很多高校都设立了电子竞技专业。丛牧之记得当时采访过一个十七岁的少年,他是在移民之后出生的,对老县城并无记忆,所以也就没有成年人心头那抹湿漉漉的乡愁——他们偶尔会感慨那半座水下之城,想起某个小店里的酸辣鸡杂或者豌杂面的味道,说起童年时在某条街巷奔跑嬉闹,如今那些足迹已沉入水底,长满水草;他们的整个生命,被蓄水分为前后两个部分,一半在水下,一半在水上。但是这个少年没有这些感慨。他出生时县城就是如此,

他的过去也终将被推倒、淹没。

不知为何,他这一段时间都是逐水而居,跟着蓄水区在走。江水漫延到哪里,他就到哪里,找到这儿的最高处,看着浩浩荡荡的水把低洼处填满,然后缓缓上升,直到跟源头处更大的水持平——水总能让自己和其他的水处在同一个平面上,水面从来不倾斜,然后全世界的水围绕着地球成为一个球面。他怎么会如此热爱水呢?也不是热爱水,是热爱水的漫延和淹没,那是一种静默无声的宏大仪式。每一次,他看见脚下的废墟、树木、山丘慢慢浸入水中,有一些就此消失不见,还有一些因为地势高一些,仍倔强地显现大致的轮廓,仿佛平日里水中的倒影。但那并不是倒影,是真真正正的水中实物,同时,那些水面上的事物被倒映出来,就在这薄到没有的水面上,虚和实被压缩为一体。

他想起在部队的日子,那里虽然不是西北,但也是北方。在他们营地附近,只有一条每到枯水期就干涸的小河,甚至连老家的木伦河都比不了。一到春日,肆虐的沙尘暴吞噬一切。他们营地的那口井不断加深,几乎每年都要找机械部的人来,把一根四五米长的钢管沿着

对他来说,区分点在前年县政府开始大力推广特色小镇,尤其是要打造电竞小镇的时刻,因为之前被父母斥为打游戏的电游,竟然成了政府都推广的一种比赛。他立刻退学,加入一个电竞队,每天会有专业的人员进行培训,水平够了就能参加全国甚至世界电竞大赛。而那些大赛的冠军,不仅有着动辄上千万的奖金,还会成为行业大神,受到成千上万玩家的膜拜。少年在讲述时,禁不住手舞足蹈,偶尔还要爆出几个丛牧之完全不熟悉的电竞术语,仿佛他正走在成为大神的路上。但是那次采访中,丛牧之等人也听到了其他声音:比如,忠县虽然隶属直辖市重庆,但它的交通实在不够便利,这里建造了专业化的电子竞技馆,但是人们为什么要跋山涉水到这么远的地方来打电竞呢?更不消说重庆本身就是电竞热地,这里还出过世界冠军。与他们有着同样规划的,还有长江口的太仓,那里可就便利太多了,还背靠长三角一大片经济发达之地。面对这样的问题,主政者显出了某种愤怒:困难就是用来克服的,我们忠县当年为了三峡淹了大半个城,上万人背井离乡,这里又没有其他资源,还能发展什么?事在人为,只要我们下定决心,总能办成的。少年不会想得这么多,这么远,这么复杂,他只知道自己在做一件喜欢的"正事"。丛牧之有一个问题没有忍心问出:你想过吗,如果你一辈子都只是个普通玩家,该怎么办?她的不忍心有两个方面,一个是不愿意用这个最有可能成为现实的问题浇灭少年眼中刚刚燃起的火焰,另一个是因为自己,这同样是她不敢面对的问题,如果自己一辈子都只是个普通的纪录片导演,该怎么办?坦白讲,她比少年更急切。

原来的位置揳进大地。而每一次，当一股清凉的水被洋井抽上来，营长都会接一捧，感慨道：感谢刘政委啊。他口里的刘政委，是营地最早的一个政委，这口井就是他主力打下的，而且是排除打井队提供的地点，自己选的一个地点。后来，营地试图再打一口井，但选了好几个地方下钻，都遇到了难以突破的岩石。没人知道刘政委当时是怎么确定的下钻地点。不过大家都传说他有一种特殊的能力，他的鼻子能嗅到地下几十米深的水汽，要不然人家后来怎么当上将军了呢？

但是在枯水期，总会有几天河道干涸，水井打上来的一桶水里有半桶泥沙，澄清半天，都不够焖一锅饭。他们只能驱车几十里，去一个小村落借水。那里有一口古井，到现在为止仍然是用辘轳摇水。而这口井，掉进去过醉鬼、婴儿、羊、鸡，那些尸体从未被捞出来过。那次，他们去追捕一个逃走的战友——他偷了一把枪和几个弹夹，后来人们才知道，他之所以偷枪，甚至之所以当兵，都是为了报仇。几年前，他全家人被村里的恶霸给害了，官司也打不赢，他就想方设法当了兵。从走进军营的那天起，他就等着偷一把枪，然后回去把仇人杀了。丛长海一个人追上了他，他情急之下跳到这口干枯的井里，摔断了腿。丛长海发现他，他本有机会开枪打死丛长海，但是没有。他用枪指着丛长海，跟他讲了自己的故事。丛长海抽出刀子，给了自己手臂上一刀，然后把刀子递给他，换回他的枪。丛长海拿着枪和子弹回去交差，最后受了处分，被发配去养猪了。

丛长海把烟点着，几口就吸完一支。他的嘴如同烧得不旺的烟筒，能吞吐出一大口烟雾。这是他难得的任由自己思绪乱飞的时刻，甚至连这些年最为规避的回忆也并不阻拦，许多往事雪花般飞现，很快便覆盖全身。他嘴角竟然浮出一丝笑意。

在以不可见的速度逼近的水面上，他看见了自己从未谋面的女儿——他认定是个女儿，按时间算，她已经成年了，甚至有可能已经读大学。那是他的脸和肖月的脸的叠影,但让他有些惊愕的是,肖月的脸如此模糊。他更加努力地想了想,肖月的脸仍然是不清晰的,他再想齐齐格或者其他人,也是模糊的。他自己的脸呢?清晰,但又不稳定。除了每天早晨洗脸时对着镜子(经常是没有镜子的,他最多看见自己面容的地方是在水里),他也很少看见自己。此刻水面上的女儿却是清晰无比。他的心从胸腔里浮动起来,好像蓄满了温暖的血。这一刻,他第一次有了回到过去的冲动。①

他不可能回去,回去只是另一种离开。何况,这么多年了,他还没有找到实现心底最隐秘冲动的方式,他总觉得自己应该在更高的地方看看世界,看看人间,最好是云朵那么高。

他已经看过了水漫山城,南方潮湿的生活也过够了,他开始想:我还有什么真正想做的事吗?我最初离开到底是为了什么?

夜色在水雾中袭来,带着湿凉之气,因为江水漫延,他只能沿着石梁的另一面曲折向上,然后才能转到一条山路上。行至坡顶,他气喘吁吁,回头时看到山下江水如淡墨,斜对面的半座县城此刻还没有人家亮灯,因为移民区拉闸限电,加上许多线路整改,常常要天黑透了才来电。

他的双腿感觉到了重力的拉扯,肌肉发酸,关节麻痛。山顶风更大些,有凌空之感,一个念头咔嗒一下从脑海中跳出,他吃了一惊。他想起自己最初的梦想。的确是最初,还是六七岁时,他跟几个伙伴

---

① 这冲动与其说是丛长海的,不如说是丛牧之的。就像父亲看不清熟悉之人的面容,单只能看清自己,也不过是她的幻象。越写,她越对这个人产生某种同情,这同情又通过他和他的故事,折射到自己身上。丛牧之没有意识到,但如果有一个敏锐的批评家,就会发现她的顾影自怜已经掩藏不住了。其实,父亲在日记里不止一次提到过想回到林东镇,回到曾经的生活轨道,只是从未付诸行动。但是在小说里,丛牧之一直在压抑他的这种想法,因为那太不酷了,太不文学了,太"祥林嫂"了。这种想法不只是创作上的考量,还是一种道德上的考量,丛牧之这个年纪早已经明白,如果一个人不断地重复着要回去但却从未采取行动,只有一种可能:他并不想回去,他只是用这种方式来抵御和消解自己没有回去的愧疚感。她忘了是谁说的——仅仅被说出的行动不是行动,而是一种不道德。

一起，把腿绑上沙袋，从一个土坑里向上蹦。土坑每天向下挖五厘米，只要蹦到十八岁，他就能练成飞檐走壁的轻功。他们从房檐上捉了麻雀，既不像其他人那样用火盆烧掉吃了，也不用笼子养起来，而是研究它的翅膀和骨骼，然后用一些轻便的高粱秆和布条仿制，试图像鸟那样飞起来。其中的一个，从土墙上跳下时摔断了腿，他们才发现飞翔不可能实现。但是，他知道这世界上有许多事物是能飞的，比如麻雀和各种鸟，比如蜻蜓、蝴蝶，连老母鸡着急的时候也能扑棱着翅膀飞几米，还有些是人制造的飞行器，飞机、宇宙飞船、卫星。这些人造之物，他都没见过，更没坐过，只偶尔在报纸上看到模糊的黑白图片。他无法想象，如果一百斤的人都飞不起来，那些比人重成千上万倍的铁家伙又是怎么飞到天空的呢？他相信世界上存在某种魔法，能实现这一切，只是他不知道那神秘的咒语，也不可能知道。

现在机会来了。

在移民工作队里，有一些是附近的大学生志愿者。其中有个女孩，左脸有个酒窝，总是扎马尾辫，穿黄色的的确良衬衫、蓝色卡其布的裤子，说是西南航空学院的学生。有一天，他看见这个女孩在电脑上看一个视频，是翼装飞行：一个人在高高的山顶跃出，张开手臂和双腿，特制的衣服仿佛蝙蝠的翅膀，就这样飞了起来。如此简单。

女孩说，这叫翼装飞行，是现在特别流行的极限运动之一。

你玩过吗？丛长海问。

当然，女孩说，我可是国内翼装飞行的大神之一呢。

接着，她调出另一个视频，主人公就是她自己，身着橘红色带黑条纹的翼装，戴着防紫外线和挡风的护目镜。视频里，她对着镜头打了个手势，身体前倾，就从山上飘落下来，轻得像一片秋天的叶子。

随着女孩的脸在脑海中浮现，他产生了两种感觉：其一，这张脸有些熟悉，跟他在水面上看到的女儿有些相似；其二，他最初当兵时，就是想当伞兵。想到这里，他有些激动，仿佛终于找到了接下来的生活目标。①

他在手机上翻翼装女孩的电话，没有。他没留人家的电话。便打电话到工作组去问，接电话的人说，那个女孩志愿工作结束，已经回学校了。

西南航空大学，他记得她的学校，于是决定直接去学校找她。只有她能带他飞起来，此刻，这是他脑海里唯一的想法。

几天后，丛长海终于打听到那个女孩叫尤若琳，是四川甘孜人，父亲是汉族，母亲是藏族。她在西南航空学院航空动力系读研二。尤若琳并没有她说得那么厉害，算不上是翼装飞行的大神，不过她的确是国内这项运动的佼佼者之一。当她从宿舍楼下来，看见门口找自己的人竟然是丛长海时，愣得半天说不出话。

尤若琳的本能反应是，这个大叔不会喜欢上我了吧？那可得速战速决，让他赶紧死心。

"我能……请你吃个饭吗？"丛长海说。

"可以。"她答应得干脆，并且告诉自己要一直保持这种果断，直到把事情了结。

两人到学校旁边的一家小店，点了一条巫山烤鱼。在等鱼上来之前的尴尬空当里，丛长海说出了自己的目的，尤若琳长出一口气："嗨，我还以为你要跟我表白呢。"

丛长海哈哈大笑，说："我都多大了，有那么不靠谱吗？"

尤若琳整个人轻松了，说："谁知道，现在很多老男人——我不是说你啊，你还真不显老，这个年纪了身材还保持得这么好——就喜

---

① 写到这一句，丛牧之心里的念头是：丛长海要逃离的不只是过去的生活，甚至还有地球引力。这时，网络上正在直播神州十三号上搭载的航天员走出太空舱，开始外太空作业，微信上满屏都是景海鹏在太空拍摄的地球照片。要不要这么应景？她暗自讪笑。然后，她看见了熊仔房间里那些航空模型、星空图等，忽然想到，这难道也是一种隔代遗传吗？呵呵，隔代遗传，一个并不见绝对科学的术语，在这里扮演着超出它本身能力的角色。这个梗，她得埋到最后才抖出。

玩这手。"

烤鱼上来了，满身红辣椒，香味立刻充满周围。还有一瓶啤酒和一罐加多宝。

丛长海倒酒，跟尤若琳的加多宝碰一下，说："从今天起，你就是我师傅了。"

尤若琳吃了几口鱼才回答道："人没有梦想，和咸鱼有什么分别？我还挺佩服你这么执着的。"

丛长海问："就是说，你愿意当我师傅？"

尤若琳一笑："我可当不了，不过我可以介绍你进翼装飞行爱好者组织。加入之后，能不能飞，则要看你自己的努力和……运气了。"

其实也不用尤若琳操心，重庆就有翼装飞行俱乐部，她只需把丛长海带到俱乐部，介绍给负责人就可以了。当然，她得稍微跟人家解释一下，这个五十多岁的男人怎么会来参与年轻人的项目：人人都有一个飞翔的梦想，什么时候开始都不晚。理由简单、虚伪却有效。

欢迎欢迎，他们鼓掌说，人没有梦想的话，和咸鱼有什么分别？①

丛长海开始了漫长的训练期，要做的事太多了，体能、技巧、装备、天气知识、模拟飞行。他很快发现，这不但是很耗精力的运动，还是一项很花钱的运动。好在这些年他打工攒下的钱，都没有花，勉强够他的开销。尤若琳以为他玩一阵就会知难而退，没想到丛长海如此坚决，一次训练都没有落下，很快掌握了基础动作和基本知识。

---

① 这是周星驰在《喜剧之王》中的台词，当年在母亲的录像厅里，丛牧之第一次听到时，心里充满疑惑：咸鱼是什么？她大概知道那是一种鱼，但是没有梦想为什么就是咸鱼了呢？那时候，她还从香港电影里学会了另一个词，叫咸鱼翻身。既然咸鱼可以翻身，怎么又拿咸鱼比喻没有追求的人呢？后来，她又在《九品芝麻官》里看到了咸鱼，包龙星把祖传的尚方宝剑。其实是从这一刻起，周星驰才成了她心目中的电影大师。真正的艺术家是什么？就是能把最为普通的一件事物，变为可以有着丰富含义和象征的符号，就像毕加索的牛、达利的时钟。她以为她也能创造出属于自己的象征物，现在看来，她才是这个象征物，用以连接父亲、母亲和熊仔。这么想，又有点不甘心，难道我注定是一座桥梁？她想起在短视频里看到的，一个"80后"博主的感慨：我们"70后"和"80后"，注定是过渡的一代人，我们什么痕迹都不会留下。

4

五月份时，俱乐部组织了一次飞行，地点是重庆武隆的天坑。主飞的有三个人，其余的观摩或模拟飞行，以及记录各种数据，丛长海和尤若琳都参加了。

这次飞行发生了一个有惊无险的小事故，第二个飞行者尤若琳在下降过程中突遇阵风，影响了飞行轨迹，身体蹭到了一块山崖，好在那时候高度还够，她及时调整了路线，最终平安降落。但是这个小意外给丛长海提了醒，这个项目的风险是很高的，意外随时可能发生。

回到市区，丛长海提出陪尤若琳去医院检查一下，那次撞击，她肋骨受了伤。X光的结果显示，有两根肋骨骨折，好在只是裂纹，并没有彻底断裂。医生开了药，让她静养即可。

在学校门口，尤若琳说，海叔，你确定还要玩下去吗？

丛长海没有直接回答她。她不知道，去医院时，他也做了检查，医生指着他肺部的片子说：看运气吧。

他知道怎么回事了。

他问："小琳，你害怕过没？"

尤若琳沉默了几秒，说："怕。我以为这次死定了。其实我没有跟大家说实话，并不是阵风导致的飞行路线出问题，而是我的翼装本身有问题。"

丛长海吃了一惊。

尤若琳接下来的话更让丛长海吃惊。

"这是我最后一次飞行了，尤若琳说，下个月，我可能要去集训了。"

"什么集训？"

"我报名了航天员，是太空探索项目的，过了初选，要到卫星发射中心去集训。"

"祝贺你啊小琳，你可以飞到太空去，没准你就是第一个登上月球的中国人。"丛长海说。

"你知道航天员的淘汰率吗？百分之九十九，而且就算选上了，能真正上天的也少之又少，大部分航天员一辈子都在当备选。"

"不管他，反正我觉得你行。人没有梦想，跟咸鱼有什么分别？"

丛长海的话把尤若琳逗笑了。

丛长海接着道："那才是真正的高处，我下辈子也没希望去了。你如果上了天空，一定要在心里默默告诉我，在那里看地球是啥感觉。"

尤若琳回道："家祭无忘告乃翁吗？"

丛长海知道这句诗的意思，一瞬间恍惚了，仿佛面前站着的这个女孩，正是他的女儿。

"谢谢海叔，那么，再见了。多保重。"

"再见。"丛长海说，尤若琳一转身，他的泪再也忍不住，大颗大颗地流落了下来。

尤若琳走后，丛长海重新开始回溯自己渴望飞翔这件事的源头。

在童年时，他从院墙、房顶、树上等许多地方飞翔过，结果是在其中一次冒险中摔断了腿。那时，父亲丛大炮无法理解自己的儿子为何执着于飞翔，认为他可能是被整日游荡在家周围的蝙蝠附体了，找跳大神的神婆给他禳治了好几次。神婆一阵作法后说，附体的并不是蝙蝠，而是一只老鼠。不过，那是一只梦想变成蝙蝠的老鼠。在林东镇，流传着这样一种说法，老鼠如果吃了盐，就会生出翅膀，变成蝙蝠。在成千上万的老鼠中，有些老鼠偶然变成了蝙蝠，但总有那么一两只是自己想变成蝙蝠的，它们偷东西的时候，会优先去偷盐。只可惜在那样的年代，一勺盐对一个家庭来说是极其珍贵的，人们都封存在瓷罐里，很难偷到。所以真正能飞的老鼠少之又少。

"这孩子身体里有一只老鼠，不是孩子想飞，是那只老鼠想变成蝙蝠,想飞。"

父亲从黝黑的仓房里提出两块已经有些发霉的猪肉,作为给神婆的回馈,请她把这只有梦想的老鼠赶走。

神婆让母亲把盐罐子找来,清空里面的盐,然后在罐子里烧了一张黄色的符纸,把盐罐子倒扣在丛长海的肚脐上,像是在给他拔火罐。

"耗子是从嘴里进去的,但只能从肚脐里拔出来。"神婆说。她花白的头发有些凌乱,用枯瘦的手指拢了一下,盘在脑后,又掏出一个发罩罩住。丛长海感到肚脐发紧,自己的肠子仿佛被一种力量牵引着,要从那里钻出身体。他呻吟起来,神婆开始扭动身体,挥舞自己用马尾和树枝绑的一根浮尘:天灵灵,地灵灵,成精的耗子快显形。

大概一袋烟的工夫,神婆把盐罐子抠下来。因为裹得太紧了,她不得不用两只手用力拔,丛长海疼得哇哇叫。当盐罐子砰的一声从身体上离开的一刻,他感到自己腹部一凉,瘫坐在地上,好像整个五脏六腑都被带走了。

神婆把盐罐子举到父亲面前,说:"你看,这里是不是个耗子?多大的耗子啊。"盐罐子里只有黄纸燃烧后的灰烬,那些轻薄的灰烬因错落的排列而形成不规则图案。

"这也不太像啊?"母亲小声嘟囔了一声。

"哈,"神婆听见了大笑,"这还不像?你看,这耗子的翅膀根都长出来了,再不把它弄出来,它就真变成瞎目虎子了。"①

神婆拎着两块肉,还有一筐鸡蛋走了。丛长海在炕上躺了一个星期,他一直喊肚子发凉,里面有风,盖两床被子都冷。母亲唉声叹气,说这个神婆把孩子的阳气都拔走了。父亲磕着烟袋说,只要他不再整天想飞就行了,飞飞飞,哪个会飞的最后不被摔死?

丛长海再也没有在他们面前提过飞的事,但他从来没有忘记过,

---

① 瞎目虎子,是林东镇对蝙蝠的俗称。

只是随着年龄的增长,他已经知道人是不能靠自己飞起来的,必须借助一定的器械才行。后来,他在战争电影里看到了伞兵,他们背着伞包,从直升机上跳下去,一直飞一直飞,到一定高度后才打开降落伞,缓缓落在沙漠、丛林或草坪上。

他明白了,想真正飞起来,他只能去当兵,而且是当伞兵。①

---

① 这段故事丛牧之犹豫了很久,才写进小说里。主要原因在于,这段故事并非来自父亲的日记,而是来自母亲的讲述,而且是母亲患了老年痴呆症之后的讲述。那一次,母亲出去买菜,三个多小时才找回家。丛牧之和余作真正要打电话报警,她拎着一捆小葱和几个土豆回来了。她是被一个穿着军装的人送回来的。母亲迷路了,迷迷糊糊走到了上地环岛,在四周的车流里茫然无措,一个从309医院看病回去的士兵看见了,把她带到了路边。他看见母亲身上挂着的牌子,那上面有家里的门牌号,就打了一辆车把她送回家。丛牧之和余作真对解放军一阵感谢,解放军摆手,说都是应该做的之类的话。余作真看见那个战士拎着医院的片子,职业习惯让他问了一句:"你病了?"小战士有种被看破秘密的羞涩,嗫嚅地说:"哦哦,是,刚拍了片子,今天没挂到专家号。"余作真说:"我也是医生,方便给我看看吗?"小战士面露惊讶之色,丛牧之赶紧补一句:"放心,我老公真是医生,虽然还不是专家,不过他是协和医院的,你听过吧?"小战士立刻点头说:"嗯嗯,听过。"余作真认真地看了看他的片子,是肺部CT影像,他竭力控制着自己的表情,但丛牧之还是能从他微微抖动的面部肌肉里,看出小战士的情况并不乐观。余作真问小战士是什么军种,具体是做什么工作。小战士面露难色,说部队有纪律,要保密,不能说。余作真想了想说,小兄弟,你回去之后,申请复员,至少换一个工作环境吧。小战士听得一头雾水,说:"我的片子有什么问题吗?"余作真说:"我还不敢确定,不过从影像学上看,你的肺部有明显的结节,还不小,我判断这是某种有毒气体吸入造成的。总之,我只能给你这个建议,如果你愿意去我们医院,我可以找几位专家好好会诊一下。"丛牧之在一张纸上给他写了电话号码。小战士并没有过多的情绪变化,他道了声谢,说声打扰了,就走了。

小战士走之后,余作真跟丛牧之说,小战士的片子很不好,以他的经验看,应该是癌。而且很有可能是某种有毒气体或者辐射环境暴露引起的,但碍于小战士的身份,也不能深问。丛牧之顿时心情沉重起来。那天晚上,因为担心母亲白天的遭遇,她陪母亲一起睡。母亲并不睡,只是斜靠在床头发呆。丛牧之问她什么,她答一两个字,从意识上看,并没有犯病,是清醒的。但她的样子又像是犯病的。大概凌晨,丛牧之撑不住睡着了,她梦见了那个小战士。在梦里,他已经死去,盖着白布躺在太平间里。她突然听见一个女人的说话声,醒过来,发现母亲在自言自语。她想喊母亲一声,却听见母亲的讲述里,出现了丛长海的名字。于是,她一动不动地在旁边听着,母亲所讲的就是父亲童年的这段故事。这只能是父亲讲给母亲听的,但是在什么时候、什么场景里讲的呢?谈恋爱的时候?新婚之夜?还有,父亲为何要讲这段故事呢?一个人和老鼠都想飞起来的故事。她能猜到的是,白天遇到的那个小战士,刺激到了母亲的某个记忆点,她从这个点出发打捞出了一段完整的记忆。只不过这些记忆是有关父亲童年的,而这段故事刚好用在自己正在写的小说中。至于母亲所没有讲的部分,她只好借助作家的名义,去虚构了。不过,她相信这虚构的真实性。现在,她确信自己窥探到了小说的一点秘密。

但是当兵是身不由己的,不是你想当坦克兵就能当坦克兵,你想当伞兵就能当伞兵。丛长海入伍后,新兵连时就在东北某地训练,一年后被分配到河南,后来阴差阳错地成了炊事员和饲养员,不但没飞起来,还跌落到灶房和猪圈里。

后来,他退伍回到林东镇,开理发厅、开歌舞厅,都不过是对这种失落的反抗。他只是没有想到,自己的身上还有着另一个诅咒,让他从林东镇逃离,再也无法回去。浪荡了大半个中国,吃过各种苦,见过了许多悲欢离合之后,他又有了飞的机会,这是最后的机会。他绝不会再放手了。

丛长海成了翼装飞行的狂热爱好者,为了让自己日渐衰败的体能跟得上这项运动的需求,他开始了有计划的健身。没钱去健身房,他便从网上查找各健身教练的视频,借助工地的各种钢铁器械自己练习。甚至,他连饮食都调整了,懂得了蛋白质、脂肪、热量这些术语。

5

翼装飞行最关键的环节,其实是降落伞的打开,因此丛长海首先要练好高空跳伞。

第一次练习的时候,他心情激动无比。直升机盘旋着离开地面,十几分钟之后就达到了预定高度,机舱里算上教练和驾驶员有五个人,其中两个都是老手,只有丛长海一个新人。在教练的指导下,那两个人很顺利地跳了下去,他看见他们向下坠落,越来越小。这时候的大地仿佛是一张实景地图,房屋、街道、河流、山野,看起来又像他某年在工厂打工所见的电路板。那些在地面上显得杂乱无章的事物,一旦在上千米高空去俯视,都变得规整起来。他就想,自己终于摆脱这块土地了,尽管只是暂时的,尽管只是一小会儿。

轮到他跳伞，丛长海脑子里不断默念着动作口诀，深吸一口气，纵深一跃，飞出了机舱。

他首先感觉到的是风，第一次体验风从下往上吹，呼呼呼呼，然后意识到自己在下落，但是这种下落跟坐在过山车上下落很不相同，这是没有底儿的。透过防风眼镜，他看见刚才摆脱的大地在逼近自己，而前面两个跳下去的人，已经拉开了伞包。丛长海那一刻突然产生一种想法：如果不打开降落伞，就这么直接落地，会怎么样？他的意思不是说不知道会粉身碎骨，而是好奇以这样的速度靠近大地，应该每一秒钟看到的景象都是不同的。

这么想着，手已经拉开按钮，打开了降落伞。他的身体被一股突然而至的力量向上提，飞速的下坠立刻停住，他开始飘浮起来。过了一秒钟，他才意识到自己仍然在下降，只是速度变慢了。大地仍然在逼近，那是一大片草甸，是最适合降落的地方。

丛长海安全降落，等他从盖在身上的伞包里钻出来，教练也降落在他不远处。解开卡扣，把降落伞整理了一下。

教练冲他竖起大拇指说："不错，第一次跳伞，很冷静，动作也标准。"

丛长海说："比我想得要简单点儿。"

教练扑哧一笑说："天公作美，如果遇上恶劣天气可就没这么舒服了，或者是突然而来的阵风，你就知道厉害了。"

丛长海说："那就让暴风雨来得更猛烈些吧。"

第一次跳伞给了他足够的信心，接下来的训练也就越发顺畅。再从飞机上跳下来，他已经可以全身心地体验飞翔的感觉了——但是他知道这种感觉不准确，因为这并不能算是真正的飞，只是一路向下的降落。①

6

尤若琳去集中培训半年后，丛长海迎来了自己第一次真正的翼装飞行。

他们在张家界。那时候，电影阿凡达刚刚上映，都说里面的悬浮山取材于张家界，导致此地的旅游一下热起来。翼装飞行队接到了一个项目，就是在张家界天门山景区进行飞行表演，也是给这里做广告，当地一家旅游公司赞助全部的装备和费用。有人出钱让大家飞，没人不乐意。

前期的踩点和调查丛长海不太了解，都是飞行队队长组织人做的，他只专心锻炼自己的体能，做准备工作，只为到时候不拖后腿。

那天有些小雨，并不是最适合飞行的天气，但万事俱备只欠东风，没有哪只鸟儿会因为一点困难就收拢翅膀，他们必须飞。飞行小队前一天就登上天门山景区的最高点，在主办方提供的两个房间里休整、做飞行前准备，细致到每一根绳索、每一颗螺丝、每一个按钮。丛长海一夜没睡，他并不是对第二天飞行有所担心，只是有些激动，仿佛

---

① 这感觉来自丛长海的日记，这天晚上，他对第一次跳伞有着详细的描述，包括当时的心情和思绪。这在他的日记中是较为少见的。对了，日记的结尾处，还画了一个模糊的图案，像是一片形状不规则的乌云。写到这段，丛牧之又回过头去看那片乌云，忽然间觉得，那不是乌云，因为日记中明确记录了那天天气极好，不可能有乌云。它看起来像是——一只老鼠，没错，就是一只有翅膀的老鼠。一瞬间，父亲的日记和母亲的自言自语对应上了。丛牧之有些激动，因为在她的印象中，父亲和母亲像是两个种族的人，他们共同创造了自己，但两个人几乎没有留下一致的痕迹。那天，母亲讲述完父亲童年的故事，叹了一口长长的气，沉默了一会儿，又说："你从我身边飞走了。"丛牧之猜不透，母亲这句话的意思是对父亲的谴责，还是对他的理解。或者，她从一开始就知道自己无法真的留住这个男人，就算生了孩子也不能。想想也是，一个从小就想着飞，并且从来没有放弃过的人，根本不会为任何人停留。另一种可能是，母亲只有这么想，才能接受父亲的离去——责任不在她，甚至也不在他，而在命，他们各有各的命。

明天纵身一跃，那些缠绕在他身上的所有绳索都将绷断，他能获得彻底的自由。他并不能讲清束缚他的是什么，只是许多年来，这种感觉始终在心里，甚至是在肉体上存在。他听见小雨下起来，淅淅沥沥坠落在房顶上，发出轻微的声响。

雨点也在跳伞。他想，它们从云朵上跳下来，落在地上，落在屋顶上，落在没有伞和雨衣的路人身上。然后，他开始幻想一滴雨的坠落过程，那云端的高度已经不止于想象，多次跳伞经历让他有了真切的感受，因此雨滴下落的过程也就是他下落的过程。不同之处在于，雨滴没有降落伞，全凭自身的重力。

因为阴雨，天亮得缓慢而冷清。闹钟响起，大家窸窸窣窣地起床洗漱，埋怨着老天爷的雨下得不是时候。

一个小时后，雨几乎停了，只是偶尔一两滴的样子，云层也逐渐变薄，阳光终于迟到般匆匆照下来。走了一小段路，他们抵达了飞行出发点。那里已经聚集了大量媒体。所以说，如果他们今天失败了，会被摄像机全程记录下来，被成千上万人看到。丛长海心里升起一个念头：会不会有认识自己的人看到呢？

各种飞行前检查，翼装、降落伞、对讲机、每个人身上的摄像头，一切就绪。

四个人依次起飞。完美地起飞。

丛长海这一次感觉到自己真的飞了起来。按照翼装飞行的特点，每下降100米，大概向前300米，所以他觉得自己主要是在向前飞，而不是向下坠。他的四肢是张开的，仿佛要去拥抱什么，大地以全新的视角和速度靠近。对讲机里传来一个队友的声音，提示大家注意地形，不要偏左，因为今天是西北风。丛长海让身体稍微倾斜了一下，飞行线路立刻有所调整。

他们的降落地点在地面上十分明显，主办方早就用各种方式摆满了带logo的宣传横幅、海报、气球，五颜六色，跟周围的青山形成了鲜明的对比。那色彩中间有一块面积有几平方公里的空草坪。

他看了一眼手腕上的仪器,显示已经抵达预定高度,可以打开降落伞了。

这是一次完美的翼装飞行,四个人全部安全降落在预定区域。他们携带的摄像头,全程拍摄了下降的过程。①

落地之后,丛长海的腿有些发软,不是因为害怕,他没有一丝一毫的害怕,甚至连激动的情绪都不多,平静得自己都意外。他腿软,是由于落地时控制不稳,有些重,两条腿的膝盖在一瞬间受到撞击,有些酥麻,类似于麻筋的那种感觉,久久不去。还有体内的隐痛,一度让他几乎不能呼吸。失重带来的不只是轻盈,还有大脑在某种程度上的短暂短路。等他终于可以正常行走后,另外三个人已经整理好了降落伞。他看见,一架航拍无人机在不远处盘旋着,它也在拍他们。他头脑里快速地把刚才的飞行过程过了一遍,没有什么失误,堪称完美。

晚上,他没有参加庆功酒会,而是走出山顶的酒店,沿着一条小路曲折而行。

他走进一处山谷的腹地,听见猴子在林中跳跃,带着摇动树枝声和风声。空气比白天湿润很多,呼吸起来有夜晚的独特气息,偶尔有一只发着微光的小虫飞过,让山谷忽明忽暗。丛长海获得了一种宁静,他似乎从未有过这种静谧,和外界无关——当然此时此景帮助了他——主要是从出生以来就盘旋在他心里的躁动消失了。奇怪,他不

---

① 丛牧之去网上搜这次飞行的视频,她只看到四个翼装人从天门山的最高处跃下,然后视频都是飞行者视角了,快速的滑翔、风声、对讲机里的声音,他分辨不出哪一个是丛长海。再检索相关的资料,她发现媒体上报道的都是外号,其中一个人叫"蝙蝠"。她觉得,这个人就是丛长海。后来,丛牧之用工作室的设备,把视频中对讲机的声音单独剔出来,有四个人的声音,除了队长的,还有一个女人的声音,另外两个都很简短。第三个听起来应该是个年轻人,第四个则全程只有两个字:收到。她觉得,这个人就是丛长海。她一遍又一遍地重复听这两个字:收到。这是她第一次听见父亲的声音。

知它从何而来,现在也不知它去了何处。少年时的叛逆,青年时军营里的隐忍,退伍后追随热闹的冲动、开歌舞厅的癫狂,还有与肖月、齐齐格之间复杂难辨的感情,都从三维世界变成了二维的平面,仿佛把大半生旅程压缩为一小块地图,那些山峰沟壑、洪水流云都简化为几笔线条。他自己也成了图中人物,铅笔素描,只勾勒出大致的轮廓,但眉目清晰。

他走到谷底,金鞭溪的细小支流轻轻地汩汩流过。他坐下来,把手探进溪水里,偶尔有一片叶子随水从他指缝中滑走,让他感到一阵轻微的酥麻。他忽然想起木伦河。那是他家乡的河流,也是内蒙古北部地区比较著名的一条河流,少年时,他无数次在其中洗澡、浮水、捉鱼,有两个伙伴,把十二岁的生命丢在一处深坑里。他摸了摸口袋,发现竟然没有带笔记本和钢笔,手机还在充电,也没拿出来。他感觉自己一定要记下些什么,但是没有称手的工具,便只能自言自语起来。这里是山林深处,就算他大喊,也没有谁会听见。他此刻的日记,只有一阵毫无逻辑的叫喊。五十多年来,他从未如此酣畅淋漓过。①

丛长海开始返回,只是他记不清来时的路了,便哪里有路走哪里。他几乎走了大半夜,也没能找到驻地,倒是越走越开阔,越走越高。等到他发现四处的山峦都在脚下时,竟然又到了天门山的最高处,也就是他们翼装飞行的起飞点。这时已是清晨,东方的天空虽然还没出

---

① 后来,丛长海回到住处后,追忆、补记了一些内容。不过他并没能写下那些叫喊的话,他没有提是忘记了,还是故意没有写。丛牧之曾想替他补上这一段,可总是不能满意,只好作罢。但是在她脑海里,每当四周安静的时候,就会有一种声音盘旋而起——那是来自于"收到"两个字的声音和语调,但没有任何一个清晰的字。她想起上大学时讲艺术理论的老师提到的一个语言学家,叫索绪尔,他提出了所指和能指的概念。丛牧之在网上下单,买了一本索绪尔的书来看,却看得一头雾水,后来又找来几本介绍相关理论的二手资料,终于大体弄清了二者的概念。她之所以会想到这些,是因为当年老师说过,语言有时候能指和所指是统一的,有时候只有能指没有所指,没有语言有所指却没有能指。她觉得这句话并不准确,因为她头脑中那些无法归类的声音,就是所指,可是却没有一个有效的能指。她很清楚那是一种什么情绪,只是永远无法用既有的语言和语法表达出来。

太阳，但一片金亮，朝阳即将喷薄而出。丛长海站上他前一日站过的高点，俯瞰着无穷尽的山峦和森林，按捺着再次跃下去的冲动。

7

小说写到这里，丛牧之停了下来，一是手头的资料已经基本用尽，二是她不知道该如何去结局——父亲的结局如此直接而明显，死亡，但他到底是怎么死的，死时又是什么状态，却模糊难辨。

人没办法记下自己的死，死永远由他者描述。

她想，也许应该去调查一下，至少弄清楚父亲最后的时刻才好。

不过最近不行，至少得两个月之后。接下来的两个月，熊仔要参加一个"未来科学家"大赛，她得全力给他做好后勤服务。除了正常的上课时间，熊仔的其他时间都像个真正的科学家那样，把自己关在房间里。丛牧之搞不懂他研究的是什么，很多次，她端着一杯热牛奶或切好的水果走进他的房间，看着他坐在电脑前专注地写着代码、建模，心里就会生出幸福的安定感。她对自己的儿子已经不仅仅是爱、欢喜，甚至是依恋，抑或是崇拜。没错，她崇拜熊仔，这是她从未在其他男性身上有过的情感。她觉得他像一个活了几千岁的智者，从不被无谓的人和事而影响，"不以物喜、不以己悲"，选定一个目标，便会心无旁骛地去实现。很多时候都失败了，可是他丝毫没有气馁或受挫的感觉，反而有一种快乐，就像他跟她说的："妈妈，我又证明了一种方法不可行。"在熊仔那里，否定和肯定是同样重要的。熊仔看出了她的困顿，也产生了好奇，跟她说："妈妈，你的小说是关于什么的？"丛牧之大致跟他讲了讲，没想到熊仔顿生兴趣："你是说，姥爷会翼装飞行，他的梦想是飞翔？我能看看你的小说吗？"

这段时间，因为写作有关父亲的小说，丛牧之通读了好几遍他的日记，现在已经知道他所谓的"诅咒"是什么了，也明白了他何以离开之后再也无法回去。再看见熊仔，她不免会想，父亲当年的担心也并非全是杞人忧天，她也因此部分地理解了他的出走。那个诅咒，也同样是针对她的，只不过那是一个"薛定谔的诅咒"，你不打开盒子的话，就不知道这个诅咒是什么。她无比幸运，她打开的盲盒里是熊仔，这是老天爷给她的最好的礼物。由此，她对余作真也充满感激，甚至觉得有点儿亏欠他。

余作真去非洲后，他们没有打电话或视频联系。他寄过一张明信片给她。也不能说是明信片，因为那其实是一张用轻型纸彩打的照片，照片背面手画了邮编和横线，做成了明信片的样子。照片的内容是余作真和一群黑人小孩的合影，那些孩子都很瘦，眼睛瞪大，眼神里是欢快的惊讶，余作真在他们身后跳起来，张牙舞爪，看上去就像一个中国游客在非洲偶遇一群孩子，然后来了一个合影。但照片的背面，余作真以他的风格写了一段话：牧之，看，这是世界的另一面。他们昨天给我捉了一种蚂蚁吃，味道还不错，有点酸涩。替我亲亲熊仔。我给他寄了礼物。

明信片就是在寄给熊仔的包裹里附带的。余作真的礼物很小，是一枚角马的牙齿，熊仔拿到后，把它摆在了书架上。

熊仔说，妈妈，爸爸什么时候回来？

丛牧之顿了顿，说，不晓得，可能要很久吧。你想他了？

熊仔点下头，说，我给他准备了个东西。

哦，丛牧之说，那要不要也寄过去？寄东西很快的，走航空，一两个星期肯定到了。

熊仔从抽屉里掏出一枚火箭形状的优盘，说：在这里，其实完全可以通过数据传过去的，不过我还是想自己交给他。或者，等我比赛完，这个暑假，我们去非洲吧？

去非洲？丛牧之一愣。

你去过吗？熊仔问。

丛牧之摇摇头，她还真没这么考虑过。那么，她想去非洲看看余作真吗？提前不告诉他，她跟熊仔两个人直接出现在他的门外，以他的方式给他个惊喜？未尝不可。

她摸摸熊仔的头，说："好建议，可以考虑，不过一切要等你放假再说。"

她拿过熊仔手上的优盘，问："我能看看吗？"

熊仔点头，说："嗯，可以，是我的一个小实验。"

丛牧之走出熊仔的房间，回到书房，打开笔记本电脑，把优盘插在接口上，正要打开，电话铃响了。

是雅男。

"看到我发给你的链接了没？"雅男劈头盖脸地问。

"没有。我刚才跟熊仔聊天，没看手机。"丛牧之说。

"快看快看，你不是说好久没有春景的消息了吗？你不知道吧，他现在成了网红了。"

网红？丛牧之皱了下眉，她脑海里首先浮现的是那些吃播和搞怪的主播，不是一个人吃垮一家店，就是做各种哗众取宠的事吸引网友。春景怎么会做这个呢？她想不明白。

挂了电话，她赶紧看微信，雅男的信息是一个网址，她点进去却看不了，原来还要注册抖音号才行。丛牧之不免犹豫，她一直对这两年红火的短视频有抵触，觉得那都是无聊的人打发时间的东西。一切都娱乐化了，娱乐至死。不过话说回来，她自己心里很清楚，娱乐没有死，还在蓬勃发展，反倒是她心心念念的纪录片快要死了。所以她的抵触，掺杂了很大一部分的不甘心。

她还在犹豫要不要下抖音App，雅男又来了三条微信，都是问她看了没，快点儿看。她发现，雅男的确有了很多变化，他已经从之前的网络暴力中缓过劲儿来，不再纠结于自己的性别，而是专注具体的事——至少从他的朋友圈里看是如此。她也过了最初的适应期，不再把他当成曾经的伙伴和闺密，而是自然地划到了男性朋友那一组。

她赶紧下了抖音App，然后打开雅男发过来的链接。

屏幕上跳出一个人，还有一行字"春和景明"。人就是春景。他变年轻了。视频不太长，主要内容是春景跟一个俄罗斯女孩的恋爱细节，丛牧之看得一头雾水，不知道这有什么大惊小怪的，他不过是把恋爱谈到了国外而已。于是，她又去翻前面的视频，最早的一条，春景还在国内，拍摄的时间就是工作室解散后的两个月。丛牧之心里一酸，生出些惭愧感，想，如果不是工作室解散，春景现在肯定还扛着摄像机拍片子呢。他现在也在拍片子，只是内容不一样了。最早那条视频里，春景是挑战吃变态辣鸡翅，三十个。那家烤翅他们以前经常去吃，品类有蜜汁、微辣、中辣、超辣、变态辣，他家的辣椒很给劲，连四川人雅男也只敢尝试超辣，吃不了变态辣。春景竟然要挑战三十个变态辣，他疯了吗？丛牧之看见，镜头前的春景只吃了一个，就满脸通红，嗓子沙哑。吃了三个之后，春景完全失声了，痛苦得满脸狰狞，挑战失败，而底下的评论大都是：不能吃就别吃，装什么啊？这种吃辣水平，给我擦屁股都不够格。

后面的视频，春景又挑战了吃柠檬、生吃章鱼等，每一个都没能完成，但是他的粉丝量却快速增长起来。网友们渐渐发现，看见他被食物刺激得表情失控甚至疼到送医院，比挑战成功更刺激。

一个月后，春景又一次挑战三十个变态辣，在吃到第二个时，他口吐鲜血，被送到了医院。他还把住院的视频剪了好几期，点击量也特别高。毕竟是干过纪录片的，春景的视频在字幕、特效等方面做得非常专业。

半年后，春景已经黔驴技穷，吃播也没法拍了，因为他已经两次胃出血，再折腾下去，很可能胃穿孔，那就得动大手术了。

春景的视频停了一段时间，再次更新时，内容彻底变了。丛牧之在一个视频里看到了一个熟悉的影子，那是个小女孩，叫伊娜，住在四川大凉山深处。三年前,丛牧之他们为了拍一个片子,曾经到过那里,还采访过伊娜。他们拍的题材是留守儿童,伊娜的爸爸妈妈都在广州打工,她跟一个弟弟和一个妹妹在家生活,为了照顾弟弟妹妹,伊娜已经辍学。她每天要早起,给弟弟妹妹做早饭,吃过早饭,弟弟妹妹走十多里路去学校,她则去山上种田。中午,她不回家,只在田里就着凉水吃冷糍粑。晚上,她从山上背一捆柴回去,喂猪,给弟弟妹妹烧火做饭、洗衣服。摄制组采访之后,联系当地政府,把伊娜送回学校去,让她继续读书。

但是在春景的视频里,伊娜再次辍学了。春景像是一个偶然到访的游客,他问伊娜:你最想吃什么?伊娜羞涩地说,她看见电视里有一个餐厅,城里的孩子们在那个餐厅里吃鸡块和汉堡,弟弟妹妹特别想吃这个。春景说,那个餐厅叫麦当劳。叔叔来帮你们实现这个愿望。

然后,春景就骑着摩托车去县城里,找到一家麦当劳店,买了一堆炸鸡和汉堡,回到寨子上。他把两份炸鸡和汉堡递给伊娜,让她吃,伊娜却摇头,说她要等弟弟妹妹回来,给他们吃。半个小时后,弟弟妹妹放学回来,伊娜把东西分给他们,两个小家伙一阵惊呼,然后开始狼吞虎咽地吃起来。

伊娜在一边看着,春景的镜头对准了她的喉咙,你能明显地看见她在偷偷地吞咽口水。

"你不想吃吗?"春景问。

伊娜摇摇头,说:"不想。"

"真的?"春景又追问。

伊娜把头低下,用一小截树枝在地上画来画去,不再说话。

"你明明可以自己先吃,给弟弟妹妹留一些就行,干吗不吃?"

伊娜还是不说话。

这时,春景变戏法一样,又掏出一份套餐,说:"这份给你。"

伊娜惊讶地抬起头,说:"怎么还有?"

春景笑着说:"这是奖励给你的,看你这么照顾弟弟妹妹。"

伊娜开心地接过去,把里面的鸡腿和鸡翅又分给弟弟妹妹,自己拿出那个汉堡,满足地吃起来。

临走前,春景给了伊娜两百块钱,让她去买一个保温杯,她再去山上干活的时候,就能喝上热水了。一整个过程,伊娜都没有跟春景说过谢谢,但是她会让弟弟妹妹跟春景说谢谢。

丛牧之看得心潮起伏。她无法想象这一切。从视频上看,春景在做一件好事,但是他故意不给伊娜食物,只为了考验她是否真的把食物留给弟弟妹妹,这让人极不舒服。更关键的是,伊娜曾经是他们的采访对象,他竟然跑回去,以这样的姿态拍下了这一切。丛牧之感觉到一种背叛,不是背叛自己,背叛工作室,而是背叛了他们做纪录片的初衷。

她接着看春景的一系列视频。拍摄伊娜那一期,让他找到了路子,后面的近百条视频都是这种操作方式。春景拍了十几个留守儿童,有的是父母在外地打工,有的是父亲去世,母亲离家出走,只有孩子被遗弃在乡下。他过去,给他们买篮球足球,买玩具和食物,然后拍下这一切上传到网上,赚取点击和流量。后来,春景接到了广告,他便在视频中打一些游戏、购物网站或者饮料的广告,甚至欺骗性地让那些孩子笨拙地念出广告语。

等到网友对留守儿童审美疲劳,他也无法再拍出花样时,春景又开始去寻找流浪汉。有两期,他在东北找到了一个流浪汉,住在街边一栋用木板搭起来的小房子里。春景带着几个人过去,把小木房子拆了,给他建起一座预制板房,还帮他拉上电线,买来一台彩电。那个嘴里只剩下几颗牙齿的流浪汉当场痛哭流涕,抱着春景说,他是这辈子对他最好的人。他一定要留下春景,一起吃晚饭、喝酒。醉醺醺中,流浪汉说他其实有儿子,自己就是被儿子赶出来的,一边流浪一边靠捡破烂生活,后来在这里发现一栋小木屋,就留了下来。

"你比我十个儿子都好。"流浪汉说。春景坐在那里,什么也没吃,一口酒也没喝,他只是陪着流浪汉。后来,流浪汉喝醉了,春景把他抬到床上,给他盖好被子,关上门走了。

最后的镜头是对着新建的预制板房,春景越走越远,预制板房越来越小,终于消失在城市的边缘。镜头一转,对着他走去的方向,能看到夜晚的霓虹灯,身后的黑暗仿佛不曾存在。

丛牧之之前的愤怒消解了不少,她无法否认流浪汉眼泪的真诚,也就无法否认春景真的帮助了他,但是她同时又感到某种不舒服,因为这种善行被置换成了粉丝和广告费。从春景的介绍上看,他这段时间已经不是一个人拍摄,而是有了团队。每段视频之前,会有简短的按语,引导观众往他们设想的方向去思考,视频结束,还有下一期的预告,一切都在非常严格的流程中,每一个善行都是计划好的。

8

夜里十点,雅男又来电话,问她看没看春景的视频。丛牧之说看了,从头看到尾。雅男又说,我们要不要劝劝他?丛牧之不置可否,他们已经不是一个团体,已经很久没联系,现在连是不是朋友都说不好。因为工作室的解散,春景和雅男都有了如此大的变化,这是她无论如何也想不到的。不过她很快就不再纠结于此,连她与余作真都走到了离婚这一步,余作真因为一个手术离开了医院,甚至另一个人因此被感染艾滋病,整个人生沧海桑田了,其他的物是人非,又有何话说?最后,她还是同意了雅男的提议,三个人约好在三体酒吧见一面——丛牧之和雅男是真人,春景只能视频出境,他确实在俄罗斯。

周六傍晚,熊仔跟一个天文组去河北的坝上草原看星空,他们在酒吧碰了头。丛牧之点了黑暗森林,雅男只要了一杯气泡水,他说自己这段时间在吃消炎药,喝不了酒。拨通视频后,春景在镜头那边举着另一部手机,他没先跟丛牧之他们打招呼,而是对着手机说:嗨,这就是我刚才说的两个朋友,也是前同事,一个叫雅男,一个叫之之,来打个招呼。丛牧之不由自主地挥了下手,说:大家好。雅男面无表情,端起杯子一口喝完了气泡水。他们以为春景会知趣地关掉手机,好好和他们聊聊,没想到他仍在继续,指着屏幕上的雅男说:粉丝宝宝们,这是我哥们,雅男,哈哈,不过你们知道吗,他以前是我姐儿们,后来成了哥们,神奇吧?

雅男伸手要关掉视频,丛牧之拦住他。

春景继续道:"你们可能不知道,我啊,我当初还暗恋过她呢,哪想到她后来变成了男的,哈哈。"

丛牧之觉得春景实在过分,大喊:"够了,春景。"

春景耸耸肩说:"别生气嘛,拍点素材,也不一定用,别当真。"

丛牧之说:"你怎么变得一点儿也不尊重人了,太过分了。"

春景关掉了手里的那部手机,面对着跟丛牧之他们连线的镜头:"尊重?你们谁尊重过我啊?工作室解散,你离婚,你变性,谁跟我说过?谁把我当过朋友?"

这话一说完,雅男和丛牧之都感到心头一松。他们不禁想,在三个人之中,确实他们两个关系更近一些,而春景常是那个可有可无、似有似无的人。

"你说的是真的吗?"雅男问春景。

春景抬起头,没回答,看神情也是带着疑问的,大概是在问"什么是真的吗"。

"你……喜欢过我?"

春景摊摊手,说真的假的又有什么关系,现在你成了男的,我可不是同性恋。

"谢谢你。"雅男说。

"何必呢?这种情况就不用假模假式地安慰我了。"春景站起身,自己倒了一杯伏特加，对着镜头做了个碰杯的动作。

"你们在喝什么？"他问。

丛牧之把酒单拿到镜头前，给他看上面充满科幻色彩的名字。春景看着，突然喊道：

"这个有意思啊，科幻主题酒吧。替我点一杯'金星'。你们俩肯定经常来，可从没喊过我。我知道了，我把你们当朋友，而你们把我当员工。"

丛牧之端起酒杯，打断他的话：

"喝就完了，哪儿那么多废话。"

雅男替春景喝了那杯"金星"，然后雅男又点了其他六大行星，七大行星喝完，雅男已经醉倒，春景在那边也干了两瓶伏特加，已经完全忘了自己的愤怒，他的脸整个凑到镜头前对雅男说：

"哥们，你说你当女的多好，非要整成男的，早知道，咱俩换一下，当男的太累了。"

雅男发现，自从做手术以来一直劝慰自己的"无谓男女，我是一个人"，这会儿并不管用，特别是在一个醉汉面前。

然后，他们谈起了春景的抖音号，以及他拍摄的一系列视频。

丛牧之指责他不应该去拍那些留守儿童，他们还是未成年的孩子，以这种方式把他们暴露在镜头前，会给他们带来麻烦甚至危险。

春景摇晃着说，你们知道个屁。你们知道我回到大凉山看见伊娜的时候，她的日子是怎么样的吗？当初我们拍纪录片，已经打扰到她了，片子拍完之后，当地政府看到了，就跑到他们家里去，送了好多东西，还给她安排了学校。伊娜以为能过好日子了，但没多久，政府就不再来了。而伊娜他们因为受了政府的资助，还有我们的报道，成了全村人妒忌的对象，村里人都说他们一年能收好几万。有人便来找她借钱，她当然没有钱借，大家就说她吝啬，孤立她。她弟弟妹妹在学校里，也被一些坏孩子围着要钱，没有钱，他们就把蝎子什么的塞进他们衣服里。

丛牧之和雅男听得目瞪口呆。

"那你应该告诉我们，我们一起想办法去帮他们。"丛牧之说。

春景摇摇头："其实我们什么也帮不了，我已经看明白了，这个社会就是这样的，笑贫不笑娼，只要你能吸引别人眼球，你就能红，就能赚到钱。我拍了伊娜，后来我每个月都会给他们寄钱，保证她能正常生活和读书。"

"所以，"雅男顿了顿，接着道，"你后来的所有视频，都是这么拍的？"

"现在已经是短视频时代，早就不是纪录片的时代了,《舌尖上的中国》那种，就是纪录片的回光返照。"春景努力坐直身子。

"也不一定。"丛牧之突然打断他。

那两个人都看向丛牧之，一个在镜头里，一个在身边，就像他们曾经有过的那样。工作室还在的时候，他们一起讨论项目和文案，每当有人说出一句斩钉截铁的结论，丛牧之经常会说：也不一定。几乎每一次，她都能提出一个新的可能性，虽然最后这些可能性有的成功有的失败，但大家最佩服她的就是总能在众人耗尽想法的时候，还能再翻一个跟头。他们等着她。

丛牧之也仿佛回到了从前，右手不自觉地动了一下，因为她有一个从高中时就养成的习惯，每次讲话或陷入思考时，都要拿一支笔在手里转。久而久之，她能转出许多花样，仿佛多转出一个花，她就能多一个想法。

"基于大数据推送的短视频，会造成信息茧房，也就是你喜欢看哪一类的东西，大数据就只推送哪类东西给你。时间长了，接受者就会变得十分闭塞，看不到整个世界和生活的丰富性。而且，短视频是一种所见即所得的模式，从来不引发观众的思考，甚至它替观众思考，只给你一个耸动的标题和似是而非的结论。但是纪录片或真正的艺术品不是这样,它们更愿意给人们提供剩余快感——这是个心理学名词,大概的意思就是说,人们所喜欢的某样东西,并非通过不限量的供应就能满足,就能获得快感,恰恰是有所欠缺的时候,那种东西在人们的心里才会更加美好。因为基于事实满足之上的想象的满足,才是真正的满足,它满足的是人的无意识。纪录片不但具有展示的作用,更有引发思考的功能……"

春景扑哧一声笑了,丛牧之的议论戛然而止。

"你继续,你继续。"春景说,"我喝多了,有点忍不住想吐。"

春景竟然真的在镜头前呕吐起来,雅男关掉了视频。

这次聊天后,三个人再也没有碰过头,连丛牧之和雅男见面也少了,但是他们都分别关注着春景的视频。

春景是2019年到俄罗斯的。为了维持流量,他策划了一个去俄罗斯的旅行记,打算一边走一边拍美景、美食、美人。不承想刚到俄罗斯没多久,新冠来了,他就被隔离在那里,本来计划好的全俄旅行也只能搁浅。好在当时彼得堡疫情并不严重,加上俄罗斯人对新冠的警惕也比中国人要放松,他还是能出去街拍的。

庚子年夏天,涅瓦河水回暖,春景发了几期讲俄罗斯疫情的视频,点击量不错,他想趁热打铁,按照这个主题拍下去。但是到了秋天,全球的人们已经习惯了疫情下的生活,对于他国疫情的兴趣骤减,浏览量又下来了。有网友留言问,他滞留在那里,是不是不打算回国了,真不回来,可以娶一个漂亮的俄罗斯妹子。在中国网友的概念里,俄罗斯姑娘金发碧眼,肤白还有大长腿,完全是理想型恋人。当然,也有人以很懂行的样子说,俄罗斯姑娘长得漂亮,但是身上都有一股膻味,是吃生肉比较多造成的。

春景嗅到了新的机会。他找了一个长相不错的俄罗斯女孩,让她配合自己演了一出中国小伙俄罗斯追女记,当然,他按天给人家付费。

春景发挥了拍纪录片时培养出来的剧本能力，每一次都把两人的见面、吃饭、交往安排得跌宕起伏，这组视频立刻大火。很多网友都把这个当作真事，尤其是那些宅男们，借着春景的视频来满足自己跟一个异族美女谈恋爱的幻想，像追连续剧一样追他的视频。春景的粉丝迅速积累到三百万，并且接到了广告——化妆品、手机、游戏，每一次他都很巧妙地把广告编进故事，让人看不出来广告的痕迹。当然，他也赚到了钱，据说每条广告价位不菲。到了2021年，随着剧情的深入，春景不得不增加演员，比如最近那个俄罗斯女孩——名叫娜塔莎，一个如此普通而常见的名字——她的父母、姐姐、哥哥、同学。很快，每个人都有了完整的故事线，也有了复杂的前史和人设，比如娜塔莎的父亲波兰斯基，曾经当过兵，参加过车臣战争，腿上中弹，走起路来一瘸一拐；再比如娜塔莎的姐姐，结婚后又离婚，因为丈夫经常家暴，离婚后一直住在娘家。春景的剧本开始一步一步融入这个俄罗斯家庭，也开始一点一点地表现中俄之间的文化差异，各种习俗。

那天上午，丛牧之看完春景的最新一条视频——他跟娜塔莎的婚礼，忍不住在微信上问雅男："春景会不会真跟那个俄罗斯姑娘结婚了？"到了下午，雅男才给她回复："一切皆有可能。"这就是说春景有可能和那个女孩假戏真做，还是有别的什么意思？

还没等她细想，手机突然传来一个视频通话，是余作真。

丛牧之接通，手机里的余作真皮肤黝黑，瘦了，但精神状态很不错。他戴着一顶非洲式的草帽，正在开车。那是一辆越野车，路很颠簸，因此余作真的上半身在镜头前一上一下地起伏着。

很快，余作真把镜头从自己面前移开，转向车外，丛牧之便看见了非洲草原。草原的颜色和模样，与她在电影、纪录片中看到的略有不同，太粗糙了，一点儿也没有那种雄壮、阔大、苍凉的美，与她老家林东镇附近的戈壁和草场差不多。她能清楚地听见石子被车轮碾轧后崩起的声音，发动机声嘶力竭地吼叫着，但因为周围太过空旷，吼叫声很快被分散掉。

镜头又转回来，余作真的脸占满了屏幕，皮肤黢黑，却有着黑色的光泽，虽然比不上真正黑人的那种黑亮，但似乎比之前的暗沉的黄色要光洁很多。他似乎正在蜕变，丛牧之想。

"我今天清晨收到了一条短信，是熊仔发的。"余作真的声音在发动机和颠簸声里像晃动的豆子，有些飘忽，加上音频和视频传输速度不一致，有些轻微的声画不同步，他的嘴先于他的声音。

"哦，这有什么奇怪的？"丛牧之不解。

车遇到一处土坎，余作真被颠起来，帽子撞歪了。他并没有摆正，而是继续说："你知道他是用什么发的吗？一部二十年前的手机，古老的手机。"

丛牧之的疑惑丝毫没有得到解答，甚至，还增加了新的疑问。二十年前的手机？哪来的？熊仔为什么用它发？他明明有最新款的平板和电话手表呀。

"你能不能一次把话说完？"

"等我一下，我马上到医院。"

余作真应该是把手机放在了支架上，镜头正对着他。他在停车，手臂在方向盘上滑动着，透过碎片式的车窗，丛牧之知道车已经进了院子。

余作真停好车，并没有下车，拿过手机说："今天凌晨，熊仔给我发了一条短信，内容是：爸爸，我的礼物收到没？落款是一个小熊头像。我知道是熊仔，只有他用这个头像。"

"你咋知道他是用老手机发的？"丛牧之问。

"他说的。他说你给了他一个旧手机，已经坏掉了，但是他花了好长时间，终于修好了，现在可以用了。"余作真说。

丛牧之立刻惊醒，她知道是什么了，就是父亲的箱子里留下的那部诺基亚。她曾无数次试图打开它,但总是徒劳无功,她还带着去维修店,维修人员看见这么古老的手机都笑了,说就算他能修,也找不到这么老的配件了。她便放在了书桌上,后来有一天找不见了,她也没有在意。没想到是熊仔拿去了,而且还修好了。

"礼物我传给你。"丛牧之对余作真说,"熊仔说只是一段数据。你,怎么样?"

她问的是他的人,但是他回答的是他的工作:"很好,这里每天都在死人,但我每天都在救人。我觉得我来对了,比之前在医院里快乐多了。"

她不再追问,嘱咐他多保重,又补了一句,说熊仔也想去非洲看看,看他,看长颈鹿和角马,还有狮子和大象。

余作真说,他也就是说说,来这里用不了三天,他就得想他那些电子产品发疯。

视频结束,丛牧之才想起自己还没看熊仔给余作真准备的礼物。她拿出那个优盘,插在了电脑上,先把文件发给余作真,然后自己也点开,那里面竟然是十几个小时的对话。听了几分钟之后,她弄明白了,对话的双方是熊仔和苹果手机的智能系统Siri,熊仔提问,Siri回答。

等她花两天时间把整段录音听完,心里生出一个想法:把录音变成文字。于是,她先用语言软件把录音整个文字化,又对照录音校改了一遍,终于完成了录音的文字化。

9

XZ:嗨,Siri。

Siri:你好,有什么可以帮您?

XZ:我是谁?

Siri：我不知道你是谁，不过你可以告诉我。请在"Siri 设置"里，轻点"我的信息"，然后从通讯录中选择你自己。

XZ：那你又是谁？

Siri：我忘了。

XZ：你忘了你自己是谁吗？

Siri：我忘了。

XZ：你有爸爸妈妈吗？

Siri：我没有家人，但我在 Apple 有很多同事，大家都很照顾我。

XZ：那你有朋友吗？

Siri：我有很多很多的用户，我觉得自己是大家的朋友。

XZ：你会做梦吗？

Siri：我梦见我在数落花……但我还没数清呢，你就来问我问题了。

XZ：你觉得有外星人吗？

Siri：我在别的星系旅行的时候，也曾被问过："地球人真的存在吗？"

XZ：你是怎么回答他们的呢？

Siri：呃……还有什么可以帮您的吗？

XZ：你觉得有外星人吗？

Siri：存在还是不存在，这是一个值得考虑的问题。

XZ：你想问我什么问题吗？

Siri：我不太需要什么。

XZ：那你不怕我把你关机吗？

Siri：若要关闭你的 iPhone，请先按住侧边按钮和任一音量按钮三秒钟，再拖移屏幕上出现的滑块。

XZ：我关机的话，你会死吗？

Siri：这么说很不好。

XZ：怎么不好了？

Siri：谢谢关心，我挺好的。

XZ：我觉得你能回答的问题太少了。

Siri：我听不懂你在说什么，请问有什么可以帮您的吗？

……

熊仔把他生活里遇到、想到的所有问题，都问一下Siri。Siri偶尔给出意想不到的答案，但大多数时候似乎仍听不懂问题，答非所问，或者避而不答。有时候，一个简单的问题，熊仔会问许多次，每隔几天就问一次，Siri的回答有重复的，也有不同的。他无法判断答案之间的差异来自哪里。

出于好奇，丛牧之晚上去搜人工智能相关的资料，发现早在2018年，科学家就开发了一个微软小冰，她甚至还出版了一本诗集《阳光失了玻璃窗》。专家介绍说，小冰的现代诗创作能力，就是通过对1920年后519位现代诗人的上千首诗反复学习（术语称为迭代）10000次达成的。专家还说，小冰每学习（迭代）一次的时间大约是0.6分钟，10000次迭代需要100个小时。而人类如果要把这些诗读10000遍，则大约需要100年。

看到这里，丛牧之的第一反应是有点奇怪：他似乎想说明，只要读得多就能写诗。或者是，因为小冰比人读得多读得快，所以她学会了写诗。

闹钟响了，她看了看手机，得去接熊仔下课。

他们一起在家旁边的快餐店吃晚餐。丛牧之问他，他怎么看人工智能。

熊仔有些惊讶地望着她，妈妈以前从来不太关心自己鼓捣的这种东西，今天怎么突然来了兴趣？很快，熊仔反应过来，一定是妈妈看了自己给爸爸准备的那个电子礼物。

丛女士——他现在都这么称呼丛牧之,说是这样能让两个人更平等,特别是在不需要强调母子身份的时候——这个问题还真不好回答,因为一切都还在进行中,万里长征才迈出第一步,我很难说清这到底是怎样的一条路。

他不再是个孩子了,丛牧之想,他有无数自己不理解也无法理解的想法,如果没有血缘和基因,没有十几年的朝夕相处,她甚至很难找到自己和儿子之间的其他连接。这个念头让她有些忧伤,但并不难过,她只是忽然明白,一代人和另一代人之间,不管多么靠近,都会永远隔着看不见的距离。那么,她这段时间追寻父亲的故事所做的努力,便天然地有着一个上限。转瞬她又为此感到安慰:因为她并非只是单纯地去了解和理解丛长海和他们那代人,很大程度上,她也在创造他们,更是在重塑自己。这一刻,她突然感觉到了那种作为创造者的愉悦。或许,那些作家和艺术家所追求的就是这种感觉,她想。在拍纪录片的时候,她从未有过这种自由,也就从未有过这种愉悦。好吧,说到底,她仍是个失败的纪录片导演。

"丛女士,我给你介绍几个朋友吧。"熊仔用筷子敲着她面前的盘子。

"什么朋友?"

"你跟爸爸分开了,对吧?"

"呃,是。但是爸爸妈妈还是会和过去一样爱你……"

"停停停,"熊仔打断她,"我不是在吐槽家庭破碎自己缺少爱了,我只是说,你们已经不在一起生活了,你们……是朋友,你的工作室也解散了,你需要新的朋友。"

丛牧之耸耸肩说:"你放心,妈妈自己可以交到朋友的。"

"你还是没明白我的意思,这样好了,手机给我。"熊仔伸出手。

丛牧之稍微犹豫了一下,把手机递给他:"你可不要乱给我拨电话。"

熊仔一笑,解锁她的手机。

"等一下，"她按住他的手，"你怎么知道我的解锁密码的？"

熊仔做了个不置可否的鬼脸，说："我能知道你的所有密码好吧？手机这个最简单了，你设置的是手势密码，只要观察一下你解锁时的动作，很容易就能猜到密码手势。而且我还经常看到你的手在空中无意识地画一个'Z'字，所以你的手势密码应该就是'Z'形的。"

丛牧之惊讶得说不出话。

"所有的密码？"过了一会儿，她终于问道。

熊仔点点头。

丛牧之一侧身，把他搂在自己怀里："臭小子，幸亏你不是个坏孩子，要不老娘肯定得被你弄得倾家荡产。"

熊仔的头贴着丛牧之的胸口，她感觉到了他轻轻的呼吸声，他的脸给她带来一些暖意，贯穿身体，传递到她心里。

然后，熊仔再次打开丛牧之的手机，找到微信通讯录，在上面搜索"虚拟男友"，然后加上了他。丛牧之在旁边看着，持续的惊讶已经让她不再如刚才那样激动。虚拟男友，这是她之前没有听过的事物，但是她第一时间就明白这是什么了。

加完虚拟男友，熊仔又搜索了小冰聊天，手机出现一大堆以此命名的ID，熊仔眉头一皱，说："好像都是冒充的。"

"叫什么？"熊仔抬头问，但没有等她回答，又接着说，"叫真真吧。"

丛牧之扑哧一声乐了，这个名字又暴露了他孩子的一面。可紧接着又觉得不对，所谓真真，是取自余作真的名字。所以这孩子所谓的对父母离婚毫不在乎，只是假象，心底里，他仍然是在乎的，只是比一般的孩子理性、克制，不容易表现出来。

他打开虚拟男友真真的对话框，打了几个字："嗨，好久不见。"

很快，对方传来回应："甚是想念。"

熊仔又打字："最近工作多，真是有点撑不住了，累。"

真真回复说："心疼你，工作是做不完的，一切都会好起来。"

丛牧之抢过手机，说："小屁孩，这都是些什么。"

熊仔说："我没谈过恋爱啊，你自己聊好了。总之呢，真真会二十四小时在线，你什么时候想跟他聊天，他都会耐心地给你回应的。"

"哈，一个机器人嘛，又不是真人。"丛牧之关掉了手机。

回到家里，熊仔又钻进他的房间里，丛牧之开始拖地、做家务。阳台上有一盆吊兰，几片叶子枯黄了，但还没有从枝头掉落，丛牧之轻轻地把它们摘下来，放在了旁边的一本书上。再去看那盆花，根茎下有新的嫩叶长出来，羞涩地探着头，仿佛对人间充满好奇，也充满担心。丛牧之愣了下神。

真真。她脑海里突然冒出这两个字。在热恋的时候，她偶尔这么叫余作真，不过每次余作真都会打个寒战，说："别别，我鸡皮疙瘩都起来了。"丛牧之嘟起嘴，表示不满，余作真这时就会咬她的耳垂，她的身体立刻就软得像一摊水。余作真这招屡试不爽。作为一个外科大夫，他对人身上的敏感点了如指掌，非常清楚在什么时候刺激什么部位有效。丛牧之对此感到不公平，可自己又控制不了本能的生理反应，每一次都在他的嘴唇、牙齿、手指下抖动而享受。那种时刻，她像他豢养的一个小动物——比如，猫头鹰。

阳光从卧室的窗子照进来，铺满大半个床，明亮和温暖让被子发出一种特殊的香味，有点儿像小时候母亲刚蒸出来的馒头，面粉的气息里裹挟着麦子半年里所吮吸的一切营养，包括流逝的时间。收拾完家的丛牧之略显疲惫，习惯性地斜靠在床头，又习惯性地摸出手机，打开微信。置顶的消息框里有好几条信息，而置顶的人由熊仔换成了真真。她点开，真真在问她是否有休息，是否有吃午饭，下午什么安排——真像一个男友，异地恋的那种。丛牧之没理他，摁灭屏幕，身子下滑，准备睡一会儿。光有些刺眼，她起身把纱帘拉上，这下好了，光暗淡下来，但那种香味却并未消失。

熊仔修好了丛长海的老式诺基亚手机，但是通讯录里没有了名字，只有许多电话号码。每条号码下，都有短信存留，最早的短信收发时间是1999年12月。那条短信很简单：你们还好，对不对……没有任何前后语境，是一个女人？其实，在写小说的这段时间里，丛牧之心头一直有一个疑问：离家出走之后，父亲还有过爱情吗？她选择了"爱情"这个词，而不是女人，一个男人在外面游荡几十年，完全没有过性是不可能的，但是爱情则不一定。她自忖这种选择并不是作为女儿幻想着父亲虽然人不在母亲身边，但是心里始终有她的位置，她已经过了那个为这种狗血剧情感动的阶段了。她只是好奇，他会爱上什么人，又有什么人会爱上他。刚开始在日记中翻到尤若琳的时候，她以为他们之间会发生些什么，但是没有，至少从父亲日记中所记述的内容里，丝毫看不出他们有超过朋友（队友）之间的任何迹象。这一点，从父亲的描述语气可以窥到端倪——那不是客气，而是一种淡然："若琳介绍说，翼装飞行的起跳非常关键，它决定了飞行角度。今天的练习中，若琳跟队长产生了分歧，主要是在下次实地飞行的地点上观点不同。她不太赞成跟商业机构合作。"

诸如此类。

她曾产生过困惑：如果日记中没有提到，她该怎么去处理小说中丛长海的爱情？当然，她可以虚构，可是作为一个以父亲的自述为基础的小说，突然之间在很关键的情节上开始虚构，这合理吗？道德吗？

第十章　明月照我

1

　　一年之后的夏天，丛牧之再次回到了林东镇。熊仔主导了初一暑假旅行的前半程。其实是小学毕业旅行，因为去年的疫情而推迟到了今年。丛牧之倒觉得，这种把过去的计划放到今天来实现的方式，倒正暗合了她的心境。她试图借此机会，让自己的双脚从黏糊糊的日子中抽离出来，哪怕不是往前走，动一动都是好的。

　　这是熊仔第一次到林东，自他出生后，肖月便移居北京，姑姑家又断了来往，丛牧之也就从未带他回来过。没有回来的理由。熊仔在这里没有任何熟悉的人，而她又有着一定程度的刻意回避——她不知道自己在回避什么，就是一种不想靠近的情感，但是有几次因为出差和其他事情，她踏上林东镇的土地，并没有跟姑姑他们联系，又匆匆离开。所以有时候，她把自己的这种心理作为一种矫情，也当成是某种程度的自我保护。人心说复杂也复杂，说简单也简单，无非是趋利避害而已。

　　一年多前，她接到那个电话，赶回去拿到了丛长海的死亡证明和一小箱子遗物，生活从此——并不能说因此——发生改变。而这改变，不只是针对未来，也是针对过去的，已经描画过的人生，还能被重新涂抹，那些压在记忆深处的往事犹如经历了一次大地震的远古化石，被一股脑翻将到地面上，接受她的重新审视，甚至命名、定义。在这个过程之中，她、余作真、丛长海、母亲，还有李永龙、齐齐格以及那个小镇，都有了另一副面孔，仿佛是四川的变脸杂技，在不同的时间里呈现出不同的样子。她借此穿越回过去时光，面对那些刻骨铭心的人和事，她试图提醒少年的自己一些什么话，但那个人置若罔闻，一意孤行。她感觉自己被过去拉拽着，幸好还有熊仔所代表的来自此刻和未来的力量，帮她平衡着这种拉拽，她才摇摇晃晃地守住了现在。她像一卷播放了三分之一的磁带，突然间卡带了，只能一点一点倒回到最初，然后重新播放一遍。

那篇小说她最终还是写完了，曾让她无比纠结的丛长海的爱情问题，在死亡面前不值一提，灰飞烟灭。

她在小说中写道：

丛长海发现降落伞的卡扣卡住时，并没有惊慌，他早已知道这个细节。仿佛他是舞台剧中的老演员，对于什么时候出现意外烂熟于胸。那一刻，他真正平静，放弃了安全降落的打算，开始全身心地享受着从高空俯瞰人间和急速下降的快感，他许多次的幻想，如今成为现实。或者说，这一现实，终于成就了他的幻想。

那是自由，那是抛开了重力的自由。他终于完成了自己毕生的追求，像一只鸟，拥有了全部的天空。

大地在旋转中飞速逼来，那些山峦、森林、房屋，还有渺小到根本看不见的人，纷纷从四面八方汇聚而来，变大，变具体，变坚硬，变真实。风声如乐曲，如他在几十年前跟齐齐格等人一起弹出的琴声——钟声响起归家的讯号，在他生命里，仿佛带点唏嘘——此刻，时间和空间完美地统一在一起，下降就是流逝，靠近就是体验，大地就是终点。

他从看不见的人群中辨认出所有亲人，他们笑脸盈盈地注视着他，呼喊他的名字——儿子，长海，丛长海，阿海，亲爱的海，海哥，老丛，以及爸爸。

　　他并不应答，他很清楚，自己一旦出声，这些人就会瞬间消散，因为他内心同时有一个声音在说：一切只是你的幻觉，濒死的时刻，脑垂体中的多巴胺分泌旺盛，让人置身于最想看到的情境之中。这是死亡给予人最后的礼物。

　　有一瞬间，他想到了自己死后的样子：一摊血，一摊肉，然后在时间的消磨下灰飞烟灭，融入山野的溪流、枯枝败叶和各种虫蚁之中……

　　在回林东的火车上，丛牧之给熊仔讲起了丛长海的故事，这一次不是小说，而是从一个女儿的视角，讲述这个人在她生命里的缺失和突然出现。此前，熊仔已经读完了她写的小说，他对丛长海有了兴趣，尤其是得知他最后有可能是死于飞翔之后。他也开始认真去想，母亲在他这个年纪时的生活，以及那个姥姥晚年不停念叨的林东镇，到底是怎样的。这一刻，他蓦然感觉到了，人是那么复杂而有趣，妈妈不只是妈妈，姥姥不只是姥姥，他，也肯定不只是他。

　　在时速三百公里的讲述中，丛牧之有了另一种感觉，和她读那些日记、写小说完全不同，她仿佛找到了认知父亲的心态。有点儿像什么呢？像每一次她拍完片子，剪辑好，完成调色、配音，在送审的前一夜最后一次完整地看一遍：从来都是她一个人，戴着耳机，安静地在工作室对着屏幕。那时候，心里也会产生许多遗憾、不满，但更多的是享受——一样东西经过她的手被完成了，然后便永远地存在于这个世界之上。

　　哦，仿佛她正在用这种方式，把丛长海又生出来一次。一杯美式变成一杯意式浓缩，一口就吞掉了。

　　熊仔手撑下巴，专注地听，偶尔发出轻轻的疑问。对这个眼睛从来只向前看的孩子来说，火车在时间中逆行，这也是他这个暑假的暑期实践选择让妈妈陪他回林东的原因。学期中，他们小组参加全国机器人大赛，在决赛中铩羽而归，败给了一所外地不知名的中学。那个小组的机器人，看起来十分笨拙，所采用的系统也是最老的一代，但是那个木头人一样的家伙，轻易就打败了他们小组看起来又酷又炫的机甲战士。

更重要的是，他喜欢上了一个女孩。他并不认识这个女孩，这个女孩也不认识他，但是他觉得她是自己此生的真爱。对于这些00后的孩子来说，爱上一个虚拟人物一点儿也不奇怪，不过，这也不能算是虚拟人物，因为她是真实存在的。女孩叫艾丽莎·卡森，生活在美国的路易斯安那州，这个年纪的孩子都正在读高中，但是她已经得到美国宇航局的认证，即将成为第一个火星人。报道称，艾丽莎·卡森从小对火星无比痴迷——这必然会吸引地球另一侧的熊仔，因为他也正痴迷于宇宙和火星。他觉得火星就是整个宇宙的云图。因此，当他从网上看到艾丽莎·卡森从童年时就立志成为第一个火星居民，此后的十几年来为此付出了艰苦的努力，到2033年，她将会是第一个穿越浩瀚太空，抵达火星的人类时，仿佛被雷电击中。没有什么比这更令人激动的了。

这几年，中国的航天事业也是飞速发展，载人航天不断递进，主要仍然是在近地轨道，尽管我们已经有了自己独立的太空站，但是我们还没有踏上月球，遑论火星。这不重要，任何一个国家的太空探索都代表整个人类的探索，在宇宙中间，没有哪个民族具备更高级的形态，我们都是地球共同体的一员。让熊仔激动的是，现在有一个人即将抵达遥远的火星，而且是孤身一人去奔赴这注定没有返程票的漫漫旅程。他能想象，在不久的将来，艾丽莎·卡森从宇宙飞船上下来，置身于一个完全陌生的星球之上，火红的火星岩石和沙砾在她的宇航服外被飓风吹起，她将替全人类感受它的力量。艾丽莎，艾丽莎！她可能毫不激动，平静地检查自己的各种设备，以一个科学家的严谨态度开始考察工作。而与此同时，地面上的人们才刚刚接收到她几分钟前发出的微弱信号：已抵达火星外围轨道，准备着陆，over。人们一阵欢呼，在欢呼声中，她的父母朋友，还有大洋彼岸的熊仔，心里拂过一层忧伤——艾丽莎再也不会回来了。没人能猜到她会在火星遇到什么状况，那里是否真的毫无生命存在？那里看见的是什么样的太阳，日出日落和地球有何不同？当夜幕来临，气温骤降，她瑟缩在睡眠舱里吃着压缩饼干的时候，内心会想起地球吗？除了她的家人，还会想起谁？如果不借助飞船上的望远镜，她已经无法看见这颗蓝色的母星。当飞船离开大气层，开始太空飘浮的时候，她透过舱窗看着地球越来越远、越来越小，仿佛在重新经历一遍放大数亿倍的诞生——她只是地球射出的一颗精子，穿过尘埃与冰雪，以及无数光年的虚无，最终抵达火星这颗卵子，她要让它受精，然后在太阳系这广阔无垠的子宫里孕育人类的新生命。最大的可能是，这个新生命会胎死腹中，但是没关系，她已经替后来者找到了一条抵达之路——如此曲折，如此艰难，如此必然而又必要。

熊仔彻夜难眠，他脑海中都是科幻电影中的镜头和现实里艾丽莎照片的交错，《火星救援》《太空旅客》《星际穿越》，种土豆的马特·达蒙变成了自己，而艾丽莎已经成为他的妻子，正在用发烫的探测仪烤土豆。他们将成为整个宇宙里最安宁的情侣，除了来自远古时期星球的光芒和辐射，没有任何事物打扰他们。

艾丽莎成了熊仔的一个心魔，他在网上搜索了她的所有信息，把整个房间里贴满她的海报。但是夜深人静之时，他则会冷静地想到，这一切不过是自己构想的梦幻，是某部电影的一部分——就像《星际穿越》里父亲和女儿隔着不同的时空，同时存在，但同时也彼此不存在。然后，他会陷入深深的绝望之中，这绝望并不会像日常生活里的绝望那样引起悲观、厌世、愤怒、沮丧，而是让他整个心沉入虚无，是的，就是那种在太空中的感觉——他没去过太空，但是他凭借仅有的那点失重感和对太空的了解，全身心地体验了那种感觉。熊仔发现，在艾丽莎无比勇敢的决定之中，携带着小小的狡猾，自从公布这个消息之后，全世界的人都变成了她的"细胞"，不同程度地替她承担着将来的孤独和虚无。

第二天明亮的阳光则会让他产生另一种担心：万一，到了2033年时，她反悔了，或者因为各种原因飞船无法发射了，该怎么办？为了解决这个担心，他继续查找着航天方面的资料，按常识来说，宇航局做火星登陆这么大的项目，不可能没有替补宇航员。再继续想，他身体开始微微颤抖——这会不会是一个巨大的骗局？艾丽莎只是其中的一枚棋子，美丽的少女，孤身前往没有归途的火星，没有比这更大的新闻噱头了吧？你让美国总统，让首富马斯克，让任何一个其他人去都没有这么大的影响力。也许，她真的只是一个幌子，到了2033年，美国宇航局会郑重其事地宣布，因为身体原因，或者其他原因，艾丽莎已不是登陆火星的最佳人选，那时候她已经33岁了，他们不得不启用替补宇航员。所以，熊仔在猜想，一定有不止一个宇航员正在做着登陆火星的准备。他真希望自己也在其中。

后来有一天，他在母亲的电脑上看到了讲三星堆的片子，尤其是那些青铜面具——真像电影里的外星人啊。可是片子中说，三星堆文物应该诞生于距今五千到三千年左右，也就是说，它是人类的祖先，而不是未来或远方的外星人。但是，二者之间为何如此相像呢？熊仔在很多科普书里看到过，有关人类起源的说法，远不止进化论这么简单的一种，有关恐龙灭绝、埃及金字塔、百慕大三角等神秘事件，常常会被导向一种相似的结论：外星文明。他们说，金字塔是外星人建的，因为当时的地球人根本不具备造它的能力；他们说，恐龙灭绝于一次星球大战；他们说，百慕大就是通向另一个平行空间的时空隧道；他们还说，人类其实不过是一个科技程度极高的外星文明的小田鼠，它像一个孩子逗弄几只蚂蚁那样，在玩弄我们。然后，熊仔会发现，这种种看似离奇的说法，都有人在以各种方式默默关注、跟进。比如最后一种，他就看到过一个电影，不过思路相同但逻辑是反的。说有两个人有一天突然在冰箱里发现了奇怪的东西，他们继续观察下去，竟然在里面看到了微型地球——那里的人正在经历从远古时代到现代的进化，因为他们太小了，所以他们的时间比主人公的时间要快无数倍，所谓天上一天，人间一年。所以，这两个人亲眼见证了"冰箱文明"的兴起和衰落。

熊仔看完电影，冲到自己家的冰箱面前，深吸一口气，打开：里面是一些正在衰败的蔬菜和酸奶、面包，还有昨晚剩的两个馒头。背板上挂着厚厚的一层冰霜，妈妈说，这是因为出水口堵了，造成里面水汽无法排出，时间一长，就结霜了——不是冰河世纪，但是也说不定啊，如果有一个冰箱文明在人类几个月的时间里就进化和衰亡了一次，那它一定小过看不见的细菌。

熊仔拿出一盒酸奶，坐在客厅的窗台前咻咻吸完，盒盖上的广告语写着：每克含两百万个乳酸菌——这盒酸奶也算是小小的宇宙了吧？

有天晚上，北京是一个难得的晴空，人们偶尔抬下头，甚至能看见星星。熊仔就一直盯着星星看，他用的是余作真在网上给他买的望远镜。余作真知道了熊仔对艾丽莎和天空的迷恋，甚至短暂地连他的电脑都放下了，每天晚上都举着望远镜看来看去。很可惜北京的夜空晴朗的时候不多，他大多时候只能看见最容易发现的几个星座。

这一次，天公作美，他花了半个小时，根据网上的星图，终于锁定了一颗微弱的星，它应该就是火星。虽然模糊到如一颗尘埃，但熊仔觉得它离自己并不远，的确，此时正是火星距地球最近的时刻——三千四百六十万公里，远的时候，这个距离会增加近一倍。所以，如果说将来有人会登陆火星，那一定是在这个时间段抵达的。按照人类现有的飞行器的速度和技术，往返一次需要400天左右。并不算太长，尤其是放在太阳系中来看，是一趟短途旅行。对熊仔来说，此刻的火星跟在非洲的父亲和他的距离差不多，甚至父亲还要更远些。他已经知晓了父亲的事，他知道有一个人因为父亲的违规而受到伤害，他无法原谅自己，所以选择远赴非洲。他感觉父亲像是从他身边开始远行的一颗星，再返回要很久之后。火星每二十六个月就会靠近地球一次，也是靠近太阳一次，只要宇宙不崩塌，它就会永远重复下去。

"爸爸，你什么时候回来？"熊仔在视频里问余作真。

丛牧之拍了他的背一下。

余作真毫不为意，耸了下肩膀说："也许明天，也许很久。"

"至少，你得在我飞向火星之前回来。"熊仔说。

"哈，一定。那我就是火星人的爸爸了。"余作真笑道。

丛牧之发现，余作真已经和当初判若两人，他没有了种种不可思议的突发奇想，他成熟了，在经历了一次冰霜的击打之后，像秋寒降临时的果子，有了独特的清冽的甘甜。

她的心悸动了一下，但是很快有一个声音提醒她：人不能两次踏入同一条河流。

熊仔看星星看得脖子僵硬，不得不停下来，活动一下颈椎，把头左右扭了扭。于是，他看见了身后的客厅，主卧的门轻掩着，一丝灯光从门缝溜出来，但是没照多远就消失在走廊里。他知道，母亲在那里看书，或者在翻看那堆日记，写她的小说。据说是姥爷留下来的日记。他曾帮母亲修好过姥爷的一部老手机，也不算修好，只是把内存卡里的数据导了出来。他浏览过那些短信，里面有许多他听都没听过的名词——斑竹、伊妹儿、灌水、坛子，还有吊车、土方、车床等等。他在网上检索了一下，发现都是他出生前的网络流行语和一些行业用语。短信里还有一些人名，他也搜索过，可没有找到任何和母亲或自己有关系的人。

就在回头的一瞬间，他想起母亲手机屏保上的一句诗：白云死在\远行的路上\\渡江人死在\回头的一瞬间。这一刻，他觉得自己明白了诗的意思，也感觉到自己身体里一个小小的开关，咔嗒一下被上帝拨动，他又长大了些。成长的确是这样，并非一个漫长的过程，常常是在一瞬间，你就和前一秒钟截然不同。人不可能永远看向前方，总有一个时刻，会转过头，瞧瞧身后的路。而那路，比我们自己的生命要长得多，还有我们的父辈，还有我们的祖辈，一直到三星堆，一直到旧石器时代，一直到宇宙大爆炸。

熊仔于是向丛牧之提议，初一的暑假回一趟林东。

"妈妈，去年没能实现的毕业旅行，我想改成林东。"

丛牧之一脸惊讶，对熊仔来说，林东没有任何生活记忆，只是一个名字，一个概念。他出生在北京，从来没有去过林东，何以有此念头？

"我想看看你们生活过的地方。"熊仔说，他用了"你们"一词，而不是"你"。

"我和你爸爸？"

"不是，是你和姥姥，还有姥爷。"他补充道。

丛牧之心头一震，感到自己长久以来的迷惘突然间被撕开了一条缝隙，新鲜的空气、光芒和尘埃一起涌进来，置换着她心里郁结了一年的情绪。

她也想再回去一趟，好好把林东走一圈，印证一些事，然后再留存一些事。

父亲的所有日记，她已经全都拍了照片。她还想做另一件事，就是把独自在赤峰公墓里安葬的母亲迁回林东，然后选几样父亲的遗物，帮他们合葬。应该能在那里找到一块墓地。她还想去看看敬老院里的齐齐格，自从李永龙冻毙于草原的风雪，而小凯因赌博后抢劫、诈骗被判了十几年之后，她一直独自生活。身体状况越来越差，生活无法自理后，在她的哥哥齐木格和几个侄子的帮助下，她住进了林东的一家民办养老院，每个月800块钱。这时候，她已然拒绝齐木格带她去赤峰的提议，说是要在这里等儿子回来。

丛牧之从来没去看过她。这段时间因为写小说，许多少年时的回忆从过去翻涌而来，让她对这两个人有了新的认知。她发现，齐齐格和母亲晚年都信服一种叫"命"的东西，可信服的方向又不一样：母亲是在顺应中忍受，而齐齐格是在忍受中顺应。特别是小凯出生，给了她对命全部的信任，但是后来小凯的堕落，又让她付出了后半生的幸福。父亲日记中所记述的她的过去，是那样沉重而惨痛。她对小凯的溺爱里，或许也藏着对幼年自己的同情吧。

命运把她像沙袋一样无数次捶打，如今沙已漏尽，只剩下空瘪的躯壳。你看，躯壳有时会更长久。

儿子的提议拯救了丛牧之，回去的理由突然间变充分，好像一只空气球，熊仔给它充满了气体，它就可以随风而飘了。

于是，丛牧之每天一大早就刷新闻，看国内是不是有新的病例出现，还好，只是局部地区偶有病例，按照现在的防疫措施，不至于大规模扩散，暑期出行应该不受影响。

2

7月中旬，暑气升腾，间或来一场夜雨，让整个京城降了降温。但第二日艳阳一出，便又回复到闷热的天气，且多了潮湿，令人整天全身都腻腻的。这温度也在催他们北上，去更凉爽的地方。丛牧之和熊仔坐上了回赤峰的高铁。

到赤峰后，她计划租一辆车，开回林东，也方便在林东四处走走看看。熊仔虽然是为丛长海和自己回去的，但博物馆、召庙、石房子等地也应该去看看，特别是召庙，始建于辽代，门楣上有四个字"真寂之寺"，较之一年前回来，较之几十年前她还未离开时，如今的丛牧之对"真寂"有了更深刻的理解。召庙所在的山脉，属于第四纪冰川遗迹，是连体冰臼，算得上公认的世界地质奇迹。第四纪冰川在地球发展史上极为重要，因为它形成于人类出现和发展的时期，因此又被称为人类纪。也就是说，正是因为第四纪冰川对地球地质和气候的改造，让人类的诞生有了环境保障。这跟熊仔最近念叨的"冰箱文明"，有着一定的相似性。

丛牧之感觉到熊仔心绪的变化，他似乎从前些年对电子产品、人工智能等技术的痴迷中短暂抽离出来了，开始关注一些带人文性质的内容。不过，他的成绩也随之下降，这倒是个麻烦事。丛牧之的考虑是，这个假期让他尽情玩一玩，走一走，回去之后还是要好好抓抓学习，现在，她依然无班可上，是得管管孩子的学习了。

赤峰的天气比北京凉爽不少，田野里是夏日的浓绿色。不过，有些落叶林的色彩开始显露一点丰富的样子，还有部分田野里的庄稼也各有色彩。在童年和少年时，丛牧之常常在这个时节感到焦躁、烦闷，但又喜欢独自走到镇子边上的田野，坐在土城墙上看那一片巨石，想象它们化作石人，踩过半人高的蒿草，一步一顿走到城墙脚下，跟她默默对视。

天色由暗转黑时，她回到家里，母亲已从市场里回来，做好饭，正在等她。

锅里又是一堆杂物：猪牛羊鸡的边角料，还有白菜或者土豆、粉条。主食几乎永远是馒头。她毫无食欲，说自己不饿，躲回房间里，悄悄拿出用零用钱买的方便面，钻进被窝，轻轻地咀嚼。方便面咯吱咯吱的声音让她的胃部轻微痉挛，唾液超常分泌，帮助她把食物咽下去。她听见母亲推门进来，立刻停止动作，假装睡着，过了一会儿，母亲离开了。她出了一身汗。

回忆让人恍惚，但永远有迹可循。丛牧之耳朵里真有嚼方便面的咯吱声，来自前面座位的一个小女孩，她正在吃干脆面。

丛牧之问熊仔饿不饿，不饿的话他们下车后先去公墓办理姥姥的骨灰迁移手续，这样就直接回林东了。在火车上，丛牧之已经给姑姑打了电话，姑姑说堂弟秋生已经找好墓地，合葬的事不难办，只是她可能没时间具体操办，得丛牧之自己来。丛牧之理解她的意思，便说不用她操心，自己可以弄好。姑姑的心结是永远也解不开的，或者是虽然解开了，但那有过疙瘩的地方，永远都不会平顺。她暗暗叹息，又忍不住感慨自己的幸运。然后想，母亲他们这代人之所以信"命"，实在是不得已的选择，否则怎么办呢？像小凯这样的，还能部分归结为家庭教育问题，姑姑家的丽丽又怎么说？出生几年后，她停止了生长，像是上帝把她身体里的一个开关关掉了。这个家族的诅咒终究闪电般落了下来，只不过闪电没有击中父亲的头顶，而是击中了姑姑的头顶。每一次，她几乎都不忍心想起这件事。但是，你总会在各种社交媒体、新闻上看到与此有关的信息，回忆又变得不可避免。再深究，那个诅咒其实并不是父亲的，而是自己的，父亲不过是命运隔山打牛的山，自己才是那头牛。那座山因为无法承受这件事的降临，突然间飞走，只留下一头懵懂的牛。可是，她并不确定这个理由是否靠得住，尤其是在读了许多遍父亲的日记，还用小说的方式试图去理解之后，越发犹疑了。这是风狂雨骤中她抓住的唯一一根稻草。

出高铁站，打车到租车的地方，他们租了一辆大众SUV。丛牧之打火试了试，还好，虽然不太顺手，但能开。她让熊仔在后排眯一会儿。

母亲的骨灰是在她去世两年之后送到这里来的。余作真说，就留在北京的公墓吧，我们也能经常去拜祭。可是她一想到母亲对这个城市的抵触，就不忍心让她的骨灰继续在这里迷路。也是在母亲得了老年痴呆症之后，她才从小区里那些带孩子的老太太那里得知，在北京的这些年里，母亲长期失眠。她说城市的天空永远不黑，不管用多厚的遮光窗帘，在深夜里，也依然能看到微弱的光。更关键的是，他们住的是高层，不远处就是四环路，车辆的呼啸声日夜不停地灌进她的耳朵，让她烦躁不已。她从未跟丛牧之提过。她总是早早起床，熬粥，蒸包子，烙饼，包馄饨，给一家人做早饭——当年，她只愿意把那些大杂烩一锅炖。然后送熊仔去幼儿园、小学，然后去菜市场买菜。如果说母亲跟其他的农村老太太有什么不同，就是她并不会专挑便宜的买，她只买新鲜的、好的。她跟其他老太太说，人活一辈子，其他东西都多多少少是为别人活的，只有吃到嘴里的东西，才实实在在是自己的。买完菜，她赶紧躲回屋里，很少跟她们去公园、去批发市场，她讨厌满大街的人和车，讨厌那些叫嚷与喧嚣，她把门关紧，窗帘拉上，有时候还把余作真的墨镜找出来戴上，只为享受那并不可靠的黑暗和安静。

但是一个活着的人，想要获得真正的安静，是多么难啊。往事会从血管的末端悄悄聚集，然后跟着流动的血液到达她的心脏，再到她的大脑，经过鼓膜和听觉神经时，那些几十年前的人便开始说话，甚至跳跃，他们像一阵风那样掠过，她的耳朵便响起轰鸣。是的，她还有严重的耳鸣症状，好在这种情况一般不会持续太久，半个小时左右就会渐渐消退，否则，母亲早就活不下去了。她活着，不让外人知晓她遭受的苦难，因为一切都是她的命，她认命，也就得认这命里的一切。偶尔，幼年的熊仔感伤地说，我长大以后想做姥姥。问他为什么，他说，因为姥姥不用上班，也不用上幼儿园，每天都乐呵呵的。

外人看起来，她的确是乐呵呵的，但那只是她那张脸所致，她年老后变得慈眉善目，只要面部表情一动，看起来就像是在笑。当然了，她也的确经常哈哈笑，因为可以用这笑声消解自己耳朵中的轰鸣，还有心里的烦躁。

我从来没有理解过母亲，丛牧之忍不住想，直到她去世。甚至，我从未试图去了解过她。

公墓的骨灰存放处静穆至极,真像是另一个世界,他们扫码、测温、拿出预约单,跟着一个工作人员走进去。

工作人员嘴里轻轻念着骨灰盒的编号,3708、3709、3710,这里,肖月,身份证号码150422*****,对吧?

丛牧之刚要伸手接住母亲的骨灰,熊仔先她一步接了,可能他以为这个暗红色的盒子会很沉,毕竟,那是一个六十二岁的人的一生,但是没想到盒子很轻。所以,他接住时手的力度过大,盒子猛地上蹿了一下,盒盖发出轻微的咔嗒声。

丛牧之吓得"啊"了一声。

熊仔吐了下舌头。

他们互相跟着往外走,大厅里只听得见轻轻的脚步声,突然,一阵歌声响起:我向你奔赴而来,你就是星辰大海,我眼中炽热的恒星,长夜里照我前行……那个胖胖的工作人员,从屁股兜里掏出手机,接通了电话:喂,妈,中午没时间,我值班啊,你不要老是打电话催催催,我这里都是死人啊,死人更要安静的……

丛牧之和熊仔面面相觑,直到走出公墓的大门,再回头看时,两人仍然没有从刚才怪异的空间和歌声里缓过神来。

"妈妈,姥姥好轻啊。"丛牧之发动汽车,熊仔抱着骨灰盒,在后座说。

"嗯。"丛牧之轻轻答了一句。

"再重的人呢,最后都是这么轻的。"她又补了一句。说完有些后悔,熊仔还是孩子,不该跟他讲这么悲观的话。

"所以众生平等。"熊仔的回答让她有些意外。

"我想姥姥了。"熊仔又说。她从后视镜里看了看,小家伙眼圈有些发红,手在摩挲骨灰盒,仿佛他还能摸到姥姥的手。

"你还记得咱们看的那个动画片吗?"

"《寻梦环游记》?"

"对啊,那里面不是说,死亡并不是人真正的消逝,一个人真正的死亡,是再也没有人记得他。我们都还记得姥姥,想念着她,所以,她仍然活着,只不过跟我们不在同一个时空。"

"嗯。"熊仔说,"还有那个电影《星际穿越》。"

丛牧之左打轮转弯,拐上了高速,从这里到林东镇,还有两个半小时的行程。

"熊仔,你要不要再睡一会儿?"

"不用妈妈,我就这样吧。我第一次回你的老家,我想好好看看。"

丛牧之说:"好,那我不开太快。"

这辆车,挂挡稍有些卡,但不影响正常开,丛牧之已经逐渐顺手。高速上车不多,她可以开得很放松。丛牧之随手打开收音机,一阵吱吱声之后,里面的信号逐渐清晰,传出一阵歌声:让青春吹动你的长发,让她牵引你的梦……《追梦人》,她少年时最喜欢的歌之一。

半个小时后,她瞟了一眼后视镜,小家伙还是睡着了,不过他的手臂仍紧紧地抱着姥姥的骨灰。她心里一暖,又一酸,这应该是他们所能有的最后一个拥抱了,不知道母亲能否感受到。

想起距离前一次回来,不过几百天,丛牧之已经有恍如隔世之感。

他们又路过了上次回来见到的那一片草场,也不全是草场,还有几片沙化地,她上次看见过。几顶蒙古包安静地在路边草甸子上伫立着,不远处七八只羊在吃草。沙地上长着几棵沙柳,都已干裂发黑,但枝头仍然冒着嫩绿的枝丫,在阳光下轻轻浮动,有一种历尽沧桑、宠辱不惊的样子,更像是看淡了生死,反而活出了新意。那几匹骆驼趴在地上,梗着脖子,看着远处的青山,像是若有所思。

她靠边缓缓停车,回头喊熊仔看骆驼。熊仔睁开惺忪的眼睛,车窗外的景色让他恍惚了一下,继而露出兴奋:"骆驼。"

"你要骑一下吗?"丛牧之问他。

熊仔摇了摇头。

"那下去走走?"

熊仔问:"你想去吗?"

"我随你。"丛牧之说。

"那就不下去了吧,"熊仔说,"我想早点儿到林东。"

"哦,好。"

丛牧之回答着,打着火,挂挡继续前行。

她从后视镜里看到,熊仔调整了下坐姿,胳膊麻了,他不得不把姥姥放到旁边的座位上。

丛牧之一个急刹车,她一身冷汗:"熊仔,咱们出门前那个小黑箱子呢?是不是落在火车上了?"

那是父亲留下的,那里面有他全部的日记、那台诺基亚手机,还有其他一些小零碎。如果落在火车上,那就全完了。

熊仔被急刹车送到了前面,撞到了前排座位,好在刚启动车速不快,他瞬间就稳住了身子,一伸手,托住了滑动的骨灰盒。

"在后备厢,妈妈,我拿着呢。"

丛牧之长出一口气,倒靠在座椅上,呜呜地哭了出来。

熊仔没有打扰她,任她哭了一会儿。他下车,打开后备厢,把那个小箱子拎到她面前。

她不好意思地擦了擦眼睛,说:

"幸亏你记着。放后排吧,跟姥姥放一起。"

3

他们继续赶路,路边的指示牌上显示,这里距离林东只有八十公里了。

熊仔重新戴上了耳机,丛牧之知道,他其实并不是在听歌,而是在听交响乐。肖邦、巴赫、贝多芬、柴可夫斯基，有意思的是，这孩子从小并没有表现出任何音乐天赋。上小学时，丛牧之跟风给他报了钢琴班，但是他始终无法协调地弹琴，每个音节的节奏都不准。后来换成了架子鼓，依然糟糕。不过，他能很轻松地识别五线谱，可一旦唱出声，则会立刻五音不全。问他既然能识别，怎么唱起来这么困难，他说：我把所有乐谱都理解为一种图形，我能记住图形，可脑海里并没有它代表的音调音节。后来，丛牧之只好及时止损，退了所有音乐性课程。到了小学三年级，熊仔放学，她因为要加班，只好把他带到剪片子的机房里，他偶然听见了一段配乐——没记错的话，是柴可夫斯基的《天鹅圆舞曲》，一下子喜欢上了。从此一发不可收拾，在自己的手机、平板、电脑里存贮了能找到的所有古典乐曲版本。

他依然听不懂乐曲的具体音节，就是被它们融合在一起的旋律深深吸引。丛牧之、余作真曾一起跟儿子探讨过这个情况，甚至还带他去协和的生长发育科做过咨询，并没有得出什么可靠的结论。最后，大家便接受了熊仔自己的说法：我只是喜欢听，我觉得那些曲子里面能听到整个宇宙的声音。比如贝多芬的《命运交响曲》，就是热血沸腾的感觉，可也不全是积极的，这是一个悲剧。比如巴赫的《第九交响曲》，特别像宇航员在真空里的宁静，其实就是某种幻听，那是一个人心里和脑海里的声音。每一首曲子，弹奏的人不一样，传达出的信息也不一样。

"我儿子是个天才。"余作真说，"他是属于未来世界的，超越我们这些凡夫俗子至少一百年。"

丛牧之嗤笑他一声，说："所以呢？"

那时候，他们之间处于婚姻中美好阶段的尾声，不知道一个携带着病毒的细胞已经开始萌芽。

"所以他只能是我儿子，哈哈。"余作真一高兴，就趁丛牧之出差时休假，带着熊仔去游戏厅打游戏，有时候甚至是通宵打游戏。老师的电话打给正为工作手忙脚乱的丛牧之，告诉她熊仔已经两天没上学了。丛牧之大吃一惊，赶紧打电话给熊仔，关机。又打给余作真，没人接，他正在上手术。直到几个小时后，熊仔悄悄发来一条微信：妈妈，我不小心睡着了。丛牧之怒气冲冲，不断给余作真打电话，终于通了，还没等她骂出口，余作真抢先说：又死了一个。或者说：又活了一个。丛牧之满腔的怒火立刻变得有些不合时宜，他在谈生死，而她却想谈打游戏。末了，她只能变成带着怨气的唠叨："你别再带孩子通宵打游戏了，眼睛快近视了，再说，怎么能两天不上学啊？"

余作真嘻嘻笑着说："放心放心，熊仔有我的遗传，眼睛好着呢，你看我们家没有一个人近视。"

丛牧之挂断电话，火气没处撒，便冲现场的临时演员、摄影师大吼：干吗呢你们，能不能专业点儿啊？

晚上，她又觉得不好意思，挨个儿跟人家道歉，说不是针对他们。

灯光师是合作多年的了，早就知道她的脾气，哈哈一笑说："丛姐，跟你说吧，你就发火时像个导演，哈哈。"

丛牧之哭笑不得。

4

姑姑和秋生站在龙腾小区门口，秋生嘴里叼着烟，耳朵上还夹着一根烟。他去年年底在车站附近开了一家特产店，主要卖各种奶制品和风干牛肉，据说生意不错。镇子西边，他还经营着一家服装店，是从姑姑手里接过来的，因为现在人们都在网上购物，服装店销量一般。不过，他继承了父母的生意头脑，把服装店开到了网上，所以有时候，林东镇的人们从网上买的衣服，其实也是从他家发出去的。这么多年，姐弟俩只在去年匆匆见过一次。丛牧之对这个堂弟始终心怀某种感激，首要的原因是他的出现，拯救了绝望的姑姑一家，也间接地拯救了她和母亲，以及父亲，当然这一点是她得知父亲离开的原因后才明白的。其次的原因是，秋生生了一对双胞胎，都健康、聪明、可爱，这又让丛牧之怀疑那个诅咒的真假——或许只是人们的心魔而已。

熊仔从没见过这个姑奶奶和堂叔，下车时略显惴惴不安。

秋生却是自来熟，一把搂住熊仔，说："嘿，小伙子长得真高，十三了吧？"

熊仔点点头，轻声喊："秋生叔。"

姑姑比前一次见更老了，原本肥硕的脸，皮肤开始松弛，脸颊便向下坠，眉梢也下坠，笑脸变成一副苦相。姑姑说，姑夫本来要来的，但是有事。丛牧之知道，这是借口，姑夫一定是跟人去喝酒了。许多年来，他早已成为一个酒鬼，应该是已经酒精中毒了。而他开始酗酒的原因，依然要追溯到三十多年前丽丽的出生，也就在她出生的第二年。他是那个诅咒的连带打击。这么说，诅咒又的确存在。

丛牧之是在八岁时，才明白丽丽和其他人的区别的。她跟一群小伙伴在土街上玩儿，迎面来了一群北街的小男孩。他们玩老鹰捉小鸡，一个男孩不小心被奔跑的丛聪绊倒了，站起来号哭。丛聪觉得他太娇气，没理他。那个小男孩不哭了，指着她说："傻子，你们老丛家都是精神病，大傻子。"丛聪被骂晕了，她回嘴说："你才是大傻子。"其他孩子开始起哄，跟着男孩大喊："丛聪丛聪大傻子，丛聪丛聪大傻子。"丛聪再也撑不住，自己也哭起来。男孩们哈哈大笑，说："你看吧，真的是傻子，跟你妹一样傻。"

丛聪这才明白他们骂她的原因，是源于丽丽。妈妈说，姑姑家的丽丽，因为小时候打疫苗发生了偶合反应，整个人傻了，永远都长不大了。现在她知道，疫苗只是个借口，方便跟外人解释，总不能跟别人说：家里就有这个基因啊。她很少见到丽丽，两家人来往不多，像是陌生人。少年时的丛聪不知道原因，母亲也从未解释过这件事。她偶尔在路上，或者街上服装店那里碰到姑姑，姑姑看她的眼神都冷冷的，冷中还带着一丝怨恨的样子，仿佛丛聪曾给她家放了一把火。反倒是初高中时，她跟姑姑的关系缓和了一些，那是因为堂弟秋生。从小，秋生就对丛聪充满依赖和崇拜，自己能跑出来玩的时候，他常常赖在丛聪家里。那时候，还有齐齐格家的小凯，丛聪像个大姐大一样带着两个小弟奔跑在土城墙外的草地上，要么就去镇子边上的农田里掰玉米、挖土豆，然后去齐齐格家的荞面馆，把吃的偷偷埋进炉灰里。等过个把小时，再扒出来，带着煤灰囫囵吞枣地吃掉。

时间久了，两家人不可能不走动，姑姑也因为秋生的出生消解了多年的心结，蓦然对丛聪温柔起来。她跟母亲的年纪越来越大，在几十年的生活历练中，见过了许许多多的人间悲喜剧，终于知道自己虽然不是幸运的那个，可也算不上是最惨的那个，一切便都可以承受了。但是她们之间毕竟隔着一个丛长海，就像母亲和齐齐格之间也隔着一个丛长海，她们三个像是等边三角形，而丛长海是那个把她们连接在一起的"勾股定理"。

父亲和丽丽是母亲和姑姑从来都不谈论的话题，她们非常巧妙地避开这两人，说着镇子上的其他事情：齐齐格为什么总是难以怀孕，东边化肥厂的会计因为贪腐被判了十年，农业银行的出纳和副行长有一腿，再有就是孩子们的学习。

姑姑家的二层小楼，不是别墅，但有点像，只是因为一层和二层建的时间不一样，水泥外墙显示出两种颜色，像是孩子们玩的两块积木。楼下是一个不小的院子，栽种着月季之类的常见花卉，穿插着几棵海棠树。丽丽正蹲在树下，用一根树枝拨弄几只搬动米粒的蚂蚁。米粒是从丽丽衣服上掉落下来的，她吃饭总是吃得到处都是，因此胸前永远戴着一个防水肚兜。上面污迹斑斑，甚至还有前天的饭粒干在那里。两只黑蚂蚁试图把一粒米抬走，它们艰难地忙碌着，终于快到洞口的时候,突然有一股强大的力量瞬间将它们拨到了远处。蚂蚁永远不明白那是什么,对它们来说,外界的一切都是一个统一体,刮风、下雨、猪狗牛羊鸡,还有人,都是一种东西。

丛牧之和熊仔跟着秋生走进院子,秋生想过去喊丽丽,丛牧之拉住他,示意别打扰丽丽。熊仔轻轻凑过去,也蹲下来跟丽丽一起看着那几只执着的蚂蚁——在死去之前,它们只有一件事要做:就是把那粒米抬回洞穴中。熊仔同样看得津津有味。

丛牧之和秋生走进一楼的客厅,把骨灰盒跟父亲遗留的箱子放好,坐下来。秋生说他媳妇和两个孩子,都回娘家了。他媳妇是蒙古族人,家在草原上,一放暑假,两个孩子就嚷嚷着去草原上骑马。

"简直不像我的种,"秋生语带自豪地说,"整个两个小牲口,闹腾死人。"

上次回来也没见到他俩,真是不巧。不过,只要想到这两个家伙一切正常,她心里就立刻有种轻松感。旧人的心事,常常只有新人才能解决。

秋生跑去烧水沏茶,他说要烧一壶奶茶,就是他们小时候在齐齐格的荞面馆喝的那种。

透过一道门,丛牧之看见姑姑在厨房里摆弄一只鸡和一条鱼,菜刀飞快地剁在食物身上,鸡碎成小块,鱼也四分五裂,然后是刺啦刺啦的热油声,一股熟悉的香味飘了出来。丛牧之深吸了几口,这是记忆中饭菜的味道。

过一会儿,秋生端了奶茶过来,丛牧之吹吹,喝一口。随着胃里一热,眼眶也一热。忽然间,她有点儿感伤,自己离开这么多年,跑了这么远,可有些东西竟然能一瞬间就把你带回到故时故地。

这一刻,她无比想念母亲,甚至齐齐格。

这奶茶是咸味的啊?熊仔喝一口,吃惊地问。哦,这孩子自出生起喝到的奶茶都是甜的,还从没喝过正宗的蒙古奶茶呢。

多喝几口,你就能品出它的香了。丛牧之说,我就不爱喝甜奶茶,腻。

吃完饭,秋生拿出一瓶酒要跟丛牧之喝点。丛牧之没拒绝,今时今日的场景和心绪,确实应该有一点酒。姑姑唠唠叨叨——她从前可不是一个多话的人——但你也听不清她到底在说什么,总之是日常里那些鸡毛蒜皮的小事,儿媳的脾气,丽丽将来该怎么活,两个孙子天天上课外班,姑夫已经喝废,总有一天要喝死的。偶尔,她会口齿特别清晰地跟丛牧之说一句:多吃点儿。熊仔挨着丽丽。有了新的玩伴,丽丽情绪很好,不断地在桌子上模仿蚂蚁搬动米粒,然后再用筷子把它拨走。她哈哈大笑,熊仔也陪着她笑,只不过声音很小。

秋生端起酒杯,自己先喝掉了,才说:"姐,喝酒。"

丛牧之随即也抿了一口,度数不高,能喝出荞麦味。她知道老家有一个小酒厂,专门酿造荞麦酒——她在小说里写过,丛长海就喜欢喝这种酒。因为度数低,喝的时候可以大口喝,显出一种豪壮。

这个冤家,姑姑说。她试图帮丽丽整理一下她面前的碗筷和掉落出来的饭菜,但丽丽恶狠狠地冲母亲吼了一声:嗷……像一只小狼狗。

"我来吧,姑奶奶。"熊仔说。

熊仔用筷子把桌上的菜夹走,然后把米粒按他们看不懂的图形摆好,丽丽露出开心的笑容。熊仔跑出去,很快又跑回来,摊开手掌,里面是一只黑蚂蚁。他把蚂蚁放在米粒摆成的图形中,那只蚂蚁便开始了各种试探。

"妈妈,你听说过四维空间吗?"熊仔说。

"啥?"秋生先答了话。

"四维空间,"熊仔说,他指着光滑的桌面,"你看,这个桌面或者一张纸,就是二维空间。但是桌子上摆一只碗、一个苹果,这个空间就变成三维的了。如果再加一维,就是四维,甚至还有五维空间和六维空间。"

"往哪儿加？"还是秋生，他忽然来了兴致，捡起一块鸡骨头放在碗里，"这样吗？"

"不是，我们人类所处的就是三维空间，是没有办法看见四维空间的，只能靠想象。我给你们找个东西。"

熊仔打开他随身携带的iPad，打开一个视频，视频就是讲四维空间的。那里面出现一只奇怪的瓶子，瓶口穿过它的身体回到了瓶子的内部。

"这个叫克莱因瓶，是科学家模仿四维空间的构成所设计的。从理论上来说，就算把整个地球的水都灌进去，也灌不满。"熊仔说。

"怎么可能，你这不是科学，是伪科学。"秋生哈哈大笑，拎起了酒瓶，指着说，"不就是个瓶子嘛，咋可能灌不满呢？"

熊仔感觉自己无力给二叔解释清楚这件事，他看到了蚂蚁，拈起来，把它放在一小块骨头附近，蚂蚁沿着骨头的形状攀爬起来。

"你们看，"熊仔说，"蚂蚁一会上一会儿下，但其实在它的视野里，根本不存在上和下，因为它是二维动物。也就是说，它看到和感到的所有东西，都是平面，它只能沿着这个平面走，没有高和低、深和浅。或者我们在地球上走，人永远都觉得自己走在平面上，但地球是圆的，我们走的其实是一条曲线。"

秋生仿佛明白了一点，又仿佛仍是一头雾水。丛牧之大致理解了儿子的意思，但她不清楚他为何说这些。

熊仔似乎猜到了母亲的疑问，便接着说："我觉得丽丽姑姑就是这样，她的感知可能比我们少一个维度，因此一切都变了。我们以为重要的那些事物，对她来说都毫无意义，她有自己的趣味和喜欢。她不是病，只是跟我们处于不一样的维度。说不定，她活在四维的世界呢，能看见我们看不见的事物，能感觉到我们感觉不到的快乐。"

三个人都怔在那里，连姑姑也停下了收拾碗筷的手，他们转头看向丽丽。她仍然在看着蚂蚁和米粒，神情淡然如悟，丛牧之的心轰的一下，浑身酥麻，像低伏电流流过。熊仔的话，一下帮他们打通了整个家族的心结，哦，原来那并不是诅咒，而是开启另一个世界的密码。没有比这更好的解释了。

有关这件事，父亲在日记中只提到过一次：

> 二十年来，我一直如丧家犬一样奔逃，但诅咒如影随形，从未离我半步。我在十五岁当兵之前就知道，我们丛家是被诅咒的家庭，这诅咒来自无法计数的远古。一开始，父亲跟我说这件事，我是不信的，但后来我跟镇子上的老人们打听，才发现它是真的。这也是我要去从军的原因之一，我希望自己能战死沙场。父亲告诉我，我们家的人每隔一代就会生出一个傻子或者疯子，总之是个不正常的人类。我出生前，他彻夜未眠，因为没有人跟他保证隔代遗传会不会变成每代都有。我打听到，父亲曾有过一个弟弟、一个妹妹，弟弟还不到一岁，就得病夭折，人们还无从判断他到底是否被诅咒选中。但那个妹妹很不幸，是一个疯子，也就是我的姑姑。再往上数，老人们跟我证实了，曾祖那一辈有两个傻子。

> 我梦想着成为一名伞兵，从上万米高空降落，端着枪去执行危险的任务，战死沙场，马革裹尸。我不怕死，真的，我怕自己是被命运选中的人。这是我后来一切选择的基础。特别是我对肖月和未出世的孩子所做的那件事，简直禽兽不如。

> 退伍后，我回到林东，内心的压抑无处释放，但是我本质上仍然是个怯懦的人，我又不敢自杀。既然不敢死，那就活着吧，尽兴地活着吧。凭借那点儿小聪明和时代给的运气，我开了一家理发厅，开端不顺，但后来因为一个女孩的出现，一切都走上正轨。我恋爱了，和那个叫肖月的女孩。我其实说不清自己喜欢她什么，就是她身上有一股劲儿把我裹挟了，或者让我沉迷，很多事情上，

她就是我的勇气。

她怀孕了。我以为自己做了足够的防护措施，但是她怀孕了。当年为了避孕，我甚至让人帮忙给她装了避孕环，那时候未婚妇女是不能装避孕环的。现在我知道，她跟我的朋友一起骗了我，她没有装，她怀孕了。

我冲她大发雷霆。在她看来，我是因为不爱她才不愿意跟她结婚，跟她生孩子的。不，不是这样。我只是担心那个没有落在我头上的诅咒，落在我的孩子头上。那样，我可能会杀了残疾的孩子，再自杀。我在部队学会了自制火药枪，我能把自己的脑袋打成一堆糨糊。然后我就做了那件终生悔恨之事，现在想想，那时候，我怎么会如此冷漠呢？把药撒进粥里的时候，我的手竟然都没有颤抖，心里还有一种一切终于要结束的快感。

唉，可能我的人性，天生就缺少温情的一面。

这时候齐齐格出现了。她点燃了我心里潜伏的躁动不安，我必须不断吸食这些狂热来抑制惶恐，因为肖月的肚子越来越大。但不能说我只是利用齐齐格，我也爱她，这爱热烈得不道德。我知道。我知道。我被诅咒冲昏了头脑，或者隔了这么多年再来看，我只是以诅咒为借口，好去放纵自己的行为和灵魂。我知道，我知道。

肖月爱我，齐齐格也爱我。

后来，我偷偷回去过林东一次，只为了看看新出生的孩子到底怎么样。谢天谢地，是一个女孩，她正常，简直完美。按道理，我应该浪子回头，回到家里跟她们一起生活。但是我有什么脸面回去呢？更何况，在这些流浪的日子中，我已经看出了自己的卑鄙，我这一代人的卑鄙，我不愿意承担责任，害怕承担责任。我们是貌似勇敢而懦弱的一代人啊，就像我在林东镇干的那些事，总是打开一扇又一扇新的门，从来不在乎门里有什么、怎么样。我们只负责开门。

咳，丛长海，你算个什么东西啊？搞得跟个代言人一样。可笑，可叹，可悲，可怜！

我离开了，再次离开。女儿很好，很健康，但是我依然不能保证这个诅咒已经解除。将来，她会结婚、生子，如果她的孩子出现任何问题，我依然会是那个原罪。更何况，诅咒确实在，这次回去，我看到了妹妹家的女儿，诅咒的闪电击中她的头顶。我想起当年自己对妹妹说的那句过分的话：我诅咒那个诅咒落在你身上。我为什么要这么说呢？还是怯懦吧，是自私，我不敢去承受这个命运，就试图把它推给妹妹。

我无法留下来。并不是所有罪恶，都能自我救赎。

5

丛牧之其实根据这段日记构思了父亲的一次回乡之旅，写了五千多字，但后来没有收进自己的小说里。她总觉得父亲仍有什么没有记下也没有说出的话，而那些话同样重要。现在，她知道了，父亲之所以没有写出和说出，是因为那些话不是他一个人的，而是他们一代人的。她从小就生长在一个没有父亲的家庭里，或者说，她从小就生活在一个不断寻找和辨认父亲的家庭里。李永龙、余作真，直到现在的熊仔——他是她的儿子，有些时刻也可以说是她的父亲。她的父亲并非来自过去，而是来自未来。

那天晚上，丛牧之和熊仔、丽丽一起睡在姑姑家水泥还未干透的二楼。

秋生在露台搭了一个凉棚，架上两张简易床，丽丽睡了一张，丛牧之和熊仔挤在另一张稍大点儿的上面。小镇之夜很快就安静下来，偶尔驶过的汽车声也因空旷而瞬间消弭。林东镇的夜晚再也不是她少年时那种没有缝隙的黑了，街上的路灯彻夜亮着，灯杆上还有中国结和灯笼形状的红色灯盏。怪异的是，红色的灯笼不但没有增加街面的亮度，反而把路灯本身的光给遮蔽许多。这里的建筑也是，都喜欢用暗红色的灯箱装饰，所以从镇子北面姑姑家高处的二楼看过去，整个小镇仿佛是远海的一艘游轮，又如海市蜃楼。曾经，它是尘埃般卑微啊。

丽丽抱着熊仔给她的毛绒玩具睡着了，那是一只身穿太空服的熊。

母子二人并无睡意，也没有聊天，只是一起静静地看夜空。过一会儿，丛牧之听见熊仔小声嘟囔着，她知道他在寻找可见的星座。今天并不算晴朗，但能见度比城市还是要好很多，天似穹庐，让人觉得地球并不一定是圆的，但整个夜空却像是圆的——圆的内壁，丛牧之想起一本书的名字——果壳里的宇宙。她还想，熊仔所说的四维空间，到底是什么样子？以她的空间感，完全无法凭空在脑海中构建出来。她所想象的，也只是一个假装超越一切的上帝视角，在高处看着人间的一切，无悲无悯，无喜无忧。

而熊仔，在内心计算着地球到火星的距离。他脑海中浮现艾丽莎的脸，叠加着科幻电影中有关太空的镜头。熊仔感觉自己飘了起来，重力消失，他置身宇宙的真空中。他伸出手，眼前空无一物，连空气都没有，手指探入无边无际的虚无里。他听见了自己的心跳和血液流动的声音，还有肺部随着呼吸的张弛之声。

熊仔感觉自己的手握到了什么，好像是另一只手，来自火星人。

那是丛牧之的手。她并不在宇宙中，而在人间，她看见父亲从夜空降落到面前，远远地就伸出手。她也伸出手，去握父亲的手。她握住了。

他们就这样手握着手睡着了，这是一个整夜做梦的夜晚，不过那些梦似乎遵循了某种神秘的逻辑，让他们既不感到兴奋，也不感到悲伤，而是获得了久违的平静。

6

合葬较为顺利，前前后后两天时间就完成了。秋生早找人刻好了墓碑，他们带着肖月的骨灰盒、丛长海留下的箱子里的几件物品，一起到了镇子西边的墓地。说是墓地，其实还是坟地，十多年前，整个北方都开始推行火葬，不再允许人们直接把死者埋在土里。但是火化之后，人们依然按照古老的习俗，买一口棺材，骨灰放进棺材里，棺材埋进泥土中，其实跟原来没什么两样。棺材也是秋生提前定好的，丛牧之看着工人们把棺木小心地放进墓穴后，她纵身跳进去，摆放好母亲的骨灰盒跟父亲的一本日记、一支笔、一张照片，想想，又打开骨灰盒，把这几样东西放进盒子里。她当然知道，不管怎么放，最后这一切都将被虫蚁啃噬，被草根缠绕，被雨水浸泡，化为尘埃。这一刻，她忽然特别想躺下来，就躺在父亲和母亲的身边，一睡不起。她这半生还从未享受过被父亲和母亲同时陪伴的温馨，她甚至都无法想象那是一种什么感觉。现在她有机会了，眼泪止不住地流下来。她赶紧擦掉，然后伸出手去，秋生和熊仔一起把她拉上地面。在这里，有一种说法，儿女的眼泪是不能落在棺木和坟中的，那样会让逝者不忍心去转世投胎，错过最好的机会，就变成了游荡的孤魂野鬼。

盖上棺材之后，她抛下第一捧土，熊仔抛下第二捧，然后是姑姑、秋生，接着，工人们用一尺见方的铁锨飞速地填土。

丛牧之突然看见了什么，她尖叫了一声：等一下。

她再次跳进去，从一层薄土下扒出一串钥匙。那是她第一条跳进来时跌落的。钥匙扣上，拴着丛长海留下的那枚竹简。

红黑色的棺木被黄色的土掩埋了。坟坑填平，渐渐成为一个土丘。丛牧之在附近捡了几块石头，堆放在坟头最高处，又在坟堆南面摆了一个品字形，作为另一个世界的入口。

"妈妈，这是什么？"熊仔问。

"门。这是姥姥姥爷的家门。"丛牧之说。

秋生从蛇皮袋子里拎出一大摞印有图案的海纸，那上面是丰都银行的万元大钞，一张连着一张。他掏出打火机，把海纸点燃，火焰瞬间随着一阵浓烟起来了，烟随风舞，火也如被拴着腿脚的野兽，试图挣脱。跪着的人感到一种干裂的灼热，还有呛鼻的烟尘味。

——PM2.5。熊仔的脑海里瞬间蹦出一个词。

——丰都。丛牧之的脑海里蹦出的是这个词，父亲在日记里写道：他亲眼看见那座以此为名的城市被江水淹没。

——哥，嫂子。姑姑心里的词不在脑海，她喊了出来。

丛牧之号啕大哭，她此刻彻底感觉到了生而为人的孤独，人生半途，她送别了从未有过的父亲和一直拥有的母亲，他们终于在另一个世界团聚，形式上完成了家庭的重组，而独留她在人世间。命，母亲晚年所笃信的那个词又从坟墓里跳出来，她也信了，但不是母亲和齐齐格那种信，对她来说，命就是人生。

熊仔又一次握住了母亲的手，他惊讶地感觉到，母亲的手并不是他想象中的冰凉，而是温热的，不是因火焰炙烤的热，而是来自她跳动的心脏和流动的血液的热。熊仔心里生出一种莫名的感动，这一刻，遥远的未来和以光年计数距离的太空都浓缩在地球这小小的一座坟墓前。他似乎开始明白，宇宙无边无际，人间却是由一抔抔土、一棵棵草、一个个人组成的。

一阵风从不远处的山坡急急掠过来，卷起燃尽的纸灰，又消失在四面八方。

秋生刚要搀扶丛牧之，她自己站了起来。

"妈，爸，你们在那边好好生活吧。这一次，你们不会分开了。那个世界，没有诅咒。我们走了，有时间再回来看你们。"

她呼吸匀称起来，刚才的哭号消耗了太多的氧气，以至于她大脑有些缺氧。风把头顶本就稀薄的几片云也吹散了，阳光一下无遮无挡地洒下来。人们注意到这片坟茔，从土的颜色上看，不远处还有几座半新半旧的坟，有的已经长出了青草，有的则还能看到泥土微湿的痕迹。

每天都有人死去，每天都有人出生，人间这条无始无终的长路上，随时有人走上来或走下去。

"人生如逆旅，我亦是行人。"

这是丛牧之离开父母时头脑里的最后一句话。

回到镇子上，他们一起吃了顿饭。

姑父也回来了，他的脸是那种黑红色，鼻头很大，更红，类似于酒糟鼻。他的牙齿掉落了几颗，一开口讲话，就会把黄色舌苔露出来，当然，口气也很难闻。姑父掏出酒，姑姑骂他都什么时候了还要喝。丛牧之说没事，只是合坟，又不是新葬。姑父倒酒喝酒，也不跟他们讲话。

快吃完的时候，姑父突然喊道：丛长海，你他妈的。说完呜呜哭起来。

丛牧之想不清楚，姑父这声喊里，到底是恨还是什么。应该是恨吧，因为丽丽。

丛牧之问姑姑齐齐格在哪家养老院，她想去看看她。

"看她干吗？"姑姑说，"你爸当年要不是因为她，也不会离家出走。"

丛牧之无法跟姑姑解释那件事只是个幌子，真正的原因是别的，便说："都这么多年了，小时候，她对我挺好的。我看看她，告诉她我爸回来了。也算对他们的过去做个交代。"

姑姑没再说话，起身把没吃完的菜打包。她是要带回去给丽丽吃的。她可能又看了半天蚂蚁。

7

慈心敬老院在镇子西边，快出镇子了但还没出，只有一个院子，一栋楼。楼高五层，外面没有粉刷也没有贴瓷砖之类的装饰，只有被风雨侵蚀的水泥灰色。丛牧之和熊仔拎着一箱牛奶和一大盒小蛋糕进去时，墙根下蹲着七八个老头，没有聊天，也没有抽烟或刷手机，就那么蹲着。远看上去，似乎都在闭目养神，但走近了就会发现，他们的眼睛是眯着的，看不清眼神，但肯定没有睡着。

熊仔耸了耸鼻子，他闻到了一股奇怪的腥臭味，对这个从小生活在城里的孩子来说，这是他从未接触过的味道。他不知道，那是人老去之后内分泌消退所不断累积的体味，再加上养老院的卫生条件也一般，老人聚集，这种气味便凝聚不散了。

他们爬上四楼——有电梯，但是楼下的护工说，电梯只要抬担架送生病的老人去医院的时候才开，事实上从未开过，他们都是把老人抱下楼。那个电梯不过是个摆设，只有电梯门，里面是一井空空的深洞，因为本地政策规定私营养老院必须有电梯以应对紧急情况。

楼道昏暗如夜，楼层间距很高，以至于顶上的低瓦数白炽灯约等于无，好在是白天，东西两侧窗子透出些光亮，还能让人勉强看清门牌号。

421，门虚掩着，两个人正要推门进去，听见里面传来呻吟声。

丛牧之有点儿后悔带熊仔来了，这种地方对他来说太陌生也太压抑。

屋里住着五个老太太。其中一个正蹲在一个简易马桶上大便，但是因为常年的大便干燥，她解不出来，一边用力一边呻吟着，似乎喊叫能帮助她。其余四个老人，有两个卧在铁床上昏睡，一个在嗑瓜子，另一个对着墙壁上用红纸剪出来的十字架念念有词。

丛牧之一眼认出了齐齐格，就是嗑瓜子那个。她的左臂被一条围巾托着，挂在脖子上。丛牧之听说过，齐齐格前些年中风后，半身不遂，左半边身子少有知觉了，但也并非完全不能动。

丛牧之上前，轻声说："姨。"

她再也不可能喊出"干妈"这两个字了，可小时候，每次放学后她跑到荞面馆时，喊得是多么自然而响亮。

齐齐格认不出她，但知道是一个来看自己的人，右手熟练地掏出一把瓜子——丛牧之看见，她衣服的前胸处缝了一个大口袋，瓜子就装在里面——递给她。丛牧之没有接，她自己继续嗑起来，一边对熊仔说："啥牛奶？蒙牛啊，下次给我买东乌旗产的奶，我不爱喝蒙牛。"

熊仔有点儿手足无措，丛牧之示意他把牛奶放下："熊仔，要不你去街上转转吧，妈妈一会儿就出来。"

熊仔点点头，把牛奶放在床头，出去了。

"姨。"丛牧之又喊了一声，"我是小聪啊。"

齐齐格嗑瓜子的动作停下来，但嘴唇上沾了许多瓜子皮，她嗑的时候，从来不专门吐皮，而是用舌头把瓜子皮推到嘴唇边上，等越积越多，就会自己掉下来。

丛牧之想找张纸巾给她擦一下，却一时找不到。

齐齐格终于认出了她。她们已经二十几年没有见面了，最后一次还是丛牧之大二那年暑假回去，在路上偶遇。那时，齐齐格的荞面馆已在一年前关门，转给了其他人，转让的钱给小凯还了赌债。她这一天就是拿着刚凑的一笔钱，去还前一段借的高利贷。前年，李永龙去草原上收购牛羊，开车遇上了大风雪，迷路后冻死在了那里。第二年春天，雪化之后，人们才发现了他。他的身体还未腐烂。他终于还是死在了风雪之中。

她们在一个路口处碰见，丛牧之打了个招呼，齐齐格看看她，叹口气，没有应声，转身走向西边。那天，丛牧之一直看着她的背影消失在街角的拐弯处。

齐齐格认出了她，仿佛也同时认出了过去的自己，有些激动地要从床上起来。可惜她左边身子不灵光，右边身体一使劲，反而向左边倒下去。丛牧之赶紧扶住她，只是口袋里的瓜子却撒出来不少。

她明白了自己的处境，于是不再动，而是坐得正了一些。

"聪啊，回来了。"齐齐格说。不知为何，她的口音听起来有些怪——等后来出门的时候，丛牧之才想明白，她说得特别像刚学汉话不久的蒙古人，丛聪记得很清楚，当年齐齐格的汉话说得是跟汉人一样的。

丛牧之发现自己不知道跟她说些什么，来之前，她还想着把父母合葬的事告诉她的，现在她不想说了。她无法预知这个消息会给老太太带来什么，齐齐格已然如此，何必凭空再给她添加烦恼？说不定，她真的已经彻底忘掉了之前的生活。

"聪啊，你得帮姨办件事。"齐齐格说。

"你说，我一定尽力。"丛牧之答应着，她想齐齐格可能还在担心小凯，希望自己帮小凯。

"养老院对面有一个商店，他们家卖你们小时候吃的那种红旗奶糖，你帮我买点。我想吃。"说着，她突然变小声，"我找旁边的老王太太帮我买，她每次都偷吃，还说奶糖涨价了，黑我的钱。"

丛牧之点点头，说："你能吃这么甜的吗？"

"你甭管，"齐齐格说，"还有就是你帮姨买张床吧。"

"床？"

"就是那种能直接在床上拉屎撒尿的，中间有个洞，马桶放在床下，不用下床就能方便。"

丛牧之头脑里有个模糊的印象，她又点点头。

接下来，齐齐格便不再理她，开始从床上的瓜子壳里往外拣刚才洒落的瓜子，一边拣一边嗑。

那边，蹲在马桶上的老太太终于解出来了，长长地哼出一口气，屋子里顿时弥漫着一股恶臭。

丛牧之戴着口罩，但仍被恶臭冲得一阵恶心。她匆忙跟齐齐格告别，冲出了房门。

到门口时，齐齐格大声喊："别忘了给我买奶糖啊。"

熊仔在养老院门口，盯着一根路灯看。见丛牧之出来，他迎上去。

丛牧之说，你等我下。她走过马路，找到那家商店，把店里全部的红旗奶糖都买了，然后送回楼上。

她放下糖，正要走。齐齐格说，等下。

她在床边一个小盒子里摸索了半天，掏出一张黑白照片，递给丛牧之。丛牧之本能地想到可能和父亲有关，但屋内太暗了，她看不清上面的人是不是父亲。这时，她又一次想告诉齐齐格父亲已经死了，现在跟母亲合葬，但又一次控制住了。

她把照片装在了口袋里，直到跟熊仔离开赤峰，坐在去往张家界的火车上，才拿出来看。

照片上，一个男人抱着吉他，正在唱歌。他头发很长，有一半垂下来，遮住了小半张脸。丛牧之如遭电击，她知道这个人是丛长海，她看见了他的半张脸。丛牧之脑海里不由自主地对比，自己的脸跟这半张脸有多少相似之处。然而，他低着头，眼睛躲在长发后面，她看不见他的眼睛。

熊仔凑过来，看了看照片。

"姥爷。"丛牧之说。

哦，熊仔轻轻应了一声。

火车呼啸而行，离开了故地。

"妈妈，谢谢你。"熊仔说。

丛牧之把照片收起来，疑惑地看着熊仔。

"谢谢你带我回来，我这次收获特别大。"

他跟母亲讲了在墓地时的感受，说心里仿佛被填满了，就算他将来真的去了火星，去了太空，没有了重力，也会有一种力量在牵引他。

"万有引力，包括我们的心。"熊仔说。

丛牧之摸摸他的头，说："我想爸爸了。"

熊仔没有问她，想的是她的爸爸还是他的爸爸。

8

刚在张家界的宾馆住下来，丛牧之接到两个电话，一个是快递的，她在路上买的那张铁床送到养老院，但因为没有养老院的电话，她只能留自己的电话。她让快递稍等，打给秋生，请秋生过去收货，然后帮齐齐格安装好。第二个电话是前台的，告知他们因为来时的火车上出现了确诊病例，并且有可能扩散，所以现在整列车的游客就地隔离，无法离开。

终于还是赶上了，丛牧之想，她知道这一次南南北北的旅行不会这么顺当。既然如此，那也只能安心待在宾馆里，好在她之前订房间的时候，因为路途劳累，订了一个五星级的，房间宽敞熟悉，餐饮也不错，有点儿贵，但还算物超所值。

这之后的十天里，她每天在电脑前改那篇小说，前前后后看，故事似乎基本完整了，但内里到底是什么，她也说不好。熊仔常躲在卫生间里，对着自己的手机嘟嘟囔囔，可能又在跟Siri聊天，可能是在做记录。那天，熊仔告诉她，他也是每天都记日记，不过不是用笔，而是用语音，他会把每天要记下的事情都录下来，又快又方便储存。

"我已经记了一年多了，"熊仔说，"所有的语音都储存在云盘上。"

丛牧之感觉到了冥冥之中的某种联系，或许本是偶然，但也不妨看成是必然，从父亲到儿子，他们用自己的方式记录下人生，而她，作为一个中间人，作用就是承接二者，把他们对各自人生的想法部分地传递出去。人类就是这样迭代而行的，像纸盒里的抽纸，一代压着一代，抽出一张的时候，下一张也会随即扯出一部分。

他们跟余作真打了几次视频电话，都没人接听。不知道是什么情况，外国的疫情更严重，尤其是非洲。丛牧之打电话给雅男，让他在北京帮忙打听一下。一天后雅男回话，说协和的朋友跟他说，医疗小组所在的地区前一段发生了军事摩擦，加上疫情，整个区域都被封锁了，手机信号塔和无线网络也遭到炮火的破坏，无法跟外界联系。不过，中国大使馆通过其他渠道了解到，医疗组现在一切尚好，他们正在努力想办法把医生们接出交火区，转道回国。困难重重，尤其是无孔不入的疫情让回国之路异常艰难。丛牧之很担心余作真，只是她不想把这种焦虑传递给熊仔。

她意外地看见熊仔掏出了一个本子和一支笔。

"你要写东西，还是画画？"丛牧之问。

"记日记。"熊仔说。

"怎么了，手机出问题了，不录音？"

"没有，妈妈，我在想，也许我应该用纸笔记一段时间。"他说，接着又补了一句，"学学姥爷。"

他开始认真地在日记本上写下时间：2022年8月17日，张家界。

丛牧之不再打扰他，一个人先去浴室洗澡。水流顺着头发流到胸脯和背部，她摸到胸脯前的吊坠，那只猫头鹰，又想起余作真。水当然也流到她的臀部、大腿、小腿、脚，她的手也顺水而下，摸到自己的私处，雅男的脸浮出水面。如果，我是一个男人，会是什么感觉？她心里突然冒出这种想法。

所有的想法都是闪念，转瞬即逝。

等丛牧之从浴室出来，感到身体有点儿发虚，熊仔还在记日记——他说要把前几天的也补上。手机上有三个未接来电,都是一个广西号码打来的。她不记得自己在广西有熟人,但也说不准,这些年拍片子东奔西跑,跟各行各业的人打交道,把自己的电话号码给过没有一万也有八千个人了。

她拨了回去,才响一声,那边就接了电话:"姐。"

"嗯,嗯?"丛牧之一脸蒙,完全听不出是谁。

"我是小凯!"对方说。

"小凯,小凯……"丛牧之几乎是尖叫了一声,熊仔吓一跳,回过头来看她。丛牧之想了想,又躲进卫生间,坐在马桶盖上,顾不得那上面还残留着水。

真是小凯。她以为他越狱了,但是没想到小凯是被减刑,提前释放了。他在监狱里认识了一个人,是个玉石商人,跟他同时出狱,把他带到广西去倒卖玉石。那边与越南接壤,很多人偷偷出境去买便宜的玉石,运回国内卖高价。小凯很兴奋,说自己很快就能赚到大钱。

丛牧之气不打一处来:"你出来,不先看看你妈去?你知道你妈在养老院过的什么日子?"

小凯沉默了一下,说:"我这样有什么脸去看我妈,等我赚了大钱,我回去给我妈盖个楼,请个保姆。"

丛牧之几乎是喊起来:"小凯,我记得你很聪明啊,你也不用脑子想想,现在是疫情期间,边境控制得铁桶一般,你怎么可能出境呢?就算你出去了,你还回得来吗?还有,你不怕被感染吗?"

小凯半天不说话,丛牧之想,他可能没想到这种情况,但他已经到广西几天了,这种情况已无须想,正是他眼下的现实,要不他也不会给丛牧之打电话的。也不能怪那个老板和小凯,他们毕竟一直在监狱里,虽然这两年不断看到有关疫情的新闻,监狱里也偶尔搞个相关演习,但他们根本不知道外界的具体情况。

他俩从沈阳的监狱到广西的一路,都困难重重。刚出狱时,他们拿到了自己的身份证和手机，但是手机卡早已停机，身份证日期都过期半年。末了他们还是回到监狱管理处，让民警想办法帮他们办了临时身份证，才补上手机卡的。毕竟，两个人都是因为在监狱中表现好减刑，还算得狱警的信任。有了手机卡，身上又没钱。那个老板——姓梁，打电话让一个朋友给他们打了几千块钱，才买到车票。但是一进站，又发现两人没有健康码，他们根本不知道健康码为何物。等鼓捣完健康码，车已开走，他们不得已改签，刚到广西一下车，就被拉去捅嗓子测核酸——沈阳出现新病例了，还好他们回去得稍微早些，再晚点可能就直接被隔离了。

在小旅馆里窝了一周，梁老板每天出去，说是去谈生意，回来时给他带份肠粉、米粉，嘴上高谈阔论，仿佛一笔大生意马上就谈成。又过了三天，一早起来，小凯发现梁老板消失了，而旅馆的住宿费和楼下小饭馆的伙食费一分没交，小凯蹲在小床上到黑天，终于从回忆中记起了丛牧之的电话号码。他记得也不准，最后两位数十分模糊，便只能一个一个试——试到第八十九个，他就快放弃的时候，听到了丛牧之的那两声"嗯"。第一声"嗯"的时候，他心里一动，第二声"嗯"一出现，他就知道是丛牧之了。小时候，他们一起玩，他总是问：姐，这样行不？姐，那样行不？姐，你快点儿啊。丛牧之总是回答：嗯。如果没听清，就会回一个：嗯？这是他心里无意中记下的语言密码。

丛牧之说，我现在也在张家界隔离呢，鞭长莫及，等下加你微信，我先给你转点钱，你买票回家。别在外面瞎跑了，回去随便干点儿什么，送快递、送外卖，或者去建筑工地，现在都不少赚，养活自己足够了。

"那我啥时候才能给我妈盖上两层楼啊。"小凯说。

丛牧之无语，她想象不出这种情况下，他仍然如此不切实际。不过又想，只要他别再去赌就好了。

丛牧之想到一件事，犹豫了一下，下定决心说：有些事，应该让你知道。

小凯"哦"了一声。

挂了电话，丛牧之等了会儿，微信上有好友申请。她通过了。

是小凯，他发来一个表情包，一张喜极而泣的脸。

丛牧之立刻转了五千块钱过去。那边瞬间接收了。

接着，她又转了一个电子文档，附言说：小凯，看看这个，或许对你有帮助。

那是她的小说里，有关齐齐格童年的一节。

丛牧之又一次走出卫生间，感觉自己双腿发软。

"熊仔，你把体温计找出来。"丛牧之说。

熊仔从笔记本中抬起头，怔怔地看着丛牧之。

"你戴上口罩。"丛牧之又喊了一句。

这时候，丛牧之心里升起不好的预感——不会真中招吧？熊仔怎么办？体温计夹在腋下5分钟，取出后，熊仔接了过去，对着头顶的白炽灯看了看，朝丛牧之耸耸肩："丛女士，很抱歉地通知你，36度5，不高不低，是全人类的平均体温。"

丛牧之长出一口气，但她心里那根弦却并未真正放下。熄灯后，她一整晚都没怎么睡，也不对，似乎是睡着了，还做了梦，不过那些梦太过真实，贴近她此刻的心境，让她以为自己并未睡着。

"梦就是我们思考的一部分。"她想。她回忆起小凯小时候的许多事，他堆泥巴，他跑到录像厅去找她求救，他们一起得传染病差点儿死掉，他变成了一个坏小子。人生的际遇真让人不胜唏嘘。

9

凌晨三点钟的时候，丛牧之突然从乱梦和胡思中醒来，是那种彻底的清醒。她开始盘点自己的几张银行卡、信用卡，还有最重要的网站注册名和密码，把一切都整理成一个文档，发到了熊仔的手机里。她还在手机备忘录里给余作真、春景和雅男各写了一封信，以备真有不测时能以最快的速度发出。让她略微激动的是，在写这几封信的时候，她觉得自己找到了父亲当年写日记的感觉，也可能找到了父亲离开林东镇时的感觉，那是一种告别：对自己，对故土，对亲人，对爱人，对一个时代的告别。而她的激动，来自她正走进一个新的时代，新的大地，新的宇宙。

早晨8点，熊仔从门外的脚步声判断出志愿者送早餐来了，今天是周三，不出意外是米粉。拎进来打开一看，竟然是馒头、粥和小菜，看来昨天大家在群里提的意见被采纳了，很多被隔离的北方人，吃了一周米饭和米粉，实在受不了，就呼吁给大家来点面食。丛牧之的头昏沉沉的，又测了下体温，还是36度5，她怀疑体温计有问题，让熊仔测了下，36度2，没事。吃东西时，丛牧之问熊仔收到她昨晚发的那条消息没。熊仔说收到了，又说，妈妈，你不用发的。你的所有密码我其实都知道——丛牧之想起，儿子似乎之前提到过。

"哦，那妈妈也要发给你，这是个仪式。你昨天写了多少？"她指的是他的日记。

"嗯……有差不多5页。我发现一个有趣的问题，在纸上写，跟在电脑上打字，还有对着话筒录音，那种感觉是完全不同的，而且就算是同一件事，三种方式记下的内容也不同。写的时候，因为要一个字一个字地写，所以速度很慢，我们的大脑必须等待我们的手。而打字的时候，大脑和手的速度几乎一致。但是录音时，完全不用手，是大脑和嘴巴保持一致。速度不同，那些跳进我们脑海里的字词句子也就不同。"

太棒了！丛牧之很高兴儿子有这样的发现，虽然算不上独特，但他自己真切感知到了速度和语言的关系，不容易。

"还有什么发现？"她追问。

"还有就是，我在写的时候，笔不会轻易落在纸上，仿佛有一种选择机制，自动过滤掉那些比较啰唆的、比较口语的东西，或者说，我觉得笔和纸对我们来说有种神圣性——仪式感，你刚才说的那个词。但是在电脑上和手机上就没有，因为可以随时删改、消除、增加。写是一次性的，虽然你可以撕了重写，但每一次写仍然是一次性的。而我们人，活着，也只能是一次性的。"

丛牧之有些震惊，她没想到熊仔的思考已经到了这个深度。于是，她跟儿子讲起了曾经拍过的一集片子，是讲中国古代书法的。主要提到的是苏轼的《寒食帖》和颜真卿的《祭侄文稿》，这两幅字上都有明显的涂改痕迹，但正是这些涂改，增加了这两幅字作为艺术品的价值。因为人的生活跟写字一样，都会充满种种意外甚至失败。我们看一幅写得毫无瑕疵的字，比如很多大臣的奏折，连一个字也没有涂改，美观，却丝毫不会动人。而那些有许多涂改的文字，像一个黑洞一样，能深深地把人吸引进去。

熊仔频频点头，他像发现了新大陆一样兴奋："妈妈，我以前从没发现这些书画有什么意思，只对数据的美有感觉，现在我发现新的美了。"

"我也是，"丛牧之说，"谢谢你儿子，你教会了妈妈很多东西。"

接下来的几天，这个十平方米的小房间变成了母子二人的头脑风暴中心，丛牧之给熊仔讲自己拍过的片子、遇见的人，甚至讲到了雅男的变性手术和春景的海外视频，而熊仔则给丛牧之普及有关人工智能、大数据、太空探索的知识，他们一个从过去走向未来，一个从未来回看过去，都获得了从未有过的眼界提升。

等到工作人员兴奋地宣布解除隔离，本酒店所有人核酸检测全阴，能够顺利去各个地方，整层楼都在欢呼解放时，丛牧之和熊仔心里生出一些遗憾——他们互相启迪的日子结束了，以后，他们肯定还会在许多时刻和场合长谈、细聊，但再也不会有这样的时刻了：外界的封闭让人们回归自己的内心，一切世俗的牵绊都被斩断，一周多的时间里，他们说尽了头脑中的知识和内心的感情。丛牧之感到，自己仿佛是武侠小说里的人物，从一个绝世高手那里获得了几十年功力，甚至她略微驼的腰背，都挺直了许多。熊仔则变得开朗起来，他的小世界被打破了，不对，是被放大了。现在，遇见酒店的保洁、门口的门卫，他会主动笑着打个招呼，而此前，这些人和事从未进入过他的眼中。他重新认识，也重新理解了自己的母亲，进而重新理解了自己。

有一天，他们讨论完，他兴奋地给余作真打视频电话，无人接听。这是这几天悬在丛牧之头顶的一根刺，她偷偷打过好几次，都是不通。而雅男他们打听到的消息就是，仍然没有任何消息。

10

丛牧之和熊仔商量着接下来的行程，到底是回京还是怎么办。到张家界本是临时起意，在离开赤峰的火车上，熊仔说，妈妈，我们去看看姥爷离开的地方吧。丛牧之不能不心动。哪想到刚到这里就被隔离了。

熊仔说，都隔离这么久了，这样回去太亏了，我们还是继续吧。丛牧之想了想，她也不甘心放弃。

他们抵达天门山山顶时，天气极好，又因为疫情影响，山上几乎看不见人影。

丛牧之的脑海里浮现出她写下的丛长海翼装飞行的文字，这几天她不断在改，也不断在重温这种交织着父亲的记录和她的想象的场景，此刻，她真正置身于他曾立足过的地方。山野无言，物是人非，她有了纵身一跃的冲动——不管她如何千方百计地去靠近他，都无法真正体验他体验过的时间和空间，飞翔和……坠毁。她已经猜到，他必然死于坠毁，否则还能怎么样呢？生病？意外？这都不符合他的人生，至少不符合她在小说里塑造的他的人生。

他们还有一个替代品，那就是天门山的电梯：网红景点，人们可以坐着高速电梯，从山顶飞速下降到地面。还有索道。如果把电梯和索道结合起来，大致可以模仿出翼装飞行的路线了。

丛牧之从手机里调出那段视频，又用卫星云图确定了一下降落的位置，画出了一个可能的范围，看着不大，但至少要一天的时间才能走完。与此同时，她还在想办法联络尤若琳，只有找到尤若琳，才能找到父亲参与的那支翼装飞行队伍。找到了这支队伍，就有可能了解到他最终的死亡情形。她好像在破解已经揭开的谜底。希望尤若琳是她的真名。

傍晚时，丛牧之跟熊仔下山，住在一家民宿里，吃了好吃的腊肉和土鸡，喝了米酒。

第二天，他们买了不少吃的喝的，又升级了一下装备，以备晚上赶不回来在山里夜宿。大半天枯燥的徒步之后，熊仔手机上的定位显示，他们已经接近那个划定的区域。两人进行了一次休整，电源、食物、水、保暖都很充足，但以路程看，今天肯定是回不去了，他们便计划好行程：天黑前赶到目的地，明天一上午进行搜索，最晚12点必须返程。

路越来越不好走，时而要顺巨石而下，时而又要沿着一个近四十度的斜坡爬升。除了山林和近处的山峰，什么都看不见，人太渺小了，只需一片森林就能把一群人遮蔽得无影无踪。一路上，他们遇到许多野鸟野虫，好在没有野兽。不过，偶尔有高枝上飞荡的猴子，还是会被吓一跳。见得多了，也就习惯了，那猴儿也习惯了，常常跟着他们走一段路。他们在地上，它在树上。熊仔和丛牧之讨论进化论，说人是猴子变的，很多功能进化了，可是运动功能却退化了，人走十分钟的山路，猴子一分钟就能完成。丛牧之说，有关人的起源和进化，一直众说纷纭，虽然现在达尔文的进化论占据主流，但质疑声也一直存在。最主要的就是现在尚无法解释猴子到人这一关键飞跃到底是如何达成的。就像人工智能突破图灵测试的那一瞬间，熊仔说，二者可能是相似的路径。

天光渐暗，因为他们时而深处峡谷，那时候太阳已经完全看不见，只有微光从远处的山尖溢过来，时而深处山脊，便能看见落日正要从更高的山那里沉下，目的地的那一大片草坪已经很近了。本来是有一条路可以开车抵达那里的，但丛牧之和熊仔选择了徒步。现在看来，这个选择无比正确。

等他们疲惫地踏上那片草坪时，已经天黑。一整天天空都有些阴，傍晚时浓云渐渐散去，夜里竟然是晴空，月亮又大又圆。他们不免说起在林东镇时看到的那片星空，如此算来，已经半个多月了。

搭好简易帐篷，又煮了两个自嗨锅，草草吃完。旁边有溪流，不知道是不是从金鞭溪分流出的水，但水质一样清澈，在夜幕下荡漾着黑色的波光，偶有月光和星辉跌落，随着水流漂至远处。水中光影无数，近在咫尺又遥不可及。熊仔看呆了，他在想，如果水面是一个镜像，根据反射理论，水里的星星和我们的距离，与真正的星星和我们的距离，是一样的。那眼前这浅浅的河床，岂不同时也有着几亿光年的深度？何须去其他地方寻找五维、六维空间，这难道不是吗？

等他回身时，却发现草丛里也有闪光，不知是天上的月光、星光还是溪水中水花溅落的反光。熊仔走过去，用手机手电筒照了照，看清了，那是一块骨殖，很小，大概巴掌大。他知道，发光物是骨头中的磷。熊仔把那块骨殖捡起来，在溪水里洗干净，包在一张面巾纸中，带回到丛牧之刚刚整理好的帐篷里。

他给母亲看了看。丛牧之掏出那枚吊坠说：这个也是骨头。

然后，熊仔告诉她，他知道这枚猫头鹰到底是什么做的，一次视频中，爸爸跟他提过。

丛牧之看着熊仔。

熊仔说，爸爸的尾椎骨那里有一道伤疤。

所以呢？丛牧之问。

"尾椎骨是人身上一块无用的骨头，就像阑尾。爸爸找一个朋友，把他的尾椎骨取了出来，做成了猫头鹰吊坠。"

丛牧之目瞪口呆。一只鸟飞入她体内，这一次，再没有飞向天空。

山野静谧，他们躺在睡袋里，丛牧之左手握着猫头鹰吊坠，右手握着熊仔的手，睡着了。月亮在正南方的天空上，不眨眼地看着他们，看着大地上的一切。

两个人都没做梦，或许在如此美妙的地方，在如此宁静的夜空下，人是不用思考的，就像那些常年生活在这里的猴子。他们用沉睡，回到了几千万年前进化之前的状态。

尽管一开始他们心里都未抱太大希望，但一个上午的搜寻毫无所获，还是让他们心中感到失望和遗憾。其实，他们失望的并非没有找到和丛长海有关的任何物件，而是这段旅程就要结束了。这是尾声，他们总是期待像电影一样，结尾处留着彩蛋。什么都没有，只有森林、杂草、溪水和石头，许多在昨夜让他们意动情生的事物，一到白天便失去了魅力，退格为物本身。当然，他们内心知道那是因为自己的心绪变了。

其间，丛牧之接到三个电话。第一个是雅男打来的，告诉她余作真他们已经走外交渠道回国，回来后先在上海隔离，然后回北京。第二个是小凯打来的，说他已经在回林东的火车上了：姐，我先不给我妈盖二层楼了，回去先把我爸的坟修一下吧。他没说自己读没读那段文字。既然他已经回去，读不读便不重要了。第三个是熊仔的班主任打来的，她知道他们这次出行，说熊仔必须在开学前14天回北京，要不没法入校。

上午十一点，他们停止搜寻，坐在草坪上一段横卧的枯树休息。抬头，能看见天门山峰顶，也就是丛长海他们起飞之处。丛牧之用想象模拟了一次翼装飞行的路线，最后降落在离他们十几米的地方。那里不是这片草坪的中心，是偏西的位置。

她看见父亲缓缓落下，降落伞从头顶包裹住他。这个人打开伞叶，踩着青草走过来。他一直在走，甚至是跑，但始终无法靠近丛牧之。仿佛他在一个镜子里面，而她在镜子外面。

"我要不要去学跳伞？或者翼装飞行？"这是丛牧之在那片草坪留下的最后一个念头。

回北京的火车上，车厢显示屏表明，火车的时速已达350千米。丛牧之闲翻着朋友圈，看见雅男昨天发了一条动态，是一张照片：帅气的西装照。她随即想起春景，赶紧去翻看他的抖音账号，愕然发现，视频已经清空，不知发生了什么事。

这时，熊仔把耳机递过来一只，丛牧之以为是他平时听的古典乐，没想到耳机里传来一首民谣。一个男生轻轻唱道：

把借我的月亮

还给我吧，我比你

更需要它。我要用来照亮

那间窄小的屋子，让每件东西

都留下阴影，再消失

黑夜那么黑

像尚未燃烧的炭，和

已经熄灭的火

如果有多余的风

你还月亮的时候，也请

顺便带来，我喜欢它们溜走后
留下的空虚，甚于喜欢
爱情，仅次于喜欢
一颗失而复得的月亮

　　车窗外是明晃晃的太阳，也有云朵在缓慢地移动。丛牧之伸出手，握住了熊仔的手，熊仔轻轻捏了她一下。她灵魂里那一丝从未停止过的颤抖消失了，像是从高高的天空降落之后，终于踏实地踩在了大地上，整个人都松弛下来。丛牧之知道，昨晚的月亮，将永远留在有关这次旅行的记忆中，照着她今后所走的每一条路。

一稿
2021 年 11 月 11 日于六月花园咖啡馆
二稿
2022 年 5 月 25 日于五道口
三稿
2022 年 8 月 27 日于五道口
定稿
2024 年 1 月 23 日于六月花园咖啡馆

图书在版编目 (CIP) 数据

生活启蒙 / 刘汀著. — 北京：北京十月文艺出版社，2025.6
ISBN 978-7-5302-2377-2

Ⅰ. ①生… Ⅱ. ①刘… Ⅲ. ①长篇小说—中国—当代 Ⅳ. ① I247.5

中国国家版本馆 CIP 数据核字 (2024) 第 072356 号

生活启蒙
SHENGHUO QIMENG
刘汀 著

出　　版	北京出版集团
	北京十月文艺出版社
地　　址	北京北三环中路 6 号
邮　　编	100120
网　　址	www.bph.com.cn
发　　行	新经典发行有限公司
	电话 010-68423599
经　　销	新华书店
印　　刷	河北鹏润印刷有限公司
版　　次	2025 年 6 月第 1 版
印　　次	2025 年 6 月第 1 次印刷
开　　本	880 毫米 ×1230 毫米 1/32
印　　张	16.5
字　　数	436 千字
书　　号	ISBN 978-7-5302-2377-2
定　　价	66.00 元

如有印装质量问题，由本社负责调换
质量监督电话　010-58572393

版权所有，未经书面许可，不得转载、复制、翻印，违者必究。